Les amants
de Beverly Hills

Jackie Collins

Les amants de Beverly Hills

Libre Expression

Presses de la Cité

Titre original:
Hollywood Husbands

Traduit par
René Baldy

Données de catalogage avant publication (Canada)
Collins, Jackie
Les amants de Beverly Hills
Traduction de: Hollywood husbands.
ISBN 2-89111-473-6 — 2-258-02660-1 (Presses de la Cité)
I. Titre.
PR6053.O44H6414 1991   823'.914   C91-096081-X

Maquette de la couverture: France Lafond
Photo de la couverture: Superstock

© Éditions Libre Expression
2016, rue Saint-Hubert,
Montréal, H2L 3Z5

Dépôt légal:
3e trimestre 1991

HOLLYWOOD, CALIFORNIE
Février 1986

Deux grandes cérémonies se déroulèrent à Hollywood par ce frais week-end de février.
La première était un mariage.
La seconde un enterrement.
Certains se firent un devoir d'être présents à l'une comme à l'autre. Naturellement, on alla se changer entre les deux.

Un coin du Midwest dans les années soixante-dix...

Le cauchemar commença quand elle avait quatorze ans. Elle était seule à la maison avec son père. Il y avait belle lurette que ses frères et sœurs étaient partis. Sitôt en âge de gagner leur vie, ils avaient tiré leur révérence pour ne plus jamais revenir, ni même donner de leurs nouvelles. Sa mère était à l'hôpital.

— Problèmes de femmes, avait expliqué une voisine avec un grand soupir.

Elle ne savait pas ce que ça voulait dire. Elle savait simplement que sa mère lui manquait cruellement. Ça faisait seulement deux jours qu'elle était partie, mais ça lui paraissait une éternité.

Elle, elle était un accident. Sa mère le lui avait souvent dit :

— Tu es un accident. Tu es arrivée un peu tard. Je devrais être au repos, à mon âge, pas à élever encore une gosse...

Mais, à chaque fois qu'elle disait ça, elle souriait, serrait sa fille dans ses bras et ajoutait avec tendresse :

— Mais qu'est-ce que je ferais si je ne t'avais pas ? Hein ? Qu'est-ce que je ferais, tu comprends ?

Oui. Elle comprenait qu'elle était aimée par cette femme fragile, vêtue de nippes soigneusement reprisées, qui faisait la lessive des autres et traitait son mari comme un roi.

Ils habitaient une maison délabrée dans les faubourgs de la ville. On y gelait l'hiver, on y mourait de chaud l'été. La cuisine était envahie par des hordes de cafards affamés et la nuit d'énormes rats se promenaient sous le toit. Elle grandit dans la peur. Mais ce n'était pas celle des rats et des cafards. C'était quand son père battait sa mère. Les cris de souffrance et de terreur qui déchiraient la nuit. Les cris étaient toujours suivis de longs silences lugubres, seulement entrecoupés par les grognements et les ahanements de son père et les sanglots étouffés de sa mère.

Son père était costaud, méchant et flemmard et elle le haïssait. Un jour, elle partirait. Elle s'en irait comme ça, en douce, juste avant le lever du jour. Comme avaient fait ses frères et ses sœurs. Mais elle avait plus d'ambition qu'eux. Elle, après être partie, elle réussirait dans la vie. Et, quand elle aurait assez d'argent, elle en enverrait à sa mère et s'occuperait d'elle comme il faut.

Son père réclama son dîner à grand renfort de hurlements. Elle lui servit des tripes avec des oignons comme sa mère lui avait appris à les préparer. Il avala le tout prestement puis déclara :

— Dégueulasse.

Il laissa échapper un rot bruyant tandis qu'elle débarrassait vivement l'assiette pour la remplacer par une cinquième boîte de bière. Il en avait déjà bu quatre pendant le repas.

Il la regarda, l'œil vitreux, le visage flasque. Puis il lui claqua les fesses et ricana dans sa barbe. Elle fila à la cuisine. Elle avait toujours vécu ici avec lui. Pourtant, il l'effrayait plus qu'un inconnu. Il était violent et cruel. Elle ne comptait plus les fois où elle avait senti la douleur cinglante des claques qu'il lui administrait sur la figure, dans le dos, n'importe où. Il prenait plaisir à montrer sa supériorité physique.

Elle lava l'assiette dans une cuvette d'eau en se demandant combien de temps sa mère allait rester à l'hôpital. Elle espérait avec ferveur que ça ne durerait pas. Encore un jour ou deux, sûrement pas plus.

Elle s'essuya les mains puis traversa le petit séjour où son père ronflait devant un téléviseur noir et blanc crachotant. Il avait défait sa ceinture et son ventre obscène gonflait son T-shirt crasseux.

Elle sortit et se dirigea vers l'édicule des toilettes. Il n'y avait aucun confort et, pour se laver, il fallait utiliser une vieille bassine pleine d'eau tiédasse. Parfois, elle faisait sa toilette dans la cuisine, mais elle ne voulait pas le faire quand son père était là. Depuis quelque temps, il la lorgnait salement, arrivait sans bruit pendant qu'elle s'habillait et appréciait ses formes naissantes avec des grognements vicieux.

Aux aguets, elle enleva rapidement son chemisier, puis son short et commença à s'asperger d'eau sous les bras, sur la poitrine et entre les jambes.

Elle aurait aimé qu'il y ait une glace pour pouvoir se rendre compte de ce que donnait sa nouvelle silhouette. A l'école, elle s'était un jour enfermée dans les toilettes avec deux copines pour faire des comparaisons de seins. Mais ce n'était pas la même chose que de voir son propre corps dans une glace. Les seins des autres ne l'intéressaient pas.

Doucement, elle contourna du doigt le renflement de ses petits tétons. Et tout à coup, elle haleta en se rendant compte des sensations qu'elle se procurait en se touchant elle-même.

Elle était tellement absorbée par la découverte de son corps qu'elle n'entendit pas le pas de son père dehors. Sans frapper, il ouvrit en grand la porte branlante du cabanon. Pas le temps de se rhabiller.

— Laisse-moi pisser… grommela-t-il d'une voix d'ivrogne.

Puis, comme s'il fonctionnait à retardement, il ajouta au bout d'un moment :

— Ben, qu'est-ce que tu fais là à poil comme ça ?

— Je... Je me lavais, p'pa, bredouilla-t-elle, honteuse, en cherchant frénétiquement les serviettes qu'elle avait apportées avec elle.

Malgré son état d'ébriété, il fut le plus rapide. Titubant, il posa un pied sur la serviette qu'elle essayait de placer sur son corps et, de sa masse imposante, il bloqua la porte. Il avait déjà ouvert sa braguette.

— Dis donc, toi, fit-il d'une voix graillonnante, tu courrais pas les garçons, hein ? T'as déjà couché, hein ?

— Non, jamais !

Affolée, elle tirait de toutes ses forces sur la serviette.

Il approcha d'un pas chancelant, l'œil injecté, l'haleine empestant la bière.

— T'es sûre que t'as jamais couché, poulette ?

— Mais oui, p'pa, je suis sûre, murmura-t-elle, morte de honte.

Elle aurait voulu pouvoir entrer dans un trou de souris.

Il la regarda un long moment. Puis il se toucha et grogna bruyamment.

Elle sentait son cœur cogner dans sa poitrine. Son instinct lui criait DANGER ! DANGER ! Elle retenait son souffle. Elle sentait qu'elle était prise dans un piège.

Il tripota son engin jusqu'à ce qu'il soit bien visible, pointé hors de sa braguette comme une arme rouge et menaçante. Puis il demanda de sa voix grasse, écœurante :

— Tu vois ça ?

Elle était muette, pétrifiée.

— Tu vois ça ? répéta son père, le visage aussi rouge que son engin. C'est ça que tu vas bientôt connaître.

Il caressa son membre turgescent.

— Faudra faire attention à ça. Parce que tous les garçons que tu rencontreras essayeront de te fourrer avec ça.

Il approcha, porta les mains sur elle. Elle se mit à hurler :

— Non ! Non ! Non !

Elle avait l'impression que sa voix venait d'ailleurs, que c'était celle d'une autre, tant elle était stridente, irréelle.

Mais il n'y avait personne. Personne pour l'entendre. Personne d'autre que son père.

Et c'est alors que le cauchemar commença vraiment.

LIVRE PREMIER

HOLLYWOOD, CALIFORNIE
Avril 1985

1

Jack Python traversa le hall du *Beverly Hills Hotel*. Tous les regards le suivirent. L'argent, un esprit vif comme un feu follet, le charisme, la gloire, une certaine forme de pouvoir aussi, Jack Python avait tout pour lui. Et ça crevait les yeux.

A trente-neuf ans, il avait des cheveux noirs fournis qu'il portait juste un peu trop longs, des yeux verts pénétrants, une barbe de deux jours superposée à un bronzage profond et un corps d'athlète. Le look beau gosse viril. Et le monde lui appartenait.

Jack était une immense vedette de la télévision américaine. *Face to Face with Python,* l'émission qu'il animait, se présentait sous la forme d'un tête-à-tête au cours duquel il mettait sur le gril les plus grandes célébrités du moment.

— Hello, Jack…, roucoula une voluptueuse créature moulée dans une robe de tennis ultra-mini.

Jack tourna la tête et, d'un œil connaisseur, apprécia les contours de l'intéressante académie. Il sourit. Un sourire dévastateur. Il avait des dents de toute beauté. Puis il laissa tomber la formule standard :

— Ça va ?

Visiblement, la jeune personne se serait fait une joie de répondre en détail à sa question mais il continua sans ralentir en direction du *Polo Lounge.*

Plusieurs autres personnes le saluèrent sur son chemin. Deux touristes marquèrent un temps d'arrêt pour le dévisager, une fille très mince en débardeur rouge lui fit un signe de la main, mais Jack ne s'arrêta que lorsqu'il eut atteint son but : la table n° 1, nichée dans un confortable box de cuir, face à l'entrée du *Polo Lounge*.

Un homme y était déjà installé. Habillé d'un survêtement blanc, il portait une casquette de base-ball de l'équipe des Dodgers et des lunettes noires Porsche. Un curieux spécimen à l'air un peu dérangé.

— Salut, Howard, dit Jack en se glissant près de lui sur la banquette.

— Salut, Jack, répondit Howard Soloman avec un tressautement de paupière qui tenait du tic nerveux plutôt que du clin d'œil.

C'étaient ses traits en perpétuelle agitation qui lui donnaient cette allure bizarre. Il ne cessait de grimacer, loucher, se grignoter l'intérieur des joues.

— Alors ? demanda-t-il en frottant le bord de son verre d'un index fébrile. Qu'est-ce que ça a donné hier soir ?

— Tu sais, quand on a vu une projection chez les Gooseberger, on les a toutes vues.

— Bon, le film ?

— Nul.

— Ça, j'aurais pu te le dire à l'avance, déclara Howard d'un air suffisant.

— Pourquoi tu ne l'as pas fait, alors ?

Howard avala une gorgée de café chaud.

— Et le plaisir de la découverte ?

Jack rit.

— Pour toi, de toute façon, un film qui ne sort pas de *tes* studios ne peut pas être bon.

Howard Soloman se lécha les lèvres.

— Tout juste. Et tu devrais t'en convaincre aussi.

— Tu n'as qu'à m'inviter à tes projections privées.

— Mais je t'invite tout le temps ! répliqua Howard avec indignation. Et tu ne viens jamais. D'ailleurs, Poppy commence à le prendre plutôt mal.

— C'est parce que Clarissa a des goûts vraiment très spéciaux, expliqua Jack d'un ton patient. Les seuls films qu'elle a envie de voir sont ceux qu'on lui a proposés et qu'elle a refusés ou, bien sûr, ceux dans lesquels elle joue.

— Ça, c'est bien les actrices, cracha Howard.

— Je ne te le fais pas dire, approuva Jack en commandant un Perrier et deux œufs à point.

Autrefois, le breakfast du samedi matin au *Polo Lounge* était une véritable institution pour Jack Python, Howard Soloman et Mannon Cable, qui n'était pas encore arrivé. Aujourd'hui, ils étaient tous les trois beaucoup trop pris et les occasions se faisaient plus rares.

Howard était à la tête des studios Orpheus. Une promotion toute récente qui le comblait. Diriger une firme cinématographique avait toujours été sa grande ambition. Et maintenant, ça y était. C'était lui qui tirait les ficelles du grand bazar. Tant que ça durerait. Car, comme tout un chacun à Hollywood, Howard savait que la direction d'un studio était une situation des plus précaires. Plus on était haut placé, plus on était fragile. En moins de temps qu'il n'en faut pour le dire, vous pouviez vous faire virer par ces administrateurs de l'ombre qui géraient l'industrie cinématographique comme on gère une banque. La position de directeur de studio se situait dans un dangereux no man's land entre les puissants agents et les producteurs indépendants. Quand un directeur de studio était démis de ses fonctions, il entonnait toujours le même refrain : « Un travail plus créatif, voilà ce qu'il me faut. Je ne peux pas exprimer mon talent, ici. Trop de choses à faire et pas assez de temps. Enfin, nous nous quittons bons amis. Je passe à la production indépendante. » Pour les non-initiés, il faut préciser que, dans l'industrie cinématographique, « production indépendante » est synonyme de « casse-gueule ». *Hard business.* Pas de cadeaux. « Ne nous appelez pas, c'est nous qui vous contacterons. » C'est ainsi que la plupart de ceux qui passaient à la production indépendante sombraient dans l'oubli après un seul film raté.

Howard Soloman était très bien placé pour le savoir, et ça lui faisait peur. Mais ça, ça ne lui arriverait jamais. Il ne le permettrait pas. Il s'était bagarré trop dur, trop longtemps, pour arriver où il était. A Hollywood, la seule issue quand on coulait était la bouée de sauvetage lancée par le réseau des amis. Viré d'un studio ? Embauché dans un autre. Howard se rassurait en pensant cela. Il avait également un atout de taille en sa faveur. Il avait été personnellement engagé par Zachary K. Klinger, le gros bonnet de la finance qui possédait les studios Orpheus.

— Puisque Clarissa ne jouait pas dans ce navet, j'en conclus qu'elle l'a refusé, reprit-il en tapotant la table avec des ongles rongés jusqu'à l'os.

— Et hier soir, elle s'est frotté les mains de sa décision, répondit Jack d'un ton grave. C'était tout sauf *Tendres Passions !*

Il tira de sa poche de grosses lunettes à monture d'écaille et se les colla sur le nez. Il n'en avait pas besoin mais il les trouvait bien pratiques pour amocher un brin sa gueule de tombeur. Idem pour la barbe de deux jours qu'il entretenait avec soin.

Jack Python faisait erreur. Ces grosses lunettes et cette barbe naissante lui donnaient encore plus de charme aux yeux des femmes. Ah, les femmes... Elles avaient marqué toute l'histoire de sa vie. Qui aurait pu imaginer, à son entrée au collège, que cet élève timide et appliqué deviendrait quelques années plus tard l'un des grands séducteurs de son époque ? Mais c'était comme ça. Pas une rock star ne pouvait revendiquer un palmarès de conquêtes comparable au sien.

Jack Python, pourtant, était tout sauf un dragueur. Inutile. Un seul regard de ses yeux verts et elles lui tombaient dans les bras. Depuis qu'il avait quinze ans, les femmes venaient à lui et s'offraient sans qu'il ait à lever le petit doigt. Il en avait amplement profité. Sans vergogne. Une, deux, trois par semaine. Il ne comptait pas. Pourquoi l'aurait-il fait ? A vingt-sept ans, une brève expérience du mariage l'avait à peine assagi. Seuls la chance et une sorte de sixième sens lui avaient permis d'échapper jusqu'à présent à tout l'éventail des M.S.T. Aujourd'hui, dans les années quatre-vingt, les choses avaient changé et il était fortement conseillé de se montrer vigilant. Jack estimait, par ailleurs, qu'une image d'homme plus sérieux lui convenait mieux dorénavant et, depuis un an, il s'employait vaillamment à faire oublier cette réputation de bourreau des cœurs qui lui collait à la peau. D'où sa liaison avec Clarissa Browning, une actrice Sérieuse avec un grand S. Clarissa, ce n'était pas du tout-venant, c'était une grande comédienne. Elle avait été couronnée par un Oscar et nominée deux autres fois.

— J'aimerais avoir Clarissa pour un film Orpheus, annonça Howard en plantant les dents dans un petit pain.

— Tu as quelque chose de précis en vue ?

— Oui, répondit Howard. Tout ce qu'elle voudra bien faire. C'est elle, la star.

Il ajouta en tendant le bras pour attraper le beurre :

— Et si tu lui disais de m'appeler directement ? On n'arrivera jamais nulle part en passant par son connard d'agent. Mais si Clarissa me souffle discrètement à l'oreille ce qu'elle a envie de faire, je m'en occupe et ça ne traînera pas, je te prie de croire !

Il branlait du chef tant il était ravi de son idée.

— Pourquoi tu ne lui téléphonerais pas, toi ? fit observer Jack.

Tellement simple qu'Howard n'y avait pas songé.

— Tu... tu penses que ça ne la dérangerait pas ?

— Je ne pense pas pour elle. Tente le coup, tu verras.

— Moui, pas bête…, fit Howard.

Son centre d'intérêt changea brusquement.

— Nom de Dieu ! s'exclama-t-il. Vise-moi un peu ce cul !

Jack tourna la tête pour contempler un prodigieux fessier, gainé dans un pantalon blanc, qui prenait la sortie du *Polo Lounge*. Il identifia instantanément les rondeurs et le balancement de Chica Hernandez, la reine des feuilletons télé mexicains. Mais il n'en dit rien à Howard. Ce n'était pas du tout son genre de se vanter de ses exploits d'alcôve. Que les pisse-copie des journaux à scandale en crèvent. Que Howard et les copains en virent dingues. Tant pis. Ils voulaient des noms, des détails. Mais tout ce que Jack leur offrait à se mettre sous la dent, c'étaient un silence impénétrable et un petit sourire secret.

Depuis qu'il était avec Clarissa, il n'avait d'ailleurs plus grand-chose à cacher. Quelques assistantes de production. Une formidable actrice de seconds rôles. Une Eurasienne, mannequin dans la haute couture. Exclusivement des aventures d'une nuit. A ses propres yeux, Jack Python faisait preuve d'une irréprochable fidélité. On n'était jamais trop prudent quand on vivait avec une femme comme Clarissa Browning. Deux personnalités publiques de leur envergure étaient forcément exposées à la rumeur. Mieux valait ouvrir l'œil et le bon.

Au charme de Jack Python, il fallait ajouter deux qualités : esprit et sens civique. Il lui arrivait souvent de caresser l'idée de se frotter à la politique. Un jour. Plus tard. Hé, on avait bien l'exemple de Reagan ! Et, s'il comprenait les femmes — ou plutôt croyait les comprendre —, il adhérait — bien sûr inconsciemment — au vieux principe de deux poids, deux mesures. Un petit écart ici et là, pas de problème en ce qui le concernait. Écorner le contrat de temps à autre ne tirait pas à conséquence pour un homme. Mais que Clarissa ne s'avise pas d'en faire autant !

Sur ce plan-là, Jack était tranquille, de toute façon. Il savait que Clarissa ne lui ferait jamais un coup pareil.

— Plus vite ! haleta avidement Clarissa Browning. Allez, vas-y, vas-y… Accélère !

Le jeune acteur qui était allongé sur elle redoubla d'ardeur. Malgré l'émotion qui le tenaillait, il réussit à se montrer à la hauteur. Il est vrai qu'il avait vingt-trois ans et qu'à cet âge, une érection naît d'un simple clin d'œil.

Clarissa Browning ne s'était du reste pas contentée d'un clin d'œil.

Peu après leur première rencontre sur le décor du film qu'ils devaient tourner ensemble, elle le fit appeler dans sa loge. Il s'y précipita. Clarissa était une star et lui n'en était qu'à son deuxième film. Elle l'accueillit avec un verre de sauternes et un petit laïus d'encouragement sur son rôle. Il n'était que dix heures du matin mais il accepta le verre et le laïus avec reconnaissance. Puis, tout en lissant ses mèches noires de part et d'autre de son visage délicat, Clarissa déclara d'une voix hachée :

— Tu sais que, dans le cinéma, le réalisme fait tout.

Il approuva du hochement de tête qui s'imposait.

— Tu joues le rôle de mon amant, reprit-elle.

Clarissa avait vingt-neuf ans, un visage allongé, des yeux expressifs, un nez qui, à un soupçon près, aurait pu être trop long et une bouche fine. Elle était bien, mais pas d'une beauté époustouflante. Pourtant, à plus d'une occasion, elle avait su montrer que, face à l'œil de la caméra, ses traits pouvaient se transfigurer.

— Je brûle d'y être, répondit avec ferveur le jeune comédien.

— Moi aussi, assura paisiblement Clarissa. Mais il ne suffit pas de brûler d'y être ; j'aimerais que tu en sois pleinement conscient. Quand on nous verra sur l'écran, il faudra que ça soit vrai. Il faudra qu'on fasse naître l'excitation, la passion, le désir.

Elle marqua une pause. Il toussa.

— Donc, enchaîna-t-elle posément, il faut que nous nous jetions à corps perdu dans nos rôles *avant* de les jouer devant la caméra. Pour moi, c'est essentiel et c'est la seule façon de ne jamais être prise à contre-pied. Tu me suis ?

Il laissa échapper un petit rire coincé en se demandant pourquoi il se mettait tout à coup à transpirer comme ça.

— Je pense que faire l'amour est la meilleure formule pour abattre les barrières entre nous, dit-elle, défiant le jeune homme du regard droit de ses yeux brun profond.

Il n'était pas en position de discutailler. Il oublia sa blonde Californienne avec son corps de poupée Barbie grandeur nature.

Clarissa tendit la main, baissa la fermeture de son jean et ils passèrent à l'action. Il y arriva, bien qu'il fût totalement noué à l'idée qu'il était en train de culbuter Clarissa Browning. *La grande Clarissa.* Qui aurait pu le croire ?

— Maintenant, déclara-t-elle après la bataille, on va pouvoir se concentrer et faire un bon film. Il ne te reste plus qu'à travailler les détails. Apprends tes répliques sur le bout du doigt, écoute très attentivement les instructions de notre admirable metteur en scène et *mets-toi dans la peau* du personnage que tu joues. Tu dois le vivre, de l'intérieur. Voilà. Je te retrouve sur le tournage.

C'était terminé. Il pouvait disposer. Comme ça.

Quand il eut quitté sa loge, Clarissa Browning prit un thermos et se servit un verre de jus de légumes qu'elle but à petites gorgées en s'absorbant dans ses pensées. La communication avec le partenaire, c'était ça le secret du jeu de l'acteur, du vrai jeu. Maintenant qu'ils avaient fait l'amour, ce jeune comédien serait à l'aise en face d'elle. Elle lui avait donné l'assurance dont il aurait besoin pour porter ce rôle difficile. Il ne serait plus pétrifié devant Clarissa Browning, star couronnée par un Oscar. Il la vivrait comme une femme de chair et de sang, avec ses passions, ses désirs. Et il se comporterait avec elle comme un homme se comporte avec une femme. Pour Clarissa, c'était capital. Beaucoup de gens l'auraient certainement prise pour une cinglée si elle avait raconté qu'elle faisait toujours l'amour au moins une fois avec les acteurs qui jouaient ses amants dans les films.

Pensivement, elle but une goutte de jus de légumes. Elle n'était pas cinglée ; ça marchait. La preuve : l'Oscar qu'elle avait remporté.

Jack aurait eu une attaque s'il avait su qu'elle faisait cela. Jack Python, le beau mâle. Le macho. Le phallocrate par excellence. S'imaginait-il vraiment que Clarissa ne soupçonnait rien de ses petites frasques ?

Elle rit doucement, juste pour elle-même. Jack Python, l'homme à la quéquette vagabonde...

Enfin, tant qu'elle ne vagabondait pas trop loin... Pour le moment, ça lui convenait très bien d'avoir Jack Python comme amant attitré. Qui pouvait dire ce que l'avenir apporterait ?

Mannon Cable, acteur en vogue, réalisateur, producteur, fit son entrée. La star à succès dans toute sa splendeur. A Hollywood, il était fortement conseillé d'avoir du succès, sinon vous pouviez tout aussi bien aller vous pendre. Comme pour Jack, tous les visages se tournèrent sur son passage. Mannon faisait même taire les conversations. Il avait une sacrée allure. « Mettez Clint Eastwood, Burt Reynolds et Paul Newman dans un shaker, disaient certains, agitez et il en ressortira Mannon Cable. » Il avait des yeux bleu cobalt. Les caresses du soleil californien lui avaient fait une peau boucanée. Très sexy. Des cheveux châtain foncé. Un corps bâti en force. Un mètre quatre-vingt-treize. A quarante-deux ans, il était souple, rapide, plein d'aisance et tenait la grande forme. Et il disputait les honneurs du box-office à Stallone et Eastwood. Mannon Cable tenait le haut du pavé à Hollywood.

— La vache, qu'est-ce que j'ai les crocs! fit-il élégamment en s'asseyant sur la banquette.

Il sourit. Il avait toujours, comme gravé sur les lèvres, un grand sourire qui disait : *Hé, vous avez vu, un peu? Je suis une grande star de cinéma.* De superbes porcelaines. Il avait fallu qu'il se les fasse faire car il s'était totalement bousillé les dents à l'époque où il était cascadeur, dans une vie antérieure.

— Qu'est-ce que vous bouffez? demanda-t-il.

— Des œufs, répondit Jack. Ça se voit, non?

Mannon rigola.

— On dirait une paire de petits nichons plats.

— Pour toi, tout ressemble à des nichons, répliqua Jack. A mon avis, tu devrais te faire soigner la tête. Tu as l'air d'avoir un problème.

Mannon Cable explosa d'un rire tonitruant.

— Mon seul problème, je l'ai entre les cuisses. Et j'espère pour toi que tu en as un aussi gros que le mien.

Il fit un signe au garçon et commanda un colossal breakfast.

Jack observa Mannon, puis Howard. Parfois, il se demandait pourquoi ils étaient toujours amis tous les trois. Ils étaient tellement différents aujourd'hui. Mais, au fond de lui-même, il savait parfaitement pourquoi. La vérité était qu'ils étaient frères de sang. Depuis si longtemps qu'ils se connaissaient... Ils avaient tous les trois brillamment réussi, et rien ni personne ne pouvait les séparer. Dieu sait pourtant qu'une belle brochette d'épouses et de maîtresses avaient essayé.

Howard, qui comptait déjà trois ex-femmes à son tableau de chasse, n'avait pas dit son dernier mot. Il en était actuellement à sa quatrième légitime, une poupée très ronde du nom de Poppy. Il avait des rejetons aux quatre coins du pays. Mannon, lui, était toujours très mordu de Whitney, sa première femme, et Melanie-Shanna, son épouse actuelle, n'avait pas réussi à la lui faire totalement oublier. Quant à Jack, il était avec Clarissa depuis un an. Une petite voix lui soufflait régulièrement que l'actrice n'était pas une femme pour lui. Tout au fond de lui-même, Jack savait qu'elle avait raison. Mais il refusait de l'entendre.

— J'ai une idée géniale ! lança tout à coup Mannon. Si on se payait une virée à Las Vegas le mois prochain ? Rien que nous trois. C'est vrai, quoi, on n'arrive plus jamais à se voir. On irait faire une java de tous les diables là-bas, foutre un peu notre merde, bref s'éclater comme au bon vieux temps ! Ça vous dit ?

— Rien que nous trois ? Tu veux dire sans les femmes ? demanda Howard, haletant d'espoir.

— Un peu ! répliqua instantanément Mannon. On les plaque chez *Neiman's* et elles ne se rendront même pas compte qu'on leur fausse compagnie.

— Ça me branche un max ! s'exclama Howard en gloussant d'excitation.

Il n'avait pas encore pris le temps de penser à la réaction de Poppy. Elle allait lui arracher les yeux quand il parlerait de partir sans elle à Las Vegas. Poppy était collante, contrairement aux trois précédentes qui n'étaient que des profiteuses.

— Et toi, Jack ? demanda Mannon avec un point d'interrogation au fond des yeux.

Jack avait promis à Clarissa d'aller passer une semaine à New York avec elle. Il s'y voyait déjà. Les promenades à n'en plus finir dans Greenwich Village. Les interminables dîners à discuter de tout et de rien avec ses amis, tous à moitié tordus et totalement fauchés. *Et qui va payer l'addition ? Devinez un peu...* Les soirées théâtre off-off-Broadway.

Jack détestait les balades à pied et les soi-disant amis de Clarissa qu'il trouvait ennuyeux comme la pluie. Quant au théâtre, il en avait une sainte horreur. Il n'aimait que le cinéma.

— O.K., répondit-il. Mettez ça au point et, si mon boulot me le permet, je suis de virée avec vous.

2

Bruce Springsteen faisait complètement craquer Jade Johnson. Mais elle n'avait pas vraiment envie de le rencontrer. Il lui inspirait plutôt une sorte de désir distant, éthéré, comme ceux des adolescentes. De ces désirs qu'on n'a pas envie de concrétiser. Elle choisit *Born in the U.S.A.*, plaça le compact sur sa chaîne et se mit à danser dans son nouvel appartement.

Jade Johnson avait vingt-neuf ans, une longue crinière cuivrée qui lui caressait les épaules, de grands yeux noisette pailletés d'or, une bouche pleine et gourmande et une mâchoire carrée grâce à laquelle elle n'était pas simplement belle mais qui donnait du chien et un indiscutable caractère à son visage.

Jade mesurait un mètre soixante-dix-huit pour cinquante-neuf kilos. Elle avait de longues, très longues jambes, un corps souple et élancé, des épaules évasées et un incroyable cou de cygne.

Jade Johnson faisait partie de ces gens qui ont le cœur sur la main et pour qui l'amitié n'est pas un vain mot. Cela ne l'empêchait pas d'avoir un esprit mordant et un indéracinable sens de l'humour. Elle était aussi indépendante, débrouillarde et intelligente. Ajoutées à son physique, ces qualités lui avaient permis de devenir l'un des mannequins les mieux payés du monde.

On sonna à la porte. Elle alla ouvrir, simplement vêtue d'un jean serré et d'un sweatshirt flottant.

C'était le chef de l'équipe de livreurs qui venaient de monter quinze caisses sur son palier.

— Et voilà, m'zelle, dit-il en lui tendant une fiche à signer. Tout est là et en bon état. On a vérifié. J'espère que vous êtes satisfaite.

Jade signa le formulaire puis le rendit accompagné d'un billet de cinquante dollars.

— Tenez. Vous irez prendre une bière avec vos gars.

Le costaud empocha le billet avec des yeux ronds en se disant que cette poupée-là avait tout pour plaire. Primo roulée au moule, secundo pas radine.

— Merci, dit-il.

Puis, presque aussitôt, il ajouta avec un petit sourire :

— Super chouette, savez, c'te pub que vous faites à la télé pour le café Machin-Truc...

Elle sourit. Un grand sourire à la fois chaleureux et sexy qui montra des dents très blanches et très régulières.

— Merci, ça fait toujours plaisir d'avoir des compliments, dit-elle en poussant imperceptiblement l'homme vers la porte.

Quand ils attaquaient sur cette pub-là, Jade savait qu'il était temps de les virer. Toute jeune, elle avait compris qu'il fallait savoir être agréable à ses admirateurs tout en restant inaccessible. Une fois, à dix-huit ans, elle s'était fait attaquer et pratiquement violer par un fan déséquilibré qui était tombé amoureux fou d'un poster sur lequel elle posait en maillot de bain. Elle ne lui avait échappé que grâce à l'intervention d'un voisin.

— Vous voulez bien me dédicacer une photo ? demanda le livreur, plein d'espoir.

Dehors, ordonna-t-elle silencieusement. Elle avait envie d'être seule pour pouvoir déballer tranquillement.

— Je vous en enverrai une, promis, dit-elle gentiment.

Il recommença avec son petit sourire.

— Marquez dessus « Je t'aime, Big Ben ». Ça en fera marrer quelques-uns.

Big Ben ! Pas croyable !

Elle attendit patiemment tandis que le gros type griffonnait à grand-peine ses coordonnées sur un bout de papier.

— Merci encore, Ben, dit-elle en refermant enfin la porte sur lui.

Seule ! Tout de même, ça y était ! Qui aurait pensé qu'un jour, elle ferait ce long voyage pour revenir dans l'Ouest ? Sa ville d'élection était New York et l'avait toujours été. Jamais la Californie ne l'avait rappelée en son sein. Si, une fois, quand elle avait vingt ans et avait naïvement accepté de tourner un bout d'essai. Un truc idiot. Jade n'était pas comédienne et n'avait jamais eu l'ambition de l'être. Mais elle était jeune et curieuse. Et bon... pourquoi ne pas tenter le coup ?

A son arrivée, elle était attendue par une limousine longue comme un paquebot. Un tout jeune agent était vautré sur la banquette arrière. Il portait toute une collection de chaînes d'or, une chemise de soie ouverte jusqu'au nombril et un jean coupé sur mesure et soigneusement repassé. Il avait tout l'attirail : le cigare de demi-gros-bonnet, la calvitie naissante et les poses de frimeur. Il lui proposa de l'herbe dans la voiture et un dîner pour le soir.

Elle refusa les deux, ce qui fit naître des rides de contrariété sur le bronzage parfait du jeune homme.

Une suite était réservée pour elle au *Beverly Hills Hotel*. Elle y trouva fleurs et coupes de fruits en abondance. Elle y séjourna cinq jours, tourna ses séquences avec un acteur évaporé qui s'efforçait néanmoins de lui bousiller tous ses gros plans, refusa plusieurs autres invitations de l'agent bronzé, regagna New York et n'eut plus aucune nouvelle.

Presque dix ans plus tard, maintenant qu'on se la disputait dans tous les magazines, voilà que Hollywood se rappelait à son souvenir.

— N'y pensons plus, avait-elle dit à son agent new-yorkais. Je vais devenir la meilleure et la mieux payée sur le marché des modèles. Je ne vois pas pourquoi j'irais jouer les starlettes.

Elle avait raison. Aujourd'hui, Jade Johnson était la meilleure. Et, grâce à l'affaire qu'elle venait de conclure, elle était aussi l'une des mieux payées.

C'était cette affaire qui la ramenait à Los Angeles. Les cosmétiques Cloud lui avaient fait une proposition qui ne se refusait pas. Aussi avait-elle accepté de passer un an à Hollywood et de tourner une série de pubs télé pour plusieurs millions de dollars. Jade venait de rompre avec un homme marié qu'elle fréquentait depuis six ans et changer d'air ne semblait pas une mauvaise idée. Sinon, il est peu probable qu'elle eût accepté de quitter son New York adoré.

Elle fit le tour de l'appartement, envoya ses tennis valser sur la moquette, puis dégrafa son jean tandis que Bruce Springsteen beuglait *Born in the U.S.A.* La voix râpeuse du chanteur emplissait la pièce. Elle était bien. Elle allait prendre un nouveau départ, commencer une vie nouvelle. Fini, Jade Johnson maîtresse d'un homme marié. Fini et bien fini. Ter-mi-né. L'idiote qu'elle avait pu être ! De quoi rigoler. Elle n'était pas naïve pourtant, mais pendant six ans, il l'avait embobinée. Une véritable andouille ! Elle avait tout gobé, comme un gentil toutou gobe les susucres qu'on lui lance.

Elle pensa un instant à lui. Mark Rand. Un lord anglais. Un salopard anglais, oui. Un photographe mondialement connu, spécialiste de la nature sauvage. Ils s'étaient rencontrés en Afrique. Elle posait dans des maillots de bain léopard pour *Vogue.* Il faisait les photos. Il avait des cheveux bouclés, des yeux bleus étonnés et une conversation envoûtante. Il avait même une femme, Lady Fiona Rand.

Jade se souvint de sa colère. Elle était tombée dans le plus vieux panneau du monde. *Nous ne vivons ensemble que pour les convenances... quand les enfants seront plus âgés...*

Et Jade Johnson, qui pourtant n'était pas née de la dernière pluie, avait marché à fond dans son baratin. Elle l'avait cru ! Pendant six ans ! Comme la dernière des idiotes ! Elle aurait même continué à le croire si Lady Fiona n'avait donné naissance à un petit héritier Rand. Jade l'avait appris par hasard en feuilletant un magazine anglais.

La rupture avait été brutale. Ensuite, en route pour la Californie.

Elle fit un tour d'horizon de son appartement et se dit que c'était vraiment une perle rare. Il donnait sur Whilshire Corridor, près de Westwood, et elle l'avait loué meublé. Cependant, elle ne pouvait pas imaginer de vivre une année entière sans ses affaires personnelles, ses livres, ses disques, sa collection de petits chiens de porcelaine, les cassettes de ses films préférés, ses vêtements, ses photos de famille, et tout le reste. D'où la livraison qu'elle venait de recevoir de New York, un jour tout juste après son arrivée.

Contemplant les caisses et les cartons qui s'empilaient dans le couloir, elle se demanda si elle avait l'énergie suffisante pour attaquer le déballage maintenant. Elle poussa un soupir en réalisant qu'elle ne pouvait pas laisser tout ça en plan. Énergie ou pas, il fallait qu'elle déballe. Elle alla à la cuisine, prit une boîte de Seven-Up et revint se mettre au travail.

3

Aujourd'hui, Silver Anderson avait quarante-sept ans. Mais, en s'éveillant, elle se dit que c'était surtout dans sa tête qu'elle avait vieilli d'un an. Elle resta au lit pendant dix minutes pleines à ruminer la chose puis se leva à contrecœur. Son premier geste fut de sonner son majordome pour ordonner qu'on lui serve dans exactement cinquante minutes des petits pains complets, du jus d'orange frais et du thé au citron. Cinquante minutes. C'était ce qu'il fallait à Silver Anderson pour être en état d'affronter le monde. Et, finalement, c'était assez peu si l'on considérait l'ampleur des transformations qu'elle réalisait dans ce laps de temps.

La femme qui sortit de son luxueux lit impérial était très ordinaire.

La femme qui sortit de la chambre à coucher cinquante minutes plus tard était une superstar de la télévision.

Silver Anderson était parée pour affronter la séance de photo pour *Vogue*. Photos de couverture, bien entendu. Silver n'acceptait les articles qu'à condition d'avoir la couverture. Elle était complètement maquillée. Fond de teint soutenu, yeux spectaculaires (avec des faux-cils qui lui donnaient un air peut-être vieillot, mais imposant). Ses lèvres luisaient de rouge écarlate, ses joues resplendissaient. Elle portait de lourdes boucles d'oreilles en or, un turban de soie blanche et un tailleur de cuir beige pâle abondamment garni de broderie diamantée. Il était seulement dix heures du matin mais Silver estimait qu'à toute heure, il lui fallait avoir une allure de star. Elle le devait bien à ses fans. Elle mesurait un mètre soixante et avait conservé une ligne de jeune fille. Cela exigeait un régime sévère, et de l'exercice. Un vrai calvaire. Mais le résultat était là pour la récompenser de ses sacrifices.

Vue de dos avec ses petites fesses musclées et sa démarche énergique, on pouvait très bien la prendre pour une femme de vingt ans.

D'un pas élégant, elle descendit l'escalier sans même un regard pour Vladimir, son majordome russe qui était gay et se moquait totalement de l'intérêt qu'on lui accordait dans la maison pourvu qu'on lui laisse son emploi. Deux fois par semaine, il sortait dîner en ville et abreuvait ses amis de la vie privée de Silver Anderson. Pour eux, c'était *lui* la star. Il vivait par procuration la célébrité de sa maîtresse. Silver ne cessait de défrayer la chronique. Elle passait des problèmes de cœur (deux ex-maris et des dizaines d'amants) aux problèmes d'alcool (merci, Betty Ford et la fondation, pour avoir fait reconnaître l'alcoolisme comme une maladie à part entière) puis aux sanglantes querelles avec les metteurs en scène, les auteurs, les producteurs ; tout ce qui passait à portée de ses griffes était bon pour se faire écorcher. « Je suis une pro, une grande pro, déclarait fièrement Silver. Et je ne me laisserai pas emmerder par des amateurs qui ne connaissent rien à rien et ne sont arrivés là où ils sont que grâce à *ma* gloire. Qu'ils n'oublient jamais à qui ils ont affaire et se tiennent à leur place ! »

Silver Anderson devint star dès l'âge de douze ans. Elle fut découverte par un agent chasseur de talents, père d'une de ses camarades, alors qu'elle chantait et dansait lors d'une fête scolaire. Il la recommanda au directeur de casting d'une importante comédie musicale, elle auditionna, décrocha le rôle et, dès lors, devint une vraie petite vedette en chantant comme un pinson dans une série de comédies musicales à succès. Elle avait indiscutablement une voix merveilleuse, puissante, et remarquablement claire. Rien d'étonnant à cela. Sa mère, elle-même chanteuse mais qui n'avait pas rencontré le succès, avait tenu à lui faire prendre des cours de chant dès l'âge de cinq ans. « Je n'ai pas réussi, lui disait souvent Blanche, mais toi, ma chérie, avec les dons que tu tiens de moi et le travail que tu fais, tu deviendras la plus grande star du monde. » Blanche ne s'en tint pas au chant, elle lui fit également prendre des cours de danse et d'art dramatique. Résultat : Silver grandit sans avoir d'enfance. Son univers se limitait à la formation intensive qui visait à faire d'elle une star. Et, dans l'esprit de Blanche, il n'y avait pas l'ombre d'un doute : sa fille serait un jour la plus grande. Silver était

âgée de seize ans lorsque les comédies musicales hollywoo-
diennes passèrent de mode. Son agent lui proposa alors de
s'attaquer à New York et à la scène.

— Pas question que tu ailles à New York, déclara George.

George était son père. Il était professeur dans un collège
universitaire et, à ses heures, inventeur de ce que Blanche
appelait des « machins inutiles ». Ils habitaient la Grande
Vallée, dans une immense maison financée avec les gains de
Silver, et George n'avait aucune envie de déménager.

— Mais, papa, il le faut absolument, insista Silver en
pleurant à chaudes larmes, juste comme sa mère lui avait dit de
le faire. C'est ma carrière qui se joue !

Même à seize ans, son sens du théâtre était immense.

Blanche prit le parti de sa fille :

— On ne peut pas briser sa vie, George. Nous devons
l'encourager à voler de ses propres ailes !

Consterné, George regardait Blanche, une femme domina-
trice aux cheveux poil-de-carotte et aux rêves inassouvis. Il
savait qu'il n'y aurait rien à faire pour la retenir, aussi un
arrangement fut-il conclu : Blanche accompagnerait Silver à
New York et y resterait pendant six mois, tandis que George
s'occuperait de la maison et de leur jeune fils Jack âgé de neuf
ans.

Silver et Blanche furent toutes deux envoûtées par New York
et, réciproquement, elles envoûtèrent la ville. Silver débuta
dans un nouveau show intitulé Baby Gorgeous qui fut joué
pendant cinq ans. Une performance phénoménale. Durant
cette période, Silver épousa son premier mari, un garçon
grand, brun et sans personnalité, divorça (c'est lui qui
demanda une pension), aida sa mère à divorcer de George puis
s'occupa activement du remariage de Blanche avec un machi-
niste de vingt-six ans. Blanche avait alors trente-huit ans. Et ni
la fille ni la mère n'avaient le moindre désir de retrouver Los
Angeles ou la Grande Vallée. New York leur convenait
parfaitement.

— George et Jack se débrouilleront beaucoup mieux sans
nous, décréta Blanche. Toi, tu es née pour être une star. Et
moi, je suis née pour habiter New York et vivre pleinement ma
vie.

Avec le succès de sa fille et le jeune mari qu'elle venait de se
trouver, on pouvait lui faire confiance sur ce plan.

Après Baby Gorgeous, il y eut un autre show à grand succès,
suivi d'un album qui fit un chiffre de ventes record, et d'une
série de récitals en cabaret. On s'arrachait Silver et les soirées se
jouaient à guichet fermé.

Dix ans passèrent avant qu'elle ne rentre au bercail. Au bercail californien, s'entend, pas à la maison. Elle prit un bungalow au Beverly Hills Hotel avec son amant du moment, un minet scandinave et, entre deux interviews, elle trouva le temps de passer un coup de fil à son père.

— Viens donc demain avec Jack déjeuner à Beverly Hills. C'est moi qui régale! annonça-t-elle, impériale, sans préciser que Newsweek faisait un article sur elle et qu'ils avaient besoin de photos avec la famille.

George déclina l'invitation. Il avait tiré un trait sur Silver depuis longtemps. Elle n'avait jamais pensé qu'à elle et le fait qu'elle soit sa fille n'y changeait rien. De plus, il la tenait pour responsable du divorce avec Blanche et ça, c'était une chose qu'il était incapable de pardonner.

Jack était en congé scolaire. A dix-neuf ans, il était beau garçon, intelligent et curieux de rencontrer cette sœur célèbre dont il ne gardait pratiquement aucun souvenir.

— Moi, j'y vais, p'pa, dit-il, l'œil brillant.

George fit quelque difficulté mais finit par consentir. Comment retenir contre son gré un garçon de dix-neuf ans? Mais il soupçonnait Silver d'être capable de lui voler aussi son Jack. Pas le choix. Il fallait bien qu'il prenne le risque.

C'est porté par un nuage de griserie que Jack partit le lendemain pour voir sa sœur. Il revint deux heures plus tard, le front plissé par la réprobation, la bouche pleine de critiques :

— Ma parole, elle se prend pour la reine d'Angleterre! Elle est tellement trafiquée qu'elle a l'air pas vraie, nom de Dieu!

George était profondément soulagé, mais il se garda de le montrer.

— C'est comme ça qu'on t'apprend à parler à la fac? lança-t-il sévèrement.

— Hé, p'pa, j'ai dix-neuf ans, protesta Jack. Je ne suis plus au biberon.

— Et alors? Tu t'imagines que c'est en parlant comme un charretier qu'on devient un homme?

— Bon, bon, excuse, grogna Jack excédé.

La prochaine fois qu'il reviendrait de la fac qu'il fréquentait dans le Colorado, il faudrait qu'il relance son ami Howard Soloman sur cette idée de louer un appartement ensemble à Hollywood.

Silver, pour sa part, jugea que son jeune frère était un joli garçon sans un gramme de cervelle. Il avait indiscutablement la belle gueule de la famille mais pas une once de talent. Là, c'était elle qui avait tout pris. Elle estima qu'un déjeuner suffisait amplement, et ne jugea pas utile de décrocher une nouvelle fois son téléphone pour appeler Jack. C'est seulement quatre ans plus tard qu'ils se retrouvèrent réunis, à New York, pour l'enterrement de Blanche, morte d'un cancer dépisté un peu tardivement.

Jack eut du mal à se décider à aller à l'enterrement. En demandant le divorce, ce n'était pas seulement George que Blanche avait laissé tomber, c'était aussi lui. Jamais il n'oublierait le visage défait de son père quand il l'avait assis sur une chaise pour lui annoncer la nouvelle :

— Ta mère ne reviendra plus ici. Je crois que c'est mieux comme ça.

Jack se rappelait qu'il en avait pleuré pendant des mois, tous les soirs avant de s'endormir, en se demandant ce qu'il avait bien pu faire pour que sa mère l'abandonne aussi brutalement. Adolescent, il avait songé à la contacter, à lui demander pourquoi elle avait fait ça. Mais il avait toujours repoussé la visite et, maintenant qu'elle était morte, il était trop tard. Finalement, il décida d'aller à l'enterrement.

Silver jouait la reine affligée à la perfection. Elle portait du renard noir et une toque carrée avec un voile. Elle était cramponnée au jeune veuf de Blanche, ses yeux ultra-maquillés humides de chagrin, tandis que les photographes dansaient une sarabande autour de la tombe.

Elle ne reconnut même pas son unique frère. Il lui tapota le bras pour lui rafraîchir la mémoire.

— Merci, soupira-t-elle. Merci de vos condoléances.

Puis elle se tourna vers l'admirateur suivant.

Il sentit l'haleine de Silver, chargée d'alcool, et s'efforça de ne pas trop lui en vouloir. Trois mois plus tard, elle épousait son ancien beau-père à Las Vegas en jurant ses grands dieux que, cette fois, c'était pour la vie. Cela dura dix mois avant de se terminer par un divorce venimeux dont la presse à scandale fit ses choux gras.

Mais, apparemment, les coups portés à sa réputation ne faisaient que lui profiter. L'année suivante, elle mit une fille au monde, refusa de révéler l'identité du père et partit vivre pendant deux ans au Brésil avec un homme extrêmement riche. Certains prétendaient que c'était un criminel de guerre nazi refait à coups de chirurgie plastique. Elle revint à Broadway à l'âge de trente-quatre ans pour triompher dans deux shows coup sur coup, ce qui lui valut cinq années d'un prodigieux succès.

Pendant ce temps, Jack faisait sa vie. Il avait pris un appartement à Hollywood avec son ami Howard Soloman. Howard voulait devenir agent dans le showbiz, avec comme motivation numéro un, que ce métier permettait d'avoir « du cul à volonté ». Il se dénicha un travail dans une grande agence artistique. Au service du courrier.

Jack, lui, ne savait pas trop bien ce qu'il voulait faire. Tout le monde disait qu'avec son look il fallait qu'il tente une carrière d'acteur. Mais cette idée le faisait frémir. Il était beaucoup plus intéressé par l'écriture. Il s'intéressait à la presse. Le monde du journalisme lui ouvrit les bras. Il débuta en faisant des critiques de films et de disques dans une petite revue et, pour payer sa part de loyer, il travaillait comme guide dans une chaîne de télévision dont il faisait visiter les studios et les installations aux touristes. Six mois plus tard, il était promu au rang d'enquêteur et préparait les interviews pour un programme local.

— Tu as une façon d'aborder les gens, c'est quelque chose ! lui dit un jour sa patronne, une femme qui savait reconnaître le talent à l'état brut quand elle le croisait en chemin.

— Merci du compliment, répondit-il.

Et, pour preuve de son talent, il refusa avec diplomatie la nuit d'extase qu'elle lui proposait dans son appartement de Westwood.

Jack se réservait le gratin et, dans son lit, il accueillait toutes les belles femmes qu'on interviewait pour l'émission. Une façon comme une autre de joindre l'utile à l'agréable. Il s'informait également de tout ce qu'il fallait savoir sur la télévision.

Un soir, un jeune acteur invité de l'émission le coinça dans les coulisses.

— Dis donc, toi, tu sais que tu sautes ma copine ?

— Moi ?

— Oui, toi !

Jack se demandait bien qui pouvait être la copine de ce jeune acteur. Et, pour ne pas citer de nom, il resta dans le vague.

— Désolé, fit-il platement, je ne savais pas. Je m'excuse...

— T'excuser, ça tu peux ! grogna l'autre. Comment tu t'y es pris ? Moi, elle n'a jamais voulu me laisser aller jusqu'au bout. Qu'est-ce qu'elle donne au pieu ?

La conversation les amena au bar le plus proche. C'est ainsi que Mannon Cable — jeune acteur récemment découvert mais déjà en pleine ascension — devint le troisième colocataire de l'appartement. Ils se surnommèrent les Trois Cracks, en référence à leurs futures carrières plus qu'à leurs actuels succès amoureux. Howard était une véritable érection *ambulante. Mannon avait une belle gueule et un humour grâce auxquels il arrivait à en attirer plus d'une dans son lit. Et Jack avait tout.*

La seule chose dont Jack ne parla pas, c'est de sa célèbre sœur. Howard était au courant et tenait sa langue. Mannon finit par découvrir le pot aux roses et trouva ça marrant.

— Pourquoi autant de mystère ? demanda-t-il.

— C'est tout juste si je la connais, répondit Jack avec un haussement d'épaules. Il vaut mieux éviter que les gens fassent le rapprochement.

Heureusement, au début de sa carrière, Silver avait choisi le nom de jeune fille de sa mère, Anderson. Jack préférait de beaucoup leur nom de famille, Python, qui faisait quand même son petit effet.

C'est ainsi que débutèrent et progressèrent les carrières des Trois Cracks.

A vingt-six ans, Howard devint agent à part entière. Deux ans plus tard, on se battait pour signer chez lui. En cours de route, il s'était marié, endetté pour acheter une maison hors de prix dans Laurel Canyon, s'était offert sa première Mercedes et avait pris l'habitude de mener grand train.

En posant pour la page centrale d'un grand magazine féminin, Mannon avait trouvé le tremplin vers la célébrité. « Plus Reynolds que Burt lui-même », disait-on. Il eut le rôle vedette dans une série de gros succès populaires, acheta la villa de bord de mer qui s'imposait, la Rolls crème qui allait avec, et entreprit d'entretenir un sérail de filles toutes aussi belles que bêtes.

Jack partit dans l'Arizona travailler pour une chaîne de télévision régionale spécialisée dans l'information. Au bout de deux ans, il était capable de traiter tout ce qu'on lui proposait. Il trouva un emploi comme présentateur d'émission à Chicago, puis à Houston. Il se frotta un peu à tout, du plus sérieux au plus farfelu. Besoin d'un renseignement sur un sujet ? Jack Python était là. C'est à Houston qu'on lui offrit sa première émission, The Python Beat, *dont l'indice d'audience dépassa très vite tout ce qui se faisait dans la région. Le courrier arrivait par sacs entiers au studio. A l'époque où il monta à New York pour animer une émission sur une chaîne de nuit, Silver descendait à Hollywood pour tourner l'adaptation cinématographique d'un de ses succès de Broadway. Il se demandait souvent si elle lui ferait signe, ne fût-ce que pour le féliciter. Ils étaient quand même frère et sœur ! Et puis peut-être arriveraient-ils un jour à tirer un trait sur les mauvais souvenirs du passé.*

Elle ne donna pas signe de vie.

Le film dont elle était la vedette fut un four. Pas un petit four. Un bide total, absolu, pyramidal. Le bide qui entraîne avec lui dans le gouffre tout ce qui l'a touché de près ou de loin. Silver sauta dans le premier avion à destination de l'Europe. Humiliée. Tout le monde avait l'air de vouloir lui faire porter le chapeau. Un peu facile ! A ses yeux, s'il y avait une seule chose valable dans ce foutu film, c'était elle.

Elle traversa alors ce qu'elle baptisa pudiquement sa « phase dépressive », en fait une période d'addiction à la drogue et à l'alcool qui faillit bien lui coûter la vie.

C'est alors que Jack eut de ses nouvelles. Pas directement, à la vérité. Il reçut de Londres un coup de fil d'une fillette de dix ans qui disait s'appeler Heaven.

— Tu es mon oncle, expliqua-t-elle. Maman ne va pas bien. Ils sont venus la chercher. Est-ce que je peux venir habiter chez toi ?

Jack annula une semaine de rendez-vous et sauta dans le Concorde à destination de Londres. Silver était bouclée dans une institution psychiatrique. Il trouva Heaven, qu'elle avait laissée à Chelsea aux soins d'un travesti de ses amis.

— Elle a essayé de se tuer, expliqua ce dernier à voix basse. La pauvre choute... Vous vous rendez compte de ce qu'elle a dû subir ? J'ai fait de mon mieux, enfin... Euh..., à propos, elle me doit deux mille livres. Si vous aviez ça en liquide, ça m'arrangerait bien...

Jack prit les choses en main. Il paya ce qu'il y avait à payer, fit transférer Silver dans une maison de santé privée où elle serait surveillée en permanence par des infirmières et prise en charge par les meilleurs psychiatres.

Quand il alla lui rendre visite, elle le regarda d'un air ahuri. Sans son maquillage, elle ressemblait à un spectre blanc. Mais le feu brillait dans ses yeux.

— Comment va George ? demanda-t-elle.

A quarante ans, elle se souciait enfin de la santé de son père. Ce père qu'elle avait plaqué quand elle avait seize ans.

— Il va bien, répondit Jack. Je pense emmener Heaven pour la lui confier. Enfin, si ça te convient, bien sûr.

— Oui, répondit-elle d'une voix apathique tout en triturant entre ses doigts amaigris une mèche de cheveux pendante. Je suis finie, tu sais, poursuivit-elle d'un ton détaché. Finie. Balayée. A Hollywood, ils ne font pas la différence entre la merde et le talent. Tout ce qu'ils veulent, c'est des filles de vingt ans avec des gros nichons. Le reste, ils s'en foutent. Je n'y retournerai jamais.

Jack se sentait mal à l'aise face à cette femme pâle et affaiblie qui parlait avec tant d'amertume. Cela ne cadrait pas avec l'image qu'il s'était faite de la célèbre Silver Anderson. En même temps, il se sentait comme libéré : il n'était plus le petit frère caché dans l'ombre immense de sa grande sœur. Cette ombre, bien sûr, n'existait que dans sa tête. C'était lui qui l'avait créée, mais il n'en avait pas conscience.

Il tenta de lui remonter le moral :

— Tu es toujours très belle, Silver. Je ne vois pas pourquoi tu ne redeviendrais pas une grande star.

— Merci, tu es touchant, dit-elle d'une voix désabusée. Mais, franchement, des paroles d'encouragement de la part de Baby Jack, on aura tout vu ! Écoute, tu salissais encore tes couches que j'étais déjà une star. Je sais beaucoup mieux que toi à quoi m'en tenir, va...

Elle ne lui parla pas de sa carrière. Pas un mot sur Jack Python qui, pourtant, avait maintenant son émission sur un réseau national de télévision.

Après avoir tout réglé — questions financières et autres —, il reprit l'avion à destination de la Californie, accompagné, cette fois, de la petite Heaven.

— Tu vas aller t'installer provisoirement chez grand-père, lui expliqua-t-il. Et, quand ta maman ira mieux, elle enverra quelqu'un te chercher pour te ramener chez elle.

— Elle n'enverra personne, affirma Heaven, une gamine mûre pour son âge avec des traits tirés et de grands yeux d'ambre.

— Bien sûr que si ! riposta Jack.

— Je te dis qu'elle n'enverra personne. Tu veux parier ?

— D'accord. Tu peux te préparer à perdre.

Heaven gagna. Silver guérit mais n'envoya personne chercher sa fille.

Jack était dégoûté. Il alla trouver les huiles lourdes de sa chaîne de télé et demanda que son émission soit basée à Los Angeles. Demande acceptée. Jack était ravi : Heaven aurait auprès d'elle quelqu'un d'autre que son grand-père.

Silver se releva de ses cendres. Une reprise de Pal Joey *sur les planches londoniennes lui valut de bonnes critiques. Elle était radieuse d'avoir retrouvé les feux de la rampe et la renommée. Mais ce n'était qu'une renommée à l'échelle de l'Angleterre. Ça ne lui suffisait pas. C'était l'Amérique qu'elle voulait. Animée par ce violent désir, elle prit contact avec Quinne Lattimore, un nouvel agent de Hollywood, et lui confia la mission de la ramener sur le devant de la scène américaine.*

Lattimore se donnait peu de chances de faire des étincelles.

Silver Anderson était loin d'être la dernière coqueluche. On l'avait trop vue et, surtout, elle avait fait trop de vacheries à tout le monde : on n'allait pas se bousculer pour la repêcher. Il avança le nom de Silver pour quelques projets et eut droit à tout un éventail de réponses, depuis « Elle est trop vieille », jusqu'à « C'est une pocharde ». Et puis, alors qu'il n'espérait plus rien, il reçut une proposition tout à fait insolite : un rôle pour Silver dans Palm Springs, une série télé diffusée l'après-midi. Quinne faillit refuser. Silver Anderson voulait se refaire un nom, mais pas dans un feuilleton et encore moins dans le rôle d'une chanteuse de charme sur le retour. Mais, à y regarder de plus près, l'offre de City Television était trop tentante pour être rejetée de la sorte. Il appela Silver à Londres :

— Je pense que c'est l'occasion ou jamais de vous montrer. L'essentiel est que les gens importants reprennent l'habitude de vous voir.

Elle fulminait.

— Moi ? Un feuilleton à la noix ? Jamais !

— On vous propose seulement une participation pour six mois, coupa Quinne Lattimore. Un contrat en or. Super cachet, budget garde-robe illimité avec possibilité de conserver les vêtements, droit de regard sur le scénario. Bref, c'est vous qu'ils veulent et on pourra leur imposer d'autres conditions si on veut.

— Des conditions…, grommela Silver avec mépris. Des conditions pour tourner une guimauve télé…

— Réfléchissez, insista Quinne Lattimore. La nuit porte conseil. Je vous rappelle demain.

— C'est tout réfléchi, décréta Silver.

— Vous avez tort.

— Ah oui ? Pourquoi ?

— Parce que c'est la seule roue de secours qu'on vous propose.

Silver accepta le rôle dans Palm Springs. Elle fut remarquable, et remarquée. L'audience du feuilleton atteignit des sommets. Au terme de son premier engagement, les producteurs lui firent des offres faramineuses pour qu'elle continue à tourner. Et Silver Anderson redevint une star adulée dans son nouvel emploi d'actrice de feuilletons télévisés.

Depuis maintenant trois ans, elle connaissait une gloire colossale, une gloire qui dépassait de très loin celle que lui avaient apportée les shows de Broadway. Et elle jouissait de ce succès mirifique avec une ineffable délectation.

Une longue limousine noire stationnait devant la porte de la villa de Silver à Bel Air. Dans l'automobile attendaient son attachée de presse, Nora Carvell, une lesbienne de cinquante-neuf ans au regard malin et à la voix rocailleuse (qui d'autre aurait pu cohabiter avec Silver Anderson ?), et son assistant personnel, un jeune homme nerveux qui était en poste depuis deux semaines et n'allait pas tarder à se faire virer.

— Bonjour tout le monde ! lança Silver, rayonnante.

Chacun poussa un imperceptible soupir de soulagement. Silver était bien lunée, Dieu merci !

4

Howard Soloman profita de l'absence de Mannon Cable, parti aux toilettes, pour se pencher vers Jack Python et lui faire une confidence qui le démangeait depuis un moment :

— Tu ne vas pas le croire. Figure-toi qu'hier soir, je me suis retrouvé nez à nez avec Whitney dans un cocktail. Eh bien, mon vieux, je suis prêt à te parier mon froc que j'ai un ticket d'enfer avec elle.

Jack se mit à rire. Whitney Valentine Cable était actrice, belle à couper le souffle, et c'était aussi l'ex-femme de Mannon Cable. Accessoirement, nul n'ignorait que Mannon en était toujours mordu.

— Toi ? Un ticket avec Whitney ?

Il rit de plus belle.

— Ben quoi ? grogna Howard, irrité. Qu'est-ce que ça a de si marrant ?

— Vous ne pouviez pas vous voir en peinture quand tu étais l'agent de Mannon. Si j'avais empoché un *cent* à chaque fois que je vous ai entendu dire pis que pendre l'un de l'autre, je serais plus riche que Crésus à l'heure qu'il est !

— Et alors ? On peut bien arrêter de faire la guerre pour faire l'amour, non ? dit Howard, hautain. Quand une grosse bite bien dure et une petite chatte bien douce s'aperçoivent qu'ils sont faits l'un pour l'autre, tout peut changer...

Jack faillit en avaler de travers.

— J'ai toujours aimé ton parler poétique, Howard.

Howard rota sans grande discrétion.

— Ma parole, reprit-il, je te dis qu'elle m'a fait du rentre-dedans ! Maintenant, la balle est dans mon camp. C'est à moi de jouer et je te prie de croire que je ne vais pas me gêner.

— J'aime mieux t'avertir, dit Jack d'un ton sérieux. Branche-toi sur Whitney et Mannon t'arrache les couilles.

— Quoi! Qu'est-ce que c'est que ce cirque? protesta Howard en agitant nerveusement ses petits bras. Ça fait presque deux ans qu'ils sont divorcés! Mannon s'est remarié avec cette Melanie Trucmuche et, d'après ce que j'ai pu remarquer, Whitney ne joue pas les prix de vertu!

Jack commençait à en avoir plein les oreilles.

— Mon pauvre Howard, tu débloques, ou quoi? Il ne t'est pas venu à l'esprit de faire le rapprochement entre ta récente nomination à la tête d'Orpheus et le brusque coup de foudre de Whitney pour ta précieuse personne?

— Quoi! commença Howard, offusqué. Est-ce que tu insinuerais que...

Il s'interrompit soudainement au milieu de sa phrase car Mannon était de retour. L'acteur se laissa tomber sur la banquette en clamant avec son manque de discrétion habituel :

— Je viens de trouver une idée de scénario. Il y aurait un film fumant à faire sur les mémères retraitées qui n'ont rien d'autre à foutre que d'emmerder les stars. Là, je viens de tomber sur un spécimen pas croyable. Elle m'a pisté jusqu'aux chiottes! Moi, peinard, je commence à pisser et la voilà qui se pointe et qui me demande un autographe, en plein milieu des opérations! Non mais franchement, vous arrivez à croire ça?

Jack y arrivait sans peine. Il avait eu la même mésaventure une semaine plus tôt dans les toilettes d'un grand restaurant. La rançon de la gloire... C'était l'une des rares choses qu'il ne goûtait pas dans la réussite. Sa sœur, elle, s'en délectait. Moins elle avait de vie privée, plus elle semblait s'épanouir. Impossible de feuilleter un magazine sans tomber sur sa photo. Il fallait bien reconnaître qu'elle faisait un come-back étourdissant. Heureusement, aux yeux du public, ils étaient deux personnalités bien indépendantes. On mentionnait rarement le fait qu'ils étaient frère et sœur, comme pour Warren Beatty et Shirly MacLaine, par exemple.

Aujourd'hui, c'était l'anniversaire de Silver. Ils ne s'étaient pas vus depuis des mois. En principe, leurs contacts se limitaient à des conversations téléphoniques concernant Heaven, maintenant âgée de seize ans. Quand Silver était revenue d'Angleterre, tout le monde avait pensé qu'elle reprendrait sa fille avec elle. Une semaine de vie commune avait signé l'arrêt de mort du projet : Heaven était retournée chez son grand-père, pour y rester. Jack en était malade. George n'allait pas en rajeunissant, il avait droit à un peu de calme et de tranquillité d'esprit. Or Heaven était une fille remuante. Mais la dernière à s'en soucier était, bien évidemment, Silver. Et elle s'obstinait toujours à refuser de révéler l'identité du père de Heaven.

— Alors ? Qu'est-ce que t'en dis, Howard ? On monte un film intitulé *Les vieilles groupies ?* Ou, non, tiens, plutôt : *Comment j'ai appris à pisser en public.* L'idée ne te botte pas ?

— Ce qui me botterait, répondit Howard, sérieux et très boulot-boulot, ce serait que tu tournes chez Orpheus. Ton prix sera le mien.

— Arrête ! dit Mannon. Tu es le mieux placé pour savoir que je n'ai même pas le temps de me gratter le cul !

— Ça n'empêche pas de faire des projets, répondit Howard en s'abattant voracement sur un autre petit pain. Pense à moi, dès que tu seras libre. Et n'oublie pas de mettre Orpheus en tête de ta liste.

— Quoi quoi ? s'esclaffa Mannon. On voudrait me pousser à faire du favoritisme ?

Howard hocha vigoureusement la tête.

— Exactement.

— Puisqu'on en est à ce chapitre-là, intervint Jack, quand est-ce que tu passes dans mon émission ? C'est vrai, quoi ! Ça fait des mois que je te demande et tu passes toujours chez Johnny Carson.

Mannon leva les bras au ciel dans un de ses grands gestes.

— Qu'est-ce que je suis demandé ! Le pied !

Ça faisait maintenant plus de quinze ans qu'on ne cessait de le demander partout, et il ne s'en lassait pas. Pas plus qu'il ne se lassait d'être adulé par le public et de gagner les dollars par millions.

Mannon avait tout ce qu'il pouvait désirer. Sauf Whitney. Elle l'avait laissé tomber au moment où il avait le plus besoin d'elle. Elle l'obsédait et son remariage avec Melanie-Shanna n'y changeait rien. Melanie-Shanna était belle, douce, attentionnée. Peu de temps avant leur rencontre, elle avait été sacrée Miss Texas Sunshine. C'était une fille de rêve, seulement ce n'était pas Whitney. Il était conscient d'avoir fait une connerie aussi grosse que lui en l'épousant. S'il n'y avait pas eu le problème de la pension alimentaire et du partage des biens, il l'aurait plaquée une semaine après le mariage. Mais, comme le dernier des couillons, il n'avait même pas eu l'idée de faire établir un contrat de mariage. Enfin, maintenant il avait mis le problème entre les mains de ses avocats. Qu'ils se débrouillent. Dès qu'ils auraient trouvé une solution, hop, il demanderait le divorce. Bien sûr, Melanie-Shanna n'était au courant de rien. Ça n'aurait pas été bon de la mettre sur ses gardes. Mieux valait la laisser dans l'ignorance jusqu'au jour J. Et alors là, bye bye, petite reine de beauté !

Mais qu'est-ce qui lui était passé par la tête d'épouser cette fille, comme ça ? Il devait être fou ! Il s'agissait d'une vengeance, en fait. Une vengeance contre Whitney, qui s'était mise à la colle avec Chuck Nielson, un minet de Malibu avec lequel Mannon avait plus ou moins copiné à une époque. Ce type se disait acteur mais c'était une nullité crasse. Les seuls films dans lesquels il jouait étaient ceux que Mannon refusait. Heureusement, sa liaison avec Whitney avait l'air de marcher sur trois pattes. Il ne restait plus à Mannon qu'à obtenir des conditions de divorce satisfaisantes avec Melanie-Shanna et, ensuite, il récupérerait Whitney.

— Comment veux-tu que je passe dans ton émission ? dit-il très sérieusement. Tu es beaucoup trop guindé pour moi !

— Guindé ! s'exclama Jack en secouant la tête avec accablement. Ma parole, tu ne m'as pas vu la semaine dernière avec Bette Midler !

— Ah, Bette Midler, intervint Howard, quelle paire de nichons !

— *Quel talent,* oui, corrigea Jack en fronçant les sourcils.

— Quel talent *et* quelle paire de nichons, suggéra Mannon pour les mettre d'accord.

Jack ne put s'empêcher de rire.

— Misère..., soupira-t-il d'un ton abattu. Les nichons et la fesse, voilà tout ce qui vous intéresse dans la vie...

— Et toi, ça ne t'intéresse pas, peut-être ? protestèrent en chœur Howard et Mannon.

— Honnêtement, il m'arrive de m'y intéresser, confessa Jack. Mais seulement quand l'appel de la chair me monte à la gorge.

— C'est-à-dire souvent.

Les trois amis éclatèrent de rire.

Whitney Valentine Cable avait à la fois un corps superbe et un visage qui attirait tous les regards. Elle avait des yeux bleu marine rêveurs, un nez droit pointillé de taches de rousseur et une bouche dont les commissures tombaient quand elle ne souriait pas. Et, quand elle souriait, Whitney Valentine Cable avait le plus large, le plus beau et le plus éclatant sourire de Hollywood.

Elle avait de longs cheveux blonds soyeux. Tous les hommes adultes dignes de ce nom fantasmaient sur la chevelure de Whitney. Et dès qu'elle changeait de coiffure, toutes les femmes adultes la copiaient.

C'était une personnalité, une star. Mais hélas, il faut bien le dire, Whitney Valentine Cable était une piètre actrice.

Cela n'avait, apparemment, pas grande importance. Car, depuis cinq ans, elle poursuivait une carrière de comédienne qui lui valait une popularité tout à fait remarquable. Une multitude de couvertures de magazines y avaient amplement contribué, ainsi qu'un sitcom télé d'un an suivi par un chapelet de films commerciaux qui la montraient dans des tenues variées mais toujours extrêmement dépouillées. On avait ainsi pu la contempler dans des costumes qui allaient des trois feuilles de figuier stratégiquement placées à la robe de soirée en lanières d'hermine ajourées. Mais jamais elle n'avait montré TOUT ce qu'elle possédait. Pas question. Aussi superbe fût-elle, Whitney avait eu la sagesse de toujours garder cachée une part de son formidable corps. Ainsi l'Amérique profonde n'avait-elle pas encore pu admirer les délicieuses pointes de ses seins ni la blondeur de sa douce toison. Pourtant, *Playboy* et une kyrielle d'autres revues avaient prié, supplié et même pleuré pour qu'elle accepte de poser nue, proposant, bien évidemment, des sommes astrono-miques pour avoir le privilège de présenter les photos.

Elle voulait plus. Whitney avait décidé que, quitte à tout montrer, ce serait un million de dollars, sinon rien. Et, jusqu'à présent, personne ne lui avait proposé cette fortune.

Whitney Valentine n'eut guère de difficulté à pénétrer le milieu hollywoodien. On tournait les extérieurs d'un film dans une petite ville de la région de Fort Worth où elle travaillait comme coiffeuse. Très curieuse de voir comment se passait le tournage d'un film de Hollywood, elle y alla avec une amie, un samedi après-midi. Aussitôt, elle accrocha l'œil de Mannon Cable, l'acteur macho qui jouait le rôle vedette.

Pour Mannon, ce ne fut pas véritablement le coup de foudre au premier regard. A l'époque, il se faisait un point d'honneur à se mettre tout ce qui était mettable, comme il le disait si élégamment. Or la délicieuse Whitney était incontestablement la fille la plus mettable qu'il ait vue de la semaine. Elle avait dix-huit ans et elle était innocente — tout au moins le prétendait-elle — quand il voulut l'initier aux plaisirs de l'amour avec une star de cinéma.

Whitney ne se plaisait pas dans cette petite ville. Elle voulait partir et il lui sembla que Mannon Cable était le visa de sortie idéal. Son instinct lui dit que la seule façon de l'accrocher sérieusement était de ne pas lui céder. Il la traita de tous les noms — petite dinde, allumeuse, toute la panoplie y passa — mais six semaines plus tard, il l'épousait et, quand le tournage fut terminé, il l'emmena avec lui à Beverly Hills.

Pendant cinq ans, Whitney joua les épouses modèles. Cuisine, courses, entretien du ranch de Malibu, pose pour les maquettes de reportages sur son illustre mari. La femme dont tout homme rêve.

Et puis, par un beau dimanche, tout bascula. Le soleil écrasait Malibu, le jacuzzi bouillonnait à pleine puissance, des fumées de barbecue s'effilochaient dans l'air, quand Howard, l'ami et agent de Mannon, souffla à l'oreille de Whitney :

— Ils vont tourner des essais pour la télé et je vois un rôle sur mesure pour toi. Dommage que tu ne sois pas actrice.

Elle se mit à piétiner d'excitation comme une petite fille.

— Oh, Howard, supplia-t-elle. Inscris-moi pour ce rôle. Tu ne peux pas me refuser ça !

— Mannon me tuera, dit Howard.

— Si tu ne le fais pas, c'est moi qui te tuerai, siffla Whitney. Il ne fallait pas m'en parler !

Sans rien dire, elle fit un bout d'essai.

Sans rien dire, elle décrocha le rôle et signa.

Mannon piqua une colère mémorable quand on lui révéla le pot aux roses.

— Espèce de monstrueux connard ! rugit-il aux oreilles de Howard. Une femme qui joue les starlettes ! Ah j'avais vraiment besoin de ça !

— C'est elle qui a voulu, protesta faiblement Howard.

— En tout cas, tu n'es plus mon agent ! Ça, c'est moi qui le veux ! hurla Mannon.

Puis il tourna sa rage contre Whitney.

— J'ai envie de travailler, répondit-elle calmement. Je m'ennuie.

— Tu t'ennuies ? s'écria-t-il, indigné. Tu es mariée avec moi, Mannon Cable, et tu t'ennuies ! C'est la meilleure !

— Tu travailles tout le temps. Je n'ai rien à faire de mes journées, je me sens seule.

— Pourquoi ne pas faire des enfants ? On en a discuté assez souvent. Tu sais très bien que je veux fonder une famille.

— Et moi, je veux faire quelque chose de ma vie avant de me ranger et d'avoir des enfants. Ce rôle, je le veux, j'en ai besoin ! Mannon, il faut que tu comprennes ça. S'il te plaît...

A contrecœur, il donna son accord. Qu'elle tâte du métier d'actrice, après tout, elle aurait tôt fait de déchanter. Whitney était devenue la femme avec laquelle il voulait vivre toute sa vie. Si elle avait envie de se frotter au showbiz pendant quelques mois, qu'elle le fasse. Elle verrait vite quel panier de crabes c'était.

Elle était châtain clair. Elle se teignit en blond. Les cheveux et le reste. Cette première disposition prise, elle décida de se faire connaître sous son nom de jeune fille, Whitney Valentine, et n'ajouta le Cable que pour faire plaisir à Mannon. Accessoirement, cela fit également grand plaisir à son service de presse.

Ainsi débuta l'ascension de Whitney Valentine vers la gloire. Sans effort. Le sitcom fit un triomphe. Whitney avait tout ce qu'il fallait pour plaire aux téléspectateurs. Et, en plus, un mari célèbre. Le reste ne fut qu'un enchaînement logique. Tout fit boule de neige.

Après cinq ans et cinq cents couvertures de magazines, elle était une star. Le but était atteint. Et maintenant, la rupture avec Mannon. Celle-là, elle ne l'avait pas voulue. Mais il était jaloux d'elle, il ne supportait pas qu'elle ait du succès. Que pouvait-elle y faire? Ils étaient maintenant divorcés depuis dix-huit mois. Sitôt le jugement prononcé, Mannon avait épousé une espèce de reine de beauté texane. Whitney n'avait pu s'empêcher d'en souffrir car c'était elle qui avait lancé la procédure de divorce, et pas Mannon, qui n'avait cessé de lui jurer son amour jusqu'au jour de son second mariage. Elle avait même songé à lui rendre la pareille en épousant Chuck Nielson, son actuel copain, un ancien ami de Mannon. Mais, si Chuck était le parfait garçon quand il était clair, il devenait cinglé quand il était défoncé, ce qui arrivait de temps en temps. De plus, Whitney appréciait trop sa liberté retrouvée.

Tout en dégustant doucement un thé glacé au bord de la piscine en forme de haricot dans sa propriété de Loma Vista, Whitney pensait à Howard Soloman. Qui aurait pu imaginer qu'un jour Howard serait à la tête des studios Orpheus? Elle ne pouvait pas le sentir à l'époque où il était l'agent de Mannon. Après qu'il l'eut lancée, elle décida de le tolérer, jusqu'à ce qu'il abandonne le métier d'agent pour créer sa propre société de production. Il continua de grimper, occupant des positions de plus en plus importantes, et aujourd'hui, ça y était, il dirigeait Orpheus. Malgré elle, elle était impressionnée.

Étendant un pied délicat elle admira le brillant perlé du vernis de ses ongles. Howard Soloman. L'un des meilleurs amis de Mannon. Un type drôle, vulgaire, tordu, mais un petit malin dans son genre.

Elle tressaillit. Le simple fait de s'imaginer au lit avec Howard la mettait mal à l'aise. C'était insensé. Ils se connaissaient depuis trop longtemps. Pourtant, hier soir au cocktail des Field, Howard et elle s'étaient retrouvés à parler tout seuls dans un coin. Sans personne autour d'eux. Et il s'était passé quelque chose. Il la comprenait. Il comprenait ce dont elle avait besoin pour sa carrière. Parfois, c'était ce qu'il y avait de plus important dans une relation.

5

Springsteen beuglait et Jade était bien. Elle avait déballé le contenu de trois cartons et, déjà, elle se sentait un peu plus chez elle dans cet appartement. On sonna à la porte. Elle se leva et alla regarder au judas, vieille habitude new-yorkaise. Elle ne voyait rien.

— Qu'est-ce que c'est ? demanda-t-elle.

— Pizza à domicile.

— Je n'ai rien commandé.

— J'ai dit pizza à domicile, je n'ai pas dit qu'il y avait eu une commande.

— Corey ! s'exclama tout à coup Jade. Espèce de sale type ! Pour un peu tu m'aurais fait peur.

Elle ouvrit la porte en grand.

— Mais tu m'avais dit que tu ne serais pas là avant une semaine !

— J'ai fait des miracles pour te voir, sœurette.

Corey déposa les cartons de pizza sur le sol et embrassa sa sœur. Difficile de leur trouver des airs de famille. Corey était plus petit que Jade. Il était aussi plus jeune. Il était mignonnet, avec des traits réguliers, mais ce n'était pas du tout une bombe sexuelle comme sa sœur.

— Ah ! s'exclama-t-elle. Tu ne peux pas savoir ce que ça me fait plaisir !

— Moi ou les pizzas ?

— Les pizzas, bien sûr. Qu'est-ce que tu imagines ! Allez, à la croûte. Je venais de m'apercevoir que je mourais de faim. J'espère qu'il y en a une aux champignons.

— Oui, avec de la mozzarella. Et une avec des boulettes de viande à la sauce bolonaise et aux piments.

— Oh, Corey, petit frère, que ça me fait plaisir de voir ta vilaine bouille.

Il sourit d'une oreille à l'autre.

— Content de te voir, moi aussi. Ça fait un bail, hein ?

— Je sais.

Il se baissa et reprit les cartons.

— J'ai le droit d'entrer, ou on mange sur le palier ?

— Entre vite, qu'on voie ce que cette pizza a à raconter. Et toi aussi. Je veux tout savoir.

Il suivit Jade jusqu'à sa cuisine ultra-moderne et posa les pizzas sur un plan de travail.

Jade sortit des assiettes et un couteau.

— Comment vont Marita et l'héritier ?

Corey faisait le tour de la pièce.

— Dis donc, dit-il, admiratif, pas mal, pas mal...

— Mieux que ma cage à lapin de New York, c'est ça ? demanda-t-elle insidieusement.

— Plus grand, en tout cas.

— Qu'est-ce que tu bois ? s'enquit Jade. Tiens, allez, je vais faire fort. J'ouvre une bouteille de vin !

Corey consulta sa montre.

— Il est seulement midi et demi.

— Tu sais, Corey, parfois, j'ai l'impression que tu ne sors pas assez.

Il jeta un coup d'œil par la fenêtre.

— Il y a des jours où je souhaiterais être moins sorti, dit-il mystérieusement.

Se tournant vers sa sœur, il ajouta :

— Tu as eu des nouvelles des parents, ces derniers temps ?

Elle lui tendit la bouteille et un tire-bouchon.

— J'appellerai demain, comme d'habitude. J'appelle toujours le dimanche. Tu sais comment ils sont, si je change de jour, ils angoissent en pensant qu'il est arrivé quelque chose. Mais pourquoi tu me demandes ça ? (Sa voix devint anxieuse.) Il est arrivé quelque chose ?

Corey se battait avec le tire-bouchon.

— Non, non... Ils vont bien. J'ai eu m'man au téléphone hier.

— Ah bon.

Elle prit le couteau et se mit à découper une pizza.

— C'est juste... reprit Corey, visiblement mal à l'aise. Enfin, si tu les avais eus au téléphone, ils t'auraient sûrement dit quelque chose.

Elle se tourna vers lui et le fixa intensément.

— Où tu veux en venir, là ?

— Je ne suis plus avec Marita.

— Oh, non, merde... Qu'est-ce qui s'est passé ?

Corey haussa les épaules pour dissimuler son embarras.

— Ne prends pas cet air-là. Ce n'est pas si grave.

— Si, fit-elle sèchement. C'est grave parce que vous avez un enfant.

Il lui lança un regard noir.

— Arrête ça, tu veux ? Sans quoi, je pourrais bien te sortir une ou deux choses pas plaisantes à entendre au sujet de ta situation personnelle !

— Quelle situation ? Cette histoire est finie et bien finie, riposta Jade.

— N'empêche. Tu as quand même gâché six ans de ta vie avec un type marié. Alors, si tu crois pouvoir me faire la leçon, tu repasseras !

— Ce que je fais me regarde ! Ce que tu fais, toi, c'est autre chose !

A peine eut-elle dit cela qu'elle le regrettait. Corey avait toujours joué les seconds rôles auprès d'elle. Dans la famille, c'était elle qui avait réussi, pas lui. Elle était au top-niveau de sa profession. Il avait un boulot médiocre dans une boîte de relations publiques de San Francisco. Il avait vécu chez ses parents jusqu'au moment où il avait rencontré Marita, qui était hawaiienne. Ils s'étaient mariés, quatre ans plus tôt, et étaient partis vivre en Californie.

— Excuse-moi, dit-elle doucement. Je crois que je m'énerve. Vous aviez l'air tellement bien ensemble, Marita et toi... Qu'est-ce qui s'est passé ?

Il eut un geste d'impuissance.

— Je ne sais pas.

Jade se rendit compte qu'elle avait perdu tout son appétit. Le bonheur de son frère était une chose qui comptait beaucoup pour elle. Sale nouvelle. Dès que possible, elle téléphonerait à sa mère pour en savoir plus.

— Je voulais te le dire moi-même, reprit Corey en se levant et en faisant nerveusement les cent pas dans la cuisine. P'pa et M'man sont au courant, mais c'est tout.

— C'est définitif ?

— Je crois bien que oui. Je m'installe à Los Angeles. J'ai réussi à me faire muter par le bureau de San Francisco.

— Ah ! Quand même une bonne nouvelle. Tu vas pouvoir venir t'installer avec moi.

Il secoua la tête.

— J'ai déjà une crèche. Je vis avec quelqu'un.

L'affaire commençait à prendre forme. Corey avait rencontré une autre fille. Quand il se serait bien changé les idées, bien envoyé en l'air, il allait probablement se lasser. Avec un peu de chance, il retournerait vivre avec Marita et le bébé.

— Je peux te donner un conseil ? risqua-t-elle.

— Non merci. Maintenant, écoute, Jade, j'ai des tas de trucs sur le feu. Il faut que je me tire.

— Mais tu viens à peine d'arriver ! protesta-t-elle.

Il l'embrassa sur le front.

— On se reverra. Maintenant, on habite la même ville, comme quand on était gosses. Ça ne nous était jamais arrivé depuis. Tu vas voir, ça va être extra ! Comme avant...

La grisaille était tombée sur sa journée mais elle hocha quand même la tête.

— Je t'appellerai, promit-il. Dès que je serai installé.

A peine fut-il sorti qu'elle décrocha le téléphone pour appeler leur mère, qui n'en savait guère plus qu'elle et était bouleversée par ce qui arrivait.

— Est-ce que quelqu'un a pu voir Marita ? Lui parler ? demanda Jade.

— Corey dit qu'elle est repartie pour Hawaii avec le bébé, répondit sa mère. Elle doit être dans sa famille.

— Pas pour toujours, j'espère.

— Je n'en sais rien.

Dès qu'elle eut raccroché, elle éprouva un violent besoin de parler à Mark. Ils étaient séparés depuis maintenant six semaines mais elle avait toujours des symptômes de manque. Leur histoire avait tout de même duré six ans. Six ans pendant lesquels Mark menait en Angleterre une autre vie dont elle était censée tout ignorer.

Le salaud.

N'empêche. Il lui manquait. Ce salaud lui manquait. Elle avait bien le droit, après tout.

Sans réfléchir, elle se jeta sur la pizza et dévora tout. Quand elle avait ces frénésies de bouffe, Mark se moquait d'elle et l'appelait la grosse Américaine. Un surnom bien excessif pour cette fille aux rondeurs certaines mais au corps svelte et élancé. Quand ils avaient une scène, ce qui n'était pas rare, elle le traitait d'Anglais coincé. Régulièrement, ils se promettaient d'écrire le scénario d'un sitcom avec les personnages de la grosse Américaine et de l'Anglais coincé et ils éclataient de rire.

Ils avaient toujours voyagé ensemble. Elle aimait l'univers de Mark, Mark était fasciné par le sien. Deux fois par an, elle l'accompagnait en Afrique dans ses safaris photo. Elle allait avoir du mal à se passer de la beauté grisante des paysages, des bruits de la nature sauvage, de ces incroyables ciels à la naissance du jour.

Mark Rand.

Il faisait partie de son passé maintenant.

Elle devait cesser de penser à lui.

6

L'anniversaire de Wes Money tombait le même jour que celui de Silver Anderson, mais il l'ignorait. Et même s'il l'avait su, ç'aurait été le cadet de ses soucis. Il avait trente-trois ans et les chances ne se bousculaient pas au portillon pour lui sourire. Le problème de Wes, c'était qu'il était incapable de choisir une direction dans la vie. Il s'était essayé un petit peu à tout et n'avait réussi dans rien.

Wes Money naquit dans une zone sordide des faubourgs de Londres d'une prostituée à la petite semaine et de son souteneur. Le cadre de son enfance ne fut pas véritablement celui d'un conte de fées. Très vite, la vie se chargea d'enseigner à Wes que, pour s'en sortir, il fallait frapper vite et fort. Quand il avait douze ans, sa mère se dénicha un Américain plein aux as — du moins, le croyait-elle —, l'épousa et partit pour New York. Là, Wes crut qu'il était arrivé au paradis. Il avait à peine treize ans et toutes les minettes des collèges se bousculaient pour coucher avec lui. Elles étaient littéralement envoûtées par son accent cockney. Il se fit arrêter à quinze ans (vol à l'étalage, rien de bien méchant). Et sortit de prison à seize.

En quittant la maison, il ne fit même pas ses adieux à sa mère qui, soit dit en passant, s'intéressait à lui comme à sa première chemise. Après avoir divorcé de son mari américain, elle avait repris ses activités d'antan. Finalement, le tapin lui convenait mieux que la vie de femme d'intérieur.

Wes se mit en ménage avec une strippeuse bien potelée qui le croyait âgé de vingt ans. Il s'adonna quelque temps au maquereautage mais ce n'était vraiment pas son truc, et il passa au deal de came, activité qui le mit au contact de l'univers du rock. C'est alors qu'il crut avoir trouvé l'amour de sa vie : la musique. Il découvrit qu'il était capable de chanter. Il arrachait à ses entrailles des raclements rauques qui se mariaient parfaitement à la violence métallique des sons des années soixante-dix. Il avait galéré pendant un an comme roadie avec un groupe baptisé « In the Lewd » quand le chanteur principal abandonna la tournée, victime d'une chaude-pisse tenace. Wes n'hésita pas une seconde et le remplaça au pied levé.

De nouveau, ce fut le paradis. Il avait vingt-deux ans et il chantait dans un groupe. Des pucelles de quatorze ans se jetaient dans ses bras. Il fit la rencontre de Mick Jagger et d'Etta James. En route vers la gloire.

Dix mois plus tard, les « In the Lewd » se séparèrent. Ils n'avaient même pas réussi à décrocher un contrat avec une maison de disques pour l'enregistrement d'un 45-tours. Wes était déçu mais il attendit, confiant. Maintenant qu'il avait montré ce qu'il savait faire, les autres groupes allaient se ruer pour l'avoir.

Personne ne se rua. En fait, il ne se passa strictement rien. Alors, il descendit à Miami pour vivre au soleil. Il trouva un boulot de barman dans une boîte de nuit. Là, il rencontra une divorcée suédoise de quarante-deux ans qui avait de l'argent, des mollets d'acier et pas un poil d'humour. Elle le garda trois ans. La vie de rêve. Car, en plus de la patronne, il se tapait la bonne, une petite Portoricaine pas farouche et roulée au moule.

Les deux liaisons prirent fin le jour où la Suédoise annonça qu'elle se remariait et que l'élu n'était pas Wes.

Par la force des choses, il reprit du service derrière le bar d'un grand hôtel. C'était le job idéal pour ce garçon qui ne savait que faire de sa vie.

Vicki entra en scène alors que la dernière chose qu'il cherchait était une femme sans argent. Mais Vicki avait vingt ans et c'était un bijou. Impossible de résister. Tout le poussa vers elle. Pour la première fois de sa vie, Wes Money était amoureux. Ça le perturbait, le mettait mal à l'aise. Vicki était danseuse dans une revue à paillettes qui passait dans les hôtels de luxe et, manque de chance, elle gagnait sa vie encore moins bien que lui. Ils louèrent un minuscule logement dans les cubes de béton du front de mer. Mais, au bout de quelque temps, Vicki se mit à tenir d'inquiétants propos dans lesquels il était question de mariage et de famille.

Corde au cou, factures à payer, lardons morveux, ce n'était pas du tout dans ce décor que Wes voyait son avenir. Alors il trompa Vicki avec sa meilleure amie et fit le nécessaire pour qu'elle s'en aperçoive. Elle s'en aperçut. Il quitta Miami et remonta sur New York où il trouva qu'il faisait trop froid pour son goût. Il avait besoin d'argent vite fait. Il se dégotta un petit rôle dans une vidéo porno qui lui rapporta mille dollars cash.

L'argent lui permit de s'offrir un aller simple pour Los

Angeles. En Californie, il loua une maison de deux pièces en ruine sur les quais de bois de Venice et gagna sa pitance en jouant les figurants dans quelques films. Mais, à la longue, il se fatigua de passer ses journées à traîner autour des studios en attendant l'embauche. Il se remit à travailler derrière les bars de divers établissements de Hollywood.

Un jour, en s'éveillant, il s'aperçut qu'il avait trente-trois ans.

Heureusement pour lui, ce n'est pas dans son lit qu'il s'éveilla. S'il avait été chez lui, il se serait sans doute suicidé dans un accès de déprime. Un paquet de cigarettes traînait dans le décor. Il tendit la main, l'attrapa. Des millions de petits lutins cruels s'acharnaient à lui planter des aiguilles dans les tempes. Il était incapable de dire où il se trouvait.

Sur la table de chevet, un verre de scotch à moitié vide était abandonné près d'un distributeur de Kleenex, d'un petit réveil en plastique et d'un cendrier en forme de hibou débordant de mégots froids.

Aucune illusion à se faire, ce n'était pas encore aujour d'hui qu'il avait décroché le gros lot. A la vérité, ce qu'il cherchait depuis Miami, c'était une remplaçante à sa Sué doise. Il se voyait bien finir ses jours en se la coulant douce à se faire entretenir par une femme riche.

Il s'assit dans le lit en bâillant à se décrocher la mâchoire. Du haut d'une étagère, un chat roux empaillé[1] le fixait de ses yeux immobiles.

— Salut ! fit-il aimablement.

Était-ce une hallucination ? Il vit le chat répondre d'un clin d'œil.

Merde ! Il allait y laisser sa peau s'il continuait comme ça à picoler, à se coucher tard et à lever des femmes.

La chambre était petite. On y crevait de chaud. Pas d'air conditionné. Non, décidément, ce n'était pas son jour de chance.

— Tu es là ? cria-t-il à tout hasard.

La maîtresse de céans pointa son nez. C'était une blonde rondouillarde à la tignasse ébouriffée, à la figure tartinée de maquillage et aux énormes seins bourrés de silicone qu'elle exhibait fièrement sous un déshabillé d'acétate.

— Je croyais que tu ne te réveillerais jamais, dit-elle. Faut

1. Aux États-Unis, il est très à la mode depuis quelques années de faire empailler les animaux familiers après leur mort (*N.d.T.*).

52

dire que t'es un sacré chaud lapin et avec la tranche qu'on s'est payée c'te nuit, t'as le droit d'être lessivé.

Wes aurait juré que c'était la première fois qu'il la voyait. Avait-il vraiment culbuté cette grosse pouffe ? Il devait être bituré à mort.

— On se connaît ? demanda-t-il, éberlué.

Elle le détailla d'un œil gourmand.

— Moi, je te connais, en tout cas. T'es un sacré bandeur, mon loup. Mon jules, avant de me plaquer, il arrivait plus à redresser. Tu peux pas imaginer le nombre de pédales qu'y a partout par les temps qui courent.

Il alluma sa cigarette et tira une bouffée en s'efforçant de prendre un air surpris.

— Sans blague ?

— Sans blague, mon loup.

Elle fit bouffer sa tignasse puis lui décocha un long regard langoureux en ajoutant d'une voix rauque :

— Faudrait que je sois au turbin dans une demi-heure... Mais bon, si t'as un peu de temps devant toi, je peux toujours arriver en retard...

Plutôt se foutre à l'eau que de fêter ses trente-trois ans en enfilant cette chose ! Il fallait absolument qu'il arrête de picoler comme ça.

Elle enleva doucement son déshabillé et apparut uniquement vêtue d'un porte-jarretelles rouge et de bas résille de même couleur. Rien d'autre. Sa toison, noire et crépue, poussait dru comme du chiendent.

— Ça me plairait bien, dit-il en soulevant les draps et en observant son membre, raide pour la seule raison qu'il avait la vessie pleine.

— Oh là là, fit-elle, l'œil allumé, ça m'a l'air parfait tout ça !

— Doucement, je contrôle d'abord.

— Quoi ? demanda-t-elle.

— Je me suis chopé cette saloperie d'herpès qui traîne partout en ce moment. Le toubib dit que c'est contagieux seulement quand ça cuit. Mais quand même, j'aime mieux avoir ça à l'œil, tu comprends. Je voudrais pas le refiler à quelqu'un.

Elle se pétrifia sur place.

— Oh, espèce de petit salaud !

A toute allure, comme pour se protéger, elle réintégra son déshabillé, faisant dans sa précipitation trembler sa cellulite.

— Sors de mon lit ! cria-t-elle. Et fous-moi le camp tout de suite !

— Mais, protesta Wes, il n'y a pas de risque de contagion en ce moment !

— Dégage de là, je te dis, espèce de pouilleux !

Elle se retourna pendant qu'il s'habillait et ne prononça plus un mot. Il sortit de la maison et constata avec stupeur qu'il se trouvait dans la Vallée. Comment était-il arrivé jusqu'ici dans l'état où il devait être hier soir ?

Sa voiture était là. Une vieille Lincoln qu'il avait gagnée au poker. Il lui arrivait parfois d'avoir un coup de chance.

Il s'arrêta dans un café de Ventura Boulevard et mit le cap droit sur les toilettes des hommes. Dans la glace tachée accrochée au-dessus d'un lavabo craquelé, il se souhaita un joyeux anniversaire.

En approchant son visage de la glace, il y vit les stigmates du temps et de la bouteille. Pas rasé, avec une langue épaisse comme un chateaubriand et les yeux chassieux, il n'avait vraiment pas bonne mine. Il avait une autre gueule quand il vivait aux crochets de sa Suédoise.

Enfin... en se soignant un peu, il arrivait encore à tomber à peu près toutes les femmes qu'il voulait quand il s'en donnait la peine. Il avait des cheveux bruns, qu'il portait relativement longs, un visage aux traits réguliers, marqué toutefois par un nez cassé dans une bagarre de bar et par une cicatrice de trois centimètres sous l'arcade gauche, gagnée, celle-là, au cours de la scène de rupture avec Vicki. Il avait des yeux vert réséda et mesurait un solide mètre quatre-vingts. Jamais de gym ni de sport ; il vomissait l'exercice physique. Cela ne l'empêchait pas d'être en assez bonne forme, avec peut-être un ou deux kilos de trop, mais rien de tragique.

Il possédait aussi un atout de taille. L'art de donner du bonheur aux dames. Qu'il soit à jeun ou totalement ivre, il leur faisait chanter Streisand.

Après avoir avalé un bon café et deux doughnuts au sucre, il reprit sa voiture et rentra chez lui. En route, il faillit s'arrêter pour prendre une minette d'à peine vingt ans qui faisait du stop les fesses moulées dans un petit short rouge. Il changea d'avis en se rendant compte qu'il était peut-être temps d'arrêter de jouer à la roulette russe du sexe. Aujourd'hui, il fallait faire attention à pas mal de choses. Par exemple l'herpès, qu'il n'avait pas, contrairement à ce qu'il avait raconté à sa grosse blondasse. Et surtout le sida. Avant, quand on attrapait une saloperie, un bon coup de pénicilline vous remettait sur pied. Avec le sida, ce n'était pas la même paire de manches. Le sida, c'était la mort, la mort lente, à petit feu.

Il tressaillit et prit une sage décision. Finies les nuits d'ivrogne qui se terminaient dans des lits de hasard. A partir d'aujourd'hui, il *saurait* avec qui il couchait.

Une prostituée du quartier traînait devant sa porte. Une fois qu'il était vraiment sans un rond, il lui avait sous-loué sa piaule pendant une semaine.

— B'jour, Wes, roucoula la fille. J' t'ai apporté un cadeau.

Il était ému. La pute s'était souvenue de son anniversaire.

Loupé. C'était la cocaïne qu'il avait commandée pour un copain.

— Combien ? s'enquit-il.

Il paya les fournitures et constata que les fonds étaient salement en baisse. Même s'il pouvait revendre la coke au double du prix d'achat, il était grand temps qu'il se trouve quelque chose de plus régulier et de plus rentable.

A l'intérieur de la maison, tout était dans l'état où il l'avait laissé. Des vêtements sales dans tous les coins, des cendriers débordants, des draps crasseux. Le foutoir habituel. Il se demanda un instant s'il ne pourrait pas proposer à la pute de la payer pour faire le ménage. Mais non, elle refuserait. Elle trouverait sûrement ça trop dégradant.

Enfonçant les touches de son répondeur téléphonique, il attendit sans grand espoir le message lui annonçant qu'on le demandait pour un *nouveau groupe*. La chanson, c'était sa vie. Mais maintenant, ça faisait des années que la chanson ne voulait plus de lui.

— Salut, mec ! lança la voix de son ami Rocky. Il faudrait que tu me dépannes. Il y a une grosse nouba ce soir chez Silver Anderson à Bel Air. L'actrice de la télé, tu vois qui je veux dire ? Elle est super connue. Je devais faire le bar avec Stuart mais ce connard me fait faux bond. Il s'est cassé le bras en sautant d'une voiture en marche. Faut vraiment être louf ! Soixante billets verts pour à peu près deux plombes. Tu peux pas me laisser tomber. Rappelle-moi.

C'était son anniversaire. Il n'avait rien à faire.

7

Jack Python roulait en Ferrari vert sombre. Il n'aimait pas voir quelqu'un d'autre que lui derrière le volant. Connaissant ses manies, les employés de parking de la plupart des grands hôtels se faisaient un plaisir de le laisser garer son bolide lui-même.

Quittant le *Beverly Hills Hotel*, il se dirigea d'un bon pas vers sa voiture, pourchassé par deux touristes du Minnesota qui avaient dégainé leurs appareils photo pour le mitrailler. Il ne leur laissa pas le temps de mettre leurs projets à exécution. Dans un grondement de moteur, il fila sous le soleil brumeux de l'après-midi.

Il avait prévu une partie de tennis mais le petit déjeuner avec Howard et Mannon lui avait sapé son énergie. Il décrocha son téléphone de voiture et fit reporter son rendez-vous pour le lendemain matin. Il appela ensuite Clarissa au studio, pour s'entendre répondre qu'elle était sur le plateau et ne pouvait prendre les communications.

Il s'arrêta à un feu.

— On t'a reconnu! lui cria une fille en décapotable blanche.

Il sourit en s'efforçant de ne pas grincer des dents. Ce n'était pas pour se donner un genre, il avait réellement horreur d'être reconnu dans les lieux publics ou dans la rue, contrairement à Mannon, à qui ça procurait une véritable jouissance, et à Howard qui, lui, crevait de dépit qu'on ne le reconnaisse pas. Quand Howard fut nommé à la tête des studios Orpheus, le plus grand plaisir qu'il en tira fut d'obtenir au restaurant *Mortons* la table ronde du devant sous le nez de deux stars de cinéma et d'un gros producteur.

Les Trois Cracks. Pas à dire, ils avaient bien mené leur barque. Ils avaient fait leur chemin, les trois garçons pleins d'ambition qui partageaient un petit appartement de Los Angeles. Dans un sens, Jack était fier de leur réussite à tous les trois.

Il roula à petite vitesse jusqu'au *Beverly Wilshire Hotel* où il avait un appartement de luxe avec terrasse. Jack préférait vivre à l'hôtel que d'avoir à assumer un appartement ou une maison. Cela lui donnait une agréable sensation de liberté.

Clarissa louait une maison dans Benedict Canyon et y passait une grande partie de son temps. Récemment, Jack avait envisagé de louer quelque chose pour l'été au bord du Pacifique. Pas dans la colonie de Malibu. Trop de têtes connues. Plutôt vers Point Dune ou Trancas. Plus il y songeait, plus l'idée le séduisait. Peut-être allait-il prendre des congés tout l'été et passer ses vacances à vagabonder sur les plages... La location serait peut-être un bon point de chute pour Heaven, aussi.

Clarissa était tout sauf emballée par le projet. C'était une fille de la ville. Elle était plus à son aise dans la poussière, les odeurs, les bousculades. Elle n'arrêtait pas de dire que Los Angeles ne valait rien en comparaison de New York. Et elle haïssait le bord de mer.

Ils s'étaient rencontrés à New York lors d'un gala de soutien pour la campagne d'un sénateur démocrate. Jack découvrit ultérieurement qu'il était l'amant de Clarissa. Leur rencontre ne fut pas un événement marquant à inscrire dans les annales, mis à part le fait qu'elle avait plaqué son sénateur pour finir dans le lit de Jack. A la suite de quoi, ils se revirent par intermittence pendant deux mois, perpétuellement traqués par des hordes de paparazzi surexcités.

Lorsque Clarissa accepta de passer dans son émission, l'affaire fit grand bruit car la star refusait toujours les interviews télévisées. Jack en comprit la raison le soir de l'émission. Elle le fit transpirer. Clarissa n'était pas une bonne invitée et il regretta de l'avoir reçue. L'intérêt de *Face to Face with Python* dépendait totalement de la qualité et du rythme de la conversation entre Jack et son invité. Il voulait qu'après avoir regardé son émission, les téléspectateurs aient le sentiment de mieux connaître et de mieux comprendre la célébrité qu'il venait de « cuisiner » pendant une heure. Avec Clarissa, rien de tout ça. C'était une actrice de grande classe, mais une invitée médiocre.

Depuis maintenant presque six ans, *Face to Face with Python* poursuivait sa carrière avec d'excellents indices d'audience. L'émission passait une fois par semaine, le mardi soir, ce qui laissait à Jack beaucoup de temps libre. Il avait constitué cinq ans plus tôt sa propre société de production télévisuelle et supervisait l'élaboration de fictions à thèmes documentaires traitant de sujets importants.

Jack avait un problème d'image. Il était trop beau gosse pour être considéré avec le sérieux qu'il aurait voulu. Et il était difficile d'effacer cette réputation de séducteur qu'il s'était forgée au fil des ans. Mais il essayait.

Howard Soloman se déplaçait dans une Mercedes 500 SEC de couleur or. Se trémoussant d'un pied sur l'autre sous le portique du *Beverly Hills Hotel,* il attendit que le préposé lui amène sa voiture.

A son désespoir, Howard n'était pas grand. Il était même très en dessous du mètre soixante-dix. Grâce à des chaussures à talonnettes fabriquées sur mesure en Europe, il réussissait à se grandir de presque dix centimètres mais, dans son uniforme de week-end — survêtement et Adidas —, pas moyen de tricher. Quoique... rien n'était jamais impossible quand on s'en donnait les moyens. Howard avait demandé à son bottier londonien de plancher sur la question.

A seulement trente-neuf ans, Howard était déjà très dégarni. Il avait commencé à perdre ses cheveux quelques années plus tôt et, malin, s'était fait faire une perruque avant que quiconque ait pu constater les dégâts. La perruque était une authentique œuvre d'art. L'ennui, c'est qu'elle le faisait transpirer. Un soir, à Las Vegas, il avait amené une fille dans sa chambre d'hôtel, avait enlevé ses vêtements, ses souliers et, comme il faisait une chaleur d'enfer, sa perruque. Il devait avoir l'air de ces fous qui s'arrachent les cheveux dans les moments de passion.

La fille l'avait regardé avec stupeur

— Merde ! s'était-elle exclamée. Je monte dans la chambre d'un type grand et plutôt mignon et je me retrouve dans le lit d'un nain chauve !

Ce qui avait mis un terme prématuré à la nuit d'extase.

Aujourd'hui, Howard ne quittait plus sa perruque, sauf chez lui quand il n'avait qu'une femme ou des enfants en visite, pour se moquer de lui.

Les femmes étaient quatre. Une actuelle et trois ex. Plus cinq enfants. On pouvait accuser Howard de bien des choses mais pas d'être inefficace.

La première des femmes était une militante noire qui gagnait sa vie en faisant des extras comme danseuse. Malgré les avertissements de Jack, Howard l'épousa alors qu'elle avait quarante ans et lui dix-neuf. Une union qui ne dura guère. Ils décidèrent de se séparer d'un commun accord. Pendant quarante-huit heures, ils cogitèrent à s'en faire exploser les neurones pour trouver des arguments et, finalement, réussirent à obtenir une annulation. La deuxième était celle d'un autre quand Howard fit sa connaissance. Elle était jolie, gentille aussi, mais pas de quoi en faire un plat. Howard la poussa diplomatiquement sur la voie de la demande de divorce. Puis il l'épousa, lui fit trois enfants et divorça à son tour. Le tout en l'espace de cinq ans. Au moment de la séparation, morte d'épuisement, elle n'était plus que l'ombre d'elle-même. Aujourd'hui, elle habitait Pacific Palisades avec les enfants et son nouveau mari.

La troisième était une harpie brésilienne de toute beauté et de bonne éducation qui lui donna généreusement un enfant et deux ans de sa vie. Ensuite, elle lui réclama une pension alimentaire exorbitante. Quand on lui en annonça le montant, Howard crut qu'il ne se remettrait jamais du choc.

La quatrième était Poppy, son ancienne secrétaire. Ils étaient mariés depuis trois ans et avaient une fille baptisée Roselight. Pour tout dire, Roselight était la raison même de leur mariage. Poppy était opposée à l'avortement. Aussi, lorsqu'elle se retrouva enceinte des œuvres de Howard, lui mena-t-elle une vie d'enfer jusqu'à ce qu'il l'épouse. En bon garçon juif bien élevé, pouvait-il faire autre chose qu'épouser la mère de son futur enfant ?

Comparée à Poppy, la harpie brésilienne était un ange.

— Howard ! Alors, vieille canaille, ça fait combien de temps qu'on ne s'est pas vus ? A croire que tu me fuis...

Une main solide le prit par l'épaule.

Howard se retourna. Il avait déjà reconnu la voix du producteur Orville Gooseberger. Il regretta de ne pas avoir ses talonnettes. Orville était suffisamment grand pour lui donner des complexes. Les seules personnes plus grandes que lui et qui ne le mettaient pas mal à l'aise étaient les femmes. Cette sensation d'être dominé l'émoustillait.

— Tu sais, Howard, lança Orville de sa voix puissante et grave, il faudrait qu'on se monte un projet tous les deux un de ces quatre. Il serait temps qu'on travaille un peu ensemble, tu ne crois pas ?

Avant que je sois directeur d'Orpheus, il n'était pas encore temps, hein ?

— Pourquoi ? demanda Howard.

— Hein ? fit Orville.

Oh, et puis merde. Orville était un producteur de première. Avec lui, les films étaient toujours finis en temps et en heure et les dépassements de budget rarissimes. On ne pouvait pas en dire autant de la flopée de petits branleurs qui infestaient la région et se donnaient le nom de producteurs.

— On peut prendre rendez-vous, proposa Howard, magnanime.

— Déjeuner ? suggéra Orville. On pourrait faire ça ici mardi ou mercredi.

— Il faut voir si je n'ai rien d'autre, dit Howard. Appelle donc demain au bureau. Ma secrétaire connaît mon emploi du temps mieux que moi.

Le groom arriva au volant de sa Mercedes. Howard lui glissa un billet de dix dollars et s'émut de sa propre générosité. Puis il s'installa au volant et huma profondément l'odeur grisante du cuir. Il adorait. Pour Howard, il n'y avait rien de plus excitant au monde que d'avoir de l'argent. Rien.

La voiture de Mannon Cable était une Rolls-Royce bleue.

Il ne sortit pas en même temps que Jack et Howard car il devait passer prendre Melanie-Shanna au salon de beauté de l'hôtel.

Elle n'était pas prête lorsqu'il arriva, ce qui l'irrita au plus haut point. Une grande star de cinéma n'était pas censée faire le pied de grue pendant que sa femme se faisait pomponner.

Whitney, elle, n'avait jamais passé des heures à se faire triturer par des esthéticiennes. Contrairement à Miss Texas Sunshine, elle était belle naturellement. Elle n'avait pas besoin de tous ces artifices.

Mais comment avait-il pu la laisser filer ?

Après des mois de griefs rentrés et de scènes oiseuses, la rupture définitive avait été claire et nette. Elle était devenue une très grande star de la télévision et n'avait plus une seconde à elle. Mannon venait de terminer un tournage difficile et avait besoin de décompresser.

— Si on allait passer un moment sur la Côte d'Azur ? proposa-t-il.

— Impossible, répondit Whitney. J'ai des essayages, des interviews. Et, oui c'est vrai, j'ai promis d'être là pour la spéciale Bob Hope. Sans oublier les séances de pose pour la double page de *Life* qui sont programmées pour les jours qui viennent.

— J'ai presque oublié l'époque où je passais en premier, lança-t-il avec colère.

Elle se retourna vers lui, toutes dents dehors. Une furie échevelée.

— Moi aussi.

— Bon Dieu, Whitney, tu as oublié ? Mais, ma petite, je t'ai sortie de ton trou pour que tu sois ma femme, pas pour faire de toi une starlette bidon ! Alors, écoute-moi, je te donne le choix. C'est ta carrière ou c'est moi !

Tourner sept fois sa langue dans sa bouche avant de parler était une chose que Mannon Cable n'avait jamais su faire. Il le regretta aussitôt mais il était un peu tard car ils étaient l'un et l'autre trop butés pour revenir en arrière.

— Tu veux que je choisisse ? articula Whitney.

— Tu m'as parfaitement entendu.

— Très bien. C'est ma carrière. Merci pour tout.

Les yeux de Whitney, à la fois rageurs et blessés, le défiaient de dire quoi que ce soit.

Mannon ne dit rien. Il fit sa valise sans un mot.

Une semaine plus tard, Whitney entama une procédure de divorce.

Il dut reconnaître qu'au moins, elle était réglo. Whitney, ce n'était pas l'épouse hollywoodienne standard. Elle ne réclama rien. Pas de pension alimentaire, pas de liquidation des biens. Rien. Elle demanda simplement la moitié de la somme quand Mannon vendit la maison.

— Tu ne sais pas la chance que tu as! s'exclama Howard.

— La chance? grogna Mannon. Sans tes conneries, on serait toujours mari et femme!

Il n'abandonna jamais l'espoir d'une réconciliation avec Whitney.

8

La séance se passait bien. Les haut-parleurs diffusaient du Lionel Richie dans le studio et Silver, très entourée, mettait le photographe à rude épreuve.

C'était un très célèbre photographe italien, une star, lui aussi, dans sa partie. Silver n'avait pas oublié l'époque où il l'avait photographiée quand elle n'était pas encore superstar et sa façon de la traiter comme une merde. Les photos aussi avaient été de la merde. Pas étonnant : il ne lui avait consacré qu'un film. Et tout le monde sait qu'on n'obtient rien de bon avant au moins la troisième pellicule. Il l'avait également obligée à employer les maquilleuses et coiffeuses du studio. Grossière erreur.

Maintenant, c'était elle qui tirait les ficelles, et elle y prenait beaucoup de plaisir.

— Antonio, dit-elle, stoppant le cliquetis du déclencheur. Sais-tu que c'est mon anniversaire aujourd'hui, coco?

Antonio leva les bras au ciel comme si elle venait de lui annoncer la déclaration de la Troisième Guerre mondiale.

— Peut-êtrrre que tu souffles les bougies, *bellissima*, mais les années passent surrr toi sans te toucher. L'anniverrrsairrre, pourrr toi, c'est une fête, rrrien de plus...

— Une fête, c'est vrai, approuva-t-elle avec un sourire charmant. Mais alors, où sont le caviar et le champagne?

Antonio changea de tête.

— Tu en désirrres, *cara*?

— Ça me ferait tellement plaisir! Et si tu fais du bon travail, Antonio, je t'invite à ma party ce soir.

Antonio fit signe à l'une de ses assistantes.

— Caviarrr et tchampagne pour la *signorina* Anderrrson! *Pronto, pronto!*

L'assistante, une grande fille habillée de vêtements d'homme, tendit la main avec un petit sourire. Antonio était d'une radinerie notoire.

Agé de cinquante-cinq ans, le photographe était un homme de petite taille aux traits finement ciselés. Une expression renfrognée passa sur son visage mais il plongea la main dans la poche de son pantalon impeccablement coupé et, avec mauvaise grâce, en tira un billet de cent dollars.

Silver éclata de rire.

— Mais tu n'y es pas, coco! Cette pauvre fille n'y arrivera jamais avec si peu! (Radieuse, elle recensa son entourage.) Nous sommes au moins dix. Il va falloir trois bouteilles de Cristal et un bon grand pot de caviar! Voyons, laisse-lui ta carte bancaire!

Laisse-lui donc la tienne, pouffiasse! eut envie de hurler Antonio. Mais il retint ces paroles au fond de sa gorge. Il savait parfaitement que Silver Anderson prenait sa revanche. Il ne lui en voulait pas vraiment. Et même, il ne pouvait pas s'empêcher d'admirer son succès. Quelques années plus tôt, on la donnait pour finie et, aujourd'hui, elle revenait en force, plus triomphante que jamais. Et tout ça à... quarante-trois?... quarante-quatre ans? Nul ne savait exactement quel âge elle avait. Elle était là et c'était la seule chose qui comptait. Dans un univers presque uniquement peuplé de filles de vingt ans pourvues de grosses poitrines, sa réussite était d'autant plus remarquable.

Il sortit son American Express Gold avec un large sourire. Elle allait voir avec quel style le grand Antonio acceptait une défaite!

Elle s'étira langoureusement.

— Si nous faisions un petit break? proposa-t-elle de sa voix basse et rauque.

Joignant le geste à la parole, elle se leva aussitôt sans chercher à savoir si le photographe était d'accord ou non pour le break.

— J'allais le prrroposer, *bellissima,* s'empressa-t-il d'approuver pour faire bonne figure.

Elle passa derrière l'appareil et, tout en minaudant, jeta un coup d'œil dans le viseur.

— Hmmm...., fit-elle. Voyons voir encore une fois ce que donnent les Polaroïd.

Fernando, son coiffeur, et Yves, son maquilleur, bondirent

aussitôt, lui tendant les photos instantanées qu'elle demandait.

Silver les examina avec l'œil détaché d'un critique.

— Votre coiffure est pârfaite, s'extasia Fernando.

Il était lui-même coiffé d'une espèce d'iroquoise mauve à la
dernière mode.

Du bout des doigts, Silver tâta sa longue perruque ondu-
lante.

— Mmoui... Je me demande si ça fait suffisamment d'effet.

— Ah, mais bien sûr ! s'empressa le coiffeur. C'est tout à
fait votre style !

— Je crois que j'aime mieux la perruque courte.

— Nous pouvons changer.

Secouant la tête, elle dit :

— Je ne sais pas... Je ne suis pas sûre. Qu'est-ce que tu en
penses, Nora ? Ce style-là ne fait pas un peu trop jeune pour
moi ?

Installée hors champ sur un siège de toile, un mégot de
cigarette collé à la lèvre inférieure, Nora Carvell tourna
vaguement les yeux vers elle.

— Arrête ton cirque, Silver. Tu sais très bien que dans
cette ville, pas une souris de quarante ans n'a l'air aussi jeune
que toi. Tu peux mettre n'importe quoi, ça passera toujours.

Nora était son attachée de presse depuis maintenant trois
ans. Un record. Jamais elle ne lui passait la brosse à reluire et
c'était certainement l'une des principales raisons pour lesquelles Silver la gardait depuis si longtemps. Entourée par
une cour de lèche-bottes, elle respectait et appréciait la
sincérité de Nora. Il était bon d'avoir auprès de soi au moins
une personne qui n'ait pas peur de l'ouvrir.

Silver se trémoussa en laissant échapper un petit gloussement. C'était la stricte réalité. On lui aurait donné une petite
trentaine à tout casser. Les maris, les amants, les bagarres, les
soûleries étaient passés pratiquement sans la marquer. Elle
était sensationnelle. Et pas sensationnelle pour son âge,
sensationnelle tout court.

— Oui, tu as raison, approuva-t-elle en tenant la photo à
distance et en la regardant de biais.

Il aurait fallu qu'elle porte des lunettes mais elle s'y
refusait.

La séance se termina sans incident. Avant toute chose,
Silver avait le mérite d'être une professionnelle. Une telle
professionnelle, à la vérité que, lorsque le caviar et le
champagne furent servis, elle ne toucha ni l'un ni l'autre et se
contenta d'un grand verre d'eau d'Évian.

— Finalement, ça ne me dit plus rien, répondit-elle quand l'assistante lui présenta une flûte de champagne et un canapé de caviar. Je ne voudrais pas abîmer mon maquillage.

Antonio regarda son entourage engloutir le tout et crut qu'il allait en attraper un ulcère.

— Tu crois peut-être que c'est facile ? dit la fille à la tignasse punk multicolore à son copain qui fumait un joint, accoudé à une vieille Ford Mustang. Des fois, ça me fait comme si je n'existais pas. D'abord, les gens me regardent en tant que *moi*, et puis ils découvrent d'où je viens et je ne suis plus que la fille de Silver Anderson ou la nièce de Jack Python.

Elle s'empara du joint et aspira une profonde bouffée avant d'enchaîner :

— Il y a même des fois où je suis la petite-fille de George Python, depuis qu'il a inventé ce putain de bazar pour nettoyer les piscines. Le pied... Imagine un peu la scène, Eddie. L'autre jour, j'étais chez une copine, on discutait tranquillement quand son vieux entre dans le living. Elle me présente : « P'pa, c'est Heaven ! Mais vous êtes la petite-fille de George Python ! Formidable ! Grâce à sa machine, j'ai de nouveau le droit de me reposer le week-end ! » Non mais, franchement... Ça, quand on s'appelle Heaven [1], on n'a aucune chance de passer inaperçue.

— T'as qu'à changer de blaze, lui suggéra Eddie en reprenant le joint.

Heaven écarquilla ses étonnants yeux d'ambre.

— Ah ouais ? Et pourquoi, tu peux me dire ? C'est *mon* nom. A moi, bien à moi. C'est la seule chose que j'ai vraiment à moi dans la vie.

— Moi aussi, tu m'as, objecta Eddie.

— Ouais, ajouta-t-elle. Et ma musique.

— *Notre* musique, rectifia le garçon.

— C'est moi qui écris les chansons et c'est moi qui les chante, lui fit observer Heaven.

— Et tu peux me dire avec qui tu les chanterais si tu ne m'avais pas pour t'accompagner ? Moi et les autres, bien sûr.

Elle ne voulait pas le blesser mais elle savait que le groupe n'avait pas grande importance. Quand ils se produisaient dans des fêtes locales, c'était elle la vedette, pas ses musiciens.

Elle bâilla bruyamment et exécuta quelques pas de danse dans la cour de la maison d'Eddie.

1. Heaven : Paradis.

Il plissa les yeux et la regarda. Drôle de fille. Pas facile à piger. Elle le déboussolait complètement. Ça ne l'aidait pas d'avoir autant de vedettes dans la famille et même ça la démolissait carrément. N'empêche, il l'aimait bien.

— On prend la guinde et on se fait une virée ? proposa-t-il. Si on allait se taper un hamburger quelque part ?

— Et si on restait ici ? dit Heaven en grattant du bout de l'ongle sa mini-minijupe de jean effilochée.

— Qu'est-ce que tu as envie de faire ?

— Tu ne m'as pas dit que tes vieux étaient partis pour tout le week-end ?

— Si.

— Ben alors, tu pourrais me faire visiter la maison. Je ne vais pas te manger, tu sais.

— Ça me plairait bien, pourtant...

Il la regarda avec un sourire en biais puis se décolla de l'aile de la voiture.

— Eddie, soupira-t-elle en inclinant la tête sur le côté, j'ai cru que tu n'oserais jamais me le demander.

Est-ce que c'était du sérieux ou est-ce qu'elle le mettait en boîte encore une fois ? En tout cas, l'effet ne se fit pas attendre. Voilà que, tout à coup, il se sentait un peu à l'étroit dans son pantalon. Depuis leur rencontre, trois mois plus tôt, Heaven flirtait avec lui mais, à chaque fois qu'il voulait aller plus loin, elle l'envoyait valser.

— Viens, dit-il d'un ton pressé. On rentre. Je vais te faire voir si je n'ose pas demander !

Elle le suivit à l'intérieur. La petite maison proprette était fraîche, paisible, accueillante.

— Tu me fais voir ta chambre ? proposa Heaven.

Il n'avait pas prévu le coup et se demanda s'il n'y avait rien de compromettant qui traînait. Il réfléchit à toute allure. Non, rien d'ennuyeux. A part peut-être le poster grandeur nature de Daryl Hannah. Mais ça, elle comprendrait sûrement.

Sa chambre était un véritable fouillis. Elle était pleine de tout et n'importe quoi. Les choses les plus bizarres traînaient dans tous les coins.

— Quel merdier ! s'exclama Heaven. C'est le foutoir, chez toi, j'vais te dire...

En guise de réponse, il l'attrapa par-derrière et plaqua les mains sur ses petits seins qu'il sentit nus sous le T-shirt godaillant.

Elle ne protesta pas. Au contraire. Elle resta un long moment, totalement immobile, laissant les mains d'Eddie découvrir ce qu'elles avaient envie de découvrir depuis trois mois. Elle les sentit glisser sous le T-shirt. Elle sentit l'érection indomptable du garçon qui ne tenait plus.

Elle le laissa faire.

Il prit entre ses doigts les pointes de ses seins et les caressa doucement, attendant à chaque seconde la protestation redoutée.

Elle se retourna et le regarda. Il n'avait jamais vu ses yeux d'ambre briller à ce point.

— Tu as envie ? demanda-t-elle ?

Envie ? Est-ce qu'il avait envie ? Il en crevait ! Il faisait un effort surhumain pour avoir l'air relaxe mais il avait l'impression que de la fumée était en train de lui sortir par les oreilles.

— Alors ? Dis-moi si tu as envie ! insista Heaven en plongeant son regard d'ambre au plus profond de celui d'Eddie.

Il avait la gorge complètement sèche. Il déglutit à grand-peine et parvint à murmurer :

— Oui... J'ai... envie...

— Moi aussi, dit simplement Heaven.

Elle attrapa son T-shirt par le bas et le fit lentement passer par-dessus sa tête.

— Bien sûr, tu as invité Heaven pour ce soir ? demanda Nora Carvell.

Silver se tourna pour regarder le paysage par la vitre teintée de la limousine qui les ramenait à Bel Air.

— Bien sûr que non, répondit-elle froidement.

Nora marqua sa désapprobation d'une onomatopée sans équivoque, ce qui contraignit Silver à invoquer toute une série de raisons allant de : « Il n'y aura personne d'autre de son âge » — ce qui était faux car deux des acteurs de *Palm Springs* avaient moins de vingt ans et ne rateraient certainement pas la fête — jusqu'à : « Elle a horreur des soirées. » Chose que Silver n'était absolument pas en mesure d'affirmer pour la simple raison qu'elle ne connaissait rien des goûts de sa fille. A la vérité, depuis son retour aux États-Unis, elle avait fait en sorte de voir Heaven le moins souvent possible. « Je ne voudrais pas faire intrusion dans sa vie », disait-elle à qui voulait l'entendre. Et, généralement, elle ajoutait avec un petit rire confidentiel et un clin d'œil de connivence : « Et puis, je n'ai vraiment pas une image de mère, non ? »

La réalité était beaucoup plus terre à terre. Avoir une fille de seize ans ne convenait pas du tout à Silver Anderson. Cela lui rappelait son âge. Et tout ce qui lui rappelait son âge était implacablement évacué de sa vie.

Nora s'enferma dans un silence réprobateur.

— Pourquoi ? finit par demander Silver. Tu penses que j'aurais dû l'inviter ?

— Non, je ne pense pas que ce soit utile. Comme tu as invité environ cent cinquante de tes amis les plus intimes, plus de la moitié des journalistes de la planète, elle en profitera beaucoup mieux en lisant les magazines et en regardant les photos de tous les journaux à cancans qu'elle pourra trouver dans les kiosques. A moins, bien entendu, que tu ne décides de lui laisser le choix : ou bien en profiter par la presse, ou bien en profiter en vrai. Dans ce cas, tu as encore le temps de lui demander ce qu'elle préfère.

— Mon Dieu ! s'exclama Silver avec un soupir dramatique. Tu crois que je n'ai pas assez de problèmes comme ça !

9

Le déballage des cartons avait perdu tout son charme. La visite de Corey avait totalement perturbé Jade et elle n'arrivait plus à s'intéresser à ce qu'elle faisait. En désespoir de cause, elle prit son répertoire téléphonique et passa en revue ses connaissances habitant Los Angeles. Elle commença par tomber sur plusieurs noms qui étaient des relations de Mark. Elle les sauta avec un petit geste d'agacement puis trouva le numéro de Beverly D'Amo, une beauté exotique noire avec qui elle avait autrefois partagé un appartement et qui était mannequin comme elle. Beverly D'Amo était descendue à Los Angeles deux ans plus tôt pour essayer de se lancer dans le cinéma. Jade composa son numéro et n'obtint qu'un service d'abonnés absents. On lui fit savoir que son amie se trouvait actuellement au Pérou, où elle comptait rester un certain temps, et qu'elle n'avait pas donné de date de retour. Déçue, elle appela une autre amie mannequin, à New York. Cette dernière la garda trente-cinq minutes en ligne à pleurnicher sur l'infidélité de son mari. Harassée, elle tenta encore sa chance avec une autre vieille copine et, cette fois, eut droit à la narration par le menu d'un divorce déchirant. Apparemment, les problèmes avec les hommes étaient la maladie à la mode chez les copines.

Si elle voulait trouver un peu de distraction, mieux valait voir ailleurs. Elle appela donc Antonio. Une fois qu'on avait réussi à faire abstraction de son côté frimeur — « attention, c'est moi la star de la photo ! » —, Antonio se révélait un copain très chouette. Un homme à découvrir. Jade avait souvent posé pour lui et ils avaient passé plusieurs soirées ensemble lors de déplacements d'Antonio à New York.

— Me voilà ! annonça-t-elle sans préambule. Et tu sais quoi ? Je suis libre comme l'air. Alors, un bon conseil : tu me sors. Et ce soir, de préférence. A partir de demain matin, je ne réponds de rien.

— Jade... Oh, *bellissima...,* roucoula Antonio. Que je suis heurreux de t'entendrre !

— Moi aussi, vieux frère, ça me fait plaisir de t'avoir. Alors ? Quelles sont les nouvelles ? Comment va Dix ?

— Disparu, répondit Antonio avec une emphase théâtrale.

— Encore un qui a déserté...

Elle n'était pas surprise. Antonio changeait d'ami environ tous les mois. Et, à le croire, c'était toujours eux qui le laissaient tomber.

— C'était un Anglais, lâcha l'Italien avec un petit couinement de mépris.

Comme si ça expliquait tout.

— Eh bien, conclut Jade, on n'a plus qu'à joindre nos solitudes. J'ai renvoyé Mark chez sa femme.

— Il est anglais, tu as trrès bien fait, déclara Antonio. Si tu veux, ce soirr, je t'emmène à la soirrée d'anniversairre de la plus grrande garrce de la terrre.

— Quelqu'un que je connais ? demanda Jade en se déridant.

— Silverr Anderrson. Elle va en crrever de rrage quand elle te verrra, *bella.* Habille-toi comme une rreine.

En raccrochant, elle se dit qu'une soirée hollywoodienne en compagnie du gracieux Antonio était très exactement le traitement qu'il lui fallait pour se changer les idées. Naguère il suffisait qu'un prononce les mots « soirée » ou « réception » en sa présence pour qu'elle se trouve aussitôt quelque chose d'urgentissime à faire ce soir-là. Mark faisait tout pour éviter les invitations mondaines. Il les détestait, prétendait-il. Aujourd'hui, elle pensait surtout qu'il ne voulait pas risquer de se faire photographier en sa compagnie.

Qu'avait-il raconté à sa femme ? Ils s'étaient souvent fait prendre par des paparazzi en maraude alors qu'ils sortaient du restaurant *Elaine's* à New York ou à l'occasion de vernissages. Connaissant Mark, elle était persuadée qu'il l'avait fait passer pour une vague relation, et la bonne Lady Fiona avait dû avaler chacun de ses mensonges. Mark avec ses mensonges archifignolés. Elle avait encore du mal à réaliser !

Elle se servit un verre de vin et, tout en le dégustant doucement, s'offrit le plaisir de revivre le jour fatidique.

Lord Mark Rand rentrait d'un reportage photo. Ses cheveux en bataille lui donnaient l'air d'un petit garçon. Son visage d'aristocrate était rayonnant de joie. Il approchait de la cinquantaine mais on ne lui aurait guère donné plus de trente-cinq ans. Il devait passer six jours à New York avec elle. En principe, il divisait son temps entre la Grande-Bretagne et les États-Unis, quand il n'était pas en mission à l'étranger.

Il posa ses boîtes à appareils photo puis serra Jade entre ses bras.

— Bonjour belle dame américaine. Acceptez-vous d'offrir asile et réconfort à un pauvre Anglais harassé ?

Elle allait tourner la page sur six années de sa vie. Elle voulait prendre son temps.

— Tu sens le dromadaire, dit-elle en plissant le nez.

Il s'esclaffa.

— Baignez-moi, oignez ma peau de douces huiles, massez mon pauvre corps fatigué et je serai vôtre pour toujours.

Le ringard british dans toute son horreur. Comment avait-elle fait pour supporter ça si longtemps ?

Il entra dans le living-room encombré de l'appartement que Jade occupait à Greenwich Village.

Il lui avait souvent suggéré de déménager pour aller s'installer plus au nord, dans les quartiers chics du cœur de Manhattan.

— Tu as les moyens, disait-il. Pourquoi rester ici ?

Mais jamais il ne proposait de payer sa part de loyer. Non que Jade eût besoin de son argent, elle se débrouillait très bien toute seule, mais ça lui aurait fait plaisir qu'il propose.

Comment avait-elle pu trouver ça normal ?

— Ça s'est bien passé ? demanda-t-elle.

— Formidable ! répondit-il avec enthousiasme. Des couchers de soleil étonnants ! Même moi je n'en avais jamais vu de pareils.

— Et les filles ?

Jade parlait des trois mannequins qu'il avait photographiées nues pour un calendrier artistique.

— Jeunes et ennuyeuses. Des idiotes.

— Tu as couché avec elles ?

Mark haussa un sourcil et la regarda d'un air interloqué.

— *Quelle curieuse question?*

— *Est-ce que tu couches avec ta femme?*

— *Mais qu'est-ce que tu as? demanda-t-il, le front plissé par la contrariété. Tu sais très bien que non. Je te l'ai dit je ne sais combien de fois!*

Elle le regarda droit dans les yeux.

— *Je veux que tu me le dises encore une fois.*

— *Je n'ai pas couché avec les trois idiotes, scanda-t-il en secouant la tête, et je ne couche pas avec ma femme.* — *Il marqua une pause.* — *Ça te va comme ça?*

— *Ça fait combien de temps que tu n'as pas couché avec elle?*

Un brin d'agacement pointa dans la voix de Mark Rand.

— *Jade… Je suis fatigué! Et je meurs de faim! Le voyage a été long et pénible, j'ai besoin de me détendre.*

— *Depuis combien de temps, Mark?*

Elle lui donnait une dernière chance de dire la vérité.

— *Je n'ai pas couché avec Fiona depuis que je te fréquente, affirma-t-il d'un ton cassant. Tu le sais parfaitement et je commence à ne plus apprécier ce petit questionnaire!*

Une lueur dangereuse s'était allumée dans les yeux de Jade.

— *Même pas une fois?*

Il soutint sans défaillir son regard.

— *Ni une fois, ni deux, ni rien.*

Enlevant sa veste, il ajouta :

— *Maintenant, ce qui me ferait plaisir, c'est un scotch-soda, un bon bain chaud, et les inimitables charmes de ton corps. Dans l'ordre de l'énoncé.*

Dans la tête de Jade, c'était terminé. Mais elle ne voulait pas s'en tenir là. Elle voulait qu'il paye pour ce qu'il lui avait fait subir.

— *A vos ordres, sir, dit-elle en se forçant à prendre un ton enjoué. Un scotch bien tassé avec un trait de soda. Ensuite j'irai faire couler le bain de monsieur.*

Il se détendit.

— *Tu es une fille merveilleuse!*

Et toi un beau salaud!

Elle alla à la salle de bains et ouvrit le robinet pour emplir la baignoire. Le robinet d'eau chaude uniquement. Elle se rendit ensuite à la cuisine où elle lui servit du Kentucky bourbon dans un verre de plastique. Mark détestait deux choses : le bourbon et les verres de plastique. Elle ajouta pour faire bonne mesure deux cubes de glace. Mark avait horreur de la glace.

Sifflotant, ridicule dans un boxer-short godaillant, Mark entra dans la salle de bains. Elle le suivit, portant son verre.

Il quitta son boxer, entra dans le bain brûlant, poussa un cri et ressortit d'un bond.

— C'est bouillant !

— Excuse-moi, dit Jade en lui tendant son verre.

Il avala une grande gorgée pour se remettre et manqua s'étouffer.

— Mais c'est du bourbon ! lança-t-il d'un ton accusateur. Tu sais très bien que je déteste ça !

— Oh, mon pauvre chou...

Elle le regardait et se rendait compte qu'elle n'éprouvait plus aucun sentiment pour lui. Il n'était franchement pas reluisant, nu, dans la salle de bains avec ses jambes maigres. Ses pieds et ses chevilles ébouillantés étaient rouge écrevisse, ce qui ne contribuait pas à le rendre plus séduisant. Son sexe tombait, son ventre saillait légèrement et sa poitrine était couverte de poils roux, grisonnant par endroits.

C'était très exactement l'image qu'elle voulait garder de lui.

— Il se passe quelque chose, dit-il enfin.

Apparemment, il n'était pas totalement insensible à ce qu'elle ressentait.

Jade sortit de sa poche une coupure de presse froissée sur laquelle on reconnaissait Lady Fiona en train de bercer dans ses bras le dernier-né des petits lords Rand.

Conservant tout son flegme, il y jeta un coup d'œil.

— Ah, ce n'est que ça, dit-il avec assurance. Une erreur d'impression, tout simplement. C'est mon petit neveu que Fiona tient dans les bras.

Il la prenait pour une idiote ! Pas vraiment étonnant. Pendant six ans, elle s'était comportée comme une idiote.

— J'ai vérifié, Mark, dit-elle avec calme. C'est ton fils.

Il attrapa une serviette et se la noua autour de la taille. Ses yeux évitaient ceux de Jade.

— Tu as vérifié ? Comment ? demanda-t-il, laissant pour la première fois paraître une ombre de nervosité.

— Ne sois pas inquiet, Mark. Je n'ai pas téléphoné à Fiona pour lui demander. Tu peux rentrer là-bas sans crainte.

Il se ressaisit rapidement.

— Écoute-moi, Jade, ce bébé est un accident pur et simple.

Le filon lui parut bon ; il cogita une seconde puis ajouta :

— Je ne t'en ai pas parlé parce que je ne voulais pas que tu te rendes malade pour ça.

— Un accident, ah oui ? fit-elle en lui décochant un regard meurtrier.

— *Allons dans le living, je vais t'expliquer tout ça calmement en prenant un verre.*

Il se prépara à sortir. Elle bloqua la porte de la salle de bains.

— *Tu m'expliques ça ici et tout de suite, Mark, dit-elle d'une voix glaciale. Je suis incapable de patienter plus longtemps.*

Lord Mark Rand se racla la gorge et rassembla ses esprits.

— *C'est vrai, commença-t-il. Depuis que je suis avec toi, je ne fais plus l'amour avec Fiona.*

— *Ah bon? Et le bébé, qu'est-ce que c'est? Insémination artificielle? Immaculée conception?*

Il continua, apparemment insensible au sarcasme :

— *Il y a presque un an, en rentrant de voyage, j'ai trouvé Fiona très déprimée. Elle venait de perdre son oncle préféré et avait fait une chute de cheval pendant une chasse à courre.*

Jade se rendait compte qu'il était en train de bâtir l'histoire à mesure qu'il parlait. Cela valait le coup d'œil de le regarder faire. Elle avait rarement vu quelqu'un d'aussi doué pour improviser des bobards.

— *Oui? relança-t-elle.*

Elle brûlait d'entendre la suite.

Il resserra la serviette autour de sa taille.

— *C'était son anniversaire. Elle avait bu du champagne. Un peu trop. Quand nous sommes montés nous coucher, ce soir-là, elle pleurait. Elle est venue près de moi pour se réconforter. Je n'ai pas eu le cœur de la repousser. Ça n'a été qu'une fois, Jade. Une seule fois en six ans! Et le résultat a été Archibald.*

— *Archibald!*

Il hocha la tête.

— *C'était le nom de son oncle défunt. Elle voulait honorer sa mémoire.*

Jade explosa dans une crise de rire incontrôlable.

— *Je regrette, ma chérie, dit-il, pensant que ce rire scellait son pardon.*

Elle parvint à se reprendre un peu. Juste assez pour dire :

— *Enlève cette serviette.*

— *Quoi?*

Du bout des doigts, elle commença à lui titiller les pointes des seins, puis elle lui caressa doucement la poitrine.

— *Enlève cette serviette, je te dis. Tu préfères peut-être que je le fasse moi-même?*

Il sentit la vague du soulagement lui balayer le corps, suivie par une magistrale érection.

— *Oui, murmura-t-il. Enlève-la toi-même.*

Elle tira sur le nœud. La serviette tomba.

— Eh bien ! s'exclama-t-elle, admirative. Le joli cadeau que tu me rapportes !

Il était maintenant totalement détendu. Il s'adossa au lavabo.

Avec savoir-faire, elle lui caressa la poitrine, le ventre, puis elle laissa ses mains glisser vers le bas et s'agenouilla pour faire monter l'excitation de Mark à petits coups de langue.

Il se laissa aller plus loin encore en arrière et s'abandonna aux caresses expertes de la bouche de Jade. Elle sentait son plaisir monter. Elle accéléra le rythme.

Et, à la seconde même où ce plaisir allait déborder, elle le mordit cruellement de ses dents pointues.

Il poussa un rugissement de douleur.

Elle se releva vivement et, profitant de l'effet de surprise, le déséquilibra et l'expédia dans le bain brûlant.

— Espèce de dingue ! hurla Lord Mark Rand.

— Espèce de salaud ! répliqua Jade, glaciale. De salaud et de menteur. Son anniversaire ! Et puis quoi, encore ? Celle-là, Cro-Magnon avait déjà dû l'inventer.

Elle fit volte-face vers la porte de la salle de bains mais, avant de sortir, se retourna pour le regarder une dernière fois. Il se tortillait dans l'eau chaude comme un poisson géant pour essayer de s'extirper de la baignoire. Avec satisfaction, elle nota les traces de morsure sur son sexe qui s'était vivement recroquevillé.

— Au revoir, Mark, dit-elle. Je sors dîner en ville. Je compte bien en rentrant ne plus trouver aucune trace de toi ni de ton merdier.

Lorsqu'elle rentra, trois heures plus tard, il avait débarrassé le plancher.

Après la rupture, elle découvrit qu'il se moquait d'elle sur toute la ligne. Il l'avait trompée avec la moitié de la population féminine de New York. Pourquoi personne ne lui avait-il rien dit ? On ne voulait pas lui faire de mal. On trouvait que, tant qu'ils étaient ensemble, mieux valait se taire. Voilà les excuses qu'on lui servit.

Elle se sentait trahie. Quitter cette ville était sans doute le mieux à faire pour récupérer.

Son verre à la main, Jade se dirigea vers un placard et, tout en dégustant son vin, choisit une tenue pour sa soirée.

Une soirée avec Antonio. Ça pouvait être amusant comme ça pouvait être mortel.

Peu importait. Tout était préférable à une soirée seule ici.

10

— Ne faites pas cette tête, dit Wes Money. Vous aurez tout le mois prochain, c'est promis.

Sa propriétaire venait de débarquer à l'improviste pour réclamer deux mois de loyer en retard.

— Wesley... Wesley..., murmura-t-elle avec un profond soupir. Un jour, je serai obligée de vous flanquer dehors.

— Reba, dit-il avec un sourire charmeur, vous me feriez ça ? A moi ?

Lentement, elle s'humecta la lèvre supérieure du bout de la langue.

— Ça se pourrait...

Wes tâtait le terrain. Reba Winogratsky était-elle mûre pour une partie de jambes en l'air ? Avec la proprio, il ne fallait pas se planter. Aujourd'hui, en tout cas, rien à faire. Elle était accompagnée d'un garçon à l'air bougon et gras comme un moine qui, si Wes avait bien compris, était son fils. Ils étaient arrivés dans une Mercedes flambant neuve. Reba s'était empressée de raconter que la voiture appartenait à un ami. Il ne l'avait pas crue. La voiture était à elle et elle ne voulait pas que ses locataires le sachent pour qu'ils ne se fassent pas tirer davantage l'oreille pour lui payer les sommes exorbitantes qu'elle demandait. Elle portait un petit corsage bain-de-soleil, un short et des talons aiguilles. Elle s'était épilé les jambes et la moustache. Reba Winogratsky n'était pas une beauté. A son épaule gauche était passée la bandoulière d'un gros sac de cuir. Visiblement, elle faisait le tour des locataires en retard de loyer.

— Je vous offre un café ? demanda-t-il galamment en se disant que si elle n'avait pas amené le gros gamin avec elle, il lui aurait proposé tout autre chose.

La dernière fois qu'elle était passée, elle était accompagnée d'une bonne mexicaine qui avait astiqué la cuisine pendant qu'ils discutaient d'une augmentation de loyer.

— Trouvez l'argent rapidement, décida Reba. Sinon, il faudra partir.

— Je l'aurai.

— J'espère que ce ne sont pas des paroles en l'air, Wesley. Vous me devez deux mois. C'est assez. Il me les faut sinon samedi prochain, je vous envoie mon encaisseur.

— Votre encaisseur ? Qui c'est, celui-là ? demanda Wes, inquiet.

— Il vaudrait mieux pour vous que vous n'ayez pas à faire sa connaissance, répondit Reba en se grattant distraitement l'entrejambe.

Ça te démange ? eut envie de demander Wes. *Je pourrais peut-être faire quelque chose pour calmer ça...* Mais il ne dit rien à cause du gosse.

Elle passa un doigt sur le dessus de la table, traçant une ligne brillante dans la poussière. Puis elle alla jeter un coup d'œil à la cuisine, encombrée de vaisselle sale, d'ordures et de plats entamés.

— On dirait que vous faites tout pour attirer les rats, observa-t-elle, découragée.

— On s'en va ? couina le gros garçon.

— Faites le ménage, Wesley, conseilla-t-elle, et payez-moi mon loyer.

— Entendu.

Il la suivit jusqu'à la porte.

Elle le détailla.

— Vous pourriez avoir un peu plus d'allure si vous vous soigniez convenablement, mon garçon. Un beau gaillard comme vous...

— Merci du compliment. Je fais tout mon possible pour me maintenir en forme.

— Trouvez-vous un travail sérieux, dit Reba en fronçant les sourcils.

C'était l'occasion ou jamais de lui jeter un peu de poudre aux yeux.

— Ce soir je vais chez Silver Anderson, donner un coup de main. Elle reçoit.

— Silver Anderson, vous voulez dire...

— Mais non, bien sûr, je vous parle de Silver Anderson qui travaille comme caissière au supermarché Safeway, répondit-il, sarcastique.

— Hein ?

— Je plaisante. Évidemment, c'est la Silver Anderson de la télé. La vraie.

— Sans blague ?

Elle ne le croyait pas vraiment mais il ne coûtait rien de tenter sa chance. Ébouriffant les cheveux de son gros gosse, elle demanda :

— Essayez de lui avoir un autographe. Si vous y arrivez, je vous déduis dix dollars de ce que vous me devez.

— Je ferai mon possible.

— Parfait.

Elle attrapa la main de son fils, franchit la grande porte de bois et s'éloigna en claquant du talon sur le quai de planches.

En la regardant partir, Wes se rendit compte que le soleil était en train de déchirer la brume. Une jolie petite Chinoise passa sur un skateboard. Il se dit qu'il ferait bien de s'exposer un peu de temps en temps. Le bronzage lui donnerait un teint plus frais. Mais entre la baise, la picole et les diverses javas, son emploi du temps affichait complet. Pas moyen de débloquer un petit créneau pour la bronzette.

La locataire de la maison mitoyenne sortit à cet instant. Elle était arrivée là six mois plus tôt, peu après qu'on eut embarqué pour la morgue son prédécesseur, tombé d'une overdose d'héroïne. Il ne l'avait encore jamais vue mais il lui était souvent arrivé de cogner sur la cloison — quand il était là — pour qu'elle baisse un peu cette foutue musique classique qu'elle faisait hurler chez elle. La dégaine collait avec la musique. Elle avait l'air d'une institutrice. Cheveux bruns en chignon. Vêtements flottants et petites lunettes rondes à la John Lennon. Elle devait être très jeune. Probablement guère plus de vingt ans.

— Bonjour, voisine !

Il agita une main amicale.

Elle fit semblant de ne rien remarquer et prit le large sur les planches.

Une snob. Elle devait lui en vouloir d'avoir tapé sur le mur. Il n'avait rien à faire : il la suivit.

Elle tourna dans une petite rue et grimpa dans une vieille coccinelle Volkswagen bosselée. Filature terminée. Il fit demi-tour et prit la direction opposée, celle du sable et de la mer. Il faisait beau, pas trop chaud, et le Pacifique était calme. Wes préférait quand il y avait des rouleaux et que les paquets de mer claquaient sur la plage. Il adorait les jours de pluie. Et les jours d'orage, là c'était carrément l'extase.

Il s'assit sur le sable. Quand il se réveilla, il comprit qu'il avait dû s'écrouler et roupiller pendant deux bonnes heures, car la mer lui léchait les pieds. Un chien errant, assis non loin de lui, le regardait fixement.

Wes ne voulait plus de bêtes chez lui depuis qu'il avait eu une liaison avec une fille possédant un singe. Ce macaque pourri pissait et crottait partout. Mais le bouquet, c'était quand il venait les regarder faire l'amour et se mettait à se branler. Une expérience lui avait suffi. Les animaux domestiques, terminé.

Il consulta sa montre imitation Cartier achetée cinquante billets verts à un Iranien. Elle retardait de cinq minutes par jour et, parfois, s'arrêtait sans qu'on sache pourquoi ni comment. Une chose était sûre, en tout cas : on était bien en fin d'après-midi. Rocky allait commencer à attraper des suées. Il se leva. Mieux valait lui donner des nouvelles.

11

Poppy Soloman était en train de se préparer. Et quand Poppy se préparait, il était plus prudent de débarrasser le plancher.

Howard s'éclipsa donc dans sa salle de bains personnelle. Il verrouilla la porte pour prendre sa deuxième sniffette de la journée. De la cocaïne. Un petit luxe qu'il s'offrait régulièrement depuis maintenant quelques mois.

Avec un soin religieux, il étala la poudre blanche sur un plateau de verre spécialement affecté à cet usage, la sépara en deux belles lignes bien régulières puis, à l'aide d'une paille, l'aspira par les narines. Quand on inspirait bien à fond, la secousse était incroyable. Meilleure qu'un orgasme. Meilleure que n'importe quoi. Howard avait le sentiment de posséder le monde. Ce qui était d'ailleurs vrai. Il possédait les studios Orpheus. Enfin, il ne les possédait pas vraiment, il les dirigeait. C'était la même chose. Ça lui donnait la puissance qu'il avait toujours voulu avoir. Seulement, pour profiter pleinement de cette puissance, il lui fallait une petite sniffette de temps à autre. Pas assez souvent pour prendre des habitudes. Ah ça, non. Howard savait qu'il ne fallait pas glisser sur la pente savonneuse et il se limitait à une prise le matin, pour se lever d'un bon pied, et une prise le soir, mais seulement quand ils sortaient ou recevaient. Comme ils sortaient ou recevaient tous les soirs, il sniffait au moins deux fois par jour. Ce n'était pas bien dramatique. Certains acteurs, producteurs ou autres gens de cinéma ne pouvaient pas tenir du début à la fin d'une réunion sans aller au moins trois fois aux chiottes.

Howard se considérait comme un adepte très raisonnable qui ne se trouverait jamais accro. Il pouvait s'arrêter sans problème quand il le voulait. Mais pourquoi s'arrêter alors qu'il se sentait si bien en prenant de la coke ?

Howard avait des soucis. Quand on est au sommet, on ne peut que se maintenir ou redescendre. Ça lui faisait beaucoup de pression sur les épaules.

Orpheus appartenait à un gros conglomérat et le groupe financier qui possédait ce conglomérat était dirigé par Zachary K. Klinger. Howard était dans les petits papiers de Zachary K. C'était lui qui l'avait choisi pour la place de big boss. Howard y était, maintenant, mais que se passerait-il s'il ne réussissait pas à atteindre les résultats escomptés ? Zachary K. Klinger ne voulait que des films faisant un nombre d'entrées fracassant avec, comme acteurs, des géants du box-office. Il voulait que Howard relève Orpheus de ses cendres et le remette au top-niveau. Et vite. Un peu trop vite, peut-être.

Choisir le film qui fera un succès monstre, c'est un peu comme choisir un chiot dans une portée. Rien ne vous prouve que vous n'avez pas désigné celui qui deviendra un petit maigrichon, quel que soit son pedigree.

Howard suait sang et eau à chaque fois qu'il devait prendre une décision. Mais maintenant, avec la coke pour le soutenir, il décréta intérieurement qu'il avait fait un travail du tonnerre depuis qu'il était aux commandes chez Orpheus. Son premier coup avait consisté à sélectionner deux bombes pour la distribution ; c'est-à-dire que, Orpheus étant à court de produit, il avait choisi deux petits films issus de la production indépendante et les avait fait distribuer par le réseau de sa firme. Un tabac dépassant toutes ses espérances. Howard était devenu un véritable héros.

Maintenant, il ne lui restait plus qu'à produire des succès par lui-même. A être sûr que tout film auquel il donnerait le feu vert soit un triomphe en puissance.

Le mois prochain, Zachary K. venait à Hollywood voir comment marchaient les affaires, malgré les comptes rendus quotidiens que devaient lui envoyer ses espions dans la place. Howard en avait déjà identifié deux, placés à des postes clés.

Il n'allait pas se laisser bouffer par ça. Ni par ça ni par quoi que ce soit. Il fallait quand même voir ce qu'il avait réussi à faire de sa vie ! Howard Soloman était un génie. Nul ne pouvait rien contre lui.

Howard Soloman naquit vraiment à seize ans lorsque sa mère divorça, quitta Philadelphie pour le Colorado et, peu après, épousa Temple Soloman. Son premier geste fut de faire changer son nom de Jesse Howard Judah Lipski en Howard Soloman, ce qui était quand même plus facile à porter. Une véritable délivrance ! Son vrai père était un rabbin dur, cruel et convaincu que sa femme et son fils n'étaient sur terre que pour se plier à ses quatre volontés. Il était diabolique et faisait tout pour que leur vie soit un calvaire. Lorsqu'il atteignit l'adolescence, Howard — Jesse, comme il se nommait alors — prit sa mère à part et lui dit :

— Je me tire. Et, si je peux te donner un conseil, tire-toi avec moi.

Il n'eut pas besoin de déployer des prouesses d'argumentation pour la convaincre. Par une nuit bien sombre, ils s'enfuirent à destination de New York et, de là, partirent pour le Colorado, où une ancienne camarade d'école de sa mère acceptait de les accueillir. Howard avait l'impression de sortir de prison. Un an plus tard, lorsque, le jugement de divorce prononcé, sa mère épousa Temple Soloman, il eut l'impression que Dieu, le Ciel et tous les anges étaient enfin de leur côté. Temple était un homme charmant au tempérament très doux. Associé principal dans une affaire de confection, il ne roulait pas vraiment sur l'or mais ses moyens lui permirent de payer à Howard une voiture d'occasion et des études supérieures.

Howard s'amusait à s'imaginer dans la peau d'un Russe découvrant l'Amérique avec tout ce qu'elle pouvait offrir. Il était libre. Il avait le droit de vivre. Et sa mère aussi. Bientôt, le passé ne fut plus qu'un mauvais rêve.

Le Howard Soloman de l'époque était un garçon grassouillet et couvert d'acné. Puis il eut sa première expérience sexuelle, ce qui fit rapidement disparaître ses boutons. Peu après, il se mit également à perdre du poids. Un jour, Temple l'installa sur une chaise et lui donna un cours magistral.

— Il faut toujours mettre une capote, déclara-t-il en lui collant un préservatif sous le nez. Arrange-toi aussi pour que la fille passe un bon moment — gros clin d'œil complice — et, bien sûr, pour qu'elle ne tombe pas enceinte.

La leçon de Temple donna matière à réfléchir à Howard. Que voulait dire son beau-père par « arrange-toi pour que la fille passe aussi un bon moment » ? Est-ce qu'elle ne passait pas un bon moment simplement parce qu'elle faisait l'amour avec lui ?

La fois suivante, lorsqu'il eut réussi à coucher une jeune personne sur la banquette arrière de sa vieille Buick astiquée comme un joyau de collection, il lui demanda à tout hasard, tout en l'honorant de solides coups de reins :

— Hé ? Tu passes un bon moment ?

— Tu pèses lourd, gémit-elle. Et pourquoi est-ce que tu as autant de poils sur le dos ? C'est... Oh là là, si jamais ma mère apprend ce que j'ai fait, elle va me tuer !

Bonjour la conversation ! Il crut que son érection allait se débiner.

Howard dut attendre son premier mariage avec l'activiste noire pour découvrir le plaisir d'envoyer une femme au septième ciel.

— Cherche le bouton, chéri, cherche, commanda-t-elle en lui serrant la nuque entre ses puissantes jambes d'ébène. Cherche-le et joue avec !

Il trouva le « bouton » à la troisième tentative et là se rendit compte de la différence. Au lieu de subir froidement l'acte sexuel, elle se changea en amazone échevelée. Pourquoi Temple ne lui avait-il jamais parlé du bouton ? Quel temps il avait perdu !

Un jour, Howard lut un livre sur le milliardaire Howard Hughes. Le bouquin lui plut tellement qu'il le relut trois fois. Dès le début, ou presque, Temple lui avait dit qu'il hériterait de sa part dans l'entreprise de confection dont il était le principal associé.

— Quand tu auras ton diplôme en poche, avait dit son beau-père, je te montrerai tout ce que je sais. Je te considère comme mon fils. Le moment venu, c'est toi qui reprendras l'affaire.

Howard lui en était très reconnaissant. Mais il n'était pas certain d'avoir envie de rester dans le Colorado à fabriquer du prêt-à-porter pour dames. Il visait plus haut. Il se serait bien vu en Howard Hughes. Son avenir était certainement à Hollywood. Un jour, alors qu'ils planchaient ensemble sur un cours de gestion, il demanda à son ami Jack Python :

— Toi qui es de Los Angeles, c'est vrai que Hollywood est le paradis de la fesse ?

Jack répondit avec un haussement d'épaules :

— J'habite la Vallée, tu sais, et je vais rarement dans les collines.

— Quelles collines ?

— La Vallée est séparée de Hollywood et de Beverly Hills par plusieurs grands canyons. Pour y aller, il faut traverser Benedict Canyon, Coldwater ou Laurel.

— Et ça ressemble à quoi quand on y arrive ? demanda Howard, bouillonnant d'impatience.

— Des rues, des palmiers, des touristes. Pas de quoi en faire un plat

— Bon, décréta Howard, j'y vais. Pendant les grandes vacances, je me dégotte un job et je me loue un appart'. Tu marches avec moi ?

Jack secoua la tête. Mais l'année suivante il changea d'avis. Dès qu'ils eurent passé leurs examens, ils s'installèrent dans un deux-pièces dans une rue perpendiculaire à Hollywood

Boulevard. C'était loin d'être le grand luxe mais l'appartement était fonctionnel et bien placé.

Howard, qui avait déjà passé l'été précédent à Los Angeles, arrivait muni d'une solide expérience. Il savait où l'on pouvait trouver les hamburgers les moins chers, le nettoyage à sec le plus rapide, connaissait les endroits où l'on pouvait passer un long et agréable moment à draguer les filles pour le prix d'une simple tasse de café. Il avait aussi derrière lui l'expérience d'un premier mariage — annulé —, d'un premier cas de chaude-pisse — qui ne serait malheureusement pas le dernier — et du travail, grâce à l'emploi qu'il avait trouvé au service du courrier d'une firme cinématographique. Temple Soloman avait été déçu quand Howard avait formulé son désir d'aller tenter sa chance à Hollywood. Mais il s'était montré compréhensif.

— Mais qu'est-ce que tu comptes faire là-bas ? avait-il demandé.

Instinctivement, Howard avait répondu :

— Je veux devenir agent.

La graine était semée. Il ne lui restait plus qu'à germer. Pourquoi ne pas essayer de devenir agent, en effet ? Avec ses talents relationnels, il pouvait devenir le meilleur.

Il révisa ses positions et, au lieu de reprendre son job au service du courrier d'une firme qui s'appelait — hé oui — Orpheus, il se fit embaucher par celui du SMI, Specialized Management Incorporated. C'est de là que tout était parti.

Il avait mis dix-sept ans pour gravir tous les échelons et se retrouver au sommet.

— Howard !

C'était Poppy qui l'appelait. Il fit vivement disparaître son attirail à sniffer et ouvrit la porte.

— Howard..., soupira-t-elle avec la voix de petite fille qu'elle avait adoptée depuis quelque temps. Qu'est-ce que tu en penses ?

Elle pirouetta pour se faire admirer.

Poppy mesurait un mètre cinquante-sept et demi. Elle était ronde et particulièrement plantureuse. Elle avait des cheveux blonds bouclés qu'elle portait très longs, des yeux légèrement globuleux et un perpétuel sourire d'autosatisfaction qui se mariait bien avec son nez retroussé. Grâce à un homme qu'elle appelait révérencieusement le « chirurgien des stars », elle avait aussi des seins tout neufs. Elle portait une robe à bustier en tissu turquoise créponné, beaucoup de vrais diamants et ses nouveaux seins pointaient orgueilleusement en avant.

— Ma robe te plaît ? minauda-t-elle.

Il avait envie de dire non. Il avait envie de dire qu'elle ressemblait à une grosse paupiette mal ficelée. Il avait envie de dire : « Coupe-toi les cheveux, perds cinq ou six kilos, mets une robe noire toute simple. » Il avait aussi envie de dire : « Va rechercher tes anciens nichons, je les aimais mieux que ceux-là. »

— Une merveille ! s'exclama-t-il tout en se demandant si Whitney avait été invitée à l'anniversaire de Silver.

Elle sourit, radieuse.

— J'étais certaine qu'elle serait à ton goût.

Quand elle n'était que sa secrétaire, elle portait de petits ensembles tailleurs, simples. Elle gardait les cheveux courts et ne s'affublait pas de tous ces bijoux. Aujourd'hui, elle avait l'air d'un panneau publicitaire pour Cartier.

— Tu aimes ? demanda-t-elle en lui montrant un bracelet incrusté de diamants.

Il jeta un coup d'œil sur la multitude de pierres scintillantes.

— C'est mignon.

— *Mignon !* s'exclama Poppy, abasourdie. Mais, Howard, tu es l'homme le plus généreux de la terre !

Ça, il le savait déjà. Son comptable qui, pourtant, était un vieux de la vieille habitué au train de vie des couples hollywoodiens, commençait à pâlir en recevant les avalanches de factures.

— Vous ne pourriez pas vous arranger pour qu'elle reste chez vous au moins un jour par semaine ? Ce serait une économie considérable. Sauf votre respect, cette femme est un véritable panier percé.

Il en avait de bonnes, le comptable ! Pour empêcher Poppy de sortir, Howard ne voyait qu'un moyen : lui casser les deux jambes.

— Prépare-toi, Howie, dit Poppy. Il faut se presser. On ne va quand même pas arriver en retard ?

En cinq ans de mariage, c'était la première fois qu'elle était prête avant lui mais il ne se demanda même pas ce qui se passait. Il était trop occupé à penser à Whitney.

12

Dans l'intimité de sa chambre à coucher, Silver se débarrassa de ses vêtements et enfila un peignoir de soie.

— Je l'ai invitée, vint lui dire Nora Carvell.

Silver dissimula une pointe de contrariété. Pourquoi fallait-il qu'elle ait eu cette fille pour lui remettre perpétuellement son passé devant le nez?

— Et elle vient? demanda-t-elle d'un ton détaché.

Nora alluma une cigarette au mégot incandescent qui était perpétuellement collé à sa lèvre inférieure.

— Elle a dit qu'elle ferait son possible.

La vérité était tout autre. Heaven avait répondu:

— Pourquoi elle n'attend pas carrément que tout soit terminé pour m'inviter? Ne comptez pas me voir ce soir. De toute façon, je sais qu'elle s'en fout.

Heaven savait exprimer sa pensée avec des mots choisis.

— Pourquoi ne fais-tu pas d'effort pour t'entendre avec ta mère? avait demandé Nora. Tu n'as même pas pris la peine de lui envoyer une petite carte.

Heaven avait éclaté de rire.

— Et à moi, elle m'en envoie, des cartes? En fait, je peux m'estimer heureuse quand je reçois mon chèque avec seulement trois semaines de retard et parce que tu lui as rappelé de l'envoyer.

Nora ne pouvait le nier. C'était trop vrai.

— Essaie de venir ce soir, c'est moi qui te le demande, avait-elle conclu avant de raccrocher.

Elle aurait vraiment aimé que la mère et la fille s'entendent bien. Beaucoup de gens, parmi lesquels Heaven, pensaient que Silver était une femme détestable. Nora connaissait d'autres aspects de sa personnalité. Elle voyait une femme comblée par le succès mais seule dans la vie, sans vrais amis. Une femme ambitieuse qui avait été utilisée et meurtrie par les hommes. Une femme qui avait rejeté sa famille et, pourtant, en avait un besoin désespéré.

— Mais voyons! s'exclama Silver. Elle va faire son possible! Tu t'imagines peut-être qu'elle va changer son emploi du temps pour me faire l'honneur de sa présence?

— Je vais chez moi me changer, dit Nora. Je serai là dans une heure.

— Très bien, répondit Silver, tout en se demandant si elle

devait rafraîchir le lourd maquillage fait pour la séance de photo ou tout enlever et recommencer de zéro.

Elle coupa la poire en deux, conservant seulement le maquillage de ses yeux et nettoyant le reste de son visage avec des boules de coton imprégnées de teinture d'hamamélis.

La fraîcheur de la lotion sur sa peau lui fit du bien. Elle marcha jusqu'à son luxueux lit king size, rabattit les draps de satin violet et s'allongea. Quinze minutes de repos s'imposaient.

Sa chambre était fraîche et apaisante. Des miroirs partout, des murs tapissés de soie lilas pâle, une moquette violet soutenu.

Allongée sur son lit, elle s'efforça de se vider la tête, mais ce soir c'était impossible. Elle ne pouvait s'empêcher de penser au père de Heaven et à l'ignoble façon dont il l'avait traitée.

Silver Anderson avait trente et un ans quand elle rencontra l'homme qu'elle allait aussitôt surnommer le Businessman. Il avait cinquante-deux ans, une fortune colossale, une puissance incroyable et, bien entendu, une femme légitime. A cette époque, Silver tenait la vedette dans une revue de Broadway. Elle était également en train de divorcer de son époux et ex-beau-père, et de tenter de raviver une liaison vacillante avec la vedette masculine du show.

Le Businessman entra dans sa vie à l'occasion d'une soirée et s'y installa. Il était grand, avec beaucoup d'allure, des traits taillés à coups de serpe et des yeux cachés par des arcades saillantes. On racontait qu'il avait été lancé dans la finance par des relations qu'il avait au sein de la Mafia. On racontait qu'il était dans les petits papiers du président. On racontait qu'il avait été l'amant de feu Marilyn Monroe. On racontait beaucoup de choses sur le Businessman.

Sa femme était une star des soirées mondaines. Menue, toujours vêtue des créations les plus chics, elle dirigeait leurs trois maisons d'une élégante poigne de fer.

— Nous ne faisons plus jamais l'amour, déclara-t-il d'entrée de jeu.

Silver avait l'impression d'avoir déjà entendu ça quelque part. C'était le leitmotiv de tous les hommes qui trompaient leur femme.

— Alors, qu'est-ce que vous faites ensemble? demanda-t-elle d'une voix douce.

— Nous nous fréquentons comme de bons amis, répondit le

Businessman en lui offrant un collier de diamants de chez Cartier qui lui avait coûté cent mille dollars.

Le Businessman était un homme très exigeant. Ses appétits sexuels confinaient à la voracité. Silver, qui pourtant n'était pas une sainte-nitouche, avait du mal à faire face. Il était dur, violent, mais... avec lui, c'était le pied !

Silver tomba amoureuse de cet homme qui avait vingt et un ans de plus qu'elle, amoureuse folle. D'un côté, il la traitait comme une putain, de l'autre, il la couvrait des cadeaux les plus chers.

Un jour, il arriva au penthouse qui leur servait de nid d'amour accompagné de deux autres femmes : une rousse au regard ensorcelant et une Noire tellement fine et racée qu'elle aurait pu être mannequin de mode. D'instinct, Silver comprit que c'étaient des putains. Des putains haut de gamme qui devaient coûter très cher, mais des putains quand même.

Furieuse, elle le coinça dans la cuisine après qu'il eut préparé des verres pour tout le monde.

— Qu'est-ce qui se passe ?

— Il ne se passe rien si tu n'en as pas envie, répondit négligemment le Businessman.

Mais elle savait ce dont lui avait envie. Et elle sentit son estomac se révulser. Silver Anderson en avait vu et fait beaucoup dans sa vie mais jamais elle n'était allée jusque-là.

Ils regagnèrent le living où l'on entama une conversation polie. Les filles étaient bonnes. Elles connaissaient bien leur affaire.

Puis l'une d'elles enleva sa fine veste de soie en demandant :

— Vous ne trouvez pas qu'il fait un peu chaud ?

L'autre s'empressa d'approuver tout en se débarrassant de ses chaussures et de ses bas.

Silver sentit la tension s'emparer du Businessman, près d'elle sur le canapé. La fille noire se leva avec un grand sourire charmeur.

— Ça ne dérange personne ? s'enquit-elle en déroulant sa jupe portefeuille.

Dessous, elle ne portait qu'un cache-sexe de dentelle écarlate. Elle avait des seins pointus, lustrés comme des sculptures d'onyx.

La rousse se leva à son tour.

— J'adore me déshabiller, murmura-t-elle d'une voix suave. C'est comme un besoin profond d'enlever tout ce qui prive mon corps du contact direct avec la nature.

Elle s'étira, laissant ses seins rebondis s'échapper de son corsage croisé.

Silver voyait de plus en plus clairement où l'on allait en venir. Tout doucement, sans avoir l'air de rien, les deux filles commencèrent à s'effleurer l'une l'autre. Puis les caresses se précisèrent. Les doigts se mirent à masser les seins et à s'aventurer vers des endroits plus secrets. Les langues douces et chaudes entrèrent en jeu. Les régions intimes étaient maintenant exposées à la vue de tous.

La respiration du Businessman devenait haletante. Une bosse impressionnante s'était formée entre ses jambes. Sans bouger du canapé et sans quitter les filles des yeux, il demanda à Silver de relever sa jupe.

Elle avait essayé de se blinder, de rester imperméable à ce qui se passait. Impossible. A sa grande honte, elle comprit qu'elle ferait tout ce que lui demanderait le Businessman. Et, tandis que la Noire et la rousse, enlacées, roulaient sur la moquette, Silver Anderson releva sa jupe, enleva sa culotte et laissa le Businessman l'enfourcher pour une chevauchée sauvage et perverse.

Lorsqu'il eut terminé, elle se sentit salie, humiliée. Elle était Silver Anderson, pas une traînée. Elle était folle de rage contre le Businessman qui lui avait infligé ça. Contre elle-même qui avait succombé aussi facilement.

Le lendemain, il lui fit livrer un rubis gros comme un œuf, avec un billet : « Nous le referons bientôt ».

Certainement pas.

Elle refusa de le revoir malgré les avalanches de fleurs et de cadeaux dont il la couvrit. Six semaines après cette odieuse soirée, elle découvrit qu'elle était enceinte. Sa première réaction fut d'aller consulter son gynécologue.

— Je ne veux pas d'enfant, lui déclara-t-elle d'un ton abrupt.

C'était un homme charmant, avec des cheveux gris et un sourire qui dessinait sur son visage un réseau de petites rides.

— Pourquoi? demanda-t-il. Vous êtes en parfaite santé!

— Je sais, je sais... bredouilla Silver tout en cherchant une raison présentable.

Elle la trouva très vite :

— Je ne suis pas mariée.

Ça, ça allait lui clouer le bec.

Il rit. Son rire plein de charme.

— Silver, Silver..., soupira-t-il en se balançant d'avant en arrière devant son bureau et en plaçant les doigts des deux mains bout à bout pour former de petites pyramides accolées. Vous êtes une célébrité ! Peu importe que vous soyez mariée ou non. Au fond, vous êtes doublement gâtée ; vous allez connaître les joies de la maternité sans avoir à supporter un mari à la maison. *Grâce à vous, il va devenir très bien vu d'être fille-mère, vous allez voir. Voulez-vous parier que nous allons lancer une mode ?*

Satisfait de sa tirade, il laissa échapper un petit gloussement. Et elle accrocha. Silver Anderson pionnière de la libération de la femme, l'idée était séduisante. De plus, la perspective d'un avortement la terrifiait. Elle se donna tout de même le temps de la réflexion puis, finalement, décida de garder l'enfant.

Quand elle accoucha, le Businessman était depuis longtemps sorti de sa vie. Elle l'avait menacé de tout révéler à sa femme s'il persistait à la harceler. Il ignorait donc totalement que le bébé était de lui.

Qui était le père ? Branle-bas chez les échotiers. Silver se mura dans un silence farouche. Trois mois après la naissance de Heaven, elle alla s'installer à Rio avec un joueur de polo brésilien. Elle partit seule. Heaven resta en nourrice à New York.

Maintenant que l'enfant était là, Silver regrettait amèrement d'avoir mené sa grossesse à terme. A chaque fois qu'elle regardait Heaven, elle revoyait cette soirée infâme avec les deux putains.

Heaven ne demanda jamais qui était son père. Jack, lui, le fit. Une fois. Le jour où il vint à Londres chercher la fillette.

— Il n'existe pas, répondit froidement Silver.

Malheureusement pour elle, il existait bel et bien.

Silver s'étira en poussant un profond soupir. Elle ouvrit les yeux et regarda le plafond tapissé de soie. Elle espérait que Heaven ne viendrait pas ce soir. Cette Nora était une garce d'avoir appelé la gamine et fait resurgir ainsi les douloureux souvenirs.

Elle regarda la pendulette comtoise sur sa table de chevet. Il était temps de se préparer. Silver aurait voulu pouvoir dormir dix heures d'affilée. Quand s'était-elle offert ce luxe pour la dernière fois ? Impossible de s'en souvenir. Le travail, le travail, le travail. Et, quand le travail était fini, les mondanités.

Une gloire comme la sienne se payait au prix fort.

Mais cela en valait la peine.

Presque.

13

Avant de se préparer pour la soirée chez Silver Anderson, Mannon Cable alla faire un peu d'exercice dans son gymnase personnel. Il se serait bien dispensé de cette sortie. Les soirées mondaines n'avaient jamais été son truc. Mais il irait, par amitié pour Nora. C'était elle qui avait appelé la semaine passée pour l'inviter. Nora était une vieille copine et certainement l'une des seules personnes à Hollywood pour qui il aurait donné sa chemise. Peut-être pas jusqu'à sa chemise, tout bien réfléchi. Mais il était prêt à faire beaucoup pour elle si l'occasion se présentait. Nora, il est vrai, lui avait donné un sérieux coup de pouce à ses débuts. Elle était toujours là quand il le fallait. Mannon n'oublierait jamais la première entrevue dans le bureau de Nora, le jour où il avait signé pour son premier rôle. Cela faisait quinze ans tout juste.

A vingt-sept ans, Mannon Cable était sans discussion possible le plus beau gosse qui eût jamais mis les pieds dans le bureau de Nora Carvell. Bien sûr, elle n'avait aucune vue sur lui. Depuis toujours, elle préférait les filles. Mais ça, c'était un détail que Mannon ignorait. Aussi, dès qu'il aperçut cette femme d'âge mûr, avec ses cheveux ras et sa cigarette momifiée au coin de la bouche, il y alla de son numéro. Démarche virile et sexy, air boudeur, yeux bleu cobalt incendiant tout ce qu'il regardait.

— Asseyez-vous, jappa Nora, et racontez-moi votre vie.

Elle farfouilla vaguement dans des papiers étalés sur son bureau puis demanda :

— Vous êtes passé au studio photo ?

— Pas encore.

Il secoua la tête. Elle le détaillait d'un regard coupant, avec sa dégaine de jeune mâle bronzé, en se demandant ce qu'elle allait trouver pour vendre ce morceau-là.

— C'est parti, racontez.

Il lui raconta qu'il était né dans le Montana et qu'il était descendu à Los Angeles à l'âge de dix-neuf ans. Il avait trouvé un job de serveur et était inscrit à plusieurs cours d'art dramatique. Il avait fait toute la gamme des petits boulots, depuis celui d'extra dans les réceptions jusqu'à celui de cascadeur en passant par ceux de pompiste et de convoyeur de voitures.

— Marié?

— Non, répondit Mannon.

— Homo?

Il se trémoussa, mal à l'aise.

— Vous rigolez, là, ou quoi?

Elle s'arrêta d'écrire et le scruta, cherchant sur son visage toute expression susceptible de trahir un mensonge.

— Écoute, petit gars, je ne te demande pas ça pour l'étaler sur la place publique. Ça fait simplement partie des choses que je dois savoir pour pouvoir te protéger le cas échéant.

— Je ne suis pas pédé, déclara Mannon d'un ton un peu sec.

Elle griffonna quelque chose sur son papier puis dit :

— Repasse me voir demain. Ce sera fait.

Il revint le lendemain. Elle lui tendit une feuille dactylographiée. Il lut et découvrit qu'il était licencé en lettres et héros du football américain tombé au champ d'honneur. Il avait été blessé au cours d'un match et on lui avait dit qu'il ne marcherait plus jamais. Pendant deux ans, il avait croupi dans une chambre d'hôpital jusqu'au jour béni où la foi l'avait sauvé. Il avait réussi à retrouver l'usage de ses jambes, était descendu à Hollywood et avait été découvert à point nommé pour ce film qu'il allait tourner. Une œuvre de fiction de A jusqu'à Z.

— Mais c'est du baratin, tout ça, protesta Mannon.

Nora eut un petit haussement d'épaules.

— J'ai un peu retouché ce que vous m'avez dit. Ça ne mange pas de pain.

— Je n'aime pas ça.

— Écoute, petit gars, on ne te demande pas si tu aimes ou non, on te demande de l'apprendre par cœur.

— Ça ne risque pas! déclara Mannon en secouant la tête avec fermeté.

— C'est comme ça que ça se passe ici, répliqua Nora. Les biographies doivent faire rêver : consigne de la direction. Qui penses-tu que je vais faire rêver en racontant que tu débarques de chez les bouseux?

Un gros nuage de fumée l'enveloppa et elle se mit à tousser.

— A propos, reprit-elle quand sa quinte fut passée, tu es bien sûr de ne pas être pédé? On m'a raconté que tu vivais avec deux autres types de ton âge… Ça veut dire quoi, ça?

— Vous me faites chier, répondit Mannon.

Il se leva et prit la porte. A la suite de quoi, ils devinrent amis. C'est Nora qui eut l'idée de le faire poser sur cette page centrale d'un magazine féminin dans un accoutrement gaguesque digne de Burt Reynolds. Ces dames purent ainsi l'admirer en toute simplicité, arborant son formidable sourire de porce-

laine et dissimulant les parties stratégiques de son anatomie sous la photo d'un gland (de chêne, cela va de soi) magnifique et beaucoup plus grand que nature. L'affaire fit grand bruit mais, dès lors, tout le monde sut qui était Mannon Cable.

Quelques années plus tard, Nora quitta la firme cinématographique pour devenir l'attachée de presse personnelle de Mannon. Puis elle partit pour l'Italie avec la femme qui partageait sa vie depuis des années. A la mort de cette compagne, Nora revint aux États-Unis où elle trouva un emploi pour la City Television. Sa première cliente, Silver Anderson, lui proposa de l'embaucher. Elle accepta. Elle était à son service depuis cette époque.

Mannon termina une série de pompes puis, éreinté, se releva et enfila un peignoir de tissu éponge. Quand il était avec Whitney, les soirées étaient des événements fort rares. Whitney aimait rester au ranch, seule avec lui, elle aimait monter leurs chevaux, se promener au bord de l'océan et lui donner un coup de main quand il préparait un barbecue. Seulement il avait fallu qu'elle se lance dans cette connerie de carrière et foute tout par terre. Aujourd'hui, le ranch de Malibu était vendu, les chevaux aussi, la maison était un hôtel particulier conventionnel de Sunset Boulevard, et il n'était pas heureux.

Melanie-Shanna l'attendait dans la salle de jeu qui abritait, entre autres, une table de billard, un bar western grandeur nature et sa collection d'armes, accrochées aux murs.

Mannon se doucha, s'habilla et la rejoignit.

— Bonsoir, chéri, dit-elle doucement. En forme ?

— Ouais, super.

Il ne savait pas ce qui se passait avec Melanie-Shanna, ce n'était pas sa faute mais elle le faisait sortir de ses gonds. Peut-être simplement parce qu'elle était sa femme et que Whitney ne l'était plus. Il l'avait rencontrée à l'occasion d'un tournage à Houston. Là-bas, alors qu'il essayait de se remettre du départ de Whitney et de sa liaison avec Chuck Nielson, on l'avait invité à figurer dans le jury d'un concours de beauté. Avec sa crinière auburn, ses membres fins et longilignes, son corps superbe et son sourire doux, Melanie-Shanna s'était imposée sans discussion possible. Mannon avait invité la gagnante à dîner en ville, une première fois, puis une deuxième, puis une troisième, puis il l'avait invitée à dîner à son hôtel, puis les choses s'étaient enchaînées tout naturellement. Il lui avait fait l'amour comme un fou, par terre dans sa somptueuse suite. Une semaine plus tard, il l'épousait. Elle avait tout juste vingt ans. Whitney, elle, approchait doucement de la trentaine. Qu'elle en crève de rage. Car c'était bien là le fond de l'histoire : il avait épousé Melanie-Shanna pour rendre Whitney jalouse. Loupé sur toute la ligne. Et, maintenant, il se trouvait dans un merdier de toute beauté avec une jeune épouse sur les bras et pas de contrat de mariage. Mais le plus horrible de tout, c'est que Melanie-Shanna l'adorait.

— Tu veux un verre, chéri ? s'enquit-elle.

— Pourquoi faut-il toujours que tu colles *chéri* à la fin de chaque phrase ? demanda-t-il d'un ton agressif.

— Tiens, c'est vrai, je ne m'en étais jamais rendu compte. Excuse-moi, ché... euh, excuse-moi.

— Eh bien fais-y un peu attention ! lança-t-il méchamment. On croirait une entraîneuse de bar !

Elle se retourna pour cacher les larmes qui mouillaient ses grands yeux. Qu'avait-elle fait de mal, à la fin ? Depuis plusieurs mois, maintenant, il n'avait que des mots durs pour elle. Au début de leur mariage, il la traitait avec tendresse et amour. Il était l'homme dont elle avait toujours rêvé. Elle ne lui avait jamais révélé qu'après l'avoir vu jouer dans *Les Délices de la vengeance,* elle avait affiché dans sa chambre un poster de lui qu'elle avait gardé pendant des années. Mannon Cable était son idole de toujours.

Aujourd'hui, elle était sa femme et ça ne leur avait pas réussi. Ils n'étaient heureux ni l'un ni l'autre.

Sans un mot, elle versa du scotch dans un verre, ajouta des glaçons et le lui tendit.

Il avala le drink en deux gorgées.

— Bon, il va falloir y aller, lâcha-t-il d'un ton grincheux en mettant le cap sur la porte. Et, j'aime autant t'avertir tout de suite, je n'ai pas l'intention de m'éterniser là-bas.

— Moi non plus, dit-elle en lui emboîtant le pas.

C'était vrai. Ce soir, elle avait l'intention de rentrer de bonne heure. Parce que ce soir, elle lui annoncerait qu'elle attendait un enfant.

14

Heaven composa un numéro. A peine Eddie eut-il décroché qu'elle demanda :

— Envie de faire la java ce soir ?

Il laissa échapper un petit rire plein de sous-entendus.

— La java ? Je croyais qu'on avait eu notre compte cet après-midi.

— Ça, tu l'as dit, gloussa Heaven.

— C'était quelque chose, hein ?

— Le pied !

— T'as envie de remettre ça ?

Elle laissa passer un silence.

— C'est un autre genre de java que je te propose.

— Ah, je vois, fit Eddie. Non, j'ai horreur de ces riboul-dingues où tout le monde est invité sans être vraiment invité, c'est plein de mômes, on vous interdit de rentrer dans la maison et on se fait traiter comme de la merde.

— Doucement, mec. Je parle d'une fiesta avec cartons d'invitation, à Beverly Hills, avec du beau linge, des acteurs de ciné, de la bouffe chère et peut-être même un orchestre.

— De la bouffe... De la vraie bouffe, vraie de vraie ? demanda Eddie.

— Y a des chances.

— Qui c'est qui nous invite ? reprit Eddie, soupçonneux.

— Toi, personne t'invite, répondit-elle d'un ton provocant. Seulement, je peux t'emmener avec moi. Bien sûr, il faut que j'en aie envie. Il faut aussi que ta caisse soit capable de nous trimballer à bon port.

— Chez qui ?

— Ma mère. Elle a fini par se rappeler que j'existais.

— Silver Anderson ?

— Ben oui, Ducon, c'est pas Linda Evans !

Il y eut un court silence, le temps pour Eddie de digérer la nouvelle. Puis il demanda :

— Y faut que je me fringue comment ?

— Comme ça te chante, répondit Heaven d'un ton guille-ret.

Personnellement, elle avait l'intention de faire sensation dans une robe mini-mini en cuir rouge et une capote militaire qu'elle venait d'acheter chez Flip, sur Melrose.

— Et ça te branche ? insista Eddie, se souvenant de ce qu'elle lui avait dit au sujet de sa célèbre mère.

Elle eut une seconde de doute, puis se reprit.

— C'est quand même ma mère. Je vois pas pourquoi j'irais pas.

— Bon, ben, d'accord, on y va.

Brusquement, elle changea d'avis.

— Finalement, je me demande...

— Non, coupa Eddie avec autorité. Tu décides d'y aller : on y va. Tu vas pas jouer les girouettes.

— Ouais, t'as sûrement raison. Je réfléchis encore un peu et je te rappelle.

Elle raccrocha sans lui laisser le temps de discuter. Elle adorait faire marcher Eddie. Et, cette fois-ci, c'était particulièrement savoureux. Pourtant, c'était vrai qu'elle avait du mal à se décider. D'un côté, ça pouvait être le pied de se retrouver avec le Tout-Hollywood en chair et en os. Mais de l'autre, elle se demandait qui sa mère allait inviter. Sûrement pas Rob Lowe et Sean Penn. Ça risquait plus de ressembler à un ramassis de vieux croûtons.

Comme pour l'aider à se décider, George, son grand-père, apparut à la porte de sa chambre. C'était un homme grand et mince avec une épaisse tignasse blanche et une expression perpétuellement préoccupée sur son visage creusé de profondes rides. Il ne ressemblait ni à Silver ni à Jack. Il avait une allure de vieux professeur un peu farfelu. Heaven l'adorait. Comme grand-père, on ne pouvait pas mieux faire. Et il avait par-dessus tout, la remarquable qualité de lui foutre la paix.

— Tu dînes à la maison ce soir ? demanda-t-il en triturant des lunettes pendues à son cou par un cordon bleu.

— Non, papy, je crois que je vais sortir.

— Bon, bon..., répondit George, l'air absent. Je peux donc libérer Mrs. Gunter.

Libère-la, songea Heaven, *surtout ne te gêne pas !*

Mrs. Gunter était leur femme de ménage-cuisinière-intendante et Heaven la trouvait imbuvable.

— Je ne sais pas si je vais dîner, reprit George, l'air indécis. Ça ne me dit trop rien. Finalement, je crois que je vais passer la soirée dans mon atelier.

Son regard s'arrêta sur un poster de Sting à moitié nu, scotché au placard.

— Où vas-tu ? demanda-t-il.

— Je sors avec Eddie. On joue dans une petite fête, répondit Heaven.

Finalement, sa décision était prise : elle allait à la soirée de Silver. Pourquoi pas, après tout ?

— Retour minuit, lui rappela George.

— Bien sûr, papy, comme d'habitude.

Elle savait qu'elle pouvait aussi bien rentrer à quatre heures du matin. Il ne s'en apercevrait pas. Une fois qu'il était bouclé dans son atelier, le monde pouvait s'écrouler autour de lui. George était capable de travailler des nuits entières en perdant complètement la notion du temps.

Elle préféra ne pas parler de la soirée chez Silver. Elle savait que ça aurait chagriné George et qu'il aurait tenté de la dissuader d'y aller. Cela faisait trente ans que George Python était en froid avec sa célèbre fille.

Oh, ce n'était pas Heaven qui lui aurait jeté la pierre. Peut-être aurait-elle dû, elle aussi, faire la gueule à sa mère. Car on pouvait se demander si elle existait aux yeux de Silver. Jamais un coup de fil. Jamais une question sur sa vie. En général, elles ne se voyaient que deux fois par an pour le traditionnel dîner à *La Scala* en compagnie de Nora.

En fait, sa mère n'était qu'une garce. Mais ça n'était pas grave, tout le monde s'en foutait.

Sauf elle.

15

Clarissa Browning habitait une maison très retirée, dans Benedict Canyon. Elle la louait à un jeune metteur en scène qui était parti travailler en Europe. La maison était sombre, vieille, entourée de hauts arbres et d'un terrain à l'abandon. Clarissa aimait cet antre froid, avec ses salles de bains vieilles de cinquante ans, ses murs lambrissés de bois sombre, le spleen qui l'imprégnait.

Même la piscine ne ressemblait pas à celles que l'on avait l'habitude de voir un peu partout en Californie. Il n'y avait pas de jacuzzi, pas de mobilier flottant. Le filtre était rarement en état de marche et elle était toujours pleine de feuilles. Le système de chauffage avait rendu l'âme et l'eau était glaciale. La nuit, on entendait les coyotes hurler et toute une petite faune sauvage cavaler sur le vieux toit de tuiles. Parfois, des serpents glissaient dans la piscine et s'y noyaient.

Clarissa aimait allumer un feu de bois dans la cheminée de la chambre et se plonger dans la lecture d'un de ses nombreux classiques, enveloppée dans une longue chemise de nuit de flanelle avec pour compagnie une tasse de cacao fumant. Ça lui rappelait délicieusement l'ambiance de l'Est.

Rentrant du studio de bonne heure ce samedi matin, elle eut l'heureuse surprise de voir la Ferrari vert sombre de Jack Python garée devant la porte. Jack avait sa clef et pouvait venir quand bon lui semblait. Clarissa s'en accommodait parfaitement. Elle n'apportait jamais de travail à la maison.

Elle le trouva dans la chambre devant la télévision. Il s'était endormi.

Elle l'observa un moment en silence. Il était si paisible, si relâché. Jack, en principe, était plutôt du genre actif. Perpétuellement en alerte, ses yeux verts cherchaient, débusquaient, perçaient à jour. Son corps solide, à l'affût, bouillonnait de sève. Son esprit était aiguisé, incisif.

Il l'avait tout de suite excitée. Et il l'excitait toujours.

Lors de leur première rencontre, elle l'avait d'abord catalogué comme un beau bandeur creux. Elle était vite revenue sur son jugement. D'accord, il était beau et bandeur, mais ça ne s'arrêtait pas là. Pas du tout. Jack Python maîtrisait le langage pour traduire sa pensée. Belle gueule, oui. Creux, non.

Malgré les mises en garde des amies de Clarissa — avec Jack Python, c'est réglé d'avance : un festival d'une nuit puis au revoir et merci —, elle coucha immédiatement avec lui. Seulement elle, elle était Clarissa Browning, tout de même. Avec elle, ce fut différent. Elle n'aurait jamais supporté de n'être qu'un nom de plus sur la longue liste de ses prises de guerre.

Elle s'arma de patience et s'employa à le découvrir. S'il était charmant, chaleureux, intelligent, Jack Python ne se laissait cependant pas cerner de trop près. Clarissa comprenait. Elle était pareille.

Elle partit tourner un film en Californie. Lorsque, finalement, Jack se décida à appeler, elle usa de la même tactique que lui et refusa de le voir. Ce qu'elle soupçonnait se confirma très vite : Jack ne supportait pas qu'une femme lui résiste.

Ils se revirent, après moult reculades, faux-fuyants et dérobades de la part de Clarissa. Elle avait été obligée de jouer serré mais, maintenant, les choses étaient claires : ils étaient officiellement ensemble.

Ensemble, Jack Python et Clarissa Browning l'étaient depuis maintenant plus d'un an. Et ils s'en trouvaient plutôt bien.

Après s'être débarrassée de son maquillage de plateau, Clarissa se déshabilla. Puis elle marcha jusqu'au lit et s'immobilisa, dominant la silhouette de son amant endormi. Parti, balayé, oublié, le petit acteur de ce matin. Il n'existait plus, même à l'état de souvenir. Faire l'amour avec un partenaire de tournage n'était qu'un acte professionnel. Avec Jack, c'était un pur plaisir. Le plaisir à l'état brut.

Elle en frissonnait d'avance. Au lit, Jack était un virtuose. D'abord, il avait un art incomparable pour deviner les envies de Clarissa et les satisfaire aussitôt. Ensuite, il avait des érections d'une durée phénoménale.

Un jour, elle ne put s'empêcher de lui demander comment il faisait.

— Il y a un truc, répondit Jack.

— Ah oui ?

Il sourit d'une oreille à l'autre.

— L'esprit domine la chair, voilà tout. Je ne fais que le prouver à chaque fois.

La présence de Clarissa ne l'éveillait pas. Elle éteignit la télé. Cette maudite télé. Elle la détestait autant que Jack pouvait l'aimer. Le brusque silence le dérangea. Il bougea.

Elle se pencha, prit la fermeture de son jean entre les dents et la baissa.

Il ouvrit les yeux. Son premier geste fut de tendre les mains mais elle le repoussa et lui arracha son Levi's. Le week-end, Jack Python portait toujours un sweater et un Levi's. Rien d'autre. De nouveau, elle approcha sa tête, ce qui eut un effet radical : Jack acheva de s'éveiller immédiatement.

— Je me rends, dit-il en écartant les bras.

— Sans condition, j'espère, murmura Clarissa.

16

La soirée de Silver Anderson était entièrement financée par la City Television. Tout le monde savait que la star était pingre comme pas deux. C'était déjà toute une histoire pour lui faire cracher un dollar, donc pas la peine d'imaginer qu'elle irait se fendre de trente mille ou quarante mille billets verts pour payer une fête, même en son honneur.

Entre autres projets, la City avait prévu d'organiser une grande réception pour tous les acteurs de *Palm Springs* avant la coupure de l'été. Aussi Nora avait-elle tout simplement suggéré de convertir cette manifestation en soirée d'honneur pour l'anniversaire de Silver.

— Ce n'est pas une bonne idée, ça ? leur avait-elle dit. Le grand chic, le glamour, les stars ! Ce serait un formidable événement médiatique !

Ils furent tout de suite emballés. Il ne restait plus qu'à convaincre Silver.

Ce ne fut pas un gros problème pour Nora. Puisque la City Television prenait les frais à sa charge, la star acceptait de se faire dorloter.

— Mais à une condition, précisa-t-elle. Quand ce sera terminé, je veux qu'ils me fassent remplacer toutes les moquettes de la maison. Ils me doivent bien cette petite fleur, et ils en ont les moyens.

Elle marqua une pause théâtrale avant d'ajouter :

— A propos, Nora... Officiellement, ce sont mes quarante-*cinq* ans que je fête cette année.

Nora savait que la City Television marcherait pour les moquettes. Ce n'était pas cher payé pour un coup de pub de cette ampleur. La couverture de presse allait être fabuleuse car Nora s'y entendait. Côté télé, l'émission *Entertainment Tonight* envoyait Jeanne Wolf, sa présentatrice vedette, Channel Nine avait promis Chantal Westerman avec son équipe et Channel Seven Cynthia Allyson. Channel Four devait également détacher une équipe. Côté presse écrite, des magazines comme *USA Today, People* et *Newsweek* envoyaient des photographes. Un autre photographe était prévu, avec pour mission exclusive de prendre des clichés et de les diffuser dans le monde entier grâce aux télécopieurs internationaux. Les paparazzi, eux, resteraient dehors, derrière les barrières antiémeutes alignées de chaque côté du tapis rouge avec un détachement des meilleurs flics de Beverly Hills.

Nora avait supervisé elle-même la liste des invités, laquelle comprenait une brochette d'industriels triés sur le volet, un assortiment d'acteurs et d'actrices de renom, une poignée de stars du sport et quelques V.I.P. venus d'autres sphères.

Vêtue d'un costume de velours prune, affublée de bijoux qui se mariaient mal avec ses cheveux gris ébouriffés, Nora arriva de bonne heure chez Silver et alla se garer derrière la maison, près de la voiture de Wes Money.

Mieux valait se méfier des inconnus. Des feuilles à cancan comme le *National Enquirer* ou *True Life Scandal* pouvaient très bien avoir envoyé des espions indésirables et indésirés. Enveloppée d'effluves de *Ma Griffe* et de relents de tabac, elle mit pied à terre, regarda Wes Money et demanda sèchement :

— Qui êtes-vous ?

— Je bosse au bar. Et vous ?

— Attachée de presse. Vous tombez bien. Vous ferez circuler la consigne : quiconque ira faire des confidences à deux sous aux journaux à scandale se retrouvera à tout jamais tricard. Qu'il ne compte pas retrouver un emploi dans Los Angeles ou sa région ! Pigé ?

Wes hocha la tête. Cette vieille moukère venait de lui donner une idée extra, à laquelle il n'aurait jamais pensé tout seul, pour se faire quelques à-côtés juteux. Elle fila d'un petit pas nerveux et pressé. Sans s'agiter, Wes passa derrière la maison en prenant une allée qui la contournait, poussa une porte et se retrouva dans une immense cuisine pleine de gens affairés.

Une vieille Chinoise passait par là.

— Je tiens le bar, annonça-t-il.

Elle le regarda d'un œil bovin. Avisant une fille qui cachait une grosse poitrine sous sa blouse blanche, il fit une deuxième tentative :

— Hep ! Le bar ?

Elle eut un vague mouvement en direction d'une porte.

Wes y alla et entra dans la maison proprement dite. Ça, c'était de la baraque ! Sol de marbre, divans confortables, interminables enfilades de pièces toutes plus luxueuses les unes que les autres. Tout au fond, une baie vitrée s'ouvrait sur une piscine carrelée de noir au bord de laquelle se trouvait un bar de marbre noir en forme de croissant.

Un Rocky dans tous ses états se signala à lui en agitant la main. Rocky avait l'air d'un ersatz de Sylvester Stallone, d'où son nom.

— Ben dis donc, fit-il tout en continuant à décharger des caisses de boissons, te v'là quand même ! Comment ça se fait que tu te pointes à c't' heure ?

— T'es marrant, toi, protesta Wes, il a fallu que je trouve. Faut voir comment tu donnes tes indications, aussi. Bellagio, Bellagio... c'est vite dit ! Faut voir comment c'est énorme. Ça s'étale sur des bornes et des bornes avec des rues qui partent dans toutes les directions. Ce Bel Air de mes fesses, c'est pire que les labyrinthes des fêtes foraines. Tu peux encore t'estimer heureux que je sois là.

— Non mais c'est pas vrai ! grogna Rocky. Tu me troues, comme mec ! Y a vraiment que toi pour te paumer dans Bel Air.

— Y a surtout que toi pour donner des indications bidon comme ça, ouais ! J'ai presque vidé mon réservoir à tournicoter dans ce coin pourri.

— Allez, ça va comme ça, trancha Rocky en lui lançant une caisse de vin. Au boulot ! Y nous reste juste une heure avant la ruée.

Se penchant vers Wes, il ajouta à voix basse :

— J'ai mis à gauche une petite sélection de boutanches. C'est ce carton, là, sous la table. Dès que t'as une occase, tu le chopes et tu le colles dans ta bagnole. Je passerai te voir demain et on fera le partage.

— Pourquoi la mienne de bagnole ? demanda Wes d'un ton hargneux.

— Parce que c'est ma pomme qu'ils vont surveiller, c'te blague !

C'te blague, bien sûr ! Et si quelqu'un se faisait piquer pour détournement de bouteilles, ce serait ce brave Wes Money.

Rocky le prenait vraiment pour un couillon, pas possible ! Mais, finalement, Wes embarqua le carton. Après tout, la vie n'était qu'un risque permanent et il l'aimait comme ça.

Après avoir examiné et éliminé cinq tenues possibles, Silver arrêta son choix sur un ensemble composé d'un pantalon de sultane en mousseline de soie mauve et d'un petit haut blousant brodé d'or. Une longue perruque à la Cléopâtre acheva de lui donner l'allure exotique et mystérieuse d'une reine égyptienne. L'effet fut encore plus saisissant quand elle eut complété le tout avec de gros anneaux d'or aux oreilles et aux poignets et plusieurs bagues ornées de diamants énormes.

Elle n'avait pas pris une goutte d'alcool du mois. Une abstinence volontaire, certes, mais elle n'était pas en cure de désintoxication et se dit qu'une coupe de champagne serait la bienvenue pour la mettre de bonne humeur avant la soirée. Elle sonna.

En bas, dans la cuisine, Vladimir, le majordome, écarta brutalement la vieille Chinoise pour répondre à l'appel de sa maîtresse.

— Oui, Madame, qu'y a-t-il pour votre service ? répondit le Russe qui n'avait pas une once d'accent mais était affecté d'un petit cheveu sur la langue.

— Du champagne, Vladimir. Bien frais. Et faites vite.

— Très bien, Madame.

Il attrapa Wes qui, justement, passait par là, prêt à sortir le carton d' « échantillons » soigneusement préparé par Rocky.

— Hep, vous !

Merde ! songea Wes Money. *C'est cuit !*

— Qui ça ? Moi ? fit-il innocemment.

— Oui. Du champagne pour Madame, *pronto !*

Le « *pronto* » était un souvenir de deux nuits débridées avec un serveur italien qui hurlait « *pronto, pronto !* » à chaque fois qu'il prenait son pied, c'est-à-dire souvent.

Wes regarda autour de lui. Ne voyant que la Chinoise, il

pensa que c'était à elle que la tantouse soviétique voulait offrir le champagne et se demanda bien pourquoi il lui faisait cet honneur.

— Madame ? fit-il, étonné.

— Madame Silver ! précisa Vladimir, fustigeant d'un froncement de sourcils l'ignorance de ce jeune crétin. Vous allez lui porter du champagne. Bien frais. Et pas une bouteille. Vous lui monterez simplement une flûte. Allez, dépêchons !

— D'accord, j'arrive ! dit Wes.

Réalisant, tout heureux, qu'il l'avait échappé belle, il fonça jusqu'à sa voiture et fourra le carton dans le coffre. A peine était-il de retour à la cuisine que Vladimir hurla :

— Où est-elle ?

— Quoi ? demanda Wes.

— La flûte de champagne pour Madame.

— C'est comme si ça y était.

Vladimir était fou face à tant de désinvolture. Il en faisait des bonds. Or, dans sa jeunesse, avant de passer à l'Ouest, il avait été danseur de ballet. C'est dire que le résultat était spectaculaire.

— Tout de suite ! rugit-il.

— A vos ordres, mon capitaine, dit Wes, histoire de lui porter le coup de grâce. Je vais déboucher une roteuse tout de suite et je monte une flûte à la taulière.

La Mustang de 1965 lâcha une pétarade et s'arrêta au beau milieu de la côte de Coldwater Canyon.

— Ah non ! C'est pas vrai ? lança Heaven, prête à sortir les griffes.

— Merde…, se lamenta Eddie, confirmant les craintes de sa copine. C'est la tuile.

— Merde, non ! C'est pas possible ! hurla Heaven en descendant sur le bord de la route.

— C'est la tuile, répéta Eddie en la rejoignant. Pourtant, elle tournait comme une horloge quand je suis passé te prendre.

— Qu'est-ce que tu vas faire ? demanda-t-elle, la voix pleine de reproche fielleux.

— Qu'est-ce qu'*on* va faire, rectifia Eddie.

— Dis donc, protesta-t-elle. C'est de ta faute. C'est ta bagnole pourrie qui nous a lâchés.

Du bout de sa bottine pointue, elle décocha un coup de pied agressif dans le flanc de la vieille Mustang.

— Arrête de faire ça !

— Je fais ce que je veux, na-na-nère! répliqua Heaven, jouant les sales gamines.

Et, pour bien le prouver, elle donna un autre coup de pied à la pauvre voiture.

Eddie était fou de rage.

— Arrête, nom de Dieu. T'es malade, ou quoi?

— Ça me fait chier, chier, chier et *chier!*

— Et moi? Tu crois que ça me fait marrer?

Ils échangèrent des regards meurtriers. Heaven avec sa tête hirsute, couverte de plumets ébouriffés et multicolores. Eddie avec sa banane noire luisante de brillantine.

— Ch' sais pas si tu vois dans quelle galère on est..., grogna Heaven.

— T'excite pas comme ça, fit Eddie en se dirigeant vers le capot. Je vais arranger ça, tu vas voir.

Avec un soupir exaspéré, Heaven se laissa tomber dans l'herbe du talus.

— Tout seul comme un grand? Ouais, c'est ça... Fais-nous voir c' que tu sais faire...

Silver détestait qu'on la fasse attendre. Quand elle demandait quelque chose, elle le voulait tout de suite. Cela faisait maintenant une dizaine de minutes qu'elle avait commandé du champagne, sa patience était à bout et ses papilles commençaient à la démanger. Avec un petit murmure d'agacement, elle sonna la cuisine pour la deuxième fois. Vladimir était maintenant plongé jusqu'au cou dans la réception et la présentation des mets livrés par les traiteurs chinois. Il décrocha avec angoisse.

— Eh bien? lança Silver d'un ton glacial. Que se passe-t-il pour que vous me fassiez attendre, Vladimir?

— Moi? Mais pas du tout, madame, zozota le majordome.

— Dans ce cas, pouvez-vous m'expliquer pourquoi vous êtes encore en cuisine?

— Le barman vient de partir, Madame, mentit Vladimir. Vous devriez le voir arriver d'un instant à l'autre.

— J'espère bien! trancha Silver en raccrochant sèchement.

Vladimir raccrocha à son tour en grommelant dans sa barbe de sinistres malédictions en russe. Le fait de revenir à sa langue maternelle le réconfortait quand il se sentait au bord de la crise d'angoisse.

— Barman! rugit-il.

Il fallut encore cinq bonnes minutes pour mettre la main sur Wes. Vladimir l'équipa d'un plateau d'argent et d'une flûte de cristal de Baccarat dans laquelle pétillait du champagne frappé puis l'expédia dans l'escalier au-devant d'une engueulade soignée. Vladimir sentait les moments où il valait mieux qu'il se fasse oublier.

Wes commença à gravir les vastes marches en sifflotant un air des Beatles et en philosophant sur les caprices de l'existence. Ce matin, il avait ouvert les yeux dans la maison d'une blondasse péroxydée. Ce soir, il était dans une super villa de Bel Air, un plateau sur le bras, et montait un escalier pour aller servir l'une des plus grandes vedettes de la télévision américaine. Dommage que ce ne soit pas pour aller lui faire une démonstration de ses talents amoureux. Quoique... pour ça, il aurait nettement préféré Whitney Valentine Cable. Il ne regardait pas souvent la télé. En général, ça s'arrêtait au sport. Parfois un film ou un feuilleton, tard dans la nuit. C'était à peu près tout. Mais il avait quand même remarqué Whitney Valentine. Cette nana ! Pour tout dire, il ne se rappelait plus bien à quoi pouvait ressembler Silver Anderson. Pour lui, c'était surtout un nom et une vague photo en couverture des magazines.

Wes eut une surprise de taille. Silver Anderson était brune, comme dans son souvenir, avec des yeux en amande soulignés par un maquillage très chargé. Elle était petite et mince, presque menue. Belle d'une beauté très travaillée qui forçait l'admiration. A peine eut-il frappé qu'elle ouvrit brusquement la porte de sa chambre. Il en resta bouche bée.

Elle le fusilla du regard.

— Combien de temps faut-il pour servir une flûte de champagne, la mettre sur un plateau et monter au premier étage ? demanda-t-elle d'une voix polaire.

Il passa devant elle pour entrer dans la bonbonnière violette de sa chambre et chercha un endroit pour déposer son plateau.

— Là, vous me posez une colle, répondit-il. La prochaine fois, je fais l'expérience avec un chrono.

— Pardon ? fit Silver, estomaquée par le toupet de ce barman.

Il repéra une coiffeuse avec un miroir et jugea l'endroit adéquat. Leurs yeux se croisèrent dans la glace tandis qu'il posait le plateau et, pendant une courte seconde, chacun soutint le regard de l'autre.

Silver vit un jeune homme à la beauté nerveuse et sauvage et à l'air je-m'en-foutiste.

Wes vit une femme plus âgée, certes, mais pas mal du tout. Et, faisant preuve d'une sensibilité inhabituelle, il capta les

ondes de demande, l'expression de solitude qui se déga-
geaient d'elle.

L'alchimie des sens électrisait l'atmosphère.

Wes savait qu'il était en train de vivre un instant rare, un
instant à saisir. Mais ce n'était pas à lui de faire le premier pas.
C'était à elle. Pas question pour lui de s'exposer à la vexation
d'un rejet par une vedette de la télé. Et, après tout, peut-être
était-il tout simplement en train de prendre ses désirs pour des
réalités.

Il lui ménagea quand même une petite ouverture, juste
histoire de voir.

— Puis-je faire autre chose pour vous être agréable ?
demanda-t-il, la voix lourde de sous-entendus.

Silver n'était pas une gamine. Elle savait très bien qu'elle
n'avait rien à gagner en laissant ce jeune barman lui faire du
rendre-dedans. Elle le remit à sa place d'un regard de pierre
et d'un « non merci » réfrigérant.

L'affaire était close. Il quitta la chambre de la star. Il était à
peine arrivé en bas que Vladimir lui tomba sur le dos :

— Eh bien ? Madame était satisfaite ?

— Pourquoi ça ? fit Wes, très cool. Ben ouais, bien sûr !

Visiblement, la tantouse russe s'attendait à le voir débarquer transpirant après l'engueulade. Non mais quoi encore ?
Wes Money n'était pas un rigolo. Wes Money revenait intact
de la confrontation, semblable à lui-même.

Tout à fait semblable ? Était-ce bien sûr, vraiment ?

17

Règle 1 : sourire pour les photographes.

Règle 2 : faire du charme devant les caméras de télévision.

Règle 3 : s'efforcer de laisser une bonne impression aux
journalistes ; ne jamais oublier que ce sont eux qui font votre
célébrité.

C'étaient les trois règles de Whitney Valentine Cable. Elle
les avait toujours en tête et les respectait religieusement.

Elle sortit de la Porsche rouge de Chuck Nielson et laissa les
paparazzi mettre en boîte le plus large sourire d'Amérique.
Chuck qui, en dépit d'un âge certain, gardait un charme très
juvénile, vint la rejoindre et ils posèrent ensemble.

Les paparazzi impressionnèrent des kilomètres de pellicule.
La scène valait de l'or. Elle allait se vendre dans le monde

entier. L'année passée, Whitney Valentine Cable et Chuck Nielson avaient défrayé la chronique. Une liaison mouvementée de dimensions épiques avec disputes publiques et réconciliations tout aussi publiques. Puis il y eut la rupture. Chuck partit avec une actrice française, femme d'un célèbre metteur en scène britannique, ce qui fit de superbes papiers. Whitney, pour sa part, s'offrit une série de liaisons échevelées qui firent également de très beaux papiers. Et maintenant, voilà qu'ils étaient de nouveau ensemble. Le rêve pour les paparazzi. Il ne pouvait pas y avoir de sujet plus fantastique, sauf, peut-être, une réconciliation inespérée de Whitney et Mannon Cable.

Lentement, les deux vedettes entrèrent. Jeanne Wolf, de *Entertainment Tonight,* les accueillit avec effusion.

Howard et Poppy Soloman étaient en train de faire leur arrivée à bord d'une limousine très longue et très voyante. Howard ne voyait pas pourquoi il aurait dû prendre lui-même le volant pour sortir le soir alors qu'il pouvait utiliser à volonté les limousines de chez Orpheus.

Les paparazzi ne firent pas grand cas de leur apparition, ce qui contraria Howard et rendit Poppy positivement malade.

Un seul et unique flash immortalisa leur consternation. Puis tous les photographes convergèrent vers Michael Caine qui arrivait avec sa ravissante femme, Shakira.

En entrant dans la maison, Howard et Poppy tombèrent immédiatement sur Whitney, époustouflante dans sa robe à bustier. On échangea des baisers hollywoodiens. Howard s'emplit les narines de son parfum et se demanda si elle le désirait autant que lui-même avait envie d'elle.

— J'ai un projet qui te conviendrait formidablement, dit-il avec une demi-douzaine de grimaces nerveuses.

Elle lui accorda un regard direct et très intéressé.

— Vraiment, Howard ?

— Tu veux parler du script Weissman ? intervint Poppy.

Il se retourna vers elle, une expression courroucée sur le visage. Qu'est-ce que c'était encore que cette histoire ?

— Le script Weissman ?

Elle s'accrocha à son bras. Poppy Soloman avait décidé qu'en tant que femme d'un directeur de firme cinématographique, elle se devait d'être au courant de tout.

— Le script qui est sur ton bureau, chéri. Je l'ai lu hier. Whitney serait merveilleuse dans le rôle féminin. C'est un tel contre-emploi. Tu es génial d'avoir pensé à elle pour ça.

Elle lui colla sur la joue un gros baiser plein de fierté et d'affection.

Il était génial et il n'en savait rien ! Car, bien sûr, sa proposition n'avait pour autre but que de lui permettre de revoir Whitney plus tard. Il n'avait aucun projet précis pour elle et voilà que maintenant, il se retrouvait avec le script Weissman. Il allait falloir faire lire ça rapidement et voir s'il y avait réellement un rôle pour Whitney dedans.

Howard ne lisait pas les scripts. Ça prenait trop de temps. Il avait trois lecteurs auxquels il faisait entièrement confiance. Ils lui décortiquaient toutes les histoires et les réduisaient à un synopsis de deux pages. Poppy, bien évidemment, ne faisait pas partie de ce petit comité de lecture. Il n'aurait pas fait confiance à Poppy pour lui commenter la chronique d'Army Archerd dans *Variety*. Alors, pour la lecture d'un script !

— C'est ça, Whit, dit-il à toute allure. Je voudrais qu'on en discute tranquillement un peu plus tard.

Whitney sourit. Elle avait vu juste : Howard s'intéressait à elle comme actrice *et* comme femme. Parfait.

Chuck Nielson apparut à ses côtés avec un verre de jus d'orange dans chaque main. Whitney et lui ne buvaient pas d'alcool. C'était à peu près la seule chose qu'ils aient en commun.

Howard était ennuyé de revoir Whitney avec ce type. Chuck Nielson était une mauvaise fréquentation, un sale type qui s'était fait une spécialité de sortir les femmes des autres. Et même pas moyen de s'en débarrasser en l'envoyant tourner au diable vauvert. Plus personne ne voulait de lui. Chuck avait bien fait quelques succès dans le passé. Mais le dernier remontait à cinq ans, déjà. Et on avait la mémoire courte à Hollywood.

On se salua affectueusement : claques viriles sur les épaules et petites vannes amicales. Poppy s'épanouissait à vue d'œil. Elle pensait encore que Chuck Nielson était une star, c'est dire à quel point elle était hors du coup.

Pendant qu'elle se lançait dans une discussion animée avec lui, Howard baissa la voix pour demander à Whitney :

— Qu'est-ce que tu fais encore avec ce type ?

Elle haussa les épaules, les plus belles épaules du monde.

— Le désespoir, murmura-t-elle. Je n'arrivais pas à trouver de cavalier pour cette soirée. Et je ne voulais pas prendre le risque de te rater.

Howard se sentit soudain le phénix des hôtes de ce lieu. Que le script Weissman convienne ou non, il le ferait adapter pour que la fabuleuse Whitney Valentine Cable ait un rôle dans le film. Et il ferait en sorte qu'elle laisse tomber le « Cable » dans le générique. Miss Whitney Valentine. Pourquoi fallait-il toujours qu'on pense à Mannon quand on voyait son nom ?

Devant les grilles de la propriété, Mannon et Melanie-Shanna étaient prisonniers de la Rolls-Royce bleue coincée dans une file de luxueuses voitures. Il y avait au moins huit véhicules entre eux et le portier en uniforme qui gardait l'entrée. Mannon fulminait.

— Si on était arrivés à l'heure, on ne se serait pas retrouvés bloqués dans cette espèce d'embouteillage insensé.

— J'étais prête, protesta Melanie-Shanna.

Elle ne se sentait quand même pas disposée à porter les torts à chaque fois qu'il était contrarié.

— Pourquoi tu n'es pas venue me faire activer, alors ?

Cette fois, elle ne répondit pas. Elle avait compris que, passé une certaine limite, seul le silence avait quelque chance de tempérer les subites colères de Mannon. Pour les autres, cela pouvait sembler formidable d'être la femme d'une super-star. La réalité quotidienne était bien différente. D'accord, il y avait des avantages indiscutables. L'argent. La position sociale. Partager le lit d'un homme qui faisait fantasmer des millions de femmes.

Il y avait aussi une belle brochette d'inconvénients. Pas de vie privée. Pas de tranquillité. Le fait d'être perpétuellement entourée d'une armée de gens à vos petits soins. Les avances incessantes que toutes les femmes libres faisaient à votre mari. Les accès de mauvaise humeur qu'il fallait subir. L'incertitude : maladie chronique de tous les acteurs, qu'ils soient superstars ou derniers des seconds rôles.

Actuellement, Mannon était au sommet de sa gloire. Melanie-Shanna n'osait imaginer ce que ça deviendrait si cette gloire venait à ternir un tant soit peu. Elle espérait qu'il serait content quand elle lui annoncerait la future naissance.

Elle n'en était pas tout à fait sûre.

Et le défilé était incessant.

La star d'autrefois avec sa gueule burinée, sa femme étrangère et sa carrière derrière lui.

Un autre acteur, âgé de dix ans de moins, avec une starlette dodue et une carrière bientôt derrière lui.

Un producteur infidèle et sa femme mondaine.

Une femme infidèle et son mari homo.

Un jeune acteur en pleine ascension et complètement accro à la coke.

Une jeune et belle actrice qui n'aimait que les jeunes et belles actrices.

Nora était ravie de la diversité de l'assistance. Tout marchait comme sur des roulettes. Le seul petit hiatus, pour l'instant, était l'absence de Silver. Une arrivée un peu tardive n'était pas un drame. Nora ne souhaitait qu'une chose : que la star ne rate pas son entrée. Plusieurs fois elle était montée au premier voir si tout allait bien. Elle avait trouvé Silver, en grande tenue, assise devant une baie vitrée, en train de fumer en contemplant le panorama. Los Angeles la nuit, vue du haut des collines, était une féerie de lumières scintillantes. Silver paraissait hypnotisée par le spectacle.

A vingt et une heures — une heure après le début officiel de la réception —, Nora monta de nouveau à l'étage.

— Qui est là ? demanda nerveusement Silver.

— Tout le monde, répondit Nora. Tu peux descendre, maintenant.

— Dans une minute. Ne me bouscule pas.

Nora décida qu'il était temps de mettre un peu la pression.

— *Maintenant*, dit-elle. Il faut y aller. Sinon, ils vont commencer à repartir.

Silver poussa un gros soupir et se leva avec docilité. Elle alla se planter devant une psyché et s'examina sous toutes les coutures.

— Parfait, lui dit Nora.

Elle prit une profonde inspiration.

— J'espère. Je me suis donné assez de mal pour y arriver.

Dernier coup d'œil au miroir et, comme à regret, elle se dirigea vers la porte.

Silver Anderson donnait une soirée d'anniversaire et ne voulait pas la rater.

18

— Tu es sûre de vouloir y aller ? demanda Jack, étonné.

La Ferrari négociait élégamment les virages de Bel Air.

— Oui, répondit Clarissa d'un ton un peu sec. Puisque je te le dis. Pourquoi tu insistes comme ça ?

Il avait l'impression qu'elle était en train de le tester et ça ne lui plaisait pas plus que ça.

— Parce que, d'habitude, les réceptions ne sont pas tes distractions favorites. Surtout les grosses javas m'as-tu-vu avec des photographes de presse derrière tous les pots de fleurs.

Elle lissa la jupe de son tailleur brun.

— Je n'ai jamais dit que les réceptions étaient mes distractions favorites, répondit-elle d'un ton très mesuré. J'ai simplement dit que j'avais envie de connaître ta sœur. Je pense que tu peux comprendre cette curiosité bien légitime.

Non. S'il était une chose qu'il ne comprenait pas, c'était celle-là.

— Tu ne m'as jamais vraiment raconté pourquoi vous ne vous entendez pas, insista Clarissa.

Jamais, et ne compte pas sur moi pour te le raconter.

— Nous sommes différents, dit-il sobrement.

— Ça, je le sais.

— Alors, si tu le sais, changeons de sujet.

— Bon, comme tu veux.

Ils firent le reste de la route sans échanger une parole de plus.

Quand Jade partait en virée, elle aimait s'accorder avec l'ambiance de la soirée et elle savait que cet anniversaire avec Antonio allait être tout sauf une réunion culturelle. Pour elle, ç'allait être un peu une découverte. L'éclatement. Elle décida de mettre le paquet et choisit un pantalon moulant de satin noir enfilé dans des bottines, une chemise noire serrée dans une ceinture large. Avec ses longues jambes, son cinquante-cinq de tour de taille et son buste épanoui, l'effet était percutant. Elle rehaussa le tout avec une profusion de petits bijoux de pacotille de chez Butler & Wilson, à Londres. Des cadeaux de Mark. Il avait le chic pour les choisir. En y réfléchissant bien, elle se dit que, peut-être, c'était une autre femme qui les avait choisis. Allez savoir... Des femmes, il en avait partout. Maintenant, elle avait compris qu'elle était juste sa maîtresse new-yorkaise.

Ramenant sa chevelure cuivrée sur le haut de sa tête, elle la fixa à l'aide de quelques épingles en s'arrangeant pour que plusieurs mèches retombent dans un effet de négligé artistique. Elle se maquilla ensuite le visage au fond de teint soutenu, rehaussant ses yeux pailletés d'or avec du fard à paupières brun et un épais trait de khôl. Une bonne couche de brillant à lèvres puis de rouge et elle était prête quand Antonio et trois de ses amis firent irruption dans son appartement, les bras chargés de fleurs, disques, bouteilles et assortiments de petites délicatesses chinoises achetées chez *Chinn Chinn,* sur Sunset Boulevard.

— Mais... Je croyais qu'on sortait ! s'étonna-t-elle en les voyant s'installer comme chez eux.

— Mais bien sûrr, rreine de beauté, nous sorrtons, répondit Antonio.

Ce qui ne l'empêcha pas de distribuer les tâches à ses mignons : un à la cuisine pour réchauffer les chinoiseries au micro-ondes, un au bar pour déboucher le vin, le troisième à la décoration pour disposer les gerbes de fleurs.

— Mais c'est une invasion en règle, protesta Jade en riant.

— Mais non, *bellissima,* dit Antonio en lui décochant son petit sourire, juste une petite cérrémonie de bienvenue à Los Angeles.

— Ça ne va pas nous mettre en retard pour la soirée ?

Il fit la moue.

— Qu'est-ce que ça fait ? Il ne se passe jamais rrien dans les soirées tant qu'Antonio n'est pas arrrivé !

Les trois compagnons approuvèrent d'un petit hochement de tête et vaquèrent dare-dare à leurs activités.

— *Cara !* s'exclama Antonio en s'embrassant le bout des doigts, tu es belle comme un rrêve. Le deuil te va merrveilleusement !

— Tu es méchant, Antonio...

— Mais bien sûr !

— *Très* méchant !

— Je sais.

Nora accueillit Mannon avec une chaleureuse accolade.

— Tu es un dieu, lui souffla-t-elle à l'oreille.

— Mes couilles, grogna élégamment Mannon. On ne m'aurait pas fait poireauter comme ça. Tu sais combien de temps j'ai glandé dans ma bagnole avant de pouvoir entrer dans cette putain de baraque ?

— Je suis désolée, dit Nora.

— Pas tant que moi !

Elle héla un serveur.

— Qu'est-ce que tu prends ?

— Un scotch. Double, tant qu'à faire.

Melanie-Shanna faisait la potiche à son côté. Personne ne lui demandait ce qu'elle voulait boire. Personne ne s'occupait d'elle. Le seul qui comptait, c'était Mister Superstar.

— Je prendrai une goutte de sauternes, dit-elle au serveur.

Mannon continuait à cracher son fiel. Nora l'écouta attentivement puis le taquina et, ensuite, le flatta avec habileté. Melanie-Shanna le sentit se détendre progressivement. Cela dura jusqu'à l'apparition de Whitney, son ex-femme. Melanie-Shanna sentit alors comme un coup de froid, puis une bouffée de chaleur. Elles n'avaient jamais eu l'occasion de se rencontrer.

— Qu'est-ce qu'elle fout là, nom de Dieu? murmura Mannon en se tournant vers Nora.

— Je ne savais pas que vous étiez en froid.

— On n'est pas en froid. On se parle, même, répondit-il d'une voix grincheuse.

En fait, il n'en était pas vraiment sûr. La dernière fois qu'ils s'étaient croisés, elle avait été totalement glaciale. A la vérité, elle l'avait purement et simplement ignoré. Bon... ça pouvait se comprendre. *People* venait tout juste de sortir une interview de lui où il la traitait de starlette carriériste et Chuck Nielson de dragueur des plages sur le retour.

Heureusement qu'elle n'était plus avec lui. Bon débarras. Et, juste comme il se faisait cette réflexion, Chuck Nielson émergea de la foule et vint la rejoindre. La vision, là, devant lui de *sa* Whitney avec Chuck Nielson fut comme un coup de couteau dans le ventre de Mannon.

— Merde, grommela-t-il dans sa barbe.

— Comment? demanda Melanie-Shanna.

— Non, rien...

Mannon et Whitney étaient comme deux météores lancés à la rencontre l'un de l'autre. Plus moyen d'éviter le télescopage.

Il banda les muscles et serra les dents pour faire face à la collision.

— Je me casse, déclara Heaven.

Elle se releva et, du plat de la main, débarrassa les feuilles et les brins d'herbe accrochés à son long manteau.

— Hein? fit Eddie en continuant de s'acharner sans succès sur le moteur. Qu'est-ce que tu comptes faire? Prendre l'avion?

— Je vais faire du stop, déclara-t-elle. J'ai décidé de ne pas rater la soirée de ma mère.

— Faut pas faire ça. C'est dangereux.

— Mais oui, pépé, t'as raison..., ricana Heaven. Figure-toi, mon pote, que je suis assez grande pour me débrouiller toute seule.

Il se redressa.

— C'est ça! Fais-toi embarquer par un de ces tordus qui coupent les gonzesses en morceaux et on verra si t'es assez grande...

— Tiens, c'est vrai! J'y avais pas pensé! Toutes les voitures qui passent sur cette route doivent être bourrées d'assassins qui n'attendent que ça pour m'étrangler...

— Ta gueule! trancha Eddie d'un ton furieux. Pas question que tu fasses du stop toute seule. Je laisse la Mustang ici et je viens avec toi.

— Ah ben dis donc, soupira-t-elle. Je me demandais si t'allais te décider!

Wes n'avait pas le temps de chômer. Ah il ne volait pas le fric que Rocky allait lui donner! Il avait descendu une ou deux bières en coulisses mais, à part ça, il était à jeun. Ça valait mieux. Il commençait à y avoir de l'action et il avait tout intérêt à garder les idées claires.

Rocky avait commencé à se faire de beaux petits à-côtés en vendant de la coke à quelques pontes de l'industrie cinématographique. Ils avaient fait circuler le mot et, maintenant, le business tournait à plein rendement. Rocky mit Wes dans le coup, moyennant une commission, et, à eux deux, ils étaient en train de faire de l'or.

Coincé derrière son bar, près de la piscine, Wes n'avait pas beaucoup d'occasions d'observer Silver Anderson. Il la vit cependant arriver à neuf heures. Une entrée remarquée qui mit les journalistes en ébullition.

— Elle est mariée? demanda-t-il à Rocky.

— Non, fit Rocky. La tapette de la cuisine m'a raconté qu'elle changeait de type à peu près toutes les semaines.

— Et cette semaine, elle est avec qui?

Rocky rota.

— Hé, ch'suis pas le carnet mondain, mon pote!

Ils se turent pour suivre avec fascination le passage ondulant de Whitney Valentine Cable.

Rocky fit claquer ses lèvres épaisses d'un air gourmand.

— Mate-moi un peu cette palombe. Ça, c'est de la gonzesse! Si elle me demandait de faire trois kilomètres à genoux pour avoir le droit de la sauter, je le ferais.

— Moi aussi, dit Wes.

Un peu plus tard, il vendit un gramme de coke à Chuck Nielson. L'envie le démangeait de lui poser des questions sur son envoûtante maîtresse, mais il se retint. Wes repérait vite les têtes et comprenait jusqu'où il pouvait aller et avec qui.

Nora eut du mal à en croire ses yeux quand elle vit Jack Python débarquer en compagnie de Clarissa Browning. Un coup de chance comme elle n'en aurait peut-être jamais d'autre dans sa vie. A elle maintenant de rassembler le frère et la sœur pour une photo. Ça allait faire les couvertures des magazines dans le monde entier. Personne, encore, n'avait réussi à les prendre ensemble.

Elle accueillit Jack avec empressement et le propulsa dans la direction voulue.

Il se débarrassa d'elle avec son charme habituel :

— Ne voudriez-vous pas aller présenter Clarissa à Silver ? Elle en brûle d'envie.

— Et vous, Jack ? Vous n'allez pas souhaiter un bon anniversaire à votre sœur ?

— Plus tard, Nora. Peut-être....

Il les attrapa doucement toutes les deux et les expédia vers Silver.

— Par là, dit-il à Clarissa. C'est bien pour ça que tu es venue, non ?

Puis il repéra Howard et mit le cap sur lui.

— Jack ! Ça alors ! Tu es bien la dernière personne que je m'attendais à rencontrer ici !

— Moi aussi, figure-toi. On m'aurait dit que j'allais m'y rencontrer que je ne l'aurais pas cru. Enfin, avec un peu de chance, je ne fais qu'un passage éclair.

— Bonsoir, Mannon, dit Whitney de sa voix soyeuse.

Coins de la bouche tournés vers le bas. Sourire éblouissant rangé au placard.

Il salua d'une courbette un peu raide.

— Bonsoir, Whitney. Salut, Chuck.

Dire qu'ils avaient formé une bande d'amis, tous les trois. Ils habitaient des villas voisines au bord de l'océan et passaient pratiquement leur vie ensemble. Quand Mannon partait tourner en extérieurs, il demandait à Chuck de s'occuper de Whitney. De quoi se marrer ! Il s'était bien occupé d'elle. Sûr que, dès cette époque-là, il avait commencé à la travailler pour la mettre dans son lit.

— Alors, vieux ? lança Chuck. La santé est bonne ? Le moral est bon ?

Cette épave était complètement stone, pour changer. Whitney détestait les drogues. Pourquoi s'était-elle remise avec cette ruine ?

— Est-ce que vous connaissez ma femme ? demanda Mannon d'un ton coincé.

Il présenta Melanie-Shanna. Laquelle sentit aussitôt que l'ambiance n'était pas aux effusions.

— Melanie..., murmura Chuck en vacillant légèrement sur ses jambes. Ça, c'est une surprise ! Mon vieux pote n'a pas perdu son bon goût, à ce que je vois. Vous êtes ravissante.

— Merci, bredouilla Melanie-Shanna.

Mannon lui attrapa le bras. En quel honneur disait-elle « merci » à cette raclure ?

Whitney commença à prendre le large. Elle était renversante. Comme d'habitude. Melanie-Shanna était jolie. Mais, auprès de Whitney, toutes les femmes semblaient pâles.

Sentant que Whitney avait hâte de disparaître, Chuck s'empressa de lui emboîter le pas.

— Content de t'avoir vu, vieux ! lança-t-il à Mannon.

Il décocha une œillade assassine à Melanie-Shanna, ajoutant :

— Et ravi d'avoir fait votre connaissance. Faites donc un saut chez nous, à l'occasion...

— Casse-toi, trouduc, grogna Mannon en les regardant s'éloigner.

— Je l'ai trouvé plutôt sympa, objecta Melanie-Shanna, sentant, à la seconde même où elle parlait, qu'elle aurait mieux fait de se taire.

— Pas possible ! lâcha Mannon en roulant des yeux furieux. Mais qu'est-ce que tu as dans la cervelle ?

Silver adorait jouer la star-hôtesse. Elle circulait dans la foule des invités, souriait aux uns, minaudait avec les autres. Elle posa pour une photo de famille avec tous les autres acteurs de *Palm Springs*. Elle se fendit de plusieurs traits d'esprit pour George Christy du *Hollywood Reporter*, alla bavarder avec les groupes d'amis, les relations de travail. Puis, au bout d'un moment, elle demanda à Nora de la débarrasser de la presse. Les questions incessantes et les lumières aveuglantes des équipes de télévision plantées près de la porte — c'était la limite qu'on leur avait interdit de franchir — commençaient à la fatiguer.

— Je voudrais encore qu'ils prennent une photo de toi avec Jack, dit Nora.

— Qui ça ?

— Jack. Ton frère.

— Hein ! Mais qu'est-ce qu'il fait ici ?

— Il est avec Clarissa Browning.

— Hummm... Je croyais qu'elle avait du goût.

Dès qu'on abordait le chapitre famille, ça se gâtait. Silver perdait toute chaleur et toute couleur.

Nora observait Jack Python par intermittence. Quand sa sœur était dans un coin, il s'arrangeait systématiquement pour se trouver à la diagonale, séparé d'elle par la grande pièce bourrée de monde. De toute évidence, il n'avait aucune intention d'opérer la moindre manœuvre de rapprochement.

— Est-ce qu'on peut déjeuner ensemble un de ces jours ?

Howard sentit la sueur lui mouiller les paumes tandis que Whitney réfléchissait à sa réponse.

— Pour parler de ce film que tu voudrais que je fasse ?

— Oui... du film et... euh, d'autres petites choses, aussi.

— Quelles petites choses, Howard ? s'enquit-elle insidieusement.

Les commissures tombantes de ses lèvres se relevèrent et sa bouche s'épanouit dans l'un de ses merveilleux sourires.

— Arrête de me titiller comme ça, mon chou, se plaignit Howard. J'ai l'impression que, depuis quelque temps, on a certaines visées communes, toi et moi, non ?

— Bon, décida-t-elle gentiment, d'accord pour *déjeuner*. J'amènerai mon agent.

— Ah non, pas d'agent !

— Tu veux dire par là que sa présence n'est pas indispensable ?

— Quand es-tu libre ? coupa Howard, à bout de résistance.

— Je t'appellerai.

Howard jeta un coup d'œil à l'extérieur. Poppy avait coincé Chuck Nielson près du bar. Il en profita pour s'approcher un peu plus de Whitney, si belle, si saine, ni rayonnante, et pour lui demander sur le ton de la confidence :

— Qu'est-ce qui t'a pris de te remettre avec ce camé de mes fesses de Chuck Nielson ?

— Le côté pratique.

— Il est fou.

— Ne t'en fais pas, je sais le tenir.

— Je l'espère pour toi.

Nora arriva et les interrompit :

— Excusez-moi, Howard... Whitney, mon chou, voudrais-

114

tu poser pour une photo avec Silver ? Les journalistes sont comme des fous à l'idée de vous avoir ensemble. *Newsweek* a promis de réserver la photo pour sa page « Événement de la semaine ».

— Mais bien sûr, dit Whitney en saluant Howard d'un baiser sur la joue. Patience, lui susurra-t-elle à l'oreille. Je te passe un coup de fil lundi.

— De quoi vous discutiez avec Whitney ? demanda Mannon.

— Orpheus voudrait l'avoir, répondit Howard.

Pris au pied de la lettre, ce n'était pas tout à fait un mensonge. D'après Poppy, il y avait déjà un script possible. De plus, Orpheus, c'était lui. Et il voulait l'avoir. Et merde pour sa vieille amitié avec Mannon...

Heaven et Eddie se firent prendre par un jeune couple qui montait à Hollywood dans un gros break.

— Merci, dit Heaven quand ils eurent atteint le Sunset.

Deux filles qui allaient à une soirée plage les prirent au niveau de la station de bus, devant le *Beverly Hills Hotel*. Ils se firent déposer à West Gate, entrèrent dans Bel Air et marchèrent une vingtaine de minutes avant de repérer une voiture de police. Ils lui firent des signes désespérés. Les deux braves flics écoutèrent leur histoire, les prirent à leur bord et les conduisirent tout en haut des collines. Ils poussèrent même l'amabilité jusqu'à les déposer à domicile, juste devant la porte de Silver Anderson.

— La vache ! Quelle baraque ! s'exclama Eddie, tandis que Heaven expliquait qui elle était à un gardien sceptique.

— Ouais, approuva-t-elle. Pas mal, hein ?

Ayant obtenu le feu vert du gardien, ils remontèrent à pied l'allée en direction de la villa.

— Pourquoi tu n'habites pas ici ? demanda Eddie.

— Je sais pas, répondit Heaven, évasive. Je suis bien chez mon grand-père.

Elle omit de dire que sa mère ne l'avait jamais invitée à venir vivre ici.

— Moi, si j'avais seulement le choix..., fit Eddie.

Comme ils approchaient de la maison, ils entendirent de la musique, à laquelle se mêlaient des bruits de couverts et de vaisselle.

— Ah, je pense qu'on a servi le dîner, plaisanta Heaven. Silver fait beaucoup dans ces réceptions guindées.

Eddie changea de tête et regarda avec angoisse son blouson de cuir noir.

— Dis donc, tu crois qu'on est fringués comme il faut ?

— Qu'est-ce qu'on en a à foutre ? répliqua Heaven d'un ton agressif. Elle a déjà de la chance que je sois venue.

Ils entrèrent dans la maison. Deux photographes qui sortaient se retournèrent en les croisant. Heaven y était habituée. Il faut dire qu'elle avait tout sauf l'allure d'une petite fille modèle. Avec ses cheveux multicolores et ébouriffés, son maquillage voyant et son accoutrement, elle ressemblait à un croisement de Cher et de Rod Stewart.

Sa mini-robe rouge, découpée à plusieurs endroits stratégiques, laissait voir d'appréciables portions de peau nue. Son immense capote lui battait les talons. Aux pieds, elle portait des bottines noires à lacets et un collant à rayures lui couvrait les jambes. Des bijoux de plastique à deux sous étaient accrochés un peu partout à ses vêtements, comme des boules sur un sapin de Noël. A l'une de ses oreilles, percée en quatre endroits, pendaient quatre boucles différentes.

— Putain de merde ! souffla Eddie médusé en faisant un tour d'horizon. C'est un véritable palais !

— Ouais, approuva Heaven, pleine d'assurance. Et je suis la jeune princesse en visite.

19

Il était dix heures du soir lorsque Jade, Antonio et leurs amis se mirent en route pour la réception après avoir descendu quatre bouteilles de vin et fait un sort aux délicieux amuse-gueule chinois. Les compagnons d'Antonio formaient un groupe varié et animé : un maquilleur avec une coiffure à la Jeanne d'Arc et des yeux d'Asiate, un coiffeur avec le corps le plus mince que Jade eût jamais vu et un étudiant de l'Institut cinématographique qui, à l'évidence, était la dernière conquête d'Antonio. Il n'avait bu qu'un verre de vin et c'est lui qui prit le volant de la Cadillac Seville du photographe. Ils entrèrent dans Bel Air par West Gate et se perdirent immédiatement. Bientôt ce ne furent plus que cris confus : « Par ici ! Mais non, par là ! Voyons, c'est au pied de la colline, pas en haut ! On tourne en rond ! »

Jade était en terre étrangère. Elle était encore plus perdue que les autres.

Ils firent une odyssée psychédélique dans les collines de Bel Air, accompagnés par Al Jarreau à la stéréo.

Ils finirent tout de même par trouver la maison, une heure plus tard, et par le plus grand des hasards.

Le gardien de l'entrée inspecta la voiture d'un regard méfiant.

— Vaporrise un peu de parrfum, *cara,* murmura Antonio. Sinon, ce type va tomber rraide défoncé rrien qu'en rrespirrant l'atmosphèrre !

Jade s'empressa d'expédier un petit nuage d'*Opium* dans la Cadillac, ce qui atténua un peu les effluves du joint que les amis d'Antonio venaient de partager.

— Merci, minauda le maquilleur.

Le gardien consulta sa liste d'invités, y trouva le nom d'Antonio et, d'un mouvement de main, les invita à entrer.

Quand Heaven et Eddie arrivèrent dans la maison, Jack venait de convaincre Clarissa de prendre le large. Il se pétrifia en découvrant sa nièce.

— Pas possible !

— Oncle Jack ! Qu'est-ce que tu fais là ?

— J'en sais trop rien, répondit-il avec un demi-sourire. Mais toi ?

— Pareil, je sais pas trop. Je me suis dit que c'était une façon comme une autre de passer la soirée.

Elle laissa échapper un petit gloussement puis poursuivit :

— Ça, c'est Eddie. Tu sais, je t'en avais parlé. Je chante avec son groupe.

Jack serra poliment la main du garçon brun et, très formel, présenta Clarissa aux deux jeunes gens.

Heaven était très impressionnée. Elle avait entendu parler de la liaison de Jack avec la célèbre actrice mais elle ne l'avait jamais rencontrée.

Clarissa paraissait amusée et intriguée.

— Voici donc Heaven…, murmura-t-elle. C'est original comme nom.

— Ben ouais. C'est moi.

— J'aime beaucoup votre coiffure.

— Merci.

— Et votre manteau.

— Je l'ai acheté sur Melrose, dans une boutique d'enfer.

— Il faudra m'y emmener.

— Hein ? Moi, vous... emmener ?

Clarissa hocha la tête.

— Oui, pourquoi pas ? Un de ces jours, si vous êtes libre. Vous n'aurez qu'à me faire signe. On pourra faire un peu de shopping toutes les deux. Ensuite, on ira déjeuner.

— Vous inquiétez pas, je crois que je trouverai un moment.

Jack s'immisça soudain dans leur idylle naissante :

— Silver sait que tu es là ?

— C'est pas évident. C'est Nora qui m'a invitée.

Jack se demandait pourquoi Nora avait fait ça. Il était intimement persuadé, en tout cas, que le geste ne venait pas de Silver. Elle n'avait jamais pris de nouvelles de Heaven jusque-là, ne l'avait jamais invitée, pourquoi s'y serait-elle brusquement mise ce soir ? Son cœur se serait-il tout à coup attendri ? C'eût été formidable, mais il n'y croyait pas.

— On y va, décida-t-il. Essayez de bien vous amuser. Quoique, à mon avis, ce genre de soirée ne doit pas vraiment être votre truc.

Heaven le rattrapa par la manche.

— Oncle Jack, la voiture d'Eddie nous a lâchés dans le canyon. Je sais pas comment on va faire pour rentrer.

Cette gamine était exaspérante. Mais il l'adorait.

— Oui ? Et c'est mon problème, ça ?

Elle gloussa.

— Maintenant que je te l'ai dit, sûrement.

Si elle avait eu une certitude, une seule, concernant l'oncle Jack, c'est qu'il répondrait toujours présent quand elle aurait besoin de lui. On ne pouvait pas en dire autant de sa mère.

Il fouilla dans sa poche, sortit une poignée de dollars et en détacha deux billets de cinquante qu'il lui tendit.

— Tiens. Quand tu voudras partir, dis à Nora de t'appeler un taxi.

Il consulta sa montre.

— Et ne traînaille pas trop. La permission de minuit est toujours en vigueur ?

— Ouais.

— Alors, ne dépasse pas l'heure.

— Non.

— Et... si tu te décides à faire quelque chose de normal à tes cheveux, on te sortira peut-être pour dîner un de ces soirs.

— Normal ? Qu'est-ce que ça veut dire, ça ? demanda-t-elle innocemment.

— Normal, c'est tout ce que tu n'es pas, dit Jack en lui

tapotant affectueusement la joue. Heureusement que je t'aime d'un amour aveugle, la puce...

Se tournant vers Eddie, il ajouta :

— Et vous, occupez-vous bien de ma nièce, sans quoi vous aurez affaire à moi.

— Promis, m'sieur! répondit Eddie en se mettant au garde-à-vous.

— C'est pas la crème des hommes, ça? demanda Heaven en le regardant s'éloigner. Et, je vais t'dire, je trouve qu'elle a l'air sympa, elle aussi. Pas la grosse tête pour deux ronds. Tu trouves pas?

Eddie n'écoutait plus. Ses yeux étaient sortis de leurs orbites. Il y avait des stars partout autour de lui. Il était plongé dans un bain de stars et il prenait un pied d'enfer.

— Comment tu as trouvé ma nièce? demanda Jack, guidant Clarissa vers la grille principale en la tenant par les épaules.

— J'ai l'impression que c'est une môme complètement paumée.

— Elle aurait besoin d'une mère, répondit Jack d'un ton un peu sec. Mais Silver n'a jamais vécu que pour elle-même.

— Elle y est peut-être obligée, fit Clarissa, compréhensive. Elle s'est créé une image et maintenant elle doit s'y tenir.

— Tu es sacrément futée, toi... pour une actrice, dit Jack avec un brin de cruauté.

Il tendit son billet de parking à un préposé qui bondit avec empressement.

— Voilà, Mr. Python. Votre voiture arrive tout de suite.

— Vous êtes un mufle, Mr. Python, roucoula Clarissa, faussement vexée.

Il la regarda, scrutant du regard chaque détail de son long visage pâle, de ses yeux brûlants.

— Attends que je t'aie ramenée chez toi. Tu vas voir jusqu'où je suis capable de pousser la muflerie.

Elle hocha la tête et se laissa pénétrer par le doux plaisir de l'attente.

Les préposés au parking n'attendaient plus d'invités et s'affairaient à avancer les voitures de ceux qui s'en allaient. C'est alors qu'apparut la Cadillac amenant Antonio et son groupe.

— Tout le monde parrt? demanda l'Italien en bondissant hors de sa voiture et en agitant les mains.

— Non, monsieur, lui répondit un préposé au physique de prof de gym. Seulement quelques personnes.

Antonio ne l'écoutait déjà plus. Il venait de repérer Jack et Clarissa.

— Mes chérrrris !

Ils s'écartèrent vivement l'un de l'autre et saluèrent le célèbre photographe. Comme toujours, il était entouré d'une cour d'excentriques. Sa voiture en dégorgea trois puis, derrière, apparut une fille splendide que Jack était persuadé d'avoir déjà vue quelque part. Il laissa ses yeux s'attarder sur elle et le regretta aussitôt. Rien n'échappait au regard d'aigle de Clarissa Browning.

La fille était grande et mince, avec un regard droit, plein de défi, un corps sensuel, de fabuleux cheveux de cuivre. Ses yeux croisèrent ceux de Jack Python, sans s'y arrêter, comme s'il n'existait pas. Le célèbre animateur avait l'habitude d'être considéré avec plus d'attention.

— Votre voiture, Mr. Python, annonça le garçon de parking en ouvrant la portière.

— Quelle grrande joie de vous rrencontrrer, roucoula Antonio, et quelle surrprise, aussi.

Jack s'installa au volant de sa Ferrari, fit gronder le moteur et partit un peu trop nerveusement.

Clarissa lui posa une main sur la cuisse.

— A la maison, Mr. Python, s'il vous plaît. Et chassez cette gazelle de votre pensée. Rappelez-vous que vous n'êtes plus le dragueur du show-biz.

Elle le connaissait comme si elle l'avait fait.

— Rentrons, dit Mannon.

— Quand tu voudras, répondit Melanie-Shanna, soumise.

Elle avait elle-même hâte de se retrouver seule avec lui pour lui apprendre la bonne nouvelle.

Voir Whitney se promener comme ça au milieu de tous ces gens qui fêtaient l'anniversaire de Silver, c'était plus que Mannon ne pouvait en supporter. Il la désirait, il voulait qu'elle lui revienne. Il en avait tellement envie que ça lui ravageait les intérieurs. Le plus dur à encaisser, c'était de la voir avec des tocards comme Chuck Nielson.

Il décida d'appeler son avocat dès le lendemain matin et de lui faire établir un arrangement à proposer à Melanie-Shanna. Tant pis si ça lui coûtait cher. Il voulait être réglo avec elle, c'était une brave gosse. Il fallait que ça se fasse le plus vite possible, maintenant. Après, il aurait l'esprit libre et pourrait travailler à une stratégie pour récupérer Whitney.

Nora fut la première à repérer Heaven. A tout le moins supposa-t-elle que c'était Heaven. Qui d'autre aurait pu venir à cette soirée dans un accoutrement pareil ? Elle fonça sur la gamine, au pas de charge. Elle en était presque sans voix. Et, pour Nora Carvell, être sans voix était une chose rarissime.

— Heaven ! J'ai failli ne pas te reconnaître !

Heaven sourit coquettement et pirouetta sur place, faisant voltiger sa longue capote.

— J'aime l'originalité, déclara-t-elle fièrement. Eddie aussi.

Eddie approuva d'un hochement de tête distrait. Il était trop occupé à dévorer l'assistance du regard.

— Je vois ça, remarqua sobrement Nora.

Cela faisait un peu plus d'un an qu'elle avait vu Heaven. La gamine avait fichtrement changé. Silver risquait d'en faire une maladie.

— On a formé un groupe, Eddie et moi, confia Heaven. Il joue de la guitare. Moi, je chante et j'écris tous les morceaux. On a deux autres mecs avec nous : batterie et guitare d'accompagnement. Si tu m'avais avertie plus tôt, on aurait pu s'occuper de la musique pour ce soir.

— Il valait mieux pas, coupa vivement Nora. Est-ce que tu as vu ta... euh, Silver ?

— Non.

Heaven passa les mains dans ses cheveux hérissés et tira dessus pour être sûre qu'ils tenaient bien droit.

— Je t'y emmène, proposa Nora.

Elle savait qu'elle était la seule à pouvoir le faire.

— D'ac, fit Heaven, l'air détendu. Tu viens, Eddie ?

Ils traversèrent la salle, pilotés par Nora, puis passèrent dans le patio tendu de vélums. C'était là que Silver tenait sa cour, à la tête d'une tablée de dix personnes. Elle était en train d'en raconter une bien bonne et tout le monde retenait son souffle, attendant la chute.

— Non, fit le brave homme en regardant la photo, conclut Silver, contrôlant difficilement son hilarité. Je ne reconnais pas Elvis. Mais le type derrière, je peux vous dire que c'est le portier du *Waldorf-Astoria*.

Toute la tablée explosa de rire.

Nora saisit l'occasion pour attirer l'attention de Silver.

— Regarde qui est là !

Silver se retourna gracieusement, prête à saluer un gros

bonnet de la finance ou une star du spectacle. Son visage se décolora visiblement quand son regard tomba sur Heaven.

— Mon Dieu! murmura-t-elle. Mais qu'est-ce que tu as fait à tes cheveux? Et cette tenue? C'est effrayant!

Nora fut la seule à remarquer l'expression blessée qui passa fugacement sur le visage de la jeune fille. Puis l'esprit de rébellion prit le dessus, les yeux d'ambre se durcirent, les traits se figèrent et Heaven cracha:

— Je vois que tu changes pas beaucoup, M'man. Toujours aussi vieux jeu.

Celle-là, Silver eut du mal à l'avaler. Elle se leva de table pour empêcher ses invités d'en entendre plus et souffla à voix basse:

— Toi non plus, tu ne changes pas beaucoup. Je vois que tu es toujours aussi mal élevée.

— Ça doit être de famille, ma petite maman chérie, répliqua insolemment Heaven.

— Arrête de m'appeler comme ça! siffla Silver.

Elle se tourna un instant vers Nora et lui lança un regard meurtrier qui semblait dire: *Tu vois ce que je t'avais dit!*

Nora haussa les épaules.

— Venez avec moi, les jeunes, dit-elle. On va vous trouver quelque chose à vous mettre sous la dent.

Mais Eddie n'avait pas l'air de vouloir déménager. Il tendit la main à Silver et déclama d'une voix transportée:

— Miss Anderson, vous êtes merveilleuse. J'adore ce que vous faites!

Ça, c'était une nouveauté pour Heaven qui lança un regard fielleux à Eddie. Eddie. Son Eddie. Son confident et son ami. Et, depuis cet après-midi même, son amant. En train de baver comme un fan devant sa star. Et quelle star! Sa mère! L'outrage lui faisait bouillir le sang dans les veines!

Eddie resta planté là, avec un grand sourire imbécile, tandis que Silver lui accordait une poignée de main princière tout en exhibant son râtelier de star.

— Quel cinoche de merde! grogna Heaven en prenant le large.

Nora la retint:

— Eh bien, tu ne souhaites pas un bon anniversaire à ta maman?

— Ah ouais, c'est vrai! Bon anniversaire, M'man!

Puis elle déguerpit en quatrième vitesse, mettant le cap sur le bar sans se soucier d'Eddie. Quel nullard, celui-là!

Howard venait d'acheter un petit sachet de papier cristal contenant, à en croire le jeune acteur qui le lui avait vendu, de la cocaïne péruvienne de première qualité. La fille qui l'approvisionnait, une attachée de production un peu timbrée qui travaillait chez Orpheus, n'était pas sûre. Parfois, elle ne jugeait même pas utile de venir travailler. Voilà pourquoi il venait d'accepter ce que le jeune acteur lui présentait comme une offre exceptionnelle. Howard ignorait simplement que le garçon avait acheté la coke au barman et qu'il la lui revendait le double. La transaction fut discrètement menée, sous un palmier, non loin de la piscine.

— Ce n'est pas pour moi, c'est pour un ami, expliqua Howard au revendeur qui s'en moquait comme de sa première chemise.

Le fait d'avoir la coke dans sa poche lui donna confiance en lui-même. Il se sentait tellement confiant, en fait, qu'il ne voyait pas pourquoi il ne s'offrirait pas une petite sniffette sur place, juste histoire de se donner un coup de fouet.

Ayant trouvé des toilettes libres dans le pavillon de bain, il se fit une petite ligne de coke. Non qu'il en ait absolument besoin. Pas du tout. C'était juste comme ça, histoire de tester son nouveau fournisseur, d'être sûr que la camelote était de première.

— Donnez-moi un Martini vodka, lança Heaven au barman.

Elle n'avait jamais goûté ça mais le choix lui paraissait assez classe.

Rocky la passa en revue. Elle avait toute la dégaine de la cliente potentielle. En plus de la blanche, il avait des ludes [1] et tout un éventail de camelote sympathique.

— Je te fournis ce que tu veux si t'as l'oseille, murmura-t-il tout en lui préparant son verre.

— Quoi ?

— L'oseille. Le blé, quoi.

Elle avait envie d'éclater de rire. Silver, avec tout son cirque et ses mondanités, se retrouvait avec un dealer chez elle, derrière son bar !

— Non, répondit-elle d'un air hautain. J'ai pas trop envie de me charger.

Puis elle se rappela l'argent que lui avait donné l'oncle

1. Quaaludes : sédatif utilisé par les drogués pour « redescendre ».

Jack et se dit qu'après tout... Cela ne coûtait certainement pas cent dollars de prendre un taxi pour regagner la Vallée.

— J'ai changé d'avis, dit-elle. Est-ce que t'as des joints?

— Combien?

Elle eut un petit haussemement d'épaules.

— Trois ou quatre.

— Bizarre, toi, comme nana. T'as l'air d'une rock star et t'achètes comme une gosse fauchée.

Heaven posa les coudes sur le bar.

— Tu trouves vraiment que j'ai l'air d'une rock star?

— Ouais, jolie môme, répondit Rocky, sortant son numéro de Stallone.

Elle le détailla un peu plus attentivement. Il était de taille moyenne, musculeux, avec des yeux tombants, un nez bizarre, un peu biscornu, et une tignasse noire mi-longue. Il était beaucoup plus âgé qu'elle. Elle lui donnait au moins trente ans. Et alors? Eddie se comportait comme un couillon. Il s'était joint à la cour de la star. Elle se retourna, le repéra. Oui, c'était bien ça. Il buvait avec délectation toutes les conneries que débitait Silver.

— Merci du compliment, dit-elle. Ouais, je suis chanteuse. Mais pas star. Je n'arrive pas à trouver quelqu'un qui veuille bien écouter mes bandes.

— Pauvre choute..., murmura Rocky, tout attendri.

Depuis quelque temps, il se découvrait un goût de plus en plus marqué pour le détournement de mineures. Ce petit tendron-là collait tout à fait avec son nouveau trip. S'il avait été un peu moins stone, il lui aurait fait du rentre-dedans tout de suite.

— J'ai un copain dans la production de disques, ajouta-t-il, se disant qu'après tout, il pouvait essayer de se la garder pour plus tard.

— C'est vrai? demanda-t-elle avec espoir.

— Ouais, ouais, un très bon copain. Je pourrais peut-être m'arranger pour qu'il écoute vos... euh, tes bandes.

Les yeux d'ambre de Heaven brillaient d'excitation.

— Tu ne me chambres pas?

— Parole, non. Si je peux le faire, je le ferai.

Il lui décocha un clin d'œil aguicheur.

— Deux brandies, commanda un gros bonhomme fagoté comme l'as de pique dans un smoking de location, avec une large ceinture qui le boudinait.

— Voilà voilà, répondit aimablement Rocky.

Il griffonna son numéro sur une serviette de papier et la glissa à Silver.

— Passe-moi un coup de bigo. Avec mes relations, tu vas pouvoir arriver à quelque chose, tu verras. Je serai ton imprésario.

Elle prit la serviette et la fourra dans sa poche sans trop y croire. Ce type était sans doute un bouffon plein de vide, comme beaucoup. Très tôt, la vie s'était chargée d'enseigner à Heaven que le monde regorgeait de bouffons pleins de vide.

Antonio et ses amis ne cessaient de tourbillonner autour de Jade.

— Tu es une nouvelle tête parr ici, *cara,* nous devons te prrotéger !

Elle rit.

— Besoin de protection, moi ? Tu oublies que je viens de New York !

— Cette soirrée est pleine de jolies femmes, *bellissima,* mais toi, tu les surrpasses toutes !

Antonio le flatteur. C'était souvent comme ça qu'il obtenait ses meilleurcs photos.

— Bon d'accord, admit-elle. Je suis cernée, je me rends. Mais alors, si vous me gardez prisonnière, je veux un compte rendu détaillé sur tout et tous. Et, pour commencer, qui est cette fille ?

Jade tendit le doigt vers Heaven, accoudée avec arrogance au bar, son Martini vodka à la main.

— Qui ? demanda Antonio en se haussant pour voir. Oh, une nouvelle tête, encorre ! Que de surrprrises, décidément. Et pas liftée, chose rrarre.

— Elle tranche sur le décor, remarqua Jade.

Elle avait déjà observé que les femmes de l'assistance étaient toutes très apprêtées et habillées par les plus grands couturiers.

— C'est vrai, admit Antonio. Elle est aussi trrès jeune. José ! — Il claqua des doigts en direction du maquilleur à la coiffure Jeanne d'Arc et aux yeux d'Asiate. — Va me cherrcher cette jeune perrsonne, s'il te plaît. Elle a un style trrès perrsonnel. Peut-être je vais la photogrraphier.

José s'empressa de lui donner satisfaction.

Jade sourit.

— Tu recueilles les paumés, comme toujours.

— Cela donne du sel à la vie, *cara.*

Jade parcourut le patio d'un regard circulaire. Le dîner était fini et, maintenant, les invités passaient d'une table à l'autre ou dansaient aux échos stridents de la musique disco. Antonio et sa bande avaient colonisé une table. A mesure que les gens

125

passaient dans leur secteur, le photographe commentait. Il avait toujours un petit secret à révéler sur chacun. « Celle-là, elle se pique à l'hérroïne. Celui-là, il est bigame. Celle-là, elle a fait des films porrno. Celui-là, il n'aime que deux femmes. »

Au bout d'un moment, Jade leva la main.

— Stop! Ça suffit! J'en ai assez entendu pour ce soir!

— Pourrquoi? s'enquit Antonio, sincèrement offensé par son manque d'intérêt. Tout ce que je dis est vrrai!

— Je m'en fous.

— Tu as torrt, dit Antonio, l'air fâché. Ce sont des choses que tu devrrais savoirr maintenant que tu vis ici, *cara!*

— Pourquoi?

— *Perché?* Ma, elle me demande *perché*...

Il laissa sa phrase en suspens. José arrivait à leur table, accompagné de Heaven.

Cette fille sortait vraiment du commun. Très jolie. Très jeune. Rayonnante de tous les feux de la jeunesse.

Silver avait envie que la soirée se termine. Heureusement, les invités commençaient à partir. Elle avait aussi une furieuse envie d'étrangler Nora. Cette idiote s'attendait-elle à des félicitations pour la présence de Jack? Et pour celle de Heaven qui était arrivée à une heure impossible avec l'air de sortir d'un concert de rock?

Elle s'était battue bec et ongles pour regagner le titre de Silver Anderson Superstar. Et cette soirée aurait dû être le couronnement de son succès. Seulement tout avait été gâché par son frère et sa fille. Le simple fait de les voir la mettait dans une humeur de chien. Mais qu'est-ce que Nora avait pensé gagner en les invitant?

Poppy Soloman lui tapota l'épaule pour signaler qu'ils partaient.

— Il faudra qu'on déjeune ensemble un de ces jours, proposa Poppy, très expansive.

— Je suis beaucoup trop prise pour pouvoir déjeuner avec vous, riposta Silver d'un ton cassant.

Puis elle se rappela que Poppy était la femme de Howard Soloman, que Howard dirigeait Orpheus et se rattrapa in extremis d'une pirouette :

— L'heure du dîner me conviendrait mieux.

Maintenant qu'elle était de nouveau une star, elle ne voyait pas pourquoi elle n'aurait pas essayé de renouer avec le grand écran.

— Je donnerai un dîner en votre honneur, promit Poppy.

— C'est très gentil de votre part.

Silver caressait dans le sens du poil cette blonde grassouillette à la peau rose et blanche. C'était pratiquement la
première fois qu'elles s'adressaient la parole. Mais l'une et
l'autre étaient conscientes des avantages qu'elles pourraient
tirer d'un dîner en l'honneur de Silver Anderson.

— Je dirai à ma secrétaire d'appeler la vôtre, annonça
Poppy pour qui le protocole hollywoodien n'avait plus de
secret.

— Entendu, répondit gracieusement Silver avant de s'intéresser à d'autres invités qui partaient.

20

Wes avait mal au dos. Il promena son regard sur les attardés
de la soirée et espéra qu'ils allaient bientôt tous foutre le
camp. Il en avait sa claque. Il n'était même pas éméché alors
que Rocky, lui, était maintenant raide défoncé.

Rocky était un ami dangereux. Il allait au-devant de gros
emmerdements s'il continuait comme ça. Wes n'avait pas du
tout l'intention d'être du voyage avec lui. Vendre de petites
quantités de cocaïne ici ou là était une chose. Mais quand
Rocky avait noté que la demande dépassait de très loin les
capacités de l'offre, il avait passé un coup de fil et envoyé Wes
à la grille réceptionner une livraison. Un Noir dans une
longue limousine blanche s'était pointé, tout disposé à se
joindre aux réjouissances.

— Pas question, lui dit Wes. C'est une réception privée.
Sur invitation, seulement.

— Allez, mec, insista le Noir. Je suis sûr que tu peux me
faire rentrer. Y aurait une petite récompense pas sale pour
toi. Cette Silver, c'est la super classe. J'en suis dingue, mec !

— Impossible, désolé, trancha Wes d'un ton sans réplique.

Il prit la livraison et regagna le parc avant que le gardien ne
commence à trouver le manège louche.

Rocky était déjà chargé comme une bête et, pendant qu'il
se livrait à son petit commerce, Wes se tapait tout le boulot.
Margaritas, daiquiris glacés à la fraise, il ne voyait plus la
couleur de ce qu'il servait tant il en avait plein les bottes. Il
bossait et Rocky encaissait la grosse galette. Merde, ras le bol,
quoi ! Ça commençait à bien faire, Rocky le traitait comme un
chien, pas comme un copain venu donner un coup de main.

Wes préférait, de loin, tenir le bar dans des clubs. Ça, c'était autre chose. Là, on était respecté. On avait de l'autorité, même une certaine forme de pouvoir. En fait, on était un peu son propre patron. Dans les soirées mondaines, les barmen étaient considérés comme des larbins qui devaient obéir au doigt et à l'œil. Se plier aux caprices de tous et de n'importe qui.

Terminé, ce cirque-là ! décida Wes Money. Il n'était ni le larbin ni le transporteur de drogue des copains.

— Et donc, poursuivait Heaven, Eddie a fondé ce groupe. Moi, j'écris les chansons et je les chante. Je vous prie de croire que ça déménage !

— Comment s'appelle le groupe ? s'enquit Jade.

Eddie, qui était venu les rejoindre, se brancha sur la discussion malgré la tête de six pieds de long que lui tirait Heaven.

— On s'appelle The Rats, répondit-il.

Bon Dieu, le pied qu'il était en train de prendre ! Cette soirée ! Non seulement, il avait fait la connaissance de Silver Anderson, mais maintenant, il était en train de parler avec une nana qu'il avait vue à la télé dans une pub décoiffante. La plus sexy qu'il ait jamais vue ! Eddie ne se sentait plus. Heaven pouvait bien lui faire la tronche, il n'en avait rien à cirer.

— The Rats ! répéta Jade d'un ton dégoûté.

Ignorant la présence d'Eddie, Antonio se pencha vers Heaven :

— Pas bon, ça, chérrie, dit-il, l'air concentré. Il te faut un nom... un nom que les gens ils aiment... un nom qu'ils se le rrappellent !

— Heaven and the Boys, par exemple, proposa Jade.

— Non, coupa Antonio, non, non, non. Je l'ai, je le tiens : Heavenly Bodies[1]. Ça, c'est un nom ! Heavenly Bodies, oui, oui, c'est ça, je le sens. Et quand Antonio sent quelque chose, c'est que c'est bon...

— Je ne sais pas trop..., tempéra Heaven en inclinant la tête sur le côté d'un air dubitatif.

Elle avait rarement l'occasion d'avoir, comme ça, toute l'attention des gens pour elle et elle était en train de découvrir le plaisir d'être le centre d'intérêt.

Et moi, là-dedans ? protesta Eddie. Je ne me vois pas

1. Heavenly Bodies : les Astres. Association avec « Heaven »

dans un groupe qui s'appellerait Heavenly Bodies ! Non, on s'appelle The Rats et on garde notre nom. Jusqu'ici, personne n'a jamais rien trouvé à y redire.

Antonio balaya ses paroles d'un mouvement de sa petite main très soignée.

— Ce soirr, tout est en trrain de changer, déclara-t-il. Moi, Antonio, j'ai décidé d'aider cette jeune perrsonne à rréussirr. Elle va devenirr une grrande starr, elle aussi, comme sa *mamma* !

Il couvait Heaven avec un sourire bienveillant.

— Doucement, intervint Heaven, vous ne m'avez même pas entendue chanter.

Elle était à la fois exaltée par le tour inattendu des événements et soucieuse d'être à la hauteur des attentes de ce petit Italien.

— Mais ce n'est pas la peine, assura Antonio avec un sourire rusé. Quand Antonio il décide de photogrraphier quelqu'un, ce quelqu'un, il devient une starr. C'est comme ça. Antonio sent le talent !

La cuisine de Vladimir était presque vide. Les traiteurs chinois étaient repartis. Seuls restaient les deux barmen et une poignée de garçons pour servir les derniers invités qui ne semblaient pas décidés à partir. Pourtant, cela faisait une demi-heure que Madame s'était retirée dans ses appartements.

Vladimir avait l'œil sur les serveurs et les barmen. Les fins de réception étaient un moment dangereux. C'était là que les alcools, le matériel de bar, les cartouches de cigarettes disparaissaient mystérieusement. Vladimir surveillait tout le monde, planté près de la porte. Il détailla tout particulièrement un serveur qui ressemblait un peu à Rob Lowe. Pas mal. Vladimir lui envoya quelques appels. Le jeune homme répondit.

— Voulez-vous venir prendre un dernier verre chez moi ? risqua Vladimir.

— Volontiers.

Vladimir ne croyait pas à sa chance ! Il avait reluqué ce garçon pendant toute la soirée.

— Bon, écoute, souffla-t-il. Tu vas passer par-derrière et m'attendre devant le garage.

Avec un sourire victorieux sur les lèvres, il prit le jeune homme par les épaules et le poussa vers la sortie.

Les consignes de Silver Anderson étaient très claires : « Pas de rendez-vous galants chez moi. » Mais l'appartement que

Vladimir occupait au-dessus du garage n'était pas « chez elle », c'était chez lui. Telle était, du moins, sa façon de voir les choses.

— Hé, chef ! Je me tire !

Wes traversa la cuisine, un grand sourire aux lèvres.

Vladimir le fouilla du regard. Apparemment, il n'avait rien volé.

Wes sortit. Les chochotes qui avaient la charge de ces grandes maisons étaient souvent aussi cons que des balais. Le Russkoff le surveillait parce que c'était la fin de la soirée alors qu'au tout début, il lui était passé sous le nez avec un carton plein. Quelle tarte !

Rocky aussi était un couillon. En cours de soirée, Wes avait fait quelques petites ventes personnelles sur la coke de la livraison et Rocky n'y avait vu que du feu. Défoncé comme il l'était, ça n'avait rien d'étonnant. Demain, quand il serait réveillé, peut-être qu'il s'en apercevrait. Mais peut-être pas. Voilà ce qui arrivait aux dealers qui se chargeaient avec leur propre marchandise.

Il monta dans sa voiture et prit une profonde inspiration. Il était fatigué. Lessivé. Enfin, demain il ferait jour. C'était dimanche. Et il avait la ferme intention de roupiller toute la journée.

21

C'était le lendemain de la réception chez Silver.

A midi, Silver Anderson s'étira, bâilla, réajusta son masque de relaxation bleu roi puis reprit là où elle l'avait laissé le rêve dont elle était l'héroïne.

Jack Python se leva à sept heures, fit vaillamment vingt longueurs dans la piscine bourrée de feuilles puis quitta la maison de Clarissa et regagna son hôtel pour travailler des idées qu'il avait pour ses émissions à venir.

Clarissa Browning écouta le bruit de la Ferrari qui s'éloignait puis se leva et passa la journée à s'imprégner de son dernier rôle. Elle aimait la solitude.

Howard Soloman émergea péniblement. Ça n'allait pas. Il renifla de la cocaïne. Ça alla mieux. Il alla au tennis souffrir pendant trois sets dans un double acharné avec une star masculine, un autre directeur de firme cinématographique et une employée qu'ils avaient tous les trois envie de sauter.

Poppy Soloman se tartina le visage de crèmes régénérantes, alla subir le massage d'une sadique à la voix douce et aux mains cruelles, puis passa le reste de la journée à échanger des commérages au téléphone.

Jade Johnson se leva à dix heures, mit un jogging, descendit dans un salon de thé où elle prit un jus de pruneaux et quelques pâtisseries danoises, puis elle acheta une sélection de journaux et de revues et remonta passer la journée chez elle.

Mannon Cable quitta le lit à huit heures, appela son avocat à huit heures quinze et discuta longuement avec lui de ce qu'il pouvait faire pour se débarrasser de Melanie-Shanna.

Melanie-Shanna Cable quitta le lit à neuf heures, alla à la cuisine où elle trouva Mannon au téléphone, et lui annonça qu'elle était enceinte.

Une longue discussion occupa le reste de leur journée.

Whitney Valentine Cable ouvrit les yeux. Elle était sur le water-bed de Chuck Nielson dans sa villa de Malibu, au bord du Pacifique. Ils firent l'amour, activité pour laquelle Chuck ne manquait pas de talent. Ensuite, ils se sentirent en appétit pour avaler un breakfast colossal. Puis ils sortirent, allèrent se baigner dans l'océan et passèrent un long moment à lézarder au soleil.

Wes Money fit un bond quand la sonnerie du téléphone le tira du sommeil à sept heures du matin.

— C'est pas une heure pour appeler les gens, grogna-t-il en décrochant.

C'était une fille. Encore. Mais qu'est-ce qu'elles avaient toutes à le coller comme ça ? Elle avait envie de venir. Bien sûr. Elle en avait tellement envie qu'il fut obligé de céder. Il le regretta amèrement car il était trop crevé pour arriver à redresser et elle était fermement décidée à ne pas repartir avant d'avoir eu au moins trois orgasmes.

Ils se séparèrent en assez mauvais termes. A peine fut-elle partie qu'il replongea dans les bras de Morphée.

Heaven passa sa journée dans des rêves de grandeur et ne cessa de réfléchir à la fabuleuse tenue qu'elle allait mettre pour se rendre à la séance photo que lui avait promise le célèbre Antonio.

Vladimir éjecta le jeune serveur tôt dans la matinée et passa plusieurs heures à se tourmenter sur son comportement. Comment pouvait-il continuer à se monter si imprudent à une époque où d'aussi funestes maladies couraient les rues ?

Un peu plus tard, il s'habilla en rouge et alla à la pêche au giton dans la station balnéaire de Santa Monica. Il rentra chez lui avec un gamin en fugue, âgé de seize ans et pourvu d'une langue incroyablement longue avec laquelle il faisait des choses pas racontables.

Silver Anderson aurait eu une attaque si elle avait su ce qui se passait au-dessus de son garage.

Dieu soit loué, elle l'ignorait.

Un dimanche de plus s'écoula paresseusement sous le soleil de Californie.

Un coin du Midwest dans les années soixante-dix...

Pendant presque deux ans, elle subit les assauts de son père. Après la première expérience, elle apprit à l'éviter dans toute la mesure du possible. Quand sa mère fut rentrée de l'hôpital, son père eut un peu plus de mal à la coincer discrètement.

Mais il y arrivait tout de même. Sans aucun égard pour la peur qu'il lui inspirait, la souffrance qu'il lui infligeait, il l'attrapait dès qu'il en trouvait l'occasion et la forçait avec bestialité.

Elle avait trop honte pour en parler. Elle se sentait coupable d'inspirer à son père de tels désirs. Elle se recroquevilla dans sa carapace, refusant de se faire des amies, refusant même de côtoyer les autres enfants de l'école. Dès qu'elle le pouvait, elle manquait l'école. Elle avait un endroit, dans les bois, où elle pouvait se cacher. Un gros chêne avec un tronc creux. Elle se glissait dans le trou et restait là, des heures entières, roulée en boule, les bras autour des genoux, essayant d'oublier les pensées terrifiantes qui lui dévoraient la tête.

Elle aimait sa mère. Elle ne voulait pas lui faire de mal.

Elle haïssait son père. Elle aurait voulu le tuer.

Elle avait presque quinze ans lorsque vinrent ses premières règles. D'abord, le sang la surprit puis il lui fit peur. Il lui rappelait cette sinistre soirée où son père l'avait enfourchée pour la première fois. Le sang coulait à nouveau. Le sang de la souillure.

Quand son père s'en aperçut, il grogna de sa voix d'ivrogne :

— Attention. Maintenant, y a risque d'augmenter la famille. Va falloir être prudent.

Prudent, il ne le fut pas. C'est seulement lorsqu'elle se vit prendre du volume qu'elle comprit : un bébé était en train de pousser dans son ventre.

A qui en parler ? Que faire ? Elle ne le savait pas. De nouveau malade, sa mère était repartie pour l'hôpital. Son père se trouva une maîtresse. Il l'amena à la maison. C'était une grosse femme avec d'énormes nichons qui pendaient et un rire éraillé.

Terrée dans le fond de son lit, elle écoutait leurs bruits de ménagerie.

Le jour où sa mère mourut, la femme vint s'installer définitivement chez eux. La même nuit, sur le coup de trois heures, ils lui rendirent visite. Ils étaient ivres tous les deux et avaient envie de s'amuser à ses dépens.

La femme regarda son père arracher la couverture de son lit puis sa chemise de nuit, dénudant son corps juvénile.

Elle cria. Il lui plaqua une main sur la bouche puis poussa un grognement. Elle sentit le poids de son corps sur elle, la pénétration brutale et les coups de boutoir. Excitée par le spectacle, la grosse femme encourageait son père en poussant des cris de volaille.

Elle sentait la nausée l'envahir par vagues. Elle essaya de repousser son père, le supplia d'arrêter. Il l'écrasait sous son poids, l'étouffait. Elle ne pouvait presque plus respirer. Elle avait mal.

Quand les douleurs commencèrent, elle comprit qu'il se passait quelque chose d'anormal. D'anormal et de terrible. Elle continua à se débattre, en vain. Ça lui faisait de plus en plus mal.

Quand son père eut terminé, ce fut le tour de la femme, qui s'amusa à la torturer avec tout ce qui lui tombait sous la main.

Enfin, le supplice cessa. Les deux bourreaux sortirent de la chambre en titubant. Ils étaient trop ivres pour se rendre compte de ce qu'ils lui avaient fait.

Sans un mot, en proie à une souffrance qu'elle n'aurait jamais crue possible, elle se leva et se dirigea en titubant vers l'édicule des toilettes. Son corps était déchiré par les contractions tandis qu'elle avançait à grand-peine, les cuisses dégoulinantes de sang.

C'est ainsi qu'elle perdit son bébé. Quand elle eut retrouvé assez de force pour marcher, elle alla se réfugier au pied du gros chêne. Elle savait qu'il ne lui restait plus qu'une chose à faire.

Elle prit sous l'évier de la cuisine le bidon d'essence. Elle ne s'était jamais sentie aussi calme que quand elle le vida consciencieusement tout autour de la petite maison de bois.

Ce ne fut pas difficile de gratter la première allumette...

LIVRE II

HOLLYWOOD, CALIFORNIE
Juin 1985

22

— Que demandez-vous à la vie, Miss Anderson ? s'enquit la journaliste.

Anglaise, d'âge mûr, avec un air coincé et des cheveux teints en jaune, elle était comédienne ratée, chanteuse ratée et romancière ratée. Finalement, elle était parvenue à se faire un nom en tenant une chronique hebdomadaire dans un grand quotidien de Londres. Elle était même devenue célèbre pour ses articles au vitriol dans lesquels elle assassinait — verbalement — toutes les actrices, chanteuses et romancières qui rencontraient le succès.

Silver s'efforça de prendre un air inspiré.

— Le bonheur…, murmura-t-elle avec mélancolie. Après trente ans de métier, je crois bien que je peux demander ça, qu'en pensez-vous ?

L'Anglaise, qui portait le nom infortuné de Cyndi Lou Planter et ressemblait à un travesti masculin, se pencha en avant et scruta le visage de la star pour voir si elle arrivait à y déceler une trace de lifting ou de quelque intervention de chirurgie esthétique. Rien, hélas. Sauf un maquillage impeccable, appliqué avec beaucoup de savoir-faire. Qu'à cela ne tienne, Cyndi Lou Planter se voyait déjà en train d'écrire son article venimeux :

SILVER ANDERSON EXISTE. JE L'AI DÉCOUVERTE SOUS UNE CROÛTE DE CINQ CENTIMÈTRES DE MAX FACTOR. TOUT EN POURSUIVANT SA CARRIÈRE DEPUIS MAINTENANT TRENTE ANS, ELLE CONTINUE À CHERCHER LE BONHEUR. GAGEONS QUE SI ELLE DÉBARBOUILLAIT UN PEU MIEUX LE MASQUE QUI COUVRE SON

— Oui, vous le méritez, convint sans ciller Cyndi Lou Planter.

C'était sa plume qui distillait le vitriol, pas sa bouche. Cyndi Lou Planter était beaucoup trop couarde pour éreinter les célébrités quand elle les avait en face d'elle.

— Merci, répondit Silver avec un charmant sourire. C'est très gentil de votre part.

Où est passée Nora? se demandait-elle. Cette Planter, avec son sourire faux-cul et ses questions tartes, commençait à lui taper sur les nerfs.

Silver appela silencieusement : *Nora!*

Comme par miracle, l'attachée de presse fit son apparition. L'heure de Cyndi Lou Planter était terminée et Nora avait beaucoup de chic pour se débarrasser de ces gens-là.

Silver se leva et gratifia la journaliste d'une poignée de main. Elle savait que cette vieille bique anglaise était une garce, qu'elle allait la pourfendre dans son article. Aucune importance. A ses débuts, un bon conseiller lui avait un jour dit : « La seule chose qui compte, c'est qu'ils écrivent ton nom sans faute d'orthographe. » Et cela, Mrs. Planter devait tout de même être capable de le faire.

Silver se retira dans sa chambre tandis que Nora reconduisait courtoisement la journaliste. Pas fâchée de la voir partir ! Cyndi Lou Planter était la dernière après une journée entière d'interviews pour la Grande-Bretagne. *Palm Springs* allait passer à la télévision britannique et il fallait assurer la promotion. La chaîne qui avait acheté le feuilleton avait invité Silver à Londres pour une semaine. Mais quelque chose la retenait. Londres, pour elle, était le lieu de souvenirs troubles. C'était là qu'elle avait touché le fond. C'était de là, aussi, qu'était parti un fabuleux come-back. Elle n'avait pas vraiment envie de remuer tout cela. D'où le défilé de journalistes à son domicile personnel.

— Et voilà ! Terminé ! annonça triomphalement Nora en faisant irruption dans la pièce.

— Pas trop tôt, soupira Silver. Ah, on ne peut pas m'accuser de voler mon fric !

Nora devait bien le reconnaître : Silver n'arrêtait jamais. Elle était capable de déployer une énergie incroyable. Des jeunes de vingt ans auraient pu lui envier sa vitalité.

— Ce soir, ouverture de ce fameux restaurant, lui rappela Nora. Tu as promis à Fernando d'y être. Tu veux que je t'accompagne ?

— Non, Dennis m'emmènera, répondit Silver avec un nouveau soupir.

Dennis Denby était le dernier en date de ses chevaliers servants. La trentaine. Il n'était pas repoussant physiquement. Fils d'un producteur célèbre et d'une mère très mondaine, il dirigeait une agence de pub qu'il avait fondée lui-même. Dennis était distrayant, très ambitieux et relativement compétent au lit. Il présentait, toutefois, un inconvénient majeur. Depuis l'âge de vingt et un ans, Dennis mettait un point d'honneur à sauter toutes les femmes mariées de plus de trente-cinq ans recensées à Hollywood. Apparemment, c'était une obsession chez lui. Et l'idée qu'elle était la dernière en date d'une longue, longue liste n'était pas particulièrement agréable à Silver.

Ils se voyaient depuis maintenant plusieurs semaines et, indéniablement, Dennis était un cavalier fort seyant. Le problème était qu'elle n'arrivait pas à le prendre au sérieux.

— J'avais l'impression que tu te lassais, remarqua l'intuitive Nora.

Silver rit.

— Quand l'assiette est vide, on ramasse les miettes, dit-elle. Surtout quand on a très faim, ajouta-t-elle avec un vigoureux hochement de tête.

Nora eut une petite mimique entendue. Les appétits sexuels de Silver Anderson étaient légendaires. Ce n'était plus un mystère pour personne. Et cela remontait même à une époque où il n'était pas encore à la mode pour les femmes de revendiquer l'égalité des droits, surtout au lit. Pour ce qui touchait à ses relations avec le sexe masculin, Silver avait toujours fait fi des conventions. Si un jour elle écrivait son autobiographie, ç'allait être un authentique *Who's Who* de beaux mâles. Toutefois, elle jurait ses grands dieux qu'elle n'avait jamais cédé aux avances d'un homme pour les nécessités de sa carrière.

— Ta faim ne regarde que toi, commenta Nora avec cynisme. Mais, franchement, aller jusqu'à lécher l'assiette, ça fait un peu beaucoup, tu ne trouves pas ?

Silver eut un rire égrillard.

— Une image, ma chère... Ce n'est pas une assiette que je lèche !

Nora était la seule qui pût se permettre de la critiquer sans se faire écorcher vive. Silver aimait la sincérité sans détour de son attachée de presse.

Ayant grandi dans le milieu du show business, Silver n'avait jamais eu le temps de se faire des amis. Elle comptait les relations et les connaissances par centaines. Maintenant qu'elle était redevenue une grande star internationale, elle les comptait même par milliers. Personne ne s'intéressait réellement à elle. Ce qu'ils recherchaient, tous autant qu'ils étaient, c'était à se trouver suffisamment près de sa personne pour bénéficier du halo des projecteurs perpétuellement braqués sur elle, espérant qu'un jour, peut-être, les lumières allaient pivoter pour se braquer sur eux. Dennis Denby ne dérogeait pas à la règle. Il adorait sortir avec elle et se délectait au milieu des nuées de photographes et de fans.

Il ne l'aimait pas. Très bien. Elle non plus. Chacun utilisait l'autre pour servir ses propres intérêts et tous deux y trouvaient leur content.

Silver était incapable de se rappeler la dernière fois qu'elle avait été amoureuse. Absolument incapable. Il y avait trop longtemps qu'elle n'avait pas éprouvé cette exultation, cette sensation formidablement transcendante d'être avec un homme simplement parce qu'elle avait envie d'être avec celui-là et aucun autre.

Elle avait quarante-sept de vie derrière elle, une expérience trop lourde, une gloire trop lourde.

Wes Money ne comprenait pas bien ce qui s'était passé pour que Reba Winogratsky l'invite à sortir ce soir. C'était arrivé comme ça. *Le coup de pot,* songea-t-il tout en se harnachant de son unique costume et en essayant de cacher l'usure du col de son unique chemise blanche.

La semaine dernière, Reba était venue seule. Pas de bonne mexicaine, pas de fiston joufflu. Après avoir consciencieusement encaissé les loyers en retard, elle s'allongea sur le divan et commença à s'épancher sur la vilenie de son salaud de mari.

— Je vais engager le meilleur avocat du pays et il va comprendre sa douleur, ce salaud ! cria-t-elle, folle de rage. Je vais lui faire cracher jusqu'à son dernier dollar !

— Oui, vous avez raison, approuva diplomatiquement Wes Money tout en ne souhaitant qu'une chose : la voir libérer son divan et partir ailleurs avec ses jambes épilées à la cire et sa fureur noire.

— Ce type-là est pire qu'un salaud ! C'est un cloporte ! Un cancrelat !

Après quelques minutes d'explications confuses, entrecoupées de pleurs et de cris de rage, Wes crut comprendre qu'elle avait trouvé le cancrelat en question en train de s'envoyer en l'air avec sa secrétaire.

De grosses larmes roulaient sur les joues trop fardées de Reba Winogratsky. N'écoutant que son bon cœur, Wes entreprit de la consoler et l'inévitable se produisit. Les consolations glissèrent vers les caresses et se conclurent par une intrusion en règle au plus profond de l'intimité de cette propriétaire qui roulait dans une Mercedes dernier modèle, exigeait d'être payée en liquide et traitait son mari de cloporte et de cancrelat.

Wes n'exigeait rien mais un petit discount sur son loyer lui aurait fait plaisir. Disons qu'il aurait apprécié le geste. Mais, au lieu de cela, Reba l'invita pour l'inauguration d'un restaurant dans lequel elle avait investi quelques fonds. Reba Winogratsky semblait avoir deux pôles d'intérêt dans la vie : l'argent *et* le sexe. Dans l'ordre de l'énoncé.

Wes n'aurait jamais dû essayer de la consoler. Mais il avait mis le doigt dans l'engrenage et, maintenant, il était trop tard.

Elle vint le chercher vêtue d'une robe de Lurex verte littéralement collée à sa peau et d'une étole de zibeline. Elle était chaussée de souliers à talons avec lanières ceignant la cheville qui lui donnaient quelques centimètres de plus et des allures de pute. Ses cheveux teints en roux étaient relevés en un petit chignon en couronne, tandis que sa peau rêche et ses yeux de silex semblaient couverts à la truelle de tout ce que Elizabeth Arden avait de mieux à proposer. Elle sentait le *Blue Grass*.

— Salut, matelot ! Prêt pour la bordée ? lança-t-elle avec une œillade de michetonneuse.

Son haleine exhalait déjà d'importants effluves de whisky.

— Salut, Reba, répondit-il d'un ton enjoué tout en se demandant comment il allait réussir le double exploit de se décoller de celle-là et de continuer à payer son loyer en retard.

23

L'attente vibrante du public produisait un bourdonnement dans le studio. Jack Python reprenait son émission. Et le public l'adorait. Contrairement aux intervieweurs comme Carson ou Letterman, il ne siégeait pas derrière un pupitre. Il recevait à une petite table carrée. Juste son invité et lui. Personne d'autre. Contrairement à Donahue, il ne parcourait pas les rangs de son public à la vitesse hallucinante d'une tornade. Il menait avec calme son heure de tête-à-tête, dénouant parfois sa cravate — il portait toujours une cravate —, allant même jusqu'à enlever sa veste. Il faisait en sorte que ses invités se sentent à l'aise. Tellement à l'aise, en fait, que très souvent, ils oubliaient le public, attentif, avide, et l'œil scrutateur des caméras pour se mettre à bavarder comme s'ils étaient seuls avec Jack dans le studio.

Il les travaillait tout doucement, avec savoir-faire, et les faisait accoucher sans heurt. Ne recevant qu'un invité par semaine, il pouvait étudier toute la documentation rassemblée et choisir avec le plus grand soin les questions à poser. Aucun membre de l'équipe n'orientait les interviews de Jack Python. C'était lui qui tenait la barre.

Aujourd'hui, il recevait un cinéaste à lunettes qui n'accordait pratiquement jamais d'interviews. L'homme était un génie narcissique et autocrate. Par une approche subtile, à petites touches progressives, Jack l'amenait à se révéler tel qu'il était et à exposer les raisons pour lesquelles il était devenu comme ça.

Dans le public, les gens osaient à peine respirer. Ils buvaient littéralement la discussion. Jack Python leur dévoilait la vérité et, pour cette raison, ils le respectaient. Jack Python était le produit idéal du mélange américain. Belle gueule et tête bien pleine. On le comparait souvent aux frères Kennedy. On lui avait même dit que, s'il le voulait, un avenir politique pourrait s'ouvrir à lui. Avec la prodigieuse popularité dont il jouissait, son intuition, sa clairvoyance, il était un candidat en or pour toute élection. Un mouvement politique s'était manifesté et s'était d'ores et déjà déclaré prêt à le soutenir pour le cas où il désirerait se présenter aux sénatoriales.

— C'est insensé !

Telle avait été la première réaction de Jack Python. Puis, quand on lui avait expliqué jusqu'où sa popularité pouvait le mener s'il le voulait, il avait accepté de réfléchir. Cela expliquait, en partie, sa plus grande sagesse vis-à-vis de la gent féminine. Quiconque voulait faire une carrière politique aux États-Unis devait avoir une image d'homme sage.

L'émission était presque terminée. En régie on lui envoyait le signal de fin. Avec tact, il interrompit son invité qui, en soixante minutes, en avait révélé plus sur lui-même qu'en dix ans de psychanalyse.

Spontanément, le public se mit à applaudir. Un mouvement d'admiration authentique.

Jack remercia son invité qui semblait décidé à continuer de

parler. Ils se serrèrent la main. La caméra 1 recula pour un travelling panoramique. Les lumières baissèrent. On pouvait toujours voir Jack et son invité en silhouettes pendant que défilait le générique de fin.

Comme d'habitude, Jack avait envie de filer prendre sa douche mais c'eût été trop facile. Il fallait maintenant se séparer de l'invité. Pendant une heure, il avait fait office d'ami sympathique, attentif, arrachant à l'invité des confidences qu'il n'avait peut-être jamais faites à personne, en tout cas pas à un animateur devant des caméras. A quelques rares exceptions près, les gens étaient « chauds » et avaient envie de poursuivre la conversation.

Les plus difficiles étaient les femmes. Nombreuses étaient celles qui avaient envie de poursuivre les confidences sur l'oreiller. De temps à autre, il leur cédait. Depuis qu'il était avec Clarissa, il était très prudent. Son seul écart jusqu'à présent avait été une jeune actrice de cinéma petite et replète qui avait un tel besoin d'être aimée qu'il n'avait pas eu le cœur de la repousser. Pendant tout le temps qu'ils faisaient l'amour, elle n'avait cessé de s'excuser. Ensuite, elle lui avait préparé un bon plat de lentilles pour le revigorer et l'avait renvoyé chez Clarissa en promettant de garder le secret. Dieu soit loué, elle l'avait gardé.

Aldrich Pane, le producteur, vint à sa rescousse, comme d'habitude. Il fit signe à Jack de disparaître et prit l'invité en main pour le faire « redescendre » du trip Python.

Jack n'hésita pas. Il fila dans sa loge et se jeta sous la douche. Il aimait ça. Il avait l'impression d'évacuer l'émission. Une demi-heure plus tard, frais, reposé, il était en régie en train de visionner l'émission qui avait été diffusée en direct. Généralement, Aldrich venait le rejoindre. Si l'émission était mauvaise, c'était la veillée funèbre. Si elle était bonne, c'était la fête.

L'élément clef était l'invité. S'il fonctionnait, l'émission fonctionnait. Sinon, tout se cassait la gueule.

Ce soir, c'était un bijou. Les deux hommes étaient heureux. Leur indice d'audience allait être excellent. Habituellement, *Face to Face with Python* se classait toujours dans les dix meilleures émissions de la semaine.

— Je te parie qu'on est dans les cinq premiers ! dit Aldrich avec un grand sourire.

Jack acquiesça. Le plus difficile était de trouver l'invité, mais quand l'alchimie était bonne, c'était une extraordinaire satisfaction. Pour Jack, la satisfaction était encore plus grande quand il s'avérait qu'il avait eu raison contre tous, ce qui était le cas ce soir. Dans l'équipe, personne n'avait voulu du cinéaste à lunettes. Tous prétendaient qu'il serait impossible de le faire parler. Tu parles d'une blague! Aldrich avait eu toutes les peines du monde à le faire taire.

— Salut! dit Jack. A demain.

Il sortit et se dirigea vers sa voiture. De loin, Aldrich lui fit un signe de la main. Ils formaient une bonne équipe. Ils s'entendaient bien, Aldrich avait la patience dont Jack manquait, Jack avait la force motrice.

Sur la freeway qui le ramenait vers Beverly Hills, Jack glissa une cassette dans le lecteur de sa Ferrari et écouta Aretha, son assistante personnelle, lui lire une partie de son courrier. Elle avait une voix chantante très agréable et un sourire à l'avenant. Aldrich était un ancien de *The Python Beat,* à Houston, alors que Aretha venait de son équipe lorsqu'il travaillait à Chicago. A l'époque, sa fonction essentielle consistait à préparer le café pour les gens du studio. Jack repéra tout de suite cette fille qui lui paraissait pleine de possibilités. Il lui dénicha un job d'assistante de production. Lorsque l'émission fut déplacée sur Los Angeles, Jack appela Aretha et lui demanda si elle acceptait d'être son bras droit.

— Bras droit, bras gauche, ou pire. Je serai tout ce que tu voudras pour toi, coco, répondit-elle avant de sauter dans le premier avion.

Aretha était noire, pesait dans les cent dix kilos et tout le monde l'adorait, à commencer par Jack. Il appelait Aldrich et Aretha « mes deux A » et répétait à qui voulait l'entendre qu'il était incapable de s'en passer.

La route était plus chargée que d'habitude et, lorsqu'il atteignit Hollywood, il était lessivé. Il téléphona à Clarissa de sa voiture pour annoncer qu'il arriverait en retard.

— Tu m'as regardé? demanda-t-il, anxieux d'avoir son avis.

— A la télé? Pourquoi? fit-elle, très sérieusement. Je vais bientôt t'avoir en chair et en os sous les yeux.

Il était une chose qui ne lui plaisait pas chez Clarissa : le manque total d'intérêt qu'elle affichait pour son travail. Elle savait qu'il aurait été content qu'elle regarde son émission. Elle ne le faisait jamais, exprès pour le contrarier.

— Dis donc, je suis claqué. Je vais dormir à l'hôtel.

Le ton de Clarissa se fit un rien pincé.

— Comme tu voudras.

— Ouais, ça vaut mieux, je crois. Je ne serais pas une très agréable compagnie.

— Bon, très bien.

Pas de « dommage, tu vas me manquer », de « viens quand même, je vais te dorloter » ou de « je te masserai le dos ». Rien.

Qu'est-ce qui l'attirait chez Clarissa, au fond ? La réserve dont elle faisait preuve à son égard ? Son côté distant ? Ou bien se plaisait-il simplement à penser qu'il était avec une comédienne couronnée par un Oscar et non avec une poupée de Hollywood ?

Il secoua la tête. A considérer honnêtement les choses, en tout cas, il n'avait rien de l'amoureux transi.

A la vérité, il ne l'avait jamais été de sa vie. Il avait trente-neuf ans, l'argent et la gloire. Une brève expérience du mariage l'avait refroidi à jamais. Il avait connu une multitude de femmes. Et, pourtant, il n'avait jamais rencontré ce dont tout le monde parlait.

L'amour.

Après tout, ça n'existait peut-être pas.

24

— Bonsoir, dit Dennis Denby.

— Bonsoir, marmonna Vladimir.

Dennis haussa un sourcil interrogateur.

— Puis-je entrer ?

Vladimir l'introduisit, visiblement à contrecœur. Vladimir était très possessif et ce monsieur ne lui paraissait pas être une bonne fréquentation pour Madame Silver. Vladimir préférait de beaucoup celui du mois dernier, un New-Yorkais à la coule qui n'arrêtait pas de raconter des blagues et distribuait de généreux pourboires.

Dennis Denby entra dans la bibliothèque et entreprit de se servir un verre.

Vladimir le rattrapa et l'intercepta juste à temps.

— C'est mon travail, Monsieur, protesta-t-il d'un ton accusateur en s'emparant du verre et de la bouteille.

Non qu'il eût envie d'être serviable avec le galant mais la familiarité avec laquelle ce Dennis Denby se comportait dans la maison de Madame l'horripilait au plus haut point.

Dennis alla se planter devant la glace la plus proche et s'examina en détail. Il était un peu maigre mais plutôt bien de sa personne. Né et élevé à Beverly Hills, il avait des manières, du style et s'habillait kitsch. Ce soir, il portait une veste jaune canari sur une chemise à rayures, et un pantalon italien de soie noire. Sur beaucoup, cette tenue eût paru excentrique, mais Dennis la portait avec un aplomb qui la rendait seyante.

— Voudriez-vous annoncer à Miss Anderson que je suis là ? demanda-t-il tandis que le majordome lui apportait son verre.

Vladimir se demanda si Dennis marchait à voile et à vapeur. Oui, très certainement. Pauvre Madame. Elle ne se doutait probablement de rien. Peut-être devrait-il lui glisser une discrète allusion. Quoique... Les galants de Madame duraient rarement plus d'un mois et, selon toute vraisemblance, celui-ci était en fin de parcours.

— C'est très précisément ce que j'allais faire, Monsieur, répliqua Vladimir avec un petit sourire insolent.

Dennis décida de toucher un mot à Silver du comportement de ce domestique. Engager un Russe, aussi ! Franchement, c'était bien d'elle !

Reba refusa de le laisser conduire.

— Comme ça, tu as toujours la Mercedes de ton ami, remarqua perfidement Wes.

Reba se pencha vers la boîte à gants et y prit un chewing-gum qu'elle se colla dans la bouche.

— Tu veux que je te dise un secret, Wesley ? demanda-t-elle sur le ton de la confidence. Cette voiture est à mon mari. Je ne voulais pas que ça se sache parce que... bon, enfin... tu vois l'effet quand je passe encaisser les loyers ? Mais, ouais, c'est la caisse de ce gros salaud. Enfin, *c'était*. Parce que, maintenant, elle est à moi ! Et il n'a pas intérêt à vouloir la reprendre, ce fumier ! enchaîna-t-elle en haussant la voix. S'il essaie, je lui hache les couilles à la moulinette !

Wes imagina la scène et pâlit.

— Il a déménagé ? Tu es seule, alors ?

Elle lui décocha un regard soupçonneux tout en engageant sa puissante voiture dans Pico.

— Non, Wesley, je ne suis pas seule. J'ai un fils, une bonne et un berger allemand. Tu vois, je suis bien entourée. Si tu veux tout savoir, je ne cherche pas de compagnon de chambre.

— Je ne comptais pas poser ma candidature, se hâta de préciser Wes.

Elle continua de mastiquer son chewing-gum.

— Je me le demande, figure-toi. Je sais très bien que je suis une bonne affaire. Avec ce que je vais palper, plus la pension

146

alimentaire, sans parler de la voiture et de la maison. — Elle laissa passer un long silence rêveur. — Je crois que je vais être un parti très recherché...

— Sans doute, approuva Wes.

Pas par moi, pensa-t-il secrètement.

Lâchant le volant d'une main, elle lui tapota le genou.

— Je ne dis pas que tu ne me plais pas, tu sais. Mais je ne peux pas te faire de rabais sur ton loyer. J'ai absolument besoin de cet argent. Pas la peine de demander, tu vois.

— Je n'ai rien demandé.

— C'était juste pour le cas où tu en aurais l'intention.

Wes décida qu'il allait de nouveau faire une crise d'herpès. Mais, vu la situation, mieux valait attendre demain.

— Et ton mari, qu'est-ce qu'il fait dans la vie ? demanda-t-il, juste pour changer de sujet.

La voiture fonçait sur Pico. Il y eut un bref silence.

— C'est un truand, cracha fielleusement Reba Winogratsky. Et, je vais te dire, si maintenant les flics viennent me poser des questions, je ne vais pas me gêner pour me mettre à table.

Wes faillit s'étrangler. Dans quelle galère était-il allé se fourrer ! Il allait falloir changer d'air au plus vite.

Dès qu'ils furent sortis de la maison, ce fut le grand débat sur les voitures. Allaient-ils prendre la fringante Porsche de Dennis ou la Rolls blanche de Silver ? Ils se décidèrent finalement pour la Rolls, mais c'est Dennis qui prendrait le volant.

Silver portait un ensemble Adolfo rouge avec un chemisier de dentelle beige. De superbes rubis ornaient ses oreilles et sa gorge et, pour changer de look, elle s'était coiffée d'une perruque courte et chic.

— Tu aurais pu me dire que tu allais porter du jaune, reprocha-t-elle à Dennis d'un ton légèrement agacé.

— Et alors ? répondit Dennis. Ça ne jure pas du tout !

Elle plissa les yeux.

— Hmmm... Le jaune sort mieux que le rouge en photo. Est-ce qu'on s'habituerait à se voir en couverture du *National Enquirer* ?

Dennis eut un petit rire de gamin pris en faute. Elle avait raison. Il n'avait pas choisi la couleur innocemment. Il avait effectivement pensé à ce que sa veste donnerait en photo. Les paparazzi adoraient Silver Anderson. A chaque fois qu'ils pouvaient la débusquer quelque part, ils devenaient frénétiques. Quitte à être pris avec elle, autant être remarqué. Dennis ne voulait pas faire comme ses anciens amants qui étaient perpétuèllement noyés en toile de fond.

Le restaurant où ils allaient s'appelait *The Garden of Delight*. Les propriétaires étaient Boyces, l'amant de Fernando, le coiffeur de Silver, et deux de ses amies lesbiennes. Silver avait accepté l'invitation par amitié. Elle savait que sa présence le soir de l'inauguration apporterait une publicité énorme à l'établissement.

Le pouvoir... Comme elle l'aimait !

— Tu sais ce qu'on dit ? confia Reba à Wes. Il paraît que Silver Anderson va venir ce soir.

Wes ne la crut pas une seconde. Pourquoi Silver Anderson honorerait-elle de sa présence l'inauguration d'une boîte homo comme le *Garden of Delight ?* Il promena son regard sur la foule compacte qui se marchait sur les pieds dans la salle peinte en rayures roses et blanches.

— Ça m'étonnerait.

— Au fait, reprit Reba, la voix pleine de reproche, tu devais me rapporter sa photo dédicacée pour mon fiston !

Elle enleva sa zibeline.

— La prochaine fois.

Reba lui envoya sa fourrure comme s'il avait été son garçon de vestiaire.

— Tu ne la connais même pas, ricana-t-elle. Tiens, va me déposer ça. Et fais bien attention à prendre un ticket. Je n'ai pas envie de la perdre, merci !

Jouant des coudes, Wes se fraya un chemin jusqu'à une porte où une fille en cuir noir lui prit la zibeline en échange d'un jeton de vestiaire.

— Vous savez que Silver Anderson sera là ce soir ? demanda-t-elle, tout excitée. L'héroïne de *Palm Springs,* vous connaissez, non ?

— Je n'en rate pas un épisode, grommela Wes.

Il commençait à envisager de prendre la poudre d'escampette. Qu'est-ce qu'elles avaient toutes à la fin, à lui parler comme ça de Silver Anderson ? Qu'est-ce qu'il en avait à foutre, lui, de Silver Anderson ? Rien, mais rien du tout. N'empêche que lui, il était entré dans sa chambre. S'il racontait ça, ça risquait de briser des cœurs.

Quand il réussit à retrouver Reba, elle était en train de siffler du mousseux rosé en discutant avec un homme minuscule qui portait une solide tignasse argentée et une paire de sourcils dans les mêmes teintes.

— Boyce, présenta-t-elle, très mondaine. Wesley.

— J'addôôôrre votre col effiloché, s'extasia Boyce. C'est terriblement *Miami Vice*.

— Et moi, riposta Wes du tac au tac, j'addôôôrre votre coiffure. C'est terriblement pâtre grec.

Boyce se cabra comme un cheval rétif, fit demi-tour et fila sans un mot.

— Fais un peu attention ! murmura Reba, furieuse. Boyce est l'amant du coiffeur de Silver Anderson.

Wes se frappa le front d'un air effaré.

— Misère de moi ! Pourquoi tu ne me l'avais pas dit ?

La bouche de Reba se pinça jusqu'à devenir un mince trait écarlate.

Sourire bien en place, Dennis à son bras, Silver se fraya un chemin en direction du bar.

La foule s'écartait devant elle comme les eaux devant Moïse. Elle était la reine. Les manants lui rendaient hommage.

Les photographes devaient se battre à coups de coude et de pied pour arriver à mitrailler la star.

— Dégagez, s'il vous plaît ! Faites de la place ! criaillait Boyce.

Il avait déjà rencontré Silver une fois mais il était tellement ému d'être aussi près d'elle qu'il craignait de tourner de l'œil. D'un air désespéré, il cherchait Fernando dans la cohue mais ne le trouvait pas.

— C'est intenable, ce bouge ! murmura Dennis à l'oreille de Silver. Qu'est-ce que je fais ? Je téléphone chez *Spago* qu'on nous réserve une table ?

— Silver ! hurla un garçon très jeune vêtu d'un caftan diaphane. Tu es magnifique ! On t'aime ! On t'adore !

— Oui, téléphone, siffla-t-elle. Un verre et on met les voiles.

Fernando émergea de la foule et se jeta pratiquement à ses pieds.

— Tu es venue !

— Bien sûr, coco. Je n'ai pas l'habitude de laisser tomber les amis. Seulement, je ne pourrai pas rester plus de dix minutes.

— Fidèle amie ! bêla Fernando, ruisselant d'émotion.

Il en pleurait. Il avait réussi à faire venir Silver Anderson.

Peu importe que ce soit pour seulement dix minutes. Il était le héros de la soirée !

Dennis s'éclipsa pour aller téléphoner chez *Spago* et avertir de l'arrivée imminente de Silver. La meute de fans continuait à se presser autour d'elle. Les photographes continuaient à se bagarrer.

— Écartez-vous ! suppliait Boyce, affolé. Vous écrasez Miss Anderson ! Écartez-vous, *s'il vous plaît !*

Silver ne voyait pas le moindre semblant d'ébauche de service d'ordre. Son sourire commença à se figer. Fernando et Boyce étaient pleins de bonne volonté mais ne lui paraissaient pas vraiment convaincants comme gardes du corps.

— Silver ! Silver ! Silver ! scandaient les admirateurs.

Maintenant, l'océan humain avait cessé de s'ouvrir sur son passage. Au contraire, il se mettait à gonfler en vagues de fond qui menaçaient de l'emporter à chaque instant.

— Ne t'en fais pas, lança Fernando d'une voix complètement paniquée. Dès qu'on aura atteint le bar, tu seras en sécurité.

Qu'entendait-il par là ? Qu'elle ne l'était pas en ce moment ?

Silver commençait à se faire des cheveux blancs. Elle était trop bonne, ça la perdrait un jour. Mais pourquoi Fernando n'avait-il pas convenablement préparé sa venue ?

Une tête insensée, semblant sortir d'un film de Fellini, surgit soudain devant elle. Homme ou femme ? Elle était incapable de le savoir.

— Oh, belle déesse ! Chante pour moi, femelle ! Chante, je t'en prie !

La voix était indiscutablement mâle.

La lutte pour se rapprocher d'elle prit soudain des proportions alarmantes. On la touchait, on l'écrasait. Les hurlements paniqués de Fernando se faisaient de plus en plus stridents. Une bagarre éclata entre les photographes et un groupe d'individus habillés de cuir et de chaînes.

Silver sentit la peur lui mordre le ventre. Elle allait périr sous le succès ! Bon Dieu, mais qu'était-elle venue faire ici ? Et où était passé Dennis ?

Wes vit la catastrophe arriver un peu avant les autres. L'habitude. Le travail dans les bars vous apprenait à sentir une salle. On avait toujours un œil sur ce qui se passait et l'autre sur l'issue la plus proche.

— Merde ! murmura-t-il pour lui-même.

Il était, lui aussi, pris dans le mouvement de foule. Reba

avait disparu. Et quand la bagarre éclata, il comprit que ça commençait à devenir dangereux. Pour lui d'abord car, à chaque fois qu'il y avait échange de coups, il avait toujours droit à sa part. Mais plus dangereux encore pour Silver Anderson qui était bel et bien piégée.

Un coup d'œil autour de lui lui permit de voir qu'il était le seul à pouvoir faire quelque chose. Et il fallait agir vite ! La malheureuse star était sur le point de se faire piétiner !

— Merde ! répéta Wes Money avant de se lancer.

Il respira un grand coup et, d'une voix autoritaire, cria :

— Police ! Écartez-vous !

Il y eut un moment de flottement. Très bref. Mais il eut le temps de foncer sur Silver, de l'attraper par le bras et de murmurer à toute allure :

— Si vous voulez vous en sortir, suivez-moi. Vite. Et, par pitié, gardez les questions pour plus tard.

Il dut reconnaître qu'elle avait de la présence d'esprit. Elle saisit sans discuter la planche de salut qu'il lui lançait. En quelques secondes, il l'arracha à la meute hurlante, la propulsa vers l'issue de secours et se retrouva avec elle sur le parking.

— Votre voiture ?

Sans un mot, elle tendit la main vers la Rolls garée près de la sortie. Il la tira jusqu'à la voiture, arracha les clefs des mains d'un gardien pétrifié, jeta Silver sur le siège avant, sauta au volant et démarra. A l'instant où ils sortaient du parking, Fernando, affolé, porté par une foule hystérique, jaillissait de l'établissement par la porte qu'ils venaient d'emprunter.

25

Heaven ne cessait de téléphoner chez Antonio. D'accord, c'était lui le grand photographe de renommée internationale. Mais ce n'était pas elle qui lui demandait quelque chose, c'était lui qui avait fait des propositions à Heaven lors de la soirée chez Silver. C'était lui qui avait parlé de son look fabuleux. C'était lui qui avait insisté pour la photographier à tout prix.

Bi-don !

Un de plus.

Des types bidon, elle en avait déjà rencontré tellement dans sa vie… Celui-là, pourtant, elle n'était pas décidée à le laisser s'en tirer comme ça. Il lui avait fait une promesse et elle allait l'obliger à la tenir, même si ça devait lui prendre du temps.

Depuis la soirée, Eddie avait complètement dégringolé dans son estime. Il avait été pris en flagrant délit d'idolâtrie devant les stars. Il était aussi vexé parce que ce n'était pas à lui qu'Antonio avait demandé de poser. Maintenant, il essayait de jouer Mister Relax de nouveau et toutes les occasions étaient bonnes pour la faire bisquer avec les reculades d'Antonio.

— Tu croyais déjà être la nouvelle Madonna, hein ? ricana-t-il un jour. Je crois que c'est raté.

— Il va me photographier, pas me faire enregistrer un disque.

— Ah ouais ? Quand ?

— Bientôt.

— Tu m'as déjà dit ça la semaine dernière.

— Et alors ? Ça te défrise ?

Ce qui le défrisait surtout, c'est qu'elle ne voulait plus coucher avec lui. Une fois avait suffi. Pour elle, ça n'avait pas vraiment été le pied du siècle et elle n'avait pas envie de se coller en plus des angoisses sur le dos avec la crainte de tomber enceinte. Enfin, elle y avait quand même gagné quelque chose : on ne pourrait plus l'agacer en la traitant de pucelle.

Un jour, elle sauta dans la voiture de George, une Chevrolet modèle Escargot, et monta jusqu'au studio d'Antonio, sur Beverly Boulevard. En faisant l'école buissonnière. L'école, quelle galère ! Il lui arrivait assez souvent de la manquer pour aller au ciné ou faire des courses. Une fois, elle avait passé toute la journée dans l'énorme centre de Tower Records, sur le Sunset. Une journée fabuleuse ! Un peu gâchée quand deux types louches avaient essayé d'abord de lui vendre de la drogue, ensuite de la persuader d'aller passer un petit moment avec eux dans un motel.

— Allez vous faire enculer ! leur avait-elle répondu.

Ce qui, loin de les calmer, n'avait fait que les rendre plus entreprenants.

Heaven aimait s'imaginer qu'elle était assez grande pour se débrouiller. La vie avec Silver jusqu'à l'âge de dix ans l'avait sans aucun doute aidée à mûrir vite. De ces dix ans, il fallait bien sûr, décompter le temps qu'elle avait passé auprès de « nounous » et les périodes où Silver l'avait abandonnée aux étranges spécimens qui constituaient alors le groupe de ses amis. Les moments où elle avait réellement vécu avec sa mère, Heaven s'en souvenait particulièrement bien : c'étaient presque toujours les périodes de vaches maigres. Elle gardait aussi un souvenir très vif des somnifères, des drogues, de l'alcool, des hommes. A cette époque-là, elle avait un nouveau « tonton » pratiquement chaque semaine.

Puis vinrent les jours vraiment noirs, juste avant la dépression de Silver. Il n'y avait plus d'hommes, alors. Plus de « tonton » pour les empêcher de se faire virer d'un minable hôtel londonien dont Silver ne pouvait pas payer la note. Heureusement qu'il y avait eu Benjii, un drôle de type incapable de savoir s'il voulait être un homme ou une femme. Mais il avait le cœur sur la main et les avait recueillies toutes les deux sans poser de questions.

C'est par Benjii qu'elle avait appris l'existence de cet oncle célèbre qu'elle avait aux États-Unis. C'est lui qui l'avait aidée à retrouver l'Oncle Jack. Pas un faux « tonton », celui-là. Un vrai. Oncle Jack l'avait emmenée chez son grand-père en Californie et, dès lors, sa vie avait changé. Elle avait appris qu'on pouvait vivre dans une maison digne de ce nom, avec des repas à heures fixes et une femme de ménage pour laver le linge et faire les lits. Elle avait appris à aller à l'école tous les jours. Tout cela était nouveau, étrange, et il ne lui avait pas été facile de s'y habituer. Grand-père George était super, mais tout le monde voyait bien qu'il vivait dans un univers à part. Oncle Jack faisait son possible pour lui consacrer du temps. Seulement ce n'était jamais assez. Elle savait qu'il était très occupé, elle essayait de comprendre.

Silver n'avait jamais essayé de la reprendre auprès d'elle. Heaven avait gagné son triste pari.

Le moteur de la vieille Chevrolet peinait et se plaignait dans les reliefs du canyon, ralentissant toutes les voitures qui roulaient derrière Heaven. En principe, elle ne devait utiliser la voiture que pour faire le trajet entre la maison et l'école et elle croisait les doigts pour que la Chevrolet ne suive pas l'exemple de la Mustang d'Eddie. Oncle Jack lui avait promis une voiture neuve pour ses dix-sept ans. Comment allait-elle réussir à attendre aussi longtemps ? Non, le mieux à faire c'était de ne compter que sur elle-même et de commencer à gagner de l'argent. Et, pour ça, il y avait Antonio. S'il la photographiait, elle allait pouvoir se faire connaître et, quand elle serait connue, peut-être qu'un de ces nullards à qui elle avait envoyé ses enregistrements dans les maisons de disques allait se décider à les écouter.

Manque de chance, Antonio n'était pas à son studio.

— Il travaille en extérieurs aujourd'hui, expliqua une

réceptionniste endormie. Vous auriez dû téléphoner avant de venir !

— J'ai appelé, répondit Heaven. Dix fois.

— Essayez une onzième fois, dit la fille. Antonio est un homme très occupé.

Heaven regagna la Vallée. Elle était déçue mais pas vaincue. Elle finirait bien par l'avoir. A l'usure. Et quand elle lui mettrait la main dessus, tout allait changer.

26

Les hypothèses se bousculaient dans la tête de Silver Anderson. Cet homme qui avait pris le volant de sa Rolls pouvait être un tueur, un kidnappeur, un fan (à Dieu ne plaise !), n'importe quoi.

Elle lui lança un regard oblique. Profil viril, buriné. Intéressant. Et cette autorité avec laquelle il l'avait arrachée à l'écrasement dans la foule avait quelque chose de... Oserait-elle le formuler ? Excitant. Oui, il n'y avait pas d'autre mot.

— Puis-je savoir à qui j'ai l'honneur ? s'enquit-elle avec l'air distant qui seyait à une star de son envergure.

— Robin des Bois, répondit Wes.

— Robin des Bois volait l'argent des riches pour le donner aux pauvres. C'est ce que vous avez l'intention de faire ?

Il relâcha la pression de son pied sur l'accélérateur.

— Y a pas à dire, vous êtes sympa, vous ! Je vous sors d'un merdier grandeur nature et tout ce que vous trouvez à faire, c'est de me chercher des noises !

Silver crut détecter une trace d'accent faubourien de Londres. Un journaliste ? Possible. Elle le soumit à un examen plus détaillé. Bizarre. Il avait un petit air de déjà vu.

— J'aimerais tout de même savoir qui vous êtes, insista-t-elle. Et où vous avez l'intention de me conduire.

Il la regarda. Elle aimait ses yeux. Des yeux futés, sensuels, provocants.

— Écoutez, m'dame, fit Wes, j'ai quand même l'impression que vous aviez un tout petit problème. Quelque chose dans le genre risque de mort par étouffement, si vous voyez ce que je veux dire...

— Sans doute, admit Silver.

— Alors, je me suis dit que j'allais jouer le bon Samaritain et voler à la rescousse. Maintenant, si vous n'êtes pas satisfaite, je peux toujours vous ramener au *Garden of Delight*.

— Ce ne sera pas nécessaire, dit vivement Silver tandis qu'il braquait pour arrêter la grosse automobile sur le côté de la route.

Il repartit.

— Alors, voilà comment je vois les choses. Je vous reconduis chez vous et là, vous me payez un taxi pour que je puisse aller retrouver ma copine. A l'heure qu'il est, elle doit être en train d'ameuter tout le pays en hurlant que j'ai filé à l'anglaise avec les clefs de sa Mercedes et le jeton de vestiaire qu'on m'a donné en échange de son étole de zibeline.

— Vous avez aussi laissé votre portefeuille à votre copine ?

— Ça ne risque pas. Je n'ai pas de portefeuille.

— Où mettez-vous votre argent ? s'étonna Silver.

— Je le claque.

Elle rit.

— Mais, enfin, qui êtes-vous ? demanda-t-elle pour la troisième fois.

— Vous n'avez qu'à m'appeler Wes. Et, en ce qui vous concerne, pas la peine de vous présenter. J'ai déjà entendu votre nom quelque part.

— Sans blague ? fit-elle avec un ton sarcastique qui ne fit ni chaud ni froid à Wes Money. Dans ce cas, vous avez quelques longueurs d'avance sur moi. Je suis célèbre, il ne me semble pas que vous le soyez. Si on essayait d'égaliser le score ? Que faites-vous dans la vie, euh... Wes ?

Il commençait à s'amuser. Il aimait ce genre de rapport avec les femmes. Il aimait les rapports avec les femmes tout court. Les vraies femmes, comme celle-là. Bon Dieu qu'elle sentait bon.

— Qu'est-ce que c'est, votre parfum ?

— *Giorgio*. Vous aimez ?

— Grisant, plaisanta Wes.

Elle rit à nouveau.

— Alors, Wes, vous ne voulez vraiment pas me dire qui vous êtes ? Ce que vous faites dans la vie ?

La Rolls était un authentique bijou à conduire. Il l'avait déjà parfaitement en main et se sentait presque chez lui au volant de cette fabuleuse voiture.

— Je bricole à droite et à gauche.

Mon Dieu! songea Silver. *Pourvu que ce ne soit pas un aspirant comédien !*

— Je ne suis pas un acteur en quête de boulot, dit-il.

— Comment avez-vous deviné que je pensais à ça ?

— Ça se voyait sur votre visage.

Il sortit à Fairfax et prit la direction de Sunset Boulevard.

— Je suppose que vous connaissez *aussi* mon adresse, remarqua Silver, un brin acide.

— Il faudra juste que vous m'indiquiez quand on sera arrivés à Bel Air. Je me perds toujours dans cette toile d'araignée.

Elle fronça les sourcils.

— Mais comment savez-vous où j'habite ?

— J'ai acheté une carte du ciel avec le nom de toutes les étoiles et vous étiez dessus.

— Arrêtez vos bêtises, Wes.

De nouveau, il se tourna vers elle et la regarda furtivement. Elle avait quelque chose de changé depuis le soir de la réception. Tout à coup, il sut ce que c'était.

— Vous vous êtes fait couper les cheveux.

— On se connaît ?

Plus elle l'observait, plus elle lui trouvait ce petit air de déjà vu.

— Pas vraiment.

— Vous êtes un fan ?

— Vous rigolez, ou quoi ?

Le cri du cœur. Silver était décontenancée. Elle était là, dans sa voiture, en train de bavarder avec un jeune homme qui avait peut-être un air vaguement familier mais qu'elle n'arrivait pas à reconnaître, et elle n'éprouvait pas la moindre appréhension. Pour tout dire, elle commençait même à y prendre du plaisir.

— Je vous dois sans doute des remerciements, dit-elle. Cette affaire aurait pu très mal tourner.

— Comme vous dites. Je vois d'ici les gros titres que ça aurait fait : *Monstrueux carambolage au* Garden of Delight. *Culbutée sur le plancher par plus de cinq cents tapettes, Silver Anderson lâche la rampe. L'assaut massif a eu raison de notre star.*

Pas vraiment raffiné, mais elle ne put s'empêcher de rire à nouveau.

— Les homosexuels n'aiment pas être traités de tapettes, gronda-t-elle. Ce n'est pas très gentil.

— Bon, excusez-moi.

Elle était perplexe. Que faire ? Devait-elle laisser ce jeune homme, charmant mais plutôt culotté, la reconduire jusque chez elle ? Elle était parfaitement capable de prendre le volant elle-même. Peut-être aurait-elle dû faire demi-tour et aller récupérer Dennis. Pauvre Dennis. Il devait être dans tous ses états !

Parfois, Vladimir s'offrait le plaisir d'investir les appartements personnels de Madame, quand il était sûr qu'elle était sortie pour la soirée et qu'il avait plusieurs heures de tranquillité devant lui. Les bonnes, les femmes de ménage, la secrétaire, l'assistant et Nora Carvell étaient tous rentrés chez eux.

Vladimir entra dans le domaine privé de Madame, dansa en tourbillonnant dans la chambre puis alla remplir d'eau le luxueux jacuzzi. Il se déshabilla, choisit dans la garde-robe de Silver une perruque bouclée courte et l'assujettit sur ses cheveux couleur de blé. Fouillant ensuite dans les produits de maquillage, il se fit une beauté pour lui tout seul. Quand il eut terminé, l'illusion était presque parfaite. De loin, dans la glace, il se trouvait tout le look de Silver Anderson.

— Dites-moi, Wes, demanda Silver, où nous sommes-nous rencontrés ?

— A votre soirée d'anniversaire.

Ce n'était même pas un mensonge.

— Ah mais bien sûr ! Je me disais bien...

Elle pensa qu'elle avait dû le remarquer au milieu de la foule. Car, aucun doute, elle le trouvait très attirant. Au lit, Dennis Denby faisait l'affaire, sans plus. Wes avait l'air d'un homme, un vrai. Elle le soupçonnait d'avoir du talent.

— Avec qui étiez-vous ?

— Avec Rocky.

Ah, il faisait partie de la bande de Sylvester Stallone ! Elle se détendit.

— Bien, puisque nous sommes de vieilles connaissances, vous pouvez me raccompagner chez moi. Je vous offrirai un verre. C'est bien le moins que je puisse faire. Sans votre intervention, je ne sais pas ce qui serait arrivé.

Wes n'était pas né de la dernière pluie. Il sentait les avances dans la voix de Silver Anderson. Pas croyable ! Il avait encore fait une touche. Mais cette fois, ce n'était pas du menu fretin. Il avait touché le gros lot !

27

— Quand on me parle de femme qui fait le poids, je
réponds « gouine », déclara Howard Soloman devant les
cadres réunis autour de lui.

Parmi eux se trouvaient deux femmes. Elles échangèrent
des regards furieux. Mais ni l'une ni l'autre ne protesta. Il
était déjà assez difficile comme ça de tenir les postes qu'elles
occupaient. Pas la peine de se rajouter des soucis en s'insur-
geant contre le sexisme du boss. A quoi bon ? La moitié du
temps, il avait les trous de nez pleins de cocaïne et ne savait
pas ce qu'il disait.

— Je ne crois pas qu'elle soit gouine, opina le chef de
production, un gros type à visage lunaire. Je crois plutôt
qu'elle a besoin de se faire sauter.

Concert de gloussements hilares dans la salle de réunion.
La femme dont ils parlaient était une actrice suédoise qui
avait le rôle vedette dans un film qu'Orpheus était en train de
tourner au Brésil. Elle leur posait beaucoup de problèmes et,
par sa faute, le tournage prenait du retard.

Howard se leva, indiquant que la réunion était terminée.

— Si elle continue comme ça, lança-t-il avec force tics
nerveux, je vais être obligé d'aller sur place et de lui coller ma
queue dans la bouche. Ça la fera taire une bonne fois pour
toutes.

Nouveaux gloussements hilares. Échange de regards cons-
ternés entre les deux femmes.

— Faites pas cette tête-là, les nanas, je blague ! dit Howard
en appliquant une claque sur les fesses de l'une d'elles.

Il attendit que la salle soit vide et appela sa secrétaire.

— Des coups de fil ?

— Orville Gooseberger, au sujet de ce déjeuner que vous
avez repoussé trois fois. Mannon Cable, il a parlé du week-
end prochain pour Las Vegas et m'a dit que vous compren-
driez. Et l'agent de Burt Reynolds.

— O.K. Continuez à noter les appels. Ne me les passez pas
tant que je ne vous l'aurai pas dit.

— Très bien, Mr. Soloman.

Howard entra dans ses toilettes personnelles et boucla la
porte. Après avoir sorti sa provision de cocaïne de sa
cachette, il en déposa une petite ligne sur une glace de poche
et la renifla, avec une narine, puis avec l'autre. Bon Dieu de

bon Dieu! Zachary K. Klinger allait arriver à Los Angeles et il n'était qu'une épave tremblante! Ça ne dura pas. Deux minutes plus tard, il était de nouveau dans une forme olympique et avait l'impression de pouvoir faire l'aller-retour New York-Los Angeles au pas de course. Quel punch! Décrochant le téléphone qui équipait ses chiottes privées, il appela sa secrétaire.

— Réservez-moi une table chez *Mortons* pour demain soir. Huit personnes. La table ronde de devant. Je n'en veux pas d'autre. Vous leur direz que je viens dîner avec Zachary K. Klinger.

— Très bien, Mr. Soloman.

— Appelez aussi Fred, le bijoutier de Rodeo Drive. Vous demanderez à Lucy de choisir quelque chose de joli pour ma femme. Euh... non, tiens, dites-lui de choisir *deux* bijoux et voyez si elle peut passer au bureau demain.

— Quelle heure, Mr. Soloman? Vous êtes pris toute la journée.

— Débrouillez-vous. Vous arriverez bien à trouver un petit trou pour la caser, non?

— Bien, Mr. Soloman.

— Vous avez fait porter ce script à Whitney Valentine?

— Oui, Mr. Soloman.

— Quand?

— Ce matin, comme vous me l'aviez dit, Mr. Soloman.

Howard raccrocha, ouvrit l'armoire à pharmacie et avala une bonne lampée de Maalox. Ces foutues réunions de synthèse lui bousillaient l'estomac. Il se demandait bien pourquoi, lui qui était né pour diriger une firme cinématographique. Rien ne pouvait ébranler Howard Soloman. Même pas cette pouffiasse suédoise qui lui coûtait des fortunes, là-bas, au Brésil.

Prenant une profonde inspiration, il pressa la touche de sa ligne personnelle et appela Whitney. Il n'y avait encore rien eu entre eux. A part un déjeuner. Howard se lécha les lèvres et se consola en se disant que, parfois, l'attente de la chose était plus savoureuse que la chose elle-même.

La ligne privée de Whitney ne répondait pas. Ça signifiait qu'elle était sortie. Il l'imagina chevauchant à cru le long de la plage, ses cheveux flottant dans le vent, son corps élancé ruisselant de soleil. Ou peut-être était-elle en train de nager dans l'océan. Pas de piscine luxueuse pour Whitney. C'était une fille de la nature.

Maintenant, localiser Poppy. Il savait exactement par où commencer : le *Bistro Garden*. Elle y déjeunait pratiquement tous les jours. Elle y avait une table personnelle, où elle tenait salon devant le petit cercle de ses amies, toutes habillées par les plus grands couturiers. Ensuite, c'étaient les razzias chez *Saks, Magnin's, Lina Lee, Gucci*. Rien de plus simple que de suivre à la trace Poppy Soloman. Il suffisait de téléphoner à tous ces établissements.

Un jour, elle avait dit à Howard qu'il n'était pas facile d'être l'épouse d'un directeur de firme cinématographique. C'était vrai. Il y avait les indispensables œuvres de bienfaisance dont il fallait faire partie, les personnes importantes qu'il fallait impressionner et toute une série de règles très rigides qu'il fallait respecter.

Les Saints Commandements de Poppy étaient :

Tu ne seras pas
Trop grosse
Habillée par quiconque en dehors des plus grands noms de la haute couture
Mal placée dans un restaurant
Ignorée par les gens qui comptent.

La liste des « gens qui comptent », bien sûr, changeait chaque semaine en fonction de différents facteurs.

Poppy se débrouillait toujours pour être au courant.

Finalement, Howard décida de ne pas chercher à localiser sa femme. Il la verrait bien assez tôt pour le dîner. Ensuite, il lui ferait l'amour, si ça le tentait, ou si le fait de se demander comment Whitney se comportait au lit le mettait assez en condition pour ça.

Zachary K. Klinger allait arriver. Howard devait se préparer.

Mannon Cable avait toujours eu envie d'être papa. Aussi fut-il ravi lorsque Melanie-Shanna lui apprit qu'elle était enceinte. Pendant une soixantaine de secondes. Ensuite, les conséquences de la situation lui apparurent. Comment pouvait-il avoir un enfant avec Melanie-Shanna ? L'amour de sa vie, c'était Whitney. Il n'en voulait pas d'autre pour être la mère de ses enfants.

— Tu es sûre ? demanda-t-il.

Elle le regarda bizarrement.

— Tout à fait. J'ai vu le docteur.

Il ne savait plus quoi dire. Pour la première fois de sa vie, Mannon Cable se retrouvait sans voix. Comment parler de divorce, maintenant ? Un avortement était, bien sûr, hors de question. Mannon avait des positions très fermes sur ce sujet.

— Ça ne te fait pas plaisir ? demanda-t-elle.

— Si, répondit-il en forçant comme un fou sur la note enthousiaste. Je suis très, très content.

Le lendemain, il alla demander conseil à son avocat.

— Ça, dit ce dernier, si vous voulez qu'elle garde le bébé, vous êtes coincé. Vous allez être obligé d'attendre la fin de la grossesse et même un peu plus, jusqu'à ce que l'enfant ait au moins quelques mois. Si vous la plaquez avant, la presse à sensation vous assassine.

Mannon dut reconnaître qu'il avait raison. Morose, il imaginait les manchettes : LES ÉTRANGES RELATIONS TRIANGULAIRES DE MANNON CABLE ! LA STAR ABANDONNE SA FEMME MELANIE-SHANNA, ENCEINTE, POUR RENOUER AVEC SON EX, WHITNEY !

Aucun doute. Les torchons à scandale allaient s'en donner à cœur joie sur son dos.

Et, en regardant les choses en face, il fallait aussi tenir compte de la position de Whitney dans cette affaire. Comment allait-elle réagir en apprenant la nouvelle ? Certainement pas en imaginant que Mannon continuait à se consumer pour elle. Cela faisait un moment qu'ils ne s'étaient pas adressé la parole. Il avait imaginé de régler le divorce avant de reprendre contact avec elle. Raté.

— Financièrement, c'est un sale coup, dit son avocat. Vous êtes bien sûr de ne pas vouloir d'avortement ?

Il en était bien sûr.

Ils partirent pour New York, où Mannon devait finir la post-synchronisation de son dernier film. Dans l'avion, Melanie-Shanna lui fit part de tous ses projets :

— On va décorer la deuxième chambre d'amis ! En jaune, ça me plairait bien. Ou en bleu, peut-être. — Elle avait du mal à se décider. — Qu'est-ce que tu en penses, Mannon ? Jaune ou bleu ?

Il secoua la tête sans répondre. Il ne voulait pas s'en mêler. Moins il s'occuperait de cette grossesse et du bébé qui allait en résulter, mieux cela vaudrait pour lui.

28

Lorsqu'ils furent dans la maison, Silver put consacrer un œil plus attentif à son sauveur. Et ce qu'elle découvrit ne fut pas pour lui déplaire. Il était grand. Elle avait toujours eu un faible pour les hommes d'un certain gabarit. Il avait des cheveux châtains, mi-longs, qu'il coiffait en leur laissant suivre leur pli naturel. Ses yeux étaient extraordinaires. Noisette avec des reflets vert marin. Il avait un caractère masculin très marqué. Force fut à Silver de s'avouer qu'elle se sentait des envies. Et pas pour Dennis Denby qui était à peu près aussi excitant et inattendu qu'une paire d'œufs au bacon le matin au breakfast.

— Préparez-vous donc un verre, dit-elle en le poussant vers le bar du fumoir. Je reviens dans un instant.

— Je vous sers quelque chose ? demanda poliment Wes.

— Une Stoli, dit-elle par-dessus son épaule en s'engageant dans le grand escalier. Avec un zeste de citron. Pas de glace.

Ah, elle devait se rappeler qu'il était barman. Cette façon de passer sa commande le donnait à penser.

Choisissant un verre de cristal de Baccarat, il y versa deux doigts de vodka Stolichnaya, prit une rondelle de citron dans un petit plateau d'argent et l'enfila adroitement sur le bord du verre. Pour lui-même, il ouvrit simplement une bière bien fraîche. Pas d'excentricités et surtout pas trop d'alcool s'il voulait être à la hauteur, le cas échéant.

Extatique, au milieu du grand jacuzzi de Silver Anderson, Vladimir offrait un spectacle étrange et fascinant. Il était assis, nu, raide comme un *i*, coiffé de la perruque et abondamment maquillé, tandis que l'eau bouillonnait autour de lui. Vissés à ses oreilles, les écouteurs d'un petit walkman Sony lui permettaient de savourer l'enregistrement d'un vieil album de Silver Anderson. Il chantait en même temps qu'elle, imitant sa voix à la perfection.

Il était tellement concentré qu'il ne vit pas Silver entrer dans sa propre salle de bains. Elle s'immobilisa.

— Mais qu'est-ce qui se passe ici ? demanda-t-elle, saisie de stupeur.

Il ne l'entendit pas.

Elle avança et lui arracha les écouteurs qu'elle jeta à travers la pièce.

— Madame ! couina Vladimir, horrifié, en se levant.

— C'est vous, Vladimir ?

Elle n'arrivait pas à en croire ses yeux.

Éructant un flot de jurons russes, il plaça les mains devant ses parties intimes pour essayer de les dissimuler. Vain effort car Vladimir était monté comme un taureau.

— Ça par exemple !

Silver lui lança une serviette en ordonnant d'un ton glacial :

— Sortez de ma baignoire et couvrez-vous !

— Madame ! Oh, Madame ! gémissait le majordome. Me pardonnez-vous ? Que puis-je faire pour avoir votre pardon ?

— Pour commencer, vous enlevez ma perruque et, ensuite, vous déguerpissez !

Elle crut qu'il allait pleurer.

— Madame me renvoie ?

A cet instant, Silver aperçut son image dans l'un des nombreux miroirs de sa salle de bains, ce qui détourna immédiatement son attention. Elle était montée ici se préparer pour une soirée qui s'annonçait bien, pas pour discutailler avec un majordome dérangé.

— Nous en reparlerons demain, dit-elle sèchement. Maintenant, vous allez me faire le plaisir de tout remettre en ordre dans cette salle de bains, de la nettoyer puis de regagner vos appartements et d'y rester.

Il resta là, tête baissée comme un enfant honteux, tandis qu'elle sortait de la salle de bains.

Wes fut un peu déçu de voir qu'elle ne s'était pas changée lorsqu'elle vint le rejoindre près du bar. Il avait rêvé de la voir réapparaître dans un déshabillé de voile noir avec en tout et pour tout des bas et un porte-jarretelles. Au lieu du grand jeu, elle avait gardé son ensemble rouge et son chemisier de sage dentelle.

— Ouh ! lança-t-elle, les joues étrangement colorées. Je viens d'avoir l'une des plus incroyables surprises de ma vie ! Donnez-moi mon verre, je vous prie, j'ai vraiment besoin d'un remontant.

Il lui présenta sa vodka et attendit des explications. Se laissant glisser sur un divan, elle prit une petite gorgée d'alcool.

— Vladimir, mon majordome, est complètement cinglé.

Wes se souvenait très bien du lascar, un Popov autoritaire qui faisait de l'œil aux serveurs.

— Qu'est-ce qui s'est passé ? demanda-t-il d'un ton avide.

D'un petit coup de pied, elle envoya valser ses souliers, savourant l'instant.

— Il était dans *ma* baignoire, dit-elle enfin. Avec une de *mes* perruques sur la tête. Le visage couvert de *mon* maquillage. En train de chanter une de *mes* chansons avec *ma* voix.

Wes éclata de rire.

— Non ?

— Comme je vous le dis.

— Il était tout habillé ?

— Hélas, non.

Elle se mit à rire avec lui.

— C'était hilarant, pouffa Silver. Si vous aviez vu ça, quand il s'est levé, le corps couvert de mousse...

— Avec le maquillage sur la figure et la perruque sur le crâne, j'imagine la scène ! s'esclaffa Wes.

— Ça, c'est une vision que je n'oublierai jamais !

Wes était aussi réjoui qu'elle à imaginer Vladimir en héros de cette incroyable comédie.

— Qu'est-ce que vous avez fait ? demanda-t-il en hurlant de rire.

— J'étais trop stupéfaite pour réagir. Mon Dieu ! C'était...

Elle pleurait de rire. Un rire communicatif qui contaminait Wes. Cette femme était incroyablement marrante et chaleureuse. Rien à voir avec la star glaciale dont la presse transmettait l'image.

— Je suppose que dès demain matin, il retourne au bureau de placement, dit Wes dès qu'il en fut capable.

— Je ne sais pas, répondit Silver. Je vais peut-être le garder quand même. Ça pourrait être très... amusant.

De nouveau, ils explosèrent de rire. Ils avaient encore les yeux pleins de larmes quand la sonnette de l'entrée retentit. Silver cessa de rire et fronça les sourcils.

— Je me demande qui ça peut être. Vous ne voulez pas répondre ?

Elle décrocha l'interphone et lui tendit l'appareil.

— Résidence de Silver Anderson, annonça très formellement Wes. Qui la demande ?

— Dennis Denby, répondit une voix masculine grincheuse.

Wes couvrit le micro avec sa main.

— C'est Dennis Denby, dit-il pour Silver.

— Flûte ! Bon, ouvrez-lui..., soupira-t-elle.

Il lui lança une petite œillade.

— Vous êtes sûre ?

— Je crois qu'on ne peut pas y couper, répondit-elle doucement.

Voilà que Silver et lui étaient « on » ! Dennis Denby débarquait et elle ne le flanquait pas à la porte !

Puisqu'elle le voulait, il pressa le bouton d'ouverture. Elle se rechaussa. Une minute plus tard, un Dennis Denby décoiffé et tout rouge apparaissait à la porte de la maison. Il empoigna Silver, fusilla Wes du regard et haleta :

— Dieu merci, tu t'en es sortie !

Elle s'extirpa de son étreinte collante.

— Sans une égratignure, répondit-elle. — Elle montra Wes. — Grâce à monsieur, euh... ?

— Money, compléta obligeamment l'intéressé.

Silver eut un haussement de sourcil étonné[1].

— C'est un vieux nom anglais, laissa tomber Wes avec désinvolture.

— Ce n'est pas ordinaire, observa-t-elle.

— Mais rien n'est ordinaire chez moi.

Elle sourit.

— Vraiment ?

— On ne cesse de me le répéter.

Cette femme avait de la dynamite dans les yeux. Des yeux pénétrants et très sexy. Wes savait qu'il ne se trompait pas sur l'interprétation du message de ces yeux-là.

Dennis ne manqua pas de remarquer ce qui se passait entre eux et voulut reprendre possession de son territoire :

— C'est très gentil de la part de monsieur, euh... Money de t'avoir raccompagnée ici. Mais c'est beaucoup de peine pour peu de chose. Il ne se serait rien passé. On avait la situation bien en main.

— Qui ça « on » ? demanda Silver d'un ton caustique. Toi ? Tu prétends que tu contrôlais cette foule qui allait me piétiner, peut-être me tuer ?

— Tu exagères un peu, chou, protesta Dennis, hautain.

Il venait de commettre deux erreurs. Un, la prendre pour une andouille incapable d'évaluer les risques d'une situation. Deux, l'appeler « chou », un mot qu'elle trouvait ringard et condescendant au possible.

— Tu dis vraiment n'importe quoi, *chou,* répondit-elle. Franchement, tu ne t'es pas rendu compte que j'étais sur le point d'être écrasée ?

— Je téléphonais chez *Spago* ! riposta Dennis sans même s'insurger contre la remarque insultante de Silver. — Il consulta sa montre. — Une table nous y attend en ce moment même. — Il se tourna vers Wes. — Si monsieur Money veut bien nous excuser...

— Monsieur Money n'a pas à nous excuser, contra sèchement Silver. Parce que nous n'allons nulle part, *chou.* En fait, si, ajouta-t-elle en lui prenant le bras pour l'entraîner hors de la pièce, toi, tu rentres chez toi, *chou.* Et moi, je reste ici avec Mr. Money. Il mérite bien le verre que je lui offre et quelques

---

1. Money signifie « argent » (monnaie) et Silver « argent » également (métal).

remerciements pour la présence d'esprit dont il a su faire preuve pour m'arracher à ce cauchemar.

— Silver! se plaignit Dennis. Mais qu'est-ce que j'ai fait pour que tu me traites comme ça? Pourquoi es-tu fâchée?

— Je ne suis pas fâchée, répliqua Silver en le poussant vers la porte. J'en ai assez, tout simplement.

Il fit une tentative désespérée.

— Tu ne peux pas rester seule dans cette maison avec ce... cette personne! Qui est-ce? Que sais-tu de lui?

— Je sais au moins une chose, Dennis, c'est qu'il a des couilles. On ne peut pas en dire autant de tout le monde, *chou*. Bonsoir!

Elle le propulsa dehors, claqua la porte sur ses protestations et regagna le fumoir. Wes approcha et se planta devant elle.

— Eh bien! murmura-t-il. On a déjà eu le majordome fêlé et l'amant aux quatre cents coups, quelle est la suite du programme?

Elle sourit, doucement. Son sourire séducteur que toute l'Amérique adorait haïr.

— La suite du programme? susurra-t-elle. Avec un peu d'inspiration, je crois qu'on va l'inventer nous-mêmes...

Wes jugea qu'il eût été discourtois de discuter.

29

Jade se mit facilement au rythme de Los Angeles. Au début, elle pensait qu'elle allait haïr cette ville. Au bout d'un mois, elle constata qu'elle l'aimait. Il y avait tant de choses à faire ici et le climat était tellement idyllique.

Après avoir empli l'appartement de ses livres, de ses disques et autres objets personnels, elle s'y sentit vraiment chez elle. Le seul point noir était Corey. Elle le trouvait bizarre. Distant. Il se passait quelque chose de grave dans la vie de son frère. Quelque chose qu'il ne voulait pas partager avec elle. Elle ne l'avait revu qu'une fois après le jour des pizzas et, tout ce qu'il avait trouvé comme excuse, c'était: « Le boulot, le boulot, le boulot! Qu'est-ce que tu veux... Et quand je ne suis pas en train de bosser, je m'occupe de mon installation. »

Il s'installait, O.K. Mais où et avec qui?

— Est-ce que je vais enfin savoir avec qui tu vis? demanda-t-elle carrément.

— Si tu y tiens. Je vais arranger ça.

— Quand ?

— Bientôt.

Mais à chaque fois que Jade faisait une allusion à Marita, il se fermait comme une huître.

— Et que devient Corey Junior ? Si je ne me trompe, mon neveu doit avoir dix-huit mois...

— Il est à Hawaii.

— Et quand vais-je réussir à le voir ?

— Bientôt.

Bientôt. Il ne savait que répondre « bientôt ». Un jour qu'elle avait sa mère au téléphone, Jade lui fit part de ses inquiétudes concernant Corey.

— Il traverse une mauvaise passe, répondit Mrs. Johnson, compréhensive. Laisse-le donc un peu tranquille. Il va finir par revenir vers toi, tu verras.

Elle le laissa tranquille. Elle ne vit rien revenir.

La bonne nouvelle dans ce sombre univers était que les photos destinées aux affiches de la campagne de Cloud Cosmetics avaient été confiées à Antonio. Shane Dickson, un réalisateur à succès, avait été retenu pour le tournage des pubs télé. Jade avait de quoi s'occuper avec les essais vêtements, coiffure et maquillage. Le look devait être parfait.

Travailler avec Antonio était toujours un plaisir. Non seulement on s'amusait beaucoup mais les photos étaient époustouflantes. Il avait à la fois le style de Norman Parkinson, le brillant de Scavullo, la précision et l'originalité d'Annie Leibovitz.

Jade se retrouva à partager de plus en plus fréquemment les sorties d'Antonio et de ses amis artistes. En semaine, c'étaient généralement les grands restaurants ou les réceptions. Le vendredi et le samedi, les repas et les nuits entières à danser au *Tramp,* un club privé.

Sortir était une excellente thérapie. Pendant plusieurs années, elle avait eu un contrat d'exclusivité avec Mark Rand. Maintenant, elle était de nouveau libre.

Elle essayait de ne plus penser à Mark, de lui botter les fesses à chaque fois que son image venait insidieusement envahir son esprit. Leur liaison était finie.

Ter-mi-née.

Pour de bon.

Au cours de ses virées avec la bande d'Antonio, elle se trouva confrontée à diverses propositions à caractère non platonique. Un producteur au teint olivâtre, avec des dents pourries et des orbites creuses, lui fit une offre qu'elle n'eut aucun mal à refuser. Un Portoricain perpétuellement stone lui dit qu'elle était la fille la plus sexy du monde. Un magouilleur français en jean godaillant et sweatshirt de marque lui dit qu'il connaissait tous les gens importants et qu'il pouvait faire d'elle une star.

Les hommes. Pour le moment, elle en avait assez. Puis elle fit la connaissance de Shane Dickson et révisa sa position. Assez ? peut-être pas tout à fait. Elle avait besoin de quelqu'un pour lui faire oublier Mark.

Shane Dickson était petit, bourru, noir de cheveu et barbu. Ce qui plut à Jade, c'est que, contrairement à la plupart des autres hommes, il ne se jeta pas sur elle comme la vérole sur le bas clergé. Ils passèrent quelque temps à tourner l'un autour de l'autre. Il lui fit faire ses essais avec une distance très professionnelle. Shane savait très exactement quel look il voulait pour ses pubs et il n'était pas question pour lui de commencer à tourner avant de l'avoir obtenu.

Ils travaillaient ensemble depuis un long moment déjà quand Shane l'invita à dîner pour parler un peu avec elle de ce qu'il recherchait. Il l'emmena au *Nucleus Nuance,* sur Melrose, et l'entreprit sur le tournage de publicité qui, selon lui, était une forme à part entière de l'art cinématographique.

— Dans un film de deux heures, tu as le temps de déconner, de te rattraper, de redéconner, etc., et de laisser quand même une bonne impression. Dans une pub de deux minutes, tu n'as aucun droit à l'erreur.

— Est-ce que tu es marié ? demanda Jade.

Sa peau picotait comme si chacune de ses terminaisons nerveuses avait été en alerte. Mark était une vieille histoire et elle avait, de nouveau, envie de se sentir désirée.

— Oui, répondit Shane en tendant le bras en travers de la table pour prendre sa main. Mais je vis séparé de ma femme. Elle ne me comprend pas.

Ainsi les hommes continuaient à utiliser ce truc éculé ! Elle n'arrivait pas à le croire.

Il l'invita une autre fois. Chez lui. Elle déclina. Un homme marié lui avait suffi.

Et puis, un après-midi, alors qu'elle avait tourné toute la journée et rentrait, crevée, avec pour seule envie de manger un morceau et de se mettre au lit, elle fut accueillie par la sonnerie du téléphone. C'était Mark.

— Je suis à Los Angeles, annonça-t-il. Juste en bas de chez toi, pour être plus précis. Il faut que je te parle, Jade. Est-ce que je peux monter ?

30

Qui a osé dire « La nuit, tous les chats sont gris » ? Celui-là
devait être sourd, aveugle et borné. Depuis ses longs râles de
bien-être jusqu'à ses demandes haletantes (elle ne se gênait
pas pour dire ce qu'elle aimait), en passant par sa peau
richement parfumée, Silver était différente de toutes celles
qui avaient peuplé les nuits de Wes Money. Il avait l'impression de conduire une Bentley après avoir roulé pendant des
années dans des Toyota déglinguées.

Il changea de position pour permettre à Silver de passer sur
lui. Elle avait le petit corps musclé et nerveux d'une adolescente. Des seins durs, des cuisses fermes (mais pas en acier
trempé comme sa Suédoise) et un ventre plat. Elle faisait
l'amour avec une délectation à laquelle il n'était pas habitué.
Reba restait allongée sur le dos comme un poisson embroché.
D'autres femmes disaient des trucs salaces juste pour lui faire
de l'effet. Quand Silver disait « baise-moi, baise-moi fort,
Wes », ce n'était pas pour la frime. Alors, il la baisait fort. Et
ils prenaient leur pied tous les deux.

Tout en le chevauchant activement, elle se pencha, portant
à la bouche de Wes un sein à la petite pointe dure. Il le suça de
bonne grâce. Même son goût était différent.

Il sentait le plaisir monter progressivement. Très près
maintenant du point de non-retour. Les souvenirs se bousculaient dans sa tête. Tout était arrivé si vite.

Sortie de Dennis.

Discussion.

Très convenable.

— Montons à l'étage.

C'était elle qui l'invitait.

Il accepta.

Dans la chambre, il la prit dans ses bras.

Elle répondit à son baiser avec une langue exploratrice, des
dents voraces et une caresse encourageante.

— Je reviens tout de suite, dit-elle.

Ce n'était pas vraiment le moment de lui expliquer qu'il
était fauché comme les blés, qu'il travaillait occasionnelle-
ment comme barman, qu'il habitait un taudis de Venice et
qu'il s'envoyait régulièrement des femmes qui n'avaient pas
un charme fou mais étaient pleines de gratitude.

Quand elle revint dans la chambre, vêtue d'un kimono

court, ce n'était plus la même. Partis les cheveux courts et bouclés — il comprit seulement à cet instant que c'était une perruque — et, à leur place, il découvrit une chevelure brune qui lui tombait jusqu'aux épaules. Elle avait aussi enlevé ses longs faux-cils. Sans ses artifices de star, elle avait quelque chose de plus doux. Elle paraissait aussi beaucoup plus jeune.

— Voici la vraie Silver Anderson, dit-elle sans la moindre gêne. J'espère que tu n'es pas déçu.

Déçu ? Au contraire, il était agréablement surpris. Prenant la main de Silver, il la guida vers l'objet de sa convoitise.

— J'ai l'air d'un homme déçu ?

Elle rit. Un rire rauque et émoustillé.

— Tu as l'air d'un homme tout court. Je n'en demande pas plus.

Et vogue le navire.

Wes explosa avec une violente trépidation qui lui secoua le corps comme le passage d'un train express.

— Ah, doux Jésus ! grogna-t-il.

Elle resta serrée pour le garder en elle comme un captif.

— Qu'est-ce qu'il a à voir là-dedans ? demanda-t-elle, hors d'haleine.

Humilié, Vladimir nettoya la salle de bains et fila dans sa tanière personnelle, au-dessus du garage. Comment avait-il pu se montrer aussi imprudent ? Il secoua la tête d'un air consterné. Il se serait donné des gifles. D'habitude, quand Madame sortait en ville, elle en avait au moins pour trois heures.

Cette fois, elle était rentrée moins d'une heure après son départ.

Sale coup, Vladimir. Tu aurais dû faire plus attention.

Il était sûr qu'elle allait le flanquer à la porte. Dès demain matin, l'assistant de Madame allait venir lui annoncer son renvoi en lui apportant un chèque de son service comptable pour ses indemnités de licenciement.

Il était mortifié. Comme il aurait voulu pouvoir fermer les yeux, les rouvrir et constater que la mésaventure n'avait été qu'un mauvais rêve !

Avant d'être engagé chez Silver, Vladimir avait été au service d'un producteur de télé homo, qui habitait haut dans les collines de Hollywood. Et, avant cela, il était chez un couple de retraités qui, pour l'extérieur, jouaient l'image de la bonne entente conjugale et de la respectabilité et qui, dans l'intimité de leur maison, conviaient leurs ami(e)s homo-sexuel(le)s à des week-ends d'orgie non-stop.

Oh, Vladimir en savait des choses! La mémoire du majordome était une caverne d'Ali Baba. Mais que faire de ces secrets? Qui le croirait s'il racontait tout ce qu'il savait?

Silver Anderson allait le regretter. Ça, il en était sûr. Pendant trois ans, il l'avait fidèlement servie. Il connaissait ses goûts et ses dégoûts. Il savait sentir ses humeurs et ne perturbait jamais ses précieux moments de solitude. Il proté-geait son intimité, tenait impeccablement sa maison et se montrait le plus discret des hommes sur les fréquentations masculines de Madame.

Il ouvrit son placard et regarda ses vêtements d'un œil morose. Il avait deux costumes, un brun et un bleu. Plusieurs chemises, quelques vêtements de sport et une combinaison de plongée en caoutchouc noir. Ce n'était pas Vladimir qui aimait l'eau. La combinaison lui venait d'un ancien amant, un Noir d'un mètre quatre-vingt-quinze, musclé et néanmoins tapette, qui adorait les sports aquatiques. Vladimir avait vécu deux mois avec lui entre l'emploi chez le producteur homo et celui chez le couple hollywoodien modèle. Mais Vladimir préférait habiter seul dans les locaux de service des fabuleuses résidences dont il avait la charge.

Amoureusement, il caressa le tissu d'une longue robe violette ornée de perles de verre nichée dans le fond de son placard. Un jour, Silver lui avait remis une malle de vête-ments qu'elle voulait faire enlever par une organisation caritative. C'est en faisant l'inventaire qu'il tomba sur la robe. Elle lui allait comme un gant. Il la garda pour lui.

Il tira une valise de sous son lit et commença à y entasser ses affaires un peu n'importe comment. Ainsi, quand on viendrait lui signifier son licenciement, il pourrait s'en aller immédiate-ment, dans la dignité. Tout de même, Vladimir était russe de naissance et il avait sa fierté.

Wes passa par-dessus le corps de Silver endormie pour attraper son pantalon, abandonné sans cérémonie sur le sol de la chambre. Dans la poche revolver, il dénicha un paquet de Camel en accordéon. Il en tira une cigarette zigzaguante qu'il se colla entre les lèvres avant de l'allumer. Songeur, il avala une longue bouffée de fumée odorante. Et maintenant? Quelle allait être la suite du programme? Faire reluire la grande star était une chose : mission accomplie. Une mission qui n'avait rien d'une corvée, au contraire. Mais assurer le suivi n'allait pas être évident. Ses moyens ne lui permettaient pas de la régaler dans les restaurants chics de Melrose ou de Palisades Park. D'un autre côté, il se voyait mal inviter Silver Anderson au fast-food.

Wes avait un problème. Il venait de faire l'amour avec une dame très célèbre et, si elle avait apprécié la chose autant qu'elle l'avait laissé entendre, ç'allait être un peu plus qu'une affaire d'un soir.

Qu'allait-il bien pouvoir lui raconter ? La vérité ? Peut-être lui mentir un tout petit peu.

Il souffla des ronds de fumée vers le plafond en détaillant Silver Anderson abandonnée dans le sommeil. Pas mal, la vieille souris. Pas mal du tout. Wes en savait quelque chose. Il avait l'expérience de toutes les tranches d'âge. Après l'amour, certaines femmes avaient l'air de sortir de sept rounds contre Joe Frazier. Surtout les plus de trente-cinq ans. Bon d'accord, Silver Anderson n'était pas une jouvencelle mais, franchement, elle présentait encore bien.

Comme si elle avait senti le regard de Wes sur elle, elle ouvrit les yeux. Pendant une seconde, il eut l'impression qu'elle allait s'écrier : « Mais qui êtes-vous ? »

Pas du tout. Elle le caressa d'un long regard appréciateur, s'étira de façon très féline puis sortit du lit, nue et fière de l'être.

A sa façon de marcher jusqu'à la porte de la salle de bains, il comprit qu'elle considérait son corps comme une œuvre d'art. Ça se défendait.

Après avoir tiré une dernière bouffée, il se leva à son tour et partit la rejoindre.

31

La réunion était bien avancée. Une fois par mois, Jack rassemblait son équipe pour parler des invités possibles pour les prochaines émissions. Il y avait un panneau d'affichage avec des suggestions, des idées et une liste de ceux que Aldrich appelait « les cent dont on cause en ce moment ». Les « cent » comprenaient des personnalités de tous les milieux : politique, théâtre, musique, sport, cinéma, édition, etc. Il n'y avait qu'une émission par semaine. Inutile de dire que les attachés de presse se battaient comme des chiens pour faire passer leurs clients. On proposait souvent des pots-de-vin.

Systématiquement refusés. *Face to Face with Python* était ce qui se faisait de mieux en matière de promotion télévisuelle pour un film, un livre ou une manifestation. Les rendez-vous étaient arrêtés avec quatre semaines d'avance, ce qui laissait à Jack le temps d'étudier en profondeur la documentation qu'on lui fournissait sur chacun de ses invités.

— Pourquoi on ne solliciterait pas Mannon Cable ? proposa Aretha.

Ce qui n'étonna personne. Chaque mois, Aretha posait la même question parce qu'elle savait que Jack et Mannon étaient de vieux amis.

— Tu as fini avec ça ? grommela Jack. Je t'ai déjà dit mille fois qu'il ne veut pas en entendre parler !

— Donne-moi son adresse et tu vas voir s'il refuse longtemps ! plaisanta Aretha de sa voix chantante. Je lui ferai des trucs comme jamais personne ne lui en a fait. — Elle eut un sourire rayonnant en imaginant la situation. — Comme personne, oui monsieur !

— Bon, je vais lui en parler, dit Jack, très pince-sans-rire.

— Tu me le promets à chaque fois et puis jamais rien ! se plaignit Aretha. Comment se fait-il qu'il soit tout le temps fourré chez Johnny Carson et que tu ne puisses pas l'avoir ?

— Parce que je n'en ai pas vraiment envie, répondit Jack. On se connaît trop bien et depuis trop longtemps. Ça ne marcherait pas.

— Mais si, mais si ! fit Aretha. Et ce serait un coup à faire péter l'Audimat !

— Bon, coupa Aldrich, si on passait aux choses sérieuses ? Pour Eddy Murphy, c'est oui. Diane Keaton ne peut pas encore confirmer. On peut avoir April Crawford si on veut et quand on veut. Et qu'est-ce qu'on fait pour Fonda ? On roule ou pas ?

— Ça ne va pas, ça, observa Jack. Il n'y a que du showbiz. Je veux un équilibre entre la distraction et l'information. Mettez-moi April Crawford en réserve. On voit trop Fonda en ce moment. Pourquoi pas Norman Mailer ? Il y a cette nouvelle biographie qui vient de sortir sur lui. Intéressante. J'ai fait un raccord de trois minutes avec lui il y a déjà plusieurs années à Chicago. Ce serait peut-être bien de reprendre contact.

— Je verrais plutôt Prince, soupira Aretha d'un ton énamouré. Quel garçon, celui-là ! Un petit peu gringalet pour moi, d'accord, je le reconnais. Mais je passerais facilement là-dessus. Il a de si jolies petites miches !

Aldrich l'ignora complètement.

— Je vais mettre un enquêteur sur Norman Mailer, dit-il. On va essayer de voir ce qu'il a comme projets.

— O.K., fais comme ça, approuva Jack en poussant sur la table pour reculer son siège. On en reparle lundi. Là, il faut que je me sauve. J'ai un rendez-vous pour voir une maison.

Les yeux s'arrondirent.

— Une maison! s'exclamèrent en chœur les deux collaborateurs de Jack.

Il les regarda avec un grand sourire.

— Pas de panique. Rien de grave. J'ai juste pensé que ce serait relaxant de louer en bord de mer pour l'été.

— Très relaxant, ricana Aretha, avec des minettes en petite tenue en train de se faire bronzer sur la pelouse et de s'ébattre dans la piscine.

— Mais non, dit Jack, je ne vais pas aller me planter dans les coins déments bourrés de foule. Je cherche du côté de Trancas.

Des studios de la télévision, il lui fallut deux heures de route pour atteindre Trancas. Et c'était un vendredi tranquille sans circulation excessive. Il trouva la sortie, gara sa Ferrari et descendit une série de marches taillées à même le flanc d'une petite falaise. Deux heures pour arriver dans ce coin paumé un jour où ça roulait bien. L'idée de la location n'était peut-être pas si géniale que ça.

Jack changea d'avis en entrant dans la maison.

Il fut accueilli par l'agent immobilier, une divorcée de quarante ans qui, pour l'occasion, avait revêtu un ensemble de jersey trop serré pour ses formes rebondies et s'était aspergée d'Estée Lauder. Ce n'était pas tous les jours qu'on faisait visiter une maison à Jack Python.

Elle en était toute tourneboulée. Il était deux fois plus beau au naturel qu'à la télé. Ses yeux verts semblaient doués d'un pouvoir hypnotique.

— Vous êtes venu seul? demanda-t-elle quand elle eut retrouvé un brin de contenance.

— Oui. Il ne fallait pas?

— Si, si. Mais, euh...

Elle laissa en suspens cette puissante remarque. Il est vrai que généralement, les célébrités ne se déplaçaient jamais sans une horde de larbins et de flagorneurs. D'où sa surprise de voir Jack Python sans personne pour lui tenir la traîne.

— Donnez-vous donc la peine d'entrer, pria-t-elle, se rappelant tout à coup la tâche qui l'amenait ici. Les proprié-

174

taires sont sortis pour la journée. Ils partent pour l'Europe dans trois semaines et me prient de vous faire savoir que toutes leurs affaires — vêtements, etc. — seront enlevées pour votre entrée dans les lieux. Pour le moment, bien sûr, la maison a un petit air habité. Je suis certaine que vous comprendrez. Pour tout vous dire, j'ai toujours pensé que...

Jack passa devant elle et entra dans un fabuleux séjour aux murs de verre circulaires. Derrière, s'étendait une immense terrasse avec des marches qui descendaient à une crique déserte. Et l'océan Pacifique dans toute sa gloire.

Jack qui n'avait jamais été un fana des maisons tomba aussitôt amoureux de celle-ci.

L'agent se lança dans son baratin commercial accrocheur, en pure perte. Jack ne l'écoutait pas. Il marcha jusqu'aux murs de verre et constata qu'ils se repliaient pour créer un environnement complètement ouvert.

Il sortit sur la terrasse. La journée était belle, venteuse, avec de gros rouleaux et un ciel tout bleu.

— Tout est privé, y compris la crique, dit l'agent en le suivant dehors. Pour tout vous dire, je suis déjà venue plusieurs fois par ici. Je n'ai jamais vu personne.

Jack fit le tour de la terrasse, remarquant au passage un grand bassin chauffant, un barbecue intégré, une table de ping-pong.

— Il n'y a pas de court de tennis ? plaisanta-t-il.

— Eh bien, dit nerveusement la femme, les propriétaires envisageaient d'en faire construire un. Ça a été retardé par leur voyage en Europe.

Jack admira le bleu profond de la mer. Les vagues et le bruit du ressac l'avaient toujours fasciné.

— Ils louent pour combien de temps ?

— C'est un bail de six mois, répondit-elle. Avec option d'achat s'ils décident de rester en Europe.

— Je la prends, décida Jack.

— Mais, monsieur Python, vous n'avez même pas terminé la visite !

— J'ai visité tout ce que j'avais besoin de voir.

— Vous êtes un homme de décision. De toute manière, vous avez raison. C'est la plus belle maison de Trancas. J'avais déjà deux couples en attente après vous. Un coup de fil et ils m'envoient leur chèque pour la réservation.

Jack sortit son chéquier de sa poche.

— Le mien va vous être remis sur-le-champ. La maison est louée.

Sur la route du retour vers Beverly Hills, Jack exultait. Sa première maison! D'accord, ce n'était qu'une location d'été mais il avait le sentiment qu'il allait se laisser tenter par l'option d'achat si les propriétaires décidaient de rester en Europe.

Arrivé au *Beverly Wilshire,* il se doucha et se changea. Clarissa avait fini son film et s'était envolée pour New York. Elle lui avait demandé de l'accompagner. Jack avait grogné quelques excuses comme quoi il avait trop de travail. Elle était partie sans lui.

Avant le départ, il y avait eu la scène.

Ils venaient d'assister à une projection privée à l'Académie du film. Sur la route du retour, ils s'arrêtèrent à la réception donnée au *Tramp* par le metteur en scène. Les paparazzi, bien sûr, se firent une joie de les prendre en chasse. Manque de chance, il y avait trois anciennes maîtresses de Jack parmi les invités. Des femmes de grande renommée qui le saluèrent chaleureusement tandis que les photographes se battaient pour ne pas manquer une prise de vue.

— C'est insupportable! cracha Clarissa, furieuse. Tu ne peux pas t'empêcher d'attirer l'attention sur toi!

— Moi? Tu plaisantes, non? C'est toi qui as un Oscar sur ton étagère, pas moi!

— Peut-être, mais je ne fais pas tout pour me faire remarquer!

— Ah parce que je fais ça, moi?

— Un peu, oui! lança Clarissa. Tu adores ça. Tu jubiles. Tu te complais dans le star-system!

La charmante scène se déroulait dans la Ferrari qui fonçait à toute allure vers Benedict Canyon.

— C'est de la connerie! riposta Jack, furieux.

— J'ai réfléchi à des choses, reprit doucement Clarissa.

— Ah oui?

— J'ai envie qu'on se marie.

La voiture passa dans une grosse flaque et partit soudain en aquaplaning. Un véhicule qui arrivait en sens inverse klaxonna bruyamment en faisant un appel de phares. Jack dut mobiliser toute son attention pour ramener la Ferrari dans le droit chemin.

Clarissa était toujours dans ses projets d'avenir :

— Je voudrais un enfant, Jack.

Jack déglutit péniblement. Ah bon, le mariage ne suffisait pas? Il fallait aussi le bébé en prime!

Il reprit ses sens, respira profondément et observa :

— Mais on n'avait jamais discuté de ça avant!

— Je sais, dit Clarissa sans s'émouvoir. Justement. Il

faudrait peut-être que tu y réfléchisses. Ça fait quand même plus d'un an qu'on est ensemble. Il serait peut-être temps de donner un but à notre relation. Sinon, autant se séparer tout de suite.

— C'est un ultimatum ? demanda Jack en serrant les mâchoires.

Le long visage de Clarissa avait une pâleur spectrale sous l'éclairage de la route.

— Je voulais simplement dire qu'on ne peut plus rester comme l'oiseau sur la branche. Je veux du solide, maintenant.

Il n'en revenait pas. Voilà que maintenant la grande prêtresse de l'indépendance voulait du solide !

— Je n'ai jamais envisagé le mariage, dit-il avec une sincérité qui ne trompait pas.

— Je m'en doute, répondit Clarissa. Moi non plus. On est tous les deux de vieilles bêtes solitaires.

— Tu ne t'en étais jamais plainte, coupa Jack.

— Je ne m'en plains toujours pas, je propose simplement un peu de changement.

Tournant la tête, elle regarda la pluie battante qui tombait derrière la vitre.

— On n'a pas de famille, Jack, ni toi ni moi. Il serait peut-être temps de jeter des racines.

Jack étouffa une envie de rire démente qu'il sentait monter dangereusement. On aurait dit que Clarissa était en train de parler jardinage !

— De la famille, j'en ai, moi. J'ai mon père et Heaven.

— Ton père vit dans un monde à part. Tu me l'as toujours dit. Quant à ta nièce... — Elle marqua un silence et haussa les épaules. — Tu ne t'en occupes pas.

— C'est quand même ma famille.

— Ce n'est pas de ça que je parle et tu le sais très bien.

Elle laissa passer un nouveau silence, beaucoup plus long, puis reprit posément :

— Je ne te demande pas de te décider à la seconde. Demain, je pars pour New York. Ça te laisse le temps de réfléchir. Je ne reviendrai que quand tu m'auras fait part de ta décision.

Il fallait au moins reconnaître une chose à Clarissa : elle allait droit au but.

Jack ne savait absolument pas ce qu'il allait faire. Clarissa étant dans l'Est, il pouvait profiter de sa liberté. Il avait été sage pendant trop longtemps. Il avait besoin d'une petite coupure. Un week-end à Las Vegas avec Mannon et Howard était une excellente façon de fêter le célibat retrouvé.

32

Howard pouvait disposer du jet de la firme. Il ne voyait pas pourquoi il s'en serait privé. L'appareil pouvait très bien faire un crochet par Las Vegas pour le déposer avec Jack et Mannon puis repartir vers New York prendre Zachary K. Klinger qui descendait sur la Côte Ouest. Howard était sur des charbons ardents. Ce type le rendait fou. Il avait déjà annulé deux visites à la dernière minute. Apparemment, Zachary K. Klinger aimait tenir son monde en haleine.

Quand Mannon proposa la virée à Las Vegas, Howard sauta sur le projet. Il avait besoin de s'évader. Un besoin vital. Pour lui, un week-end sans Poppy était plus appréciable qu'un séjour d'un mois dans un palace.

Poppy, elle, n'était pas très enthousiaste.

— Je vais t'accompagner avec Roselight, déclara-t-elle.

— Pas question, contra Howard. Avec tes tonnes de bagages, l'avion ne pourra pas décoller.

— Oh, fit Poppy, outrée. Tu ne veux pas de nous ?

— Mais bien sûr que si, ma biche, patelina Howard. Mais vous vous ennuieriez à mourir ! Je n'aurais pas une seconde à vous consacrer !

— En quel honneur ?

— Mais parce que c'est un déplacement de travail, mon roudoudou. Je n'arrête pas de te le répéter !

— Je ne vois vraiment pas quel genre de travail vous allez faire à Las Vegas que vous ne pourriez pas faire à Los Angeles, jeta Poppy d'un ton soupçonneux.

— Mais combien de fois faudra-t-il que je te le dise ?

Ravalant la bile qui lui rongeait les intérieurs, il lui servit une fois de plus l'histoire qu'il avait inventée pour légitimer son déplacement à Las Vegas en compagnie de Mannon Cable. Dans les faubourgs de Las Vegas, vivait un infâme joueur professionnel dont ils voulaient mettre la vie en film. L'homme refusait de bouger. Ils étaient donc obligés d'y aller. Lui pour régler les arrangements financiers avec le bonhomme. Mannon, qui devait jouer le rôle, pour s'imprégner du personnage, l'interroger, voir comment il vivait, etc. Poppy savait tous les efforts que Howard déployait depuis qu'il était à la tête d'Orpheus pour avoir un jour Mannon sous contrat. Finalement, après plusieurs versions sans cesse améliorées, elle goba l'histoire.

— Tu vas me manquer, tu sais, dit-elle, des larmes plein les yeux.

On aurait dit qu'il l'abandonnait deux mois alors qu'il partait pour seulement un week-end.

— Toi aussi, ma douceur, tu vas me manquer.

— Qu'est-ce que je vais faire de mes journées? sanglota Poppy.

— Dépenser de l'argent.

La suggestion parut la séduire, la consoler même, ce qui permit à Howard de filer sans avoir à subir d'autres tracasseries.

Dans la limousine qui le conduisait vers Burbank Airport, il se renifla un petit « rail » de cocaïne et, au moment d'embarquer à bord du jet de la société, il se sentait dans une forme à renverser les montagnes.

— Bon voyage, dit Melanie-Shanna avec douceur.

Mannon se dit qu'il avait quand même l'œil pour choisir ses femmes. Il fallait bien lui reconnaître au moins ça. Il ne savait pas si c'était l'effet de sa grossesse, mais l'image qu'elle donnait, debout sur le seuil de leur maison de Sunset Boulevard, était celle de la beauté saine et rayonnante. Il en oublia Whitney.

— Qu'est-ce que tu vas faire de ton week-end?

Il n'avait pas encore eu l'idée de lui poser la question.

— Je ne sais pas, répondit-elle. Je trouverai bien à m'occuper. Je vais peut-être aller visiter les magasins de layette.

— Bonne idée.

Il l'embrassa sur la joue.

Elle tourna la tête pour lui offrir ses lèvres.

Il savoura la fraîcheur de son haleine puis la repoussa gentiment.

— Tu vas me faire rater mon avion, dit-il en riant.

— Je croyais que les avions attendaient pour les grandes stars, répliqua Melanie-Shanna avec une petite grimace ironique.

Il savait qu'elle avait envie de lui. Elle le hurlait en silence par tous les pores de sa peau. Ça faisait plusieurs semaines qu'ils n'avaient pas fait l'amour. Maintenant qu'elle était enceinte, il avait l'impression qu'il ne fallait pas.

— Allez, ma biche, trancha-t-il d'un ton décidé. Il faut que j'y aille. Passe un bon week-end!

Elle le regarda marcher jusqu'à la longue limousine, monter à bord puis disparaître de sa vue.

Son acteur de mari était absent pour le week-end et il allait lui manquer. Elle allait aussi passer beaucoup de temps à se demander ce qu'il faisait. Avec les stars de cinéma, les femmes n'avaient pas beaucoup de retenue. Elles étaient toujours prêtes à leur sauter dans les bras.

Melanie-Shanna rentra dans la maison en espérant qu'il ne s'abandonnait pas à ce genre de conquêtes faciles.

Le téléphone sonnait. Elle n'eut pas le temps de l'atteindre La bonne mexicaine avait déjà décroché.

— Pour vous, *señora,* dit-elle.

Melanie-Shanna prit le combiné en se demandant bien qui pouvait l'appeler. Quand Mannon l'avait ramenée à Holly-wood, toutes les femmes de Beverly Hills avaient assiégé la nouvelle. C'était une invitation pour un déjeuner, pour un gala de charité, pour un défilé de mode, pour ci, pour ça. Poliment mais fermement, elle déclina toutes les invitations. Après plusieurs tentatives, elles finirent par comprendre et la laissèrent tranquille. Melanie-Shanna ne favorisait pas les manœuvres d'approche. Elle préférait se réserver pour Mannon.

— Allô !

— Bonjour, mon chou, roucoula la voix bien reconnaissable de Poppy Soloman. Aujourd'hui, je n'accepterai aucune excuse, aucun refus. Nos maris nous ont plaquées, nous déjeunons ensemble demain au *Bistro Garden.* Ensuite, nous irons faire de menues emplettes sur Rodeo Drive.

— Écoutez, Poppy, je ne pense pas que…

— Ta-ta-ta, coupa autoritairement Poppy Soloman. J'ai dit que je n'acceptais aucune excuse. Nous déjeunons ensemble, un point c'est tout !

— Bienvenue à bord ! lança Howard, radieux.

Mannon salua d'un large sourire. Plus le moindre regret pour Melanie-Shanna et son appétissante fraîcheur. Oubliée.

— Mais c'est un plaisir de voler en votre compagnie, monsieur Soloman.

— On devrait voler tout le week-end, dit Howard. J'ai un de ces besoins de coincer la bulle !

— A qui le dis-tu…, soupira Mannon en se laissant lourdement tomber dans un siège de cuir.

L'intérieur du jet était décoré comme une luxueuse salle de conférence. Tout était en cuir et cuivre avec un bar en arc-de-cercle. Il y avait deux hôtesses. De très belles filles, naturellement. Une Australienne et une Anglaise rousse. Toutes les deux portaient une jupe serrée en gabardine beige, une veste assortie avec martingale et, sur la poche de poitrine droite, un macaron indiquant KLINGER, INC.

— Puis-je vous proposer quelque chose, monsieur Cable? demanda l'Australienne.

— Mais toute proposition de votre part sera examinée avec le plus vif intérêt.

Mannon avait toujours une réponse en kit à dégainer. Et il adorait les insinuations, surtout avec les filles.

— Vodka, scotch, rhum, Perrier, soda, Seven-Up, Coca...

— Stop! cria Mannon, hilare, coupant l'énumération. Un scotch avec des glaçons me conviendra parfaitement.

— Bien, monsieur.

Elle sourit et s'en alla.

Mannon regarda son cul. Des trésors se cachaient sous cette gabardine moulante.

— Où est Jack? demanda Howard.

Mannon s'étira.

— J'en sais rien, moi. Il est en retard?

Howard consulta sa montre.

— Oui, de quelques minutes. Il doit être en route. Je sais qu'il devait voir une maison...

— Hein! Une maison?

— Oui, tu sais, ces espèces de choses avec quatre murs et un toit.

L'hôtesse australienne vint apporter le scotch de Mannon avec une serviette de lin et des noisettes dans une soucoupe d'argent. Se retenant de lui pincer les fesses, il se tourna vers Howard et demanda :

— Jack cherche une maison? Ne me dis pas qu'il va se caser!

Howard fit une de ses grimaces favorites.

— Qu'est-ce que tu veux que j'en sache?

— Universal essaie de me caser un script, à propos, annonça négligemment Mannon. C'est Clarissa qui aurait la vedette féminine. J'ai l'impression que ça ne doit pas être de la tarte de tourner avec elle. Qu'est-ce que t'en penses?

— J'en pense que tu ferais mieux de tourner chez Orpheus. Voilà ce que j'en pense! protesta Howard d'un ton lourd de reproche. Est-ce que tu n'as plus le moindre sens de l'amitié?

— Sors-moi quelque chose de potable et on en discutera, mon pote!

— Putains d'acteurs! cracha Howard. Quand vous vous lancez, vous êtes prêts à lécher toutes les bottes qui passent pour un bout de rôle muet. Quand vous avez réussi, vous devenez de vrais chieurs. Mais arrivés au stade de star, ça sent carrément le fumier dès que vous ouvrez la gueule ! T'inquiète, mon salaud, je me souviendrai de toi quand... Sois tranquille, *mon cher ami.*

— Moi aussi, *ami très cher,* je ne t'oublierai pas, ricana Mannon.

Jack les fit attendre vingt minutes avant d'entrer dans l'avion comme un bolide.

— Foutue circulation ! expliqua-t-il sans leur laisser le temps de râler.

— Qu'est-ce que c'est que cette histoire de baraque ? demanda Mannon.

— Je l'ai vue, elle m'a plu, je l'ai eue !

— Bon, allez ! coupa Howard avec impatience. En route pour l'enfer du jeu ! Ça fait suffisamment de temps qu'on l'attend, ce week-end. Si on se remue pas, on va le passer le cul dans les sièges de ce zinc.

Il décrocha l'interphone et lança à l'adresse du pilote :

— Tous les passagers sont à bord. On décolle !

33

Ils s'épiaient en tournant en rond comme deux tigres prêts à s'entre-déchirer. Jade ne voulait pas le voir mais Mark disait qu'il était juste en bas de chez elle. C'eût été tout de même un peu dur de lui refuser le droit de monter. Aussi le lui accorda-t-elle. Et voilà, il était chez elle. Mark Rand. Le trou-du-cul anglais.

Elle avait voulu graver dans son souvenir l'image de Mark ébouillanté, sortant de la baignoire, nu, rouge, ridicule. Mais aujourd'hui, il n'avait rien à voir avec ça. Il était bien. Très bien. Blazer bleu de coupe impeccable, chemise blanche à col ouvert de chez Turnbull & Asser, ceinture de lézard et pantalon bleu avec pli tiré au cordeau, cheveux dans un désordre étudié, léger bronzage, il avait une gueule terrible.

— Ça fait plaisir de te voir ! lança-t-il avec enthousiasme avant de faire le tour de l'appartement, examinant ses livres, ses tableaux, la décoration.

Il la prenait au dépourvu. Elle ne s'était pas préparée à cette rencontre et ne savait trop comment se comporter.

— Tu as filé tellement vite, poursuivait Mark. Quand je

suis revenu pour te parler, plus personne ! Tu étais partie, hop, comme ça !

— Quand es-tu revenu, Mark ? demanda-t-elle, curieuse de savoir combien de temps il lui avait fallu.

— Après ce, euh... cette dispute, je suis reparti en Angleterre.

Il s'arrêta devant une table sur laquelle elle avait disposé sa collection de verres à dégustation et ses alcools.

— Je peux me servir quelque chose ? demanda-t-il.

— Fais comme chez toi, dit-elle d'un ton froid. — Mais il n'était pas question qu'elle fasse le service pour lui ! — Et un petit verre rapide, je te prie ! J'ai un rendez-vous.

Il la regarda avec des yeux touchants de sincérité.

— J'ai promis de ne pas te retarder, Jade. Je te dis ce que j'ai à dire et je m'en vais.

Son accent anglais, nerveux, stylé, l'avait toujours émoustillée. Elle le regarda se servir deux doigts de scotch dans un verre et y ajouter un peu de soda.

— Veux-tu quelque chose ? s'enquit-il avec gentillesse.

— Non merci.

Il but une petite gorgée de scotch-soda.

— Eh bien... Quand je suis revenu, tu étais partie. Sans laisser d'adresse. Tous ceux que j'ai essayé de voir t'avaient juré de garder le secret. — Il se gratifia d'un sourire triomphal. Quand même, il avait été futé ! — Mais je t'ai retrouvée !

— J'ai remarqué, observa-t-elle en fixant ses dents irrégulières pour essayer de ne pas s'intéresser au reste.

Elle sentait une chaleur désagréable lui monter au visage.

— J'ai eu vent de ton contrat avec Cloud Cosmetics. Joli coup. Mes félicitations.

— Merci.

Les yeux gris de Mark cherchaient les siens.

— Tu me manques beaucoup, Jade.

Son accent anglais explosait de sincérité.

Merde, merde, merde et merde ! Pourquoi refusait-elle de se l'avouer ? C'était un menteur, un tricheur et un enfoiré ! Mais il lui avait aussi beaucoup manqué.

Elle sentit ses mâchoires se serrer. Il fallait qu'elle se débarrasse de lui très vite, avant de faire quelque chose qu'elle risquerait de regretter.

— Après notre séparation, j'ai aussitôt pris l'avion pour Londres, enchaîna Mark. Pendant le vol, j'ai repensé à tout ça et j'ai eu honte, vraiment honte, de la façon dont je t'avais trompée.

— Si tu es venu t'excuser, c'est très bien, dit-elle nerveusement. J'accepte tes excuses. Le problème, Mark, c'est que j'ai rendez-vous. Et si je ne vais pas me préparer...

Elle ne termina pas sa phrase, espérant qu'il allait comprendre.

— Je me sépare de Fiona, annonça-t-il avec une emphase théâtrale. Je divorce. J'ai déjà consulté mon avocat. Nous commençons la procédure immédiatement.

Ça, c'était une bombe. Pendant six ans, Mark n'avait pas été capable de lui servir autre chose que « quand les enfants seront grands »... Quelle était la cause de ce revirement brutal ?

— Je comprends que te demander de me pardonner ne suffira jamais, dit-il gravement. Je ne puis espérer que tu accepteras de reprendre des relations sur les mêmes bases que jadis. Alors voilà, je suis venu t'apporter mon calumet de la paix : quand je serai divorcé, je veux que tu sois ma femme.

Elle en était sans voix. C'était bien la dernière chose à laquelle elle s'attendait.

— Je sais que tu es surprise, ajouta-t-il avec un petit rire gêné. Bien évidemment, je n'attends pas une décision immédiate. Je voulais juste que tu saches à quel point tu comptes pour moi et combien je t'aime.

Misère ! Mark, tout empreint de sincérité, avec ses dents de travers, ses cheveux ébouriffés et ses airs de petit garçon perdu ! Il la rendait folle !

Regarde les choses en face, Jade Johnson. Tu es complètement mordue de ce type. Tu as envie de lui sauter dessus. Pourquoi te retenir ?

Elle aspira une bouffée d'air dont elle avait grand besoin.

— Ça fait un peu beaucoup à digérer en une seule séance, dit-elle d'un ton léger pour essayer de dédramatiser la situation. Si on se revoyait demain pour en parler ? Que j'aie le temps de... de réfléchir mûrement à tout ça.

Il hocha la tête. Puis la regarda.

— C'est une demande sérieuse, Jade. Considère que je viens te trouver avec mes gants blancs, si j'ose dire. Et, je t'en supplie, pardonne-moi pour le passé. Tâchons de nous tourner vers l'avenir, *notre* avenir.

Elle l'accompagna vers la porte.

— Je suis descendu à *L'Ermitage,* ajouta-t-il. Si tu as envie de me rendre une petite visite après ton, hemm... ton rendez-vous...

— Je t'appelle.

Il lui prit les épaules et plongea le regard au fond de ses yeux.

— Je sais que j'ai été stupide, idiot, fou! Plus jamais je ne prendrai le risque de te perdre. Alors? Tu me pardonnes?

Elle aurait tellement voulu lui accorder ce pardon! Mais quelque chose l'en empêchait. Elle n'était plus cette douce et bonne Jade qui lui avait fait aveuglément confiance. Elle était décidée à prendre ses renseignements avant de lui répondre.

Il se pencha vers elle, tout près. Il sentait l'aérosol haleine fraîche au peppermint et l'après-rasage Hermès.

— Annule ton rendez-vous, demanda-t-il d'un ton pressant. J'ai été séparé de toi trop longtemps. J'ai envie de te toucher... De caresser ton beau corps... J'ai envie de te faire l'amour, Jade. Je suis sûr que toi aussi tu en as envie.

Il l'attira contre lui pour l'embrasser.

Pendant un instant, elle autorisa les lèvres insistantes de Mark à se souder aux siennes, sa langue familière à envahir sa bouche. Là, contre sa cuisse, elle sentait la dure pression de son désir. *Mark est revenu, je suis heureuse, et tant pis pour le reste!* avait-elle envie de se dire.

Mais elle se ressaisit. Elle avait sa fierté. Elle ne pouvait pas le laisser rentrer dans sa vie et tout recommencer comme si de rien n'était.

Au prix d'un effort surhumain, elle se dégagea.

— Mark, s'il te plaît, rentre à ton hôtel. On se voit demain.

Il lui parut déçu mais décidé à se comporter en gentleman.

— Pour le breakfast? proposa-t-il.

— Le déjeuner.

— Où se voit-on?

— Je viendrai à *L'Ermitage*.

— Avec qui as-tu rendez-vous, Jade? Tu sais que j'ai toujours été très jaloux.

Il souriait en lui disant cela mais elle savait qu'il en crevait. Mark était anormalement possessif.

— C'est juste un copain, répondit-elle d'un ton léger.

— Tu ne peux pas annuler?

— Mark, laisse-moi le temps!

— Tu m'as tellement manqué...

— Demain.

Elle le poussa dehors et referma la porte. La tête lui tournait. Pendant six ans elle avait espéré cette proposition. Mais maintenant, elle n'était plus si sûre de vouloir être la femme de Mark Rand.

Très agitée, elle se mit à tourner en rond dans son appartement. Bien sûr, le rendez-vous était une invention.

Shane avait essayé de la relancer mais elle avait demandé grâce en invoquant l'épuisement. Elle appela Antonio : l'impulsion. Il lui avait parlé d'une virée pour le week-end. Elle ne se rappelait plus à quel endroit mais tout était bon pour mettre des kilomètres entre elle et Mark.

Antonio était toujours à son studio.

— Où m'as-tu dit que tu allais ce week-end ?

— Las Vegas, *bellissima*. Tu m'accompagnes ?

— Volontiers.

34

Il fallut vingt minutes à Wes pour redescendre sur terre, le temps nécessaire pour effectuer le trajet entre la villa de Silver à Bel Air et son taudis sur les planches de Venice. Après leur nuit de passion débridée, Silver lui avait prêté sa « voiture de rechange », une Mercedes 350 SL rouge qui pétait le feu.

— Personne ne s'en sert, avait-elle expliqué avec désinvolture. Pour ce soir, je te propose un plan bouffe à la maison.

Silver Anderson n'était pas de ces femmes qui craignent de faire des propositions. Wes lui était reconnaissant d'annoncer clairement la couleur. Visiblement, elle avait l'habitude de mener le jeu et cela lui plaisait.

— Je ne suis pas sûr d'être libre pour le dîner, répondit-il, histoire de se faire désirer.

Elle plongea le regard dans le sien.

— Tâche de t'arranger.

Il sourit.

— Huit heures ?

Après avoir laissé, à la demande de Silver, son numéro de téléphone, il décolla à bord de la Mercedes sport. Quel trip ! il était tombé sur un super-coup mais, pour l'instant, elle ignorait tout de lui et de ses activités. Elle n'allait sûrement pas être ravie quand elle s'apercevrait qu'il n'était rien de plus qu'un barman fauché. Comment assurer le suivi ?

Prudent, il gara la Mercedes dans une petite rue puis marcha d'un bon pas vers sa maison. Visiblement, Silver lui faisait confiance, sinon est-ce qu'elle lui aurait prêté la voiture ? Quoique, tous comptes faits, qu'est-ce que c'était qu'une voiture pour elle. Certainement pas grand-chose.

D'ailleurs, elle devait être assurée contre le vol. Tous les gens riches avaient des assurances contre tout. Et, apparemment, elle était pleine aux as.

Il sentit la griserie le gagner. Peut-être était-ce le début d'une nouvelle vie.

Il trouva un papier punaisé à sa porte. Le message était bref et sans détour :

TU PAIES OU TU DÉGAGES POUR DEMAIN MIDI.

Reba se vengeait du départ précipité de la veille. Il se demanda si elle avait récupéré sa précieuse zibeline dont il avait toujours le jeton de vestiaire dans sa poche. Pauvre Reba. Elle devait être folle furieuse.

— Ce chien est à vous ?

Wes sursauta et se retourna. C'était la voisine, la petite nénette coincée qui le rendait dingue en passant ses disques de musique classique pendant des nuits entières. C'était une femelle malingre, avec des cheveux noirs tirés en arrière et des lunettes de mémé. Sans maquillage, nageant dans un tee-shirt trop large et un immense falzar, elle avait l'air d'avoir douze ans. Il avait déjà essayé d'engager la conversation, juste histoire d'avoir des rapports de bon voisinage. A chaque fois, elle l'avait ignoré.

— Vous devriez avoir honte ! poursuivit-elle sans même s'assurer que le chien était bien à lui. Cette pauvre bête a passé la nuit à hurler devant votre porte. Pas vraiment toute la nuit, à vrai dire, parce que j'ai fini par le prendre chez moi. Il avait une très vilaine coupure à la patte avant. Je l'ai nettoyé comme j'ai pu et je lui ai fait un pansement mais vous feriez mieux de l'emmener chez le vétérinaire.

Wes regarda le chien, assis paisiblement près de la fille. C'était le bâtard qui s'était approché de lui, un soir sur la plage. Plusieurs fois, ils s'étaient rencontrés dans le quartier et l'animal l'avait suivi jusqu'à son domicile. C'était une stupide bestiole, de race indéfinissable, avec des yeux confiants et énamourés. Wes lui avait lancé deux ou trois os pour s'en débarrasser, rien de plus.

— Ce chien n'est pas à moi ! protesta-t-il. Je ne l'ai jamais vu.

Il n'avait nullement l'intention de se mettre des frais de vétérinaire sur le dos.

— Menteur ! répliqua-t-elle, offusquée. Je vous ai vu avec lui, moi. Et plusieurs fois.

— Combien ?

— Hein ?

— Rien rien. Bon, O.K., c'est vrai qu'il me suit de temps

en temps. Mais ça n'a jamais été mon chien. C'est un vagabond. Vous pouvez le garder, si ça vous fait envie.

La fille débordait d'indignation.

— Donner votre chien! Comme ça! C'est révoltant. Comment peut-on être aussi irresponsable?

Il remarqua ses tétons, dressés sous le vieux tee-shirt. Si on lui virait les attributs de vieille secrétaire — les bésicles et le chignon —, qu'on la maquillait un brin et qu'on la coiffait, elle devait être mettable...

— Irresponsable, moi? Ça vous va bien de me traiter d'irresponsable avec votre musique qui gueule toute la nuit et qui empêche le monde de dormir.

— Dormir..., ricana-t-elle en le fusillant du regard. C'est sûrement ce qui vous prend le moins de temps dans la vie. Vous n'êtes jamais chez vous.

— On m'espionne?

— Oh non, j'ai autre chose à faire.

Le chien poussa un couinement tragique et leva sa patte blessée.

Elle se calma.

— Regardez-le. Je croyais que c'était votre chien, vous dites que non : si on se mettait ensemble pour s'en occuper? Pour commencer, il faudrait l'emmener chez le vétérinaire.

— Allez-y, je ne vous retiens pas. — Il montra le billet punaisé à sa porte. — Moi, j'ai de gros problèmes personnels à régler.

Elle regarda vivement le papier.

— Mmoui. Je crois que vous savez amadouer cette peau de vache de proprio. Je vous ai déjà vu faire.

— Eh bien! J'ai l'impression que vous en savez beaucoup plus sur moi que moi sur vous.

— Je suis observatrice.

— C'est ce que j'observe.

Elle n'esquissa même pas l'ébauche d'un sourire. Mais elle enleva ses lunettes et il remarqua qu'elle avait une petite coquetterie dans l'œil, ce qui lui donnait beaucoup de charme. Elle était extrêmement jeune et, après examen plus approfondi, plutôt mignonne. Elle lui donnait l'impression d'être un vieux croûton. Il la regarda triturer ses lunettes dans ses mains de gamines.

— Si j'emmène le chien chez le vétérinaire, est-ce que vous partagez la note? demanda-t-elle timidement. Et, si vous êtes d'accord pour une association, on pourrait aussi partager le prix de sa nourriture.

— Quelque chose me dit que vous ne roulez pas sur l'or, remarqua Wes.

Elle se trémoussa.

— Pas vraiment.

— Je n'avais pas franchement l'intention de me mettre un chien sur le dos.

— Un *demi*-chien, rectifia-t-elle.

Il capitula. Ce qu'il pouvait être couillon, dans son genre !

— Bon, d'accord.

Le visage de la fille se détendit.

— Comment vous appelez-vous ? demanda-t-il. Maintenant que nous sommes associés dans une fondation canine, je pense que je peux connaître votre nom.

— Unity.

— Wes. — Il lui tendit une main amicale. — Et comment allons-nous baptiser ce bâtard ?

Une ombre de sourire passa sur les lèvres de la fille.

— Et si on l'appelait...

— Oui ? encouragea Wes.

— Mutt[1], tout simplement. Ça lui va comme un gant.

Il rit. Cette fille était bizarre mais elle ne semblait pas manquer de tempérament.

— Je marche. Pour le temps que j'ai encore à vivre ici, je partage le ch... euh, Mutt avec vous. O.K. ?

Elle acquiesça d'un hochement de tête, ignorant qu'il risquait fort de déménager très vite.

Sur le plateau, Silver accueillit tout le monde avec une bonne humeur inhabituelle. S'installant en ronronnant dans son fauteuil, elle ferma les yeux, renversa la tête en arrière pour la livrer à Raoul, le maquilleur, et murmura :

— Fais-moi belle, coco.

— Humm..., commenta Raoul. J'ai l'impression que quelqu'un a passé un très bon moment cette nuit.

Elle gloussa comme une collégienne chatouillée.

— J'ai l'air défaite ?

— Non, plutôt le contraire !

Nouveau gloussement.

— Le grand frisson remplace très avantageusement le sommeil, coco. Rien de tel pour garder la forme !

— La réputation de Mr. Denby n'est pas usurpée, à ce que je vois.

— Qui ? Tu plaisantes ?

1. Corniaud.

— Non... Un nouveau ?

— Un homme, un vrai, répondit sobrement Silver.

— Oooh, j'addôôrre les vrais hommes !

— Tu n'es pas le seul, Raoul, et c'est une denrée qui se fait de plus en plus rare par les temps qui courent.

— A qui le dis-tu..., soupira tristement Raoul.

Sur le coup de midi, la nouvelle avait fait le tour du studio. Plus personne n'ignorait que Silver Anderson avait un nouvel amant Bien sûr, on voulait en savoir davantage mais, après avoir annoncé la nouvelle à Raoul, elle n'avait rien dit de plus.

Après le maquillage, un Fernando très gêné vint prendre en charge la coiffure de la star.

— Je suis tellement confus pour ce qui s'est passé hier soir, zézaya-t-il tout en s'affairant autour d'elle avec une tête semblable à un cacatoès emplumé de feu. Une vraie émeute de rue. Nous avons été pris de court par la situation. Boyce en est encore tout remué.

— Je l'ai échappé belle, lâcha sèchement Silver.

— On m'a raconté, dit Fernando, visiblement curieux d'en savoir plus. Est-ce que je connais la personne ?

— Aïe !

Elle repoussa la brosse du coiffeur en se plaignant :

— Tu ne peux pas faire attention, non ?

— Désolé.

— Tu peux l'être !

Elle se regarda dans la glace. Wes Money. Un nom pas banal.

Un homme pas banal.

Elle qui avait l'habitude d'en imposer... Pas une seconde, elle ne l'avait senti impressionné par son statut de star. Ça lui plaisait beaucoup. Pas comme Dennis Denby. Elle se demandait encore comment elle avait pu perdre son temps avec un type pareil !

Wes Money. Que faisait-il dans la vie ? D'où venait-il ? Était-il marié ? Avait-il des enfants ? Était-il divorcé ?

La nuit dernière n'avait pas été une nuit d'investigation. Enfin, pas d'investigations factuelles. Pour les investigations charnelles, en revanche, ç'avait été une autre paire de manches. Elle sourit en s'abandonnant au charme du souvenir. Qui était encore tout frais.

Ce matin, ils n'avaient pas eu le temps de bavarder. Elle avait eu un coup de fil de bonne heure et avait dû filer. Ce soir, elle veillerait à en apprendre un peu plus long sur lui.

Nora arriva pour le déjeuner.

— Je crois qu'il me manque une page de ta bio, dit-elle avec acidité.

Silver cligna des paupières.

— De quoi tu parles ?

— Arrête ce cinéma ! Qui c'est ? Qu'est-ce qu'il veut ?

Silver picora un peu de sa salade du chef.

— Rien ne t'échappe jamais, hein ? On ne peut pas avoir un brin de secret ?

— Non mais dis donc ! Lâcher une confidence à Raoul, c'est la même chose que retenir une page de pub dans *Variety,* ne fais pas semblant de l'ignorer. A cette heure, tout le monde sait que tu t'es fait caramboler cette nuit. Et la grande question est de savoir par qui. Parce que tout le monde connaît aussi les déboires de ce pauvre Dennis.

Silver sourit. Elle jubilait de voir l'intérêt soulevé par sa vie amoureuse et toutes les spéculations auxquelles celle-ci donnait lieu.

— Laissons-les jouer aux devinettes, gloussa-t-elle, ravie. J'ai rencontré un homme, voilà tout. Mais quand je dis un homme, c'est un homme !

— Une grosse queue, quoi, traduisit Nora.

— Nora !

— Ne joue pas les chochottes avec moi. Moi aussi en mon temps, j'en ai vu quelques beaux échantillons. Avant de virer de bord, bien sûr.

— Il s'appelle Wes Money, révéla Silver.

— Avec un nom pareil, il a sûrement de l'argent.

— Je n'en ai aucune idée.

— Je confie l'affaire à notre agence de détectives ?

— Inutile. Je n'ai pas l'intention de l'épouser.

— Il est comédien ?

— Ça ne va pas, non ?

Nora alluma une nouvelle cigarette au mégot de la précédente.

— Qu'est-ce que je dis aux limiers de la presse à sensation ?

— Rien.

— Ils vont te courir après à te rendre folle.

— Je commence à en avoir l'habitude.

Nora eut une quinte de toux. Elle attendit que ça passe puis demanda :

— Ça te plaît, hein ?

Silver souriait aux anges.

— J'ai touché le fond, Nora. Maintenant, je suis remontée au super-top. Et tu voudrais que ça ne me plaise pas ?

35

Le *Forum Hotel* installa Howard, Mannon et Jack comme des rois. On leur donna la suite présidentielle qui occupait tout le dernier étage du bâtiment, avec six chambres dotées de terrasses, un séjour en contrebas, un jacuzzi à huit places et même une petite salle de projection.

— Ça me plaît, déclara Howard. Je crois que je vais m'installer définitivement ici et diriger Orpheus par téléphone.

Mannon se laissa choir sur un immense divan couvert de fourrures.

— Pas mal, admit-il. Si on n'a pas assez de lits, on pourra se dépanner avec ça.

Jack ne dit rien. Il se demandait ce qu'il faisait ici. Pendant tout le vol, Howard et Mannon n'avaient cessé de parler femmes. Howard Soloman, directeur d'Orpheus, et Mannon Cable, superstar, faisaient penser à des culs-terreux qui allaient passer leur premier week-end en célibataires.

Jack savait qu'il les avait un jour distancés sur la route et qu'ils étaient maintenant loin derrière lui. Il avait une maturité qu'ils ne connaîtraient sans doute jamais. Ça ne l'ennuyait pas. Ce qui l'ennuyait, c'était d'avoir accepté cette virée. Il ne pouvait s'en prendre qu'à lui-même : il aurait dû savoir ce qui l'attendait.

Howard rebondissait de partout comme une balle de ping-pong.

— Le pied ! répétait-il inlassablement. Pas de bonnes femmes ! Pas de coups de fil ! Pas d'emmerdeurs !

A cet instant, le téléphone sonna. Howard décrocha.

— Ouais ?

Jack pensa à Clarissa. Il se demanda comment elle allait. Il se demanda aussi si elle lui manquait vraiment.

Howard crachota quelques mots dans le téléphone et raccrocha avec un grand sourire.

— C'était Dino Fonicetti, annonça-t-il. Sa femme Susanna et lui veulent faire un raout en notre honneur ce soir. Qu'est-ce que vous en dites ?

Dino Fonicetti était le fils de Joseph Fonicetti, le propriétaire du *Forum Hotel*. Il avait épousé Susanna, la fille du célébrissime chanteur Carlos Brent.

— Ouais, dit Mannon.

— Non, dit Jack exactement à la même seconde.

— Qu'est-ce que ça veut dire, ce « non » ? cria Howard de sa voix de gamin excité. On est venus ici pour s'éclater !

— Éclatez-vous, répondit Jack. Moi, je suis venu pour coincer ma bulle.

— Je t'ai connu à une époque plus glorieuse où, quand tu parlais de coincer quelque chose, c'était ton gourdin entre les cuisses d'une pouliche.

Howard éclata de rire, ravi de son subtil trait d'humour, puis enchaîna :

— Tu ne veux pas venir t'éclater ? O.K., reste. Ça ne va pas nous empêcher d'y aller, Mannon et moi. Hein, vieille branche ?

Mannon hocha la tête avec un grand sourire.

Jack se demanda comment il prendrait la chose s'il flairait que Howard avait des vues sur Whitney. Il ferait sans doute une autre tête.

— J'y vais, déclara Mannon. Peut-être que je vais juste risquer cinquante dollars sur le noir, tout paumer et remonter me coucher. J'ai une dure journée dans les pattes.

— Et moi, alors ? s'insurgea Howard, offusqué. Tu crois que je me suis doré la pilule ? Ma journée n'a été qu'un sac de merde depuis le début jusqu'à la fin ! Mais tant pis, j'ai l'intention d'aller flamber.

— Amusez-vous bien, leur souhaita Jack.

— Ouais, répondit Howard. Demain matin, on te racontera ce que tu auras raté et tu vas en pleurer dans ton jus d'orange.

Depuis l'instant où ils avaient décollé, Jade s'était demandé si elle avait réellement envie de les accompagner. Antonio avait un nouveau copain, un architecte d'intérieur coquet comme tout qu'il ne pouvait s'empêcher de peloter à tout bout de champ. Ils étaient accompagnés par un mannequin à la mine boudeuse et aux longs cheveux blonds. Jade ne savait pas trop qui ce jeune homme accompagnait mais, comme il était danois et ne parlait que sa langue maternelle, il n'était pas facile de deviser. Et puis après tout, qu'il fasse la gueule : elle n'y était pour rien.

Las Vegas n'était pas une ville pour elle. Elle le sentit dès leur arrivée. Le jeu ne l'avait jamais attirée et une chaleur suffocante écrasait les rues. Tous les hôtels étaient des casinos clinquants, tous les gens des touristes. Les machines à sous créaient un boucan permanent qui la soûlait. Elle avait déjà envie de sauter dans le premier avion pour rentrer à Los Angeles.

C'est ça... Pour arriver juste à l'heure au déjeuner avec Mark. Tu ne me la fais pas, Jade Johnson.

Antonio avait retenu des chambres dans un hôtel qui s'appelait le *Forum*. Un monument de mauvais goût. Dans sa chambre, Jade découvrit un lit à vibrations, d'épais tapis de couleur or, un plafond carrelé de petits miroirs et une télévision en circuit fermé qui diffusait du porno.

— Ce soir, nous faisons la fête, annonça Antonio. Mes amis Dino et Susanna, ils font des fêtes ébouriffantes.

Jade lui bâilla pratiquement au nez. Elle commençait à tomber de fatigue. Elle aurait mieux fait de passer ses deux jours de week-end au lit, à dormir.

— Je vais peut-être me défiler, dit-elle.

— Comment! s'exclama Antonio. Mais tu ne peux pas fairre ça, *bellissima!* Tu es venue ici pourr t'amuser : *bene,* tu vas t'amuser!

— *Bonsoir, monsieur Python.*

— *Salut, Jack!*

— *Coucou! Jack Python!*

— *Je vous ai reconnu!*

— *Vous savez que vous êtes encore mieux en vrai qu'à la télé?*

Les salutations, les commentaires se déversaient sur lui, lui donnant l'impression de se noyer dans un océan de flatterie.

— *Est-ce que vous aimez Bette Midler?*

— *Est-ce que Meryl Streep est grande?*

— *Est-ce que Dustin Hoffman fume?*

— *Et comment est Ann-Margret?*

Les questions, aussi, dégringolaient de tous les coins. Bientôt un sourire fixe s'installa sur son visage et y demeura tandis qu'il cherchait frénétiquement l'issue la plus proche.

— *Youhou! Je m'appelle Cheryl! Tu as envie de passer un moment inoubliable?*

— *Essaie plutôt ma chambre, le 703, dans dix minutes!*

— *Hé, la star! T'as envie de t'envoyer en l'air?*

Ça c'étaient les filles. Pas timides pour deux ronds. Plutôt agressives, même, avec leur rentre-dedans. Une petite blonde avec de gigantesques nichons à peine couverts par sa robe du soir bleu électrique lui collait au train avec un acharnement particulièrement pénible. Il finit par se retourner, excédé.

— Vous arrêtez de me suivre, s'il vous plaît ? Je ne suis pas client. O.K. ou il faut vous faire un dessin ?

— Il se prend pour qui, celui-là ? cracha fielleusement la plantureuse blonde. Bêcheur !

— C'est cela, oui. Bonsoir, madame, lança Jack en poussant la porte qui donnait sur la piscine.

Personne. La paix et la tranquillité. Il était plus de dix heures du soir. Les amateurs de trempette et de bains de soleil avaient déserté les lieux depuis belle lurette. Jack leva les yeux vers le ciel. Les étoiles en mettaient un coup. On allait encore transpirer demain. Mannon avait parlé d'une balade en bateau sur le lac Mead, séparé de Las Vegas par la bien-nommée Vallée de Feu.

Mais qu'était-il venu faire ici ? Un week-end avec les copains : le pied, en théorie. En théorie seulement. Car cette bande de copains, Jack était en train de réaliser qu'il n'en faisait plus réellement partie. La picole et la baise systématiques juste histoire de dire qu'on s'en payait une bonne tranche avaient perdu tout attrait à ses yeux. Il avait d'autres préoccupations dans la vie. Pourquoi ne pas appeler Aretha et lui demander d'envoyer un télégramme le réclamant d'urgence à Los Angeles ? Tiens, tiens, l'idée était séduisante...

— *Salut, créature de rêve...*

— *Je t'offre un verre, poupée ?*

— *On dîne ensemble ?*

— *Vous habitez chez vos parents ?*

— Mamma ! Mamma ! *Je suis mort et je viens d'arriver au paradis du sexe !*

Jade ne réagissait pas. Elle avait l'habitude de créer des remous dans son sillage et la vie à New York lui avait appris à s'en arranger. La technique consistait à passer, hautaine, sans bouger un cil. En général, les petits dragueurs se lassaient vite.

A Las Vegas, pourtant, ils semblaient un peu plus tenaces.

Elle pivota pour se retourner sur un type qui venait de lâcher une réflexion particulièrement graveleuse.

— Chatouille-toi, pauvre plouc !

— Entre tes cuisses ?

Elle allongea le pas. Elle avait été mal inspirée de faire un tour au casino juste pour respirer l'ambiance. Manifestement, une femme qui se promenait seule à Las Vegas était considérée comme « à prendre ». Elle décida d'aller voir dehors et suivit les pancartes « PISCINE ».

— J'adore faire des pipes, chuchota la beauté en robe de mousseline de soie. Et toi? Tu aimes?

Howard hocha joyeusement la tête sans se douter une seconde que sa « conquête » était une prostituée payée très cher par Dino Fonicetti pour faire passer d'agréables moments à ses clients de marque.

— Si tu aimes ça, je ne vois pas pourquoi je t'en priverais.

Elle sourit. Elle avait des dents moyennes mais le reste était très proche de la perfection. Jambes élancées, gros seins, longs cheveux.

— Tu es tout à fait mon type, roucoula-t-elle en s'étalant pratiquement sur lui.

Howard sentit le vieux cyclope s'étirer dans son pantalon. Cette nana faisait plutôt fort. A peine avait-il mis les pieds à la fête de Dino et Susanna qu'elle était venue s'asseoir à côté de lui et lui avait fait du rentre-dedans.

— Dis, tu ne serais pas comédienne? demanda-t-il soudain d'un ton soupçonneux.

— Non alors! répondit-elle, l'air un peu vexé, en rejetant ses cheveux vers l'arrière.

Quoique, tout bien pesé, elle était sans doute meilleure actrice que les poupées gonflables qui passaient à longueur de journée à la télé.

— Je suis dans l'immobilier, précisa-t-elle. Et toi?

Est-ce qu'elle rigolait? Peut-être pas, au fond. Après tout, le visage de Howard n'était pas vraiment célèbre.

— Je suis dans les affaires, répondit-il, évasif.

Pas la peine d'en dire trop.

— Humm…, ronronna-t-elle. J'adore les hommes puissants. — Elle posa sur la cuisse de Howard une main soignée à grands frais. — Si on filait? J'ai envie d'un peu d'intimité.

Pas besoin de le dire deux fois. A Hollywood, où le bouche-à-oreille était un véritable fléau, Howard ne s'aventurait pas à sauter les flopées de minettes prêtes à tout pour un bout de rôle. Poppy l'aurait tué. Il n'avait pas assez de cran.

— Excuse-moi une seconde, dit-il. Je reviens tout de suite.

Dino Fonicetti était en pleine conversation avec un groupe d'invités. Howard l'attira à l'écart et lui indiqua la fille en robe de mousseline.

— Vous la connaissez? demanda-t-il.

Dino regarda. S'il la connaissait! Elle faisait partie des employées, un peu spéciales, de son hôtel. Il la payait assez cher pour ne pas l'oublier.

196

— Bien sûr, répondit-il. Une femme charmante. Très respectable. Pas une nomade.

— Une quoi? demanda Howard, éberlué.

Dino eut un petit rire.

— Une adepte du nomadisme sexuel. Vous savez, ces gens qui passent en permanence d'un partenaire à un autre

A son tour, Howard eut un petit rire.

— Ah oui, je vois...

— Vous ne nous quittez pas déjà? demanda Dino

Howard cligna de l'œil.

— Je reviendrai.

Indiquant Mannon qui était en train de jouer au poker à une tablée de gros flambeurs, il ajouta :

— Dites-lui qu'on se retrouvera tout à l'heure. Ou sinon, demain matin.

Dino acquiesça d'un hochement de tête entendu.

— On ne s'est jamais rencontrés? demanda Jack.

Assise sur le bord du plongeoir, Jade poussa un soupir las. Décidément, il fallait que les hommes la collent partout où elle allait. Ça devait être son lot dans la vie.

— Laissez-moi tranquille.

— Hein?

— Vous avez très bien entendu.

Elle ne l'avait même pas regardé.

— Hé! fit-il, je n'essaie pas de vous draguer. Ça y est, je me rappelle où je vous ai vue, c'était à l'anniversaire de... Silver Anderson. Je m'appelle Jack Python.

Elle ne sursauta pas vraiment. Elle se contint et tourna lentement la tête. Jack Python, ça elle connaissait.

Il était en train de se dire qu'après tout, Las Vegas n'était peut-être pas un bled si pourri que ça. Cela faisait dix minutes qu'il l'observait. Oui, aucun doute, il l'avait vue arriver chez Silver. Elle était avec le groupe d'Antonio.

— Non, dit-elle. On ne s'est jamais rencontrés.

— Je vous dis que vous y étiez.

— Comme la moitié de Hollywood, remarqua Jade.

— Je vous offre un verre?

Elle se mit à rire.

— Monsieur Python, si vous saviez combien d'hommes m'ont fait cette proposition ce soir! Vous me décevez. J'aurais attendu quelque chose de plus original de votre part.

Il lui décocha son sourire de tombeur.

— Dans quel genre?

— Dans le genre « que fait une charmante jeune fille comme vous dans cette ville de perdition ? ».

Il hocha la tête.

— Pas mal, apprécia-t-il. Ça devrait faire mouche. Permettez-moi d'essayer.

Il recula puis s'avança vers elle d'un bon pas.

— Excusez-moi, Miss...

Elle joua le jeu.

— Miz[1], je vous prie ! rectifia-t-elle.

Jack se reprit :

— Miz, s'il vous plaît...

— Oui ?

— Que fait une charmante jeune fille...

— Jeune femme, coupa Jade.

— Comment ?

— L'expression « jeune fille » ne me plaît pas. Je lui trouve quelque chose de condescendant.

— Hé, protesta Jack, mais c'est vous qui me dites la phrase et après, vous me reprochez de la répéter !

— Manière de vous tester. Juste pour voir si vous êtes assez malin pour changer ce qui doit l'être.

— Doucement, dites donc ! Je vais finir par le prendre mal.

Elle se leva.

— De toute façon, pas la peine de vous fatiguer, monsieur Python. Je ne suis pas libre pour prendre un verre en votre compagnie. — Elle adoucit ses paroles cinglantes avec un sourire étourdissant. — J'aime énormément votre émission, vous savez, mais ma maman m'a interdit de parler aux inconnus. Certes, vous êtes très célèbre, seulement pour moi, vous restez un inconnu.

Sans lui laisser le temps de rétorquer qu'il n'était jamais trop tard pour faire connaissance, elle fila d'un pas vif et disparut à l'intérieur de l'hôtel.

Une fois entrée, elle s'arrêta, pensive. Que faisait Jack Python à draguer au bord de la piscine du *Forum Hotel* à dix heures et demie du soir ? Totalement incongru. En tout cas, il était dangereusement séduisant. Beaucoup trop séduisant pour elle. Elle avait suffisamment de problèmes sur les bras sans, en plus, aller passer une nuit avec un type qui avait une réputation de cavaleur fini. D'ailleurs, elle s'était fait une règle de fuir les hommes trop célèbres. Ils avaient un narcissisme délirant. Elle détestait ça.

1. Ni Miss (mademoiselle) ni Mrs. (madame), Miz (abréviation Ms.) permet de s'adresser à une femme sans préciser sa situation matrimoniale.

— Enlève-la, Howard, ronronna la fille.

— Que j'enlève quoi ? souffla Howard.

Emprisonné entre les longues jambes, les gros seins et la luxuriante chevelure, il était nu comme un poupon et tout aussi joyeux.

— Enlève-moi ce paillasson. Il t'empêche de te libérer complètement.

— Quel paillasson ? demanda Howard, indigné.

— Celui-là.

D'un geste sec, elle lui arracha la perruque dont il était si fier, la brandit triomphalement et l'expédia dans la chambre.

— Merde ! protesta Howard.

D'un bond, elle se redressa sur le lit, ce qui fit ballotter ses gros seins.

— J'adore les chauves, expliqua-t-elle. Ça m'allume terrible. Qu'est-ce que ça peut être sexy ! On fait un soixante-neuf ?

— Je ne suis pas chauve.

— Ça ne va pas tarder.

— Merci, ça fait vraiment plaisir...

— Ne te fâche pas, j'aime ça. Allez, en place pour le soixante-neuf !

— Non.

— Pourquoi ?

— Parce que.

— Hein ! Tu n'aimes pas faire minette ?

Il ne répondit pas.

Elle haussa les épaules et sa lourde poitrine tressauta.

— Tu ne sais pas ce que tu perds, dit-elle, pensant déjà à la fille qui allait lui faire ce plaisir quand elle en aurait fini avec celui-là.

Mannon Cable gagna cinquante mille dollars. La partie était sévère. Mais, pour lui, c'était fini. Il se leva, écarta les femmes qui s'agglutinaient autour de lui comme on écarte des moucherons agaçants et remonta seul à la suite présidentielle. Jack était dans le living en train de se préparer un drink. La porte de la chambre de Howard était bouclée.

— Tu veux que je te dise un truc ? soupira Mannon. Je crois bien que je suis trop vieux pour courir la gueuse.

— Tu bois un coup ? demanda Jack en se servant un scotch.

— Cognac.

— C'est parti !

— C'est plein de putes ici, reprit Mannon. Tu as vu ce que Howard a ramené ?

Jack trouva une bouteille de Courvoisier.

— Je n'ai rien vu de la soirée. J'ai été faire un tour.

Mannon alluma la télé en ruminant :

— J'ai une femme superbe, une ex superbe... Quand je pense que je viens jusqu'ici pour tirer un coup ! A quoi ça rime ?

— C'est à moi que tu le demandes ? dit Jack en lui tendant son cognac. Si on reprenait l'avion demain ?

— Et Howard ?

— Quoi Howard ? Il est majeur et vacciné, non ? Tu as peur qu'il se perde ?

Tenant le verre entre ses mains, Mannon le fit tourner pour chambrer l'alcool d'ambre.

— C'est drôle, quand même, observa-t-il. A une époque, on aurait donné notre liquette pour une virée comme celle-là. Maintenant qu'on est ici, on n'en a plus envie. On se demande même pour quoi on est venus ?

— Sauf Howard, s'esclaffa Jack. Il sait très bien ce qu'il est venu faire ici, lui.

— Hé ouais, qu'est-ce que tu veux... On peut toujours sortir un bouseux de la bouse...

— ... ça ne sortira pas la bouse du bouseux, acheva Jack.

Il était en train de parler quand Jade apparut à la télé dans cette fameuse pub pour une marque de café.

— Hé ! fit-il. Mais voilà pourquoi j'ai l'impression de la connaître !

— Qui ça ?

— La fille à la télé.

Leurs yeux se rivèrent à l'écran. Jade au supermarché achète un paquet de café. Elle est en short et en tee-shirt, avec les cheveux relevés sur la tête. C'est l'image de la fille toute simple, celle qu'on peut rencontrer n'importe où mais, en même temps, elle incarne le fantasme de tout homme. Plan suivant. Jade chez elle, en train de boire du café. Fondu enchaîné. Elle rêve. Jade sur une plage des Caraïbes, émergeant de l'eau dans un bikini blanc. Corps souple, élancé, bronzé. Longs cheveux de cuivre dénoués, emmêlés, sauvages. Princesse amazone, elle sort de la mer à longues foulées pleines de grâce. Un corps de toute beauté. Panoramique et gros plan sur son visage. Quel visage !

— On le prend chez moi ou chez toi ? demande-t-elle avec un long regard d'invite droit sur la caméra.

Jack était hypnotisé.

— Mon père, confessa-t-il avec un sérieux admirable, je crois que je suis en proie à de coupables appétits.

Puis il se tourna vers Mannon et demanda :

— Tu sais qui c'est ?

— Non. Mais je croyais que tu la connaissais !

— Je voudrais la connaître. Elle est à l'hôtel. Je l'ai juste croisée.

— Et c'est le coup de foudre au premier spot ? dit Mannon, amusé. Il faut qu'on aille cafter à Clarissa ?

— Ah... Fais pas chier...

Howard émergea de sa chambre et entra d'un pas vacillant, perruque à la main. Il portait un peignoir blanc de l'hôtel et avait la fraîcheur souriante d'un marathonien après l'épreuve. Deux énormes suçons, légèrement boursouflés, lui décoraient le cou.

— A boire ! supplia-t-il d'une voix rauque.

Jack lui tendit la bouteille de scotch.

— Cigarette, bredouilla Howard.

Mannon lui tendit un paquet de Marlboro à moitié plein.

Howard prit une profonde inspiration.

— Je crois que je suis en train de vivre une expérience mémorable, dit-il, la voix épaisse de fatigue. Ce n'est pas une chatte qu'elle a, cette nana, c'est une véritable pompe à foutre. Pensez à me réveiller demain matin, si je ne suis pas mort.

Sur ces mots, il regagna sa tanière sur ses jambes flageolantes.

— Vive Las Vegas, commenta Jack d'une voix un peu acide.

36

Reba débarqua à midi tapant. Elle entra avec son passe-partout et se planta au pied du lit dans lequel Wes ronflait comme un sonneur. Elle le regarda, jambes écartées, poings sur les hanches, une expression furieuse gravée sur son visage outrageusement maquillé.

Totalement inconscient de son regard malveillant, Wes ne bougea même pas. Pourtant les yeux de Reba lançaient des éclairs qui auraient pu incendier les murs.

Elle donna un coup de pied dans le lit en hurlant d'une voix stridente :

— Espèce de salopard !

Il ouvrit une paupière qui pesait des tonnes et se rendit tout de suite compte que ça sentait le roussi. Mieux valait faire face à la tourmente. Il s'assit vivement dans le lit et s'exclama :

— Ah! Ça me fait plaisir de te voir! Je n'ai rien compris à ce qui s'est passé hier soir. J'ai juste eu le temps de raccompagner Silver Anderson chez elle et quand je suis revenu te chercher, tu n'étais plus là. — Il lui lança un regard accusateur. — Pourquoi tu es partie sans m'attendre?

Elle ouvrit une bouche ronde comme un poisson gobant une mouche. Elle s'attendait à tout sauf à celle-là!

— Reba, Reba, poursuivit-il, sentant que la sauce prenait, tu m'as laissé en plan, hier soir. Ce n'est pas gentil! J'ai été obligé de me faire héberger par un copain et de rentrer en bus ce matin.

Fronçant les sourcils, elle tapota le bois du lit avec ses ongles semblables à des griffes de panthère.

— Je ne savais pas que tu allais revenir. J'ai cru que tu m'avais plaquée.

Il réussit à prendre un air outré.

— Oh, tu as pensé ça?

— Hé! fit-elle, sur la défensive. Ça y ressemblait sacrément!

— Peut-être que ça y ressemblait mais, quand même, tu me crois capable d'une chose pareille? J'avais les clefs de ta voiture, le jeton de vestiaire pour ta fourrure. J'ai foncé comme un dingue pour revenir. — Il marqua une pause, soucieux de ne pas trop en faire. — Comment es-tu rentrée chez toi?

— J'ai toujours un double des clefs.

Il s'étira et bâilla.

— Content de voir que tout va bien pour toi. C'était dingue, cette foule excitée. Il fallait bien que je ramène cette pauvre Silver chez elle avant qu'ils ne lui fassent un mauvais sort.

Reba s'assit au bord du lit en prononçant quelques plates excuses :

— Désolée, je ne croyais pas vraiment que tu connaissais Silver Anderson.

— Je t'avais dit qu'on était de vieux amis.

— J'aimerais beaucoup la connaître, dit-elle avec excitation.

Celle-là, il l'esquiva :

— Comme environ un milliard de gens sur terre.

— On pourrait organiser un dîner, suggéra-t-elle, la voix pleine d'espoir.

Il attrapa ses cigarettes.

— On pourrait... — Il lui lança un regard sévère. — Et le petit mot de bienvenue sur ma porte ? demanda-t-il. Qu'est-ce que ça voulait dire, ça ?

Elle eut l'air un peu gêné.

— Tu me dois encore de l'argent, Wesley.

— D'accord. Je vais te payer. La semaine prochaine. Ça ne me plaît pas d'être menacé de renvoi.

Elle lécha ses lèvres écarlates avec une mimique qui se voulait sensuelle.

— Oh, mais tu crois que je te mettrais vraiment dehors ?

Il décida de jouer le jeu. Après tout, il n'était pas en position de se faire flanquer à la rue sans s'émouvoir.

— Ça, je ne sais pas ce que tu serais capable de me faire si on t'en laissait la possibilité...

Elle s'allongea sur le lit avec un rire lascif.

— Tu as envie de le savoir, Wesley ?

— Pas possible, ma biche, dit-il, vif comme l'éclair. Je dois voir un type pour un boulot. Et tu veux ton loyer, si je comprends bien.

— Tu comprends bien. Ce n'est pas que je te presse, Wesley, mais, maintenant que je vais être seule, je ne vais plus pouvoir me permettre de laisser mes finances partir à vau-l'eau.

— Bien sûr, je comprends, dit-il d'un ton grave.

— La prochaine fois qu'il y aura une occasion à fêter

— Tu me demanderas ?

Elle eut un petit mouvement de coquetterie.

— Je verrai.

Elle se leva, ajoutant d'un ton boulot-boulot .

— Téléphone-moi dès que tu auras l'argent du loyer, s'il te plaît.

— Il faut que tu me laisses ton numéro. Je ne l'ai pas.

Elle considéra la question et décida :

— Ne te casse pas la tête. Je ferai un saut la semaine prochaine.

— L'attente va être longue, dit-il avec un clin d'œil prometteur.

A peine fut-elle partie qu'il chercha dans les pages jaunes et appela le serrurier le plus proche. Reba Winogratsky allait cesser d'entrer chez lui à volonté. Qu'est-ce que c'étaient que ces façons d'ouvrir sa porte et de se planter devant son lit comme une femme trahie ?

Plus jamais ça !

— Vous avez fait des choses inadmissibles, inadmissibles et répréhensibles, dit sévèrement Nora. Cependant, après mûre réflexion, Miss Anderson a décidé de vous garder à son service.

Tirant une bouffée à sa cigarette, elle ajouta :

— Pourquoi, ça je me le demande encore...

Vladimir recevait les remontrances tête basse. Le soulagement lui ramena le sang au visage.

— Madame est très bonne, murmura-t-il.

— En effet. J'espère que vous appréciez le geste.

— Oh oui.

— Êtes-vous décidé à vous amender ?

— Tout à fait décidé.

Ruisselant de gratitude, Vladimir sortit de la pièce à reculons.

— Vous êtes à l'essai ! lança Nora après qu'il eut disparu. Alors, faites gaffe, mon petit vieux !

Il ne répondit rien.

Nora appela la chambre par l'interphone.

— C'est fait, annonça-t-elle.

— Très bien, dit Silver. Je déteste ce genre de scènes.

— Tu descends ou je monte ?

— Ni l'un ni l'autre, ma chère Nora. Mon seul projet est une longue trempette dans un bain bien chaud et bien moussant. Wes sera là vers huit heures. Merci d'avoir fait le sale boulot. On se voit demain au studio.

— Tu ne veux pas que je reste pour voir la grande nouveauté ? s'enquit Nora.

— Ce ne sera pas nécessaire, riposta Silver, un peu sèchement. Et, ce n'est pas une nouveauté, c'est...

— Je sais, un homme, un vrai. Quel âge a-t-il ?

— Je ne lui ai pas demandé.

— Cinquante ans ? Soixante ?

— Ne sois pas stupide.

— Dix-neuf ? Vingt ?

— Je n'ai pas l'habitude de les prendre au berceau !

— Donne-moi une fourchette.

— Bonne soirée, Nora.

O.K., mieux valait ne pas insister. Nora ramassa son sac et une pile de photos que Silver avait dédicacées. Elle était fatiguée après sa longue journée. Comment Silver faisait-elle pour tenir le coup comme ça ? Avec un mouvement de tête résigné, elle se leva et alla prendre sa voiture pour regagner son appartement de West Hollywood.

A l'étage, Silver se relaxait dans un bain parfumé au

Calèche, bercée par Frank Sinatra à la stéréo. Elle adorait Frank. Un artiste qui avait su durer. Elle aussi était bien décidée à durer...

Wes avait un problème de vêtements. Pas possible de mettre le même costume. Or il n'en avait pas d'autre. Il ne pouvait pas, non plus, remettre son unique chemise blanche. Elle n'était plus très fraîche.

Il fit l'inventaire de son placard. Déprimant. Il avait deux jeans élimés, un pantalon de gabardine noire avec une braguette récalcitrante, deux chemises bleues aussi fatiguées que la blanche, quelques sweaters, un blouson d'aviateur en cuir et une veste de sport usée jusqu'à la trame avec de grands revers démodés. Pas de quoi se déguiser en gravure de mode. Habituellement, Wes mettait ce qui lui tombait sous la main et ça allait comme ça.

Mais, ce soir, il avait rendez-vous avec Silver Anderson.

Il regarda l'heure. Sept heures moins le quart. Il devait être chez elle sur le coup de huit heures. Pas de sortie en vue. Donc, pour ce soir, pas trop de mouron à se faire. Un jean ferait l'affaire. Avec une chemise bleue. Encore faudrait-il remplacer le bouton qui manquait à l'une ou faire disparaître la tache de sauce sur l'autre. Avec son blouson de cuir râpé, ce serait parfait. Bien sûr, demain il faudrait prévoir autre chose. Mais on n'en était pas là.

Il se doucha, trouva une petite boîte de talc oublié par une copine et s'en couvrit généreusement la peau. Pour les sous-vêtements, pas de problème. Il n'en portait jamais.

Un petit coup de rasoir, préparation des vêtements, habillage, il était prêt.

Silver n'arrivait pas à se décider. Décontracté ? Habillé ? Un mélange des deux ? Après avoir écarté plusieurs ensembles, elle choisit finalement un pantalon flottant en jersey noir et un chandail noir avec des épaules à la Joan Crawford. Elle s'aspergea de parfum et coiffa soigneusement en arrière ses fins cheveux noirs.

Quand elle fut satisfaite de son apparence, elle descendit au rez-de-chaussée et surprit Vladimir dans sa cuisine.

Il bondit au garde-à-vous.

— Oui, Madame. Madame désire quelque chose ?

Elle pénétrait rarement dans la cuisine.

Elle s'efforça d'oublier qu'elle l'avait vu hier soir dans toute la splendeur de son costume d'Adam.

— Oui, Vladimir, j'aimerais une coupe de champagne. Je voudrais aussi que vous prépariez la table pour deux dans la salle à manger. Sortez la porcelaine et la plus belle argenterie. Ensuite, vous téléphonerez chez *Trader Vic's* pour commander le repas. Vous le leur ferez livrer. Quand il arrivera, vous laisserez le tout sur le chauffe-plat de la salle à manger et vous regagnerez votre appartement. En clair, vous me débarrassez le plancher jusqu'à demain matin. Je ne veux pas vous voir de la soirée.

— Même pas pour desservir ?

— Vous êtes dur d'oreille, Vladimir ?

— Non non, Madame, j'ai compris.

Elle lui donna des indications pour la commande du menu et des vins puis le laissa s'occuper de tout tandis qu'elle préparait une sélection de cassettes de Sinatra. Elle se chargea ensuite des variateurs et tamisa les lumières, juste ce qu'il fallait pour faire ressortir son teint de pêche.

Il y avait bien longtemps qu'elle ne s'était mise en quatre de la sorte pour accueillir un homme. Wes Money la mettait en émoi. Elle brûlait de le voir arriver.

Il allait partir quand on frappa à la porte. *Pourvu que ce ne soit pas Reba !* Telle fut sa première pensée. La redoutable propriétaire était bien capable de revenir à la charge.

— Qu'est-ce que c'est ?

Le verrou avait été changé. Au moins, elle ne pouvait pas entrer de force.

— Je vous dérange ?

La voix de la voisine aux lunettes. *Ah non ! Si celle-là aussi se mettait à lui faire du plat, ça allait devenir intenable !*

— J'allais sortir, répondit-il.

Silence. Elle avait dû piger et se tirer. Il éteignit la télévision, prit les clefs de la Mercedes de Silver sur la commode et sortit.

Unity l'attendait, adossée au mur. Près d'elle se trouvait le chien qu'ils venaient d'adopter en commun.

— Salut ! fit-elle.

— Bonsoir.

Elle avait dénoué son chignon. Elle avait des cheveux bruns soyeux qui bouclaient et un petit visage en forme de cœur. Elle embellissait à chaque rencontre.

— J'ai emmené Mutt chez le vétérinaire, annonça-t-elle.

— C'est très bien.

— Vous ne voulez pas savoir ce qu'il a dit ?

— Qu'est-ce qu'il a dit ?

— Il a regardé sa patte, l'a désinfectée et a changé le pansement.

— C'est tout ?

— Oui.

— Très bien. Mais ça, vous l'aviez déjà fait, non ?

— Oui mais il valait mieux le montrer à un spécialiste.

— Combien ?

— Votre part s'élève à neuf dollars.

— Quoi ? Il vous a pris dix-huit billets verts pour regarder la patte du chien ?

— Il y a un bain anti-puces.

— Je n'avais pas donné d'accord pour ça ! protesta Wes.

— C'était indispensable. Ça grouillait littéralement.

Wes secoua la tête. Il lui restait cinquante dollars et il allait lui falloir en donner neuf parce que ce bâtard avait des puces. Et merde ! S'il avait existé un concours du couillon de l'année, sûr qu'il aurait décroché la médaille d'or !

A contrecœur, il tira de sa poche son rouleau de billets, en détacha un billet de cinq et quatre billets d'un dollar crasseux et froissés.

Elle prit l'argent avant de lâcher la bombe suivante :

— Je lui ai aussi acheté un collier et une laisse.

— Vous êtes sympa et généreuse, persifla Wes.

— Je pensais que vous seriez d'accord pour faire moitié-moitié.

— Écoutez, dit-il en maîtrisant son agacement, je suis à sec, raide, fauché comme les blés. Ce n'est pas de la mauvaise volonté mais, franchement, neuf dollars pour un chien, je ne peux pas mieux faire.

— Et sa nourriture ?

— C'est pas vrai !

— Vous aviez promis de partager.

— Combien ? grogna Wes.

— Pour vous, ça fait un dollar soixante-quinze. J'ai acheté un grand sac de croquettes. Je pense que ça va faire la semaine.

— J'espère, dit Wes en reprenant ses billets, sinon il va la sauter.

Elle prit les deux dollars qu'il lui tendait et chercha la monnaie.

— Laisse tomber, dit-il d'un ton bourru. Ça fera ma part pour la laisse et le collier.

— Ça fait cinq pour cent du prix, précisa-t-elle gravement.

Il ne put s'empêcher de rire. Le chien se mit à aboyer. Il lui caressa doucement la tête.

— Ça s'est arrangé avec la propriétaire ? demanda Unity.

Il hocha la tête.

— Je savais que tu t'en sortirais facilement.

— Ouais. Suffit de savoir la prendre.

— La prendre, c'est le mot.

Était-ce une vanne ? Wes était incapable de le dire. Non, cette fille était trop jeune pour ce genre de truc.

Il ne put s'empêcher de lui demander son âge.

— Je ne suis pas aussi jeune que j'en ai l'air, répondit-elle mystérieusement.

Comme elle paraissait une douzaine d'années, ça n'éclairait pas beaucoup la lanterne de Wes.

— Tu en as de la chance, railla-t-il. Moi, je parais dix ans de plus que mon âge véritable.

Elle faillit sourire. Il avait du mal à voir ce qui se passait derrière les lunettes à la John Lennon.

— Bon, il faut que j'y aille, dit-il. Salut !

Il s'éloigna à grands pas, la laissant là, petite silhouette solitaire, plantée devant la vieille maison. Avait-elle de la famille ? Des amis ?

Non mais qu'est-ce qu'il lui prenait de se poser ce genre de question ?

Allez, Wes, magne-toi le cul ! La star t'attend.

37

Au *Bistro Garden,* le restaurant ultra-chic de Beverly Hills, le bourdonnement des conversations s'atténuait lorsque les riches et les célébrités se jaugeaient du regard. Poppy Soloman avait une table dans le jardin ombragé. Outre Melanie-Shanna, elle avait invité deux amies et, en attendant leur arrivée, elle observait la faune en sirotant un Perrier avec une rondelle de citron vert.

A une table voisine dînait un célèbre producteur dont tout le monde connaissait la sale manie de faucher dans les grands magasins.

Il y avait aussi sa femme anglaise, Rose, qui n'était plus en bouton depuis longtemps.

Il y avait un jeune scénariste, moins connu pour ses œuvres que pour son aptitude à vider des quantités astronomiques de bouteilles.

Il y avait une petite actrice qui, à même pas vingt ans, avait déjà gâché sa carrière en couchant avec tout le monde sauf avec ceux qui auraient pu l'aider.

Et, éparpillées parmi ce menu fretin, il y avait les vraies vedettes, les stars de Hollywood. Poppy remarqua deux grands noms à la retraite et un demi-grand nom à la demi-retraite. Elle repéra aussi Chuck Nielson avec son agent. Ils se saluèrent d'un signe de main.

Melanie-Shanna arriva avant les deux autres invités. Elle transpirait d'émotion.

— Mon Dieu! s'exclama-t-elle, confuse. Je suis en retard? Oh, je suis désolée! J'espère que je ne vous ai pas fait trop attendre.

Poppy rejeta en arrière ses longs cheveux blonds, brillants, parfumés. Elle savait qu'ils étaient son plus bel atout et les entourait des soins les plus coûteux.

— Non, répondit-elle en consultant sa montre ornée de diamants. Vous n'êtes pas en retard.

— J'aime mieux ça, soupira Melanie-Shanna, soulagée.

D'un geste autoritaire, Poppy appela le garçon.

— Que voulez-vous prendre, ma chère?

Melanie-Shanna regarda ce que buvait Poppy.

— La même chose que vous.

— Non non. Il vous faut un drink remontant. J'en prendrai un avec vous dans une minute.

Elle claqua des doigts tout en hélant le serveur :

— Garçon, un Mimosa pour Mrs. Cable!

Melanie-Shanna eut une seconde d'hésitation puis demanda :

— Un Mimosa? Qu'est-ce que c'est?

— Champagne et jus d'orange, répondit Poppy, condescendante, comme si personne n'avait dû ignorer le nom de cette étrange mixture.

Avant d'épouser Howard et de s'éduquer, Poppy ne le connaissait pas plus que Melanie-Shanna. De nouveau, Melanie-Shanna sembla confuse.

— Mannon n'aime pas beaucoup que je boive.

— Mais le Mimosa n'est pas vraiment un alcool, tout au plus un rafraîchissement. Vous allez adorer.

Poppy décortiquait sa jeune invitée d'un œil critique. La

fille était plutôt mignonne, indéniablement. Avec quelque chose d'indéfinissable qui faisait très texan. Elle avait des cheveux et une peau magnifiques, des yeux superbes, et un corps qui attirait le regard des hommes. Mais ce n'était pas Whitney qui, en plus d'être éblouissante, était aussi une grande star. De petits détails qui faisaient toute la différence. Poppy ne put s'empêcher de se demander où Mannon était allé dénicher celle-là. Apparemment, à chaque fois qu'il allait tourner des extérieurs au Texas, il en revenait avec une femme.

— Melanie, ma chère, dit-elle, nous n'avons jamais eu vraiment l'occasion de bavarder toutes les deux. J'aimerais tellement savoir comment vous avez fait la connaissance de Mannon.

Melanie-Shanna eut un petit mouvement étonné.

— Mais tous les journaux ont raconté notre histoire en détail. Vous n'êtes pas au courant ?

— Je n'ai pas le temps de lire les journaux, ma pauvre ! Il faut que je m'occupe de mes œuvres de charité, de Howard, de Roselight. C'est une petite fille tellement active : tout le portrait de son papa. Vous devriez venir à la maison et faire sa connaissance à l'occasion.

— Ça me ferait plaisir.

Le garçon déposa un Mimosa devant Melanie-Shanna. Elle commença à le boire à petites gorgées, en regrettant d'être venue. Les déjeuners entre femmes la mettaient toujours mal à l'aise, comme si elle avait eu un ongle cassé ou un collant filé.

Le visage de Poppy s'éclaira.

— Ah ! fit-elle. Voilà les filles !

Les « filles » étaient deux femmes d'âge indéfinissable mais, sans discussion possible, supérieur à cinquante ans. Ida était la quatrième épouse du célèbre agent Zeppo White. Elle était ravalée au plâtre pour cacher les fissures. Elle avait un teint blafard, des cheveux blancs javellisés rassemblés en un chignon serré, un ensemble Yves Saint Laurent et un regard creux. On racontait que, préférant l'illusion à la réalité de la vie auprès d'un mari coureur de jupons elle était camée en permanence. Zeppo, un de ces personnages sans lesquels Hollywood ne serait pas Hollywood, était connu pour sa langue bien pendue et sa minuscule quéquette dont, à un stade ou à un autre de leur carrière, toutes les actrices du monde occidental s'étaient vu proposer les charmes.

L'autre « fille » était la femme d'Orville Gooseberger, le producteur. C'était une imposante femelle aux allures de matrone, avec le lifting qui s'imposait, la chevelure méchée et la voix puissante. Elle se nommait Carmel et avait un mari encore plus volumineux et plus bruyant qu'elle.

— Tout le monde se connaît ? demanda Poppy, excitée, tout en échangeant avec les arrivantes des baisers décoiffants et des « tu es superbe ! ».

— Ma chère Melanie, continua Poppy — elle adorait jouer les hôtesses ; cela lui donnait l'impression d'être tellement importante et tellement occupée ! Elle profita aussi de l'occasion pour se montrer un peu plus familière avec Melanie-Shanna que, finalement, elle connaissait à peine —, tu connais Ida, la femme de Zeppo White, et je suis sûre que tu as déjà rencontré Carmel Gooseberger. Elle est mariée avec Orville, le producteur. — Poppy veillait toujours à étiqueter les gens pour que tout le monde s'y retrouve. — Les filles, reprit-elle, toute joyeuse, nous avons enfin réussi à sortir de sa tanière la femme de Mannon. Vous vous rendez compte qu'elle ne sort jamais ? Nous nous devons de l'accueillir dignement.

— J'ai connu Mannon à l'époque où il touchait moins de cent dollars par film, déclara Carmel de sa voix tonitruante.

Ida descendit de son nuage pour renchérir :

— Il était adorable ! Tellement... tellement... spirituel !

— Et avec les femmes, alors ! gloussa Poppy. Je ne m'en souviens pas parce que j'étais trop jeune, mais ce qu'on raconte... Hou là là !

Melanie-Shanna sourit poliment. Elle était bien placée pour connaître les rumeurs sur le passé de Mannon et n'avait aucune envie d'y mettre son nez. C'était de la vieille histoire, l'histoire d'avant Whitney. Elle déglutit en pensant à celle qui l'avait précédée. La semaine dernière, en cherchant de l'aspirine, elle avait ouvert le tiroir de la table de nuit de Mannon. Elle y avait trouvé, dans un cadre, une photo de Whitney et de lui. Rien qu'eux deux, en couleurs estompées, enlacés, les yeux fixés sur l'horizon.

Sa réaction avait été de jeter le cadre par terre et de déchirer la photo. Elle haïssait Whitney Cable. Si cette femme n'avait pas existé, Mannon aurait été tout à elle. Car, au plus profond de son cœur, elle savait que les sentiments de Mannon allaient toujours à Whitney.

Le garçon apporta les nouvelles commandes. Poppy leva son verre de Perrier.

— Maintenant que nous sommes toutes réunies, lança-t-elle gaiement, je propose un toast.

Ida prit sa double vodka, Carmel son verre de vin blanc. Melanie-Shanna porta la main à son deuxième Mimosa.

— A nous! lança Poppy. Nous le méritons.

Elles burent.

— Et à Melanie, ajouta Poppy. Nous désirons toutes qu'elle se sente des nôtres.

Elle était lancée, pas question pour elle de s'arrêter en si bon chemin.

Les quatre femmes formaient un groupe bien hétéroclite. Melanie-Shanna, si jeune, si belle, visiblement déplacée et mal à l'aise. Poppy, toute en haute couture, haute coiffure, grande parfumerie, mais pas chic pour autant. Ida sur son nuage. Et la volumineuse Carmel qui aurait pu être la mère de Poppy et de Melanie-Shanna.

— Un jour, j'ai presque failli me retrouver au lit avec Mannon, lâcha Ida avec beaucoup de nostalgie dans son regard trouble.

— Chut! intervint Poppy. Melanie ne veut rien savoir de tout ça.

— Zeppo était son agent, poursuivit Ida sans se soucier de la remarque. Nous étions tous sur un tournage. Je n'étais pas encore mariée avec Zeppo à cette époque mais il me courait déjà après.

— Zeppo courait après tout ce qui portait jupon, tonna l'énorme voix de Carmel Gooseberger.

Une déroutante étincelle de lucidité brilla soudain dans les yeux d'Ida.

— Orville le valait bien, rétorqua-t-elle. Je me souviens de l'époque où aucune actrice ne voulait entrer dans son bureau parce qu'il voulait toujours qu'elles lui taillent une pipe agenouillées sous sa table de travail.

— *Sans blague?* s'étrangla Poppy.

— Le syndicat des acteurs de cinéma a été obligé d'intervenir pour le faire cesser, assura Ida. — Puis ses pensées revinrent à la case départ. — Un jour, j'ai failli me faire sauter par Mannon.

— Ça ne s'est pas fait? rugit Carmel. Bon, alors laisse tomber avec ça!

Poppy ne se tenait plus. Elle adorait ces deux vieilles chouettes de Hollywood. Elles n'avaient aucune retenue et étaient totalement imprévisibles, ce qui ne manquait pas de piment. De plus, leurs maris étaient des hommes importants ce qui, par voie de conséquence, en faisait des femmes importantes.

Il existe à Hollywood une catégorie de femmes qui, parce qu'elles sont mariées à des hommes célèbres, riches ou puissants — ou les trois à la fois ou encore l'une ou l'autre des trois combinaisons possibles — s'imaginent que tout le monde les aiment et qu'elles sont les reines de Hollywood.

Bien sûr que tout le monde les aime, ces femmes-là. Tant que le mariage dure. Quand le divorce survient, terminé. Brusquement, les invitations cessent d'affluer et les fidèles amis disparaissent. Triste réalité. Les amis restent fidèles aux maris célèbres, riches, puissants.

Ida et Carmel étaient de ces femmes-là. Heureusement pour elles, leur mariage avait tenu bon et elles avaient échappé à l'humiliation du rejet par la société hollywoodienne.

Assis à l'autre bout du restaurant, Chuck Nielson avait un œil sur Melanie-Shanna et un œil sur son agent, Quinne Lattimore. Très attentif, son regard se livrait à une navette incessante entre ces deux centres d'intérêt.

— Chuck, tu m'écoutes ? demanda Quinne Lattimore, agacé.

— Ouais. Mais excuse-moi une seconde, il faut que j'aille pisser. Je reviens tout de suite.

Il avait vu la femme de Mannon se lever et se diriger vers les toilettes des dames. Il s'arrangea pour se trouver juste sur son chemin quand elle en ressortit.

— Bonjour, belle dame.

Elle était étonnée, bien pourvue et fabuleusement baisable. Il lui rafraîchit la mémoire :

— Chuck Nielson.

— Oui, je me souviens.

— Quand venez-vous me rendre visite à la plage ?

— Pardon ?

— La plage. Malibu. J'ai une villa là-bas et je vous ai invitée. Vous ne vous rappelez pas ?

— Ah ! Si.

— Quel débordement d'enthousiasme !

— Mais si, ça nous ferait très plaisir de venir vous voir.

Il haussa un sourcil.

— Nous ?

— Mannon et moi, répondit Melanie-Shanna.

Chuck la regarda avec un grand sourire de gosse.

— Vous savez, vous n'êtes pas obligée de l'amener.

Elle le planta sur place pour aller rejoindre la table de Poppy Soloman. Il la rattrapa et la prit par le bras. Whitney lui donnait du fil à retordre : elle avait besoin d'une bonne leçon pour rentrer dans le droit chemin. Cette fille était beaucoup trop indépendante. S'il se lançait dans une liaison avec la nouvelle femme de Mannon, Whitney allait en devenir folle.

— Tenez, dit-il en lui tendant une pochette d'allumettes sur laquelle étaient griffonnés des chiffres. C'est mon numéro. Appelez-moi quand vous voulez.

Melanie-Shanna eut un vague sourire. Elle ne savait que faire d'autre. Si Mannon apprenait un jour ce qui s'était passé, il allait être furieux.

— Excusez-moi, dit-elle en se libérant.

— Appelez-moi, répéta Chuck tandis qu'elle se hâtait de rejoindre sa table.

— Eh bien, commenta Poppy en salivant de joie, je vois que le Don Juan des plages t'a prise dans son collimateur. C'est presque de l'inceste !

— Il était juste en train de m'inviter à sa villa de Malibu avec Mannon, répondit platement Melanie-Shanna.

Poppy eut un grand sourire moqueur.

— Je m'en doute bien.

— C'est vrai ! protesta Melanie-Shanna.

— Ce type est un véritable chien en rut, décréta Carmel. Orville l'avait pris pour un film, une fois, il a sauté toutes les filles du tournage. Y compris la vedette féminine.

— C'était qui ? demanda Poppy qui adorait qu'on lui donne des noms.

— Je ne sais plus, avoua Carmel. C'était une de ces minettes pop sans un poil de nichon avec des yeux morts d'amour. Je les confonds toutes. Celle-là s'est mariée ensuite avec un vétérinaire, ou un éleveur de chiens, je ne me rappelle plus.

Les yeux de Poppy brillaient.

— Tu dois connaître des choses vraiment horribles.

Ida renversa son verre et fit semblant de ne pas s'en rendre compte.

— C'est moi qui connais les meilleures histoires, dit-elle d'une voix curieusement éteinte. Je connais tout.

— Il faudra que tu écrives un livre, s'enthousiasma Poppy.

— J'ai l'intention de le faire, bredouilla Ida. Quand je trouverai le temps.

38

Depuis le début de la soirée, tout tendait vers le même aboutissement. Le lit.

Le champagne était frais.

Le repas délicieux.

La conversation légère.

Ils pensaient tous les deux sexe.

Après dîner, Silver proposa qu'ils aillent prendre un brandy dans la chambre.

Wes prit deux verres, une bouteille de Delamain et la suivit dans le grand escalier.

Bientôt, ils roulèrent, enlacés, sur l'immense lit de Silver, l'esprit libre de tout souci.

Dans l'amour, Silver Anderson n'avait pas d'inhibition. Une longue expérience avait enseigné à Wes que, passé trente ans, les femmes avaient toujours un problème avec leur corps. *Est-ce que je suis trop maigre? Trop grosse? Molle? Pleine de vergetures? Tu ne trouves pas que mes seins tombent?* Elles n'arrêtaient pas.

Silver Anderson, elle, savait qu'elle n'avait plus vingt ans et elle s'en foutait.

Silver était assise sur le lit dévasté, enroulée dans un drap, le visage illuminé par un sourire de satisfaction à l'état brut.

Il la regarda, heureux. Pas besoin de parler. Il plongea sur le lit, attrapa des cigarettes, en alluma deux et en tendit une à Silver.

Ils fumèrent en silence, avec un ensemble parfait. Quand elle eut terminé sa cigarette, elle glissa la main sous les draps, trouva ses bourses et les massa doucement.

Encore! songea Wes, tout en produisant très vite une érection de toute beauté.

Silver Anderson avait des arguments auxquels il était incapable de résister.

Le yacht sur le lac Mead était un imposant bâtiment à deux ponts avec équipage en uniforme. Il appartenait à Joseph Fonicetti qui ne l'utilisait pratiquement pas. Aussi son fils Dino le réquisitionnait-il pour les week-ends.

Ce week-end-là, Dino et sa femme Susanna offraient à bord un déjeuner rassemblant une curieuse brochette d'invités.

Il y avait Howard Soloman, victime d'une gueule de bois gratinée, les yeux bordés de jambon cru, vêtu d'un col roulé pour dissimuler ses blessures de guerre.

Il y avait Mannon Cable, avec ses yeux bleu cobalt, ses cheveux châtain clair, son humour corrosif.

Il y avait Jack Python, mal à l'aise.

Trois amies de Susanna, deux divorcées, une cherchant encore la victime. Elles méritaient de trois à six et demi sur dix. En notant bien.

Il y avait Dee Dee Dione, une admirable chanteuse noire qui était l'actuelle dame de cœur de Carlos Brent. Elle portait des lunettes sombres et restait prudemment assise au fond du décor.

Il y avait Carlos Brent lui-même, père de Susanna, légende vivante.

Il y avait l'entourage habituel de Carlos Brent.

Il y avait Antonio avec son amant décorateur et son ami danois à cheveux longs.

Et il y avait Jade Johnson.

Un groupe peu ordinaire.

Jack avait décidé de rester pour rencontrer Carlos Brent. Il le voulait comme invité pour son émission, et rien de tel que les contacts directs pour bavarder affaires. Quand il vit que Jade était là, il se dit que la destinée était quand même une drôle de chose, et il se réjouit. Faisant l'inventaire de l'entourage de Jade, il ne décela pas de concurrence. Clarissa était à New York : l'affaire s'emmanchait bien.

Sans hésiter, il se dirigea vers elle et se fit intercepter à mi-chemin par Antonio, simplement désireux de montrer qu'il connaissait le célèbre présentateur.

Jade lui sourit de l'autre bout du pont. C'était bon signe.

— Qui est-ce ? demanda-t-il à Antonio.

— Tu ne connais pas Jade ? dit le photographe, stupéfait. Comment est-ce possible ?

— Qui est-ce ? répéta Jack.

Le regard du chasseur n'échappa pas au sens de l'observation très aiguisé du petit photographe italien. Jack Python ! Sa *bella* Jade aurait pu tomber plus mal.

— Voyons, Jack, mais c'est la célèbre Jade Johnson, le dernier mannequin à la mode ! Finies les Jerry Hall, Chery Tiegs et Christie Brinkley ! Elles n'existent plus à côté de Jade !

Jack se sentit soudain dans la peau du dernier des couillons. Comment avait-il fait pour ne pas la reconnaître ? Il est vrai que cette fille avait un chic inimitable pour être différente à chacune de ses apparitions. On avait l'impression qu'elle n'était jamais la même.

Mettant ses lunettes sur son nez, il tritura entre le pouce et l'index la barbe naissante de son menton. Jade Johnson. Une sacrée célébrité dans son domaine. Elle avait dû le prendre pour un lourdingue de compétition quand il lui avait fait du gringue au bord de la piscine comme à une minette. Pas étonnant qu'elle ait gardé ses distances.

Secouant la tête, il sourit dans sa barbe. Cette fille était un défi. Il y avait un bail qu'il ne s'était trouvé face à un défi comme celui-là. Alors, pourquoi pas ?

Les amies de Susanna étaient aux anges. Ces trois princesses de Beverly Hills avaient des yeux avides. Susanna les avait invitées à Las Vegas pour une réunion d'anciennes. Elles avaient fait leurs études ensemble et avaient quitté l'université plus de douze ans auparavant.

— Vous allez peut-être trouver des hommes valables à Las Vegas, avait-elle dit pour les attirer.

En fait d'hommes valables, elles étaient servies. Mannon Cable et Jack Python sur le même bateau qu'elles ! Elles en avaient le tournis !

Mais, bien entendu, ce fut Howard qui les approcha. Howard, en nage dans son col roulé, leur jetant à la figure les noms des célébrités dont il était l'intime, prêt à tomber le pantalon au premier battement de paupière. Un week-end loin des servitudes familiales suffisait pour faire de lui un satyre lubrique.

Les trois amies de Susanna n'étaient pas intéressées. Aucune d'elles n'avait envie de faire du cinéma. Les fonctions de directeur de studios mises en avant par Howard ne les impressionnaient pas pour deux ronds. Avec sa stratégie du forcing et du « c'est moi que v'là », Howard fit un bide retentissant.

Mannon commença à raconter des histoires drôles, ce qui

attira très vite une audience attentive. Carlos Brent rejoignit le groupe et se mit à surenchérir avec ses propres histoires sur celles de Mannon. Les deux célébrités s'amusaient beaucoup à ce petit jeu.

Jack mit le cap sur Jade qui s'était accoudée au bastingage et regardait les eaux fraîches et vertes.

— Vous essayez de voir des requins ? demanda-t-il d'un ton détendu.

Elle se redressa et le regarda. De près, sous la lumière blanche du soleil, elle était belle à couper le souffle. Sa peau, très légèrement hâlée, était satinée et lumineuse, ses yeux pailletés d'or étaient directs, fascinants. Mais le plus admirable dans le visage de cette fille était la ligne marquée de sa mâchoire carrée qui, en cassant la perfection académique de sa beauté, la rendait tout à la fois vulnérable et forte, avec un soupçon d'agressivité dans le menton.

Il dut réprimer une violente impulsion de tendre la main et de toucher.

Jade passa les doigts dans sa masse de cheveux cuivrés.

— Pour trouver des requins par ici, il y a de meilleurs endroits que l'eau du lac, non ? dit-elle en se tournant pour regarder les invités de Dino et Susanna.

Jack aimait cette façon de dire « non ? » en fin de phrase.

Elle lui montra Howard qui s'attaquait maintenant à la copine de Carlos Brent et lui promettait d'en faire une star.

— Vous voyez cet homme ? demanda-t-elle.

— Qu'est-ce qu'il a ? s'enquit Jack, intrigué.

— La première fois que je suis venue à Hollywood, ça doit bien faire une dizaine d'années, enfin, bref... cet homme-là était agent artistique, chic, bronzage, chaînes d'or et tout le bataclan. Vous ne pouvez pas savoir ce qu'il m'en a fait baver. Il m'a couru après autour du divan dans ma chambre d'hôtel, m'a harcelée sans arrêt, nuit et jour, pour que je sorte avec lui ! Antonio m'a raconté qu'il était directeur d'Orpheus, maintenant. Je n'en reviens pas. Ce type est un vrai.. saligaud ! Vous le connaissez ?

Jack pesa sa réponse. Prudence. Il ne risquait pas d'emporter les félicitations du jury en avouant qu'il passait son week-end en compagnie de Howard le saligaud. D'un autre côté, en prétendant ne pas le connaître, il allait passer pour un imbécile. Mieux valait éluder.

— Que veniez-vous faire à Hollywood ? demanda-t-il.

— Un bout d'essai. Le cirque habituel, quoi. Au bout de dix minutes, j'avais compris : j'étais écœurée. Je veux rester maîtresse de ma vie, si vous me comprenez.

S'il comprenait? Il était exactement sur la même longueur d'onde.

— Excusez-moi, dit-il d'un air confus. Je suis désolé de ne pas vous avoir reconnue cette nuit.

— Ça n'est pas obligatoire, railla-t-elle. Un bon spot est fait pour vendre un produit, pas un mannequin.

— On m'a dit que vous étiez la meilleure.

— Qui vous a dit ça? — Elle laissa passer un long silence. — Voyons voir... Ce ne serait pas le grand Antonio, par hasard?

— Bravo! Vous êtes rapide.

— Jamais tant que quand je fuis ce Howard Machin-Truc! L'empereur des saligauds. — Elle inclina la tête sur le côté. — Vous me trouvez trop méchante?

— Quand on le connaît, on s'aperçoit que ce n'est pas un si sale type.

— Ha ha! Alors, vous avouez que vous le connaissez?

— Oui, Votre Honneur, je plaide coupable.

Jade le regardait en se disant qu'elle n'avait jamais vu un homme avec des yeux aussi sexy. Ils étaient d'un vert éblouissant, tellement intense qu'elle aurait pu s'y noyer.

— Je ne regarde pas souvent votre émission, lâcha-t-elle stupidement, juste pour bien lui montrer qu'il ne l'impressionnait pas du tout.

Nullement choqué, il la considéra d'un œil narquois.

— Je ne vous ai rien demandé, mais allez-y, continuez à me faire de la peine.

— Je ne voulais pas...

— Oh mais si, c'est exactement ce que vous vouliez faire! Elle rit.

— Non. Ma parole.

Leurs regards se croisèrent et restèrent verrouillés l'un sur l'autre, juste cette petite seconde de trop qui fait tout.

Elle sentit une décharge d'électricité. Jack aussi. Impossible de l'ignorer ou de prétendre le contraire.

— Que faites-vous ce soir? demanda Jack.

Elle n'hésita pas. Parfois, elle aimait prendre des risques.

— Vous m'invitez à dîner, c'est ça?

Il aimait les femmes directes.

Il aimait tout chez Jade Johnson.

40

Problème immédiat. Faire du blé. Il avait à payer Reba et à financer sa part dans l'entretien de Mutt. Et, un jour ou l'autre, il faudrait bien qu'il sorte Silver. Quoique rester à la maison lui convenait fort bien. Il ne pressait pas trop le mouvement.

Encore une nuit d'extase sans mélange. De douceur, aussi. A un moment, elle lui avait demandé ce qu'il faisait dans la vie. Il avait répondu qu'il était dans les alcools. Elle n'avait pas insisté, imaginant sans doute que la société Martini lui appartenait.

Maintenant, il regagnait Venice à bord de la Mercedes. L'après-midi commençait et la vie était belle.

S'il jouait bien son coup, il allait bientôt pouvoir s'installer chez elle. Il soupçonnait fortement Silver de caresser cette idée. Elle avait glissé des allusions assez éloquentes sur le fait que tout le monde la roulait dans la farine et qu'il ne serait peut-être pas mal pour elle d'avoir quelqu'un qui s'occupe de ses affaires. Et cela après seulement deux nuits de passion. Le résultat n'était pas mauvais.

Mais ça ne réglait pas les problèmes de finance immédiats.

En principe quand il avait besoin d'argent, il cherchait un boulot. Une bonne semaine comme barman pouvait lui rapporter entre huit cents et neuf cents dollars. Plus les petits vols pour arrondir. Seulement, il ne pouvait pas, alors que leur liaison commençait tout juste, plaquer Silver pour aller travailler le soir. Elle n'était pas assez mordue pour ça. Sa seule possibilité était donc Rocky. Et pour rentrer en un seul coup ce qu'il se faisait habituellement en une semaine, il allait sûrement être obligé de se mouiller dans un truc pas légal du tout. Tant pis. Il n'avait pas le choix.

Une enveloppe était scotchée à sa porte. Encore Reba ! Oh, non !

Il l'ouvrit et trouva un mot griffonné par une main qui paraissait très enfantine, fautes d'orthographe comprises.

MUTT ET MOI ON A PENSER QUE TU PEUX VENIR MANGÉ AVEC NOUS SE SOIR. JE PRÉPARE TOUT. SEPT HEURE ? BISE. UNITY.

Pas possible d'y aller. Il était déjà retenu par Silver. Décidément, ces dames s'arrachaient Wes Money !

— Poppy Soloman a appelé, dit Nora entre deux quintes de toux. Elle veut offrir un dîner en ton honneur. Il paraît que vous en avez déjà parlé ensemble.

— Dis donc, tu m'inquiètes, gronda Silver. Tu n'as pas l'intention de faire quelque chose pour soigner cette toux ?

— Quand je partirai d' la caisse, les copains, qu'on me mette dans une caisse en sapin, entonna Nora avec une grimace macabre.

— Très drôle ! coupa Silver, la peau hérissée par la chair de poule.

Elles se trouvaient au studio, dans sa loge. C'était l'heure du déjeuner. Silver était allongée sur un divan, les jambes en position haute, la tête posée sur deux gros oreillers.

— Je suis claquée, souffla-t-elle. Passe-moi mes vitamines, s'il te plaît. J'en ai sacrément besoin.

Nora accéda obligeamment à sa requête. Silver goba une poignée entière de complexe multivitaminique. Puis elle laissa échapper un long bâillement de satisfaction.

— Encore une nuit torride, je suppose, dit Nora d'un ton acide.

Silver ferma les yeux.

— Mmmmmm...

— Quand puis-je espérer connaître Casanova ?

— Bientôt.

— Quand ?

— Si on disait... au dîner de Poppy Soloman ?

— Je ne crois pas qu'elle ait prévu de m'inviter.

— Dis-lui que tu fais partie de mon escorte. Elle sait que j'aime bien t'avoir avec moi.

— Je considère que les dîners me font faire des heures supplémentaires, protesta Nora de sa voix râpeuse.

— D'accord. Paie-toi et envoie la facture à la télé.

— Ne t'imagine pas que je vais me dégonfler.

Un coup discret à la porte annonça l'arrivée du déjeuner. Un plateau pour Silver. Carottes râpées, lamelles de poivron, brocolis crus, fines rondelles de concombre. Elle regarda son assiette avec dégoût.

— Tu ne peux pas savoir ce que je donnerais pour un gros hamburger bien gras et bien juteux, soupira-t-elle avec langueur.

— Je t'en commande un ? proposa Nora.

— Tu es folle !

Rocky avait un coup foireux sur mesure pour Wes. Il avait eu vent d'un encaissement très particulier à faire et qui devait payer gros.

— Moi, dit-il, je ne veux pas me mêler de ça. Il y a une guerre de gangs dans les collines de Laurel Canyon. C'est un truc risqué mais si tu veux te faire des couilles en or, je te donne le numéro du type à appeler.

Si Rocky en personne refusait le boulot, c'est que ça devait être réellement très risqué. D'ordinaire, Wes essayait de se tenir à l'écart des embrouilles. Mais cette fois, il accepta. S'il voulait faire du fric rapidement, il n'avait guère d'autre choix.

— Je rentre au bureau, dit Nora. Tu vois ton Superman ce soir ?

— Tu parles ! Je ne vois pas pourquoi je laisserais tomber alors que tout baigne dans le beurre.

Nora, qui était plus âgée, secoua la tête.

— Je me demande où tu vas puiser cette énergie. Travail toute la journée. Radada toute la nuit. Et interviews entre les deux. Tiens, ça me fait penser qu'il faut accorder nos violons pour l'emploi du temps de la semaine qui vient. *Bazaar* te réclame pour sa couverture, et...

Silver la chassa d'un revers de main.

— Pas maintenant, Nora. Je n'ai pas du tout la tête à ça !

Silver refusant de discuter couverture de magazines ! Elle devait être sérieusement mordue.

— Plus tard ?

— Je vais être occupée, Nora. *Très* occupée.

Le coup était le suivant : un célèbre rocker et sa nana de quinze ans étaient terrés dans une maison reculée, très haut dans les collines de Laurel Canyon. Le type était une ordure. Et il devait très chaud.

— Ils ne veulent pas raquer, expliqua le Noir qui avait essayé de s'introduire chez Silver le soir de la réception d'anniversaire. Tu vas chercher l'oseille. On sera généreux. Tu vas palper big.

C'était un gros type courtaud avec un sourire émaillé et des lunettes à larges montures blanches.

Le briefing avait lieu à l'arrière de la limousine, au niveau bas du parking du centre commercial de Santa Monica. Un épais panneau de verre teinté les séparait du chauffeur.

— Je ne pige pas, dit Wes. Qu'est-ce qu'il y a de si compliqué à aller encaisser un paiement ?

— Tu veux tout savoir ? O.K., répondit le Noir. Ce type est un sale coco. Il a cassé la gueule à mon dernier livreur. Il a pris la coke et gardé le fric.

— Ah ouais ?

— Je n'aime pas ça. « Pas d'embrouilles », c'est ma devise. Je ne veux plus avoir affaire à celui-là. Il ne faut pas qu'on puisse faire le lien entre lui et moi. Trop dangereux.

— Et moi, tu voudrais me faire gober qu'il va m'accueillir avec un grand sourire et une poignée de billets verts, c'est ça ?

— Peut-être, peut-être pas. Je n'ai pas l'habitude de proposer mille dollars pour rien.

— Ça, je m'en doutais.

— Ce type, il collectionne les flingues. Et sa souris, elle a juste quinze berges. En plus, il est connu. Je ne veux pas de sac de nœuds avec ces deux-là. C'est pour ça que je veux t'envoyer faire l'encaissement. Si tu foires, on ne fera pas le rapprochement avec moi.

— Et qu'est-ce qui te fait penser qu'il va accepter de me filer le fric, à moi ? demanda Wes avec cynisme.

Tirant de sa poche un mouchoir de soie, le Noir se tamponna le front.

— Il a dit que maintenant, il est d'accord pour payer. Tu as un calibre ?

— Hein ? Ah non, ça c'est pas mon truc.

L'homme eut une moue contrariée.

— Moi non plus. Mais là, ça me paraît nécessaire. Il te faut un flingue, simplement pour te protéger. Je le fournis. Mais c'est obligatoire si tu veux le boulot. Question de garantie, tu piges ?

Wes réfléchit avant de répondre. D'un côté, le type paraissait réglo, de l'autre l'affaire sentait le faisandé à des kilomètres.

— Je pige pas, dit-il enfin. Mille biftons pour cette ramasse, c'est vraiment beaucoup !

— Écoute, *man*, tu es de la police, ou quoi ? Ce que je te demande, maintenant, c'est si tu marches ou pas.

Ce n'était sûrement pas l'affaire la plus saine du siècle. Même Rocky l'avait refusée, celle-là. Mais il y avait le facteur chance. Wes Money s'en sortait toujours.

— Je marche, décida-t-il.

— Ce soir.

— Ah non ! Pas ce soir.

— Neuf heures tapantes ou l'affaire te passe sous le nez.

Merde ! Il pouvait appeler Silver et lui dire qu'il serait en retard. Mieux encore, il pouvait laisser tomber ce cirque et demander de l'argent à la star. Juste un petit prêt. Rien d'important.

Ben voyons... Emprunter de l'argent à Silver, c'était se saborder à coup sûr.

— On paie d'avance, dit-il.

— Pas de problème.

Oh là là. Bizarre, ça. Payer d'avance sans discuter ! Ce Black était un jobard, ou quoi ?

L'homme lui tendit un petit revolver à canon court et une liasse de billets de cent tout neufs.

— Tu n'as pas peur que je disparaisse de la circulation avec ça ? plaisanta Wes.

— Ce serait du suicide, *man,* dit le Noir en enlevant ses lunettes et en le regardant froidement.

— Oui, bien sûr, s'empressa d'approuver Wes.

L'homme lui remit une feuille de papier sur laquelle était griffonnée une adresse.

— Neuf heures ce soir. Ils t'attendront. Ensuite, tu me rapportes le paquet ici.

Wes acquiesça d'un hochement de tête. Mais, au fond de lui-même, son instinct lui disait qu'il faisait une connerie.

41

Une grande sniffette de poudre blanche dans chaque trou de nez, et Howard Soloman se sentit un autre homme. Une montée verticale vers les nues. Ce week-end à Las Vegas, quel pied ! Il y avait longtemps qu'il ne s'était pas éclaté comme ça.

Adossé au mur frais des toilettes, il laissa s'irradier dans son corps la plénitude des sensations créées par la drogue. Il était devenu invincible.

Il décida de dire ses quatre vérités à Mannon. Comment osait-il refuser de tourner dans un film pour Orpheus ! Acteur de merde ! Stars ou pas, les acteurs étaient tous des merdeux. Mannon était son ami et il y avait des choses qu'on acceptait de faire pour ses amis. Et, bon Dieu de merde, signer avec Orpheus faisait partie de ces choses !

Avec à-propos, Howard oublia à cet instant toute la stratégie qu'il avait mise en place pour s'envoyer l'ancienne femme de Mannon. Douce et excitante Whitney. Il redressait rien qu'en pensant à elle. Avec Poppy, c'était plutôt l'inverse. Arriver à redresser tenait du prodige !

Howard en éclata de rire tout seul. Il se pencha au-dessus du lavabo et s'aspergea la figure d'eau froide.

Encore une fête. La bringue après le spectacle de Carlos Brent.

Carlos aussi était une figure qu'il aurait bien voulu avoir. Depuis dix ans, il n'avait pas tourné un seul film. D'accord, Carlos avait fait quelques flops en son temps. Son rayon, c'était la chanson, pas la comédie. Mais justement, c'était une comédie musicale que Howard comptait lui proposer ! Quelle inspiration ! Le genre de films qu'on faisait dans les années quarante avec John Payne et Betty Grable. Du grand rétro nostalgique. Tout le monde allait adorer ça !

Howard se demandait comment personne n'y avait songé avant lui. C'était criant, pourtant. Ça sentait le boum au box-office. Il s'offrirait un jeune réalisateur en vogue. Un de ces petits génies en pleine ascension qui n'attendaient que le gros budget pour pouvoir exprimer toute la mesure de leur talent. Et un producteur expérimenté pour avoir les choses à l'œil. Orville Gooseberger serait l'idéal. Et Whitney Valentine dans le grand rôle féminin.

Howard était tellement excité qu'il dut faire un pipi rapide avant de rejoindre la compagnie.

Il venait tout simplement de concevoir le projet du siècle !

— Je déteste certains de vos films. Ils sont tellement sexistes ! Et vous y jouez un personnage de macho phallocrate vraiment révoltant !

Ainsi parlait l'une des amies de Susanna Fonicetti, espérant que cette attaque ferait un tel effet à Mannon Cable qu'il l'inviterait à poursuivre la discussion dans sa chambre d'hôtel.

Il cligna de l'œil, un œil d'un bleu irréel.

— Vous voulez que je vous dise, ma petite dame ? Je suis entièrement d'accord avec vous.

— En revanche, s'empressa la « petite dame », dans certains de vos films, vous êtes réellement merveilleux. Le héros aux cheveux d'or, chevauchant dans les plaines de l'Ouest. La quintessence de l'Amérique.

— Faudrait vous décider, la petite dame ! Qu'est-ce que je suis ? Un macho phallocrate révoltant ou un héros aux cheveux d'or ?

— Les deux, déclara-t-elle avec emphase, persuadée qu'il

la considérait comme la femme la plus intelligente ayant jamais respiré l'atmosphère terrestre. Vous êtes admirâable !

— Et vous, vous êtes chiante comme la pluie, la petite dame. Excusez-moi.

Il la planta là et partit à la recherche de Carlos. Les joutes à coups d'histoires cochonnes étaient beaucoup plus attrayantes que celles à coups de grands mots creux avec les petites têtes de Las Vegas.

Pour la première fois de sa vie, Mannon Cable n'avait pas envie de se jeter comme un loup affamé sur la fesse disponible. Il avait la nostalgie du foyer. Loin de chez lui, il était en représentation. *Venez voir la star ! Regardez-la marcher, manger, écoutez-la parler. Essayez de vous faire sauter par le grand acteur !*

Et merde ! Il en avait ras le bol.

Susanna Fonicetti née Brent apparut à son côté.

— Ça va, Mannon ?

C'était l'archétype de la fille de superstar. Les gosses de Beverly Hills choisissaient habituellement entre deux voies. Soit ils rejetaient tout en bloc, soit ils acceptaient tout en bloc. Susanna avait choisi d'accepter. Elle était le rejeton d'une altesse hollywoodienne et en avait pleinement conscience. La fille de star dans toute sa splendeur.

— Ça boume, répondit Mannon avec un grand sourire. Où est ton papa ?

Susanna laissa échapper un petit gloussement.

— Ta façon de dire ça me donne l'impression d'avoir quatorze ans.

— Ah bon, parce que tu es plus âgée ?

— Vil flatteur !

Elle le prit par le bras et l'entraîna jusqu'à une table d'angle où Carlos tenait salon. Les courtisans s'écartèrent pour laisser Mannon s'installer.

— Vous connaissez celle de la Porsche et du lapin ? demanda-t-il.

Carlos explosa de rire.

— Celle de la Porsche et du lapin ? Si je la connais ? Mais, parbleu, c'est moi qui l'ai inventée !

Dans le petit restaurant italien, les bougies donnaient une ambiance chaleureuse à la table de Jack et Jade. La conversation aussi. Car Jack découvrait une femme informée, capable non seulement d'une écoute attentive mais aussi d'interventions intéressantes et fines. Tous deux prenaient grand plaisir à deviser ainsi à bâtons rompus. Tout y passa, depuis la politique de Reagan jusqu'aux potins de Hollywood. Ils mangèrent également avec appétit une salade de tomates à la mozarella et de délicieux médaillons de veau accompagnés de pâtes et d'une sauce à la crème.

— Dessert ? demanda Jack.

— Ma foi..., répondit Jade avec un grand sourire.

Le garçon vint leur énumérer la liste des délices. Elle choisit une forêt noire.

— Je suis complètement accro au chocolat, déclara-t-elle avec un petit air coupable. Avec symptômes de manque et tout !

Il rit.

— Je n'ai pas de mal à vous croire. Moi c'est la crème glacée. Si vous voulez me voir craquer, pas compliqué : vous n'avez qu'à m'offrir une boîte de Häagen-Dazs.

Le garçon s'embrassa le bout des doigts.

— Nous avons de très très bonnes glaces, monsieur Python. Fabrication maison. Vanille, cerise, rhum, banane, framboise...

Jack l'arrêta :

— Vous m'avez converti. Apportez-moi une soupière de glace à la banane.

— Avec du chocolat chaud ?

— Tant qu'on y est...

— Et des noisettes ?

— Va pour le grand jeu, répondit Jack.

— Et ensuite, deux cappuccini ?

— Soyons déraisonnable jusqu'au bout, dit Jade, je me laisserais bien tenter par un expresso avec une goutte d'Amaretto en pousse-café.

— Et de deux ! commanda Jack.

Il se tourna vers la petite table couverte d'une nappe à carreaux et sourit à Jade en ajoutant :

— Je savais bien que vous arriveriez à me faire faire à moi aussi des choses déraisonnables.

Elle lui retourna son sourire.

— Un petit Amaretto vous suffit pour avoir l'impression d'être déraisonnable ?

— Ça peut être un début.

Il la regarda. C'était le meilleur moment qu'il passait en compagnie d'une femme depuis bien longtemps. Il n'avait pas vraiment réalisé à quel point Clarissa était sans fantaisie. Elle aurait préféré se pendre plutôt que de manger comme ils le faisaient ce soir. Non seulement elle était végétarienne mais elle ne voulait pas entendre parler de sucre ni d'alcool — excepté de temps à autre un petit verre de sauternes —, ce qui limitait singulièrement les plaisirs gastronomiques.

— J'espère que vous passez un bon moment, dit-il avec une sincérité qui ne trompait pas.

— Excellent. Vous êtes une très agréable compagnie.

Et même s'il ne l'avait pas été, le simple fait de le regarder aurait suffi à la remplir d'aise. Ses yeux. Ses yeux verts pénétrants. Et sa façon de sourire, et ses cheveux de jais qui retombaient à l'arrière de son col, exactement à la bonne place. Elle avait rencontré pas mal de beaux mecs dans sa vie, généralement des mannequins, gays pour la plupart. Jack Python, c'était autre chose. Il était amusant, intéressant, vif d'esprit, avec une pointe de cynisme. Et il avait une incroyable capacité à lui faire oublier Mark Rand.

Les cafés et les Amaretto arrivèrent en même temps que la glace de Jack. Jade se pencha par-dessus la table et lui chipa un peu de chocolat fondu.

— Mmmm..., murmura-t-elle en se léchant les lèvres. Dé-li-cieux !

Brusquement, il se jeta à l'eau :

— Vous vivez avec quelqu'un ?

Elle ne répondit pas tout de suite. Mark voulait tout reprendre de zéro avec elle. Elle n'avait pas donné de réponse. Elle avait juste pris le large. En principe pour réfléchir à la situation. Mais elle n'avait pas grande envie de réfléchir. Elle était en train de passer une soirée merveilleuse. Que pouvait-elle répondre ? Ce n'était pas si simple.

— Je ne sais pas vraiment, dit-elle d'une voix douce.

Il la regarda d'un œil interloqué.

— Vous ne savez pas ?

Elle prit son verre d'Amaretto et le vida dans sa tasse de café.

— C'est un peu compliqué. J'avais une relation, une relation très suivie. Maintenant, je suis... Je me pose des questions.

— Vous avez envie d'en parler ?

— Non, je n'y tiens pas.

Ils sombrèrent dans le silence.

C'est elle qui rompit la trêve :

— Et vous ?

Bon, que lui dire ? Qu'il était censé réfléchir au mariage ? Ça allait faire son effet.

— Disons que... que je vois Clarissa Browning, répondit-il, sur la défensive. Nous nous fréquentons comme ça depuis un an. Elle est à New York en ce moment.

Elle prit une petite gorgée de café arrosé. Les révélations de Jack Python n'étaient pas ce qu'on pouvait appeler des nouvelles fraîches. Antonio s'était chargé de l'affranchir avant sa sortie avec la star de la télé.

— Ah ! fit-elle.

Puis elle ajouta avec un temps de retard :

— C'est une très bonne comédienne.

— Exact, approuva Jack.

Ils se regardèrent. Leurs yeux auraient pu allumer des incendies.

— J'ai envie de faire l'amour avec vous, dit-il.

Elle était complètement perdue dans son regard.

— Je sais.

— Alors ?

— Je ne pense pas que nous ferions un bon couple. Nous avons nos engagements chacun de notre côté et tout ça...

Il la fixa intensément.

— Est-ce que vous avez envie de moi autant que j'ai envie de vous ?

Le « oui » lui échappa avant qu'elle ait pu réfléchir.

42

Bon. Il savait qu'il y avait une embrouille quelque part. Mais où ? Ça, il n'était pas foutu de le dire.

Il appela Rocky et le questionna.

— Ne me mêle pas à ça, répondit ce dernier. Je t'ai juste donné le tuyau pour te dépanner, point final. Tout ce que je peux te dire, c'est de faire gaffe à tes miches.

Ce qui eut un effet des plus rassurants sur Wes.

Ensuite, il appela Silver au studio.

Une voix râpeuse lâcha d'un ton assez peu accueillant :

— Loge de Silver Anderson. Que désirez-vous ?

— Je voudrais lui parler. C'est... personnel.

— Impossible, elle est sur le plateau. C'est de la part de qui ?

— Wes Money. C'est important.

— Je peux prendre un message.

Merde ! Il aurait voulu pouvoir lui parler directement.

— Alors ? Votre message ? grogna la voix râpeuse.

— Pourriez-vous lui dire que... euh, que j'ai un empêchement, euh... Enfin, à cause de mes affaires, quoi. Dites-lui que je serai en retard ce soir. Je ne pourrai pas être là avant dix heures et demie.

— Compris.

— Dites-lui aussi que je suis désolé.

— Bien.

— Et que si j'avais pu repousser, je l'aurais fait.

— Dites, je prends un message, pas un roman-feuilleton.

— Excusez. Euh, je m'appelle Money. M-O-N...

— Merci, je sais écrire Money sans qu'on me le dicte. On transmettra votre message.

— Merci. Au revoir.

Il se frotta le bout du nez. Bizarre, quand les choses ne tournaient pas rond, son nez se mettait toujours à le gratter.

Il avait mis les mille dollars dans une enveloppe cachetée. Maintenant, il fallait planquer ça en attendant de venir le reprendre après le coup. Sa piaule ne lui inspirait pas confiance. Il y avait très souvent des casses sur les planches de Venice.

Il attendit puis, quand il entendit Unity rentrer de son travail, il alla frapper chez elle. Elle ouvrit aussitôt, tout en achevant de nouer un tablier à sa taille de guêpe.

— Tu arrives trop tôt ! protesta-t-elle. Le dîner ne sera pas prêt avant au moins une heure. J'ai prévu un ragoût.

Il adorait le ragoût. Pour tout dire, c'était son plat préféré Sa mère n'avait jamais su faire autre chose.

Il se souvint de l'invitation scotchée à sa porte.

— Désolé. Je ne peux pas dîner avec toi ce soir.

Elle ne le regarda pas.

— Bon, tant pis, dit-elle en détournant la tête.

Mais il sentit l'ampleur de sa déception dans le ton de sa voix.

— Écoute, protesta Wes. Tu ne me laisses même pas le temps de me retourner.

— Je t'invite, tu ne peux pas venir, c'est tout. Je comprends, répondit-elle un peu sèchement.

— Pense à moi la prochaine fois que tu feras un ragoût.

— Oui, oui, fit-elle sans enthousiasme.

Le chien apparut, brassant l'air de sa queue. Wes se pencha et lui flatta le flanc.

— Comment va la papatte ? demanda-t-il.

Pas de réponse. Il jeta un coup d'œil autour de lui.

Même chose que de son côté. Meubles de location, papier peint sinistre, petite cuisine pleine à craquer.

— Qu'est-ce que tu fais comme boulot? demanda Wes.

Elle était en train d'éplucher des carottes et il crut un instant qu'elle n'allait pas répondre.

— Je travaille dans un bar.

— Sans blague? Moi aussi, de temps en temps, je fais le bar.

— Ah oui? lâcha-t-elle avec un manque d'intérêt évident. Où ça?

— A droite et à gauche. Ça dépend des occases. Je choisis ce que je trouve de mieux. Et toi?

— Je bosse au *Tito's,* Hollywood Boulevard.

— Connais pas.

— Tu ne perds rien.

Il sortit l'enveloppe de sa poche. Pouvait-il faire confiance à Unity? Il fallait bien puisqu'il n'avait pas le choix.

— Est-ce que tu peux me garder ça pendant environ deux heures? demanda-t-il.

Elle se tourna vers lui, les sourcils froncés.

— Qu'est-ce que c'est?

— Mes économies, répondit-il d'un ton railleur. Qu'est-ce que tu veux que ce soit d'autre?

Elle lui lança un regard venimeux en s'essuyant les mains sur son tablier. Sa petite coquetterie dans l'œil lui donnait un air extrêmement vulnérable.

— Sérieux, dit-il. C'est des papiers très importants. Je ne tiens pas à les laisser chez moi pendant que je ne suis pas là. Alors, si ça ne t'ennuyait pas trop...

Il n'acheva pas sa phrase.

— J'ai l'intention de me coucher de bonne heure, prévint-elle en prenant l'enveloppe. Si tu rentres après dix heures, prière d'attendre demain matin avant mon départ au boulot pour venir la reprendre.

— Ça veut dire quelle heure, ça?

— Demain, je suis de service de onze heures à trois heures de l'après-midi. Je décolle d'ici à neuf heures et quart.

— Parfait. Merci pour le service.

Habituellement, Silver le virait sur le coup de sept heures du matin en partant pour le studio. S'il se retrouvait coincé cette nuit, il pourrait venir chercher son fric autour de huit heures du matin.

Elle hocha la tête, posa l'enveloppe et se remit à éplucher ses carottes.

— Bon, dit-il en reculant vers la sortie. Bon dîner. Ah, euh, oui, Unity...

— Qu'est-ce qu'il y a?

— Encore un petit service. Garde toujours cette enveloppe dans ton champ de vision.

— Ton copain a téléphoné, annonça Nora. Quel séducteur!

— Qu'est-ce qu'il voulait? demanda Silver, essayant sans y parvenir de prendre un air détaché.

— Coucher avec toi. Il a dit que tu étais un coup du tonnerre de Zeus.

— Merci, Nora, ça je n'ai pas besoin de toi pour me le dire. Sans abuser de ta bonté, voudrais-tu m'informer de l'objet de son appel?

— Il sera à la bourre. Pas possible de le voir avant dix heures ce soir.

— Ah, zut! pesta Silver.

— Pardon?

— Je déteste qu'on me fasse attendre. Tu le sais très bien.

Nora alluma sa quarante-cinquième cigarette de la journée.

— Il a dit qu'il avait un empêchement à cause de son travail.

— Quel genre de travail peut-il avoir à faire la nuit?

Nora haussa ses maigres épaules.

— Ça, c'est à lui qu'il faut le demander. Moi, je ne fais que prendre les messages.

— Je le lui demanderai, tu peux compter là-dessus!

Silver fouilla dans son grand fourre-tout Gucci et en ressortit son répertoire téléphonique qu'elle tendit à Nora.

— Appelle-le-moi, tu veux? demanda-t-elle.

Nora se rebiffa.

— Je suis là pour m'occuper de ton service de presse. Pas pour appeler tes amants. Où est passé ton assistant?

— Oh, Nora, Nora..., se lamenta Silver, ils sont tous plus nuls les uns que les autres. J'ai viré le dernier que j'avais embauché, tu ne te rappelles plus?

Grommelant et maugréant, Nora chercha le numéro de Wes Money.

— Je fais deux métiers, je devrais avoir double salaire.

— Je te ferai un cadeau, lui concéda gracieusement Silver.

— O.K., un appartement sur le front de mer à Miami. J'ai l'intention de prendre ma retraite bientôt.

Nora composa le numéro et attendit. Elle fut mise en

communication avec un répondeur et passa le combiné à Silver.

— *Vous êtes bien chez Wes Money. Je suis actuellement absent. Si vous désirez laisser un message faites-le après le signal sonore.*

Bien minuté. Le « bip » se fit entendre immédiatement.

Silver détestait ces machines. Elle se sentait tellement stupide quand elle leur parlait.

— Wes, euh... Pourquoi es-tu en retard comme ça ? *Vraiment, ça ne se fait pas. S'il te plaît passe-moi un coup de fil à la maison avant de venir. Merci.*

— Ça lui apprendra, na ! lança Nora, la voix lourde de sarcasme.

— Faites-moi le plaisir de fermer votre gueule, ma chère, riposta Silver, hautaine, avant de filer pour regagner le plateau.

Wes remonta tout le Sunset jusqu'à la mer. Il avait pris la Mercedes rouge de Silver et, prudent, roulait sur la file de droite en respectant scrupuleusement les limitations. Il transpirait à la simple idée de se faire contrôler alors qu'il était enfouraillé.

Bon Dieu de merde ! Dans quel bordel était-il allé se fourrer ? Et pourquoi ?

Il était suffisamment à la coule pour savoir que quand un client vous demandait de sortir chargé, mieux valait s'attendre à être obligé de défourailler à un moment ou à un autre. Mais ça, il n'avait aucune intention de le faire. Bonjour, au revoir. Si le type faisait la moindre difficulté, il battait en retraite et regagnait la voiture.

La route de Laurel Canyon partait du Sunset et zigzaguait jusqu'à la Grande Vallée. La maison que Wes cherchait était située à mi-chemin, dans les collines, presque au bout d'une petite route privée qui desservait plusieurs résidences. Les numéros figuraient sur un alignement de boîtes aux lettres et un panneau indiquait : PROPRIÉTÉ PRIVÉE — DÉFENSE D'ENTRER — SECTEUR SURVEILLÉ PAR GARDES ARMÉS ACCOMPAGNÉS DE CHIENS.

On ne faisait pas plus chaleureux comme accueil.

Il faisait nuit noire sur les collines et il dut sortir une lampe torche par la fenêtre de la voiture pour vérifier qu'il ne s'était pas trompé de destination.

Il s'engagea sur la route privée et roula lentement, cherchant le bon numéro. Quand il le trouva, il dépassa l'endroit à petite vitesse simplement pour se mettre en mémoire la configuration du terrain. Il y avait encore une maison au bout de la route. Ensuite, les collines devenaient abruptes et la nature reprenait ses droits.

Il exécuta un demi-tour difficile, sans cesser de cogiter, de repérer. Il ne voulait pas remonter l'allée jusqu'à la maison, se garer devant le perron et faire une cible en or pour le cas où les choses tourneraient au vinaigre. Non, il fallait qu'il soit en position pour une retraite précipitée. Mieux valait être prêt à essuyer un coup dur, même s'il n'en avait aucune envie. Il remonta le long de deux propriétés. Chaque maison avait une allée d'accès privée qui grimpait dans les collines. Aucune habitation n'était visible depuis la route de desserte. Pour y accéder, il fallait s'engager dans ces longues allées sinueuses.

Sous le coup d'une impulsion, il prit le mauvais chemin. On était loin des allées de Beverly Hills, tirées au cordeau, damées, sans une mauvaise herbe. Ici, c'était la campagne, avec ses branches d'arbres au-dessus du chemin et des broussailles sur les côtés.

Il atteignit une résidence de style ranch. Plusieurs voitures étaient garées à l'extérieur. Il éteignit les phares, fit prudemment demi-tour, repartit vers la route et s'arrêta à mi-chemin, prenant soin de bien serrer la Mercedes sur le bas-côté. Il coupa le moteur, empocha les clefs et regarda sa montre. Il était neuf heures moins cinq. Le client avait dit de faire l'encaissement à neuf heures tapantes. Il était parfaitement ponctuel.

Il avait eu la bonne inspiration de mettre des chaussures de sport confortable et s'en félicita. Il remonta à pied jusqu'à la petite route puis bifurqua et trouva l'embranchement d'un autre chemin avec, de nouveau, un panneau avertissant les intrus de la présence de gardes armés et de chiens.

Maîtrisant un frémissement d'appréhension, il s'engagea dans le chemin abrupt. Ce plan de merde commençait à ressembler à un film de James Bond.

Il n'y avait pas un bruit dans la maison quand il l'atteignit. Une seule pièce était éclairée, à l'étage. Une Maserati gris métallisé, une Jeep noire et un vieux break bleu étaient garés dehors. Un coyote hurla quelque part dans les collines.

Essayant de ne pas trembler, il approcha de la porte d'entrée. *Allez, mec,* se dit-il, *c'est du gâteau !*

La chair de poule et les frissons dans la nuque disaient tout le contraire.

Il chercha le flingue dans sa poche. Pas pour s'en servir. Juste une garantie, comme avait dit le client. En cas de pépin.

Mais quels pépins ?

Sans méfiance, il sonna. Il était très exactement neuf heures du soir.

Silence sépulcral. Rien. Personne.

Il sonna de nouveau.

Toujours rien.

Il recula pour prendre du champ et regarda en direction de la fenêtre éclairée. Aucun mouvement dans la pièce. Pas une ombre. Pas le moindre signe de vie.

Merde !

Comme attirée par un aimant sa main se tendit vers la poignée et la tourna.

La porte s'ouvrit. Comme ça. Il s'en doutait dès le départ.

N'entre pas, imbécile ! lui hurlaient les voix de la prudence. *Fonce jusqu'à ta bagnole et dégage de là !*

Dans le lointain, à des kilomètres, il entendait des sirènes de flics. Elles rugissaient à l'unisson du hurlement plaintif poussé par le coyote solitaire.

Au moment où il entrait dans la maison, il pensa à Silver. Son rire de gorge, sa peau superbe, les secousses de la jouissance.

Bordel de bordel ! Il se doutait dès le départ que c'était une embrouille.

Là, devant lui, entre la porte et l'escalier, un nomme gisait, tué d'une balle dans la tête. Le trou crachait de gros bouillons de sang qui se répandaient en une tache rouge sur la moquette de l'entrée.

Malgré lui, Wes continua, tremblant de tous ses membres.

Le visage contre terre sur le seuil d'une pièce, le corps à moitié dedans, à moitié dehors, une femme apparemment très jeune était effondrée, inerte. Ses cheveux blonds étaient étalés comme un éventail autour de sa tête et détrempés de sang.

Wes sentit une bile acide lui remonter dans la gorge. A la seconde où il faisait demi-tour pour filer, il aperçut une ombre et un bras, armé d'un tuyau de plomb, qui fonçait vers lui.

— Non, non !

Il eut juste le temps de crier et de lever le bras pour essayer de se protéger. Trop tard.

Un voile rouge s'abattit devant ses yeux en même temps qu'une douleur atroce explosait dans son crâne.

Puis il sombra dans un grand trou noir.

43

Quelque part sur la route entre le restaurant et l'hôtel, Jade révisa ses positions. Aussi attirée fût-elle par Jack Python, les aventures d'une nuit n'étaient pas son genre. Jamais. De plus, il y avait pas mal de complications en vue. D'abord, elle n'était pas complètement décidée en ce qui concernait Mark. Et Jack avait avoué qu'il avait une liaison sérieuse avec Clarissa Browning. Les choses étaient loin d'être simples.

Quand elle lui fit part de son revirement, il le prit avec un haussement d'épaules résigné.

— Bien, dit-il. Il faut croire que notre heure n'a pas sonné. Pas encore.

Du bout des doigts, elle lui toucha délicatement la joue. Que de sensations curieuses. Elle avait l'impression qu'ils étaient à la fois étrangers et très intimes.

— Oui, acquiesça-t-elle d'une voix douce, ça doit être quelque chose comme ça.

Il comprenait. Ils se séparèrent bons amis, sans prendre de rendez-vous pour une prochaine fois.

Le lendemain, dans l'avion qui les ramenait vers Los Angeles, Antonio la cuisina, avide de tout savoir dans les moindres détails.

— Nous avons dîné ensemble, répondit-elle avec le plus grand détachement. Nous avons bavardé. C'est un homme admirable.

— Mais, *bella*, est-ce que vous avez fait l'amour ensemble ?

— Ça ne te regarde pas, trancha-t-elle d'un ton qui coupait court à toute autre question.

Antonio se mit à bouder. Il détestait être exclu de quoi que ce fût.

Durant le vol, elle pensa beaucoup à Jack Python. Ensuite, tout de même, elle pensa à Mark Rand. Et elle comprit que ce n'était pas terminé. Pas encore, non.

Mark avait laissé plusieurs messages au service des abonnés absents. Il y avait aussi eu un coup de fil de Corey. Bonne surprise. C'est lui qu'elle rappela en premier.

— Alors, frérot, quoi de neuf ?

— Rien, répondit-il, l'air sombre. Je pensais à toi. Je me suis dit que je pourrais peut-être t'inviter à déjeuner en ville.

Elle regarda l'heure. Il était presque dix-huit heures ce dimanche soir.

— Pour le déjeuner, ça fait un peu tard mais qu'est-ce que tu dirais de me sortir pour dîner ?

— Impossible, je suis pris. Mais alors là, vraiment coincé.

Tu es toujours coincé ! eut-elle envie de crier. *Tu ne te rappelles plus comme on était proches dans le temps ?*

— Qu'est-ce qui te rend indisponible comme ça un dimanche soir ? demanda-t-elle un tout petit peu sèchement.

— J'ai une soirée... Enfin, pour mon travail, bien sûr.

Bien sûr... Par moments, il avait le chic pour lui faire attraper des coups de sang. Elle, si elle avait été invitée à une soirée, sachant qu'il était seul, elle lui aurait demandé de l'accompagner. Lui, non.

— A propos, reprit-elle, je ne sais toujours pas où tu vis, encore moins avec qui.

Sans lui laisser le temps de répliquer, elle enchaîna :

— Écoute, Corey, je sais que tu penses que je ne t'approuve pas. Bon, franchement, j'avoue que ça m'a embêtée, ta rupture avec Marita, et tout ça. Mais tu es mon frère, je t'aime... Et puis... bon, c'est ta vie... tu en fais ce que tu veux... Quand est-ce que je peux la rencontrer ?

— Qui ?

— La fille avec qui tu vis, cette blague !

Silence. Long silence. A l'évidence, l'idée de la rencontre ne suscitait pas des débordements d'enthousiasme.

Tant pis. Elle avait attendu assez longtemps.

— Dis donc, poursuivit-elle. Et si je vous invitais à dîner tous les deux la semaine prochaine ? Ça pourrait coller pour vendredi soir ?

Silence.

— La communication est coupée ? demanda Jade.

— Bon, répondit finalement Corey. Je vais voir ça. Je te rappelle demain.

Bon Dieu ! On aurait dit qu'elle l'invitait pour un enterrement.

— Promis ?

— Promis.

Elle raccrocha et alla mettre un disque de Bruce Springsteen. Il lui avait toujours remonté le moral. Ça ne pouvait pas lui faire de mal.

Puis elle pensa à Mark. Il y avait peut-être quelque chose à faire de ce côté-là aussi. Elle décrocha de nouveau et appela son hôtel.

— Lord Rand est parti à midi, lui apprit la standardiste.

— Vous êtes sûre ?

— Tout à fait, madame.

— A-t-il laissé un numéro auquel on peut le joindre ?

— Un instant, je vous prie, je vérifie.

Mark n'avait donc pas supporté de faire le poireau en l'attendant. Quelle ardeur et quelle persévérance ! Le saligaud !

Allons, allons, Jade Johnson, tu t'excites toute seule ! C'est quand même toi qui es partie !

L'opératrice reprit la ligne :

— Lord Rand n'a pas laissé de message ni de numéro où le joindre. Désolée, Madame.

— Merci.

Jade raccrocha en se demandant où il pouvait bien être maintenant. Elle avait voulu jouer à cache-cache : il lui rendait la politesse. Salopard d'Anglais ! Il savait qu'elle avait toujours eu ces petits jeux en horreur.

L'homme propose, la femme dispose, dit le proverbe, et Jack ne pouvait tenir rigueur à Jade de son revirement subit. Il s'était toujours fait une règle de se comporter en gentleman dans ce genre de circonstance. Seulement ça ne changeait rien au fait qu'il la désirait comme un fou. Or ce que Jack Python désirait, il avait pour habitude de l'obtenir.

Il regagna la suite vide et appela Clarissa à New York. Elle était descendue chez une amie à Greenwich Village. Clarissa Browning n'avait jamais été cliente pour les suites dans les grands hôtels et les appartements de luxe.

— J'aime vivre parmi les gens, se plaisait-elle à dire. Personne ne fait attention à moi. Je peux aller où je veux quand je veux dans Greenwich Village sans me faire embêter.

Jack la croyait sur parole. Quand elle n'était pas sur un grand écran, personne ne reconnaissait Clarissa Browning.

C'est elle qui décrocha.

— Salut, *baby* ! lança Jack. Je pensais à toi, alors je me suis dit...

— Qui est-ce ? demanda-t-elle d'une voix épaisse.

Vivre pendant un an avec une femme et s'apercevoir qu'elle ne vous reconnaissait pas au téléphone... Dur.

— C'est Dan Rather, lâcha-t-il sèchement.

— Oh, Jack ! Tu te rends compte qu'il est deux heures et demie du matin ici ? Où es-tu ?

— Devine.

— Je donne ma langue au chat.

— Las Vegas.

— Tu as bu ?

— Moi ? Tu m'as déjà vu soûl ?

— Si tu es en train de faire la foire à Las Vegas, tu as certainement picolé.

— Je suis parfaitement à jeun et je t'appelais juste pour te dire un petit bonjour.

— A deux heures et demie du matin, bien sûr... Jack, tu as trop bu et tu m'as réveillée. C'est incroyable à quel point tu peux parfois être irrespectueux d'autrui ! Tu sais très bien que je ne supporte pas d'être réveillée en pleine nuit. Ça perturbe mes biorythmes.

— Ça, c'est parler comme une vraie Californienne !

— Hein ?

— Non, rien.

— Bon, je vais *essayer* de me rendormir. Si tu as envie de discuter, rappelle-moi demain.

Ouais. Je tâcherai aussi de te faire décerner le prix Nobel de tendresse.

Il se servit un cognac, qu'il dégusta pensivement, puis alla prendre une douche froide et se coucha.

La vie n'était pas toujours faite de victoires, même quand on s'appelait Jack Python.

Ayant ramassé une veste auprès des trois amies de Susanna, Howard jeta son dévolu sur une rouquine aux énormes nichons et au sourire idiot. Mais, lorsqu'il la ramena à sa suite et la déshabilla, il tomba sur une mauvaise surprise. Les deux grosses masses de chair rose bourrées de silicone avaient de quoi refroidir n'importe qui, même Howard Soloman. Au contact, ça avait tout de la pâte à modeler. D'aspect, ça ressemblait à des melons géants avec une cerise au bout.

— Oh là là..., murmura-t-il en frémissant et en faisant semblant d'éternuer, je crois que je suis en train d'attraper un gros rhume. Dommage. Il va falloir que tu rentres chez toi.

— Mais non, protesta la rouquine. Tu vas voir comment je vais te soigner ça !

— Non, insista Howard, terrifié. Il vaut mieux pas. Je ne me sens vraiment pas bien, tout d'un coup. Je crois que j'ai de la fièvre.

Déçu, la propriétaire des plantureuses mamelles se rhabilla en lui avouant qu'elle était en train de bûcher sur un scénario avec une amie.

— Est-ce que je peux te l'envoyer ? demanda-t-elle, pleine d'espoir.

Piégé, encore une fois.

— Oui oui, bien entendu.

Dès qu'elle fut partie, il appela celle de la veille. Un répondeur prit son message mais elle le rappela cinq minutes plus tard.

— Viens donc me rendre une petite visite, proposa Howard. On pourra reprendre ça où on s'était arrêtés hier.

Elle hésita.

— C'est que... j'ai du travail.

— Ah? fit Howard, étonné. Il n'y a aucun moyen de te libérer?

Elle hésita encore un peu puis décida qu'il était assez grand pour connaître la vérité.

— C'est mille dollars la nuit. Hier, c'était offert par la maison.

— Hein?

— C'est l'hôtel qui a payé ma note. Alors, chéri, ça te tente? J'accepte la carte American Express.

Howard tombait de très haut.

— Tu... Tu es call-girl?

— Mais non, chéri, je suis Mary Poppins! Alors, tu te décides? Tu as envie de me voir ou pas?

La fureur fit place à la colère. Howard raccrocha avec une violence inouïe. Howard Soloman n'avait jamais payé une femme! Howard Soloman ne fréquentait pas les putes!

Ce fumier de Dino Fonicetti avec ses histoires de grande dame distinguée. Pour qui le prenait-il, quand même?

Après la soirée, Mannon raccompagna Carlos Brent jusqu'à sa fabuleuse résidence. Une cohorte d'admirateurs les suivit, grossie en chemin par quelques noctambules désœuvrés.

Carlos lui fit faire le tour de la propriété qui comprenait seize chambres à coucher, un studio d'enregistrement, deux piscines olympiques et un terrain de golf.

— Juste un petit cabanon de week-end, expliqua Carlos en plastronnant. Ma résidence principale est à Palm Springs. J'aimerais que vous veniez me rendre une visite à l'occasion avec votre délicieuse petite femme.

— Ça me paraît une bonne idée, dit Mannon en souriant.

— J'ai vu votre femme à la télévision. Une très belle plante!

Melanie-Shanna à la télévision! Qu'est-ce que c'était que cette histoire?

— Cette Whitney Valentine…, poursuivit Carlos d'un ton rêveur. Quel beau brin de fille !

Mannon se renfrogna.

— Nous sommes divorcés.

Carlos Brent le regarda, l'air saisi de stupeur.

— Quoi ! Vous devez vraiment avoir un problème, vieux. Il faut être cinglé pour laisser filer un lot pareil !

Mannon approuva d'un hochement de tête. Certaines vérités ne pouvaient qu'être approuvées.

Le jet de la Klinger Inc. décolla de Las Vegas plus tôt que prévu. Les trois passagers étaient à bord et avaient hâte de regagner Los Angeles.

44

Il avait une brume gris-bleu devant les yeux. Et, dans sa tête, une douleur d'une violence féroce. Il émergea en se demandant où il était encore.

Bon Dieu de merde, il fallait qu'il arrête de se soûler la gueule comme ça et de coucher avec ce qui lui tombait sous la patte !

Puis, soudain, Wes s'aperçut qu'il n'était pas dans un lit. Il était par terre. Et, dans sa main droite crispée comme une serre, il tenait un pétard. Et, oh merde… la brume gris-bleu se dissipait et il comprit qu'il était dans de très sales draps.

Déployant un gros effort pour tenter de soumettre son corps à la volonté de son esprit, il essaya de se lever, avec pour premier résultat de laisser son arme tomber sur le sol.

Il était dans l'entrée de la maison de Laurel Canyon, avec pour compagnie les deux cadavres qu'il avait trouvés en arrivant.

Lorsqu'il fut debout, il sentit des spasmes le saisir. Titubant, il se dirigea vers les toilettes les plus proches dans lesquelles il dégueula tripes et boyaux. Il avait une entaille quelque part à la tête et du sang lui coulait dans les yeux. Il comprit tout à coup qu'il avait intérêt à déhotter vite fait. Il était tombé dans un coup monté de toute beauté. Qui voulait lui faire porter le chapeau pour les deux meurtres ? Ce n'était peut-être pas tout à fait le moment de se poser la question.

Un rapide coup d'œil à sa montre lui apprit qu'il s'était

seulement écoulé sept minutes depuis son arrivée dans la maison. Il pouvait remercier le ciel de lui avoir fait un crâne en béton armé.

Il régnait sur les lieux un calme total, irréel. Un silence pesant qui lui hurlait : *fous le camp !*

Déséquilibré, l'estomac toujours au bord des lèvres, il récupéra son flingue et sortit. Ça valait mieux : il y avait ses empreintes dessus. Pas besoin d'être médium pour comprendre les motivations de celui qui lui avait cogné sur la cafetière.

Ce revolver était-il l'arme du crime ?

Très probablement.

« *Pas d'embrouilles* », c'est ma devise. *Il ne faut pas qu'on puisse faire le lien entre lui et moi. Trop dangereux.*

Ben voyons ! Pas de lien. Pas compliqué : il suffisait de les zigouiller tous les deux et d'envoyer le pigeon se faire gauler. Le pigeon se fait prendre en flag et l'autre n'a plus de mouron à se faire. Pas de lien.

Enculé !

Ils s'étaient offert un coupable pour mille dollars. Un montage impeccable. Devant une telle accumulation de preuves, qui irait croire la version des faits présentée par Wes Money ?

Son cœur cognait si vite et si fort qu'il osait à peine bouger de peur que la vieille horloge n'explose dans sa poitrine. Mais il fallait se sortir de là. Il essaya de se rappeler les affaires de meurtre dont il avait entendu parler. *Les empreintes. Effacer toutes ses empreintes.*

Il fourra le revolver dans sa poche. Pas le temps de le nettoyer maintenant. Ce flingue était une pièce à conviction capitale et, de toute façon, il faudrait s'en débarrasser en s'entourant de toutes les garanties nécessaires. Pas de lien entre cette arme et lui.

Comme un fou, il fonça de nouveau aux toilettes, attrapa une grosse poignée de papier hygiénique et se mit à frotter tout ce qu'il avait pu toucher.

Maintenant, dégager vite fait.

La porte d'entrée était toujours entrebâillée. Il essuya la poignée. La sonnette aussi. Maintenant... Merde ! Un bruit de moteur ! Il plongea littéralement tête en avant dans les broussailles.

Il avait l'impression que les cognements de son cœur portaient à des kilomètres.

Quelques secondes passèrent puis une voiture de police arriva à toute allure et s'arrêta dans un hurlement de freins devant le perron. Wes distinguait deux hommes à l'intérieur.

Ils ne semblaient pas pressés de quitter la protection de leur véhicule.

Le scénario était de plus en plus clair.

Envoyer le pigeon sur le coup.

Assommer le pigeon.

Avertir les flics.

Découverte du pigeon avec l'arme du crime dans la main. Le pigeon a reçu un coup sur le crâne ? Et alors ? Il a l'arme du crime dans la main ? Allez hop, au trou !

Au prix d'un gros effort, il se mit à respirer discrètement, sans bruit. Dès que ces deux-là auraient mis les pieds dans la maison, ils allaient avertir leurs collègues et, en moins de deux, tout le secteur allait grouiller de flics. Il n'avait pas intérêt à prendre racine.

Des pensées cahotiques lui traversaient la tête. Si seulement il avait pu se débarrasser de l'arme ! Mais non, ici c'était trop dangereux.

La sueur se mêlait au sang qui lui dégoulinait dans les yeux. Lentement, péniblement, il rampait dans la terre humide sous le couvert des arbres et des buissons, le visage et les cheveux fouettés par les branches, la peau écorchée par les épines.

Wes Money n'avait jamais été un fana de religion. Mais, tout à coup, il lui sembla pertinent de dire ses prières et il le fit avec une ferveur dont il ne se serait jamais cru capable.

Un des flics sortit de voiture. Il était massif et grand. A l'image qu'on se fait habituellement du flic américain. Il dit quelque chose à son compagnon mais Wes ne comprit pas. Il s'employait à mettre le plus de distance possible entre lui et cette maudite baraque.

L'autre flic mit pied à terre. Les deux hommes eurent une courte discussion, à la suite de quoi ils dégainèrent leurs armes et approchèrent de la porte d'entrée. Wes jeta encore un coup d'œil dans leur direction. Ils lui tournaient le dos.

Il jugea qu'il pouvait maintenant se relever sans trop de risques. Il se coula dans l'ombre de la végétation et s'éloigna au pas de course des lieux du crime.

Dès qu'il eut atteint le chemin, il prit ses jambes à son cou comme un homme poursuivi par une meute de loups affamés. En un rien de temps, il atteignit la route privée. Puis l'autre chemin. Les clefs dans sa poche. La portière de la Mercedes. Au volant, vite ! Contact. Démarrage. Attention, doucement maintenant. Ne pas attirer l'attention !

Sa respiration était laborieuse et sa gorge le brûlait comme s'il avait traversé un immeuble en feu. Il avait un point salement douloureux au côté et mal à la tête comme si son crâne avait été prêt à éclater. Dans sa précipitation à prendre la fuite, il n'avait pas réalisé qu'il était aussi mal en point.

Tout doucement, il descendit le chemin jusqu'à la route privée. Sans allumer les phares. Il avait besoin de toute la force de sa volonté pour ne pas écraser le champignon. Il attendit d'avoir franchi le premier virage pour mettre les lumières. Quand il atteignit la route de Laurel Canyon, il vira brusquement à droite et, enfin, souffla. Maladroitement, il tira l'arme de sa poche et la fourra sous le siège du passager. Il y avait un peu de circulation. Il se glissa entre une Honda et une Jeep.

Il était à mi-chemin de la colline quand deux voitures de police arrivèrent à toute allure en provenance du Sunset, sirènes hurlantes, gyrophares en action.

Comme tout le monde, il se rangea sagement sur le côté pour leur permettre de doubler et de foncer vers leur destination. Le souffle court, il prit un Kleenex dans la boîte à gants et se tamponna le crâne. Le sang commençait à coaguler en formant une pâte gluante.

Il avait encore envie de vomir mais l'oppression l'en empêchait.

Apparemment, il s'en était sorti. Pour l'instant.

Seulement, que faire maintenant ?

Furieuse, Silver regarda sa pendule pour la énième fois. Neuf heures passées. Elle n'avait pas l'habitude d'attendre. Surtout les hommes.

Dans un brusque élan de colère, elle composa le numéro de Dennis Denby.

Il était chez lui. Le contraire l'aurait étonnée.

— Dennis, ronronna-t-elle de sa voix la plus suave, cette table chez *Spago,* elle nous attend toujours ?

Dennis qui, depuis la mésaventure du *Garden of Delight,* essayait de la joindre en vain, n'hésita pas une seconde :

— Silver, ma douce, pour toi tout est toujours possible !

— Passe me prendre dans un quart d'heure, ordonna-t-elle.

Il arriva avec seulement une minute de retard. Une performance remarquable compte tenu du fait qu'entre-temps, il lui avait fallu se débarrasser d'une conquête (une femme de quarante-cinq ans aux cheveux aile-de-corbeau, épouse d'un producteur qui s'envoyait secrètement en l'air avec des jeunots), passer un coup de fil chez *Spago* pour réserver une table (pas facile mais pour Silver Anderson, les restaurateurs faisaient l'impossible), s'habiller et faire le trajet. Il arriva, vêtu d'une veste de sport blanche de chez Bijan, d'un pantalon italien et d'un sweater de cachemire rose pâle.

— Tu m'as pardonné! s'exclama-t-il en lui baisant la main.

Il avait observé que le baise-main valait un grand succès à George Hamilton.

— Mais je n'ai jamais été fâchée, Dennis.

Elle était d'une élégance décontractée dans un tailleur-pantalon de daim, avec sur le visage un maquillage de studio qu'elle avait habilement rafraîchi.

— Pourtant, tu n'as jamais donné suite à mes messages, observa Denby.

— Mais Dennis, mon cher, il faut comprendre. Tu ne te rends pas compte! C'est tout juste si j'ai le temps de faire pipi!

Il se rendait compte, si. Silver Anderson était une femme très prise.

Sur le flanc de la petite colline, devant le très chic et très couru restaurant *Spago*, les grappes de fans et de photographes guettaient l'arrivée des célébrités. Comme les célébrités entraient toujours par-derrière, leurs chances d'apercevoir quelqu'un d'intéressant étaient extrêmement réduites.

Silver décida de laisser le volant de la Rolls à Dennis. Les fans agglutinés à l'entrée du parking la hélaient avec ferveur. De la main, elle leur adressa un petit salut royal. Puis elle entra dans le restaurant par l'accès dérobé, suivie par un Dennis Denby trottinant sagement derrière elle comme un gentil toutou.

Avant d'atteindre leur table, ils sacrifièrent au rituel de sourires, baisers, cordiales salutations. Avec son atmosphère feutrée et détendue, ses époustouflantes pizzas et son incroyable déploiement de desserts, *Spago* était l'un des lieux les plus courus par les célébrités. Le propriétaire et chef Wolfgang Puck, ainsi que sa femme, la brune et belle Barbara, faisaient tout pour que chacun se sente comme chez lui.

— J'adore la décoration florale ici, remarqua Silver lorsqu'ils furent enfin assis.

— Moi aussi, approuva Dennis.

— C'est vraiment très agréable comme restaurant.

— Tout à fait, approuva Dennis.

Avait-il un jour osé ne pas l'approuver? Dennis était son

béni-oui-oui. Elle le menait par le bout du nez, et pouvait en faire ce qu'elle voulait.

Avec Wes, c'était autre chose. Wes avait de l'initiative. Une part de mystère. Un petit côté vaguement menaçant.

Elle frissonna. Impossible de le nier : elle aimait cette menace cachée qu'il portait en lui. Ça l'excitait. Wes, par ailleurs, avait l'indiscutable mérite de ne pas avoir culbuté toutes les connaissances de Silver. Alors que — elle fit un tour d'horizon — Dennis s'était probablement vautré dans le stupre avec la moitié des femmes présentes ce soir dans le restaurant.

Ce soir, elle était décidée à donner une leçon à Wes. A bien lui montrer à qui il avait affaire. Elle avait laissé des instructions très précises à Vladimir. Si M. Money téléphonait, lui dire qu'elle était sortie et le prier de rappeler demain. S'il se présentait à la maison, le renvoyer chez lui.

Que Wes se mette bien dans la tête qu'elle n'était pas à genoux devant lui simplement parce que Monsieur avait une fabuleuse puissance de bandaison et une langue très habile !

Elle sourit en songeant à sa langue et à ses bandaisons.

— Qu'est-ce qui te fait sourire ? s'enquit Dennis avec sollicitude.

Elle prit une tranche de pain, la regarda amoureusement puis la reposa dans la corbeille.

— Rien de bien intéressant pour toi, mon cher Dennis. Si on commandait ? Je meurs de faim !

La glace, dans les toilettes d'une station-service du Sunset, renvoya à Wes une image qui lui fit peur. Échevelé, les yeux brillants de fièvre, il avait le visage tout écorché. Ses vêtements étaient crottés et déchirés et il sentait une zone salement douloureuse, molle et moite, au sommet de son crâne, là où le tuyau de plomb avait tapé.

Pas reluisant mais il préférait être à sa place plutôt qu'à celle des deux autres qui avaient pris une balle en pleine tête.

De nouveau, il sentit les vomissements monter. Mais son estomac était vide et, cette fois, ce ne furent que des spasmes secs et très douloureux.

De son mieux, il fit un brin de toilette rapide. C'était un peu mieux mais il fallait bien reconnaître qu'il n'avait pas la gueule de Paul Newman.

En fouillant ses poches en quête d'une cigarette, il y fit deux intéressantes trouvailles. La première était un sachet de papier cristal contenant une poudre blanche qui ressemblait fort à de la cocaïne. La deuxième une liasse de billets usagés de mille dollars. Vingt-deux au total.

Les fumiers ! Un autre aspect du coup monté. Ils voulaient le faire passer pour un dealer.

Il laissa échapper un juron rageur et fourra le tout dans sa poche. Juste à temps. Deux Mexicains entraient dans les gogues en ouvrant leurs braguettes. Ils se plantèrent devant les urinoirs et firent ce qui les amenait là.

Il sortit à toute allure et se dirigea vers une cabine téléphonique. Sa première idée était d'appeler Rocky pour savoir exactement ce que son bon ami connaissait du coup.

Pendant une seconde, il tritura les pièces entre ses doigts. Il hésitait. Devait-il l'appeler ou non ?

Une pute passa, vêtue d'une sorte de filet de pêche orange.

— Tu veux un gros câlin, chéri ?

Il l'ignora. Téléphoner à Rocky n'était peut-être pas ce qu'il avait de mieux à faire. C'était quand même à cause de son tuyau qu'il se trouvait dans ce merdier.

Rentrer chez lui ? C'était craignos.

En s'apercevant qu'il avait échappé à leur montage, les autres pouvaient parfaitement revenir chercher leur fric. Ou leur cocaïne. A vue de nez, il y en avait pour quelque chose comme quinze cents dollars.

Ce fric, il n'avait pas l'intention de le partager avec qui que ce soit. Il estimait l'avoir largement gagné. Et aussi les mille billets qu'il avait planqués chez Unity.

Non, rentrer chez lui ce soir était la dernière chose à faire.

Il passa en revue les autres solutions. La plus tentante était tout simplement Silver Anderson. Personne ne viendrait le chercher chez elle. Aucun risque. Auprès de Silver, il serait en sécurité.

45

— Nous donnons un dîner en l'honneur de Silver Anderson, annonça Poppy en brossant ses longs cheveux devant le miroir de sa coiffeuse.

Howard, rentré un peu plus tôt de Las Vegas, était assis dans son lit, entouré de papiers, documents, messages divers. Il la regarda comme si elle était folle.

— Pourquoi ? Tu la connais à peine.

Poppy continua à brosser ses somptueuses mèches blondes.

— Manœuvre stratégique, mon gros lapin. Un jour viendra peut-être où tu auras envie de la faire tourner pour Orpheus. Une prise de contact amicale n'a jamais fait de mal à personne.

— Tu peux t'expliquer clairement ?

Poppy se pencha en avant pour examiner la peau de son visage, dont elle prenait grand soin.

— Je prévois de faire ça dans le salon privé de chez *Chasen's*. Qui aimerais-tu que j'invite ?

Connaissant Poppy, il savait qu'elle avait déjà fait sa liste d'invités.

— Je ne sais pas, moi. Tu prévois combien de personnes ?

— Huit couples et je voudrais ton avis, Howard.

Un dîner en l'honneur de Silver Anderson. Première chose, rayer frère Jack de la liste. Mannon pourrait coller. Mais inviter Mannon, c'était laisser Whitney de côté. Or il avait réellement envie de la voir.

— Je ne sais pas, répéta Howard. C'est toi la spécialiste des mondanités. Il n'y a pas mieux que toi pour composer le groupe. Je te laisse faire.

Exactement la réponse qu'elle attendait. Elle posa sa brosse et plongea les doigts dans un pot de crème très chère, qu'elle entreprit ensuite d'appliquer autour de ses yeux.

— Bien..., reprit-elle, avec nous plus Silver et son cavalier — j'espère que ce sera toujours Dennis, il est tellement charmant —, ça fait déjà deux couples. Ensuite, je pensais aux White et aux Gooseberger. Peut-être Oliver Easterne, Mannon et Melanie et...

— Tu ferais mieux d'inviter Whitney, intervint Howard. J'ai toujours l'intention de l'employer pour ce script que tu as dit.

Poppy acheva son massage à la crème.

— Whitney s'est remise avec Chuck Nielson, dit-elle. Je sais que tu n'aimes pas ce type et, d'ailleurs, j'ai déjà parlé du dîner à Melanie. Il me semble assez difficile d'annuler l'invitation. Et comme je suppose qu'il n'est pas question d'inviter Mannon et Whitney en même temps...

Elle se retourna vers Howard et l'interrogea du regard.

Il avait relevé le col de son pyjama et soigneusement dissimulé les suçons de Las Vegas avec un produit de maquillage trouvé sur la coiffeuse de Poppy. Il ne pouvait quand même pas se mettre au lit en col roulé.

— Bien sûr, approuva-t-il, il n'en est pas question.

— Oh là là..., se lamenta Poppy en reprenant sa voix de petite fille. J'espère que je n'ai pas fait de sottise...

248

Il avait horreur qu'elle joue les nunuches comme ça.

— Rien ne nous empêche d'offrir un autre dîner, dit-il, magnanime. Tu n'auras qu'à organiser une autre soirée avec Mannon et sa je ne sais plus comment.

Poppy réfléchit une seconde et se dit que l'idée n'était pas mauvaise du tout. Peut-être même allait-elle pouvoir se faire une réputation de spécialiste des dîners chics en cercle restreint si elle en offrait régulièrement, mettons une fois par semaine. On allait finir par se battre pour être invité par Poppy Soloman !

— Mais c'est tout plein chou, ça ! s'exclama Poppy.

Elle se leva d'un bond, se précipita vers le lit et s'agenouilla près de Howard, semant la pagaïe dans ses papiers.

— Il est chou et gentil tout plein, mon gros lapin..., murmura-t-elle.

Il jeta un coup d'œil dans le décolleté de son peignoir rose bonbon. Ils étaient là, orgueilleusement dressés. *Ses* nichons. Il pouvait s'en estimer propriétaire ; c'était lui qui les avait payés. Rien à voir avec les excroissances difformes de la rouquine de Las Vegas. Cette poitrine-là était ferme et bien moulée. Ni trop grosse ni trop petite. Un solide 90. Avant de se la faire faire, Poppy l'avait consulté sur ses préférences.

— Juste de quoi se remplir les mains, avait répondu Howard.

Elle avait retransmis la commande au chirurgien.

— J'ai envie, Howie, susurra-t-elle hardiment.

Pas moi, aurait-il voulu répondre. Mais il n'avait pas ce courage. Il rassembla ses papiers, les mit de côté, éteignit la lampe et tendit les mains vers sa propriété privée. Une propriété de 90.

— Hier, j'ai déjeuné avec Poppy Soloman, annonça Melanie-Shanna.

Mannon s'arrêta au milieu d'une pompe.

— Quelle idée !

— Elle m'avait invitée.

— Ah, je vois, dit Mannon. Qu'est-ce qu'elle voulait ?

— Juste être gentille.

— Ben voyons...

— Mais si !

— Tu apprendras que Poppy Soloman ne fait jamais rien gratuitement.

— Si elle avait une idée derrière la tête en m'invitant, elle ne l'a pas mise sur le tapis.

— Ça viendra.

— Comment ça ?

— Attends. Tu vas voir.

Mannon acheva la série de pompes qu'il avait décidé de s'infliger puis s'attela à sa bobine Andrieu et attaqua les mouvements de musculation des bras.

Melanie-Shanna le regarda, pensive. Qu'il était beau et qu'elle l'aimait ! Pourtant, il ne cessait de s'éloigner d'elle. Non qu'elle eût noté des signes très précis. Juste une espèce de sensation.

— C'était chouette, Las Vegas ? demanda-t-elle gaiement.

— Pouah ! Détestable.

Alors, pourquoi y être allé ?

Question impossible. Mannon faisait ce qu'il voulait et elle ne le questionnait jamais.

— J'ai été faire du shopping avec Poppy après déjeuner, reprit-elle pour alimenter la conversation.

— C'est bien, fit-il avec un total manque d'intérêt.

— Elle m'a emmenée chez *Giorgio* et j'ai ouvert un compte.

— Parfait.

Elle se demanda s'il allait trouver ça aussi parfait quand il apprendrait qu'elle avait dépensé plusieurs milliers de dollars. C'était Poppy qui l'avait poussée : « Dépense-lui son argent ! Mais bien sûr ! Il faut bien qu'il le gagne pour quelque chose ! »

Ainsi, pour la première fois depuis leur mariage, Melanie-Shanna avait-elle dépensé sans demander.

Mannon grogna et souffla en s'activant sur les poignées de son appareil. Il était en nage, les muscles dilatés.

— Poppy nous invite à un dîner qu'elle offre en l'honneur de Silver Anderson, dit Melanie-Shanna.

— Poppy par-ci, Poppy par-là ! Il n'y en a plus que pour elle. Je croyais que tu détestais les déjeuners, le shopping et toutes ces conneries bidon.

— Pas si bidon que ça. Je me suis bien amusée. Et j'ai fait la connaissance de gens intéressants.

— Qui ? demanda Mannon, incrédule.

— Ida White... Carmel Gooseberger...

Mannon explosa de rire.

— Ces deux vieilles juments ! Dis donc, tu as de belles fréquentations ! Elles sont tellement à la masse qu'elles ne broncheraient même pas en voyant Reagan pisser contre un mur en plein Rodeo Drive.

Melanie-Shanna fit la grimace. Mannon la traitait souvent

comme une idiote et la coupe commençait à être pleine. Il ricanait et se moquait de tout ce qu'elle faisait. Ça commençait à bien faire! Pendant le déjeuner au *Bistro,* les « filles » avaient évoqué un divorce qui faisait grand bruit. La femme avait demandé *et obtenu* la moitié des biens de son mari milliardaire.

— La loi californienne, avait conclu Poppy avec un clin d'œil complice. Je l'adore! C'est l'incarnation même de la justice.

Puis, en se penchant vers Melanie-Shanna, elle avait demandé d'un ton de conspiratrice :

— Vous n'avez pas fait de contrat de séparation des biens? Si?

— Contrat de quoi? avait demandé Melanie-Shanna.

Poppy avait ri bruyamment puis lui avait expliqué de quoi il s'agissait.

Maintenant, Melanie-Shanna avait une autre optique sur sa situation. Si Mannon ne changeait pas de comportement, c'est elle qui allait en changer. Il allait bien falloir qu'il cesse de la traiter comme une moins-que-rien.

46

— Madame est sortie, déclara fermement Vladimir dans l'interphone du portail.

— Je sais, répondit Wes d'une voix assurée. Mais j'ai sa voiture et elle m'a demandé de la lui ramener.

— Ah..., soupira Vladimir.

— Ah, imita Wes.

Silence. Vladimir se demandait ce qu'il devait faire. Madame n'avait pas parlé de la voiture. Mais, de toute évidence, elle allait vouloir la récupérer. Vladimir était, en outre, fort curieux de savoir à quoi ressemblait l'homme qui avait chassé de son lit l'exécrable Dennis Denby. Il pressa le bouton d'ouverture du portail et se dirigea vers la porte d'entrée de la maison. Quand Wes entra dans la propriété au volant de l'impétueuse Mercedes rouge, le majordome était prêt.

Wes arrêta la voiture et en sortit d'un bond.

— Salut!

Il avança et tenta d'écarter Vladimir pour entrer dans la maison. Le majordome s'interposa de toute la hauteur de son mètre soixante-quinze. Choqué par l'apparence négligée de l'arrivant, il lança d'un ton hautain :

— Excusez-moi, Monsieur. Madame a dit que vous deviez lui téléphoner demain matin. Ce soir, elle est sortie.

Wes évalua la situation. Un majordome homo qui tentait de lui interdire l'accès de la maison. Pas de lézard.

— Je vais être obligé de l'attendre. Tant pis.

Sans autre forme de procès, il écarta Vladimir, fonça vers le bar de la bibliothèque et se servit un verre dont il avait grand besoin.

Outragé, le majordome courut après lui, le visage rouge, les tempes en sueur.

— Mais... mais, Monsieur ! Vous ne pouvez pas entrer ici sans la permission de Madame !

Wes avala une copieuse gorgée de scotch sec. L'alcool lui réchauffa le ventre puis la bienfaisante sensation se diffusa dans le reste de son corps.

Il décocha un regard menaçant au domestique.

— Mais si. Vous voyez bien que je peux.

Vladimir l'observait. Bizarre, cet intrus débraillé avait quelque chose de vaguement familier.

— Madame a laissé des consignes ! protesta-t-il avec son inénarrable zézaiement. Je dois les faire appliquer ! Je vous prie de partir, Monsieur !

Wes s'affala dans un fauteuil. Ah, il avait bien besoin des remontrances d'un majordome hargneux ! Il était claqué, lessivé, mort !

— Je reste ici, c'est clair ? Alors, maintenant, arrêtez de vous exciter.

— Quoi ! lança un Vladimir écumant.

— Tout doux... Relaxe... On se calme...

Vladimir sentait la migraine l'envahir. C'est lui qui allait encore porter la responsabilité de tout ça. Il le savait. Madame allait être furieuse et, cette fois, elle allait le virer. Que faire ? Il était bien embêté. L'affrontement physique était absolument hors de question. Ce garçon avait l'air d'un violent. Presque d'une petite frappe.

Passant les doigts dans ses cheveux de blé, il se demanda, perplexe, comment il allait faire pour se tirer de ce mauvais pas.

Wes se laissa aller contre le dossier de son fauteuil en grognant d'une voix sourde :

— Je suis vidé. Foutez-moi la paix et tout se passera bien. J'arrangerai ça avec votre patronne. Pas d'angoisses.

Il ferma les yeux. Il se sentait sombrer dans le sommeil et n'avait pas la force de lutter.

Vladimir le dévisagea.

Le détailla par le menu.

Il avait beau cogiter à s'en faire chauffer les neurones, impossible de se rappeler où il avait déjà rencontré ce drôle de zèbre.

Ah mais si ! C'était...

Mais non. Dès que ça avait l'air de vouloir venir, ça repartait.

— Eh bien, Dennis ? lança Silver avec agressivité. Tu acceptes la défaite comme un taureau émasculé ?

Elle avait picoré une salade de langouste, goûté un dessert (la croustade aux pommes sauce caramel était à se faire damner !), descendu une demi-bouteille de champagne et se sentait d'humeur à discuter.

— Moi ? demanda Dennis d'une voix à chanter la tyrolienne.

Brusquement elle se pencha vers lui. Ça ne lui était jamais venu à l'idée mais, ce soir, elle lui trouvait brusquement la tête de l'emploi.

— Dis donc, tu ne marcherais pas à voile et à vapeur, quand même ?

Il réagit violemment. Trop violemment.

— Tu es soûle ! Oser m'accuser d'avoir des tendances homosexuelles ! Surtout de ta part, je trouve ça un peu gros ! Je croyais avoir fait mes preuves.

— Ne t'excite pas comme ça, Dennis, dit-elle d'un ton apaisant. Certains de mes meilleurs amis sont gays. Seulement, eux, je n'ai aucune envie de les accueillir dans mon lit. Voilà tout.

— C'est injurieux et inadmissible, dit-il sèchement. Comment réagirais-tu si je te posais la même question ?

Les yeux de Silver se promenaient sur la population du restaurant. Dennis Denby l'ennuyait. Il était fade. Sa tête, ses vêtements, sa conversation, tout était fade en lui.

— Parlons d'autre chose, proposa-t-elle.

Il la fixa d'un regard venimeux.

— Ah oui ? Et pourquoi ? Est-ce que j'aurais touché un point sensible ? Tu marcherais à voile et à vapeur ? Toi ?

Elle le toisa avec un sourire polaire.

— Demande l'addition. Tu me raccompagnes. Et, si nous avons de la chance, nous ne nous reverrons plus jamais.

Vladimir n'osait pas déranger Madame au restaurant. La meilleure chose à faire était donc de déranger Nora.

Elle était chez elle, au milieu d'un sandwich au poulet et de *Cagney et Lacey* à la télé.

— Que voulez-vous? demanda-t-elle, irritée.

Vladimir lui exposa la situation.

Nora hésita. Elle était bien devant sa télé, et son sandwich au poulet était délicieux. Cependant, la perspective de voir le nouveau copain de Silver était fort tentante.

— Vous voulez dire qu'il est rentré comme ça dans la maison et qu'il s'est endormi? s'enquit-elle avec incrédulité.

— Madame va être furieuse après moi, zézaya pitoyablement Vladimir.

Pas croyable! Elle éteignit la télévision, brancha le répondeur, engloutit une énorme bouchée de son sandwich et se mit en route.

Vladimir l'attendait à la porte.

— Il dort encore? demanda-t-elle avant toute chose.

— Oui, siffla Vladimir, fulminant toujours contre ce malélevé qui s'était installé avec un pareil sans-gêne dans la maison.

Dennis Denby était peut-être exécrable mais, au moins, il avait un brin de tenue. Celui-ci semblait tout droit sorti du ruisseau. Vladimir trouvait que, parfois, Madame faisait preuve de beaucoup de mauvais goût.

Nora entra et mit le cap droit sur la bibliothèque. Elle se figea devant le spectacle de Wes, abandonné dans le sommeil, ronflant paisiblement.

— C'est ça? lança-t-elle d'une voix forte.

Vladimir qui arrivait derrière elle donna un coup de frein pour éviter la collision et acquiesça d'un hochement de tête.

— Pouvez-vous nous en débarrasser avant le retour de Madame? supplia-t-il humblement.

Totalement inconscient de la discussion dont il faisait l'objet, Wes continuait à dormir.

Nora approcha. Ce personnage solide, massif et crasseux était aux antipodes de ce qu'elle s'attendait à trouver. Ce garçon avait l'air d'un terrassier. Pas du tout le type de Silver. Quoique, allez savoir...

Elle ajusta ses lunettes et lui souffla la fumée de sa cigarette dans le nez.

— Excusez-moi, dit-elle de sa voix râpeuse, mais vous n'êtes pas dans un hôtel.

Il ouvrit un œil vitreux et la regarda.

— Salut, beauté! lança-t-il, retrouvant l'accent cockney de son enfance. Vous n'avez pas envie de me masser le dos?

Vladimir fit une lippe de mérou pour manifester sa réprobation.

Wes bâilla et s'étira largement.

— Vous, je sais que vous le feriez avec plaisir, dit-il à Vladimir. Seulement, je ne vous le demande pas.

Nora fronça les sourcils.

Ce n'était pas, à proprement parler, le modèle du célibataire de Hollywood. Pas, non plus, celui de l'amant de Beverly Hills. Et elle avait le net sentiment de l'avoir vu quelque part.

— On ne se serait pas déjà rencontrés? demanda-t-elle.

Il s'étira de nouveau, très lentement, puis les regarda tous les deux. Le Popov domestique et la vieille pouffe du service de presse. Son petit doigt lui disait qu'ils avaient très envie de le foutre à la porte.

— Où est Silver? demanda-t-il, cherchant à gagner du temps. Elle m'a donné rendez-vous ici, je viens : personne.

— Et quand vous a-t-elle donné ce rendez-vous? s'enquit suavement Nora.

— La dernière fois que je l'ai vue.

— *Quand* était-ce?

Pas possible! Il détailla la vieille vrille des pieds à la tête.

— Ça vous regarde?

— Mais oui, riposta Nora avec assurance. Tout ce qui concerne Miss Anderson me regarde. Maintenant, si j'ai un conseil à vous donner, c'est de prendre vos cliques et vos claques et de vous tirer d'ici avant son retour.

Pour qui elle se prenait, cette gouine fumeuse, là? La seule personne autorisée à le virer, c'était Silver.

— Allez vous faire sauter, énonça-t-il avec une insolente placidité.

— Quoi? fit Nora, proprement estomaquée.

— Vous avez très bien entendu.

Nora se ressaisit et posément, prononça à haute et intelligible voix :

— Si vous ne débarrassez pas les lieux maintenant, monsieur… euh… Money, j'appelle la police et c'est elle qui se chargera de vous chasser.

Il se leva.

— Vous pouvez raconter ce que vous voulez. Silver m'a invité et je resterai ici tant que ce ne sera pas elle qui me dira de m'en aller.

— Bien, constata Nora. Vous ne me laissez pas le choix.

Wes ne broncha pas.

— Allez-y. L'*Enquirer* va se régaler du scandale.

— Ah, je vois à qui j'ai affaire ! Tout est bon pour gagner quelques dollars ! C'est ça où je me trompe ?

— La seule chose de sûre, chère vieille madame, c'est que vous commencez à me courir sur le haricot. Je n'aime pas recevoir des menaces quand j'ai été invité.

Vladimir suivait les échanges de la tête comme un spectacle à Roland-Garros. Les copains allaient en faire, une tête, quand il leur raconterait celle-là !

— Monsieur Money, reprit Nora, contrôlant toujours son ton autant qu'elle le pouvait, êtes-vous décidé à quitter les lieux dans le calme, ou faut-il que j'appelle la police ?

— C'est Silver que vous feriez mieux d'appeler pour mettre fin à ce cirque.

Elle n'avait pas eu besoin de lui pour y songer mais l'idée de le voir partir entre deux flics la séduisait plus. Ce gamin mal élevé lui avait immédiatement inspiré une haine viscérale.

— Si vous insistez…, dit-elle, un peu raide.

Elle se tourna vers Vladimir et lui ordonna d'appeler le restaurant où Silver dînait.

Wes ramassa son verre et retourna au bar. Il avait besoin d'une deuxième tournée. Pour tout dire, il n'était pas du tout aussi calme qu'il voulait bien le paraître. Sa blessure à la tête le faisait affreusement souffrir et son estomac, encore retourné, le martyrisait. Qu'allait-il faire si Silver lui disait de vider les lieux ? Quant à l'éventualité d'un coup de fil aux flics, il aimait mieux ne pas y penser.

Il se servit un grand scotch. Il avait les jambes en coton. Chaque goutte d'alcool qu'il avalait compromettait un peu plus la perspective de retrouvailles torrides avec la star. Mais tant pis, il en avait besoin.

Et puis, trois choses se produisirent presque simultanément. Vladimir arriva, le téléphone sans fil dans la main, et annonça :

— Madame a quitté le restaurant et revient.

Silver fit irruption dans la pièce, le visage empourpré, l'air légèrement paf, avec Dennis Denby à un pas derrière elle.

Nora se planta devant Wes, les yeux écarquillés de surprise et s'exclama soudainement :

— Ça y est, je vous reconnais ! La soirée d'anniversaire ! Vous teniez le bar !

— Oui, oui ! approuva Vladimir en sautant sur place d'excitation. C'est ça ! Je m'en souviens aussi !

Silver regarda Wes.
Wes regarda Silver.
Il y eut un silence dramatique.

47

— Cet été, je loue une maison au bord de la mer, dit
Jack.
Heaven, qui regardait vaguement le panorama par la vitre
de la Ferrari, sursauta, brusquement intéressée.
— Une maison au bord de la mer! s'exclama-t-elle. Près
de Muscle Beach?
Il rit.
— Non, ce n'est pas près de Muscle Beach, c'est à
Trancas. C'est loin de tout, en fait, tranquille et... je l'adore.
Comment pouvait-on adorer une maison tranquille et loin
de tout? Oncle Jack n'aurait pas pu louer en plein Malibu, là
où l'on trouvait tous les gens intéressants?
— J'aimerais que tu viennes y passer un moment, reprit-il.
Si tu veux, tu pourras amener une amie.
Elle pianota sur le cuir chaud du siège.
— Ça a l'air salement... — elle chercha le mot — ... isolé,
ton truc...
— Pas du tout, il y a des boutiques et des restaurants pas
loin. J'ai vraiment envie que tu y viennes. On se tiendra
compagnie, tous les deux.
Ça, elle avait une pelletée de copines qui auraient payé
cher pour tenir compagnie à Oncle Jack. Pour un vieux mec,
il pouvait se vanter d'avoir du succès.
— Et Clarissa? Elle sera là?
— Je ne sais pas, répondit Jack en toute honnêteté.
Il savait qu'il y avait des décisions à prendre sur ce sujet
mais il ne s'en ressentait pas de les prendre maintenant.
— Je crois que ça va me plaire un max, Oncle Jack!
décida subitement Heaven. Je peux venir quand et pour
combien de temps?
— Tout l'été si ça te chante.
— Et Papy?
Jack sourit.
— Tu crois qu'il s'apercevra de ton absence?
Elle le regarda et sourit aussi. Ils avaient tous les deux
compris le cas George Python.

Parfois, elle se sentait très proche de son oncle. C'était le cas ce soir. Il avait appelé en fin d'après-midi.

— J'arrive juste de Las Vegas, avait-il dit, et j'ai envie de me faire un petit restau chinois. Tu ne connais pas quelqu'un qui voudrait m'accompagner ?

— Moi ! Moi ! avait-elle répondu toute joyeuse.

Il allait falloir qu'elle plaque Eddie mais tant pis.

— Je te prends dans une heure.

Ponctuel, il était arrivé une heure après. A tombeau ouvert, il l'avait emmenée chez *Madame Wu's* dans Wilshire Corridor, non sans avoir préalablement commandé un festin. Maintenant, il la raccompagnait chez elle. Elle était un peu morose. Elle aurait tellement aimé vivre en permanence avec Oncle Jack.

— Comment va la musique ? demanda-t-il.

Au restaurant, ils avaient passé en revue le collège, la vie avec George et les copains.

— Bof, répondit-elle mollement. — En réalité, ça ne bougeait pas beaucoup. Toujours les mêmes petites fêtes. Rien de nouveau. — J'ai envoyé mes bandes à toutes les maisons de disques. Elles me les ont toutes renvoyées avec une lettre standard de merde. — Elle le regarda, les yeux pleins d'espoir. — Je voudrais que tu viennes me voir la prochaine fois que je passerai quelque part.

Il hocha la tête, n'osant plus compter les fois où il lui avait promis de venir la voir. Il y avait toujours un empêchement de dernière minute. Il nota dans sa tête que, cette fois, il faudrait absolument qu'il y aille, et pas d'empêchement qui tienne ! Heaven comptait énormément pour lui et il fallait qu'il lui consacre encore plus de temps maintenant qu'elle devenait une jeune fille.

— Tu n'as même jamais écouté une de mes bandes, dit-elle, la voix lourde de reproche.

— Pourquoi tu ne m'en laisserais pas une ? Je l'écouterai en rentrant chez moi.

— Tu promets ?

— Est-ce que j'ai l'habitude de te mentir ?

Elle ne le pensait pas. Quand même, il ne s'était jamais dérangé pour s'intéresser à ce qu'elle faisait.

Quand ils arrivèrent, George était bouclé dans son atelier.

— Je ne vais pas le déranger, dit Jack. Je passerai un coup de fil pour lui parler de tes vacances dans la maison de Trancas.

— Tu promets ?

Il l'embrassa.

— Qu'est-ce qui te prend, ce soir ? Tu veux tout le temps que je promette. Tu ne crois plus ce que je te dis ?

Elle eut un petit rire gêné.

— C'est juste pour assurer le coup.

Quand Jack fut parti, elle se rappela qu'elle ne lui avait pas donné de cassette.

Jack était à la moitié du canyon et la voix poignante de Billie Holiday emplissait la Ferrari quand il s'aperçut qu'il avait filé sans prendre l'enregistrement de Heaven. En fait, il réalisait qu'il n'avait aucune envie d'écouter ce que faisait sa nièce. Si c'était nul ? Allait-il avoir le cœur de le lui dire ? Peut-être chantait-elle comme Silver... L'horreur ! Il chassa la pensée de son esprit. La voix de sa sœur ne le faisait pas rêver du tout. Elle lui rappelait sa mère et la façon dont elle l'avait abandonné quand il était enfant. Silver avait abandonné Heaven tout pareil.

Ses pensées dérivèrent vers New York et Clarissa. Lui manquait-elle ou non ? Il était toujours incapable de se déterminer.

Puis il pensa à Jade Johnson et à ce qui aurait pu se passer si elle n'avait pas changé d'avis si brusquement. Une nuit de grande extase, il en était sûr. Et peut-être plus.

Plus ? Possible... Mais d'abord, il fallait régler la question avec Clarissa.

Il secoua la tête, augmenta la poignante voix de Miss Holiday et fonça en direction de la suite d'hôtel qu'il appelait « chez moi ».

48

Wes n'aimait pas les scènes. Surtout quand il n'était pas à son avantage. Or il avait parfaitement conscience d'être à peine plus glorieux qu'une serpillière.

Silver le toisa. Elle était en colère. De petites étincelles se reflétaient dans ses yeux et le mitraillaient. Mais elle restait calme. Maîtresse d'elle-même, elle ne perdait pas la tête et prenait les choses avec classe.

— Bonsoir, Wes, dit-elle paisiblement.

Puis, se tournant vers Nora, elle ajouta :

— Je ne me rappelais pas que nous avions un rendez-vous ce soir ?

Nora qui la connaissait mieux que personne décida qu'il valait mieux appareiller.

Silver foudroya ensuite Vladimir d'un regard plein de rage froide.

— Que faites-vous ici ? Je n'ai pas sonné, que je sache !

Vaillamment, Vladimir tenta une explication :

— Mais Madame, cet homme a fait irruption et...

— *Bonne nuit,* Vladimir. Je n'ai plus besoin de vous ce soir.

Le majordome partit la tête basse.

Nora se racla la gorge.

— Bon, eh bien, je crois que je vais rentrer...

— Très bien, dit sobrement Silver.

— C'est Vladimir qui m'a appelée, expliqua Nora. Il pensait qu'il y avait un problème.

Silver la congédia d'un mouvement de main.

— En plus des heures supplémentaires, fais-moi penser à ajouter une prime spéciale pour tes fonctions de garde du corps sur ton salaire du mois prochain.

Ce qui n'eut pas l'air de plaire à Nora. Elle voulait simplement se rendre utile. Jamais à court d'argument, elle répliqua vertement :

— J'en parlerai à la City Television. Ce sont eux qui me paient, jusqu'à preuve du contraire, pas toi.

Ramassant son sac à main, elle quitta la pièce sur les talons de Vladimir. Silver Anderson s'aventurait sur un terrain bourbeux. Pas étonnant qu'elle ait fait des difficultés pour montrer ce Wes Money. Ce type n'était qu'un dragueur de chéquiers. Un barman ! Quand ça se saurait — et ce n'était sans doute qu'une question de jours —, elle allait être la risée de Hollywood !

Dennis Denby entra, bien décidé à montrer de quoi il était capable.

— Qui est ce monsieur, Silver, à la fin ?

Elle avait oublié qu'il était derrière elle comme un petit chien, prêt à recevoir avec une humeur égale les caresses comme les coups de sa bonne maîtresse.

— Dennis, mon cher, dit-elle affablement, je sais que je t'ai invité à entrer mais maintenant, je t'invite à sortir. Je te prie d'être compréhensif. Je te promets de te téléphoner demain pour t'expliquer.

Tout en prononçant ces mots, elle le poussait vers la porte.

— Mais que se passe-t-il, à la fin ? gémit-il. Je croyais que nous étions réconciliés !

Elle l'embrassa rapidement sur une joue et continua à le pousser.

— Mais qui a dit que nous avions jamais été fâchés ?

Il se laissa éconduire, à contrecœur.

— Mais, à la fin, vas-tu me dire s'il y a quelque chose entre cet homme et toi ? gémit-il d'une voix déchirante.

— Ne sois pas ridicule ! jappa-t-elle sèchement en lui claquant la porte au nez.

Elle fit une halte dans l'entrée avant de retourner auprès de Wes. Il fallait qu'elle récupère un peu. *Je vous reconnais ! La soirée d'anniversaire ! Vous teniez le bar !* Les exclamations de Nora ne lui avaient pas échappé. Pas plus que les confirmations excitées de Vladimir.

Misère de misère ! pourquoi ne lui avait-il rien dit ?

Et que se serait-il passé s'il le lui avait dit ?

Elle secoua la tête. S'il le lui avait dit, elle l'aurait envoyé promener. Voilà ce qu'elle aurait fait.

Entrant au pas de charge dans la bibliothèque, elle alla se planter face au dernier en date de ses amants. Les mains sur les hanches, elle le détailla avec une expression remarquablement calme.

— Alors ? demanda-t-elle d'un ton glacial.

Avec une lenteur délibérée, sans se lever, il alluma une cigarette.

— Je commence vraiment à en avoir marre d'être traité comme une merde ici, dit-il posément.

Elle explosa et se mit à arpenter la pièce en écumant.

— Ah, tu en as marre ? Et moi alors, tu ne crois pas que j'en ai marre aussi ?

— De quoi ?

— Oh ça va, hein ! Arrête de faire comme s'il ne s'était rien passé !

Il souffla sa fumée vers elle puis se leva.

— Bon, je crois que je ferais mieux de partir. J'ai déjà eu droit à des scènes ridicules mais là, ça dépasse tout ce qu'on peut imaginer !

Elle le regarda de nouveau, de la tête aux pieds.

— Tu as l'air d'un clochard.

— Désolé, Madame Silver Anderson, dit-il d'un ton mordant, mais je n'avais pas vraiment prévu de me faire casser la gueule avant de venir vous rendre visite...

Elle l'examina d'un œil inquiet. Même dans cet état lamentable, elle lui trouvait du chien. Une sorte de force virile qu'il exsudait par tous les pores de sa peau.

Elle aurait dû lui dire de sortir. Sortir de sa maison. Sortir de sa vie. Elle en était pleinement consciente.

Mais pourquoi ?

Simplement parce qu'il était barman? En quel honneur Silver Anderson aurait-elle dû se plier à ce genre de convention? Silver Anderson faisait ce qui lui plaisait.

— J'aurais bien aimé que tu me dises la vérité en face, dit-elle d'un ton cassant.

— Pourquoi?

— Parce que ça m'aurait évité d'être humiliée devant mon personnel.

— Parce que tu es humiliée...

— Oui.

Il tâta le terrain.

— Vraiment *très* humiliée?

Elle sentit l'humour de son ton mais ne fut pas amusée.

— Tu fais chier, Wes Money, grogna-t-elle en se dirigeant vers le bar.

Il décolla, la contourna, s'installa derrière le comptoir, prenant la pose, et demanda courtoisement :

— Et pour Madame? Ce sera? Une coupe de champ? A moins que... Permettez-moi de vous proposer une de mes spécialités : le daïquiri à la fraise avec un trait de Bénédictine. Et, si vous aimez les noisettes, j'en ai de très belles!

Il la tenait. Elle ne put cacher une esquisse de sourire.

— Tu as une touche effrayante, dit-elle en prenant un air contrarié.

— La soirée a été dure.

— Une douche te fera du bien.

— Est-ce une proposition malhonnête?

— Tu sais, dit Silver, je n'apprécie pas du tout que tu arrives ici sans avertir.

— Je te rappelle que tu m'avais invité.

— Tu avais annulé.

— J'avais repoussé, rectifia Wes.

— Je n'aime pas qu'on me fasse attendre.

— Parfois, ça en vaut la peine.

— Ah oui?

— Tu veux que je te le prouve?

Beaucoup plus tard, après le lui avoir amplement prouvé, Wes se leva, prit une douche froide et, pendant que Silver dormait, descendit à la cuisine. Il alluma la télévision, se servit une assiette anglaise et commença à manger en cherchant une chaîne d'information avec la télécommande.

Quand il en eut trouvé une, il manqua avaler de travers. Les morts n'étaient pas les premiers venus. Une petite présentatrice blonde, plutôt mignonne, relata rapidement l'affaire : « *Le rocker heavy-metal Churnell Lufthansa et sa jeune maîtresse de quinze ans, Gunilla Saks, ont été découverts la nuit dernière tous deux abattus d'une balle dans la tête dans une maison isolée de Laurel Canyon. L'arme du crime n'a pas été retrouvée. Pour le moment, l'enquête piétine. Churnell Lufthansa avait accédé à la gloire à la fin des années soixante avec son groupe les Ram Bam Wams. Personne n'ignorait qu'il...* »

Wes éteignit vivement. Il ne voulait pas connaître les détails. On ne parlait pas de lui, pour l'instant. C'était l'essentiel.

Il décrocha le téléphone portable et pianota le numéro de Rocky. Il laissa sonner un long moment avant d'entendre la voix belliqueuse de Rocky :

— Ouais ? Qu'est-ce que c'est ?

Wes se présenta.

— D'où que t'appelles comme ça, mec ?

Comment Rocky pouvait-il savoir qu'il n'était pas chez lui ? il tenta un coup :

— De chez moi, cette blague !

— Hé ho, me la fais pas !

— Qu'est-ce qui te fait dire que je n'y suis pas ?

— Parce qu'ils sont en train de te...

Rocky s'interrompit brutalement au milieu de sa phrase.

— Ils sont en train de me chercher, c'est ça ? demanda Wes.

— Ça risque.

Rocky n'avait pas l'air à l'aise dans ses pompes...

— Tu peux m'expliquer de quoi il retourne ? questionna Wes, sachant parfaitement qu'il aurait du mal à obtenir une réponse précise.

— Espèce de tête de nœud ! explosa Rocky. Mais qu'est-ce qui t'a pris de les doubler ?

— Hein ?

— T'as très bien entendu, connard !

— Merde..., lâcha Wes, incrédule. Tu ne penses quand même pas que j'ai fait ça ? Pas toi !

— Non seulement on raconte que tu les as doublés mais, en plus, que tu t'es fait la malle avec cinquante mille talbins et une belle quantité de blanche.

— C'est du flan.

— C'est ce qui circule dans le milieu, en tout cas, et je peux te dire qu'ils te cherchent dare-dare !

— Où ça ?

— Partout.

— Qui ça ?

— Les gros bras, c'te blague !

— *Mêêrde !*

— Comme tu dis... Alors, où que tu te planques ?

Les efforts que Rocky faisait pour avoir l'air décontracté avaient quelque chose de pathétique. Non seulement les flingueurs de la pègre le recherchaient mais ils avaient certainement mis sa tête à prix. Un prix que Rocky se serait certainement vu encaisser sans remords.

— Je suis en Arizona, dit Wes. J'ai pensé que c'était meilleur pour ma santé.

— Ouais, approuva Rocky. T'as intérêt à y rester. — Il se tut puis, soudain, débita comme si l'idée lui venait juste : — Au fait, laisse-moi ton bigo. S'il y a du neuf, je pourrai t'appeler.

— Pas la peine. C'est moi qui t'appellerai.

Wes était très songeur lorsqu'il raccrocha. S'il était rentré chez lui cette nuit, il est fort probable qu'à cette heure, il serait en compagnie de Churnell Lufthansa et de Gunilla Saks dans un monde meilleur. Or il estimait, en ce qui le concernait, qu'il n'y avait aucune urgence à aller déguster les pissenlits par les racines.

Il rouvrit le frigo, en sortit une bière fraîche.

Bon. Qu'est-ce qu'il allait faire ?

Examen circonstancié des différentes solutions.

New York. Il y avait encore quelques amis éparpillés à divers endroits.

Mais on s'y gelait les miches.

D'accord, il devait faire plus froid six pieds sous terre.

La Floride et Vicki.

Impensable. Elle était probablement mariée, mère de famille et grasse comme un moine dans le petit pavillon en parpaings dont elle avait toujours rêvé.

La famille ? Il n'en avait plus. *Qu'est-ce qu'il allait faire, bordel de merde ?*

Silver entra silencieusement dans la cuisine, nue sous une robe de chambre de couleur pêche.

— Mmmm..., murmura-t-elle. Et qu'est-ce que je trouve là ? Un gros gourmand !

Instantanément, il chercha l'arrondi d'une fesse et y plaqua la main.

— Mais que vous êtes excitante, madame !

Les gestes, les paroles venaient d'eux-mêmes, commandés par le pilote automatique.

— On me l'a déjà dit, minauda la star.

— Ah oui ? Qui ça ?

— La moitié de la population américaine, environ.

— Tous des obsédés !

— Hé, barman, fais un peu attention !

— C'est toi qui devrais faire attention.

L'attirant vers la chaise sur laquelle il était assis, il écarta sa robe de chambre et, sans préambule, plaqua la bouche sur sa toison, langue dardée en avant.

Elle ouvrit les cuisses de bonne grâce.

— Tu m'allumes en permanence, énonça-t-elle, touchante de sobriété.

Il sourit d'une oreille à l'autre.

— Je me demande qui allume qui...

— Tu es une mauvaise fréquentation, Wes Money. J'ai besoin de dormir. Je n'ai plus vingt ans, tu sais !

— Il paraît. Mais si tu ne le jures pas, personne ne te croira ici.

— Très drôle ! Je vais avoir l'air d'une loque demain sur le plateau.

— Tais-toi. Tu ne peux pas être autre chose qu'époustouflante.

— Tu me flattes...

— Et tu adores ça.

— On ne peut pas discuter avec toi, barman. Tu as raison.

— On se marie ? lâcha-t-il, comme ça, sans réaliser ce qu'il disait.

Elle leva un sourcil étonné.

— Pardon ?

Puisqu'il était lancé, autant aller jusqu'au bout :

— On pourrait sauter dans un avion pour Las Vegas et régler ça vite fait.

Elle resserra sa robe de chambre sur sa nudité et se mit à rire.

— Mais pourquoi est-ce que je me marierais avec toi ?

Brusquement, la réalité lui dégringola dessus comme un seau d'eau froide.

— Ouais, dit-il d'un ton amer. Pourquoi est-ce que tu te marierais avec moi ? Pour le cul, je fais l'affaire mais le mariage, c'est autre chose, hein ? Tu as raison... Tu es riche et moi, je ne suis qu'un clodo... Je vais te prendre tout ton fric et le claquer plus vite qu'un pochard claque dix dollars au bistrot. Et merde...

Il se leva, nu comme au jour de sa naissance, et se mit à faire les cent pas de long en large dans la cuisine. Soudain, se tournant vers elle, il s'immobilisa et reprit d'un ton aigre :

— C'est la première fois de ma vie que je demande à une

femme de m'épouser ! Et toi, qu'est-ce que tu fais ? Hein ? *Hein ?* Tu me ris au nez, c'est tout ce que tu trouves à faire ! Tu me prends pour un jobard, peut-être pour un profiteur. Eh bien, permets-moi de te dire une chose. Ton pognon, je m'en tamponne ! Ta célébrité, si tu savais où je me la colle... J'avais simplement l'impression qu'on était bien ensemble. Tu es bien avec moi. Je suis bien avec toi. Pourquoi ne pas aller jusqu'au bout ?

Silver Anderson était prise au dépourvu, déstabilisée. Cette tirade était la dernière chose à laquelle elle s'attendait. Wes était enragé, comme un gros animal en cage. Et il était tellement drôle, tout nu, là, dans sa cuisine.

Le mariage ? Mmmm... A chaque fois, ç'avait été une erreur monumentale.

Le mariage ? Mmmm... D'un autre côté, ça pouvait être amusant. Et quels gros titres ça pouvait faire !

Wes alla prendre une autre boîte de bière dans le frigo et la déboucha avec une violence telle qu'il aspergea le sol.

— Je ne connais rien de toi, fit-elle observer avec bon sens.

— Je te dirai tout ce que tu veux savoir.

— Ça, c'est gentil !

Il ignora son sarcasme.

— Je suis libre, blanc, et majeur. Je suis aussi fauché et j'ai des problèmes avec une bande de gusses qui veulent récupérer de l'argent que je ne leur dois pas. Je n'ai pas d'attaches. Je ne suis pas un grand délinquant. Je refuse d'être à ta botte mais, si tu veux, je peux m'occuper de toi et veiller sur tes intérêts. Je ne pense pas être un génie mais je suis un gars de la rue, malin, rapide, futé. Je suis sûr que je pourrais t'apprendre des tas de choses.

Il vit qu'elle allait dire quelque chose. Il tendit la main pour l'arrêter.

— Attends. Je ne veux rien de tout ce que tu as. Ta maison, tes voitures, ton fric, tout ça je n'en veux pas. Je signerai tout ce que tes avocats voudront me faire signer.

— Si tu es fauché, peut-être peux-tu me dire comment tu comptes vivre, alors ? demanda-t-elle, un brin mordante.

Il avala une gorgée de bière à la boîte.

— Je ne suis pas de ces machos qui ont des complexes parce que c'est leur femme qui paie les factures.

Elle se remit à rire.

— Là, tu m'ôtes un poids !

Il marcha vers elle, la prit par la taille et l'attira contre lui.

— Je trouve qu'on fait un mélange détonant, nous deux ! Pas toi ?

— J'ai tout à perdre et rien à gagner, protesta Silver sans grande conviction.

Il frotta la cicatrice de son œil gauche avec une main tandis que l'autre main glissait vers les petites fesses musclées de la star.

— Si, tu as beaucoup à gagner : moi. Et, tu veux que je te dise un truc, riche et célèbre madame ?

C'était ridicule, insensé mais, déjà, elle sentait le désir sournois coloniser son corps sans défense.

— Quoi ? demanda-t-elle, la voix rauque.

— Avec moi, tu auras le meilleur amant de Beverly Hills.

Un coin du Midwest dans les années soixante-dix...

Conformément aux usages, elle pleura la mort de son père et de la grosse femme. Toute la petite localité se demandait qui avait pu commettre un crime aussi hideux. Incendier une maison avec tout ce qu'elle contenait, choses et habitants ! Elle fut recueillie par des paysans des environs.

Elle entendit la femme confier à une amie :

— Il paraît qu'ils étaient carbonisés comme des poulets oubliés dans le four.

Parfait, *songea-t-elle.* J'espère qu'il a souffert. Qu'il en a bavé longtemps. Qu'il s'est bien rendu compte de ce qui lui arrivait.

Personne ne la soupçonna du meurtre. En fait, pour la première fois de sa vie, elle était traitée avec sympathie et amour par les adultes qui l'entouraient.

Le paysan et sa femme avaient déjà quatre enfants et il était entendu, dès le départ, que son séjour dans la famille n'était que temporaire. Elle partageait une chambre avec les deux filles mais ne se liait pas. L'une avait dix-sept ans, l'autre presque dix-huit et, d'ailleurs, elles la considéraient comme une intruse. Elles s'appelaient Jessica-May et Sally. Elles ne pensaient qu'aux garçons et ne parlaient que de ça.

— Je trouve que Jimmy Steuban est mignon, disait souvent Jessica-May.

— Moi, j'aime Gorman, déclarait Sally.

Ensuite, elles discutaient des avantages et des inconvénients de chacun des deux garçons pendant quatre heures d'affilée.

Parfois, elles la regardaient et lui demandaient agressivement :

— Et toi, tu préfères qui ?

Comme elle ne répondait pas, les deux filles se mettaient à glousser et ricaner entre elles.

La femme du paysan était gentille. Son mari était un gaillard bourru avec une tignasse et une barbe rousses. Les fils, âgés de dix et douze ans, étaient de petits gredins ne pensant qu'à faire des bêtises. Elle s'installa dans leur vie familiale, attendant que la police ait retrouvé un de ses frères ou une de ses sœurs pour la prendre. Elle n'avait aucun remords de ce qu'elle avait fait. Son père et la putain maquillée avaient bien mérité ce qu'ils avaient eu.

Les paysans ne gagnaient pas de quoi vivre large et, bientôt, elle fut priée de trouver un travail pour participer à la vie du foyer. Elle alla se faire un peu d'argent le week-end comme manutentionnaire dans le seul supermarché de la ville voisine. Elle eut seize ans. Personne ne s'en aperçut car elle ne dit rien. Qui cela pouvait-il intéresser de savoir que c'était son anniversaire ?

La nuit, dans la chambre qu'elle partageait avec les deux sœurs, elle passait des heures à regarder le plafond et à se demander ce qu'elle allait devenir. Elle n'avait aucune intention de rester là et, secrètement, elle commença à économiser une partie de l'argent qu'elle gagnait au supermarché. Son seizième anniversaire était passé depuis un moment quand, enfin, son corps commença à prendre des formes. Ses seins se remplirent, sa taille se marqua. Tout à coup, elle ressemblait à une femme et les garçons la regardèrent avec beaucoup plus d'intérêt. L'un d'eux en particulier, Jimmy Steuban, se mit à la suivre partout. Il avait dix-sept ans, des cheveux noirs et un corps d'athlète. Elle essaya de l'ignorer car elle savait qu'il plaisait à Jessica-May. Mais il s'obstinait à la poursuivre à l'école, à l'attendre le week-end à la sortie de son travail.

Un soir, elle se laissa raccompagner. Il la poussa dans les taillis non loin de la ferme et essaya de l'embrasser. Elle hurla si fort qu'il prit la fuite.

Mais il n'abandonna pas pour autant. Et, malgré tous les conseils de prudence que lui soufflait son instinct, elle se prit d'affection pour lui. Jessica-May se mit en rage quand elle sut ce qui se passait entre eux. Chaque jour, elle demandait à sa mère de chasser cette indésirable.

— Où voudrais-tu qu'elle aille ? répondait la brave femme. On ne retrouve pas les gens de sa famille. Nous sommes de bons chrétiens, ma fille, nous la garderons jusqu'à ses dix-sept ans.

Jessica-May se mit alors à faire tout ce qu'elle pouvait pour lui empoisonner la vie. Elle lui mettait des souris et des cancrelats dans son lit, gribouillait les pages de ses livres et de ses cahiers, arrachait les boutons de ses vêtements et, d'une manière générale, disait du mal d'elle à tout le monde. A cette fin, elle recruta sa sœur Sally qui ne se fit guère prier pour lui prêter son concours. Elle était aussi pressée que Jessica-May de la voir déguerpir.

Jimmy Steuban était sa seule consolation. Il était gentil avec elle, l'emmenait au cinéma, en pique-nique, la traitait comme un être humain à part entière. Quand, finalement, il voulut faire l'amour avec elle, elle ne se sentit pas capable de le repousser. Par une nuit froide, à l'arrière de la vieille Ford rouillée du père de Jimmy, elle laissa le garçon lui enlever son chemisier puis son petit soutien-gorge. Il lui toucha les seins, délicatement, avec respect, lui parla à l'oreille, lui dit combien il l'aimait. Puis il releva sa jupe, la débarrassa de sa petite culotte et plongea sa virilité en elle.

Elle était pétrifiée de terreur, s'attendant à revivre les souffrances que lui avaient infligées les coups de boutoir de son père. Mais, avec Jimmy, ce fut très différent, elle sentit qu'elle se détendait et, bientôt, se surprit à répondre aux élans du garçon avec une ardeur troublante.

— Tu es vraiment chouette! souffla-t-il, haletant. Je t'aime pour de vrai!

Elle aussi l'aimait réellement. Et, pendant les mois qui suivirent, ils firent l'amour et des projets.

— Et si je tombe enceinte? demanda-t-elle un soir, bien que, après ce qui lui était arrivé, elle fût persuadée que c'était chose impossible.

— Je t'épouse! répondit-il noblement. On ira vivre dans un château et je serai ton prince!

Six semaines plus tard, elle découvrit qu'elle était enceinte. Elle en parla à Jimmy, qui en parla à son père. Deux jours après, Jimmy quittait la ville et elle n'eut plus de nouvelles de lui.

Jessica-May et Sally se firent une joie d'aller hurler la nouvelle sur les toits. Elle fut envoyée dans un foyer pour mères célibataires à quatre-vingts kilomètres de là. Le foyer était tenu par des religieuses, des femmes rigides et sévères qui exigeaient un respect et une soumission de tous les instants. Les soixante filles enceintes se levaient à cinq heures du matin, faisaient pénitence pendant deux heures, agenouillées sur le sol en ciment d'une chapelle glaciale, puis c'étaient les travaux ménagers jusqu'à midi. A midi, on leur donnait une écuelle de soupe, un morceau de pain rassis et un gobelet de lait. L'après-midi était consacré à l'enseignement scolaire car la plupart des filles avaient moins de dix-huit ans. Le coucher avait lieu à sept heures du soir.

Toutes les deux semaines, un médecin au visage rougeaud et au cou de taureau venait les examiner. Il avait son cabinet de consultation à l'intérieur même de l'institution. Ce cabinet, les pensionnaires l'avaient baptisé la salle de torture. Elle redoutait tellement ces visites qu'elle ne fermait jamais l'œil la nuit qui les précédait. Le médecin arrivait dans une grosse voiture poussiéreuse, généralement accompagné par une infirmière au visage ingrat qui préférait passer son temps à boire des tisanes avec les religieuses que de s'occuper des filles. Ça n'avait pas l'air de déranger le docteur. Aux filles qui défilaient à la queue leu leu dans son cabinet, il disait invariablement :

— On se déshabille. On s'allonge. Les jambes dans les étriers.

Il ne regardait jamais leur visage, ne connaissait même pas leur nom. Pour lui, elles n'étaient que des numéros. Quand l'une d'elles était envoyée à la maternité, il la rayait de sa liste et inscrivait un nom nouveau face à son numéro.

Elle était tombée sur le numéro sept. Ce n'était pas son chiffre de chance. Elle n'était jamais allée chez un gynécologue, n'ayant même pas la moindre idée de ce que ça pouvait être. Mais une grosse rousse se chargea de lui expliquer que ce n'était pas du tout comme ça que ça devait se passer normalement.

D'abord, le docteur enfilait des gants de caoutchouc fin sur ses mains osseuses. Puis il trempait un index dans la vaseline et le plongeait aussitôt entre les cuisses de celle qui se trouvait sur la table. Il farfouillait ensuite pendant cinq bonnes minutes, parfois dix, poussait, tirait, écartait sans aucun ménagement. Parfois, il allumait une petite lampe torche, se penchait et regardait à l'intérieur pendant un temps infini. Un jour, il vint avec un chapeau qui ressemblait à un casque de mineur, avec une petite lampe fixée dessus. Ainsi, il pouvait en même temps regarder et triturer. De temps à autre, il oubliait de mettre ses gants. Mais le plus dur, c'était quand il enfilait un spéculum en bois pour écarter les lèvres. Elle devait se retenir de hurler tellement ça faisait mal. Un jour, elle s'en plaignit et il lui rétorqua :

— Tu n'as que ce que tu mérites. Si tu n'avais pas laissé ton petit copain entrer là-dedans pour faire ses petites affaires, tu n'en serais pas là aujourd'hui.

Après l'examen gynécologique, c'était la palpation mammaire, une longue séance de tripotage, pincements, écrasement.

Quand il avait fini, il annonçait sans s'émouvoir :

— Lève-toi, maintenant, que je te regarde.

Et la fille devait subir l'examen salace du docteur au regard lubrique. Une fois par mois, il prenait une photo Polaroïd. Pour ses dossiers, disait-il.

— Ce vieux salaud ! On devrait lui interdire l'exercice de la médecine, et même le foutre en taule ! lança un jour une fille de dix-huit ans.

Elles essayèrent de se plaindre, ne tardèrent pas à constater que ça ne les menait nulle part. Persuadées que ce bon docteur était un saint homme, les religieuses ne voulaient rien entendre.

Elle subit donc sa grossesse comme elle avait subi le reste de sa vie. Elle garda tout ce qu'elle avait sur le cœur pour elle-même et se mura dans le silence.

— Bêcheuse de merde ! lui dit un jour une autre pensionnaire. Tu t' crois mieux que nous, hein? Ça te salirait la gueule de nous causer!

Elle ne se croyait pas mieux qu'elle, elle se savait différente. Un jour, elle laisserait tout cet univers de merde derrière elle et deviendrait quelqu'un.

Quand son enfant naquit, peu de temps après son dix-septième anniversaire, il fut immédiatement proposé pour l'adoption. Elle eut tout juste le temps de l'allaiter pendant six jours et on le lui enleva.

— On signe ici, lui ordonna une grosse infirmière avec du poil au menton et un œil qui disait merde à l'autre.

— Je ne veux pas...

— On ne discute pas. On signe ici, un point c'est tout.

Elle signa et fut envoyée dans un foyer d'accueil. C'est là qu'elle apprit la nouvelle : Jessica-May était enceinte de Jimmy Steuban et ils allaient se marier rapidement. Pas d'accouchement caché, d'institution religieuse et d'abandon d'enfant pour Jessica-May. Bien sûr... Le mariage fut une joyeuse cérémonie, avec quatre demoiselles d'honneur et un gâteau à plusieurs étages. Elle lut dans le journal local un reportage sur l'heureuse fête. Il y avait même une photo du jeune couple. Jessica-May portait une robe blanche faite par sa maman. Jimmy Steuban était très élégant, malgré son air un peu emprunté, dans une redingote de location.

Elle attendit ses dix-huit ans. Elle attendit son heure. Elle attendit, calmement, patiemment, comme elle l'avait toujours fait. Puis, une nuit où la lune ronde et pleine éclairait le monde comme un fanal, elle emprunta la bicyclette du fils de la maison, alla voler un bidon d'essence dans une station-service et parcourut les douze kilomètres qui séparaient son foyer d'accueil de la maison où Jimmy et Jessica-May vivaient avec leur bébé.

Paisiblement, consciencieusement, elle répandit l'essence autour de la maison.

Ce ne fut pas difficile de gratter la première allumette...

LIVRE III

HOLLYWOOD, CALIFORNIE
Août 1985

49

Poppy Soloman s'était changée cinq fois. Impossible de se décider. C'était la panique. Qu'allait-elle porter? Du Valentino? Du Chanel? Du Saint Laurent?

Elle trépigna et poussa un cri de rage.

Affolé, Howard sortit précipitamment de ses toilettes. Sans perruque, il arborait un boxer-short, son habituelle expression de malade nerveux et une traînée de poudre blanche entre le nez et la lèvre supérieure.

— Qu'est-ce qui s'est passé? cria-t-il.

Poppy, qui ne portait rien d'autre qu'un collant beige, un somptueux collier de diamants et une coiffure grand style, le regarda avec une moue renfrognée.

— La petite Poppy ne sait pas comment s'habiller, gémit-elle de sa voix de nunuche.

— Nom de Dieu! rugit Howard. J'ai cru qu'on était en train de t'égorger! — Il montra une paire de ciseaux pointus qu'il tenait encore à la main. — J'ai été tellement surpris que j'ai failli me couper les couilles.

— Qu'est-ce que tu faisais avec des ciseaux du côté de tes couilles? demanda Poppy avec étonnement.

— Je tondais le gazon, répondit Howard. Qu'est-ce que tu crois que je faisais?

Poppy laissa échapper une onomatopée grincheuse. Elle ne se sentait pas d'humeur à supporter les excentricités de Howard. Elle ramassa une création Bill Blass bleu profond qu'elle avait envoyée valser sur le sol.

— Il faut absolument que tu m'aides, mon gros lapin!

supplia-t-elle. Dis-moi, en toute honnêteté, laquelle de ces robes tu préfères.

— Tu n'as qu'à mettre la plus chère, grogna Howard d'une voix acide.

— Si tu crois que je garde les tickets de caisse…, fit stupidement Poppy. Allez, maintenant, au boulot ! J'ai besoin de ta collaboration. Sans quoi, on va être en retard.

— Tu ne peux pas être en retard à un dîner que tu offres, fit observer Howard avec bon sens.

— Comme tu dis ! approuva Poppy.

Vingt-cinq minutes plus tard, après avoir infligé à Howard un mini-défilé de mode, Poppy jeta son dévolu sur une exquise petite veste Oscar de La Renta en soie avec des motifs kaléidoscopiques de verroterie scintillante qu'elle mit par-dessus une longue robe de velours noir. Elle avait coûté près de six mille dollars et c'était la première fois qu'elle la mettait.

— Merci de tes bons conseils, mon gros lapin !

Elle se jeta sur Howard pour l'embrasser et se rendit compte qu'il était toujours en boxer.

— File vite t'habiller ! lança-t-elle, furieuse. Si tu nous mets en retard, je t'étrangle.

Proférant de sombres menaces dans sa barbe, Howard se retira dans sa salle de bains personnelle. Poppy aurait rendu dingue l'homme le plus équilibré de la terre. Elle avait changé dix fois la date de son dîner, la liste des invités et même le restaurant. Enfin, maintenant tout était réglé. C'était pour ce soir. Toutefois, Howard avait du mal à comprendre en quel honneur c'étaient eux qui allaient offrir cette petite sauterie intime de soixante-quinze invités pour Silver Anderson et le mystérieux élu de son cœur. Silver et Poppy n'avaient jamais été très intimes. Quant à lui, c'est tout juste s'il la connaissait. Mais bon, il était à peine marié depuis deux minutes qu'il avait déjà compris deux des principales qualités de Poppy : arrivisme et lèche-bottes. Personnellement, il se foutait de toutes ces simagrées qu'elle faisait pour s'attirer la bienveillance des stars. Du moment qu'elle était contente.

Attrapant sa perruque, il la mit en place, ferma les deux clips qui l'empêchaient de s'envoler et coiffa ses cheveux de manière à dissimuler la jointure.

Le téléphone à côté des toilettes sonna. Il décrocha et aboya un autoritaire :

— Oui ?

— Monsieur Klinger pour vous, monsieur, annonça la femme de ménage.

Pourquoi Zachary K. Klinger l'appelait-il chez lui un

samedi soir ? Ce type était vraiment un enfoiré imprévisible. Cela faisait sept fois, maintenant, qu'il le convoquait pour une réunion et sept fois qu'il annulait son voyage sur la côte Ouest. Parfait. Howard n'avait pas besoin de lui. Il se débrouillait sans avoir besoin d'un Zachary K. Klinger perpétuellement sur ses basques. Orpheus se portait fort bien. Trois films en cours de réalisation et trois autres en phase de préproduction, parmi lesquels la géniale idée de Howard lui-même : une comédie musicale à l'ancienne avec Carlos Brent, produite par Orville Gooseberger. En ce moment même, Whitney Valentine était en train de lire le script, qui n'était autre que le *remake* d'un classique du genre.

— Comment allez-vous, Zachary ? lança-t-il du ton le plus amical possible.

Il était prêt à entendre l'annonce d'une nouvelle annulation. La dernière en date des réunions prévues avec Zachary devait avoir lieu le lundi.

— Je vais vous étonner un peu, Howard, dit Zachary.

Sa voix était un murmure profond et sinistre qui rappelait celle de Marlon Brando dans *Le Parrain*.

— Je sais, repartit Howard, vous n'êtes pas encore libre pour notre réunion de lundi. Aucun problème, Zach. — Très détendu, il utilisait le diminutif : preuve de confiance. — Nous comprenons. Nous savons bien que vous êtes très occupé. Mais, soyez tranquille, tout marche comme sur des roulettes ici.

— Je suis ici, répondit Zachary K. Klinger. J'aimerais vous voir ce soir.

— Vous... êtes là ? répéta Howard, le souffle coupé.

— Mon avion s'est posé il y a un quart d'heure.

Howard sentit la sueur lui ruisseler sur tout le corps. Ah il avait bien besoin de ce genre de surprise. Ce gros fumelard l'avait fait tourner en bourrique pendant plusieurs mois et voilà qu'il débarquait ce soir sans avertir. Juste le soir où Poppy offrait un dîner en l'honneur de Silver Anderson !

— Mais Zach, vous auriez dû m'avertir !

— Pourquoi ? demanda innocemment Klinger.

Howard savait que ce ton bon enfant dissimulait une fureur noire. Quand Zachary K. Klinger voulait quelque chose, personne ne discutait. C'était de notoriété publique.

— Mais... euh... Poppy... Enfin, ma femme donne un dîner de gala. C'est en l'honneur de Silver Anderson, vous comprenez. — Il eut un petit rire nerveux. — Ah, les bonnes femmes, vous savez ! Si je me défile pour ce soir, elle est chez son avocat demain matin à l'heure du petit déjeuner.

— Aucun problème, dit Zachary d'un ton compréhensif.

Howard se mit à respirer.

— Heureusement que j'ai un smoking sur la côte Est et un sur la côte Ouest, poursuivit Zachary. Le temps de m'habiller et j'arrive. Ça se passe où et à quelle heure?

Où et à quelle heure? Pendant une fraction de seconde, Howard resta sans voix. Poppy avait mis trois jours à concocter ses plans de table. *Trois jours entiers!* La venue de Zachary K. Klinger allait bouleverser toute son organisation. Elle ne le supporterait pas et le ferait payer cher à Howard. Là, il pouvait s'apprêter à en baver pendant des semaines, des mois, peut-être des années!

Pitoyablement, il parvint à bredouiller :

— Ce sera un grand plaisir, Zach. Euh... est-ce que vous viendrez seul?

— Oui.

— Bien... Parfait... Le dîner a lieu au.. au *Bistro*. A huit heures. Tenue de soirée. Mais ça, je crois que vous l'aviez déjà noté...

— Oui oui... — Silence. — Ah oui, hemm, Howard...

— Oui, Zach?

— Je déteste qu'on m'appelle Zach. C'est Zachary ou monsieur Klinger. Faites votre choix.

Cling. Klinger avait raccroché.

— *Espèce d'enculé!* brama Howard, fou de rage et de détresse.

En proie à une émotion rare, Heaven examinait la troisième épreuve que lui tendait une assistante d'Antonio. Du noir et blanc, tout simple. Elle avait du mal à s'en remettre.

— Ça te plaît? demanda l'assistante, une fille massive avec des airs de gouine.

— C'est géant! souffla Heaven. J'ai du mal à réaliser que c'est moi sur ces photos.

— Hé oui, la puce, Antonio est un as, un vrai de vrai. Mais il faut quand même qu'il ait quelqu'un de solide devant son objectif pour arriver à faire du bon boulot. Et, avec toi, on dirait bien que ça a collé.

— Tu... tu crois?

— Regarde les planches. C'est elles qui parlent.

Toute chose, Heaven se pencha de nouveau sur les épreuves. La grosse nana avait raison. La réussite des photos n'était pas exclusivement due à Antonio. Par l'éclat de ses yeux, sa personnalité, elle donnait du vivant aux photos.

Chacun avait sa part dans le résultat final, sans oublier le maquilleur, le coiffeur et le styliste, un type fabuleux.

Elle se félicitait d'avoir persévéré, de ne pas s'être laissée dégoûter par la difficulté à joindre Antonio. Elle avait été obligée de faire des pieds et des mains mais, finalement, il avait tenu parole. Et le résultat était grandissime ! La séance de pose avait été super. Antonio avait mis du rock à hurler, lui avait demandé de bouger, comme elle le sentait, à son rythme, et elle s'était éclatée. Elle était sûre qu'il avait éprouvé autant de plaisir qu'elle.

Elle n'avait formulé qu'une réserve en signant l'autorisation de publier. Antonio pouvait faire ce qu'il voulait des clichés à condition de ne jamais mentionner que le modèle était la fille de Silver Anderson.

— *Bene,* avait dit l'Italien.

Elle lui faisait confiance et n'avait rien demandé de plus.

Yaouh ! Silver allait flipper quand elle allait voir ça !

— Qu'est-ce qu'il a l'intention d'en faire ? demanda-t-elle à l'assistante.

— Aucune idée. Estime-toi simplement heureuse qu'elles lui plaisent. Antonio est du genre difficile.

— Je peux en commander ?

— Tu rigoles, là ? Antonio ne donne jamais de copies. Pas possible.

Vu. Ce qui serait peut-être possible, par contre, ce serait de barboter une planche d'épreuves. A quoi bon poser pour des photos si elle ne pouvait même pas en avoir une ?

Voyant la tête de Heaven, l'assistante lâcha un peu de lest :

— Bon... Je vais lui demander ce qu'il veut faire avec. Rappelle-moi dans une quinzaine.

A contrecœur, Heaven quitta le studio, déchirée entre la griserie et la déception. Enfin... C'était quand même quelque chose de positif. Combien d'autres filles de seize ans pouvaient-elles se vanter d'avoir posé pour le célèbre Antonio ? Combien de filles tout court pouvaient-elles se vanter d'avoir posé pour le célèbre Antonio ? Combien de filles pouvaient aussi avoir la chance d'être invitées à passer des vacances à la mer par un oncle comme Jack Python ? Ça, c'était vraiment le pied ! Le seul problème, c'était que Jack avait été louer dans un coin pas permis. Pour les vacances, le coin canon, c'était Santa Monica. Enfin... la baraque devait quand même être super et elle avait hâte de la voir. Occupé comme il l'était, c'était chouettos de sa part d'avoir invité Heaven.

Sa mère n'avait même pas téléphoné pour demander ce qu'elle faisait cet été.

Sa mère...

Parfois, elle se demandait qui était son père. Se serait-il occupé d'elle s'il l'avait connue ? Ou bien aurait-il été comme Silver ?

Maintenant, elle avait peur de demander son identité. Au fond, l'ignorance avait quelque chose de confortable. On ne risquait pas de se faire rejeter.

Elle fit halte au grand drugstore Rexall, au coin de La Cienega Boulevard et de Beverly. Elle en ressortit avec un stock de produits solaires et commença à sentir l'excitation qui montait en elle. Ce soir, à six heures, Oncle Jack venait la prendre. Début de l'été à la plage. Comme Jack l'avait prédit, papy n'avait pratiquement pas réagi. Il avait eu l'air vaguement content pour elle, c'est tout. Maintenant, elle avait devant elle six semaines de liberté totale ! Si elle pouvait en profiter pour lancer sa carrière, ce serait vraiment génial.

Ses pensées allèrent à Eddie pendant qu'elle roulait. Quelle tête de nœud ! Elle n'aimait plus sa musique. Elle ne l'aimait plus. Cette séparation était peut-être tout à fait indiquée pour eux.

La grande maison tarabiscotée était vide quand elle y arriva. Papy était bouclé dans son atelier et la femme de ménage était partie. Elle téléphona à quelques copines, apprit qu'il n'y avait pas grand-chose de neuf et commença à faire ses bagages.

Que prendre pour six semaines de bord de mer ? Bikini, shorts, débardeurs, tee-shirts, pantalons. Elle tomba sur sa grande capote militaire pendue dans un placard. Quelques mois plus tôt, c'était son vêtement préféré mais, depuis la soirée de Silver, elle ne l'avait plus portée. Elle la décrocha et l'enfila. Ça, ça lui donnait un look ! Pourquoi l'avait-elle laissée de côté comme ça ?

Parce qu'elle lui rappelait sa chère maman, bien sûr. Sa chère et bonne maman qui venait tout juste de se marier pour la troisième fois. Et n'avait même pas jugé utile de lui envoyer un carton. Comme le reste des États-Unis, elle avait appris le mariage de Silver par les journaux.

Elle pirouetta devant la glace et le large manteau tournoya autour d'elle. Pas mal. Mais pour la plage, mieux valait prendre des affaires moins chaudes.

Elle enfonça les mains dans les grandes poches et trouva une chose curieuse, qu'elle ressortit. C'était une serviette de papier, froissée, sur laquelle quelqu'un avait griffonné un nom, « Rocky », et un numéro de téléphone.

Il lui fallut plusieurs secondes pour se rappeler. Puis, tout à coup, le déclic se fit. Le type qui tenait le bar à la soirée anniversaire chez Silver. Celui qui avait un copain dans une maison de disques. Elle l'avait complètement oublié, celui-là, avec tout le mal qu'elle s'était donné pour arriver à coincer Antonio et à lui faire faire les photos promises.

Elle composa le numéro. Comme ça. L'impulsion.

Ça ne répondit pas.

Soigneusement, elle plia la serviette de papier et la glissa dans sa valise. Rocky... Pourquoi pas ? Ça ne coûtait rien de lui passer un coup de fil et de vérifier s'il avait vraiment des relations dans le disque. Hé, c'est qu'elle allait sur ses dix-sept ans. Elle n'allait pas en rajeunissant.

50

Habillée d'une robe de cuir souple Donna Karan, Jade arriva au restaurant *Ivy* avant son frère. Depuis des semaines, Corey trouvait prétexte sur prétexte pour repousser la rencontre. Mais, cette fois, ils avaient enfin réussi à se mettre d'accord. Comme Corey n'était, apparemment, jamais libre à l'heure du dîner, elle avait fini par le coincer pour un déjeuner. Elle était contente mais, en même temps, pleine d'appréhension. Il y avait toujours un risque. Si elle ne pouvait pas encaisser la copine de Corey ? Ou, l'inverse, si la copine de Corey ne pouvait pas l'encaisser, elle ?

Un Bloody Mary lui paraissait tout à fait indiqué. Elle en commanda un et se cala contre son dossier. A une table voisine, un homme lui sourit. Elle lui renvoya un petit mouvement de tête distant. On la voyait tellement partout que les gens s'imaginaient toujours la connaître. Ça, c'était la rançon du vedettariat dans la pub. Et ils ne s'attendaient pas encore au boum qu'allait faire la prochaine campagne de Cloud Cosmetics. Elle avait été conçue comme un coup de force à la suite duquel Cloud devait devenir plus important que Revlon et Estée Lauder réunis. Son image allait être partout, dans les spots publicitaires de la télé, dans les pubs de presse, dans les brochures de marques, même sur les panneaux d'affichage de tout le pays.

Cloud Cosmetics était déjà une entreprise internationale en pleine expansion. Et, maintenant, le nom de Jade Johnson allait marcher de pair avec celui de Cloud. Car elle n'était pas seulement le visage qui allait lancer les produits, elle était aussi la célébrité qui allait les vendre. Elle devait faire une tournée dans le pays, apparaître dans des réunions publiques, etc., etc. S'il avait toujours eu voix au chapitre, Mark ne l'aurait jamais autorisée à signer pareil contrat. « Toute cette publicité sur toi ! aurait-il dit. Préserve ta vie privée, voyons. C'est ton bien le plus précieux ! »

Puisqu'elle pensait à Mark, elle se dit qu'il avait toujours été très habile pour la piquer au vif. Habile, oui. Ç'avait toujours été un enfoiré d'Anglais matois et rusé.

Depuis le jour où il était monté chez elle, plus de nouvelles.

Ce n'était pas ce que tu voulais, Johnson ? Tu n'as quand même fait ni une ni deux pour te tirer à Las Vegas !

Elle avait des doutes. Peut-être que Mark était en train de s'occuper de son divorce avec Lady Fiona. Peut-être qu'il avait changé.

Peut-être...

— Jade !

Elle leva les yeux.

— Beverly ! Pas possible !

Repoussant la table, elle se leva et se jeta dans les bras de sa vieille copine Beverly D'Amo, une beauté noire, avec une tresse de cheveux de jais qui lui tombait plus bas que la ceinture et des pommettes profilées comme des ailes de voitures.

— Ah, cette vieille J.J. ! hurla Beverly. Ben ça, pour une surprise, c'en est une ! Mais, putain de nom de Dieu, qu'est-ce que tu branles dans ce secteur, ma grande ?

Un certain nombre de têtes se tournèrent vers elles. Le langage de Beverly n'était pas toujours celui d'une lady.

— Je t'ai appelée, lui dit Jade. On m'a dit que tu étais au Pérou ou quelque chose dans ce goût-là.

— Mais ouais, je tournais un film, baby ! Une vraie aventure vécue. Saloperie de bled ! Figure-toi que je me suis chopé la chiasse de ma vie et que j'ai passé tout mon temps de tournage sur le trône. Deux mois aux chiottes pour deux minutes à l'écran !

Jade sourit.

— Tu ne changes pas. Toujours la grande méchante Beverly, à ce que je vois.

— Hé ouais. Ici, c'est peut-être la cité des stars mais moi, j'ai toujours gardé un peu de Bronx dans mes veines.

— Mais tu avais quinze ans quand tu as quitté le Bronx, lui fit remarquer Jade.

— Et alors, c'est quand même mes racines, non ?

Le sourire de Jade s'élargit.

— Si tu la mettais en veilleuse, que tu t'asseyais et que tu prenais un verre avec moi ? proposa-t-elle.

Beverly D'Amo grimaça.

— Pas possible. Je déjeune avec mon agent. Du sérieux. Que veux-tu, ma choute, il faut que je me batte pour ma carrière...

— Beverly... Beverly..., se lamenta Jade en secouant la tête. Tu seras toujours une gouape mais c'est ce qui fait ton charme. On dîne ensemble ?

— Ce soir, impossible. Je suis invitée à un petit dîner très chic pour fêter le mariage de Silver Anderson. Juste soixante-quinze de ses plus proches amis. Tu vois le truc ?

— Très bien. Mais j'ignorais que tu faisais partie des amis de Silver Anderson.

Beverly D'Amo lâcha dans le restaurant un rire sauvage et tonitruant à la Eddie Murphy.

— Je ne connais même pas cette vieille peau ! Mais tu sais très bien que je suis une bête de soirées mondaines. Tu n'as quand même pas oublié ?

Comment aurait-elle pu ? Elles avaient débuté ensemble dans le métier de mannequin et, à une époque, elles étaient connues dans le milieu sous le nom des « deux terreurs » à cause de toutes les blagues qu'elles faisaient dans les soirées. Jade n'avait que des souvenirs chaleureux à partager avec la sauvage et très belle Mrs. D'Amo.

— Et demain soir, ça te va ? proposa-t-elle.

— Demain soir, ça baigne au poil. On ira draguer. Où est passé Milord ?

— Exit.

— J'espère qu'il a beaucoup souffert.

— Ah parce que toi aussi, tu étais au courant !

— *Tout le monde* était au courant. Dès que tu avais le dos tourné, sa quéquette se mettait au garde-à-vous. Comment voulais-tu que ça ne se remarque pas ?

— Merci de me l'avoir dit.

— On en reparlera demain. Et si tu veux des commérages, tu seras servie. J'en ai tellement entendu que ça me déborde des oreilles.

— Je brûle d'impatience.

— Appelle-moi dans la matinée. Allez, ciao !

Jade regarda Beverly filer à l'autre bout de la salle et s'installer à une table avec trois hommes. Un instant plus tard, son rire volcanique explosa de nouveau dans le petit restaurant paisible.

Elle attendit patiemment en sirotant son Bloody Mary.

Corey et sa copine étaient en retard. Elle fit signe au garçon et commanda une deuxième consommation.

Corey arriva au bout de vingt minutes avec une expression qu'elle avait appris à reconnaître au premier coup d'œil : sa tête coupable. Quand ils étaient enfants, il avait toujours cette tête-là quand il avait fait une bêtise.

— Alors, frérot ? lança-t-elle, décidée à éviter les reproches pour son retard.

Il la salua, très tendu, puis jeta un regard angoissé dans le restaurant. Une jolie blonde approchait et Jade se prépara pour les présentations.

La fille passa sans ralentir. Derrière elle arrivait un jeune homme, très beau et très svelte, avec des cheveux foncés bouclés et une fossette au menton. Corey lui posa une main possessive sur l'épaule et, d'une voix très nerveuse, commença les présentations :

— Norman, voici ma sœur Jade.

Norman arborait un grand sourire sur les lèvres et une Rolex en or au poignet. Il tendit une main amicale et acheva les présentations :

— Norman Gooseberger. Je suis vraiment très heureux de vous connaître. Voilà, je suis le mystérieux compagnon. Désolé de voir que vous avez dû attendre aussi longtemps pour me rencontrer. Mais... vous connaissez Corey...

Elle avait cru le connaître. Maintenant, elle n'en était plus si sûre. Et elle tombait de haut. Car il était clair que Corey et ce Norman Gooseberger n'étaient pas simplement deux copains partageant un appartement.

51

Ils furent accueillis au *Bistro* comme le couple de l'année. Comment aurait-on pu accueillir autrement Silver Anderson et son nouveau mari, Wes Money ?

Les photographes, à l'affût près de l'entrée, devinrent fous quand ils descendirent d'une limousine lustrée. Silver était parée d'une longue robe d'or scintillante et d'un large sourire. Wes portait un smoking acheté tout récemment et une chemise de soie blanche avec des boutons de manchettes de diamant et or : cadeau de Silver pour leur mariage.

Il n'avait pas l'habitude de l'assaut des photographes et

manqua trébucher. Attrapant fermement Silver par le bras, il l'attira dans le *Bistro,* une expression fermée sur le visage.

— Qu'est-ce qui t'arrive ? demanda-t-elle avec un sourire amusé.

— Arrête de poser pour ces types, grommela Wes. Ils sont dingues ! Il ne faut pas encourager cette bande de charognards !

— Quelle délicieuse épithète ! Et tellement imagée !

— Tout à fait adaptée à ce tas d'enfoirés.

Elle ajusta le haut de sa robe avant de commencer à gravir l'escalier pour monter à la salle du haut où avait lieu la réception.

— Il faudra t'y faire, *darling,* dit-elle d'un ton dégagé. Partout où Silver Anderson va, la presse suit le mouvement. Parfois, c'est plaisant, la plupart du temps, c'est la galère. Peu importe, je fais voir mon râtelier et je continue à marcher.

— Ne compte pas sur moi pour sourire.

— Mais si, tu apprendras.

— Tu es prête à parier gros là-dessus ?

— On verra.

Ils étaient mariés depuis tout juste cinq semaines. Ils étaient allés faire ça à Las Vegas. Vite fait, bien fait et dans le plus grand secret. Avec une longue perruque et des lunettes noires, Silver avait mystifié tout le monde, y compris le pasteur chargé de ces cérémonies expéditives. C'est seulement plus tard, en contrôlant les registres, qu'on avait noté son nom. Mais lorsque les agences et les équipes de télévision eurent vent de la nouvelle, ils étaient depuis longtemps cachés à Hawaii, dans une maison prêtée par le producteur exécutif de *Palm Springs.* Ils y coulèrent plusieurs douces semaines, coupés du monde extérieur, avec pour toute occupation de se détendre et d'apprendre à se connaître. A la vérité, leur occupation principale consistait à faire l'amour, l'amour et encore l'amour. A leur retour, Silver récapitula ainsi leur programme dans un de ses moments de confidence à Nora :

— C'était *sea, sex and sun.* Puis, déjeuner. Puis, *sex, sex, sex !*

Nora, une fois de plus, admira l'énergie de Silver.

Aussitôt que Silver eut pris la décision de dire « oui » à la demande en mariage de Wes, tout s'emboîta parfaitement, comme dans une partie d'échecs bien programmée. Elle n'avertit que Nora, son avocat et le producteur de *Palm Springs.* Ensemble, ils conçurent les plans d'un mariage sans tapage. Pas facile, mais possible. D'autant que Wes était totalement inconnu et que, de ce fait, personne ne pouvait faire de rapprochement entre ses activités et celles de Silver Anderson.

Naturellement, les trois personnes mises dans la confidence s'efforcèrent de la dissuader d'épouser Wes. *Qui est-ce ? Tu ne connais rien de lui. Il en veut probablement à ton argent !* Tout y passa. Après quoi, elle leur dit, très poliment et très calmement, que sa vie privée ne regardait qu'elle. Ce qu'ils durent reconnaître. Par la force des choses.

Prudente, elle demanda à son avocat d'établir un papier écartant Wes de tout droit sur ses biens. Que ce dernier se fit une joie de signer.

— Est-ce que tu as de la famille que tu voudrais avertir ? lui demanda-t-elle peu de temps avant la cérémonie.

Il secoua la tête.

— Non. Je viens à toi dépourvu de mère, père, sœurs, frères, enfants, et ex-femmes...

— Hemmm... tu me viens aussi dépourvu de biens terrestres.

— Ça, pas tout à fait. J'ai encore deux ou trois petites choses que je n'ai pas du tout envie d'aller chercher maintenant. J'irai à notre retour.

La décision collait aussi parfaitement avec l'emploi du temps de la star. Encore une journée de travail et Silver avait trois mois de coupure d'été dans le tournage de son feuilleton télévisé.

Quelques jours seulement après la demande, Silver Anderson devint madame Wes Money. A la vérité, c'est Wes Money qui devint monsieur Silver Anderson, car il en va ainsi à Hollywood. Le nom célèbre est celui que tout le monde connaît. Ainsi, les chauffeurs, laquais, portiers, etc., l'afflublaient-ils régulièrement d'un révérencieux « monsieur Anderson ». Ce qui ne le dérangeait en rien. Ce changement de nom symbolisait sa nouvelle vie et la sécurité qu'elle lui apportait. En quelques jours, l'obscur et vulnérable Wes Money était devenu quelqu'un.

Et aujourd'hui, ils étaient de retour à Los Angeles. Encore mal familiarisés l'un à l'autre, bien que, toutefois, il sache que le mets préféré de Silver était le caviar doré d'ossetra. Il détestait. Sa boisson préférée, le champagne. Il lui donnait d'infernales gueules de bois. Et sa position préférée pour l'amour n'importe quoi, n'importe quand, n'importe où.

Tout se déroulait comme un scénario de fiction débridée. Parfois, Wes pensait encore qu'il allait se réveiller dans la maison de Laurel Canyon, avec des flics partout dans la campagne environnante et l'arme du crime dans sa main crispée.

Bon Dieu de bon Dieu ! A chaque fois qu'il revivait ce cauchemar, il en avait la chair de poule et des frissons partout ! Puis il souriait en songeant qu'il les avait tous bien eus. Primo, il s'était tiré avant de se faire piquer. Secundo, il avait fait un beau mariage. Il n'était plus Wes Money, couillon lambda, il était le mari d'une star et on n'allait pas lui coller une embrouille sur le dos. En plus, ils pouvaient toujours courir après le pognon qu'il avait retrouvé dans ses poches ! Le fric et la cocaïne étaient à l'abri dans un coffre-fort. Une petite assurance pour le cas où Silver le jetterait.

— Poppy, ma chère…, voici Wes, dit Silver entre deux baisers sur les joues qui ratèrent leur cible de plusieurs kilomètres. Je veux que vous soyez la première à le découvrir !

Le regard de Wes se posa sur une blonde courtaude avec des nichons bourrés de silicone (il avait l'œil), de vrais diamants (pour ça aussi, il avait l'œil) ébouriffants et un sourire suffisant.

— Voilà donc l'homme mystérieux, murmura-t-elle dans un souffle envoûté. Comme c'est excitant !

Wes dut se retenir de tousser tant elle s'était aspergée de parfum.

— Je vais vous présenter mon mari, Howard Soloman.

Elle tira sur la manche d'un petit homme qui cachait visiblement des talonnettes dans ses chaussures et une calvitie sous une perruque et se mit à roucouler :

— Howard, mon minou, viens dire bonjour à Wes.

Howard Soloman lui adressa un clin d'œil juste au moment où Silver lançait :

— Félicitez-moi, Howard ! Je me suis remis la corde au cou !

— Félicitations, dit gentiment Howard. C'est beau la persévérance ! — Un tic incontrôlable lui fit tressauter la joue. — Heureux de vous connaître, Les.

— Wes.

Une photographe isolée approcha et les mitrailla.

— Arrêtez ! protesta Wes avec une certaine violence. Pas de photos !

Poppy sourit et voulut le rassurer :

— Ne vous inquiétez pas. C'est la jeune collaboratrice de George.

— Qui c'est, George ? demanda-t-il à voix basse en se tournant vers Silver.

— George Christy, *darling*. Celui qui signe cette merveil-leuse page au dos du *Hollywood Reporter*.

— On autorise les photographes dans ces réceptions !

— Seulement les privilégiés. Oh, regarde là-bas, c'est Dudley Moore. Je l'adore.

Pendant la demi-heure qui suivit, ce fut « tiens regarde, untel, tiens regarde une telle » ! Sans discontinuer. Apparem-ment tout le monde était venu, de Johnny Carson à Kirk Douglas, pour voir la tête du dernier mari de Silver Ander-son.

Wes s'efforça de garder une attitude cool tout en saluant Jacqueline Bisset, Whitney Valentine Cable et Angie Dickin-son, trois femmes qui, depuis toujours, avaient fait naître en lui des pensées qui n'avaient rien d'innocent.

Après les femmes, ce furent les hommes. On lui présenta même Carlos Brent ! Il pensa avec émotion au nombre de fois où il avait baisé sur les chansons de Carlos Brent. Quelle soirée !

Poppy prit étonnamment bien la nouvelle de la venue de Zachary K. Klinger. Elle enleva le carton de Howard de la place d'honneur, près de Silver, et le remplaça par un carton au nom de Zachary. Ensuite, elle enleva le carton de Whitney Valentine Cable et plaça le sien propre de l'autre côté de Zachary, reléguant Howard et Whitney à la table numéro deux. Si on lui avait annoncé l'arrivée impromptue de quiconque d'autre que Zachary K. Klinger, elle en aurait hurlé pendant des jours. Mais recevoir au dernier moment un businessman de cette envergure, c'était un coup de toute beauté pour une hôtesse !

Cependant, à huit heures et demie passées, Zachary n'avait pas encore montré le bout de son nez.

— Où est-il ? siffla-t-elle à l'adresse de Howard. Il me reste juste quinze minutes avant de placer les gens !

— T'en fais pas, il va arriver.

Howard jouait les décontractés mais qu'est-ce qu'il allait prendre si Zachary ne se pointait pas !

Il reluquait Whitney, qui se trouvait maintenant à l'autre bout de la salle, positivement éblouissante dans une robe à bustier vert d'eau. Sachant qu'il allait être son voisin de table, il évitait délibérément de l'approcher avant le dîner. Cette fois, peut-être avait-elle fini de lire le script. Et peut-être aurait-elle envie du rôle. Comment pourrait-elle ne pas en avoir envie, avec Carlos Brent dans le rôle principal et Orville

Gooseberger comme producteur ? Miss Valentine allait pouvoir enfin jouer dans la cour des grands, et tout ça grâce à qui ? A ce bon Howard. Ça méritait bien une petite récompense !

Mannon Cable fit son entrée. Une entrée tardive, comme de bien entendu. Plus la star était célèbre, plus elle arrivait tard. Après que la liste des invités eut dépassé les trente personnes, Poppy avait jugé qu'il était convenable d'inviter et Whitney et Mannon.

— Après tout, avait-elle observé avec une logique irréfutable, si on refuse d'inviter deux personnes parce qu'elles ont un jour été mari et femme, à Hollywood, on finit par se retrouver tout seul.

Très vrai, Poppy.

Mannon salua Howard d'un mouvement de main. Howard lui renvoya le salut.

S'il avait une aventure avec Whitney et que Mannon venait à l'apprendre. Hou là là, il aimait mieux ne pas y penser !

Zachary K. Klinger salua son chauffeur d'un mouvement de tête un peu raide puis s'installa à l'arrière de sa Rolls marron. Bien qu'âgée de plusieurs années, la voiture était dans un état parfait. Zachary K. Klinger venait rarement en Californie, mais il jugeait indispensable d'avoir au moins une voiture avec chauffeur dans chaque grande ville du monde. Il était suffisamment riche pour en avoir des dizaines partout où il le voulait. A la vérité, sa richesse lui aurait permis de faire absolument tout ce qu'il avait envie de faire pendant le reste de ses jours.

Il poussa un soupir et s'installa confortablement sur le siège de cuir. L'argent. L'argent lui permettait d'acheter tout ce qu'il voulait et pratiquement tout ceux qu'il voulait. Seulement, plus la vie passait et plus il prenait douloureusement conscience du bien-fondé d'un vieux dicton-cliché : l'argent ne fait pas le bonheur. Non, l'argent ne lui permettait pas d'acheter ce bonheur qu'il désirait tant posséder.

— Alors ? Tu te plais ?

Silver décocha à Wes un sourire de connivence. Elle s'épanouissait littéralement dans les attentions dont on l'entourait.

Il hocha la tête. Pour dire la vérité, il était hébété. Tous ces gens, tous ces visages célèbres. Il était bien placé pour savoir que, s'il n'avait pas été monsieur Silver Anderson, ils ne l'auraient même pas regardé. Les riches avaient une façon différente de voir la vie. Ils ne voulaient fréquenter que des riches. Wes avait tenu le bar dans suffisamment d'endroits chics pour savoir comment ça se passait.

Les gens célèbres étaient exactement pareils. Montrez une star à une autre star et ils feront des pieds et des mains pour se retrouver ensemble. A moins qu'ils ne soient ennemis mortels. Dans ce cas, l'attitude communément adoptée est celle de la politesse glaciale.

Bon Dieu ! S'ils avaient su d'où venait réellement Wes Money !

Heureusement, les torchons à scandale n'avaient pas réussi à trouver quoi que ce soit sur son compte. Il restait l'homme au mystère absolu.

Nora avait pondu un avis pour Silver. Court, précis et parfaitement adapté à la situation :

SILVER ANDERSON, VEDETTE DE « PALM SPRINGS », S'EST RÉCEMMENT MARIÉE POUR LA TROISIÈME FOIS. L'HEUREUX ÉLU EST UN HOMME D'AFFAIRES DU NOM DE WESLEY MONEY JUNIOR.

Wes avait explosé en lisant ça dans les carnets mondains.

— Qu'est-ce que c'est que cette connerie de « junior » ?

— Une idée de Nora, avait répondu Silver. Et, en toute honnêteté, je dois reconnaître que ça te donne une certaine épaisseur.

— Tu veux de l'épaisseur ? Épouse Teddy Kennedy !

Elle avait souri.

— Un tout petit peu trop enrobé pour mon goût. Je déteste les poignées d'amour, tu ne savais pas ?

Il ne pouvait s'empêcher d'admirer Silver. Rien ni personne ne pouvait lui en imposer. Elle avait des tripes. C'était une sacrée nana. Elle faisait ce qu'elle avait envie de faire, et que les autres pensent ce qu'ils voulaient !

— Ma vie n'a pas toujours été facile, lui avait-elle confié par une belle nuit embaumée lors de leur lune de miel échevelée. Il y a quatre ans, j'ai fait une dépression nerveuse. J'ai cru que j'étais finie.

— Ah ouais ?

Le blabla sur le passé ne l'intéressait pas. Il ne pouvait imaginer Silver autrement qu'en pleine gloire. Et, maintenant qu'ils étaient mariés, il ne pouvait s'imaginer ailleurs qu'à ses côtés.

Ce n'était pas de l'amour. C'était le bonheur

Poppy ne cessait de s'agiter, passant de table en table, à mesure que les invités s'asseyaient aux places qui leur avaient été attribuées. Où était Howard? Elle voulait l'étrangler! Zachary K. Klinger n'était pas là.

Juste au moment où elle sentait qu'elle n'allait pas pouvoir retenir ses larmes plus longtemps, Zachary K. Klinger passa la porte. Elle le reconnut immédiatement et, sans une ombre d'hésitation, mit le cap sur lui, se répandant en courtoisies :

— Monsieur Klinger! Quelle joie de vous avoir! Je suis rââvie que vous ayez pu vous joindre à nous!

— Qui êtes-vous? demanda-t-il de sa voix de Parrain.

— Mais je suis Poppy Soloman, votre hôtesse, répondit-elle avec un doux sourire.

Il la regarda. C'était un homme grand, solidement charpenté. Près de soixante-dix ans, mais très bien conservé. Des traits carrés. Des yeux froids et impénétrables derrière ses lunettes à monture d'acier.

— Si j'allais vous chercher Howard? proposa-t-elle.

— Oui. Si vous y alliez…, répondit-il en prenant un cigare dans sa poche de poitrine et en l'allumant.

Mal élevé! songea Poppy. *Fumer comme ça avant le dîner…* Peut-être avait-elle fait une bourde en l'installant près de Silver. Cet homme était visiblement un mufle.

Elle agrafa Mannon qui revenait des toilettes.

— Tu n'as pas vu Howard? demanda-t-elle, morte d'inquiétude.

Puis, prise d'une inspiration, elle le présenta à Zachary. Les deux hommes ne s'étaient jamais rencontrés. Ils échangèrent une poignée de main, chacun essayant de broyer les phalanges de l'autre.

— Howard est là d'où je viens, répondit Mannon à Poppy.

— Tu ne voudrais pas aller me le chercher? supplia-t-elle.

— Je vais y aller moi-même, déclara Zachary.

Fixant Mannon d'un regard insistant, il ajouta :

— Il faudra que je vous parle tout à l'heure. Je veux vous faire signer pour Orpheus. Quand vous verrez le paquet que je propose, vous allez sauter dessus.

— Je ne saute jamais comme ça, répondit Mannon sans s'émouvoir.

Ses lèvres pincées démentaient sa désinvolture.

— Tous les acteurs sautent sur le fric, affirma Zachary K. Klinger avec l'assurance d'un homme habitué à acheter qui il voulait et à mener rondement les choses sans intermédiaires.

— Je suis peut-être l'exception qui confirme la règle, répliqua Mannon.

Sans répondre, Zachary le planta là et partit à la recherche de Howard.

Mannon n'était pas content.

— Quel bouffon ! siffla-t-il en regardant Klinger s'éloigner.

— Mais non, je suis sûre que tu te trompes, protesta Poppy en se demandant bien pourquoi elle prenait la défense de cet homme qu'elle avait détesté dès le premier coup d'œil.

— Tu te laisses encore prendre à l'esbrouffe, Poppy ! Ce type débarque dans un milieu dont il ne connaît rien et s'imagine qu'il va tout régenter sur un claquement de doigts. C'est un *bouffon !*

— Mannon !

— Tu peux me faire confiance. Je commence à connaître la musique.

A grandes enjambées, il se dirigea vers sa table qui, pour son malheur, était aussi celle de Silver et de Zachary.

Bouclé en toute sécurité dans une toilette, Howard renifla la poudre blanche magique. Il en sentit l'effet presque immédiatement et poussa un grognement de plaisir profond. Il n'y avait rien de tel. En quelques dixièmes de seconde, il devenait le roi de la jungle, l'homme aux couilles d'acier, l'Hercule de Hollywood.

Il ouvrit la porte, sortit comme une fusée et se retrouva nez à nez avec Zachary K. Klinger.

— Mister K. ! s'exclama-t-il. Vous avez réussi à arriver !

— En auriez-vous douté ?

— Moi ? Pas une seconde !

— Quand je dis que je viens, j'ai l'habitude de venir !

— Bien sûr.

Quand ça t'arrange... Howard alla au lavabo et commença à se laver les mains.

— Je viens de parler avec Mannon Cable, dit Zachary Klinger de son murmure grave de mafioso.

— Oui ?

— Je le veux à Orpheus.

Relevant la tête, Howard remarqua un soupçon de poudre blanche sous son nez. Il l'essuya vivement.

— J'ai essayé de l'avoir mille fois. Le problème, c'est qu'il est toujours coincé par d'autres engagements.

— Je le veux, dit Zachary.

Howard se demanda si le vieux Zach avait un jour essayé de sourire. Non, il était certainement puceau de ce côté-là.

— Je vais tenter le coup une fois de plus.

— Vous irez plus loin que ça, contra sèchement Zachary.

— Comment ?

— J'ai une offre à lui faire. Quand il l'entendra, il signera.

— Ne vous enflammez pas trop vite. Contrairement à ce que pensent beaucoup de gens, Mannon ne s'emballe pas comme ça pour un oui, pour un non.

— L'argent est décisif.

— Pour certains.

— Pour *tout le monde*.

— Bon, comme je disais, je vais tenter le coup une fois de plus.

Il se dirigea vers la sortie mais Zachary le bloqua.

— Je n'aime pas cette expression de « tenter le coup ». Je ne crois qu'aux certitudes. Je veux Mannon Cable et je l'aurai.

— Howard jugea plus prudent de capituler :

— Puisque vous le dites...

Pauvre cinglé..., songea-t-il. *Tu te crois encore à la belle époque des années cinquante où il suffisait de brandir un gros chèque pour faire signer n'importe quel contrat à n'importe quel acteur ? Les temps ont changé, mon pote ! Tu vas tomber sur un bec !*

Silver glissa une main sous la table et toucha la cuisse de Wes.

— Alors ? murmura-t-elle. Tu te plais ?

Il n'était pas vraiment fana de cette nouvelle attitude un peu condescendante qu'elle adoptait à son égard : la bonne maîtresse montrant son nouveau toutou à ses amis.

— Tout ça, c'est de la connerie en barre, Silver, et tu le sais aussi bien que moi.

Elle poussa un gloussement de collégienne chatouillée.

— Si tu savais à quel point j'en suis consciente, darling ! Regarde-moi ça ! Il y a des nanas qui ne peuvent pas te quitter des yeux une seconde ! Elles crèvent toutes d'envie de savoir où j'ai été te dénicher.

— Holà, hé, tu ne m'as *déniché* nulle part ! Je t'ai arrachée aux griffes d'une meute de tantouzes qui voulaient te déchirer en petits bouts, si tu te souviens bien...

— Comment crois-tu que je pourrai un jour oublier ça ? Ce qui m'a plu en toi — dès cet instant —, c'est ton côté mec décidé. J'aime les types qui ont quelque chose dans le ventre.

— Siiiiilver ! Ah ma chêêêêêrie !

C'était Carmel Gooseberger, énorme chouette de cauchemar hurlante et froufroutante de milliers de volants jaunes, qui leur dégringolait dessus en piqué.

— Et c'est le jeune marié? caqueta-t-elle en détaillant Wes.

— Oui, dit Silver. Wes, je te présente Carmel Gooseberger.

Il serra la grosse main de la grosse femme.

— Carmel, je..., voulut poursuivre Silver.

— Je sais, je sais, coupa Carmel de sa voix d'alerte aérienne. Wesley Money junior! Il me semble que je connais votre père.

Wes se sentit soudain la gorge sèche.

— Vraiment?

L'image qu'il gardait de son père était celle d'un maquereau londonien au regard torve qu'il n'avait pas revu depuis l'âge de huit ans. Aux États-Unis, il avait également côtoyé — environ cinq minutes — un beau-père adipeux et ventripotent.

— Oui, oui, reprit Carmel en hochant la tête. Ce sont bien les Money de San Francisco, pas?

Silver lui donna un coup de pied discret sous la table.

— Oui, c'est bien cela, répondit Wes.

— Quelle famille! Oh mais oui, je m'en souviens très bien! Cela remonte déjà à quelques années. Tenez, je crois que je commençais tout juste à sortir avec Orville, c'est dire! J'étais en tournage à San Francisco. Vous savez que j'ai été actrice...

Silver se pencha en avant, l'air hilare.

— Allez, Carmel! lança-t-elle d'une voix encourageante. Dites-nous tout! Auriez-vous eu une aventure avec le père de Wes?

Carmel lâcha un grand éclat de rire grivois et sonore.

— Silver, ma chérie, si j'en avais eu une, vous seriez la dernière personne à qui je l'avouerais!

— Qu'est-ce que vous refuseriez d'avouer à Silver? demanda une voix mâle.

C'était Carlos Brent qui prenait place à table, accompagné de Dee Dee Dione. Il regarda tout le monde avec un sourire étincelant.

— Carmel prétend avoir eu une aventure avec le père de Wes, répondit Silver avec une délectation non feinte. Tu te rends compte qu'elle trompait Orville!

— Je me rappelle très bien de cette époque, embraya Carlos Brent. Carmel s'envoyait tous les minets un peu bien balancés qui lui passaient à portée de griffe avant qu'Orville n'arrive pour la sortir de la fange. Pas vrai, ma pouliche ?

— Oh, arrêtez ! vociféra Carmel, totalement ravie. Carlos, vous êtes odieux !

— Allons, plaisanta Carlos, il faut bien dire ce qui est. J'ai voulu tenter ma chance, une fois, mais la file d'attente était tellement longue que je suis tombé d'épuisement avant d'être arrivé à la moitié.

— Carlos ! criailla Carmel. Vous démolissez ma réputation !

Sa poitrine cyclopéenne se souleva, agitant une ribambelle de petits volants jaunes. Elle tapota sa coiffure argentée pour y remettre de l'ordre.

— *Quelle* réputation ? demanda Carlos en éclatant de rire.

Les blagues continuèrent à voler ainsi, tandis que la table se remplissait. Mannon et Melanie-Shanna s'installèrent. Puis Orville Gooseberger, qui avait une voix encore plus tonitruante que celle de sa femme.

Silver était dans une forme superbe. Éclatante, elle recevait compliments et congratulations telle une souveraine recevant tribut. De nombreuses années auparavant, elle avait eu avec Carlos Brent une liaison aussi brûlante que passagère. Quelqu'un avait raconté à la presse qu'ils allaient se marier et Carlos avait attrapé un coup de sang, pensant que la coupable était Silver. La rupture avait été violente, pleine de hargne. Aujourd'hui, le temps avait coulé, elle se sentait très sereine, même face à Carlos, avec son succès colossal dans *Palm Springs* et, auprès d'elle, le jeune homme plein de sève qu'elle venait d'épouser.

Poppy montait la garde, attendant que Zachary sorte des toilettes pour pouvoir le guider jusqu'à sa place. Howard était déjà installé à sa table, avec Whitney d'un côté et Ida White de l'autre. Les yeux d'Ida étaient encore plus vitreux qu'à l'accoutumée. Poppy espérait qu'elle allait tenir le choc pendant la durée du dîner. On racontait que, lors de soirées, on avait vu Ida s'éclipser aux toilettes et ne plus en ressortir. Les mauvaises langues racontaient qu'elle s'installait et sombrait dans un bienheureux sommeil de camé. Nul ne savait, au juste, à quoi elle marchait mais une chose était certaine : ce qu'elle prenait la maintenait dans une semi-narcose sereine et permanente. Elle gardait la tête hors de l'eau, mais tout juste à la limite du naufrage.

Zachary apparut et Poppy lui mit le grappin dessus.

— Vous êtes à ma table, roucoula-t-elle en se lançant dans l'énumération des noms de célébrités qui l'entouraient. Avec

Carlos Brent, Mannon Cable, Silver Anderson. A propos, on vous a dit que cette soirée est donnée en son honneur ?

Sans attendre de réponse, elle enchaîna :

— Ah oui, et aussi Orville Gooseberger, un personnage ! Belle tablée, n'est-ce pas ?

— Je suis à côté de Silver Anderson ? s'enquit platement Zachary.

— Naturellement. Comment vouliez-vous que je vous place ailleurs ?

Zachary indiqua son approbation d'un petit mouvement de tête.

Fière comme une dinde, Poppy le guida à travers la salle. Quelques têtes se tournèrent. On essaya de le saluer. Pas de réponse. Zachary K. Klinger était un authentique bloc de glace.

Ils atteignirent la table d'honneur et Poppy commença à présenter son invité de marque.

La coupe de champagne que Silver allait porter à ses lèvres s'arrêta à mi-chemin quand elle leva les yeux et vit Zachary.

Le sang se retira de son visage.

Zachary K. Klinger était le businessman de sa jeunesse.

Bien qu'il l'ignorât, Zachary K. Klinger était le père de Heaven.

Et l'être qu'elle haïssait le plus au monde.

52

— C'est super-canon ! s'exclama Heaven pour la dixième fois après sa dixième exploration de la maison louée par Jack au bord du Pacifique. Ça me botte un max !

Jack enleva sa veste et desserra sa cravate. Il avait été en réunion avec son comptable pendant tout l'après-midi et avait grand besoin de décompresser.

— Et ma chambre est vraiment géante ! poursuivit Heaven. Je peux m'installer à ma fenêtre et regarder la plage et la mer !

— Tu ne voudrais pas regarder ailleurs, en attendant ? demanda Jack. Du côté du frigo, par exemple, j'ai laissé une liste de courses à la bonne et il devrait être garni jusqu'à la gueule.

— O.K. ! J'ai une dalle d'enfer !

— A chaque fois que je te vois, tu meurs de faim ! A croire que tu ne manges pas entre mes visites.

— C'est exactement ça ! gloussa Heaven.

— Tu es une petite rigolote, dit Jack affectueusement.

Ce que ne fit qu'accroître les gloussements de sa nièce.

— Je vais aller contrôler la situation alimentaire. N'en profite pas pour te sauver !

Il la regarda filer vers la cuisine en se demandant dans quel engrenage il venait de mettre le doigt. Qui aurait pu croire qu'un jour il habiterait dans une vraie maison et qu'en plus il se collerait la responsabilité d'une adolescente sur les épaules. Jack Python, père par procuration, on aurait tout vu !

Le pire, c'est qu'au fond, ça ne lui déplaisait pas vraiment.

Clarissa était toujours à New York. Elle avait pas mal de temps entre deux engagements et avait décidé de jouer dans une pièce inconnue qui passait dans une obscure salle de quartier. Ils se parlaient régulièrement au téléphone mais, il fallait bien se rendre à l'évidence, leur relation n'était plus torride. Jack savait qu'elle attendait sa décision après l'ultimatum qu'elle lui avait posé. Plus il pensait à cette idée de mariage, plus elle lui faisait horreur. A quoi bon officialiser ? Ridicule !

Silver, elle, venait justement de se remarier. Grand bien lui fasse. Il avait décidé de se soucier d'elle autant qu'elle-même se souciait de Heaven. Degré d'intérêt zéro.

— J'ai trouvé de la salade de pommes de terre, du coleslaw, du poulet, du jambon, annonça triomphalement Heaven. Ça te va ?

— Si tu veux, on peut sortir, proposa Jack.

— Non. Si on restait ?

— Tu n'auras pas besoin de me forcer.

Beaucoup plus tard, après le dîner, le déballage des affaires, des coups de fil à tous ses amis, y compris Eddie, Heaven s'endormit du sommeil du juste.

Jack se mit à arpenter la maison. Il n'était pas fatigué du tout. Il attrapa un sweater et décida d'aller faire une longue balade au bord de l'océan. Il savait qu'il allait devoir aller à New York pour mettre les choses au point avec Clarissa. Soit ils continuaient comme ça, soit ils cassaient. Mais il avait bien réfléchi : le mariage était hors de question. La balle serait dans le camp de Clarissa.

Cette décision prise, il se sentit mieux. Il dirait à Heaven d'inviter une amie et, dès que ce serait fait, il sauterait dans le premier avion pour New York. *Face to Face with Python* s'arrêtait pendant six semaines. Le moment était idéal pour s'occuper des questions personnelles.

Dans un sens, il espérait que Clarissa camperait sur ses

positions. Partager la vie de cette fille n'était pas une rigolade de tous les instants. Elle était lointaine, rêveuse, pleine de secrets. Elle ne se livrait jamais. Elle gardait toujours une sorte de distance impalpable, comme si un mur invisible avait été dressé entre eux. Le seul endroit où Clarissa Browning mettait vraiment ses tripes sur la table, c'était devant une caméra.

S'il voulait vraiment être honnête avec lui-même, il devait bien s'avouer que le seul véritable charme de Clarissa était son immense talent.

Il regagna la maison au pas de course, alluma la télé et choisit une chaîne qui diffusait un film la nuit. Un Lana Turner de la grande époque. Ça, c'était une actrice. Sexy et impétueuse. Mais des comme ça, on n'en faisait plus, le moule était cassé.

Il était une heure du matin quand il décida de baisser les stores. Ses yeux se fermaient tout seuls. Il glissa dans le sommeil en se disant que, demain matin, il s'attaquait aux choses sérieuses.

Jade était assise, seule, sur la terrasse de son appartement de Wilshire Corridor, devant un paquet de Camel, un verre de vin et une assiettée de bretzels couverts de yaourt. La stéréo diffusait *A Star Is Born*. La bande sonore du film par Streisand et Kristofferson faisait partie de ses morceaux préférés.

A ses pieds, la cité de Los Angeles avait revêtu son habit de lumières. Elle ne se lassait jamais de les regarder scintiller. *Hmmm,* se dit-elle, *je suis en train de devenir une vieille bête solitaire. Je préfère de beaucoup ma propre compagnie à celle des fêtards.*

Hé oui, c'était aussi ce qui arrivait quand on n'avait plus de compagnie privilégiée, plus d'homme avec qui l'on avait envie de partager les petits instants de la vie. Elle n'en souffrait pas. Depuis sa plus tendre enfance, elle avait toujours su s'occuper seule sans jamais s'ennuyer. Une forme d'autonomie. Alors que Corey, lui, était tout de suite perdu quand il n'était pas entouré d'amis.

Corey
Mon frère
Est gay.

Inconsciemment, elle avait passé la journée à essayer de ne pas y penser. Après le déjeuner, qui avait été un peu coincé, elle s'était éjectée du restaurant comme une fusée. Sans penser à rien, elle avait sauté dans sa voiture, avait foncé jusqu'au centre commercial le plus proche, qui se trouvait être Beverly Center, et avait fait une razzia dans les boutiques avec un acharnement qui confinait à l'obsession.

Une veste de cuir, deux Levi's, un chemisier de soie, trois paires de chaussures à talons hauts, quatre livres, une palette complète de produits de maquillage et un gros cendrier de verre avaient à peu près réussi à calmer sa frénésie d'achat et elle avait regagné son appartement. Là, elle s'était douchée, avait regardé un enregistrement de *Hill Street Blues,* mangé sans y penser une boîte de flageolets froids, une barre de chocolat, une orange, grillé trois cigarettes — alors qu'elle avait arrêté de fumer six ans plus tôt — et, maintenant, elle était assise sur sa terrasse. *Enfin,* elle arrivait à penser à Corey.

La révélation avait été un choc énorme. Enfin, il n'y avait même pas eu de révélation, à proprement parler. Cela n'avait pas été nécessaire. Le comportement de Corey et de Norman Gooseberger donnait une image douloureusement claire de la situation. Elle avait compris pourquoi son frère faisait tout pour l'éviter.

Elle avait fait un effort surhumain pour se montrer normale et détendue alors qu'elle avait envie de hurler : *Pourquoi? Pourquoi? Pourquoi?*

Une discussion polie et réservée s'était installée. *Vous avez vu ce film? Vous connaissez ce restaurant? Vous avez vu ce nouvel hôtel?*

Norman avait l'air d'un brave garçon. Son père était Orville Gooseberger, le célèbre producteur de films. Et sa mère, comme il le disait lui-même, faisait dans les œuvres de bienfaisance.

— Comment vous êtes-vous rencontrés? s'était-elle surprise à demander.

Corey ne disait rien. C'est Norman qui répondait. Apparemment, ils travaillaient tous les deux à la filiale de San Francisco de la Briskinn & Bower, la grosse firme de public relations et service de presse. Norman avait été muté à Los Angeles et avait demandé à son père, qui avait des parts dans la B & B, de lui obtenir la mutation de Corey.

Elle ne voulait pas en savoir plus. Les détails n'avaient aucune importance.

Maintenant, assise sur sa terrasse, elle se posait les inévitables questions. Corey avait-il toujours été homosexuel ou bien était-ce Norman qui l'avait poussé dans cette voie?

Elle se rappelait son adolescence, son excessive timidité avec les filles. Un jour sa mère avait émis quelques soupçons, vite oubliés car, dès la semaine suivante, il s'était mis à voir régulièrement une certaine Gloria, une fille avec de gros seins et des jambes musclées. Faisait-il l'amour avec Gloria ? Elle le lui avait demandé une fois mais il n'avait pas voulu répondre. Puis elle était partie pour New York, avait commencé à faire carrière et ils ne s'étaient plus vus que quand elle rentrait à la maison.

Quand il avait rencontré Marita, la famille avait été ravie après, bien sûr, avoir encaissé un drôle de choc en apprenant qu'elle était hawaiienne. Ils avaient eu un adorable mariage à l'ancienne, avec grande cérémonie et tralalas. Ils paraissaient tous les deux rayonner de bonheur. Un an plus tard, à la naissance du bébé, tout le monde pensait que Corey était casé pour la vie.

Et maintenant, ce coup de théâtre. Sa mère allait en faire une dépression.

Elle tendit la main vers son paquet de Camel, en extirpa une cigarette. Certains de ses meilleurs amis étaient gays.

Bravo, Jade Johnson ! Qu'est-ce que c'est que cette pensée étriquée ?

Elle s'en voulait, se détestait même, mais elle ne pouvait pas s'empêcher d'être atterrée. Elle était aussi furieuse.

Pourquoi ne lui avait-il rien dit ?

Parce qu'il savait que tu allais réagir comme ça, espèce de conne !

Merde, ça suffit !

C'est vrai !

La culpabilité commençait à la ronger. Est-ce que, quelque part, Corey ne faisait pas cela pour la narguer ? Elle, sa sœur, la belle et célèbre Jade Johnson. Le pôle d'attraction. La star de la famille. N'était-ce pas sa façon à lui de s'affirmer par le seul moyen qu'il avait trouvé ?

Elle tira une longue bouffée à sa cigarette et se dit que c'était à elle d'avertir leur mère.

Pourquoi ?

Parce qu'elle doit savoir.

Pourquoi ?

Oh, merde, à la fin !

La sonnerie du téléphone interrompit son engueulade avec elle-même. Puisque le répondeur était toujours branché, elle le laissa décrocher. Introduction puis bip, puis la très reconnaissable voix d'un enfoiré d'artiste anglais. La voix de Lord Mark Rand.

— Jade ? Tu es là ?

Pas de réponse. Il laissa son message, l'air mal à l'aise

comme la plupart des gens quand ils doivent parler à une machine.

— Euh… Je suis ici.

Le contraire m'aurait étonné.

— Voudrais-tu me rappeler à *L'Ermitage* ?

Tiens ! On oublie tout et on recommence ?

— C'est Mark.

Je ne m'en serais pas doutée !

— Rappelle-moi, hein ! S'il te plaît…

Clic.

Elle poussa un long soupir. Elle n'était pas disponible pour lui. Pas en ce moment.

Oh mais si ! Elle n'avait qu'une envie : se blottir entre ses bras et oublier tout le reste.

Elle poussa un autre soupir, résigné, et tendit la main vers le téléphone.

53

Silver parvint à s'arracher un sourire glacial. Elle était blême de rage. Que faisait Zachary à un dîner en l'honneur de son mariage ? Qui était allé l'inviter à la dernière minute ?

Elle avait épluché plusieurs fois la liste des invités pour vérifier qu'elle ne risquait pas de mauvaise rencontre. Poppy avait été arrangeante au possible. Elle avait rayé le nom d'une actrice minable refaite de la tête aux pieds et celui d'un producteur à l'œil vitreux, dont tout le monde savait qu'il était fou à lier, mais qu'on continuait à supporter parce qu'il produisait toujours des films.

Et voilà que Zachary K. Klinger faisait une apparition non programmée. Et qu'en plus, il était placé à côté d'elle !

Le sourire était figé sur ses lèvres comme celui d'une statue de marbre. *Poppy Soloman sait quelque chose ! Elle l'a fait exprès ! Cette salope me le paiera cher !*

— Bonsoir, Silver, dit Zachary.

— Zachary… Quel plaisir de te revoir ! Et quelle surprise ! Je te présente mon époux, Wes Money junior.

— Tu ne pourrais pas laisser tomber le « junior » ? grommela Wes, irrité.

Zachary le fixa comme s'il avait été transparent puis l'oublia complètement pour se consacrer à Silver.

— Mes félicitations pour ton succès, dit-il.

— Merci, répondit-elle distraitement.

Elle ne pensait qu'à filer aux toilettes vérifier qu'elle était parfaite. Non qu'elle eût envie de séduire Zachary mais, après seize ans, il était normal de vouloir faire sa petite impression.

— Tu n'as pas changé, dit-il.

Lui non plus n'avait pas changé mais, s'il attendait des compliments, il pouvait se fouiller. Ses cheveux étaient devenus complètement gris et il avait davantage de rides sur le visage. C'était tout. Il n'avait jamais été beau mais il respirait la puissance et c'était ça qu'elle avait aimé chez lui autrefois.

A l'époque où ils se fréquentaient, Zachary était déjà un homme très riche. Aujourd'hui, il était milliardaire en dollars et était devenu une légende vivante.

— Eh bien? s'enquit Poppy tandis qu'on servait une délicate salade d'avocats et de papayes, n'est-ce pas très réussi?

— Quand est-ce que tu vas plaquer ce ringard? demanda Howard avec un clin d'œil avisé.

Whitney lui décocha son formidable sourire.

— Ne sois pas méchant, Howard. Chuck est un excellent acteur et il est regrettable qu'il soit aussi méconnu.

— Ce type est un camé et un dragueur de plages qui ne te mérite pas.

Le sourire de Whitney resta bien en place.

— Je n'ai pas l'intention de l'épouser.

Tu te contentes de te faire sauter, hein? pensa Howard. Mais il garda sa réflexion pour lui. Ça n'aurait pas été classe de la formuler à haute voix. Et, ce soir, il avait, avant toute chose, envie de se considérer comme un gentleman stylé.

— As-tu lu le script? s'enquit-il.

Elle hocha la tête. Une fantasmagorie de dents étincelantes, de cheveux d'or et d'yeux bleu marine.

— Eh bien? relança Howard.

— Zeppo m'a demandé de ne pas en parler avec toi.

— Quoi? fit Howard, outré. Depuis quand Zeppo est-il ton agent?

— C'est de moi qu'on parle? s'informa Zeppo White.

Il était placé près de Beverly D'Amo qui lui offrait un divertissement royal avec le récit de ses aventures péruviennes.

Whitney le regarda.

— J'étais juste en train de dire à Howard que tu étais mon agent.

— Et il l'a pris comment? demanda Zeppo White en clignant plusieurs fois de l'œil.

C'était un tout petit bonhomme avec une coiffure relevée d'une redoutable couleur orange. En affaires, il n'avait pas la réputation d'un tendre.

— Je ne sais pas, répondit Whitney, tout sourire. Comment l'as-tu pris, Howard?

— Quand on se fait mordre par un serpent, on cherche quelqu'un pour sucer le venin, dit Howard.

Elle arborait toujours son prodigieux sourire.

— Je serais heureux si tu acceptais de le sucer pour moi.

Pas vraiment classe, mais drôle.

Whitney rit. Zeppo rit. Beverly rit. Ida White avait des yeux de zombie mais elle rit aussi.

— Si j'étais toi, Howard, je ne parierais pas ma fortune là-dessus, railla Whitney.

— J'adore quand ça devient cochon! s'exclama Beverly avec ravissement. Dis donc, Zeppo, toi qui m'avais dit de bien me tenir ce soir, j'ai de la concurrence!

— Moi? Je ne t'ai jamais demandé l'impossible, baby! protesta Zeppo avec un clin d'œil égrillard.

— Tu sais que je suis veuf? demanda Zachary en fixant intensément Silver.

Elle prit une petite gorgée de champagne, refusant de le regarder. Qu'attendait-il? Qu'elle lui présente ses condoléances? Pour ça aussi, il pouvait se fouiller. Silver Anderson n'avait jamais fait dans l'hypocrisie.

— Cela veut dire que je suis enfin libre, dit-il en martelant ses mots.

Elle crut qu'elle allait lui éclater de rire au nez. Libre. Seize ans après. Très bien et alors?

— Contente pour toi, répondit-elle froidement.

Il continua à la fixer, attendant une réaction plus positive. Ne comprenait-elle pas ce qu'il était en train de lui dire? Enfin, ils pouvaient vivre ensemble! Depuis toujours, Silver avait été la seule et unique femme de sa vie. Celle avec laquelle il se sentait le mieux assorti. La reine parfaite pour partager son trône. Maintenant que sa femme était morte, il n'existait plus d'obstacle à leur union.

— J'ai une proposition intéressante pour toi.

Elle prit un air las.

— Vraiment?

— Tu pourrais peut-être passer me voir à mon hôtel demain.

— Ça, je ne crois pas.

— C'est ton intérêt.

— Je ne le crois pas non plus.

— Un rendez-vous d'affaires, rien d'autre.

La vieille canaille arrogante ! S'imaginait-il qu'il allait réapparaître comme ça dans sa vie et se mettre à tout régenter ?

— Je ne vois pas quel autre genre de rendez-vous nous pourrions avoir, assena-t-elle sèchement.

Il baissa le ton de sorte qu'elle soit la seule à entendre le murmure rêche de sa voix. Il fallait qu'il la mouche.

— Ne te fais aucune illusion, Silver. Tu es trop vieille pour moi, maintenant.

Les mots lui firent mal, comme une gifle en pleine figure. Pour qui se prenait-il à lui parler comme ça ?

Elle baissa la voix également pour réserver à Zachary l'exclusivité de la confidence et répliqua :

— Zachary, mon cher, toi ce n'est pas maintenant que tu es trop vieux pour moi ; tu l'as toujours été.

Il laissa échapper un rire sans joie. Elle avait toujours le même point faible.

— Décidément, Silver, tu ne supporteras jamais la moindre critique.

C'en était trop ! Cette fois, elle perdit son calme.

— Zachary, mon très cher ami, tes critiques, tu te les prends et tu te les fourres dans ton vieux cul décrépit.

— Comment ça va ?

Melanie-Shanna qui sortait des toilettes pour dames sursauta. Chuck Nielson venait d'apparaître sur son chemin, le regard camé, le sourire polisson.

Elle respira pour se ressaisir puis demanda calmement :

— Est-ce que vous me suivez à chaque fois que je vais aux toilettes ?

— Non. Seulement quand je sens que vous en avez envie.

Le rentre-dedans direct et brutal. C'était sa technique. D'habitude, ça marchait. Là, il fit un flop.

— Vous faites grossièrement erreur, monsieur Nielson, lâcha-t-elle d'un ton pincé. Et si vous ne cessez pas, je le dis à mon mari !

— Ho ! Ho ! Tout doux, ma belle ! On ne s'énerve pas. Je voulais juste être galant. Je ne vous ai pas touchée !

Elle le regarda droit dans les yeux.

— Un conseil : ne vous en avisez pas ! O.K. ?

Il leva les mains.

— O.K., O.K., baby...

Elle passa devant lui et se hâta de regagner sa place à table près de Mannon. Un instant, elle songea qu'elle devait peut-être lui en parler. Puis elle se dit que c'était inutile. A quoi bon créer encore des tensions ? Elle pouvait très bien s'en débrouiller elle-même. Depuis toujours, elle avait l'habitude de se débrouiller seule.

C'était la première fois que Wes s'ennuyait en compagnie de Silver. Ce monde n'était pas du tout celui qu'il avait imaginé quand il était de l'autre côté du bar. Maintenant qu'il était entouré de gens riches et célèbres, qu'il leur parlait, il se rendait compte qu'ils étaient aussi chiants que le reste de la population.

Carlos Brent avait un humour douteux. Orville Gooseberger parlait trop et trop fort. Sa femme, idem. Personne ne pouvait lui clouer le bec. Mannon Cable était renfermé dans sa rêverie et sa femme, Melanie-Shanna, qui était un ravissement pour les yeux, n'avait pas ouvert la bouche de la soirée.

Restaient Dee Dee Dione, plutôt charmante, Zachary K. Klinger, qui monopolisait Silver depuis qu'il avait posé les fesses à côté d'elle, et leur hôtesse, Poppy Soloman, une pile électrique.

Après l'entrée, tandis que Klinger parlait pratiquement dans le creux de l'oreille de Silver, il s'excusa, se leva et alla faire une tournée des stars. Il n'avait pas encore parlé à Whitney Valentine Cable et comme elle était la plus belle femme de la soirée, il se dit que ce serait peut-être intéressant. Il se surprit à la lorgner malgré lui tout en passant, l'air détaché, près de sa table.

Elle lui sourit. Un scintillement de dents éblouissantes.

Il approcha et tendit la main.

— Wes Money.

Ce sourire qu'elle avait !

— Toutes mes félicitations !

— Je vous remercie.

— Connaissez-vous Chuck Nielson ?

Un peu qu'il le connaissait, ce bon vieux Chuck. Il lui avait dealé de la cocaïne à la soirée d'anniversaire chez Silver. Seulement, à cette époque, il n'était qu'un barman. Et qui se souvenait du barman ? Certainement pas un seul des convives invités à ce dîner.

Chuck le gratifia d'une poignée de main à lui broyer les phalanges.

— Salut, veinard! Silver et vous, vous allez vous donner beaucoup... beaucoup de...

Chuck s'arrêta dans son élan et lança un regard de détresse à Whitney.

— Beaucoup de bonheur, compléta-t-elle en chargeant considérablement sur le sourire éblouissant.

Ida White se recula contre le dossier de sa chaise et lui posa sur le bras une main osseuse et veinée de bleu.

— Soyez gentil avec notre Silver, dit-elle en hochant la tête pour bien ponctuer ses paroles. Nous l'aimons tous beaucoup, vous savez. Si vous...

— C'est une pro! coupa Zeppo en éjectant chaque mot comme une mitraillette éjecte ses douilles. Ce qui compte avant toute chose, à Hollywood, c'est d'être pro jusqu'au bout des ongles et pas seulement sur les tournages. Être pro dans la vie. Et ça, Silver sait le faire mieux que quiconque. A part, peut-être, quelques exceptions comme Elizabeth Taylor, ou Shirley MacLaine. Il en reste encore une petite poignée. Enfin, tout ça pour vous dire que Silver a une sacrée classe...

— Oui, approuva Wes. Absolument.

— Cette femme-là, c'est une star, poursuivit Zeppo. Une de nos dernières *vraies grandes stars*. L'espèce est en voie de disparition. Aujourd'hui, on les voit toutes se balader dans les rues en tee-shirt, pantalon flagada et le cheveu en bataille. Les jeunes actrices, maintenant, ont l'air de tout faire pour qu'on les confonde avec leurs bonnes.

— Merci du compliment! lança Whitney.

— Mais voyons, je ne disais pas ça pour toi, aboya Zeppo. Toi, tu es absolument parfaite, ma choute!

— Et moi? s'enquit Beverly D'Amo.

— Toi, tu es une excentrique. Mais, mes petites, Silver pourrait vous donner des leçons à toutes! reprit Zeppo qui s'enflammait tout seul sur sa tirade. Elle a la fibre de la star! Et ça, j'ai senti qu'elle l'avait la première fois que je l'ai vue, il y a maintenant près de trente ans.

Il continua ainsi, pendant une quinzaine de minutes, à chanter les louanges de la grande Silver.

Chuck se leva de table.

— Envie de fumer une cigarette?

Wes hocha la tête et ils se dirigèrent ensemble vers la porte.

— Si on allait faire un tour, proposa Chuck. Il fait une chaleur à crever là-dedans.

Ils descendirent l'escalier et sortirent dans la rue. Là,

Chuck alluma un joint, tira longuement dessus et le tendit à Wes.

Pour ne pas avoir l'air de jouer les bêcheurs, Wes prit une bouffée et restitua le joint.

— Ça, c'est du shit de toute première qualité, déclara fièrement Chuck.

— C'est vrai, approuva Wes.

Il en avait goûté du meilleur. Mais comment demander à un acteur perpétuellement au chômage et perpétuellement camé d'apprécier les diverses qualités de shit ?

— Zeppo White est chiant comme la pluie, affirma Chuck d'un ton acide.

— Qu'est-ce qu'il fait dans la vie ? demanda Wes.

Chuck se retourna vers lui, l'air proprement ahuri.

— Vous rigolez, là, ou quoi ?

Wes eut un petit haussement d'épaules.

— Je ne suis pas dans le business.

— Ouais, c'est vrai. Zeppo en ferait une crise cardiaque s'il savait que quelqu'un n'a jamais entendu parler de lui.

— Je suis ce quelqu'un.

Chuck éclata de rire.

— Il est agent. Il se prend même pour le plus grand agent de Hollywood.

— Vous êtes chez lui ?

— Ça m'aurait plu. Zeppo ne veut que des têtes d'affiche dans son écurie. Depuis peu, c'est l'agent de Whitney. Et, vous ne me croirez peut-être pas, mais ce petit enfoiré a essayé de la sauter !

Wes ne put dissimuler sa surprise.

— Zeppo White a sauté Whitney Valentine Cable ?

— Non. Il a simplement essayé. Et il a mis le paquet.

— Il doit avoir au moins... soixante-dix ans !

— Et alors ? Vous croyez que ça arrête de durcir à partir de soixante-cinq ?

— J'aimerais que tu me foutes la paix, exposa Silver d'une voix dangereusement calme. Et, d'ailleurs, qu'est-ce que tu fais ici ?

— Je te l'ai dit, répondit Zachary, exaspéré. Ça fait seize ans et je ne t'ai jamais oubliée. Maintenant que je suis libre, je veux que tu reviennes.

Elle eut un rire grinçant.

— Comme c'est flatteur !

Puis elle ajouta sarcastiquement :

— Mais je croyais que j'étais trop vieille pour toi, Zachary. Et toi, de toute façon, tu es trop vieux pour moi.

Comme s'il n'avait rien entendu, il insista :

— Silver, je veux que tu me reviennes. Et pour toujours, cette fois !

C'était du culot ou elle ne s'y connaissait pas. Du culot et de la suffisance.

— On ne t'a peut-être pas averti, dit-elle d'un ton glacial, mais ce dîner est donné pour fêter mon mariage, Zachary. *Je viens de me marier.*

— Tu penses qu'il m'en coûterait combien pour le faire sortir de ta vie ? Oh, à le voir, il ne doit pas être bien cher.

— *Salaud !* Pour toi, le fric peut acheter n'importe qui !

— On peut faire l'essai, proposa Zachary d'une voix très douce.

Avec un soupir exaspéré, elle se leva de table. Pas de Wes en vue dans le restaurant, ce qui acheva de la mettre hors d'elle-même. Elle fila droit vers les toilettes des dames.

Poppy, qui n'était pas totalement insensible aux vibrations, quitta sa chaise comme un diable jaillissant de sa boîte et disparut dans son sillage.

Mannon nota que Chuck était sorti et saisit l'occasion pour aller saluer son ex.

— Bonsoir, Mannon, dit Whitney sur la défensive.

— Tu as l'air en forme, dit Mannon sans se mouiller.

— Toi aussi.

C'étaient les premières paroles qu'ils échangeaient depuis des mois. Ça ne facilitait pas le contact mais Mannon se jeta à l'eau, sachant pourtant que la moitié des convives de la table tendaient l'oreille pour essayer d'entendre ce qu'ils se disaient, en particulier Zeppo White qui détestait rater quoi que ce soit.

— Il y a une chose dont je voudrais te parler.

Elle joua avec le pied de son verre.

— Oui ?

— Pas possible d'aborder ça ici.

— Pourquoi ?

Il lui montra le reste de la tablée.

— Tu me demandes *pourquoi ?*

Son regard croisa l'œil vitreux d'Ida White.

— Bonsoir, Mannon...

— Alors, Mannon, mon vieux ! lança Zeppo. Je me suis laissé dire que vous envisagiez de reprendre un rôle refusé par Burt Reynolds ! — Il agita l'index. — Très mauvais, ça. Il ne faut pas.

— Je n'en ai aucunement l'intention.

— Ah, très bien..., fit Zeppo, l'air soulagé.

A cet instant, Mannon vit Chuck Nielson qui revenait. Il avait des démangeaisons dans les poings quand il voyait cette tête d'enflure.

Whitney sentit la tension monter et lança vivement :

— J'ai été contente de te voir.

Elle lui tourna le dos, espérant qu'il allait s'en aller.

Chuck approcha de la table. Pas mal, il fallait bien le reconnaître. Mais quand il se trouvait placé à côté de Mannon, il avait l'air d'une mauvaise copie.

— Tiens, mais c'est mon vieux pote ! s'exclama-t-il. Ça boume ?

Ils s'étaient plus ou moins fréquentés autrefois mais Mannon ne l'avait jamais considéré comme un ami, ni même comme un copain. Aujourd'hui, il considérait qu'il n'avait même pas obligation d'être poli avec ce merdeux. Il l'ignora. Ce que Chuck Nielson prit très mal.

— Hé, qu'est-ce qui te prend ? demanda-t-il d'un ton belliqueux. Ne viens pas traîner autour de Whitney si tu n'es même pas foutu de me dire bonjour !

Mannon commença à s'éloigner.

Chuck qui ne se jugeait pas quitte l'arrêta en lui plaquant une main sur l'épaule.

— Oh non..., gémit Whitney.

Elle savait ce qui allait arriver. Elle le savait. Mais il était trop tard. Elle ne pouvait rien faire.

Mannon pivota sur place, enleva la main de Chuck et le repoussa brutalement.

Chuck reprit son équilibre et, instinctivement, riposta d'un coup de poing. Mannon para avec virtuosité et son poing droit partit faire ce qui le démangeait depuis le début de la soirée : embrasser le maxillaire de Chuck.

— J'ai fait une gaffe, hein ? demanda Poppy.

Silver qui était en train de s'appliquer du brillant sur les lèvres la regarda dans la glace et répondit :

— Je ne vois pas de quoi vous voulez parler.

— De M. Klinger, dit Poppy. Je crois que je n'aurais pas dû le placer à côté de vous.

Silver se demanda ce qu'elle devait répondre. Il était peu probable que quelqu'un ait eu vent de sa liaison avec Zachary.

Seize ans, ça faisait un bail. Zachary étant marié à l'époque, ils s'étaient, en outre, montrés particulièrement prudents. A l'évidence, elle s'était trompée sur les intentions de Poppy. Cette dernière avait très certainement voulu lui faire honneur en installant près d'elle Zachary K. Klinger, l'homme le plus puissant de l'assemblée.

— Ne vous faites pas de mauvais sang, dit-elle posément.

— Vous savez, assura Poppy, j'ai été totalement stupéfaite de voir que vous vous connaissiez.

Elle paraissait sincère.

— Oh, nous sommes de vieux ennemis, Zachary et moi, répondit Silver avec l'air de ne pas y attacher plus d'importance que ça.

Puis elle ajouta pour plus de prudence :

— Les gens comme ce Zachary me sortent par les yeux. Ce sont d'insupportables vaniteux, imbus d'eux-mêmes.

— Ça, si vous saviez comme je suis d'accord! approuva Poppy en rectifiant à petits coups du plat de la main l'ordonnance incroyablement complexe de sa coiffure. Il ne me plaît pas du tout. Il faut voir comment il prend les gens de haut! Tiens, j'aurais dû le coller à la table de Howard ; ça leur aurait fait les pieds.

— C'est vrai.

— Il va peut-être s'en aller rapidement, risqua Poppy, pleine d'espoir.

— S'il s'éternise, c'est moi qui partirai.

Poppy blêmit.

— Vous ne pouvez pas faire ça! lança-t-elle, morte d'inquiétude. Vous êtes l'invitée d'honneur.

Silver se lécha les lèvres, fit un pas en arrière et se tourna de côté pour admirer l'effet d'ensemble des retouches apportées à son maquillage.

— Oh si, Poppy, je peux très bien le faire, répondit-elle avec une infinie douceur.

Prête à tout pour sauver sa soirée, Poppy allait se mettre à supplier et implorer. L'entrée en tempête d'une Melanie-Shanna en larmes ne lui en laissa pas le loisir.

— Je la déteste! hurla-t-elle. Cette... cette garce!

— Quelle garce? demandèrent Silver et Poppy presque en chœur.

— Cette Whitney Valentine! Elle me gâche la vie!

Poppy, qui n'avait vu en Melanie-Shanna qu'un toutou docile, était vraiment surprise. Cette crise de fureur était une révélation. Comme quoi il faut se méfier de l'eau qui dort...

Silver n'accordait qu'un intérêt très moyen aux scandales et aux ragots quand ils ne la concernaient pas directement. Elle eut cependant la curiosité de demander :

— Mais que vous a fait Whitney ?

Avant que Melanie-Shanna n'ait pu répondre, Ida White et Carmel Gooseberger firent une entrée non moins tempêtueuse que la sienne et se mirent à parler toutes les deux en même temps.

— Poppy ! vociféra Carmel, rouge comme un coq. Il y a une bagarre !

— Du sang..., dit Ida de sa voix monocorde. Il y a du sang partout...

Ça commençait à faire beaucoup de monde et de bruit pour Silver. Elle s'échappa discrètement en direction de la porte.

— Une bagarre ! mugit Poppy, folle d'angoisse. Une bagarre à *mon* dîner !

— C'est la faute de cette garce ! cria Melanie-Shanna. Cette espèce de sale... de sale pouffiasse ! Je voudrais la tuer !

54

Regrets éternels. Faire l'amour avec ce salaud d'Anglais fut une erreur grossière.

Jade le regarda, endormi, chez elle. Dans son lit. Il était allongé sur le dos, la bouche entrouverte, produisant à chaque expiration un bruit léger entre le chuintement et le ronflement discret.

Il était sept heures du matin. Elle était déjà complètement éveillée et faisait le bilan des activités de la veille.

Pourquoi l'avait-elle appelé ?

Parce qu'à ce moment-là, ça ne lui semblait pas être une mauvaise idée. Elle était atterrée par la nouvelle vie de Corey et avait besoin de chaleur.

Mark, bien évidemment, avait été ravi de l'entendre. Il était arrivé séance tenante à son appartement.

Elle avait éteint toutes les lampes électriques et éclairé les lieux avec une multitude de cierges d'église. Springsteen à la stéréo diffusait une merveilleuse musique de fond. Une bouteille de vodka Absolut frappée et deux petits verres étaient disposés sur une table près du lit. Elle l'avait reçu uniquement parée d'un grand tee-shirt noir et d'un nuage d'*Opium*.

A peine avait-il franchi le seuil qu'il s'était mis à parler.

Elle n'avait pas envie de l'entendre parler. Elle l'avait fait taire en lui plaçant un doigt sur les lèvres et l'avait attiré vers la chambre.

Il n'avait pas besoin d'un dessin.

Ils avaient fait l'amour. Agréable. Pas sensationnel. Pour être vraiment honnête, ç'avait même été très ordinaire. Quelles étaient les paroles de cette vieille chanson, déjà ? *La flamme est éteinte... le cœur n'y est plus... Je le sens dans tes bras, je le vois dans tes yeux... La flamme est éteinte... Le cœur n'y est plus...*

Fermant derrière elle la porte de la chambre, elle se dirigea, pieds nus, jusqu'à la cuisine et mit de l'eau à bouillir.

Enfin, tout ça n'avait pas été pour rien. Maintenant, elle avait compris que c'était bel et bien terminé.

— Il faut que je fasse une virée rapide à New York, annonça Jack à Heaven. Est-ce que tu peux faire venir une copine pour ne pas rester seule ici ?

— Quand ?

— Le plus tôt sera le mieux.

Elle passa en revue toutes les copines possibles puis les élimina les unes après les autres. Les filles du collège étaient sympa dans l'ensemble mais elle n'en trouvait aucune avec qui elle eût réellement quelque chose en commun. Son meilleur ami était Eddie. Seulement elle avait pris ses distances depuis cette soirée où il s'était mis à baver devant Silver comme un nullard de fan.

— Je ferai venir quelqu'un, promit-elle. Dis-moi juste quand tu pars.

— Mettons demain ?

— Impeccable.

Elle hochait la tête tout en se disant intérieurement : *Si je ne trouve personne, je resterai toute seule. Je m'en fous.*

— Entendu comme ça. Ça ne sera pas long. J'en ai pour une journée ou deux, pas plus.

L'idée de rester seule ici lui plaisait bien, finalement. Peut-être qu'elle ferait venir Eddie. Ils pourraient répéter un peu ensemble. Ces derniers temps, leurs spectacles n'avaient pas été brillants. Soit c'était lui qui perdait son doigté, soit c'était elle qui en avait marre de beugler du rock and roll.

Oncle Jack n'avait toujours pas entendu une seule de ses cassettes. Ça la décevait mais bon, c'était quand même un brave type. Le seul, à vrai dire qui s'intéresse vraiment à elle.

Parce que, pour ça, mieux valait oublier de compter sur sa mère.

Un jour, quand elle serait célèbre et riche, et qu'on ne la traiterait plus comme une gamine irresponsable, elle irait trouver cette chère et attentive Silver pour lui demander un certain nombre de petites choses.

Exemple : *qui est mon père ?*

Exemple : *pourquoi tu n'as rien à foutre de ce que je suis et de ce que je fais ?*

Exemple : *pourquoi tu m'as éjectée de ta vie comme une moins-que-rien ?*

Le chagrin puis la colère envahirent son cœur. Qu'est-ce que ça voulait dire, ça, de ne même pas avoir le droit de connaître l'identité de son père ?

Mark émergea de la chambre à neuf heures quinze. Cheveux ébouriffés. Charme sauvage.

Vêtue d'un jean et d'une chemise, Jade était assise dans la cuisine, les jambes sur la table, en train de regarder une émission du matin sur une chaîne locale. Elle avait à portée de main une tasse de café noir, et une cigarette fumait dans le cendrier. Elle pensait à Corey. Le déjeuner avait été une expérience inconfortable pour elle comme pour lui. Maintenant qu'elle avait eu le temps de bien repenser les choses et de prendre du recul, elle savait qu'elle devait lui téléphoner.

— Bonjour, belle dame, dit Mark en se penchant pour l'embrasser.

Il était vêtu en tout et pour tout d'une serviette-éponge rose nouée autour de ses reins. Ce n'était pas, pour lui, la meilleure façon de se mettre en valeur. Il avait des bras maigrelets.

— Salut !

Elle essaya de sourire gentiment. Mais elle savait déjà que ça n'allait pas marcher. Elle n'avait jamais su dissimuler ses sentiments.

— Qu'est-ce qui se passe ? demanda-t-il, sentant immédiatement que ça ne collait pas.

Elle braqua les yeux sur lui.

— C'est terminé, Mark. Cette fois, c'est terminé pour de bon.

Il préféra éviter de répondre directement.

— Qu'est-ce qui te prend de te remettre à fumer ? demanda-t-il sévèrement. Ça fait des années que tu avais arrêté.

— Comment va Fiona ? riposta Jade. Est-ce qu'elle supporte bien l'idée du divorce ?

Il analysa la riposte. Mark était un garçon plein d'astuce. Il n'aimait pas se retrouver coincé dans ses pièges.

— Elle a fait une très mauvaise grippe, expliqua-t-il avec le plus grand sérieux. Ça a traîné en longueur et ça a presque viré à la pneumonie.

— Ennuyeux, commenta Jade.

— Très, oui. Évidemment, dans ces conditions, je ne pouvais pas mettre la question du divorce sur la table.

— Évidemment.

Il poussa un long soupir.

— C'est ça qui te met en boule contre moi ?

En boule. C'étaient bien les expressions de ce salaud d'Anglais...

— Je ne savais pas que Fiona ignorait encore tout de tes projets de divorce ! dit-elle, sincèrement étonnée.

— Je vais lui en parler dès mon prochain passage à Londres.

— Ce sera bientôt.

— Oui, très bientôt.

— J'espère que tu ne fais pas ça à cause de moi.

Il s'assit près d'elle.

— Jade, ma chérie, rassure-toi. Je te promets que je vais lui en parler et qu'on va se marier.

— Il y a juste un petit hic, Mark.

— Et quoi, ma biche ?

— Ce que je t'ai dit tout à l'heure : c'est fini. Terminé. Cette nuit en était la preuve.

Du bout des doigts, il se mit à pianoter sur la table. Visiblement, il avait un problème et hésitait sur l'attitude à adopter.

— Tu n'as pas eu de plaisir ? s'enquit-il enfin.

— Ça a été formidable, mentit Jade. Tu ne comprends pas que là n'est pas la question ? Il n'y a plus rien entre nous, c'est tout.

Mark s'obstinait.

— Non ! C'est impossible !

Elle tint bon

— Si. Fini

— Tu verras les choses différemment quand j'aurai divorcé, affirma-t-il, plein de confiance.

— Non, Mark.

— Si, Jade.

Pourquoi s'acharner à poursuivre ce débat stupide ? Elle

n'en voyait pas l'intérêt. Leur liaison était de l'histoire ancienne, point final.

55

Tout le monde était encore couché quand Wes s'éclipsa de la maison. La veille, il avait dit à Silver qu'il risquait d'avoir à sortir de bonne heure.

— Fais ce que tu veux mais ne me réveille pas, avait-elle répondu. J'ai besoin d'une bonne dose de repos pour me remettre de ce désastre.

Il fallait admettre que la soirée avait été mouvementée.

D'abord, Mannon Cable et Chuck Nielson qui s'étaient castagnés comme s'ils avaient été en train de répéter une bagarre de saloon dans un western. La crise d'hystérie de Poppy Soloman. Puis, quand tout semblait calmé, Whitney Valentine et Melanie-Shanna Cable qui s'étaient hurlé des bordées d'injures avec un manque total d'élégance. Deux véritables poissardes. Wes en avait profité pour noter que, quand Whitney Valentine se mettait en colère, ses seins se dilataient et ses tétons se dressaient, faisant rouler les yeux de la population masculine.

C'était donc ça, le grand monde de Hollywood. Pas si ennuyeux qu'il l'avait cru de prime abord, finalement.

Naturellement, il s'en était mêlé. Bien obligé. Personne n'intervenait dans la bagarre des deux stars et Mannon Cable était en train de démolir littéralement Chuck Nielson, son nouveau copain, lequel était trop défoncé pour pouvoir se défendre. A chaque nouveau coup, il reculait en titubant dans le restaurant, le nez pissant le sang partout, et Mannon s'acharnait à le boxer avec l'intention évidente de le réduire en charpie.

— Arrêtez-les ! avait hurlé Whitney Valentine. Mais faites quelque chose, enfin, bon Dieu !

C'est alors que Wes était passé à l'action après avoir recruté deux serveurs. Ils avaient eu du mal à maîtriser le puissant Mannon Cable. Chuck Nielson s'était écroulé au sol en poussant un râle d'animal blessé.

Sortant des toilettes à cet instant, Poppy Soloman avait pris la mesure de la catastrophe. Sa belle soirée était à l'eau. Pour passer ses nerfs, elle s'était mise à insulter son pauvre mari qui, d'un air hébété, en avait pris plein les oreilles. Mais le

315

plus beau coup de théâtre avait été la prestation de Melanie-Shanna Cable. Elle, qui n'avait pratiquement pas ouvert la bouche de la soirée, était sortie des toilettes sur les talons de Poppy Soloman et s'était précipitée sur Whitney Valentine en hurlant sa fureur :

— Vous êtes une malade, une obsédée sexuelle ! Vous allez laisser mon mari tranquille, à la fin ? C'est le mien, maintenant, plus le vôtre ! Mettez-vous bien ça dans la tête, c'est un conseil ! Sans quoi, vous allez le regretter.

A quoi Whitney avait répondu avec le plus profond mépris :

— Ta gueule, merdeuse ! Pour qui tu te prends à me parler comme ça ?

Elles allaient en venir aux mains quand Mannon, attrapant Melanie-Shanna, l'avait pratiquement prise sous son bras et avait quitté le restaurant sans un regard en arrière.

— Comparé à ce feuilleton, *Dynasty* fait vraiment guimauve ! s'était exclamée Carmel Gooseberger, incapable de cacher la jouissance que lui procuraient les incidents.

Bref, tout le monde s'était bien éclaté, comme on dit.

Silver était étrangement calme pendant le trajet de retour. Ce qui étonna Wes. Habituellement, quand il y avait eu de l'action, elle se plaisait à faire des retours en arrière détaillés.

— Qu'est-ce qu'il y a ? avait-il demandé.

— Je suis vidée, avait répondu Silver.

Son expression favorite. Il n'avait pas fallu bien longtemps à Wes pour comprendre qu'elle était vidée seulement quand ça l'arrangeait.

Maintenant qu'il était le légitime, il n'était plus limité à la Mercedes. C'est donc la Rolls qu'il prit pour aller faire sa virée matinale. Il avait décidé d'aller visiter son ancien logement, de remballer ses maigres biens et de prendre officiellement congé. Maintenant, les lieux devaient être sûrs. Et puis, il était M. Silver Anderson. Ça le rendait intouchable.

A peine avait-il quitté la maison que Silver s'éveilla. Elle n'avait pratiquement pas fermé l'œil de la nuit et ne se sentait pas fraîche du tout. Elle attrapa le téléphone et, sans se préoccuper de l'heure, appela Nora.

— Devine, dit-elle.

Nora laissa échapper un bâillement sonore.

— Quoi ? Il s'est tiré avec tout ton fric ?

— Ne sois pas stupidement méchante, Nora.

— Comment s'est passée la soirée ?

Nora était froissée de ne pas avoir été invitée. Mais, connaissant bien les façons de faire des hôtesses de Beverly Hills, elle savait que certains refusaient tout simplement de recevoir l'entourage des stars. Or, en tant qu'attachée de presse, elle était officiellement considérée comme membre de l'entourage de Silver. Si la star elle-même avait insisté pour qu'elle soit invitée, nul doute qu'elle l'eût été. Mais, apparemment, Silver n'était pas intervenue en sa faveur. Depuis que Wes était entré dans sa vie, la présence de Nora était de moins en moins indispensable, semblait-il.

— Je crois que tu auras l'occasion de lire tout ça en détail dans la presse, répondit sèchement Silver.

— Ça veut dire que tu ne juges pas utile de te fatiguer à me le raconter ?

— Non, ma chère, ça veut dire que cette soirée en *mon* honneur s'est terminée par une bagarre aux poings entre Mannon et Chuck, suivie d'un échange de noms d'oiseaux entre Whitney et la nouvelle femme de Mannon qui, soit dit en passant, n'est pas du tout la petite poupée en sucre que tout le monde s'imaginait.

— Sans blague ?

— Sans blague. Et ce n'est encore rien. Devine qui était placé à côté de moi ?

— Je ne sais pas, fit Nora. L'ayatollah ?

Silver eut un rire lugubre.

— Pire, Zachary Klinger.

Nora savait comprendre quand on avait besoin d'elle.

— J'arrive, dit-elle.

En garant la Rolls de Silver dans une petite rue, Wes songea qu'il n'avait peut-être pas été bien inspiré de prendre cette voiture pour venir dans ce coin sordide de Venice. Et si elle était esquintée ?

Pas un drame. Silver en achèterait une autre. Il avait appris à penser en riche. Lui qui avait passé sa vie à compter ses sous, maintenant il pouvait arrêter de se faire du souci et vivre relaxe.

D'un bon pas, il parcourut le trottoir de planches jusqu'à sa vieille maison. C'était une belle journée californienne. Malgré l'heure matinale, il faisait déjà chaud et quelques mordus de skateboard étaient déjà en pleine action, filles vêtues de shorts serrés et de minuscules débardeurs, garçons encore plus dénudés. L'idée était de se faire un bronzage parfait et il n'y avait pas meilleur moyen que le skateboard en petite tenue.

Si, Wes voyait un meilleur moyen. Se prélasser près de la luxueuse piscine de Silver avec un poste de télé portatif devant lui et Vladimir pour lui servir des jus d'ananas.

Il éprouvait une curieuse impression en approchant de son ancien logement. Pour tout dire, il fut secoué par quelques désagréables tressaillements. Il n'avait aucune envie de renouer avec son ancienne vie. Celle qu'il avait trouvée lui convenait parfaitement.

Il prit sa clef, la glissa dans la serrure et eut une surprise en découvrant qu'elle ne s'ouvrait pas.

Merde! On avait changé la serrure!

Il aurait dû s'y attendre. Cette chère Reba voulait son loyer. Ce n'était pas son genre de lui laisser la possibilité de venir reprendre ses affaires et de se sauver ni vu ni connu. Adorable Reba!

Il frappa chez Unity. Au moins, il allait peut-être pouvoir récupérer ses mille dollars et rendre visite à son chien. Finalement, il l'aimait bien, ce vieux corniaud.

Pas de réponse. Il insista.

Et, brusquement, la porte s'ouvrit en grand sur un travelo. Un beau morceau d'un mètre quatre-vingt-cinq environ, coiffé en brosse, le visage encore confituré de son maquillage de la nuit. Il portait un couvre-lit à fleurs et des ongles de pied vernis de rose poussiéreux au bout d'orteils dont la grande taille avait quelque chose de vraiment insolite.

— Qu'est-ce que...

Il s'interrompit et changea de ton. Le beau jeune homme qu'il voyait ne méritait pas d'être grondé.

— Hello! On est de passage ou on veut s'inviter?

— Je cherche Unity.

— Unity... Mignon tout plein, ça... Qu'est-ce que c'est? une nouvelle secte?

— Hein?

— Il y a un examen de passage?

— Unity, c'est la fille qui habite ici.

La chochotte fit battre des faux cils épais et raides comme du fil de fer.

— Vous me rappelez mon premier amour, susurra-t-elle. Un garçon carré comme vous et fort comme un taureau.

Wes soupira. Il avait toujours eu la cote avec les tantes. Il excitait leurs instincts animaux; c'est tout au moins ce qu'on lui avait dit à plusieurs occasions. Maîtrisant son agacement, il expliqua:

— Je cherche une fille qui s'appelle Unity. La dernière fois que je l'ai vue, elle habitait ici. Vous savez ce qu'elle est devenue?

— Ah, celle-là! Je crois qu'elle s'est tirée un soir en laissant un bel impayé de loyer. Cette piaule était épouvantable quand j'y suis entré. Une vraie prison! Peinture marron cloquée et tout ça... Berk!

— Est-ce que vous savez où elle est partie?

— Fouillez-moi si vous croyez que j'ai caché sa carte de visite quelque part. — Grand gloussement coquin. — Oh, oui, fouillez-moi, s'il vous plaît, monsieur!

— Est-ce que je peux entrer passer un coup de fil?

— Vous laissez rentrer? Oh là là... Qu'est-ce qui me dit que vous n'allez pas me cambrioler et abuser de moi?

Wes le calma avec un regard d'acier.

— Ne prenez pas vos désirs pour des réalités.

En prenant le café, Silver et Nora débattirent des implications possibles de la présence de Zachary Klinger à Los Angeles.

— Je ne le supporte plus physiquement, assura Silver. Le simple fait d'être assise là, à côté de lui, était un supplice. Je ne sais pas comment j'ai fait.

— Wes est au courant en ce qui concerne Zachary? demanda Nora.

— Tu plaisantes? Tu es la seule à être au courant!

Son éternel mégot enraciné au coin de la bouche, Nora hocha la tête.

— A ta place, je ferais en sorte que ça reste comme ça : confidentiel.

Silver se leva et se mit à faire les cent pas. Coiffée en arrière, elle portait un survêtement parme et n'était pas maquillée. Nora était toujours étonnée de découvrir à quel point elle était belle dans la simplicité. Si elle n'était pas si sotte et acceptait de sortir des rôles glamour dans lesquels elle se cantonnait, elle pourrait encore en surprendre plus d'un!

— Il y a quand même un point positif, dit Silver, comme pour se rassurer elle-même, Zachary ne se doute de rien pour Heaven.

Nora décida de prendre des risques :

— En quoi est-ce si positif? Je suppose que la petite te demande de temps en temps qui est son père... Qu'est-ce que tu lui réponds?

— Elle ne demande jamais. Et même si elle le faisait, je

lui dirais que ce sont mes oignons, pas les siens ! jappa Silver avec un agacement excessif.

Nora marqua sa réprobation d'un petit reniflement. Ce n'était pas la première fois qu'elles abordaient cette question et Silver campait sur ses positions avec un entêtement incroyable. Pour elle, garder le secret ou révéler la réalité ne dépendait que de son bon vouloir. Elle estimait que la décision lui appartenait, à elle et à elle seule.

— Je ne comprends pas ta position, insista Nora. Zachary K. Klinger est milliardaire, veuf et sans enfants connus. En refusant d'avouer qu'il est son père, tu prives Heaven d'un héritage colossal !

— Il m'a humiliée, répondit Silver avec obstination. Je ne lui donnerai jamais la satisfaction d'apprendre que, par cette humiliation, il est devenu père.

Parfois Nora regrettait d'être la seule à partager le grand secret de la vie de Silver. Le fardeau était lourd. Car elle-même trouvait parfaitement immoral de ne pas révéler la vérité à Heaven. Elle poussa un soupir et attrapa la cafetière.

De l'autre côté de la porte, l'oreille collée au battant, Vladimir n'avait pas perdu un mot de la conversation. Depuis l'incident du jacuzzi, il sentait des menaces planer sur la sécurité de son emploi et avait décidé de prendre une assurance. Sa police était un gros calepin sur lequel il notait tous les ragots colportés au sujet de Silver. Il notait aussi ses humeurs, le contenu des conversations téléphoniques qu'il arrivait à espionner, les achats qu'elle faisait, vêtements, etc. Il avait également un chapitre bien rempli concernant son époux, l'ancien barman. Mais le renseignement qu'il venait de recueillir aujourd'hui dépassait de loin tout ce qu'il avait pu consigner jusqu'à présent. Zachary K. Klinger était le père de Heaven ! Cette information explosive devait valoir une petite fortune. Et Vladimir avait déjà son idée sur la façon de la monnayer à prix d'or.

56

Pour Howard Soloman, un breakfast à huit heures du matin au *Beverly Hills Hotel* n'était pas la meilleure façon d'attaquer une journée. Seulement, c'était breakfast, et à huit heures. Exigence de Zachary K. Klinger.

Howard commença par se lever en retard. Il se précipita

sous la douche, se coupa en se rasant, s'habilla à toute allure et, après une rapide sniffette de cocaïne histoire de s'aider à décoller, quitta la maison en trombe.

Heureusement, Poppy n'était pas encore éveillée. Elle l'avait empêché de dormir en le bassinant pendant la moitié de la nuit avec la catastrophe du *Bistro* et il ne se sentait pas d'humeur à encaisser une nouvelle séance de jérémiades. Pour sa part il s'était bien régalé en regardant Mannon flanquer une tannée de première à ce tocard de Chuck Nielson. Mais pour Poppy, c'était le drame, le naufrage de sa réception, pire que si la Troisième Guerre mondiale avait éclaté.

— Mais non, avait dit Howard pour essayer de la consoler. Au contraire ! Ta réception va faire date à cause de ça. On ne va plus parler que de cette soirée !

Dès que le larbin du parking du *Beverly Hills Hotel* eut pris sa voiture en charge, il fonça à l'intérieur, sachant qu'il avait dix minutes de retard et que ce vieux coyote de Zach n'était sûrement pas homme à goûter ce genre de détail.

Zachary était installé à la *Loggia,* la partie jardin du *Polo Lounge,* endroit qu'il n'était acceptable de fréquenter que pour le breakfast ou le brunch du dimanche. Sa concession à la Californie se limitait à l'absence de cravate. Il portait une chemise blanche et un costume gris. Howard, pour sa part, portait une veste de sport bleue sur un chandail à grosses mailles et un pantalon foncé (le mieux adapté à cacher ses talonnettes).

Zachary le salua d'un :
— Vous êtes en retard.
— La circulation, répondit Howard d'un ton désinvolte.
— Vous n'habitez pas tout près d'ici ?
Qu'est-ce que c'est que ça ? Un tribunal de l'Inquisition ?
— Vous avez passé une bonne nuit, Zach... euh, Zachary ?
— Aussi bonne que possible.

Une serveuse arriva avec une cafetière et lui servit une tasse.

— Ah ! fit Howard avec une grimace nerveuse. Rien de tel que cette bonne vieille caféine pour vous secouer les nerfs dès le matin !

— C'est mauvais pour le cœur.
— Ah oui ?
— Mon médecin ne m'autorise que les boissons sans caféine.
— Vraiment ?

Howard but une gorgée de déca et se brûla la langue.

C'était peut-être la caféine qui lui causait ces violentes palpitations cardiaques depuis quelques mois. Peut-être vaudrait-il mieux qu'il se fasse faire un bilan un de ces jours.

— Vous subissez un check-up annuel ?

— Trimestriel, répondit Zachary.

Howard remarqua que Klinger buvait un verre d'eau avec une rondelle de citron et que, devant lui, était posée une assiette avec un unique petit pain au son.

— Il faudra sans doute que je revoie mes habitudes alimentaires, dit-il tandis que la serveuse lui tendait la carte.

Sans même la consulter, il commanda des œufs brouillés et une assiette de saumon fumé avec des toasts au pain complet.

Ses yeux lui faisaient mal. Il avait sans doute besoin de lunettes. Il faudrait qu'il songe à en parler à sa secrétaire, une fille adorable à la peau laiteuse et aux lèvres délicieuses. Dès que Poppy la verrait, celle-là, elle lui demanderait de la virer illico. Poppy n'admettait que des secrétaires au physique de catcheuses.

— Combien de temps restez-vous à Los Angeles ? demanda-t-il, rêvant de s'entendre répondre « cinq minutes ».

Zachary sortit un long havane d'un étui de cuir et le caressa amoureusement.

— Cela dépend de vous, Howard, répondit-il d'un ton lugubre.

Howard eut un geste de soumission.

— Je suis à votre entière disposition. Toutefois, je pense que nous aurions mieux fait de nous voir à mon bureau. Là-bas j'ai toutes les données et les chiffres qui vous intéressent.

— J'ai déjà les informations qui m'intéressent.

Howard préféra ne pas relever. Il savait que Zachary avait ses espions. Et alors ? Du moment que l'argent rentrait dans les caisses, tout le monde devait être satisfait, non ?

— Vous avez donc eu vent de mes projets concernant *Romance* avec Carlos Brent dans le rôle principal et Orville Gooseberger à la production, reprit Howard, se gardant bien d'offrir au vieux coyote le plaisir d'avoir l'air étonné. Ça, ça va être un gros coup, Zach, euh... Zachary. Ça va nous faire rentrer des millions !

— J'ai lu le script.

Cette fois, Howard fut bien obligé d'avoir l'air étonné. Lui-même n'avait pas lu ce script. Il préférait travailler sur des synopsis. Celui qu'il avait vu était sensationnel. Meilleur que celui de l'original.

— Formidable, hein ? opina-t-il.

— Cher.

— Il faut investir quand on veut toucher des bénéfices.

— Je suis bien placé pour le savoir.

La serveuse apporta la commande de Howard. Tandis qu'elle disposait les plats, Zachary alluma son cigare et la fumée odorante dériva paresseusement dans l'air, caressant au passage œufs brouillés et saumon. Le vieux coyote n'avait-il jamais appris l'A.B.C. du savoir-vivre ?

— Mauvais, ça, essaya de plaisanter Howard en montrant le cigare. Pire que la caféine. Qu'en dit votre docteur ?

— Je paie mon docteur pour qu'il me donne son avis, répliqua Zachary. Il m'informe et je prends mes décisions moi-même. Et j'ai toujours agi comme cela en toute chose.

Howard attendit. Il savait que la chute de l'histoire était encore à venir. Il avait raison. Zachary marqua une pause puis enchaîna :

— Un exemple. Je vous paie très cher pour assurer la direction d'Orpheus à ma place. Mais, au bout du compte, c'est *moi* qui prends les décisions. Je fais ce que je veux, quand je veux.

Howard cligna de l'œil, essayant de se montrer jovial.

— Ça me va comme ça. Tant qu'on est d'accord tous les deux.

Zachary n'esquissa pas la moindre ébauche de début de sourire. Il tira une bouffée de son cigare tout en regardant deux filles en tenue de tennis s'installer à une table voisine. Howard avait toujours aimé regarder les filles mais Zachary fixait ces deux-là avec une telle insistance qu'il en était lui-même gêné.

— Je veux que le rôle féminin de *Romance* soit joué par Silver Anderson, dit Zachary sans quitter les filles des yeux. Je veux Mannon Cable dans le rôle du reporter dans *The Murder* et Whitney Valentine Cable dans celui de son assistante. Et je veux que Clarissa Browning fasse une petite participation dans le rôle de la victime.

Howard se mit à rire.

— Qu'est-ce que c'est ? Une plaisanterie ?

— Je n'ai pas terminé, coupa froidement Zachary. Vous leur offrirez à chacun exactement le double de ce qu'ils ont touché pour leur dernier tournage. S'ils ont des contrats avec participation, vous doublerez leurs points.

Il observa un temps de silence et détacha ses yeux des filles qui n'avaient pas manqué de remarquer ses regards insistants et commençaient à paraître mal à l'aise.

— Pas de négociations, ajouta-t-il. Ces propositions doivent être faites directement à leurs agents, et par écrit.

Howard sentit les muscles de sa nuque devenir durs comme de l'acier et une bouffée de colère lui chauffer le visage.

— Vous ne dites pas ça sérieusement ? demanda-t-il d'un air pincé.

— Je suis on ne peut plus sérieux, répondit paisiblement Zachary. Pourquoi ? Vous ne pensez pas que le fait de faire signer Mannon Cable, Silver Anderson, Whitney Valentine Cable et Clarissa Browning peut être une bonne chose pour Orpheus ?

— Si si, bien sûr, dit Howard en se demandant comment il allait pouvoir manipuler ce dingue qui ne connaissait rien à rien sur la façon de traiter une affaire dans le monde du cinéma.

La rigolade. Il n'y avait que ça.

— Vous savez, reprit-il, je pense que Clarissa Browning n'acceptera jamais de participation exceptionnelle.

— Vous croyez ? Cela m'étonnerait. Une semaine de travail pour le double de ce qu'elle a touché à son dernier tournage ? Elle marchera. Son Oscar date tout de même de quatre ans et, depuis, elle n'a tourné dans aucun gros succès au box-office.

— En admettant qu'elle marche, Mannon, lui, refusera.

— Mais non. L'argent va l'appâter. Plus la chance de travailler avec Miss Browning.

Howard décida qu'il n'y avait rien à dire au sujet de Whitney. Elle ferait tout ce qu'on lui proposerait. Mais le choix de Silver Anderson le laissait pantois.

— Quant à Silver Anderson, elle est trop vieille, déclara-t-il brutalement.

— Et quel âge a Carlos Brent ? s'enquit Zachary avec une logique inébranlable.

— Sais pas... cinquante-cinq, cinquante-six... par là.

— Il a soixante-trois ans, Silver Anderson est encore dans la quarantaine : le couple parfait.

— Mais c'est une star de télé. Elle joue dans un feuilleton programmé l'après-midi pour les ménagères !

— C'est une *star,* c'est tout ce qui compte. Et je la veux. — Zachary souffla la fumée de son cigare au nez de Howard et se leva. — Je vous attends ici à quatre heures, à mon bungalow, avec les propositions destinées aux agents de chacun des acteurs. Je tiens à les voir avant qu'elles ne soient envoyées.

Il regarda encore une fois les filles en tenue de tennis puis se tourna vers Howard, misérablement assis devant une nappe de fumée de cigare et une assiettée d'œufs froids.

— La réception au *Bistro* était parfaite, ajouta-t-il d'un ton dégagé. Envoyez quelqu'un d'Orpheus porter des fleurs de ma part à votre femme.

Sur quoi, il partit, abandonnant un Howard bouillant de rage impuissante.

57

Quand Wes eut exposé qu'il était le locataire d'à côté et qu'il avait besoin de contacter leur propriétaire commune pour entrer chez lui et remballer ses affaires, le travesti, qui se nommait Travis, comprit très exactement à qui il avait affaire et s'aplatit en conséquence.

— Vous êtes le mari de Silver Anderson, dit-il avec respect tout en laissant son dessus-de-lit à fleurs glisser et lui dénuder une épaule.

— Ouais, répondit Wes en tendant la main vers le téléphone pour appeler Reba.

— Wesley ! s'exclama-t-elle, révérencieuse et incrédule. Ne bouge pas. Je suis là dans vingt minutes !

Travis lui prépara une chope de café noir beaucoup trop fort puis le regarda avec une expression envoûtée en demandant, le souffle court :

— Comment est vraiment Silver Anderson, dans le privé ?

Wes réussit à détourner ses questions jusqu'à l'arrivée de Reba, accompagnée d'un jeune homme survolté à tête de bébé rose, vêtu d'un gilet en filet maille et d'un blue-jean renforcé par une pièce au niveau de l'entrejambe. Il avait l'air d'avoir dix-huit ans au plus et ressemblait aux gitons qui racolent au bout de Santa Monica Boulevard.

Il éveilla aussitôt la concupiscence de Travis.

— Oh Wesley… Wesley…, lança Reba en le regardant d'un œil toujours aussi avide. Tu as disparu comme ça ! Ah ça, tu peux dire que tu nous as tous surpris !

— J'ai été le premier surpris, avoua Wes sans mentir.

— Tu m'avais promis une photo…, lui rappela-t-elle, la voix lourde de reproche.

— Ouh, moi aussi, je veux une photo, dit Travis. Dédicacée : « Avec une grosse bise pour Travis, Silver Anderson. »

— Je peux en avoir une aussi ? demanda le giton.

— Suffit, toi ! aboya Reba. Je te paie pour me servir de

garde du corps, pas pour intervenir dans mes conversations.

Wes leva un sourcil interrogateur.

— Garde du corps ?

— Il n'y a pas que toi qui comptes, fit-elle, l'air dépité. Figure-toi que j'ai des problèmes avec mon divorce et que j'ai besoin d'une protection.

Sa protection et Travis étaient en train de tomber amoureux et échangeaient de longs regards trahissant leur ferme intention de commettre l'acte de chair.

— Pourquoi as-tu changé mes serrures ? s'informa Wes.

— Tu vas voir, répondit Reba d'un ton mystérieux. Viens.

Il salua Travis.

— N'oubliez pas ma photo, demanda ce dernier avec la bouche en cul de poule. Et sachez que si vous avez envie d'amener Silver ici, elle sera toujours la bienvenue. — Une petite inclinaison de tête dragueuse. — Et vous aussi, bien sûr.

Wes dut se retenir pour ne pas rire en imaginant Silver dans ce quartier.

Il suivit Reba jusqu'à son ancien logement. Elle sortit un trousseau de clefs de sa poche, ouvrit la porte et s'effaça pour le laisser entrer en premier. Les lieux avaient été mis sens dessus dessous et elle voulait qu'il découvre lui-même l'ampleur de la catastrophe. Quelqu'un avait fouillé la piaule de façon assez violente.

— Qu'est-ce qu'ils cherchaient, Wesley ? demanda-t-elle en ramassant une petite lampe qui avait miraculeusement survécu au carnage et en la reposant sur une table.

— Comment veux-tu que je le sache ? répondit-il avec irritation. Moi, j'habite ici, c'est tout.

— Tu y *habitais,* corrigea Reba en tirant un gros carnet de son sac. Je suppose que tu as déjà emménagé à Beverly Hills, ou à Bel Air. Enfin, chez Silver Anderson.

— Finement raisonné.

Elle reprit son ton de reproche :

— C'est gentil de m'avoir avertie avant de partir...

— Je suis revenu, non ?

Elle se mit à cocher des rubriques sur son carnet.

— Tu me dois trois mois de loyer, les dégâts causés à...

— Je n'ai rien cassé, moi.

— Des gens sont rentrés et ont fait de la casse, c'est tout comme.

— Ah parce que je suis censément responsable des cambriolages ?

Elle pinça les lèvres.

— Oui.

— Tu peux toujours courir, Reba.

— Ne joue pas les radins. Tu es responsable de tout ce qui survient dans les locaux dont tu es le locataire. C'est la loi.

Il donna un coup de pied dans un tas de vêtements sortis du placard et jetés sur le sol, puis se baissa pour ramasser des photos de sa courte carrière de chanteur. Ça sentait la cigarette froide et la vieille fripe imprégnée de sueur. On était loin de la luxueuse villa de Silver à Bel Air. Brusquement saisi d'une envie de déguerpir, il s'empara d'un gros sac à soufflet et se mit à y fourrer tout ce qui était récupérable.

Reba s'adossa au mur et le regarda faire. Elle avait laissé sa « protection » dehors.

— Tu n'as jamais été un bon locataire, dit-elle avec un sourire espiègle. Mais... toi et moi... Enfin, on s'est toujours bien entendus, hein, Wesley?

— Oui, je crois.

— Et on s'est sacrément bien envoyés en l'air, tous les deux, hein?

Il n'eût pas été convenable de prétendre le contraire.

— Super, répondit-il avec un brin d'anxiété.

Elle lécha ses lèvres confiturées de rouge vif.

— C'est pour ça que tu plais à Silver, hein! Le sexe!

Il haussa les épaules et accéléra son rangement.

Reba se racla la gorge et, d'un geste suggestif, commença à triturer entre deux doigts le bouton de son col.

— Je ne serais pas contre un petit adieu sentimental, Wesley, roucoula-t-elle. Et toi?

— Enfin! sermonna-t-il. Je suis marié, maintenant!

Faisant fi de l'information, elle commença à déboutonner son corsage.

— Toi et moi, ça a toujours été... spécial, hein?

Ouais, à peu près aussi spécial qu'un hamburger avec des oignons.

Elle avait pratiquement enlevé son corsage, révélant un minuscule soutien-gorge rose de chez Frederick's of Hollywood, le spécialiste des dessous polissons. Il leva la main pour l'arrêter.

— Assez, Reba.

— Pas de « assez » avec moi. Tu sais bien que tu en crèves d'envie. Tu sais bien que je vaux mille fois ta star à la manque!

Tout à coup, il lui vint à l'esprit qu'il n'avait plus besoin de ménager Reba Winogratsky. Elle faisait partie de son passé, au même titre que cette baraque déglinguée, que les arnaques minables pour gagner un dollar ou deux, que le boulot derrière les bars. Il était un homme libre !

Avec un sentiment de jouissance profonde, il fouilla sa poche et en tira une poignée de billets. La veille, il était passé rendre une petite visite à son coffre-fort et y avait prélevé suffisamment de liquide pour la régler.

— Combien je te dois ? demanda-t-il d'un ton sec d'homme d'affaires.

Elle marqua une pause dans ses activités avant de dégrafer théâtralement son petit Frederick's.

— Je te dirai ça quand on aura fini.

Il secoua la tête.

— Non, chérie. Parce qu'on ne commence pas. Tout ce que je te dois, c'est du fric. Le reste n'est pas à vendre.

Mannon considéra d'un œil circonspect Melanie-Shanna tandis qu'elle entrait dans la salle où il prenait son breakfast. Elle paraissait plutôt calme dans un grand peignoir flottant. Ses cheveux auburn étaient sagement noués en queue de cheval.

Elle s'assit à la table, face à lui, et prit une tranche de toast.

— Bonjour, dit-il.

Elle grommela une réponse incompréhensible.

Mannon la regarda, l'air étonné. Il n'avait pas réalisé en l'épousant qu'elle avait un pareil tempérament. Il n'avait pas été le seul à s'étonner de son emportement contre Whitney. Tous ceux qui l'avaient entendue avaient été stupéfaits de sa violence. Il avait pratiquement été obligé de la traîner hors du *Bistro* pour l'empêcher de sauter à la gorge de Whitney.

Sur la route du retour, elle avait donné libre cours à sa colère, crachant son venin sur Whitney. Cette rage noire avait eu un incroyable effet excitant sur Mannon et, dès qu'ils étaient arrivés dans l'intimité de leur chambre, il lui avait imposé silence en lui faisant l'amour comme il ne le lui avait jamais fait depuis leur mariage. Cela faisait plusieurs semaines qu'il ne l'avait touchée, et il se demandait bien pourquoi. Whitney s'envoyait en l'air avec Chuck Nielson, pourquoi n'en aurait-il pas fait autant avec sa femme légitime ? Même s'il avait l'intention de divorcer.

— Comment tu vas ? demanda-t-il.

— Ça va, merci, répondit-elle, les yeux baissés.

La cuisinière passa avec un plat de pancakes. Elle les faisait elle-même et c'était le régal de Mannon. Il regarda Melanie-Shanna.

— C'est toi qui lui as demandé de les faire ?

— Non.

Elle n'était manifestement pas d'humeur à bavarder. La nuit dernière, elle l'avait accusé d'être toujours amoureux de Whitney. Vrai. Mais, bien évidemment, il n'était pas disposé à l'admettre. Il avait nié avec véhémence.

Mannon était entre deux films. Il venait juste de finir le tournage d'un western assez dur. Et son prochain ne devait commencer que dans plusieurs mois. Pendant quelques semaines, il appréciait de pouvoir se reposer mais, si le break durait trop longtemps, l'inaction le rendait fou.

Mannon aurait pu travailler sans relâche, s'il l'avait voulu. Il ne le voulait pas. Il fallait être sage et il choisissait ses projets avec la plus grande rigueur. Il était au sommet de la réussite et avait la ferme intention d'y rester.

Ce matin, il se sentait particulièrement bien dans sa peau. Le contact de son poing sur la gueule d'empeigne de Chuck Nielson lui avait procuré un plaisir rare. Quelle jouissance d'envoyer ce connard valser sur son cul devant une salle pleine de professionnels du cinéma ! Et plus particulièrement devant Whitney.

Chuck Nielson était une enflure dénuée de tout principe. Il méritait une correction. On ne s'en tirait pas comme ça quand on baisait la femme d'un autre, surtout quand cet autre avait été votre ami.

— Qu'est-ce que tu fais aujourd'hui ? demanda-t-il.

Melanie-Shanna refusait de le regarder. Elle avait les yeux braqués sur la porte-fenêtre derrière laquelle s'étendaient une immense pelouse et une piscine en forme de haricot.

— Je ne sais pas, répondit-elle.

Il se leva.

— Bon. Moi, je vais faire du tennis. A tout à l'heure.

Elle décontracta ses muscles seulement lorsqu'il eut quitté la pièce. Elle avait eu le plus grand mal à garder un minimum de politesse avec lui. Il l'avait laissée se ridiculiser en public hier soir et, à chaque fois qu'elle repensait à cette scène, elle sentait tout son corps se crisper.

Mannon Cable. Grande star du cinéma. Grande star de l'amour. Elle était sûre qu'il n'avait pensé qu'à Whitney en lui faisant l'amour cette nuit. Et elle le détestait pour ça. Elle le détestait vraiment.

Le téléphone commença à sonner à huit heures et demie chez les Soloman. D'abord, ce fut la nourrice de Roselight qui répondit aux appels incessants puis elle passa le flambeau à la secrétaire personnelle de Poppy, qui arrivait à neuf heures et demie.

Poppy n'émergea de sa chambre qu'à midi. Elle embrassa sa petite fille puis passa dans son bureau où la secrétaire était en train de regarder une émission de jeu sur un téléviseur portable.

— Je ne vous donne pas assez de travail? s'enquit-elle sèchement.

La secrétaire fit un bond.

— Excusez-moi, madame Soloman.

Elle éteignit le téléviseur et le replaça précipitamment à l'endroit où elle l'avait pris, de l'autre côté du gigantesque double bureau, le côté réservé à Poppy.

Poppy tenait beaucoup au *madame* Soloman. Pas de prénom. Et surtout pas de ces familiarités à l'américaine. English style. Poppy et Howard avaient passé leur lune de miel à Londres, à l'hôtel *Savoy* et elle avait été totalement envoûtée par la classe du personnel et le respect avec lequel il l'avait traitée. Aujourd'hui, elle était madame Soloman partout à Los Angeles et y prenait un plaisir non dissimulé.

— Des messages? demanda-t-elle, de fort méchante humeur.

— Madame White a appelé à huit heures et demie, madame Gooseberger à neuf heures. Army Arched, du *Hollywood Reporter,* à dix heures et il aimerait que vous le rappeliez.

Poppy l'écoutait en se demandant qui elle devait rappeler en premier. Il y avait sept autres messages, dont un de la chroniqueuse mondaine Liz Smith de New York. Qui demander d'abord? Liz ou Army? Le mieux était sans doute de voir ce qu'en disait Carmel. Poppy redoutait comme la peste le verdict de la matrone. Elle avait peur d'entendre Carmel lui annoncer que sa soirée avait été le désastre du siècle.

— Poppy! Chérie! s'exclama Carmel Gooseberger. C'était l'une des soirées les plus réussies de toute ma vie! Que d'émotions, pas? Tu as entendu la femme de Mannon? Incroyable! Je ne pensais même pas qu'elle savait parler! Et... Est-ce que tu as vu Silver et Zachary Klinger? Je ne sais pas si je suis la seule à l'avoir remarqué, mais...

Poppy passa une heure entière au téléphone. Depuis la grande gueule de Carmel Gooseberger jusqu'aux échos provenant des collines de Beverly Hills et de Bel Air, en passant par tous les endroits où il était impossible de trouver une maisonnette à moins d'un million de dollars, les voix étaient unanimes : la soirée au *Bistro* était un succès !

Elle appela Howard pour lui apprendre la bonne nouvelle mais il était en réunion. Dommage. Elle avait fulminé contre lui la moitié de la nuit, l'avait rendu responsable de ce qu'elle prenait pour un désastre. Pauvre Howard. Parfois, elle était un peu trop dure avec lui. Quoique... une petite engueulade par-ci par-là lui faisait du bien. Ça le réveillait. Et maintenant que ce Zachary Klinger était à Los Angeles, il avait intérêt à être bien réveillé.

Elle se demanda si Howard ne se sentirait pas, par hasard, l'envie de lui offrir le petit collier d'or avec rubis en cabochon qu'elle avait vu chez Tallarico, cette merveilleuse bijouterie qui venait d'ouvrir.

Dix minutes plus tard, elle décréta que oui. Tout de même, une réception aussi fabuleuse était propre à créer des relations de choix à son mari et elle méritait bien cette petite gratification.

Sans autre forme de procès, elle enfila un petit tailleur Karl Lagerfeld tout simple et des lunettes teintées Christian Dior.

En sortant de la maison, elle dénombra douze gerbes de fleurs alignées qui attendaient son inspection avant d'être placées aux endroits choisis. Elle approcha de la corbeille la plus faramineuse, prit la petite enveloppe blanche qui l'accompagnait et lut rapidement la carte.

MERCI POUR LA SUPERBE SOIRÉE
POURRIEZ-VOUS DÎNER AVEC NOUS SAMEDI SOIR ?
SILVER ET WES

Poppy éprouva une grande bouffée de plaisir. *Merci beaucoup, Silver. Ce sera un immense plaisir pour Howard et moi-même d'être des vôtres samedi.*

Avec un grand sourire de satisfaction, elle allongea le pas et se dirigea vers sa voiture.

58

Après son entrevue avec Zachary, Howard entra dans son bureau comme une véritable tornade et se boucla dans ses toilettes personnelles en disant à sa secrétaire :

— Pas de coups de fil ! Je ne suis là pour personne ! Même si c'est le président, vous l'envoyez valser !

Pas besoin d'un dessin. Quand il ne fallait pas déranger Howard, on ne le dérangeait pas. Elle se rassit et se replongea dans un palpitant article sur l'herpès.

Howard enleva sa veste et s'aspergea le visage à l'eau froide. Son cœur battait la chamade, son cerveau était en ébullition.

Pour qui se prend le vieux coyote ? Non mais, à qui croit-il qu'il a affaire ?

A Howard Soloman.

Il était Howard Soloman !

Il n'était à la botte de personne et refusait de se faire traiter comme un grouillot.

Qu'est-ce que c'étaient que ces conneries. « Je veux Machine. Je veux Trucmuche. Proposez-leur le double du prix, Howard... » Klinger rigolait, ou quoi ?

Non, hélas, le vieux coyote ne rigolait pas du tout. Et Howard Soloman était censé exécuter ses quatre volontés.

Et merde ! Howard Soloman n'était le laquais de personne.

Il s'assit sur l'abattant des toilettes, dans la position du penseur, et tenta de faire le point.

Zachary le payait une véritable fortune pour diriger Orpheus et, depuis un an qu'il était à la tête de la firme, il avait obtenu des résultats exceptionnels. Quand Zachary l'avait balancé dans la mêlée, Orpheus était dans une merde noire. La politique débile de son prédécesseur avait entraîné des frais généraux énormes et une production quasi nulle. Howard était arrivé et, en quelques mois, en avait fait une entreprise en bonne santé. Il avait réduit les frais généraux, viré les parasites qui s'engraissaient à ne rien faire et acheté à l'extérieur des produits rentables qu'il avait fait distribuer. Sans parler de trois films en cours de réalisation et d'une bonne demi-douzaine de projets déjà bien avancés.

O.K., il n'y avait aucune superstar ni aucun acteur de renommée mondiale à l'affiche d'Orpheus. Et alors ? Il avait des films qui feraient rentrer de l'argent. Ce n'était pas le but des opérations ?

Seulement, maintenant, le vieux coyote se pointe et veut jouer au Père Noël. Payez-les deux fois plus. Doublez leur pourcentage.

S'il ne voulait pas se retrouver dans la peau du connard de l'année, Howard devait retourner le coup à son avantage ou bien ramasser ses billes. Il n'avait pas le choix.

Quand Chuck Nielson s'éveilla dans le lit de Whitney, il avait un œil au beurre noir et une lèvre éclatée. Il se mit immédiatement à hurler :

— Cet enfoiré va me le payer cher! Je vais porter plainte! Ça va se régler devant les tribunaux!

— Lève-toi et va-t'en, dit Whitney sans s'émouvoir. J'ai deux interviews aujourd'hui et un rendez-vous avec les gens de mon nouveau service de presse. A mon avis, il vaut mieux que tu sois ailleurs.

— Qui c'est, ces nouveaux? demanda Chuck, grincheux. Et pourquoi il vaudrait mieux que je sois ailleurs?

Whitney avait horreur qu'il s'oppose à elle. Ils n'étaient pas mariés, elle n'avait aucun compte à lui rendre et ne voyait pas en quel honneur elle devait répondre à son interrogatoire. Le gros problème avec Chuck c'est que sa carrière, qui avait été très brillante à une époque, avait connu une dégringolade soudaine et inexplicable. Ça l'avait rendu fou. Et maintenant, c'était elle que ça commençait à rendre folle. Elle était en train de se dire que Zeppo White avait raison quand il lui avait conseillé :

— Plaque-le, baby. Ce type, c'est un boulet à ta cheville. Il faut te débarrasser de ce plouc.

Elle devait s'y résoudre. Et plus tôt ce serait fait, mieux elle se sentirait. Seulement, ça n'allait pas être du gâteau. Parce que Chuck pouvait très bien être un gros toutou en chaleur et, une minute plus tard, se métamorphoser en dingue agressif et dangereux.

Il était jaloux de Whitney dont la carrière allait bientôt prendre une nouvelle courbe ascendante grâce à Zeppo.

Il était jaloux de Mannon.

En fait, il éprouvait une jalousie maladive à l'égard de tous ceux qu'il connaissait.

Dieu merci, ils ne vivaient pas ensemble. Elle allait faire des séjours dans sa villa de bord de mer et lui venait, de temps en temps, passer une nuit chez elle, dans la maison de Loma Vista. Elle n'avait pris aucun engagement envers lui. Heureusement!

— Il vaudrait mieux que tu sois ailleurs, parce que ça va être ennuyeux pour toi ici, répondit-elle en maîtrisant admirablement son irritation.

— Ouais, admit Chuck, t'as raison. Qu'est-ce que c'est, ce nouveau service de presse? Pourquoi t'en as changé? Je croyais que ça collait bien avec celui d'avant.

— Ça colle toujours. Mais Zeppo veut que je change

d'image. Alors j'ai fait appel à une grosse boîte spécialisée dans le service de presse et le conseil en communication. C'est Briskinn & Bower.

— Qu'est-ce qu'il veut changer, Zeppo ?

— Il pense qu'il me faut une image plus sérieuse.

Chuck pouffa de rire.

— Une image sérieuse ? Toi ? lança-t-il avec un grand ricanement sarcastique.

Les coins de la bouche de Whitney s'abaissèrent dans une moue de profond mécontentement. Chuck la trouvait mauvaise comédienne. Il ne l'avait jamais dit clairement mais elle le savait. Et ça la contrariait au plus haut point.

Zeppo avait raison. Il était grand temps que se séparent les routes de Chuck Nielson et de Whitney Valentine.

La cocaïne traça une voie. Une voie lumineuse de pensées claires. Une trouée droite et lucide dans les manigances de Zachary Klinger.

En sortant des toilettes, Howard était un autre homme. Il avait trouvé un joli coup de boomerang à faire.

Il sonna sa secrétaire.

Elle entra dans son bureau, telle une mandarine mûre, lèvres gourmandes et satinées, luxuriante poitrine emprisonnée dans l'angora.

— Oui, monsieur Soloman ?

Comment Poppy avait-elle pu laisser celle-ci passer à travers les mailles du filet ? Puis Howard se souvint : sa secrétaire était en congé ; ce morceau de roi n'était qu'une remplaçante.

— Trouvez-moi le nom des agents de Silver Anderson, Mannon Cable et Clarissa Browning.

Pas la peine de demander pour Whitney. Elle était chez Zeppo.

— Bien, monsieur Soloman.

Il ne put s'empêcher de poser la question rituelle :

— Vous êtes comédienne en quête d'emploi ?

Elle hocha la tête.

Montre-moi un peu si tu saurais jouer la bergère au pipeau, eut-il envie de demander. Sûrement l'excitation de savoir qu'il allait rouler Zachary.

Attrapant un paquet de cure-dents sur son bureau, il en cassa un en deux et s'attaqua vigoureusement à ses gencives. *Ajouter « dentiste » à la liste des soins néces-*

saires, nota-t-il intérieurement. Il était sûr d'avoir une dent creuse et une couronne branlante.

La secrétaire lui apporta les noms des agents en quelques minutes. Il les étudia soigneusement.

Clarissa Browning était représentée par Cyrill Mace, un type sérieux à qui on ne la faisait pas, associé dans l'agence Artists.

Mannon Cable payait son tribut à Sadie La Salle. Ah, Sadie... la reine des agents femmes. C'était toujours un plaisir de traiter avec elle.

Silver Anderson versait ses dix pour cent à Quinne Lattimore, du menu fretin.

Dix heures du matin venaient de sonner. Howard rappela sa secrétaire.

— Appelez-moi Sadie La Salle, ordonna-t-il. Ensuite, je veux parler à Cyrill Mace, Zeppo White et Quinne Lattimore, dans cet ordre-là. Je ne prends aucune communication, y compris celles de ma femme. Euh... de toutes mes femmes.

La secrétaire hocha une tête obéissante.

— Bien, monsieur Soloman.

Le beau visage de Whitney était grave.

— Je pense que le public me perçoit comme quelqu'un de... trop frivole, d'une façon générale.

— Pourquoi dites-vous cela ? s'enquit Bernie Briskinn, l'associé principal de Briskinn & Bower.

Il avait le style vieux Hollywood, avec une face large, des lèvres épaisses et un bandeau noir sur l'œil gauche. On racontait qu'il avait perdu cet œil en se battant pour une femme contre Humphrey Bogart.

Whitney eut un geste de léger agacement.

— J'en ai trop fait... Trop souvent...

— Vous avez fait *Playboy ?* demanda avidement Bernie Briskinn.

Il avait près de soixante-dix ans mais ces choses-là le passionnaient toujours.

Norman Gooseberger intervint :

— En disant qu'elle en a trop fait, Miz Valentine veut parler, je pense, des costumes excentriques qu'elle a portés ou des rôles de potiches qu'elle a pu jouer et non de... de photos déshabillées.

Le visage de Whitney s'éclaira et elle sourit à ce jeune homme brun qui était visiblement tout à fait dans le coup alors que le vieux Briskinn pédalait dans la choucroute.

— Exactement, approuva-t-elle. Loin de moi l'idée de poser nue. Je ne l'ai jamais fait.

Bernie eut l'air déçu.

Reprenant le flambeau, Norman s'empressa d'enchaîner :

— Je comprends les problèmes que vous devez surmonter. Je suis certain que Briskinn & Bower peuvent vous apporter toute satisfaction.

— Vraiment? souffla Whitney.

— Certain, répéta Norman avec assurance.

— C'est merveilleux, soupira-t-elle.

Bernie Briskinn suçota ses fausses dents. Il n'avait aucun rôle de conception ou de décision mais il ne ratait jamais une première entrevue avec les belles actrices.

— On commence par quoi? demanda Whitney.

— Tout d'abord, répondit vivement Norman, nous supprimons le « Cable » de votre nom. Cela rappelle trop votre ancien mari. Chose désormais complètement inutile. Ensuite, nous raccourcissons les cheveux.

— Quoi?

Le ton de Whitney trahissait soudain une profonde angoisse.

— La longueur de vos cheveux est attachée à votre image actuelle. Donc, coupe courte en même temps que suppression de « Cable ».

— Pourquoi pas une petite intervention chirurgicale pour diminuer la poitrine, pendant que vous y êtes?

— Ce ne sera pas nécessaire, répliqua Norman avec un grand sourire.

— Dieu soit loué! soupira Bernie.

Norman était en train de trouver sa vitesse de croisière.

— Vous avez votre identité, reprit-il avec enthousiasme. Et cette identité sera attachée à l'image d'une actrice belle, dotée d'une personnalité forte et frappante. Jusqu'à présent, sauf votre respect, Miz Valentine, vous êtes restée dans la catégorie poids-plume. Quand vous serez passée entre les mains de Briskinn & Bower, si je puis me permettre, les producteurs quand ils penseront à vous, vous incluront dans la catégorie des Jessica, Clarissa, Sally...

Whitney buvait du petit-lait.

— Vraiment?

— N'oubliez pas que Jessica Lange a débuté assise sur la paume de King Kong et que Sally Field servait de faire-valoir à Burt Reynolds. Ce qui a pu être fait pour elles...

Norman laissa sa phrase en suspens comme s'il avait lui-même créé les images de Jessica Lange et de Sally Field.

Visiblement Whitney accrochait fort. Le jeune Gooseber-ger était un gagneur. Il avait l'art de convaincre. Et, dans le conseil en communication, la puissance de conviction valait de l'or. Bernie se félicitait d'avoir accccepté de l'embaucher cinq ans plus tôt parce qu'il était pistonné par Orville. Habituelle-ment, les gamins pistonnés par papa étaient tous plus mauvais les uns que les autres. Celui-là, non. C'était un as.

— Nous parlerons prix avec Zeppo, dit-il. Norman se chargera personnellement de votre contrat. C'est l'un de nos meilleurs spécialistes. Et bien sûr, je suis à votre entière disposition. Si jamais vous avez besoin de moi, vous me le faites savoir. Je serai aussitôt auprès de vous. Quels que soient le jour et l'heure... — Il suçota de nouveau ses fausses dents. — Bienvenue chez Briskinn & Bower, chère Whitney. Vous verrez, vous ne serez pas déçue.

Deux heures plus tard, Howard sifflotait. Ce n'était pas Bizance mais il avait fait quelques juteuses manœuvres et, surtout, il n'était plus, à ses propres yeux, le couillon de Hollywood.

Sadie et Zeppo étaient faciles à aborder. Puissance, argent et tractations étaient des choses qu'ils comprenaient. Leur proposer une affaire en or avec une ristourne pour lui en dessous-de-table n'avait rien de choquant à leurs yeux. Sadie pensait réussir à convaincre Mannon pour peu que le script de *The Murder* soit au moins à inclure dans la catégorie « présentable ». Quant à Zeppo, il affirma :

— Quant elle saura ça, Whitney viendra se jeter à plat ventre devant toi, Howard.

Howard comptait plutôt que ce soit à plat dos mais il garda ses projets pour lui.

— Je veux être avec toi pour lui annoncer la nouvelle, insista-t-il. Ça fait partie du contrat.

— On le fera ensemble, promit Zeppo.

Il le rappela peu après pour lui dire qu'ils pourraient y aller à six heures quand Whitney serait libre.

Avec Cyrill Mace, il y alla de front. Pas de manœuvres artistiques avec Cyrill, juste une proposition directe et sans fioritures.

— Envoyez-moi le script et la proposition par écrit, dit Cyrill. Vous vous sentez bien, Howard ?

— Bien et en veine de générosité, répondit Howard. Il me faut une réponse dans les vingt-quatre heures faute de quoi l'offre est annulée.

— Une semaine.

— Pas question.

— Clarissa est à New York. Il faut au moins une journée pour que le script lui parvienne. Ensuite, le temps qu'elle le lise...

— Vu ce qu'on lui propose, elle n'a pas besoin de lire. Bon Dieu, elle apparaîtra moins de dix minutes à l'écran. Je vous laisse quarante-huit heures.

— Trois jours, insista Cyrill.

— Va pour trois jours.

Pour plus de sûreté, Howard appela Jack, lui fit part du projet et lui demanda de peser de tout son poids pour convaincre Clarissa. Howard se dit qu'il avait beaucoup de chance quand Jack lui apprit qu'il partait incessamment pour New York. Il lui fit immédiatement livrer un exemplaire du script par un coursier pour qu'il l'emporte lui-même à New York et le donne en mains propres à Clarissa.

Restait Quinne Lattimore. L'agent honnête et moyen, dynamique comme une tortue en hibernation. Avec Quinne, il fallait être sur ses gardes. C'étaient souvent ces types archiréglo qui vous foutaient dedans. Il avait découvert que la City Television donnait à Silver Anderson beaucoup moins que ce à quoi elle aurait pu prétendre. Quinne avait négocié son contrat comme un plouc. Howard décida de doubler la somme qu'elle touchait pour six semaines de tournage de *Palm Springs* et d'essayer de la débaucher pendant son break d'été. L'offre n'avait rien de faramineux mais Quinne lui donna l'impression de sauter d'excitation quand il la lui communiqua.

Lorsque toutes les propositions furent établies par écrit, Howard se sentit rassuré. Pas de bavure. Il payait ce qui était convenu sur le papier et il récupérait sa petite ristourne auprès de Sadie et de Zeppo. Tous deux lui restitueraient la moitié de leur commission sur l'excédent perçu par leur client par rapport aux tarifs courants. Howard avait les stars *et* le bonus. La ristourne partirait en Suisse sur son compte numéroté.

Ce n'était pas voler Orpheus. C'était de la manœuvre artistique dans le style de Hollywood.

59

Sitôt Jack parti, Heaven passa à l'action. Elle avait déjà invité Eddie, qui se trouvait sur la route, et le moment lui paraissait particulièrement bien choisi pour appeler le type rencontré à la soirée chez Silver, celui qui avait toutes ces relations dans l'industrie du disque. Elle avait déjà essayé plusieurs fois de le joindre sans succès. C'était toujours le même message débile sur un répondeur débile. Heaven refusait de répondre aux répondeurs.

— Ouais ?

Enfin ! Il décrochait lui-même !

— Rocky ! risqua-t-elle.

— Qui le demande ?

— Euh... il est là ?

— Mais qui le demande, bon Dieu ?

— Heaven. Mais, euh... je ne crois pas qu'il se rappellera de mon nom. Dites-lui qu'on s'est vus chez Silver Anderson il y a trois mois. Il m'avait demandé de l'appeler. C'est... enfin, j'appelle pour affaires.

Long silence puis :

— Hey, mais ouais, je me souviens de toi ! T'es la petite maligne à la robe rouge avec le long manteau ! Celle qui veut se lancer dans la chanson. C'est ça, baby ?

— C'est Rocky, là ?

— Le seul, l'unique, le vrai.

— Pourquoi tu le disais pas ?

— T'excite pas, poussin, je suis pas obligé de donner mon blaze à tous ceux qui m'appellent comme ça. Alors, qu'est-ce qui t'amène ?

— Tu m'avais parlé de tes relations ? répondit-elle, légèrement refroidie.

— Qu'est-ce que tu veux comme marchandise ?

— Mais non, rectifia Heaven. Tu m'avais dit que tu pourrais peut-être m'aider pour me lancer. Tu sais, ton ami qui travaille dans une maison de disques. Tu m'avais dit que tu voulais lui faire écouter mes cassettes...

Petit à petit, les engrenages se mettaient en branle. Rocky se rappelait. Cette nana était un beau petit lot. Et toute neuve, comme il les aimait.

— Comment ça se fait que t'aies mis aussi longtemps à m'appeler ? demanda-t-il.

— J'étais occupée... le collège, tout ça...

— Ouais, je vois le truc.

Silence.

— Tu peux m'aider ou pas ? demanda-t-elle avec impatience. J'ai mes cassettes et tout. Et Antonio m'a fait des photos super. Tu avais dit que tu pouvais faire bouger les choses. Alors ? C'est vrai ou c'est du bidon ?

— Rocky peut tout faire, jolie minette. Pas la peine de me chatouiller comme ça.

— Bon, ben alors, on y va. Je suis prête.

— Ravie de vous revoir, monsieur Python.

Jack enroba l'hôtesse d'un regard connaisseur. Belles jambes. Beau sourire. Beau cul. Tout à coup, il réalisa qu'il était en manque. Clarissa était partie depuis trop longtemps. Et, exception faite du plan avec Jade Johnson qui avait raté au dernier moment, Jack Python avait été anormalement fidèle. Eh oui, on changeait dans la vie !

Sa seule compensation était le plaisir de constater qu'il en était capable. Ça en disait long sur sa volonté.

— Puis-je vous proposer quelque chose ? s'enquit l'hôtesse.

Il se rappela avoir volé avec elle quelques mois plus tôt. L'invite brillait dans ses yeux.

— Je m'offrirais bien un Jack Daniel's.

— Et moi un Jack Python.

— Hein ?

— Non, rien, je plaisantais, monsieur Python.

En fait, elle ne plaisantait pas du tout. Et ils le savaient l'un comme l'autre. Il décida de prendre son numéro pour le cas où ça se passerait mal avec Clarissa.

Ils atterrirent à New York sous une pluie battante. Un envoyé de l'agence de voyage l'attendait à l'aéroport et le fit s'engouffrer dans une longue limousine noire qui attendait le long du trottoir.

Il n'avait pas dit à Clarissa qu'il venait. Il avait toujours joué de l'effet de surprise et ça lui avait réussi. Il voulait la voir réagir spontanément à sa visite inattendue.

Eddie en prenait plein la vue. Il s'efforçait, sans trop y parvenir, de ne pas paraître excessivement impressionné, mais il l'était. Et pas qu'un peu !

Heaven ne pouvait s'empêcher de rire intérieurement. Qu'il en crève. Eddie n'était plus numéro un à son hit-parade personnel.

Il n'était pas mal, pourtant, avec son blouson de cuir noir, son jean serré et ses cheveux brillantinés en arrière. Très années cinquante. Il avait apporté un baise-en-ville et sa guitare.

— Il a fallu que je laisse ton numéro à ma mère, annonça-t-il à contrecœur. Je lui ai dit qu'on se retrouvait à tout un groupe ici. Elle aurait complètement flippé si elle avait su qu'il y avait juste toi et moi. T'sais comment c'est, les maternelles...

— Ben ça non, tu vois, répondit Heaven avec un brin d'acidité. Et, dis donc, tu ne te trouves pas un peu vieux pour te laisser surveiller comme ça par ta maman ?

— Je sais bien mais je crois qu'il va falloir que je supporte jusqu'à l'entrée en fac.

La fac. Tous ses copains se voyaient en fac. Ça leur paraissait normal, logique, incontournable. Elle ne s'y voyait pas du tout. Elle n'avait aucune intention de se faire encore bassiner pendant des années par des profs débiles et emmerdants.

Elle était tout excitée d'avoir enfin pu contacter Rocky. Ce n'était peut-être que du flan, son truc, mais peut-être aussi qu'il avait vraiment des relations. De toute façon, ça ne coûtait rien de tenter le coup.

Elle l'avait invité à venir. Rocky avait répondu qu'il allait faire tout son possible. Elle était dévorée par l'impatience.

Eddie se mit en petite tenue. Short et débardeur. Il était grand et svelte, avec un beau corps d'athlète. Toutes les filles du collège le trouvaient super. Ça ne faisait ni chaud ni froid à Heaven.

Ils allèrent dehors, s'installer sur la grande terrasse circulaire avec un magnétophone et deux bières. Eddie avait aussi pris sa chère guitare et Heaven une liasse de papiers. Elle était en bikini avec un bandana à la Bruce Springsteen noué autour de la tête. Sur ses feuilles de papier étaient griffonnés les textes de ses dernières chansons.

Eddie égrena quelques accords et elle commença à fredonner.

— Euh... J'ai deux ou trois chansons lentes que je voudrais essayer, dit-elle au bout d'un petit moment.

Il grogna. Eddie n'aimait que le rock. Il ne comprenait rien d'autre.

— Soutiens-moi juste avec un petit accompagnement, demanda-t-elle. S'il te plaît. Après je te ferai entendre d'autres trucs qui vont te faire craquer.

Elle se mit à chanter. Tout bas, d'abord. Elle n'avait pas l'habitude de s'entendre autrement qu'avec un accompagnement tonitruant et ça lui faisait tout drôle.

Baby...
I never told you how I felt before.

Because...
Baby...
You always make we wait for you.
Because...
Baby...
Don't you know I love you?
Don't you know I want you?
Don't you know I need you?
Because...
Baby...

Sa voix prit du volume et commença à s'envoler. Cela ressemblait à un mélange de Carly Simon et, en moins sophistiqué, d'Annie Lennox, des Eurythmics. Elle avait à la fois le côté naïf et à la coule. Sa voix, légèrement rocailleuse, était un enchantement.

Il était évident qu'elle avait hérité des dons de Silver. Mais elle avait son talent et sa personnalité propres. Les sons qu'elle produisait n'avaient rien à voir avec ceux de sa mère.

Même Eddie était obligé d'en convenir.

— Je peux pas blairer ta chanson mais l'interprétation, attention, ça décoiffe ! admit-il avant de se défouler en se lançant dans une version endiablée de *Blue Suede Shoes* sur sa guitare.

Qu'Eddie n'aime pas ses chansons lentes, c'était son droit ! Heaven s'en moquait totalement. Elle savait, elle, qu'elles étaient bonnes.

— On recommence, déclara-t-elle avec autorité. Celle-là, j'ai l'intention de l'enregistrer et je tiens à ce que ce soit complètement au point.

Dans la pièce qu'elle jouait, Clarissa avait pour amant un jeune acteur que, naturellement, elle avait tout de suite voulu mettre à l'aise selon une technique maintenant éprouvée. Il eut d'abord quelques réserves car il vivait avec l'une des meilleures amies de Clarissa.

— Voyons, exposa-t-elle avec une logique confondante, Carole n'en souffrira pas puisqu'elle n'en saura rien. Et je sais qu'on a besoin de ce degré d'intimité pour être bons sur scène.

Il tenta bien d'argumenter mais elle eut tôt fait d'obtenir sa capitulation. Finalement, la méthode de Clarissa eut des résultats tellement époustouflants sur leur jeu de scène qu'il décida de la mettre en œuvre tous les soirs par respect pour leur public. Clarissa était d'accord.

Lorsque Jack se présenta au théâtre, on lui fit savoir que Mrs. Browning ne voulait pas être dérangée avant le lever de rideau. C'était la règle.

— Je pense qu'elle fera une exception pour moi, dit-il avec assurance.

Il était Jack Python : on le laissa entrer. Lorsqu'il poussa la porte de la loge de Clarissa, il trouva cette dernière pliée en deux devant sa table de maquillage, tandis qu'un jeune acteur en costume, le pantalon roulé sur les chevilles, l'honorait par-derrière avec une application touchante.

Il croisa le regard de Clarissa dans la glace murale. Elle ne manifesta pas la moindre émotion.

Il ne dit rien, jeta le script dans la loge et tourna les talons.

60

Allongée au bord de la piscine, Silver s'étira et sourit.

— Quinne va passer, annonça-t-elle. Il paraît qu'il a quelque chose d'important à me dire.

— Quinne... c'est..., commença Wes.

— Mon agent, termina Silver.

Wes tendit la main pour attraper une boîte de Coca-Cola.

— Il est bon?

— Tu t'imagines que je serais avec lui s'il était mauvais?

Wes eut un petit haussement d'épaules décontracté.

— Je connais que dalle aux affaires de cinéma mais j'ai entendu dire que le meilleur agent, c'était Zeppo White.

— Zeppo, oui... — Silver se tut, le temps de laisser tomber dans sa bouche un grain de raisin blanc et d'en savourer le goût. — Au moment de ma traversée du désert, quand je faisais des pieds et des mains pour tenter un come-back aux États-Unis, Zeppo White ne voulait même pas me répondre au téléphone.

— Je suppose qu'il le regrette, maintenant.

— Naturellement. Tous les grands agents le regrettent. Quinne m'a aidée et ça, je ne l'oublierai jamais. Il était le seul à me croire capable de recommencer.

— Est-ce qu'il renégocie ton contrat chaque saison?

Le fixant d'un regard pénétrant, elle arracha un autre grain à la grappe étalée dans une coupe de verre.

— Pour quelqu'un qui prétend ne rien connaître au business, tu m'en bouches un coin !

— J'ai discuté avec Chuck Nielson. Il envisageait de signer chez Quinne.

— Il l'a fait ?

Wes secoua la tête.

— Chuck dit que signer chez Quinne Lattimore, c'est admettre qu'on est fini.

— Mmmoui... pour des types comme Chuck, c'est sûrement vrai. Quand on a perdu les faveurs de Sadie La Salle...

— Qui c'est ?

— L'agent femme la plus courue de Hollywood. J'ai été chez elle il y a longtemps, dans une autre vie. Et, pas la peine de poser la question, elle aussi, quand j'ai eu besoin d'elle, elle n'a pas trouvé le temps de répondre à mes coups de fil. Dieu sait pourtant que j'étais prête à tout, à ce moment-là, pour redémarrer.

— Les gens méprisent ceux qui, par désespoir, sont prêts à tout.

— A qui le dis-tu ! Je connais la chanson !

Silver s'assit et attrapa un large chapeau de paille. Ses yeux étaient déjà couverts par des lunettes noires intégrales. Elle n'était pas fana des bains de soleil trop poussés. Ça desséchait la peau, la ratatinait et provoquait l'apparition de rides prématurées.

Son corps, gainé dans un maillot une pièce sans bretelles, échancré au-dessus des cuisses, commençait à prendre un hâle sympathique.

— Un week-end à Palm Springs serait peut-être une assez bonne idée, non ? murmura-t-elle. Profitons-en maintenant que je suis libre. Après le break, ce sera de nouveau le boulot, le boulot, le boulot !

— C'est donc vrai que tu travailles beaucoup, remarqua Wes.

— Comme une dingue ! s'exclama Silver, visiblement enchantée.

— Et pourquoi ?

Elle étendit une jambe devant elle.

— Pour faire de l'argent, chéri. Pour nous permettre de mener cette vie à laquelle tu seras bientôt complètement habitué.

Il rit et attrapa la cheville de Silver.

— J'y suis déjà habitué.

Elle se tortilla pour se rapprocher de lui.

— On a vite fait de s'habituer au luxe, hein ?

Il sourit, laissa ses doigts jouer à la bébête qui monte le long de la jambe de Silver, s'arrêter à l'intérieur de sa cuisse et y entreprendre un massage délicat.

— J'aime..., souffla-t-elle.

Sa voix était devenue rauque.

Les doigts de Wes rampèrent sous l'élastique de son maillot.

Elle poussa un soupir de bien-être.

A la seconde où il allait toucher au but, Vladimir entra dans le décor.

Le majordome russe l'ignorait dans toute la mesure du possible. Il avait décidé que Wes Money était un escroc, un petit truand et un minet entretenu.

— Le téléphone, Madame, dit Vladimir en tendant l'appareil. C'est Miss Carvell.

Elle prit le combiné.

— Nora? Qu'est-ce que tu manigances?

— Je n'arrête pas d'esquiver les attaques des journalistes, répondit Nora d'un ton grincheux. Ils veulent tous en savoir plus sur Wes. Attention, parce que si on ne leur donne pas un petit quelque chose à se mettre sous la dent, ils vont vraiment commencer à fouiller.

— Qu'ils fouillent, lança Silver avec arrogance.

Elle se tourna vers Wes et demanda :

— Tu n'as pas d'horribles choses à cacher, tout de même, mon chéri?

— Si, répondit Wes en indiquant la bosse révélatrice qui tirait sur le tissu de son slip de bain.

Raide comme un i à quelques pas de là, Vladimir lui lança un regard meurtrier.

— Vous pouvez disposer, dit Wes. Nous n'avons besoin de rien.

— J'attends le téléphone, répondit un Vladimir pincé. Que Madame ne soit pas importunée par les coups de fil qu'elle ne veut pas prendre.

Wes jeta un coup d'œil en direction de Silver. Elle était plongée dans une discussion animée avec Nora et ne faisait pas attention à eux.

— Casse-toi, Vlad! lança-t-il à voix basse. On t'appellera quand on aura besoin de toi. Tu m'as bien compris? Tant que tu ne m'entends pas appeler, tu restes coincé dans ta cuisine et tu nous fous la paix! Vu?

Le visage de Vladimir vira au rouge carmin.

— J'obéis aux ordres de Madame..., commença-t-il.

— Si tu me forces à me lever, je te vire à coups de pied dans le cul!

Vladimir battit en retraite et disparut dans la villa, sans un mot, la bouche pincée.

Wes reporta son attention sur Silver.

— Raccroche, dit-il.

— Je parle avec Nora et...

Il se remit à lui caresser la cuisse.

— J'ai dit raccroche...

Elle gloussa comme une gamine.

— Nora, il faut que je te laisse, maintenant. J'ai... euh, une petite affaire à régler en urgence. Je te rappelle plus tard.

Les doigts de Wes avaient entrepris un travail d'exploration des plus sérieux.

Elle s'allongea sous les feux du soleil et ouvrit les jambes en murmurant :

— Accès libre.

— Viens, dit-il en la tirant pour la faire lever. Montre-moi comment on met le jacuzzi en marche.

— Non, protesta-t-elle, il ne faut pas que je me mouille les cheveux.

— Je ne veux rien savoir !

— Wes ! Tu es infernal !

— C'est quoi un fernal ? demanda-t-il avec un grand sourire.

Vaincue, elle poussa deux leviers, actionnant le jacuzzi.

Il la prit par la main et la guida le long des marches qui descendaient vers l'eau bouillonnante. Elle avait gardé son chapeau et ses lunettes noires mais peu lui importait ; il se sentait aussi excité qu'un chien courant après une femelle en chaleur. Faire ça dans un jacuzzi était un fantasme qu'il n'avait encore jamais réalisé.

Elle s'assit sur le marbre et tenta à nouveau de protester :

— Ce n'est pas une bonne idée, Wes. Mes cheveux... ma peau... L'eau n'est pas adoucie et je...

Il lui ferma la bouche d'un baiser. D'une main, il lui enleva son chapeau qu'il envoya valser au loin, tandis que son autre main baissait le haut du maillot de Silver pour jouer avec la pointe d'un sein.

Elle oublia de protester et rejeta la tête en arrière.

Avec les deux mains, il tira sur son maillot, dont il la débarrassa entièrement, puis pressa ses seins l'un contre l'autre et, du bout de la langue, titilla délicatement les deux petites pointes brunes en même temps.

— Aaahhh..., gémit Silver.

Il l'abandonna une courte seconde, le temps d'enlever son

slip, puis tira sur les jambes de Silver et les positionna pour les nouer solidement autour de ses reins. Ensuite, il la pénétra sans préambule, sans cesser de lutter contre les bouillonnements de l'eau.

— Ah, j'aime... j'aime..., lâcha Silver dans un râle. Vas-y, vas-y, fort !

Les puissants remous de l'eau les enveloppaient entièrement. Très lentement, Wes se retira et tenant à deux mains les cuisses de Silver en position écartée, il la plaça face à l'un des jets. Elle ne put s'empêcher de crier.

— Aaaah... Aaaaaah, chéri !

L'orgasme instantané. Ce qui acheva d'exciter Wes. Il la reprit immédiatement, en plein milieu des spasmes qui la secouaient, prolongeant son plaisir longtemps, longtemps, longtemps. Puis, finalement, il se vida en elle en poussant un rugissement de fauve. A la même seconde, ils perdirent pied tous les deux et plongèrent ensemble dans l'eau tourbillonnante.

Une sacrée bonne femme, cette Silver. Elle le surprenait à chaque fois. Elle émergea, toussant et crachant, les cheveux collés sur la tête, les lunettes de travers.

— Oh, mon salaud, mon salaud ! s'exclama-t-elle en postillonnant de rire. A chaque fois, c'est plus fou et plus jouissif.

Impossible de lui donner tort. Wes avait encore, par moments, du mal à croire à son bonheur. Jamais il n'aurait cru qu'un jour, la vie le comblerait à ce point et il avait envie de se pincer pour vérifier qu'il ne rêvait pas.

— Serviette, ordonna-t-elle.

Il sauta prestement hors du jacuzzi, ramassa un drap de bain à rayures et le déploya pour qu'elle s'y enveloppe.

— Merci, dit-elle, très formelle, vous êtes bien aimable.

— Et vous bien bandante, répliqua Wes sur le même ton.

— Il m'a semblé que oui, très cher.

— Affirmatif.

Sautant à nouveau dans le jacuzzi, Wes partit pêcher leurs maillots de bain.

Dissimulé derrière un rideau, Vladimir n'avait pas perdu une miette de la scène. Quand il les vit revenir vers la maison, il se replia en toute hâte dans la cuisine, ouvrit son calepin et prit d'abondantes notes. Quand son histoire serait au point et prête pour la publication, il allait toucher une fortune !

61

Howard Soloman commençait vaguement à se dire que la prise de cocaïne était en train de devenir un peu plus qu'une simple habitude. Maintenant, il n'arrivait plus à se sentir bien tant qu'il n'avait pas à portée de main une dose de l'apaisante poudre blanche.

J'ai les moyens, songea-t-il. *Ce n'est pas pire que l'alcool et certainement moins antisocial.*

Le seul problème était qu'il ne pouvait pas tirer une journée sans sniffer. Donc il n'y avait pas de problème puisque rien ne l'empêchait de sniffer.

Avec le temps, il avait découvert plusieurs sources d'approvisionnement. Il n'était donc pas tributaire de l'une ou de l'autre et ne risquait pas de se trouver à court de marchandise. C'était une habitude coûteuse, certes, mais les avantages qu'il en tirait valaient bien le prix qu'il y mettait.

La journée passa, paisiblement, grâce à la vivacité d'esprit qui lui avait permis de détourner les directives démentes de Zachary. A quatre heures et demie de l'après-midi, il avait les quatre offres écrites et un grouillot sur le pied de guerre, prêt à aller les livrer chez les agents auxquels il avait téléphoné.

Il prit sa voiture, se rendit au bungalow de Zachary au *Beverly Hills Hotel* et, l'œil plein de morgue, regarda le vieux coyote éplucher les papiers ligne par ligne.

Je suis le coursier le mieux payé du monde, songea-t-il avec un petit sourire intérieur.

Zachary s'arrêta sur la proposition destinée à Silver Anderson.

— Pourquoi si peu d'argent ? demanda-t-il.

— C'est le double de ce qu'elle touche pour six semaines de tournage dans *Palm Springs*. Ça m'a semblé plus qu'honnête.

— Ce sont des clopinettes comparé à ce que touchent les autres.

— Avec les autres, on parle vraiment gros sous. Ce sont des gens chers. Avec ce qu'on propose à Silver là-dedans, Quinne va se mettre à plat ventre devant vous. Silver aussi, si elle a deux sous de jugeote. On ne se bouscule pas au portillon pour lui proposer des films de cinéma, vous savez, Zach... euh Zachary. C'est une star énorme, mais une star de *télévision*. C'est-à-dire du pipi de chat. Regardez Tom Selleck, par exemple. Il était au moins aussi couru que Silver. Eh bien, trois films et puis, plouf, plus rien. Quand on peut avoir quelqu'un pour pas cher, je ne vois pas pourquoi on se battrait pour le payer à prix d'or !

— Nous verrons cela, dit Zachary.

— J'espère que vous avez bien vu, dit chaleureusement Howard.

Il avait la gorge en parchemin. Il était assis là depuis vingt minutes et le vieux coyote ne lui avait toujours pas offert de rafraîchissement. Zachary était soit radin soit mal élevé. Probablement les deux.

— Ça vous dérangerait que je commande quelque chose à boire ?

Zachary posa les propositions écrites et en fit une pile bien nette, à la suite de quoi il se leva.

— Si vous avez soif, le *Polo Lounge* est à votre disposition. Ne vous gênez pas. Je sors.

— D'accord, je vais aller me rafraîchir ! Je meurs de soif !

Si ça ne tenait qu'à moi, je prendrais tous ces papiers et je me ferais un plaisir de te les enfiler dans ton vieux trou du cul constipé, grosse enflure de merde !

— Encore deux petites choses avant de vous laisser partir, Howard...

— Oui ?

Oui, gros enculé.

— Puisque j'ai décidé de rester, je suis libre pour dîner ce soir. Puis-je me joindre à vous ?

— Bien sûr. Je m'en voudrais de vous laisser dîner seul.

Nom de Dieu, la tête que va faire Poppy !

— Prévoyez de la compagnie, s'il vous plaît.

Howard se tétanisa.

— De la compagnie ?

— Deux jeunes personnes. Discrètes, classe, moins de trente ans. — Un silence lourd puis Klinger ajouta : — Qu'elles aient des certificats médicaux attestant leur bonne santé. Datés d'aujourd'hui, bien sûr.

Howard fut lui-même surpris de son bégaiement.

— Sans... sans... sans sans... sans problème, Zachary. Je vous trouverai ça.

Merde ! Jouer les coursiers était une chose, mais les maquereaux, c'en était une autre ! Peut-être était-il temps de commencer à chercher du travail ailleurs.

— Cette fois, baby, tu passes dans la catégorie poids-lourds, annonça Zeppo en se rapprochant perceptiblement de sa belle cliente. Je t'avais dit que j'y arriverais !

— Quoi ? Qu'est-ce que tu dis ? demanda Whitney.

— Pas un mot avant l'arrivée de Howard. J'ai promis !

— Ha ! Une promesse d'agent, c'est comme un Bloody Mary sans la vodka, c'est-à-dire rien.

Zippo exhiba deux rangées de fausses dents impeccables. Quand il les retirait, il était capable de donner en une seule fois à une femme plus de plaisir qu'elle n'en avait eu de sa vie entière.

— Patience, baby. J'ai promis. Et Howard peut être très méchant quand il se met en rogne.

— A toi, personne ne peut te faire de méchancetés, flagorna bassement Whitney. Tu es quelqu'un de trop important.

— Toi, tu obtiendras toujours ce que tu veux par la flatterie, dit Zeppo.

Et, à la seconde même où il allait vendre la mèche, Howard arriva.

Whitney essaya de se composer un maintien de grande lady. Toute la journée, elle avait été en ébullition. D'abord l'entrevue avec les gens de cette nouvelle agence de conseil en communication. Ensuite l'arrivée de Zeppo et maintenant celle de Howard. Avec, disait Zeppo, une grande nouvelle pour elle.

Elle savait déjà ce que c'était. Ils venaient lui confirmer qu'elle avait le rôle dans *Romance*. Le fait qu'on lui ait envoyé le script n'était pas une garantie, loin de là. Elle avait entendu dire que Orville Gooseberger recherchait une actrice sachant chanter. Elle pouvait apprendre, non ?

Howard paraissait encore plus bourré de tics que de coutume. Il avait fait un crochet par le *Polo Lounge* où il avait avalé une grosse part de gâteau au chocolat (son déjeuner) et deux verres de lait tiède (il craignait l'ulcère). Tout en mangeant, il avait appelé le chef du service de presse d'Orpheus.

— Trouvez-moi deux putes pour un VIP, avait-il ordonné. Belles, classes, chères. Je les veux pour ce soir et il faut qu'elles aient toutes les deux un certificat médical daté d'aujourd'hui. — Il marqua un silence. — Ouais, ouais, je sais que c'est dingue mais c'est comme ça. Vous leur direz de mettre les honoraires du docteur sur la note.

Ça, c'était l'aspect facile de l'opération. Maintenant, l'aspect difficile. Appeler à la maison.

— Poppy, mon chou ?

— Notre soirée est un succès du tonnerre, Howard, mon chéri. Le succès de l'année ! A quelle heure rentres-tu ?

— Encore un rendez-vous et j'arrive !

Poppy se mit à faire l'enfant :

— C'est que Roselight voudrait faire un gros bibi à son petit papa avant d'aller au dodo...

Coup de pot ! Elle devait être dans une forme superbe et d'excellente humeur.

— Qu'est-ce qu'on fait ce soir ? demanda-t-il.

— Dîner chez *Mortons* avec les White. Je vais être la reine de la soirée.

— Ajoute trois personnes.

Changement de ton :

— Qui ?

— Zachary Klinger, son amie et, euh... une amie de son amie.

Douloureux silence.

— Écoute, Poppy, mon bout de chou, je n'ai pas le choix. Ce sont les affaires !

Silence toujours.

Merde !

— Écoute, tu pourras passer chez Cartier demain, suggéra-t-il.

Petit gloussement gêné.

— C'est que... je suis passée chez Tallarico aujourd'hui...

Ah, cette Poppy, on pouvait lui faire confiance. Elle avait le chic pour annoncer au bon moment l'arrivée d'une douloureuse.

Whitney était à croquer, comme toujours. Elle avait le rayonnement sain des filles de la nature et le charme sensuel des femmes de salon. Elle avait tout.

— Tu veux boire quelque chose ? demanda-t-elle, haletante.

— Un verre d'eau, dit Howard.

Elle courut à la cuisine et lui rapporta son verre. Whitney ne s'entourait pas d'une armada de domestiques. Ça changeait et ça faisait des vacances ! Pratiquement toutes les femmes qu'il connaissait n'auraient jamais voulu toucher à une assiette de peur de se casser un ongle.

Zeppo était radieux.

— Eh bien, baby, je vais laisser Howard t'annoncer la nouvelle. C'est *sa* compagnie qui a une proposition à te faire.

— Je suis prise pour *Romance,* c'est ça ? demanda-t-elle, pleine d'espoir.

— Mieux que ça, dit Zeppo. Tu vas...

Howard ne le laissa pas terminer :

— Orpheus veut te proposer la vedette dans un nouveau

film sensationnel, *The Murder*. Il vaudrait mieux que je te dise tout de suite qu'on a pressenti Mannon comme partenaire pour toi et Clarissa Browning pour une participation exceptionnelle dans le rôle de la victime.

— Clarissa Browning..., murmura Whitney avec déférence.

— Eh oui, dit fièrement Howard. C'est du grand cinéma que je te propose, pas un sitcom!

Whitney se tourna vers Zeppo comme si elle n'arrivait pas à le croire.

— C'est vrai?

— Tout ce qu'il y a de plus vrai. Et j'ai fait doubler ton cachet, baby.

Howard guettait attentivement les tétons de Whitney et il les vit tout à coup durcir, là, sous ses yeux. Instantanément, il décida d'ajouter une scène déshabillée au script. Il fallait absolument qu'il arrive à en voir plus.

— Mais vous croyez que Mannon acceptera de tourner avec moi? leur demanda Whitney.

— La balle est dans son camp, répondit Howard. Les offres lui ont été transmises et, personnellement, je pense qu'il dira oui.

— Tu peux parier gros qu'il va accepter, acquiesça Zeppo.

Whitney eut un sourire. Elle repensa un instant à ses débuts comme apprentie coiffeuse à Fort Worth.

Et maintenant, la réussite était là, devant elle. Une réussite fabuleuse dont elle n'aurait même pas osé rêver.

62

Situé à l'angle de Melrose et de Robertson, le restaurant *Mortons* était envahi par les paradeurs et les frimeurs de Hollywood. Beverly D'Amo y fit une entrée remarquée. Elle embrassa le maître d'hôtel, comme si elle était propriétaire des lieux, tout en échangeant des signes de la main avec tous ceux qui dînaient à portée de vue.

— Le moins qu'on puisse dire, c'est que tu es chez toi ici, remarqua Jade.

— Je me débrouille pour faire mon trou partout où je mets les pieds, ma vieille. Y a pas d'autre moyen de s'en sortir. Surtout par ici.

On leur donna une table sur le devant, ce qui, au dire de Beverly, était le must.

— Dans le fond, c'est le coin des zonards, assura Beverly. Il n'y a que des ratés à ces tables-là. Ne les regarde pas, surtout, ils seraient trop contents.

Jade rit. Elle n'avait jamais compris ces fixations que les gens faisaient sur les prétendues bonnes tables.

— Alors, ma choute, lança Beverly, ça a l'air de marcher très fort pour toi. Je veux connaître tous les détails sur la fin de l'Anglais et le deal avec Cloud. On raconte un peu partout que tu es entrée dans la caste des gens très cher payés. Vrai ou faux ?

— Je crois que c'est vrai, admit Jade avec modestie.

— Superblime !

— Et toi ? demanda Jade.

Beverly sourit d'une oreille à l'autre.

— Je vais être star de cinéma. Qu'est-ce que t'en dis ?

— J'en dis que c'est super puisque ça a l'air de te faire bicher.

— Un peu, que je biche. Tu sais que j'ai déjà fait deux films. Des films qui ne resteront pas dans les annales mais, cette semaine, j'ai signé chez Zeppo White. Ça, c'est un agent ! Avec lui, ça va bouger. Un type dément, excité comme un marin après trois mois sans escale. Malgré son âge. Je l'adore. C'est un type formidable qui n'arrête pas de se décarcasser. Il faut que je te le fasse connaître ! Tu vas l'adorer, toi aussi !

— J'en doute un peu.

— Quoi ?

— Le tombeur hollywoodien ne m'inspire pas des masses. Ces types-là ne sont rien d'autre qu'un bronzage et une voiture. Quand je leur parle, j'ai l'impression de m'adresser à des Porsche.

Beverly pouffa.

— Je ne te parle pas de coucher avec lui, chérie. C'est un bon gros toutou, c'est tout. Mais tu ne peux pas savoir le plaisir qu'on éprouve à le voir faire le beau. Et je me suis laissé dire qu'il donnait des réceptions fracassantes.

Beverly s'interrompit pour échanger deux grosses bises claquantes avec un beau jeune homme en chandail et pantalon blancs. La perfection incarnée, du bronzage délicat et homogène aux chaussures blanches impeccables. Il était accompagné par une femme plus âgée à l'air renfrogné qui l'attrapa sous le bras pour le faire avancer. Madame était visiblement peu désireuse d'être présentée à ces deux mannequins d'une beauté dévastatrice.

— Penn Sullivan, confia Beverly d'un ton confidentiel

pendant que le couple s'éloignait. Il suit le même cours d'art dramatique que moi. La vieille pouffe qui l'accompagne, c'est Frances Cavendish. Elle est agent de casting. J'ai dans l'idée que, cette nuit, c'est dans le falzar de Penn qu'elle va faire du casting.

— Tu connais vraiment tout le monde !

Jade se sentait bien avec Beverly. Le bagou de sa vieille copine avait la vertu magique de lui faire oublier Mark. Ça n'avait pas été facile de s'en débarrasser.

Et Corey... Elle savait qu'elle devait l'appeler. Après vingt-quatre heures à broyer du noir, elle avait finalement admis qu'il avait le droit de faire ce que bon lui semblait. Après tout, c'était sa vie à lui. Il fallait qu'elle le lui dise.

— Tiens, dit Beverly en montrant un homme grand et baraqué qui venait d'entrer, en voilà un que j'aimerais bien rencontrer. Ça c'est du grand format. Mister Zachary K. Klinger. La firme Orpheus est à lui, tu sais.

Elles le regardèrent prendre place à la table ronde du devant avec une rouquine maigre et une blonde décontractée.

— Pas possible ! railla Jade. Il y a au moins ici quelqu'un que tu n'as jamais rencontré ?

— Ce sera chose faite avant la fin de la soirée, répondit Beverly avec assurance. Hier soir, au dîner de Silver Anderson, j'y étais presque. Il était juste à la table d'à-côté. Je m'étais levée pour aller lui parler quand Mannon Cable et Chuck Nielson ont commencé à se foutre sur la gueule.

— Hein ! Tu plaisantes, là ?

— Non ! Tu n'es pas au courant ? fit Beverly, estomaquée.

— Beverly, dit Jade. Rappelle-toi que le monde du cinéma ne m'intéresse absolument pas. Comment voudrais-tu que je sois au courant ?

— Mais, tout de même, ma choute, il faut un peu savoir ce qui se passe.

— Pourquoi ?

— Ça, c'est une bonne question. Merci de me l'avoir posée.

Beverly continua à bavarder mais son centre d'intérêt avait changé. Ses yeux étaient maintenant rivés sur Zachary K. Klinger. Elle voulait qu'il la remarque, ce qui ne lui prit guère de temps. A la vérité, il les remarqua toutes les deux. Le couple qu'elles formaient pouvait difficilement passer inaperçu. Beverly portait une combinaison moulante rouge enfilée dans des bottes avec une veste Claude Montana violette. Ses cheveux noirs, tirés en arrière, étaient tressés en une longue natte. Jade portait une courte robe de tricot, une veste de jean noire et des bijoux d'argent. Sa luxuriante chevelure cuivrée encadrait son beau visage franc et direct.

La plupart des hommes essayaient d'avoir l'air détaché, de ne pas leur accorder une trop grande importance. Mais on observait un nombre record de représentants du sexe masculin faisant l'aller et retour entre leur table et les toilettes simplement pour les détailler au passage.

Zachary les fixait.

Beverly, qui lui faisait face, le fixait.

— C'est ce que tu appelles une œillade discrète ? plaisanta Jade.

— Je suis sûre que je le fais bander à dix pas simplement en le regardant comme ça.

— Possible, mais le problème, c'est que tu ne pourras jamais le vérifier.

— Ne parie pas trop vite là-dessus !

— Beverly…, souffla Jade. Mais il est vieux !

— Et alors ? Reagan aussi. N'empêche que je ne ferais ni une ni deux pour sauter dans son lit s'il me le demandait. Les gens de pouvoir me font craquer, ma chérie. C'est mon trip, en ce moment. J'en mouille ma petite culotte quand j'en croise un.

— Beverly, tu pousses un peu !

— Je ne fais que dire la vérité. — Elle se pencha au-dessus de la table. — Les deux pouliches qui l'accompagnent sentent la pute à plein nez. Et… Oh, mate-moi un peu ça ! Voilà le reste de la tablée qui arrive !

Poppy et Howard étaient en train de faire leur entrée, suivis de Ida et Zeppo White.

Beverly se leva d'un bond.

— Zeppo ! lança-t-elle. Salut ! Ta nouvelle star est là !

Zeppo s'arrêta, indécis. Devait-il aller embrasser Beverly D'Amo où aller directement faire le lèche-cul auprès de Zachary. Il choisit Zachary. L'une des premières choses que vous enseignait la vie à Hollywood, c'était de respecter les préséances.

— Je te vois tout à l'heure, baby, dit Zeppo.

Il fit un vague geste de la main en direction de Beverly puis se hâta d'aller rendre les honneurs à Zachary.

— Qui sont ces deux femmes ? lui demanda Klinger, ignorant complètement Howard et Poppy qui s'excusaient d'être arrivés en retard.

— C'est Beverly D'Amo, dit Zeppo. Une fille superbe. Et très bonne comédienne. Elle est chère mais si Orpheus a quelque chose à lui proposer, je suis prêt à discuter.

— Et l'autre ?

— Je ne sais pas. Vous voulez que j'aille voir ?

— Plus tard. Asseyez-vous. J'ai l'intention de commander tout de suite.

— Merde, grogna Beverly.

Elle se laissa retomber sur sa chaise et regarda de loin les arrivants qui s'installaient autour de Zachary Klinger.

— Qu'est-ce qui t'arrive ? demanda Jade.

— Ce vieux crapaud ne vient pas me saluer. Il me le paiera !

Jade prit une petite gorgée de vin.

— Tu ne crois pas que tu fais tout un plat de peu de choses ?

— Quoi ! s'exclama Beverly. Tu ne sais pas que Hollywood est une zone de combat ? Et moi, baby, je me bats. Pour gagner !

Poppy promenait ses yeux fureteurs sur tout le restaurant. Elle portait son collier d'or et son rubis en cabochon comme une bonne élève porte sa croix d'honneur. Howard adorait ce bijou. Il n'avait pas encore reçu la facture.

Elle se tourna vers Zachary et se répandit en remerciements :

— Les fleurs sont superbes. Quelle délicate attention de votre part ! J'adore les orchidées. Mais comment l'avez-vous su ?

Il la regarda d'un œil glauque.

Vas-y, allume encore un cigare, espèce de gros porc mal élevé ! songea-t-elle. Il aurait au moins pu lui faire un compliment sur sa soirée de la veille !

Elle se remit à regarder l'assistance, avec un sentiment de profonde satisfaction. Mme Soloman. La grande organisatrice de réceptions mondaines. Personne ne savait combien elle avait dû se battre pour arriver là où elle était aujourd'hui. Personne ne savait à quel point elle en avait bavé...

63

La nuit, les vagues se fracassaient sur la plage avec un grondement semblable à des coups de tonnerre. Heaven décida qu'elle voulait vivre toute sa vie avec ce bruit dans les oreilles.

Confortablement installé sur la terrasse, une boîte de bière fraîche à portée de la main, bercé par un vieil album d'Elvis, Eddie demanda :

— Ton oncle va être absent pendant combien de temps ?

Elle haussa les épaules.

— Sais pas. Quelques jours, je pense. Il va téléphoner demain.

— Si on faisait une grande fiesta ?

Pour être honnête, elle y avait déjà pensé.

— Qui va casquer ? demanda-t-elle.

— On se débrouille à la bonne franquette. Chacun apporte sa bouteille.

Elle se tâtait.

— Ouais... Je sais pas...

— On pourrait faire ça seulement sur la terrasse et sur la plage. Personne dans la maison. — Il plongea la main dans la poche de son short et en extirpa un joint mal en point. — Qu'est-ce que t'en dis ?

— Quand ?

— Ce soir, ça fait un peu tard pour tout organiser. Pourquoi pas demain ?

Heaven n'était pas contente que Rocky lui ait fait faux bond. Enfin, tant pis. C'était sûrement un baratineur.

— D'accord, demain, dit-elle, tout en sachant très bien qu'Oncle Jack serait furieux s'il l'apprenait un jour.

— Ouais ! s'exclama Eddie. Branle-bas de combat ! On va faire venir tout le groupe, plus quelques autres copains. On fera livrer des pizzas. Ça va être géant !

— Hé, pas plus de cinquante ! prévint Heaven. Et on a dit pas dans la maison !

— Bien sûr, bien sûr, promit Eddie.

Jack Python était ivre. Cuité, bourré, plein comme une huître. Toute honte bue, il tenait joyeusement salon chez *Elaine's,* l'un des restaurants les plus huppés de New York. Au moins, l'alcool ne l'abrutissait pas, mais le rendait, au contraire, bavard et très très drôle.

Elaine en personne surveillait les choses de loin. Elle avait l'œil. Nul ne devait venir importuner ses célèbres clients. De temps à autre, elle s'installait à une table, prenait un verre ou deux, bavardait.

Jack partageait sa table avec deux écrivains, un acteur, un éditeur et une mondaine à la langue venimeuse.

Jack avait décidé de se soûler, non par désespoir et chagrin mais pour fêter la fin d'une liaison à laquelle il s'accrochait malgré lui parce qu'elle était bonne pour son image.

Aux chiottes, son image ! Aux chiottes, Clarissa Browning ! Jack Python était libre !

Il ne put s'empêcher de rire.

— Qu'y a-t-il de si drôle ? demanda la mondaine.

Elle avait des cheveux roux coiffés en forme de brioche, des pommettes saillantes et des diamants qui jetaient des feux tout autour d'elle.

— Juste une chose à laquelle j'étais en train de penser, répondit Jack.

Il y avait quand même de quoi rire ! C'était *lui* qui avait une réputation de coureur. Au début, Clarissa lui avait raconté toutes les mises en garde de ses amies disant que jamais Jack ne lui serait fidèle. Et c'était elle qui lui faisait des cornes. C'était quand même la meilleure !

— Et quelle chose ? insista-t-elle, fermement décidée à attirer l'attention de Jack.

Il la parcourut, lentement, en détail, d'un regard paresseux. Elle valait chaud. Elle était héritière d'une fortune d'un milliard de dollars.

Il baissa la voix pour qu'elle soit seule à l'entendre :

— Cette chose, c'est que j'ai envie de vous sauter.

L'héritière à la brioche rousse et au milliard de dollars n'était pas de celles à qui on en promettait comme ça.

— Des paroles... des paroles... Je veux des actes !

C'est ainsi qu'un peu plus tard dans la nuit, Jack se retrouva au lit avec la mondaine dans son luxueux appartement de Park Avenue, bercé par le hurlement des sirènes au-dehors et le cliquetis des diamants au-dedans.

— Je ne les enlève jamais, annonça-t-elle avec un petit sourire impatient.

Elle était insatiable, mais c'était la spécialité de Jack. Quand il entamait une chevauchée, il ne s'arrêtait pas tant que la dame ne le lui demandait pas.

Plus tard encore, il s'éveilla, victime d'une gueule de bois terrible et regrettant fort de se retrouver là. La dame dormait à côté de lui, blanche dans sa nudité, uniquement parée de sa brioche rousse démolie et des diamants qui ornaient ses poignets, sa gorge et ses lobes.

Ne pas l'éveiller. Silencieux comme un chat, il quitta le lit, se rhabilla en hâte et prit la poudre d'escampette.

Les lueurs grises de l'aube commençaient à filtrer entre les gratte-ciel lorsqu'il regagna, à pied, le *Helmsley Palace Hotel,* où il avait une suite.

Il entra dans la grande tour privée du palace, accolée aux bâtisses néo-renaissance fin de siècle des Villard Houses. Il fut salué par l'employé de la réception puis par la charmante liftière qui pilotait la cabine du haut en bas des cinquante-sept étages.

Jack grimpa jusqu'au quarante-huitième en pensant au coup de chance fabuleux qu'il avait eu. S'il n'avait pas pris l'avion pour New York, décidé d'aller au théâtre et surpris Clarissa en flagrant délit, il aurait très bien pu ne jamais savoir qu'elle le trompait comme ça. Quand il pensait qu'il avait sérieusement envisagé le mariage !

Incroyable ! C'était l'erreur de sa vie. Une erreur de trop à son goût.

— J'aime beaucoup votre émission, monsieur Python, dit la jolie liftière avec un grand sourire.

Il sourit à son tour.

— Merci du compliment.

La gueule de bois commençait à décliner.

Arrivé dans l'intimité de sa suite, il commença par allumer la télévision, puis il se déshabilla et passa sous une douche froide pour se régénérer et se débarrasser des senteurs subtiles de parfum et de stupre dont il était imprégné.

Jack Python était redevenu lui-même. Célibataire à prendre.

Démasquée mais sans remords, Clarissa se pencha sur le script de *The Murder,* accompagné par une offre financière totalement démente et totalement alléchante.

Elle lut le script deux fois, avec la plus grande attention.

Puis elle appela son agent en P.C.V. Clarissa n'avait pas la réputation de flanquer l'argent par les fenêtres.

— Alors ? lança Cyrill d'un ton anxieux. D'accord, je sais que c'est de la merde, Clarissa. Mais franchement, cinq jours de tournage pour ce prix-là ! Enfin, c'est à toi de prendre ta décision...

— De la merde ? reprit-elle, l'air presque choquée. Pas d'accord. C'est un film à suspense, provocateur, avec une relation bien pensée entre les deux personnages principaux et un humour décapant.

— Ça veut dire que tu le prends ?

Cyrill paraissait soulagé et, en même temps, très surpris.

— Mais absolument. Seulement, écoute-moi bien, Cyrill, je ne jouerai pas la victime. Tu vas me décrocher le grand rôle féminin. C'est exactement le genre d'emploi que je cherchais depuis un moment.

64

— Bonjour, dit Wes d'un ton accueillant. Mettez-vous à votre aise. Silver sera là dans une minute.

— Merci, répondit Quinne Lattimore, un homme râblé dans la cinquantaine, avec un visage au teint fleuri.

Il considéra Wes d'un œil inquiet. Comme la plupart des amis et proches de Silver, le jeune mari lui inspirait une forte dose de soupçons. Qui était-il ? D'où venait-il ? Que cherchait-il ?

— Silver m'a dit que vous apportiez de bonnes nouvelles, attaqua Wes d'un ton aimable.

— Excellentes, répondit Quinne, plein de confiance. Ce que je viens dire à Silver va la rendre vraiment très heureuse.

Wes se dirigea vers le bar. Vladimir avait déjà servi un thé à l'anglaise mais, maintenant, il n'aurait pas craché sur quelque chose d'un peu plus musclé. Il se servit un grand scotch, ajouta deux glaçons et retourna sonder l'agent.

Lattimore n'en mettait pas plein la vue. Il semblait à l'aise mais n'avait pas l'air de rouler sur l'or comme certains agents. Il ne dégageait pas l'énergie d'une pile électrique non plus, et n'avait pas du tout le regard d'un tueur.

Wes se rappela sa brève expérience personnelle dans la chanson. Le groupe dont il faisait partie avait un agent qui ne cessait de promettre mais n'arrivait jamais à rien. Les grandes vedettes avaient des agents au regard de tueur. C'était une chose que Wes n'avait jamais oubliée. Zeppo White, par exemple, avait ce regard-là.

Chuck Nielson l'avait prévenu :

— Avec Lattimore, on n'ira pas loin. Silver peut s'offrir qui elle veut comme agent. Vous devriez la pousser à en changer.

Silver fit son entrée quelques minutes plus tard. Cheveux séchés, maquillage parfait. Ensemble pantalon d'intérieur tout simple en lurex de couleur or. Elle aimait faire sensation, même chez elle avec son agent pour seul spectateur.

— Quinne, mon chou ! lança-t-elle en l'embrassant sur les deux joues, à l'européenne.

— Tu es superbe, comme toujours, Silver !

Quinne en avait toujours pincé pour elle secrètement.

— C'est vrai, admit-elle sans fausse modestie, je me sens scandaleusement sublime. — Elle tendit la main pour prendre celle de Wes. — C'est le mariage, que veux-tu. Je m'y sens tellement bien !

Quinne émit un petit borborygme gêné.

— Sers-moi donc une coupe de champagne, chéri, demanda-t-elle à Wes.

Puis, baissant les yeux et la voix, elle ajouta avec coquetterie :

— Je la mérite, tu ne crois pas ?

Du rôle de mari, il passa à celui de barman. Ce qui ne le dérangeait pas le moins du monde.

Quinne prit Silver par le bras et la conduisit jusqu'au divan.

— Une nouvelle sensationnelle, annonça-t-il, bouffi de fierté. Orpheus veut te faire partager la vedette de *Romance* avec Carlos Brent. C'est une proposition ferme. Et attends, tu vas voir combien ils nous paient !

Silver, qui s'était résignée à rester une star de télévision et avait cessé de penser au cinéma puisqu'il ne pensait pas à elle, poussa un cri de joie suraigu.

— Je n'arrive pas à y croire ! Mais comment est-ce que ça a pu arriver ?

Wes servit le champagne, sans cesser d'écouter d'une oreille attentive ce qui se disait.

— La chance, répondit joyeusement Quinne. J'ai eu l'information aujourd'hui. Le tournage débute dans dix jours. Le calendrier colle parfaitement avec le break de *Palm Springs*.

— Je suis ravie ! s'exclama Silver. Je peux avoir un script ?

Wes approcha et lui tendit une coupe de champagne glacé. Elle le regarda, rayonnante.

— Tu as entendu, chéri ? On me demande pour un film !

— Moi, je trouve ça normal. Tu es une star, non ?

— Une star, oui, mais *de télévision,* souligna Quinne Lattimore.

— La plus grande star de la télévision américaine, lui fit observer Wes. Personnellement, je trouve que ça aurait dû se produire beaucoup plus tôt. Sur quels films avez-vous déjà essayé de la placer ? Ça m'intéresserait de savoir qui l'a refusée et pourquoi.

Quinne se mit à bredouiller que le cinéma n'avait jamais fait partie de leurs objectifs, que la télévision imposait un calendrier très contraignant, que cette proposition était une chose formidable, etc.

Silver s'apprêtait à intervenir mais Wes la fit taire d'un

regard. Il savait qu'il venait de mettre Lattimore sur la défensive.

— Est-ce que c'est vous qui avez décroché cette affaire, ou est-ce qu'elle vous est tombée toute cuite dans le bec? demanda-t-il.

Quinne Lattimore était un homme honnête. Cette honnêteté signa l'arrêt de mort de ses relations professionnelles avec Silver.

— Non, je ne l'ai pas véritablement cherchée. Je dois reconnaître qu'elle m'a été proposée comme ça, sans que j'aie rien fait.

Wes se tourna vers Silver comme pour dire : *C'est ça, ton agent? Le travail d'un agent, c'est de prospecter, de vendre ses artistes.*

Quinne Lattimore n'était d'aucune utilité à Silver Anderson. Et, lorsqu'il quitta sa maison, vingt minutes plus tard, ils en avaient tous les deux conscience.

Un long silence éloquent s'installa après son départ. Silver alla ouvrir les grandes portes-fenêtres et sortit sur la terrasse. Wes la suivit à l'extérieur.

— Quinne a toujours été chouette avec moi, dit-elle.

— Tu lui verses une commission?

— Quelle question! Tu sais bien que oui!

— Donc tu l'as amplement récompensé, non?

— Qu'est-ce que tu proposes?

— Qu'on aille de l'avant, répondit Wes en la prenant par les épaules. Tu es une très grande star, baby. Ta pointure, maintenant, c'est Zeppo White. Il peut faire pour toi des choses que Lattimore ne fera jamais.

Depuis la mort de sa mère, c'était la première fois que quelqu'un donnait un avis sur sa carrière, proposait des décisions, s'intéressait réellement à ses affaires.

— Tu crois vraiment? demanda-t-elle, très émue.

— Je ne crois pas, j'en suis sûr. Allez, je ne veux pas que tu te fasses de souci. Je vais m'en occuper. Demain, j'irai voir Zeppo. On lui confiera la proposition cinéma. On concoctera un arrangement avec Quinne, de manière que tout le monde y trouve son compte. Ne t'en fais pas, je te garantis que Zeppo White t'obtiendra des conditions beaucoup plus intéressantes. Ensuite, je lui demanderai d'éplucher tes contrats avec la City Television. Je ne sais pas ce qu'ils te paient mais je suis prêt à parier que ça devrait être beaucoup plus.

— Tu accepterais vraiment de t'occuper de tout ça? demanda Silver avec espoir.

— Pourquoi pas? Je n'ai rien d'autre à faire.

— Les histoires de comptables, d'avocats, de contrats et tous ces trucs qui me sortent par les yeux ?

Pour Wes, la perspective d'avoir des responsabilités était plutôt souriante.

— D'accord pour tout prendre en charge, Silver. Toi, tu joues ton feuilleton et tes films, moi je m'occupe du reste.

Il se tut, la serra fort contre lui puis enchaîna :

— Tout de même, s'il y a quelqu'un à qui tu peux faire confiance, c'est moi.

65

Mannon aimait l'ambiance du restaurant *Le Dôme,* sur le Sunset. L'établissement attirait une clientèle mélangée : musiciens, producteurs, agents, artistes de variété. Les tables n'étaient pas collées les unes aux autres et, le fond de la salle étant divisé en plusieurs sections, il était possible de se cacher si on en avait envie.

Mannon traversa le bar et s'arrêta à la table de Sadie La Salle. Sadie était un agent très dynamique. Petite, brune, elle avait la manie de se tenir perpétuellement la joue dans une main. Un scandale avait secoué sa vie quelques années plus tôt lorsque deux meurtres avaient été commis dans sa propriété[1]. Mais Sadie avait vaillamment surmonté la tourmente, et son succès était encore plus grand aujourd'hui que naguère.

Elle examina Mannon d'un œil critique.

— Tu es toujours le mâle le plus bandant de cette ville, déclara-t-elle en descendant une solide gorgée de vodka. Et qu'est-ce qu'il dirait de palper huit millions de billets verts pour un film de merde, ce beau mâle-là ?

Il sourit.

— Il en dirait qu'il a l'agent le plus efficace de Los Angeles, Sadie.

Elle ramassa un script posé sur la chaise voisine.

— Voilà l'histoire, les papiers, le prix. C'est pour Orpheus et ça presse.

— On navigue en eaux fréquentables ? demanda Mannon en prenant le script.

1. Voir *Les dames de Hollywood,* du même auteur, aux Presses de la Cité.

— Est-ce que j'ai l'habitude de te présenter des affaires minables ?

— Non, admit Mannon.

— Lis, dit Sadie. Ils proposent un rôle à Clarissa Browning...

Mannon la coupa :

— Si Clarissa prend, je prends.

— Attends. Ce n'est pas tout.

— Quoi ?

— Ils demandent Clarissa pour une participation exceptionnelle et veulent Whitney comme vedette féminine.

Incapable de dissimuler sa stupeur, Mannon demanda :

— Ma Whitney à moi ?

— Je m'étais laissé dire qu'elle ne l'était plus. On m'aura mal renseignée.

Mannon feuilleta la liasse pour se donner le temps de réfléchir. On lui demandait de jouer le rôle vedette dans un film pour le double du cachet qu'il avait touché à son dernier tournage. On lui proposait simplement Whitney comme partenaire féminine et c'était ça qui le faisait hésiter ? Pourquoi ?

Parce que... il s'était toujours opposé à ce que Whitney mène une carrière d'actrice.

Parce que... Whitney était une comédienne exécrable.

Parce que... il ne voyait pas l'intérêt de donner la moitié de ces huit millions de dollars à Melanie-Shanna quand ils divorceraient.

— Écoute, dit Sadie. Tu sais que je n'ai jamais tenté de t'influencer en quoi que ce soit. Mais j'ai lu le script et, franchement, je ne le trouve pas mauvais du tout. — Elle se tut le temps de faire signe au serveur de lui apporter une autre vodka. — De plus, ce coup va faire monter ton prix vers de nouveaux sommets. Je n'irai pas jusqu'à dire qu'on obtiendra toujours des cachets aussi faramineux mais ça nous fera une base de négociation à un autre niveau. Et je crois que l'idée me plaît bien.

— Le tarif est acceptable.

Sadie haussa un sourcil.

— C'est tout l'effet que ça te fait ?

— Il faut quand même que je réfléchisse.

— Réfléchir quand on te propose huit millions de dollars ! Mais où est le problème ?

— C'est personnel.

Elle le fusilla du regard.

— Qu'est-ce que tu entends par personnel ? Que tu as

épousé par dépit une petite pin-up texane et que maintenant tu ne veux plus jouer ? Ou bien que le fait d'approcher Whitney pendant le tournage risque de te provoquer une hyper-sécrétion d'hormones ?

Il ne put s'empêcher de rire. Sacrée vieille Sadie ! Elle le connaissait comme si elle l'avait fait.

Elle lui posa une main apaisante sur le poignet.

— Voilà mon point de vue : prends le fric. C'est un gros paquet. Je te dis que le scénario est valable. Ça n'est pas du Hitchcock, d'accord, mais ça tient la route. Vu le rôle qu'on lui propose, je pense aussi que Whitney arrivera à s'en sortir.

Elle marqua un temps de silence, haussa vaguement les épaules et conclut :

— Et puis si tu ne veux pas le faire, tant pis. Je suis ton agent. Je ne peux que te conseiller, c'est tout.

La fête démarra à neuf heures du soir avec l'arrivée d'une bande d'amis de Heaven et Eddie qui s'éparpillèrent dans la maison en s'exclamant :

— Canon, la baraque ! La vache !

Ils en avaient le souffle coupé. Mais ça ne dura qu'un temps relativement court. Ils retrouvèrent leur souffle pour s'attaquer aux caisses de bière, aux cartons de pizzas, à l'herbe et au Quaaludes.

Heaven n'était pas mécontente d'être le centre d'intérêt. Elle était chez elle et elle prenait plaisir à parader. Les bonnes résolutions d'interdire la maison aux copains étaient oubliées depuis longtemps. A mesure que la soirée avançait, des groupe de plus en plus nombreux et de moins en moins familiers affluaient de partout. La nouvelle s'était répandue comme une traînée de poudre. Il y avait une java sans cartons d'invitation dans une villa du bord de mer et tout le monde voulait en profiter.

Eddie rassembla le groupe et ils donnèrent quelques vieux trucs d'Elvis Presley, avec Heaven comme chanteuse. A ses débuts, elle aimait essentiellement le bruit. Plus ça gueulait, mieux c'était. Tout était bon pour se différencier de sa mère. La voix de Silver était puissante et placée. En son temps, on l'avait comparée à Barbra Streisand et Judy Garland. Aujourd'hui, après des années de mauvais usage, elle était devenue plus rauque mais Silver resterait toujours une chanteuse traditionnelle, excellente dans les shows à plumes et dans les chansons des grands maîtres comme Sammy Cahn et Cole Porter.

Heaven était très différente. Elle fit un break juste après une interprétation nerveuse de *Jailhouse Rock*.

Le nombre des participants continuait de s'accroître. Les jeunes avaient, apparemment, un téléphone arabe bien à eux et très efficace. La nouvelle de la fête s'était, semblait-il, diffusée maintenant jusqu'à Pasadena et Hancock Park.

Heaven se dit qu'il était peut-être temps de mettre un coup de frein aux admissions. Elle prit Eddie dans un coin pour lui en parler.

Il était complètement défoncé et avait un ticket avec une étudiante de dernière année à Pali High qui ressemblait à une version féminine de David Lee Roth.

Elle savait pourquoi Eddie draguait cette fille. Il essayait de la rendre jalouse. Mais elle s'en foutait comme de sa première chemise. Elle n'avait appris qu'une chose de sa mère : ne comptes jamais sur personne, comme ça tu ne pourras jamais te faire avoir. Silver lui avait dit ça quand elle avait six ou sept ans. Elle n'avait jamais oublié ce conseil, le seul que sa mère lui eût jamais donné.

— Il faut qu'on arrive à les expulser vers la plage, dit-elle à Eddie.

Il la regarda, l'œil mort, la bouche pendante. Il n'avait plus envie de chatouiller sa guitare pour faire sortir les foules envoûtées de la maison. Tout ce dont il avait envie, maintenant, c'était de fumer des joints, descendre de la bière et, si possible, s'envoyer une nana.

— Laisse béton. Tout le monde s'éclate bien ici, dit-il en serrant Miss David Lee Roth plus près de lui.

Un énorme fracas signala la mort d'une lampe de cristal.

— Merde ! s'exclama Heaven. Fais-les sortir, Eddie, ou je renvoie tout le monde.

— Hé, mais tu m' prends pour qui ? Pour Superman ? Ils ne feront même pas attention à moi.

Le salaud ! Elle avait envie de l'attraper par sa sale tignasse et de lui donner un bon coup de pied dans les couilles. C'était lui qui avait insisté pour qu'elle fasse cette fête. Maintenant, il se déballonnait. Quelle espèce de minable ! Elle en avait soupé de ce type.

La maison était en train de se transformer en chantier, là, sous ses yeux. Des types jouaient à se lancer une boîte de bière. Des couples étaient vautrés sur les canapés et les divans avec des parts de pizza graisseuse et des cigarettes allumées. Quelqu'un avait cassé la serrure du bar et avait distribué les bouteilles d'alcool. Les drogues circulaient devant tout le monde. Une blonde bien pourvue était en train de faire un strip dans un coin, saluée par les cris enthousiastes de ses admirateurs.

Heaven se rappela Londres six ans plus tôt. Elle était âgée de dix ans et avait déjà été trimballée un peu partout. Silver et elle étaient hébergées par une femme du nom de Benjii. A cela près que Benjii n'était pas une femme. C'était un homme. A l'époque, Heaven avait bien du mal à se faire une opinion et à savoir ce qu'était exactement Benjii. Elle savait simplement que Benjii les avait accueillies parce qu'elles avaient quitté au milieu de la nuit un hôtel minable dont maman — à l'époque c'était encore ainsi qu'elle appelait Silver — ne pouvait pas payer la note.

Pendant deux mois, elles avaient vécu chez Benjii, au milieu de ses petites fêtes privées et de ses étranges fréquentations. Et puis, une nuit, maman avait craqué. Elle avait filé sur le petit balcon surplombant Kings Road dans le quartier de Chelsea. Là, elle avait commencé par envoyer tous ses vêtements valser dans le vent puis elle s'était mise à hurler comme une folle :

— Je saute ! Laissez-moi sauter !

Toute nue, elle avait essayé d'escalader la balustrade branlante, tandis que Benjii, terrifié, la retenait en se cramponnant à sa taille et hurlait à Heaven d'appeler la police.

Elle avait appelé. Calmement. La police était venue et avait emmené maman.

Ensuite, elle s'était roulée en boule dans un coin et avait sucé son pouce tandis que Benjii appelait tous ses amis au téléphone pour leur raconter l'incident.

Heaven se sentait dans une sorte de brouillard cotonneux. Ce soir, comme six ans plus tôt, elle avait de nouveau cette impression.

Elle se laissa dominer par le brouillard. Elle était dans une situation qu'elle n'arrivait pas à contrôler et tout ce dont elle avait envie, c'était de se trouver un petit coin pour s'y recroqueviller.

Jack attrapa le dernier vol pour Los Angeles. Il avait bien envisagé de s'attarder un moment à New York pour y rencontrer quelques personnes et parler business mais Heaven était toute seule, là-bas, dans la villa. Il avait décidé de lui faire une bonne surprise. Et puis il avait fait l'amour avec l'une des femmes les plus riches de New York. Comment ne pas tourner la page après pareille expérience ?

En feuilletant un magazine, dans l'avion, il tomba sur une pub pour les cosmétiques Cloud. Jade Johnson le regardait droit dans les yeux. Cette fille était fabuleuse. Avec un style bien à elle. Ce n'était ni une Whitney Valentine ni une star hollywoodienne. Elle était photographiée adossée à un mur de briques, vêtue d'un jean moulant et d'une veste de denim délavée négligemment déboutonnée jusqu'à la taille. Ses seins étaient cachés mais, en y regardant de plus près, on distinguait la forme de leurs petites pointes tendues sous le tissu et l'ombre de la délicieuse vallée qui les séparait. Elle était chaussée de bottes de cow-boy et un ceinturon à boucle d'argent était serré à sa taille.

Elle fixait l'appareil avec un regard droit et hardi. Grands yeux écartés, nez droit, bouche sensuelle et menton agressif. Sa chevelure de cuivre, luxuriante et sauvage, encadrait son visage et caressait ses épaules.

La légende était simple :

CLOUD
LA MARQUE DES FEMMES QUI ONT DU CHIEN

Bon Dieu de bon Dieu ! Mais comment avait-il pu laisser cette fille-là lui glisser entre les doigts ? Il n'était pas près d'oublier ce dîner avec elle à Las Vegas.

Jade Johnson.

Il était libre, maintenant.

Pourvu qu'elle le soit aussi...

66

— Mesdemoiselles, annonça le serveur, M. White serait très heureux si vous acceptiez de le rejoindre à sa table.

— Non merci, répliqua vivement Jade.

— Bien sûr ! répliqua presque aussi vivement Beverly.

Le serveur, un comédien sans emploi, regarda Jade et lui fit un clin d'œil comme si elle venait de débarquer à Hollywood par le dernier charter.

— Monsieur Zeppo White, *l'agent,* insista-t-il lourdement.

— *Mon* agent, précisa Beverly.

Le serveur en resta bouche bée. Il aurait été assez content si on avait bien voulu lui expliquer comment faire pour arriver à avoir le tout-puissant Zeppo White pour agent, mais Beverly l'ignora.

— Allez, viens ! supplia-t-elle. Ce n'est pas pour rire, c'est pour les affaires !

— Je ne veux pas aller m'installer à la table d'un groupe de personnes que je ne connais pas.

— Je te les présenterai, n'aie pas peur.

— Ne fais pas semblant de ne pas comprendre !

Elles s'affrontèrent du regard. Leurs yeux lançaient des poignards. Elles s'affrontaient déjà ainsi à l'époque où elles habitaient le même appartement, plus de dix ans auparavant. Elles s'étaient toujours dit ce qu'elles pensaient. Jamais de faux-semblants pour éviter une explication, même orageuse.

— Je te le demande gentiment, insista Beverly. S'il te plaît, est-ce que tu voudrais bien venir avec moi à cette table ? C'est très très important pour moi.

— Tu peux très bien y aller si tu veux et moi, je rentre chez moi.

— Ne fais pas ça.

— Pourquoi ?

— Parce que si tu ne veux pas m'épauler sur ce coup, tu n'es pas l'amie que je croyais avoir.

— Merde, Beverly, arrête avec le coup de la grande amitié !

— S'il te plaît, s'il te plaît, *s'il te plaît !*

Avec un grand soupir de résignation, Jade capitula.

— O.K., je viens. Mais sache que c'est contre mes principes. Je déteste te voir jouer les lèche-cul avec ceux qui ont du fric ou du pouvoir.

— Prends-en de la graine, ma petite, dit Beverly avec un grand sourire triomphant. Regarde une vraie professionnelle en pleine action.

Elle se leva de table, se débarrassant d'un coup d'épaules de sa veste Montana. A une table proche, un homme faillit s'étrangler en buvant rien que de la voir faire. Beverly était un corps parfait, noir et souple comme un long serpent d'ébène. Près d'elle, même Grace Jones aurait paru pâle, courtaude et gauche.

Elle ondula jusqu'à la table de Zeppo où des serveurs étaient en train de se démener pour ajouter deux chaises.

Zeppo se leva d'un bond, ses cheveux oranges dressés au garde-à-vous.

— Beverly, baby !

— Zeppo, mon chou ! Tiens, que je te présente Jade Johnson, ma meilleure amie.

Il lui broya les phalanges.

— Ravi, Jade. Vous n'avez jamais envisagé de faire du cinéma ?

Elle sourit poliment.

— Jamais.

— Lauren l'a fait, pourtant, Marisa aussi et Kim Basinger. Je suis sûr que vous avez le talent inné.

— Vous êtes très gentil, monsieur White, mais ça ne me tente pas du tout.

— Appelez-moi Zeppo, voyons. Comme tous mes amis. Et tous mes ennemis aussi.

Il couina d'amusement devant son propre humour.

De son côté, Beverly ne perdit pas une seconde. Elle se jeta comme un rapace sur Zachary Klinger.

— Monsieur Klinger, ronronna-t-elle, je suis une de vos plus ferventes admiratrices. Cet article à votre sujet le mois dernier dans *Forbes* était une merveille ! Euh, oui, au fait...

— Elle tendit une main chaleureuse. — Je m'appelle Beverly D'Amo.

Poppy donna un coup de pied sous la table à Howard. Non seulement ils avaient Zachary sur le dos, avec deux filles qui avaient tout l'air de putains, mais en plus il y avait maintenant cette Noire complètement allumée ! En revanche, Poppy admirait Jade Johnson qu'elle avait souvent eu l'occasion d'apprécier en couverture de *Vogue* ou de *Bazaar*.

Howard voguait dans les limbes de la réminiscence. Beverly D'Amo lui rappelait sa première femme, l'activiste noire dont il avait été l'époux pendant tout juste quarante-huit heures. Aïe ! Aïe ! Aïe ! Celle-là ! Quelle panthère quand ils faisaient la bête à deux dos !

Les deux call-girls de luxe échangèrent des regards d'ennui. Ces filles avaient tout vu et tout fait. Plus rien ne pouvait les surprendre. Elles avaient déjà compris que plus tard, la Noire se joindrait à elles pour une joyeuse revue des fantaisies sexuelles de Zachary Klinger.

— Qu'il fait chaud ici, remarqua Ida White avec humeur. Et quel bruit !

Personne ne s'occupa d'elle. Surtout pas son mari, dont la main était sous la table, occupée à escalader la cuisse de Beverly. Celle-ci l'en chassa comme une fourmi agaçante et questionna Zachary sur le marché des valeurs.

Ah, Beverly ! songea Jade. *Tu ne changes pas !* Une fois, alors qu'elles faisaient un déplacement pour des photos dans le Tennessee, Beverly avait couché avec le propriétaire d'un grand magasin de la région, avec son fils et avec son gendre —

séparément, bien sûr —, simplement parce que le photographe avait parié cent dollars qu'elle n'arriverait pas à le faire. Beverly adorait les performances impossibles.

Howard Soloman la dévisageait étrangement.

— On ne s'est pas déjà rencontrés ?

Jade hocha la tête et prit une profonde inspiration.

— Si, dit-elle. Il y a une dizaine d'années. Vous travailliez dans un studio ou une agence ou quelque chose comme ça.

— Et ça n'a rien donné, hein ? demanda Howard avec une mimique de commisération.

— Howard ! intervint Poppy, scandalisée. Jade Johnson est l'un des mannequins les plus célèbres du pays !

Il en fallait plus pour impressionner Howard. A ses yeux, il n'y avait pas de mannequins : elles voulaient toutes devenir star de cinéma. C'était le grand rêve américain.

— Excusez mon mari, dit Poppy avec un sourire engageant, il n'y connaît rien. Personnellement, je suis folle de ces nouvelles pubs pour Cloud. Antonio est un âââdmirâble photographe. Lui arrive-t-il, parfois de photographier, comment dire... des gens comme ça ?

Lorsque Jade réussit à s'éclipser, une heure plus tard environ, elle avait une nouvelle amie en la personne de Poppy Soloman.

— Je dois me lever aux aurores, expliqua-t-elle pour s'excuser.

— Passez-moi un coup de fil, attaqua Zeppo White. Je peux faire beaucoup pour vous.

— Passez-moi un coup de fil, entonna Howard Soloman. On ne sait jamais, vous pourriez changer d'idée sur le cinéma...

— Passez-moi un coup de fil, dit Poppy. Nous déjeunerons ensemble.

— Passe-moi un coup de fil, dit Beverly avec un clin d'œil. Demain ? O.K. ?

Elle courut jusqu'au parking où Penn Sullivan, l'acteur que Beverly avait salué tout à l'heure, et Frances Cavendish, l'agent de casting, discutaient avec animation en attendant leur carrosse.

Jade entendit la voix de Sullivan lancer :

— Je ne suis pas seulement un beau minet ! Je suis un bon comédien !

Puis celle de Frances Cavendish :

— Si je dis que tu feras ce rôle, tu le feras !

Toujours en pleine dispute, ils embarquèrent dans une vieille Mercedes et partirent avec un rugissement de moteur.

Jade était seule.
Comme toujours.

— Asseyez-vous près de moi, indiqua Zachary Klinger lorsque Beverly le rejoignit dans son bungalow.

Elle avait laissé sa voiture à un garçon de parking. Lui-même était arrivé dans sa limousine avec chauffeur.

— Je serai mieux ici, dit-elle en s'installant sur un divan en face de lui. Tiens, où sont passées vos deux amies ? Vous les avez raccompagnées chez elles ?

— Je veux que vous veniez près de moi, répéta Zachary.

— Il ne suffit pas de vouloir pour avoir, railla Beverly avec insolence.

— Ne jouez pas avec moi, Miss D'Amo. Dites-moi ce que vous voulez de votre côté et cessons de perdre du temps.

— Je veux être une grande grande star, monsieur Klinger. Plus grande encore que tout ce que vous pouvez imaginer.

— Eh bien, venez vous asseoir près de moi et nous verrons.

— Les promesses ne m'intéressent pas.

— Qu'est-ce qui vous intéresse, dans ce cas ?

— Les actes. Faites quelque chose pour moi, je ferai quelque chose pour vous.

— D'accord. Mais j'ai besoin que vous fassiez quelque chose cette nuit.

— Il aurait fallu prévoir un refus. Vous n'auriez pas dû renvoyer ces jeunes personnes chez elles. A elles deux, je suis persuadée qu'elles auraient pu faire *beaucoup de choses* pour vous.

— Je ne les ai pas renvoyées et elles vont les faire. Seulement, je vous demande de rester assise près de moi et de regarder. Je ne vous toucherai pas. Elles ne vous toucheront pas. Sauf si vous le demandez.

Le détraqué total. Beverly accepta. Elle n'avait absolument rien à y perdre et beaucoup à y gagner.

— Je suis fatiguée, gémit Poppy.

Fatiguée ! C'était la meilleure ! Elle passait ses journées assises sur son popotin et ne bougeait de la maison que pour aller acheter des bijoux ou déjeuner avec ses copines.

— Moi, je suis claqué, grogna Howard. Cette journée que j'ai eue !

Poppy laissa échapper un petit gloussement.

— Tu crois qu'on est trop fatigués pour faire des bêtises ?

— Désolé, mon chou, mais ce soir je crois qu'il me faudrait Schwarzenegger pour arriver à la soulever.

Elle gloussa de nouveau.

— Tu es drôle, Howard !

— Je fais mon possible pour plaire.

— Et tu y arrives, mon gros doudou-lapin.

Tiens ! Qu'est-ce qu'il avait fait de bien, pour une fois ?

Ils arrivaient chez eux. Howard pressa la télécommande du portail et arrêta la voiture tandis que les lourdes grilles métalliques coulissaient sur leurs glissières.

— Howard, demanda Poppy d'une voix suppliante, est-ce que tu m'aimes ?

— Quelle question ! Tu sais très bien que oui !

Howard détestait quand ça virait au mélo.

Il franchit le portail et s'engagea dans l'allée de la propriété.

— Arrête la voiture sur le côté, murmura-t-elle. Allez, Howard. Jouons les étudiants amoureux.

— Quoi ?

— Pas de rouspétances ! Arrête.

Howard obéit à contrecœur. Poppy était de ces femmes qu'il valait mieux ne pas contrarier. A moins d'avoir envie de ne pas fermer l'œil de la nuit.

A peine eut-il serré le frein à main qu'elle se jeta sur lui, fouillant au-dessous de sa ceinture comme un lapin affamé.

— Qu'est-ce que tu fais ? bredouilla Howard comme elle s'attaquait à sa braguette.

— Ta gâterie favorite, Howie. Voilà ce que je fais.

Elle trouva son slip et, triomphalement, extirpa son pénis flasque et fatigué dans le clair de lune qui éclairait la voiture.

— Poppy…

— Laisse faire. Tu sais bien que tu adores ça.

Elle le prit entre ses lèvres et déploya son savoir-faire unique dans la réanimation du serpent en hibernation, ce savoir-faire même qui lui avait permis de ne pas rester éternellement la secrétaire de Howard Soloman. Toute sa vie avait basculé le jour où elle avait réussi à se glisser sous le bureau et à lui faire goûter ses talents. Trois mois plus tard, ils étaient mari et femme.

— Poppy ! grogna Howard tandis qu'avec une technique éprouvée elle ramenait à la vie le reptile endormi.

Plus tard, cette nuit-là, il sombra dans le sommeil sans être hanté, pour la première fois depuis bien longtemps, par l'image de la pulpeuse Whitney.

67

Rocky avait la démarche de Sylvester Stallone. Il avait peaufiné l'imitation jusqu'à la perfection. Légère crânerie, assurance, allure mâle. S'il l'avait voulu, il aurait pu gagner des fortunes dans les concours de sosies. Mais pas de ça pour Rocky. En fait, il était persuadé que c'était Sylvester qui l'avait pris pour modèle.

La route jusqu'à Trancas était une vraie galère et, à plusieurs reprises, il faillit bien faire faire demi-tour à sa jeep et repartir vers les régions civilisées. La Pacific Coast Highway le rendait dingue. Il avait toujours envie de franchir la ligne médiane et de jouer au kamikaze avec les voitures roulant en sens inverse. Un soir où il serait suffisamment défoncé, il avait peur de le faire pour de bon et de se retrouver au trou. Une fois de plus.

Marrant. Il avait passé sa vie à faire des conneries et la seule chose pour laquelle il se soit fait gauler, c'était conduite en état d'ivresse. Six mois de cabane simplement parce qu'un couple de vieux était tombé en panne sur l'autoroute et qu'il se les était enquillés. Si ça n'avait pas été lui, sûr que quelqu'un d'autre se les serait payés.

Heaven. Un beau petit lot. Et elle avait sa maison à elle au bord de l'océan. Sûrement une bicoque merdique. Mais, quand même, ça valait le coup d'aller vérifier.

Quand il trouva l'endroit, des voitures étaient alignées partout sur le bas-côté de la route et un tintamarre de tous les diables montait de la maison, située en contrebas d'un escalier de pierre.

Jolie java, se dit-il en lui-même. Rocky n'aimait rien tant que faire la java.

Les hôtesses de l'air faisaient toujours du gringue à Jack. C'était automatique. Celle qui faisait le vol du retour était scandaleusement jolie, blonde et alléchante comme une pêche de Californie.

— Depuis combien de temps faites-vous ce métier ? demanda-t-il.

— Six semaines, répondit-elle. C'est dur pour les jambes. Mais, à part ça, ça me plaît beaucoup. Il m'arrive souvent de rencontrer des gens intéressants. — Elle marqua un silence et le regarda toute frémissante. — Comme vous, monsieur Python.

— Appelez-moi Jack.

— Donnez-moi votre numéro et je le ferai, dit-elle hardiment.

Jack lui donnait encore six semaines tout au plus à tirer comme hôtesse avant de devenir actrice ou femme mariée. Elle était suffisamment jolie pour ça.

— Que comptez-vous faire en arrivant à Los Angeles?

Elle eut un petit rire triste.

— M'écrouler dans mes draps.

Il était très tenté par l'idée d'aller y faire un tour avec elle, entre ces draps. Cette fille était tellement différente de la riche mondaine, et tellement plus attirante. Une affaire d'une nuit, bien sûr, rien de plus.

Sanglé dans son siège, avec un scotch à la main et la photo de Jade dans le magazine maintenant refermé, il essaya de se décider : lui faire du rentre-dedans ou non?

Et merde, songea-t-il tandis que le 747 s'apprêtait à atterrir, *dire que j'ai été presque fidèle pendant dix-huit mois! Et tout ça pour quoi? Pour trouver la talentueuse Clarissa présentant son cul à un petit acteur! Ça va bien comme ça!*

Il sonna et l'hôtesse arriva au grand galop.

— Je vous invite à dîner, dit-il. Si vous êtes libre.

Heaven n'en pouvait plus. Elle se foutait de tout, au point où elle en était. Elle allait concocter une salade pour Oncle Jack, lui raconter qu'elle avait invité deux couples de copains et que tout un groupe d'excités avait forcé la porte. Ce qui n'était pas complètement un mensonge.

Le saccage de la maison était maintenant presque complet. Des couples étaient en train de s'envoyer en l'air dans les deux chambres. Des inconnus se promenaient partout. Quelqu'un avait ouvert le jacuzzi qui débordait de corps nus.

Elle ne voyait Eddie nulle part. Elle haïssait Eddie, qui avait laissé tout ça se produire. Elle ne lui parlerait plus jamais.

Louvoyant dans la foule, Rocky se dit qu'il avait dû tomber dans un élevage de teenagers. C'était plein de petites frappes partout, et il adorait ces minettes toutes neuves avec leurs petites fesses serrées et leurs nichons agressifs.

Rocky fréquentait beaucoup les fiestas. Mais, habituellement, on n'y trouvait que des filles blasées de vingt-cinq à trente ans qui prétendaient être comédiennes mais arrondissaient leurs fins de mois en tapinant. Il avait vécu à la colle avec plus d'une. Ces filles-là étaient de bonnes affaires au pieu mais de mauvaises pour la bourse. Elles ne pensaient qu'à réclamer du fric. Or le fric qu'il faisait, Rocky jugeait normal de le garder pour lui, et pour lui seul. Il avait un appart' correct et une vieille Mercedes en plus de la jeep. La jeep, il s'en servait seulement pour le boulot. Comme cette nuit, par exemple. Il venait de tenir le bar dans une grande réception et repartait avec un bénef de trois mille billets verts gagnés en dealant de la came, sans parler d'un carton du meilleur scotch qu'il avait chouravé.

Comme d'habitude. Il n'était pas devenu le mari de Silver Anderson, lui.

Quand il pensait à Wes Money, il avait du mal à croire que ce connard ait pu avoir un pot pareil. Et tout ça grâce à qui ? A lui, Rocky. C'était quand même lui qui avait amené Wes chez Silver la première fois, non ? Et même pas de merci. Pas d'invitation à dîner. Pas de « viens donc faire un saut à la maison ». Rien de rien.

Il y avait quand même des gens..

Il y avait quand même des gens qui étaient de sacrés enfoirés !

Rocky fulminait. Il fit saillir son importante musculature et lança « Hé, toi, là-bas ! » à une fille de quinze ans qui le regarda et se tira, effrayée.

Bien sûr, Rocky avait oublié que c'était lui qui avait balancé son bon copain Wes Money dans le piège de Laurel Canyon. A vrai dire, il ne connaissait pas l'importance du coup monté, ni l'enjeu. Mais il savait que c'était quelque chose de craignos. Et s'il avait été un vrai copain, jamais il n'aurait donné à Wes le numéro du trafiquant noir.

Approchant d'un grand type déjanté en Levi's coupé, il tenta de nouveau sa chance :

— Hé, toi !

— Ouais. Qu'est-ce que tu veux ?

— Heaven. T'aurais pas vu traîner ça quelque part ?

— Il y a quelques mecs qui ont de l'Ecstasy mais qu'est-ce que c'est que ce Heaven ? Une nouvelle sorte de shit ?

Il y avait méprise et, soudain, Rocky comprit qu'il perdait un temps précieux en cherchant la gamine. Or, comme chacun sait, le temps, c'est de l'argent et il y avait apparemment de bonnes affaires à faire par ici.

L'hôtesse de l'air avait une peau de pêche douce et veloutée, une délicieuse toison couleur d'abricot et un tempérament des plus complaisants. En lui faisant l'amour, il avait eu l'impression de goûter toutes les sucreries dans une petite épicerie de campagne. Et il y avait pris autant de plaisir.

Ils avaient fait cela dans la suite de Jack au *Beverly Wilshire,* il était maintenant plus de minuit et il n'avait qu'une envie : se débarrasser d'elle.

Et puis, tout à coup, il fut assailli par la culpabilité. Elle était tellement jolie, tellement gentille, tellement désireuse de faire plaisir.

C'était aussi une fan. Et ça, ça l'irritait forcément un peu ; c'était plus fort que lui.

— Quel effet ça fait d'être Jack Python ? demanda-t-elle, la voix pleine d'admiration.

Quel effet ça faisait ?

— On a l'impression d'appartenir un peu à tout le monde, répondit-il.

Ça eut l'air de la satisfaire.

— Tu dois aussi connaître tout le monde !

— Pas tout à fait.

— Je suis sûre que tu as déjà rencontré Paul Newman.

— Oui, avoua Jack.

— J'achète toujours sa sauce pour salade, dit-elle respectueusement. Elle est excellente. Tu l'as goûtée ?

Il était temps de s'extraire.

Grand temps.

Il y avait longtemps qu'il n'avait pas pratiqué et ne se rappelait plus bien comment on faisait.

Elle lui tendit une perche parfaite en s'asseyant sur le lit et en s'étirant lascivement, faisant ressortir ses seins rebondis et resplendissants de santé.

— J'ai une faim ! dit-elle. Pas toi ?

En une fraction de seconde, il bondit hors du lit.

— J'ai une superbe idée.

— Quoi ?

Il attrapa son pantalon et l'enfila.

— Où tu habites ?

— Santa Monica, Onzième Rue. Je ne suis pas obligée de rentrer...

Elle le regarda, les yeux pleins d'espoir.

— Habille-toi, dit-il gaiement. On va se faire une virée au Hughes Market et acheter tout ce qu'ils ont à vendre. Ensuite, je te conduis chez toi et tu vas me faire le meilleur breakfast de ma vie !

— Moi ? demanda-t-elle timidement.

Elle était déçue car commander un breakfast au service d'étage du *Beverly Wilshire* lui aurait paru un bien meilleur plan.

— Hé, tu sais faire la cuisine, au moins ?

— Je fais ce que je peux.

— O.K. En route !

C'était bien plus agréable de faire du deal avec les gamins qu'avec leurs riches papas et mamans. Ils savaient ce qu'ils voulaient : un peu d'amphés, des calmants, du Quaaludes, de l'herbe, de la coke et, surtout de l'Ecstasy, la nouvelle came à la mode. Ils ne voulaient que du meilleur, comme leurs jeans Calvin Klein et Guess. Rocky découvrit également qu'un certain nombre de minettes étaient prêtes à pas mal de choses pour obtenir un rabais.

Il était justement en train d'envisager d'emmener une petite nana faire une promenade sur la plage quand il repéra Heaven, recroquevillée dans un coin, totalement fermée à ce qui se passait autour d'elle. Il s'approcha, poussa un grognement pour manifester qu'il la reconnaissait et s'exclama :

— Me v'là !

Elle leva vers lui ses immenses yeux d'ambre et revint à la réalité.

— Un peu en retard, murmura-t-elle. Tu devais venir hier.

— Je ne voulais pas rater cette java, dit-il d'un ton léger. Dis donc, c'est méga comme baraque. Tu te fais entretenir par un vieux ?

— J'habite toute seule ici, grommela Heaven.

Non mais ! Elle ne lui devait pas d'explications, à celui-là !

Il eut l'air impressionné.

— Ah ouais ?

Elle le regarda longuement, en silence, d'un air agité, puis finit par demander :

— C'est vraiment vrai que t'as un pote dans une maison de disques ?

Il se gratta sous le bras.

— Je veux, ouais ! Envie de me fredonner quelque chose ?

— Si tu arrives à virer tous ces tordus de chez moi, je te passerai mes enregistrements. Tu crois que tu y arriverais ?

Il parut choqué.

— T'as besoin de Rocky, fit-il orgueilleusement, Rocky est là. T'en fais pas, j'en ai vidé des plus coriaces et dans des réceptions un peu plus mondaines que ça, ma loute !

Jack acheta pour deux cents dollars de produits d'épicerie, avec, sur ses talons, l'hôtesse blonde qui ne cessait de crier :

— Mais tu es fou ! Arrête ! Qui va pouvoir manger tout ça ?

— Laisse-moi m'amuser. Ça ne m'arrive pratiquement jamais d'avoir le droit de faire les courses moi-même.

Après avoir bourré la Ferrari de sacs en papier, il la reconduisit à son appartement, un logement modeste qu'elle partageait avec deux autres hôtesses. Une bande de braves filles qui vivaient dans l'espoir de harponner un jour un riche businessman ou une superstar voyageant en première classe.

— Chut ! souffla-t-elle tandis que Jack bourrait le petit placard de la cuisine. Il est trois heures du matin !

— Il vaudrait peut-être mieux que je file, dit-il après avoir fini de décharger ses marchandises.

— Non non, je vais te faire à manger. Rappelle-toi, c'est pour ça qu'on est allés au Hughes Market.

Il posa un baiser sur son petit nez.

— Je n'ai plus faim. Et ma petite nièce est toute seule dans ma villa de Trancas. Il faut que j'y aille.

Dans un sens, elle était soulagée. Expliquer la présence de Jack Python à ses copines à trois heures du matin dans leur appartement, ça n'aurait pas été évident.

Elle hocha la tête, compréhensive, et demanda d'une voix très douce :

— Est-ce qu'on se reverra un jour ?

Il ne voulait pas lui mentir.

— Cette nuit, c'était vraiment spécial. — Un petit mensonge pieux quand même. — Pour tout dire, je viens juste de rompre après une longue liaison, je ne sais pas trop où j'en suis et je ne voudrais pas m'engager dans des promesses que je ne serais pas sûr de tenir. — Il lui caressa la joue. — Alors voilà, jolie mademoiselle, n'espère pas trop que le téléphone va sonner parce qu'en ce moment, j'ai besoin de faire le point.

— J'apprécie ta franchise, Jack, dit-elle sans rancune. Prends quand même mon numéro. On ne sait jamais. Si un jour tu avais envie de faire des courses...

Il sourit d'une oreille à l'autre.

— Et merci d'avoir rempli les placards, ajouta-t-elle.

Il la quitta l'âme en repos. C'était bon de pouvoir s'en aller en gardant bonne conscience.

Il le faisait ! Rocky les alpaguait, leur disait que la fête était finie et les foutait à la porte par groupes entiers en n'admettant aucune discussion.

Eddie fut le seul à causer des problèmes.

Heaven regarda ailleurs quand Rocky l'accula dans un coin tranquille et lui souffla quelques mots à l'oreille.

Eddie déguerpit immédiatement, les joues écarlates, la guitare sous le bras.

Bye-bye, Eddie.

Elle allait dire à Oncle Jack qu'elle voulait changer d'établissement à la rentrée. Ou mieux, même, qu'elle voulait devenir chanteuse professionnelle, gagner sa croûte, faire des concerts, donner des interviews, avoir des disques d'or, tout le tralala.

Quand les derniers traînards furent partis, la maison, tout à l'heure impeccable, n'était plus qu'un champ de bataille. Elle se tourna vers Rocky.

— Maintenant, assieds-toi et écoute.

Quand même, il était temps que quelqu'un entende ce qu'elle faisait.

Sur la Pacific Coast Highway, Jack s'offrit le plaisir d'appuyer un peu sur la pédale sans tenir compte des limitations de vitesse. Il laissa la puissante et silencieuse Ferrari dévorer la route.

Les premiers rayons du soleil jetaient de pâles lueurs cuivrées le long du bord de mer. Il était presque seul sur la route et prenait plaisir à faire un peu de vitesse. New York était déjà loin, comme un vieux rêve. Bonjour. Au revoir. Il avait presque l'impression de ne pas avoir bougé.

Fredonnant en sourdine un petit air guilleret, il arriva à la maison de Trancas en un temps record.

— Pas mal, fit Rocky à contrecœur. Ça accroche, on peut pas dire.

Elle venait de lui passer la bande de sa nouvelle chanson lente. Maintenant, elle décida qu'il méritait un peu de bon vieux rock and roll.

Elle mit les morceaux rapides et attendit sa réaction.

Toute son attention était concentrée sur Rocky, vautré dans un fauteuil de cuir, en train de fumer un joint durement gagné, quand Jack entra dans la maison.

Rocky fut le premier à le remarquer.

— Hé ! lança-t-il en se redressant, vous n'êtes pas...

— Qu'est-ce que c'est que ce bordel ? rugit Jack.

Un coin du Midwest dans les années soixante-dix...

Elle s'enfuit de son foyer d'accueil. Elle s'échappa une nuit et fila le plus vite possible après avoir volé trois cents dollars dans la cachette des économies du ménage qu'elle avait découverte dans la cuisine, derrière un sac de farine.

Elle était encore toute jeune mais faisait plus que son âge et, malgré ses vêtements quelconques et son maquillage maladroit, elle attirait les regards.

Il ne lui fallut pas longtemps pour trouver un travail dans la ville où elle s'était réfugiée. Son petit job au rayon des articles de toilette dans un magasin à bon marché lui permettait de payer un loyer et de s'en sortir à peu près.

Elle plaisait bien au directeur du magasin, un bonhomme courtaud avec un gros nez vérolé et deux doigts coupés à la main gauche. Il avait déjà un certain âge, était marié mais ça ne l'empêchait pas de la regarder perpétuellement. Elle avait été embauchée depuis moins de deux semaines quand il la coinça dans la réserve et glissa une main sous sa jupe, la main aux deux doigts manquants.

Elle le repoussa et le traita de porc. Sa résistance et ses injures n'avaient pour résultat que d'exciter le gros bonhomme et il continua à la harceler de plus belle.

Elle essaya de l'ignorer mais il était obstiné et ne la laissait jamais tranquille.

Un jour, la femme du directeur vint au magasin. Elle était encore plus courtaude et plus grosse que lui, et une fine moustache ornait sa lèvre supérieure.

Ce jour-là, le porc se tint convenablement et elle put respirer. Mais il se rattrapa le lendemain en la harcelant deux fois plus. A bout de résistance, elle finit par aller en parler à l'un des chauffeurs-livreurs.

— Je sais ce qu'il faut faire pour qu'il arrête, lui dit le jeune homme. On se retrouve à la sortie du boulot, je t'expliquerai.

Ils se retrouvèrent. Ce soir-là. Puis un autre. Peu à peu, elle prit l'habitude de voir régulièrement ce garçon qui se nommait Cheech. Cheech lui paraissait à peu près convenable bien qu'il soit affecté d'une acné tenace et ne sache probablement pas ce qu'était une baignoire.

Bien sûr, il voulait une chose. Maintenant, elle avait compris que tous les hommes voulaient cette chose. « La » chose. Elle savait aussi ce qui pouvait arriver quand on se laissait faire. Elle repoussa donc vigoureusement ses avances.

Cheech n'avait pas l'habitude d'être rejeté comme ça. Malgré son acné et ses odeurs corporelles, les filles l'adoraient et il en obtenait ce qu'il voulait.

— Si tu ne me donnes pas d'amour, je ne pourrai plus te voir, lui dit-il un jour.

— O.K.

Il était stupéfait de la voir répondre ça, sans s'émouvoir.

— Quoi, O.K.?

— O.K. pour ne plus se voir.

Cette fille intriguait Cheech. Elle devait être... Comment on disait, déjà? Il avait entendu Jane Fonda parler de ça dans un film.

Frigide, oui, c'était ça. Elle devait être frigide.

Ils cessèrent de se voir.

Un jour, le directeur du magasin entra dans les toilettes des dames alors qu'elle était assise sur le siège.

— Sortez! hurla-t-elle.

Il était plus de six heures et les autres employés étaient tous partis déjà.

— Pas à moi! dit le gros homme. Me fais pas croire que t'en as pas envie. J'ai bien vu comment tu me reluques.

Il se jeta sur elle avant qu'elle ait pu remonter son pantalon.

Le choc la déséquilibra et il en profita pour lui fourrer sa grosse main entre les cuisses.

Il avait déjà sorti son sexe. Elle le voyait dépasser de sa braguette comme une grosse limace blanche.

De toutes ses forces, elle leva le genou et cogna pour écraser la limace.

Il se plia en deux en hurlant de douleur.

— Aïïïe!

Elle s'enfuit du magasin et n'y retourna plus jamais.

Deux semaines plus tard, Cheech vint la voir chez elle.

— Pourquoi tu m'as pas dit que tu partais? demanda-t-il.

— Parce qu'il fallait t'avertir? répliqua-t-elle.

La prenant par la taille, il dit les mots qu'elle avait envie d'entendre :

— On se marie?

Ils le firent deux jours plus tard. Un simple mariage civil. Elle lui dit qu'elle avait dix-neuf ans et qu'elle était orpheline. Ils étaient bien assortis car le seul parent de Cheech était un frère, plus âgé, qui les hébergea chez lui.

Ils avaient franchi la porte depuis cinq minutes que, déjà, Cheech voulait faire l'amour. Elle était sa femme, maintenant . il avait le droit.

Il l'entraîna dans la petite chambre qui leur était réservée et lui souleva sa jupe. Puis il la poussa sur le lit et se mit à la besogner en grognant.

— Mais, t'es pas pucelle ! dit-il après une minute.

— J'ai jamais dit que je l'étais.

— Putain de merde ! rugit Cheech, fou furieux. T'es pas pucelle, nom de Dieu ! Ah, on peut dire que tu m'as bien baisé, salope !

Il la gifla brutalement, hurla de plus en plus fort, la couvrit d'insultes grossières.

Cheech ne se remit jamais de cette mauvaise surprise. Il la traitait de menteuse et se mettait perpétuellement en colère contre elle. Ce qui ne l'empêchait pas de la culbuter brutalement chaque soir et parfois même le matin aussi.

Son frère était un type revêche. Il vivait à la colle avec une femme qui partait et revenait quand bon lui semblait. La femme était danseuse à plumes et refusait de faire quoi que ce soit dans la maison. C'était donc elle qui faisait le ménage, la lessive, les courses et la cuisine pour tout le monde, y compris pour Bryan, un ami du frère, qui venait tous les vendredis faire un poker en descendant des bières et restait généralement coucher. Bryan était un géant de près d'un mètre quatre-vingt-dix pour cent cinquante kilos. Il avait des cheveux longs, une grosse barbe broussailleuse et la bouche perpétuellement tordue par une sorte de rictus goguenard.

Elle avait vite compris qu'elle avait fait une erreur en épousant Cheech. Mais, bon... C'était quand même mieux que de rester seule. Elle souffrait en silence, acceptait son sort avec résignation. Au moins, elle avait un mari, c'était déjà ça.

C'est un vendredi soir, peu avant Noël, qu'elle sentit le danger dans l'air. Cheech rentra soûl à la maison en agitant dans sa main une bouteille de scotch bien entamée que son employeur lui avait offerte comme cadeau de fin d'année. Le frère arriva plus tard, furieux parce que sa copine avait téléphoné qu'elle avait rencontré un autre homme et partait pour toujours. Au moment où Bryan arriva, Cheech et son frère étaient tous les deux ivres morts. Il ne lui fallut guère de temps pour les rattraper.

Elle s'affaira nerveusement à la cuisine, leur servit des steaks et des pommes de terre puis alla s'enfermer dans la petite chambre qu'elle partageait avec Cheech.

De l'autre côté de la porte, elle entendait les trois hommes rire bruyamment, hurler, s'invectiver. Elle savait que, bientôt, Cheech allait venir la rejoindre, s'étaler sur elle et la besogner. Il était rapide, c'était au moins un avantage. Ensuite, elle pourrait fermer les yeux, chercher le réconfort dans le sommeil.

Ça ne rata pas. Une vingtaine de minutes plus tard, il se fit ouvrir la porte et entra en titubant et en grommelant des propos incompréhensibles.

Elle se raidit pour subir ses assauts tandis qu'il se jetait sur elle, l'haleine empestant l'alcool. Cheech n'était pas un adepte des préliminaires. Il alla droit au but et ne tarda pas à sentir les douloureux effets de l'échauffement.

— Ça va pas, ça, grogna-t-il, l'air écœuré, tu mouilles pas. Silence.

— Hé, j'te cause! hurla Cheech en lui giflant le visage comme il en avait pris l'habitude ces derniers temps.

Elle voulut se relever mais il la repoussa brutalement sur le petit lit.

— Tu t'en iras quand je le dirai.

Il se remit à la frapper puis, de nouveau, la pénétra.

Elle poussa un profond soupir et essaya de se détendre. Plus vite il en aurait terminé, plus vite il la laisserait en paix.

Amoindri par l'alcool, Cheech ne resta pas bien longtemps en érection. Il poussa une suite de jurons puis se décolla d'elle en grognant furieusement :

— C'est de ta faute, tout ça!

Son frère cogna à la porte.

— Qu'est-ce tu fous là-d'dans? lança-t-il d'une voix graillonnante. On avait dit qu'on partait en bordée dans les bars!

— On vient, on vient, répondit Cheech en remontant la fermeture de sa braguette.

Il la regarda et ajouta avec colère :

— Tu m'as bousillé la queue, espèce de pouffiasse.

Il partit, fulminant de rage, et elle crut que tout était fini.

Elle se trompait. Cinq minutes plus tard, le frère entrait dans la chambre.

— Pourquoi Cheech est dans c't' état-là? Qu'est-ce tu y as fait? lança-t-il, très agressif.

— Je ne lui ai rien fait, répondit-elle paisiblement.

— Il est quand même pas si méchant qu' ça avec toi? demanda le frère en s'asseyant sur le bord du petit lit.

Elle préféra mentir :

— Non.

— Y te donne à bouffer, de quoi t'habiller, tout ça…

— Oui.

Il lui passa le bras autour des épaules et plaqua une grosse main sur son sein.

— S'il te plaît, non. Ne me touche pas! supplia-t-elle en reculant contre le mur.

Elle sentit son haleine puant le whisky.

— Va bien falloir. Cheech dit que t'es pas normale. Faut que j' vérifie ça.

Elle sentit la bouche poisseuse du frère se coller sur la sienne tandis qu'il glissait les mains sous sa jupe et lui écartait les jambes.

Elle se débattit mais il pesa sur elle de tout son poids. Puis elle hurla quand il la pénétra.

— Cheech a raison, t'es vraiment une grosse pouffiasse, postillonna-t-il en lui plaquant les bras en croix sur le lit pour bien montrer qui était le plus fort.

— Et toi, un gros salaud, répliqua-t-elle malgré la douleur qu'il lui infligeait.

— Reste comme-y-faut avec moi, pouffiasse! jappa-t-il en lui assenant sur le visage deux claques qui l'assommèrent à moitié.

Il reprit ensuite sa besogne interrompue et ne tarda pas à s'épancher avec un grognement bestial.

Lorsqu'il fut parti, elle porta la main à ses lèvres et sentit du sang qui s'en écoulait. Puis elle découvrit qu'il lui avait déchaussé une dent. Ses seins lui faisaient mal comme si on les lui avait broyés. Ses deux yeux étaient gonflés et auréolés de cernes noirs. Un nouveau cauchemar. Mais des cauchemars comme celui-là, elle en avait trop connu dans sa vie.

Groggy, elle essaya de s'asseoir sur le lit. Elle n'y était pas encore parvenue que Bryan fit son entrée dans la pièce. Ils se regardèrent avec méfiance, comme deux boxeurs avant le combat. Bryan était encore plus soûl que les deux autres. S'il avait été à jeun, elle aurait sans doute réussi à le raisonner et à le dissuader de faire ce qu'il venait faire. Mais, dans l'état où il était, aucun dialogue n'était possible.

Il approcha, lourdement, l'œil halluciné.

— Non! hurla-t-elle en secouant la tête. Non, Bryan!

Il ne prononça même pas une parole. Il l'écrasa sous son énorme masse de chair.

Elle comprit qu'elle avait dû perdre connaissance quand elle revint à elle à l'arrière du camion de Cheech. Elle les entendait parler entre eux dans la cabine.

— On va la balancer juste au milieu de la décharge municipale.

C'était la voix de Cheech.

Puis celle de son frère :

— Non, dans la rivière. C'est moins risqué.

Puis le graillonnement de Bryan :

— Bande de connards! Pour vingt billets verts, vous pouviez vous payer une pute!

— Mais c'est toi, le connard ! répliqua Cheech d'un ton accusateur. C'est toi qui l'as étouffée !

Apparemment, Bryan ne se souvenait de rien.

Elle avait connu la peur, dans sa vie, mais ce n'était rien à côté de ce qu'elle vivait à cet instant. Un frisson de terreur incontrôlable lui secoua tout le corps quand elle comprit qu'elle s'était évanouie et qu'eux, soûls comme ils l'étaient, avaient cru l'avoir tuée. Et maintenant, ils allaient se débarrasser de son cadavre !

Pétrifiée d'horreur, elle décida qu'il valait mieux ne pas les détromper.

Vingt minutes plus tard, le camion s'arrêta. Pendant toute la durée du trajet cahotant, elle avait entendu les trois ivrognes échafauder alibis et explications pour le cas où on viendrait leur poser des questions embarrassantes.

A la suite de quoi, Cheech conclut :

— Elle a toujours compté pour zéro. Personne demandera jamais après elle.

Ils acquiescèrent sous forme de grognements variés, puis l'empoignèrent, la sortirent du camion et la jetèrent dans une gigantesque fosse à détritus.

Elle tomba et roula, roula dans les ordures. Déjà, elle savait comment elle allait leur faire payer ça.

Elle le fit six semaines plus tard.

Ce ne fut pas difficile de gratter la première allumette...

LIVRE IV

HOLLYWOOD, CALIFORNIE
Novembre 1985

68

— Andermon Productions, répondit Unity. Oui, oui...
Veuillez patienter un instant, je vous prie.

Elle plaqua la main sur le téléphone et frappa sur la vitre du
pavillon de bain pour attirer l'attention de Wes, très occupé à
se dorer au soleil d'hiver qui, en Californie, est souvent aussi
chaud qu'en plein été.

— Qui c'est ? lut-elle sur ses lèvres.

— M. Samuels, de Revolution Pictures.

Il se leva et, d'un pas chaloupé, entra dans le bureau du
pavillon de bain pour prendre l'appel.

En trois mois, Wes Money avait appris beaucoup de choses.
Il avait pris en main la carrière de Silver, dont il s'occupait
avec la plus grande énergie. Si Zeppo White était officiellement son agent, il était son imprésario personnel et se
penchait sur chaque contrat avec l'œil affûté de ceux qui ont
longtemps ramé.

— Harry! s'exclama-t-il. Ça boume, mon vieux ? — Il ne
lui avait pas fallu longtemps pour apprendre le parler du
milieu. — Alors ? Tu as repensé à notre affaire ?

Le nommé Harry y avait manifestement repensé. Ils ne
parlèrent que quelques minutes et se mirent d'accord pour un
déjeuner.

— Tu me marques un rendez-vous au *Palm,* mercredi à
midi et demi, dit-il à Unity tout en raccrochant.

Elle ouvrit un grand carnet de rendez-vous et nota.

Il se pencha par-dessus le bureau.

— Comment ça va ?

— Super, répondit-elle d'un ton guilleret.

Ça avait, effectivement, l'air d'aller. Beaucoup mieux que quand il l'avait débusquée dans ce bar cradingue où elle travaillait avant. Là, ça n'allait pas. Pas du tout.

Ça datait du mois dernier. En s'éveillant, Wes se rappela soudain qu'elle lui avait donné l'adresse de son job, le *Tito's,* un bar de Hollywood Boulevard. Il se dit qu'il pourrait aller y jeter un coup d'œil, récupérer les mille dollars qu'il lui avait confiés et voir comment elle allait. Avec un peu de chance, il pourrait peut-être aussi retrouver son chien.

Silver devait parader dans un défilé de mode au profit d'une œuvre de bienfaisance. Il traînailla en attendant son départ. Elle lui avait demandé de venir la voir.

— Pas question, avait répondu Wes. Je trouve les femmes ennuyeuses à regarder quand elles sont habillées.

— Tu es un affreux macho, avait-elle déclaré en souriant affectueusement.

A la vérité, elle se moquait qu'il soit là ou non pour la voir défiler. Ce qui intéressait Silver, c'était que Wes soit là quand elle rentrerait à la maison.

A peine fut-elle partie qu'il sauta dans la Rolls, et en route pour Hollywood. Il remonta lentement le boulevard, scrutant les vitrines des établissements borgnes, et finit par trouver le *Tito's,* remarquablement situé entre un cinéma porno et un sex-shop. Charmant voisinage.

Il n'était pas chaud pour garer la Rolls devant un parcmètre, en pleine rue. Il continua donc jusqu'au parking suivant et donna dix dollars au gardien mexicain pour qu'il surveille tout particulièrement la voiture. L'homme le regarda avec des yeux ronds et l'air de se demander s'il n'avait pas affaire à un fou.

— Écoute, mon pote, si tu n'es pas intéressé, je récupère mon pèze.

— Si si, assura le Mexicain, yé la sourveille, yé la sourveille.

— Tu as intérêt, fit Wes, menaçant. Si j'y trouve la moindre éraflure en revenant, je te coupe les couilles en rondelles et je les hache menu pour en farcir une enchilada [1].

Il se dirigea d'un bon pas vers le *Tito's,* dépassant le sex-shop. Il y serait bien entré pour acheter un petit cadeau pour Silver — par exemple un soutien-gorge à bonnets découpés au bout — mais il maîtrisa son envie.

Wes Money avait, en son temps, fréquenté bon nombre de

1. Crêpes mexicaines fourrées de viande hachée et de piment.

bars sordides mais celui-ci dépassait de loin tout ce qu'il pouvait connaître ou imaginer. Le barman faisait penser à un malfrat récemment échappé du bagne et les clients — au nombre de six — à ses compagnons de cellule. Derrière une caisse enregistreuse antique et délabrée trônait une vieille qui aurait pu être la grand-mère de Mae West, avec longue perruque platine et toute la panoplie.

— C'est cinq dollars de droit d'entrée pour le spectacle, annonça-t-elle.

— Quel spectacle?

— Si vous voulez mater, faut payer, répondit la vieille.

Il pêcha dans sa poche un billet de dix, qu'il tendit. Comme il attendait sa monnaie, la vieille jument déclara en grattant des seins flétris vaguement couverts par une robe d'un rouge douteux :

— C'est deux consommations minimum.

Derrière son bar, l'évadé du bagne le détaillait d'un œil méfiant.

Il se jucha sur un tabouret et demanda une bière. Il savait par expérience que, dans ce genre d'endroit, mieux valait commander des boissons qui ne pouvaient pas être baptisées.

Une femme aux traits ingrats, avec des cheveux teints en jaune et des bas résille sous une mini de simili-cuir noir, surgit du néant et s'assit sur le tabouret voisin. Elle fouilla dans son sac et en sortit une cigarette qu'elle se vissa au coin de la bouche. Puis elle se tourna vers Wes avec une expression qu'elle devait juger des plus provocantes et produisit une suite de borborygmes donnant approximativement :

— Ahédufeuziouplaît?

— Quoi?

— Du feu. Pour ma cigarette. Siouplaît.

Même à la pire époque de la déchéance, Wes n'aurait jamais accordé un second regard à celle-là. Mais, courtois, il lui fournit du feu avec son briquet Gucci en or massif. Encore un cadeau de Silver. La créature téta le filtre de sa cigarette jusqu'à ce que l'autre extrémité rougeoie.

— Je cherche une fille qui s'appelle Unity, dit Wes. Je crois savoir qu'elle travaille ici.

— Qui vous a dit ça?

— C'est elle.

— Quand?

— Il n'y a pas longtemps. Alors, elle travaille ici?

La fille eut un vague haussement d'épaules.

— C'est pas à moi qu'y faut demander ça.

Se penchant par-dessus le rade, Wes héla le barman.

— Vous avez une fille qui s'appelle Unity ici ?

— C'est de la part de qui ?

— Merde ! lança-t-il d'une voix forte. C'est quoi cette turne où tout le monde veut qu'on montre patte blanche ? Le commissariat du quartier ? Elle bosse ici ou non ?

Le bagnard tendit le doigt vers une porte au fond de la salle.

— Cabine deux.

Wes avala une gorgée de bière puis glissa au bas de son tabouret et se dirigea vers la porte qui s'ouvrait sur un couloir sombre et puant. Trois fenêtres, séparées les unes des autres par des parois comme celles qui séparent les pissotières, étaient alignées le long du mur. Accroupi devant la dernière, un homme s'adonnait visiblement à une activité censée rendre sourd et que les gens de bien pratiquent rarement hors de chez eux. S'efforçant de l'ignorer, Wes s'arrêta devant ce qu'il croyait identifier comme la cabine deux. La vitre était masquée par un écran bien opaque et un panneau invitait le client à glisser deux dollars dans une fente prévue à cet effet. Wes paya, l'écran se releva.

Unity fit son apparition, de l'autre côté de la vitre. Il eut du mal à la reconnaître. Ce n'était vraiment pas la même fille. Son petit visage fin était caché sous des couches de maquillage, les petites lunettes rondes étaient au vestiaire et elle portait une perruque jaune paille à la Tina Turner qui, sur elle, était parfaitement ridicule.

Elle avait une jupette rouge brillante, un tee-shirt moulant et des bottines de plastique blanc.

Avec l'enthousiasme d'un contribuable remplissant un chèque pour le percepteur, elle entreprit de se débarrasser de l'ensemble, dévoilant un corps pathétiquement menu, uniquement paré d'un minuscule soutien-gorge et d'un cache-sexe léopard.

Wes essaya d'attirer son attention. Stupide élan pour lui faire savoir qu'il était là et qu'elle n'avait plus besoin de se livrer à cette pantomime dégradante. Mais la vitre à travers laquelle il la voyait était manifestement une glace sans tain.

— Merde de merde, grommela Wes en voyant qu'elle envoyait valser le soutien-gorge.

Presque aussitôt, la minuterie arriva en bout de course et l'écran se rabaissa.

Wes ressortit et se dirigea vers le bar.

— Je n'ai pas demandé à la voir, dit-il au forçat de service. Je veux lui parler.

— A qui ?

— A Unity, nom de Dieu !

— Elle termine à trois heures.

— Il faut que je lui parle *maintenant*.

Le barman se racla la gorge et détourna un instant la tête pour expédier un glaviot musclé sur le sol.

— C'est faisable, annonça-t-il, mais ça va vous coûter.

— Ça, j'ai compris. Ici, tout coûte. Vous êtes sûr qu'on n'a pas à payer pour péter ?

A l'issue d'une courte discussion, ils tombèrent d'accord sur le tarif de l'opération et le barman partit la chercher. Unity. La petite femme nerveuse qui avait été sa voisine. Jamais il ne l'aurait imaginée dans la peau d'un modèle de peep-show. Il était persuadé qu'elle travaillait comme serveuse.

Elle arriva quelques minutes plus tard, l'air renfrogné, portant une longue veste de laine par-dessus sa tenue de strip.

— Tu me remets ? demanda Wes.

Elle tomba en arrêt et le fixa d'un œil plein de stupeur et aussi d'insolence. Sans lui laisser le temps d'en dire plus, elle débita d'une voix précipitée :

— J'ai claqué l'argent. Je pensais ne plus jamais te revoir. Et puis, vu la façon dont ils m'ont tabassée, j'estime que je ne l'ai pas volé.

— Quoi ! s'exclama-t-il, outré. Tu as claqué *mon* argent ?

Il lui en aurait volontiers fait cadeau, ce n'était pas le problème, mais le fait qu'elle l'ait dépensé sans rien demander le mit hors de lui.

— Il fallait bien que je me casse, hein ! Qu'est-ce que j'aurais dû faire, à ton avis ? Attendre qu'ils reviennent ?

— Que *qui* revienne ?

— Tes copains les dealers, tiens ! Tu aurais dû m'avertir que ce fric venait d'un deal de came !

— Mais pas du tout.

— Hé, fit Unity. Pas de ça avec moi ! Je ne suis pas aussi naïve que tu as l'air de le croire.

— Je te dis que cet argent ne venait pas d'un deal de drogue !

Elle haussa les épaules.

— De toute façon, peu importe, je l'ai claqué et tu ne peux rien y changer.

Elle le fixait toujours, semblant le défier de faire quelque chose.

Il secoua la tête.

— Tu es une sale voleuse.

— Et toi, qu'est-ce que tu es ? Un petit saint, peut-être ?

— Merde, ça suffit !

— Tu as raison, ça suffit. Bon, je me tire. Il faut que je gagne ma croûte, au cas où tu ne l'aurais pas compris.

— Belle façon de la gagner. Se mettre à poil devant des artistes de la branlette...

— Ouais, je ferais peut-être mieux de me mettre au deal de came. Ça rapporte plus, pas vrai ?

Les regards devinrent venimeux.

— Où est Mutt ? demanda Wes.

— Chez moi.

— Je veux le récupérer.

— Sûrement pas.

— Je suis très bien logé, maintenant. Je voudrais le prendre.

— Tant mieux pour toi, mais je le garde.

Bon Dieu mais qu'elle était pénible avec sa coquetterie dans l'œil et sa perruque démente ! Elle lui avait étouffé mille dollars, refusait de lui rendre son chien et, apparemment, n'en éprouvait pas le moindre remords.

— Pourquoi tu travailles dans cette espèce de boxon ?

— Pour payer mon loyer, cette blague !

— Si tu me rends Mutt, je te donne cinquante dollars.

— On joue les grands seigneurs ? ricana Unity.

— De toute façon, ce chien m'appartient pour moitié, insista Wes d'un ton scandalisé. J'ai des droits sur lui !

Sans bien comprendre pourquoi, il éprouvait tout à coup un besoin viscéral de récupérer ce chien.

— Porte plainte, lui conseilla Unity, narquoise.

C'était peut-être la perruque, ou l'endroit, mais elle lui faisait l'impression d'être complètement différente de la Unity qu'il avait connue naguère. Soudain, il lui vint à l'esprit qu'elle était peut-être shootée.

— Tu marches à quoi ? demanda-t-il.

— Fais pas chier !

Lui saisissant le bras, il releva brusquement la manche de sa veste de laine. Dans le mille. Il vit ce qu'il cherchait : une kyrielle de traces de piqûres.

— Cette charmante petite habitude date de quand ?

— Qu'est-ce que ça peut te foutre ?

— Je crois comprendre que mes mille billets verts t'ont servi à acheter de la drogue, voilà ce que ça peut me foutre !

Elle le regarda avec morgue et précisa :

— Si tu veux tout savoir, ils m'ont permis de commencer. Quand tes chers amis sont venus et m'ont tabassée comme des malades, j'ai été obligée de partir de chez moi. C'est là que je me suis dit : « Pourquoi pas ? » Pour une fois, j'avais les moyens de me shooter.

Il se sentit immédiatement responsable. Il ne fit rien ce jour-là mais il revint deux fois voir Unity, lui parla et, finalement, lui proposa de laisser tomber ce job pourri pour devenir sa secrétaire.

Elle s'en étrangla de rire.

— Tu as besoin d'une secrétaire ! Qu'est-ce que c'est que ça ?

— J'ai épousé du beau linge, Unity. Je suis le mari de Silver Anderson.

— C'est ça, mec... Et moi, je couche tous les soirs avec Don Johnson.

Ce ne fut pas facile de la convaincre mais il y mit le paquet. Unity avait toujours ce côté gamine paumée qui le touchait tant. Il avait lui-même eu une chance extraordinaire et il voulait qu'elle en profite un peu. Il avait envie de l'aider à se remettre sur les rails.

Il lui offrit une cure de désintoxication dans une clinique spécialisée, puis le travail de secrétaire.

— Il faudra raconter à Silver que tu es ma cousine, dit-il. Je n'ai pas envie qu'elle me pose mille et une questions.

Trois semaines plus tard, elle entrait dans ses nouvelles fonctions. C'était la Unity qu'il avait connue. Calme, l'air d'une enfant sage, avec ses petites lunettes rondes, son visage à peine maquillé et ses cheveux châtains tirés en arrière.

Tout semblait bien se passer.

— Coupez ! dit le metteur en scène de *Romance*.

— Impeccable, annonça le premier assistant.

Silver se retira vers sa loge, suivie de son entourage personnel : Nora, qui maintenant travaillait exclusivement pour elle, Fernando, son coiffeur, Raoul, son maquilleur, et Iggi, sa styliste et habilleuse.

L'accession au rang de star de cinéma était synonyme de grand luxe. Comparé au labeur monotone et quotidien de la télévision, c'était l'extase. Et Silver y trouvait son épanouissement.

Elle avait une loge luxueusement meublée et qui faisait trois fois la taille du trou à rat offert par la City Television pour le tournage de *Palm Springs*. Mais c'en était fini du trou à rat. Grâce à Zeppo, un homme qui avait le bras long et un sacré sens des négociations. Elle avait vraiment bien fait d'écouter Wes et de confier ses intérêts au tout-puissant

Zeppo White. Certes, Quinne Lattimore avait accusé le coup. Mais comme l'avait fait observer Wes, « *business is business* ». Comme elle n'avait jamais signé de contrat d'exclusivité, elle était libre de faire ce qu'elle voulait. Cela ne les avait pas empêchés d'indemniser généreusement Quinne Lattimore pour faire passer la pilule.

Goodbye Quinne, salut Zeppo.

Wes s'était occupé de régler les détails.

Zeppo avait regardé le contrat de Silver avec la City Television et avait manqué en faire une attaque.

— De l'exploitation éhontée ! De l'esclavagisme ! avait-il crié. Les gens qui t'ont fait signer cette chose devraient être fusillés.

Il savait pertinemment que « ces gens » n'étaient que Quinne Lattimore. Au début, elle se sentit ennuyée pour Quinne mais quand Zeppo et Wes lui montrèrent à quel point on s'était moqué d'elle, tant sur le plan des cachets que sur celui des à-côtés, elle cessa d'avoir des remords.

Un jour, Wes la prit à part.

— Pas de panique et écoute-moi. Zeppo est en train d'essayer de casser ton contrat avec la City Television.

Elle reçut la nouvelle comme un coup de matraque sur la tête. Tourner trois jours par semaine pour *Palm Springs* était indiscutablement un travail d'esclave mais qu'allait-elle devenir si elle le perdait ? *Romance* ne durerait pas éternellement et elle n'avait rien d'autre en vue.

— Mais ça me plaît de faire *Palm Springs !* s'empressa-t-elle de protester. Et si Zeppo peut m'obtenir des cachets plus élevés...

— *Palm Springs* a servi à te remettre dans le circuit, à refaire de toi une star, expliqua Wes. Maintenant, tu n'en as plus besoin. Zeppo peut te trouver autant de travail que tu en voudras. Il est déjà en train de négocier avec la N.B.C. Et il parle gros sous, très gros sous. Il y aussi un enregistrement de disque en vue, des publicités, des marques qui désirent utiliser ton nom. Silver, je ne sais pas si tu te rends compte de ce qu'on peut ramasser.

— Tu es sûr ? demanda-t-elle avec inquiétude.

Comme beaucoup de gens du spectacle, elle manquait de confiance en elle quand il s'agissait de se projeter dans l'avenir.

— Évidemment que je suis sûr. Sinon, tu crois que je prendrais cette position ? Zeppo veut tout t'expliquer lui-même mais j'ai pensé qu'il valait mieux que je te prépare en te brossant un tableau d'ensemble des projets.

La conversation avait eu lieu trois mois plus tôt et, au cours de ces trois mois, Silver avait vu se réaliser tout ce que Wes et Zeppo avaient promis. En ce moment, elle se trouvait juste au milieu du tournage de *Romance*. Comme prévu, Zeppo avait dénoncé son contrat avec la City Television. Comment il avait réussi ce tour de force, elle n'en avait aucune idée. Mais la plus grande victoire de Zeppo était de lui avoir décroché une participation spéciale dans *Palm Springs,* quatre fois par an à la convenance de Silver. Et pour ces quatre semaines de tournage, ils allaient lui verser une somme équivalente à celle qu'ils lui payaient naguère pour un an de travail !

Incroyable !

Wes avait plus que raison. Passer chez Zeppo était la deuxième décision géniale qu'elle ait prise dans sa vie. La première étant de s'être mariée avec lui. Contrairement à ce que tous prétendaient — « Ce type-là va te mettre sur la paille, te voler tout ce que tu possèdes et se tirer » —, Wes se révélait être un fondé de pouvoir compétent et efficace. Il faisait tout pour qu'elle gagne le maximum d'argent. Et il surveillait de très près tous ses intérêts. Banque, placements, comptabilité, impôts, etc. Elle continuait à payer de soi-disant spécialistes pour le faire mais Wes mettait son nez partout, vérifiait qu'ils s'en occupaient convenablement et ne la volaient pas.

Quel bonheur d'avoir un homme à la maison ! Elle ne voulait pas savoir d'où il venait ni ce qu'il avait fait dans sa vie passée, elle lui faisait confiance et se trouvait satisfaite comme ça.

Ils avaient leurs scènes, naturellement. Des joutes à qui hurlerait le plus fort. Mais, après les échanges d'insultes les plus cinglantes, les réconciliations étaient tellement savoureuses. Wes était l'amant qu'elle avait recherché toute sa vie. Un animal racé et puissant. Un vrai homme.

Dernièrement, il lui avait amené une cousine et un chien miteux. Elle n'avait pas été vraiment enchantée de les voir s'installer avec eux. La fille était inexistante, le chien infect.

Wes les avait pratiquement imposés tous les deux.

— Elle est la seule famille qui me reste, avait-il déclaré d'un ton ferme. Donne-lui une des chambres de bonne. De toute façon, elles sont inoccupées.

Comment aurait-elle pu refuser ? Wes faisait tant pour elle. Et, finalement, Unity se révéla bien utile. Elle était discrète, donnait satisfaction et ne dérangeait pas le monde.

Le chien, c'était une autre histoire. Elle détestait les chiens. Tous les chiens. Avec une haine plus féroce encore pour les bâtards de race indéterminée.

Quand le tournage de *Romance* fut achevé, le travail

démarra pleins gaz pour la préparation de l'émission spéciale Silver Anderson. Elle avait aussi en perspective un album de vieilles chansons de revues et une publicité pour le parfum Savvy.

L'argent rentrait à la pelle. Silver n'avait que des sujets de satisfaction, sauf sur le chapitre Zachary Klinger, qui refusait purement et simplement de la laisser tranquille. Il la poursuivait sans relâche et ses attentions inopportunes commençaient à lui taper sur les nerfs.

Jusqu'à présent, elle avait réussi à tenir Wes en dehors de tout. Mais ça n'avait pas été facile. Chaque jour, Zachary la noyait sous des gerbes de roses. Heureusement, il les envoyait au studio. C'était également là qu'il lui faisait parvenir de coûteux bijoux, qu'elle faisait régulièrement réexpédier par Nora.

Parfois, il lui arrivait même de venir sur le tournage. Après tout, c'était un film Orpheus. Et Orpheus lui appartenait...

Elle veillait soigneusement à ne jamais se trouver seule avec lui. Mais elle connaissait Zachary. Quand il voulait quelque chose, ou quelqu'un, il n'abandonnait jamais. Or il voulait Silver Anderson.

L'idée de tout révéler à Wes l'effleura mais elle décida qu'il valait mieux se taire. Dresser Wes Money contre Zachary Klinger, c'était dresser le pot de terre contre le pot de fer.

Elle ne pouvait qu'attendre, en espérant que Zachary disparaîtrait discrètement pour rejoindre les ombres du passé.

69

Jade Johnson était partout. Ou, à proprement parler, le visage de Jade Johnson était partout. Elle contemplait Sunset Boulevard, du haut de deux panneaux géants. Elle était dans tous les journaux. Dans tous les grands magasins, son portrait plus grand que nature décorait le rayon des produits Cloud. La série de pubs télé, surprenantes, provocantes, drôles, avait un impact énorme partout où elle était diffusée et faisait d'elle le symbole de la femme des années quatre-vingt.

En très peu de temps, sa notoriété fit un bond inimaginable. Et, pour la première fois, elle envisagea sérieusement de pousser un peu plus loin le bouchon. Orpheus, par le truchement de Howard Soloman, la couvrait de propositions plus mirifiques les unes que les autres. Plus elle refusait, plus

Il montait ses offres. Soloman était même allé jusqu'à lui proposer de faire ses débuts dans une histoire de son choix. Et pour un cachet plus qu'alléchant.

Bien que ne se considérant pas comme une actrice, Jade n'était pas idiote et savait qu'une chance pareille n'arrive qu'une fois dans une vie. Elle avait lu un livre intitulé *Married Alive*, dont le personnage principal était une jeune styliste de mode qui tombait amoureuse d'un homme marié. Le ton de l'ouvrage était celui de la comédie plus que de la tragédie et, si les droits d'adaptation cinématographiques étaient accessibles, le sujet pouvait paraître tentant.

Beverly D'Amo la poussait à rencontrer Zeppo White.

— Il faut que tu sois chez un bon agent, insistait-elle. Et Zeppo me paraît tout indiqué. Regarde ce qu'il fait pour moi !

Beverly tournait actuellement dans *Romance* avec Carlos Brent et Silver Anderson. Ensuite, elle devait jouer dans *The Murder* un rôle ajouté au scénario spécialement à son intention.

Jade était d'accord. Il importait d'être bien représentée. Aussi convint-elle d'un déjeuner avec Zeppo White au *Palm* sur Santa Monica Boulevard.

Il se leva d'un bond quand elle entra dans le restaurant.

— Eh bien, jeune fille, vous avez pris votre temps !

— Je le prends toujours, répondit-elle sans s'émouvoir.

Il poussa un gloussement. Les belles femmes l'avaient toujours émoustillé. Surtout les belles femmes qui avaient une forte personnalité.

— Ainsi vous voulez devenir star de cinéma. . attaqua-t-il, l'air pensif.

Elle secoua la tête.

— Rectification, monsieur White : on me propose de le devenir. Personnellement, ce qui m'intéresse, c'est de gagner assez d'argent pour m'acheter une île déserte, pour que, quand le foutoir sera trop insupportable sur la terre des hommes, je puisse me tirer et faire ce que bon me semblera.

Il gloussa de nouveau.

— Ça me plaît, ça ! Vous me plaisez ! Dites-moi ce que ces voleurs vous ont proposé et je leur ferai cracher le double !

Elle hocha la tête.

— Puisque vous prenez dix pour cent, c'est bien le moins que j'attends !

Tout bien pesé, Beverly D'Amo était enchantée de la façon dont sa carrière avançait. Deux films signés et beaucoup plus en perspective si elle conservait les faveurs de Zachary Klinger. Or elle ne voyait pas de raison de les perdre. Il était facile à satisfaire. Dérangé, ça oui, mais... elle en avait connu d'autres dans son jeune temps.

Le truc de Zachary, c'était de la culbuter sous l'œil attentif de deux belles vénales. Bien sûr, Zachary et elle devaient, auparavant, observer les deux filles, ce qui pouvait avoir un côté un peu fastidieux quand on ne participait pas aux ébats. Mais Zachary adorait ça. A quoi bon lui gâcher son plaisir ?

Beverly n'avait jamais imaginé qu'elle obtiendrait un jour pareille promotion en se faisant culbuter. Après deux ans et demi de galère à Hollywood, elle avait décidé de frapper fort. Elle avait mis dans le mille avec Zachary Klinger. On ne pouvait pas rêver protecteur plus puissant que celui-là.

Leur contrat était simple. Elle faisait tout son possible pour lui. Il faisait tout son possible pour elle. Plutôt équitable.

Le seul point noir pour Beverly était qu'il lui demandait de recruter les call-girls. Pas évident. D'autant qu'il en exigeait de nouvelles à chaque fois, toutes pourvues d'un certificat médical attestant leur bonne santé. Pourtant, il ne les touchait jamais. Il ne les approchait même pas.

Beverly commençait à envisager sérieusement de se faire faire un paquet de faux certificats médicaux en blanc. Il ne s'en apercevrait pas et elle aurait ainsi beaucoup moins de mal à dénicher des filles.

La première fois qu'ils avaient couché ensemble, il lui avait aussi réclamé un certificat, à elle, Beverly D'Amo. Il s'en était fallu de peu qu'elle lui réponde d'aller se faire foutre, avec son contrat. Quelle humiliation !

Elle se félicitait de l'avoir acceptée. Quand Zachary avait acheté une énorme propriété sur Carolwood Drive à Holmby Hills, il l'avait invitée à s'y installer avec lui. Elle avait apprécié. C'était sa façon à lui de montrer qu'il se souciait d'elle. Peu d'hommes dans sa position auraient invité une femme noire à partager leur domicile. Zachary s'en moquait. D'une certaine façon, elle se prenait à l'aimer, malgré ses travers, pour cette façon d'être.

Elle avait sa propre chambre, sa propre bonne et sa propre Rolls. Quand il recevait — chose rare, il faut bien le dire —, c'était elle qui jouait officiellement le rôle de la maîtresse de maison. Elle goûtait le privilège de ce rôle autant que le travail et le standing qu'elle devait à Zachary.

Un rôle bien différent de celui qu'elle avait eu l'habitude de jouer pendant son enfance.

C'était l'heure creuse sur Rodeo Drive lorsque, après le déjeuner, Jade entra chez Lina Lee. Elle dépensa trois mille dollars en vêtements puis se demanda avec un brin de culpabilité si elle n'était pas en train de se laisser contaminer par le style hollywoodien.

Et puis après tout, c'est mon fric, songea-t-elle avec morgue *Ce n'est pas la même chose que si je claquais la paye durement gagnée par un pauvre mari.*

Elle aimait les vêtements et, ces derniers temps, entre ses prestations personnelles et les talk-shows télévisés, il lui avait fallu chaque jour une tenue différente. A New York, on lui donnait très souvent des articles vestimentaires simplement pour qu'elle les porte et que les gens lui demandent d'où ils venaient.

La débauche d'achats était une façon de fêter la conclusion d'un accord. Elle avait demandé à Zeppo White de la représenter auprès d'Orpheus. Et, si tout allait comme prévu, elle tournerait dans un film. Il eût été stupide de ne pas mener ce projet à bien.

— Jade !

Elle se retourna et ne reconnut pas celle qui l'avait apostrophée, une petite femme blonde en salopette de couleur pêche avec des lunettes noires sur le nez et, au bout du bras, une petite fille habillée exactement comme elle.

— Poppy, lui rappela-t-elle. Poppy Soloman. Vous deviez m'appeler pour qu'on déjeune ensemble. Vous avez oublié ?

— Ah, mais oui, bien sûr, répondit Jade avec un sourire tout en fouillant frénétiquement dans ses souvenirs.

— Et voici Roselight Soloman, poursuivit Poppy. Elle n'est pas mignonne, ce petit bout de chou ? Tout le monde dit que c'est mon portrait craché. Moi, personnellement, je lui trouve aussi un peu de Howard. Vous ne pensez pas ?

Mme Howard Soloman. O.K. Elles s'étaient rencontrées chez *Mortons* le soir où Beverly avait sauvagement dragué Zachary Klinger.

— Elle est adorable, dit gentiment Jade.

La fillette n'était pas adorable du tout. Elle était grassouillette, comme sa maman, avec un petit visage éveillé mais vilain comme tout.

— Quel âge a-t-elle ? s'enquit Jade, histoire de ne pas en rester là.

— Elle aura quatre ans dans deux semaines.

Poppy marqua un temps puis ajouta d'un air détaché :

— Nous envahirons Disneyland pour l'occasion.

— Euh... oui... Quelle idée originale !

— Que voulez-vous, confia Poppy, les enfants se lassent tellement de tout de nos jours... L'année dernière, nous lui avions fait dresser un chapiteau de cirque dans le jardin avec des clowns et des bêtes. Cette année, elle espère mieux, c'est logique.

— Bien sûr, approuva Jade en cherchant désespérément une échappatoire.

— Dites-moi, reprit Poppy avec fermeté, pendant que je vous tiens... Je serais absolument ravie de vous inviter à déjeuner. Quel jour pourriez-vous vous libérer ? Et pas de dérobade. Je vous laisse le choix de la date.

— Je ne sais pas vraiment quand je pourrai...

— Lundi ?

— Non.

— Mardi ?

— Non, impossible.

— Alors, mercredi ?

— Mercredi... Attendez que je réfléchisse... euh...

— Très bien, va pour mercredi, décréta arbitrairement Poppy. Une heure moins le quart au *Bistro Garden*. Et aucune excuse ne sera admise. J'inviterai quelques bonnes copines. Y a-t-il quelqu'un que vous aimeriez avoir ?

— Euh... Beverly D'Amo..., bredouilla Jade.

Poppy laissa échapper un rire lourd de sous-entendus.

— Une drôle de dame, celle-là, hein ? Quoi que « dame » n'est peut-être pas le qualificatif qui lui convient...

Jade sursauta.

— C'est-à-dire ?

— Envie pipi, coupa Roselight d'un ton pathétique.

— Patiente un tout petit peu, dit sèchement Poppy.

Son nez d'arriviste mondaine flairait des problèmes.

— Eh bien ? insista Jade.

Poppy avait du réflexe et récupéra vivement la gaffe en répondant avec un grand sourire :

— Je veux dire que c'est un personnage. Un personnage charmant et tellement original. Et quelle comédienne ! Un talent fou. Howard est emballé par les rushes de *Romance*.

Jade s'apaisa.

— Bien, je dois vous quitter, dit-elle. J'ai à faire.

— Moi aussi. Ah, les occupations... Il n'y aura jamais assez de vingt-quatre heures dans une journée. A mercredi !

Soudain, un étrange glouglou attira leur attention.

C'était Roselight qui n'avait pu retenir le pipi annoncé, lequel s'égouttait sur le sol à travers le tissu de la salopette.

La tête de Poppy était un spectacle à elle seule. L'incarnation de l'horreur sans mélange. Jade se tint les côtes pendant tout le chemin de retour.

— Où est ta sœur? demanda Norman Gooseberger.

Corey consulta sa montre.

— Elle sera là dans huit minutes exactement. Jade a toujours dix minutes de retard pile. Jamais plus, jamais moins.

— Pas comme son petit frère, dit Norman avec un sourire. Toujours parfaitement ponctuel, toujours parfaitement correct.

— Correct, ça se discute, répliqua Corey.

Leurs regards se croisèrent, se fondirent l'un dans l'autre et leurs yeux dansèrent, échangeant des choses muettes et très confidentielles.

— Tu sais, reprit Norman, c'est la première fois de ma vie que je suis fidèle aussi longtemps.

— C'est vrai?

— C'est vrai.

Ils continuèrent à se regarder. Un long regard soutenu qui disait beaucoup en se passant de mots.

Pour la première fois de sa vie, Corey se sentait parfaitement à l'aise avec lui-même. Pendant des années, il avait été contraint de vivre dans le mensonge. Maintenant, avec Norman, il se sentait libre. Norman assumait parfaitement son homosexualité. Un jour, il avait confié à Corey :

— Je m'en suis rendu compte quand j'avais quatorze ans. Un an plus tard, je l'ai dit à mes parents. D'abord, ils ont complètement flippé. Et puis, petit à petit, ils se sont habitués.

Corey avait hoché la tête. Mais lui, il ne pouvait pas en parler à ses parents. Totalement exclu. Leur seul sujet de conversation, c'était Jade, la merveilleuse Jade qui avait si bien mené sa barque. Ce n'était pas facile d'arriver en deuxième position dans une famille habituée à la réussite totale.

Jade entra dans le restaurant, provoquant les mouvements de têtes et les commentaires habituels. Elle embrassa Corey sur les deux joues puis fit de même avec Norman. Après le choc initial, elle avait accepté l'homosexualité de son frère. Si elle-même avait soudainement envie de virer sa cuti, elle n'admettrait pas que Corey s'estime en droit de la juger.

— J'ai vu Zeppo White au déjeuner, annonça-t-elle, et je

lui ai donné le feu vert pour négocier en mon nom avec Orpheus.

Norman applaudit.

— Bravo ! Tu vas être notre prochaine cliente. B & B a signé avec Orpheus la semaine dernière.

Elle le tempéra d'un sourire.

— Doucement, doucement, nous n'y sommes pas encore !

— Tu devrais réclamer nos services de toute façon, insista Norman en bon vendeur qu'il était.

— Là-dessus, d'accord, admit-elle. J'ai vu les gens de chez Cloud cette semaine et je crois les avoir convaincus de confier le service de presse de leur campagne à B & B.

— Fantastique ! s'exclama Norman.

— Génial ! lança Corey en écho.

Il se demandait, toutefois, de quel œil il devait considérer la perspective de voir Jade travailler avec Norman. Elle avait la sale manie de s'approprier ses amis. Oh, elle ne le faisait pas exprès mais ça ne ratait jamais. Corey aimait énormément sa sœur mais il était fatigué de toujours vivre dans son ombre.

Le dîner passa. On bavarda à bâtons rompus, échangeant les petites histoires de Hollywood. Jade raconta sa rencontre avec Poppy Soloman et Roselight, ce qui fit hurler Norman de rire.

Norman, pour sa part, avait quelques savoureux potins à rapporter sur le compte de Whitney Valentine et Chuck Nielson.

— Ils passent leur temps à s'entre-déchirer, dit-il. Il est tellement jaloux et elle est tellement prête à tout pour arriver. Ils incarnent le couple hollywoodien que j'ai toujours rêvé de représenter. Ils rompent régulièrement tous les dix jours pour se rabibocher aussitôt. Les journaux à cancans comme *True Life Scandal* iraient à la faillite sans eux !

Corey, qui n'avait aucun client passionnant, se contenta de les écouter et de noter la familiarité croissante qui s'établissait entre eux. Au bout d'un moment, Norman demanda avec hardiesse :

— Et toi ? La vie amoureuse, qu'est-ce que ça donne ?

— C'est le calme plat, répondit très simplement Jade.

Depuis la rupture avec Mark, elle ne s'était senti aucune attirance particulière. Et, contrairement à son amie Beverly, elle ne couchait pas avec n'importe qui simplement pour dire que la machine tournait. Elle l'avait fait, l'année de ses vingt-deux ans. Elle se souvenait de cette époque, qu'elle appelait sa période sauvage, avec des sentiments mitigés. Elle ne comptait pas le nombre de garçons qui étaient passés entre ses bras au cours de ces quelques mois et aucun ne lui avait laissé de souvenir marquant. Ça lui avait suffi pour comprendre que coucher pour coucher n'avait rien de tellement satisfaisant. Le sexe n'avait d'intérêt que quand il y avait une relation derrière.

Norman insista, un peu lourdement :

— Ça veut dire que tu ne sors avec personne ?

— J'ai des tas d'amis, éluda Jade.

Norman avait compris.

— Oh là là, mais il va falloir qu'on te déniche le gros lot. Elle rit.

— Délicate attention mais je ne joue pas à la loterie.

Dans la voiture qui les ramenait chez eux après le dîner, Norman ne tarit pas d'éloges sur la formidable sœur de Corey. Il connaissait le refrain. Il l'avait entendu toute sa vie. Mais que Norman s'y mette aussi, ça faisait un peu beaucoup.

Ils finirent la soirée en se disputant pour une broutille et Corey alla dormir sur le divan.

Deux jours plus tard, Norman et Jade déjeunaient seuls. Déjeuner d'affaires, Norman avait des projets pour elle et désirait les lui présenter.

Elle examina attentivement ce qu'il avait à lui proposer et fut séduite par ses idées.

— Tu sais que je ne peux rien faire sans l'accord de Cloud. Pour le moment, je suis liée par contrat.

— Ne t'en fais pas. Tout ce que je propose les fera sauter de joie. C'est une pub fantastique pour leur produit. Car, il faut bien le reconnaître, tu es leur produit.

Elle fit la grimace.

— Eh bien, merci !

— Je voulais dire que le produit, c'est toi.

— Je me demande si je préfère.

Elle avait rarement vu un homme avec des cheveux aussi noirs et aussi bouclés. Ni avec un sourire aussi séduisant. Elle se surprit à se demander si Norman avait toujours été gay.

— Comment ça va pour Corey ? demanda-t-elle incidemment.

— Bien. Il est heureux. — Un silence lourd de sens, puis : — Je le rends heureux, si tu veux savoir.

— Je te fais confiance, répondit-elle vivement.

Le fait d'aborder leur relation la mettait toujours vaguement mal à l'aise ; elle venait d'en prendre conscience.

— Quand viens-tu à la maison ? demanda Norman.

C'était ça qu'elle fuyait. Elle ne se sentait pas vraiment prête à leur rendre visite chez eux, dans leur intimité.

— Bientôt.

— Promis?

— Promis.

Après le déjeuner, elle rentra à son appartement, se mit en bikini et alla lézarder une heure au bord de la piscine. Elle était seule. L'immeuble n'était occupé qu'à moitié et la plupart des locataires n'utilisaient la piscine que pendant le week-end.

Comme elle regagnait son appartement, elle entendit la sonnerie du téléphone. Elle ouvrit précipitamment et courut décrocher.

— Allô!

— Miz Johnson?

— Elle-même.

— Je suis Aretha Stolley de *Face to Face with Python,* vous savez, l'émission de Jack Python...

— Oui, bien sûr.

— Nous serions très heureux de vous avoir pour invitée et M. Python m'a suggéré de vous appeler moi-même. Il trouve cela plus simple que de passer par l'intermédiaire des agents, des imprésarios, etc.

— Vraiment?

— Tout à fait. Je dois d'ailleurs vous avouer que je lui donne entièrement raison. De cette façon, l'intéressé peut nous dire lui-même si c'est oui ou si c'est non. Les « oui », bien évidemment, sont beaucoup plus fréquents que les « non ».

Jack Python. L'idée de le revoir était fort séduisante maintenant que Lord Mark Rand était non seulement mort mais bel et bien enterré.

Elle répondit lentement, maîtrisant son émotion:

— Priez M. Python de me rappeler lui-même. — Elle laissa passer un temps de silence. — Et dites-lui... de le faire sans tarder.

70

Aretha raccrocha et poussa une petite exclamation ravie. Puis, prenant une voix grave, rauque et sexy, elle fit une assez bonne imitation de Jade:

— Priez M. Python de me rappeler lui-même. Et... dites à ce putain de bandeur en rut de le faire sans tarder...

— Quoi ! s'exclama sa secrétaire.

Aretha se mit à rire.

— Rien. J'ai simplement l'impression que notre Jack a encore fait une touche

— Avec qui ?

— Comme d'habitude, une dame classe, belle, célèbre et faite au moule ! Je me demande s'il en existe une seule qui ne soit jamais tombée dans ses filets.

La secrétaire eut un haussement d'épaules.

— Ne m'en parle pas...

Aretha mit le cap sur la salle de réunion avec un grand sourire. Elle se réjouissait de la liberté retrouvée de Jack, peut-être plus encore que l'intéressé lui-même. Chaque semaine, une nouvelle idylle naissait et, tout de même, il n'y avait que ça pour pimenter la vie ! Depuis sa rupture avec la mère pisse-vinaigre — c'était le surnom qu'Aretha avait donné à Clarissa Browning —, il avait remis ça avec encore plus de panache qu'autrefois.

— J'ai appelé Jade Johnson, lui annonça-t-elle.

Il frotta son menton mal rasé.

— Alors ?

— Alors elle demande que tu l'appelles toi-même.

Il fit l'indifférent.

— Pourquoi ça ?

— Comment veux-tu que je sache ? Peut-être qu'elle est intéressée par ta vieille carcasse décrépite. Je suis payée pour contacter le client, moi, pas pour le cuisiner.

D'un air détaché, Jack feuilleta des papiers qui se trouvaient devant lui.

— Elle est d'accord pour passer dans l'émission ?

— Il faut que tu l'appelles toi-même, je te dis !

Aldrich arriva et se mêla à la conversation :

— De qui qu'on cause ?

— Jade Johnson, répondit Aretha avec un gros clin d'œil.

— Ho là ! fit Aldrich. Vous êtes sûrs que cette souris est capable de faire autre chose qu'une heure de prime time ?

— Qu'est-ce que ça veut dire, ça ? demanda sèchement Jack. Que j'ai l'habitude de choisir des tocards ? Elle sera très bien.

En fait, il n'en avait pas la moindre idée. Mais bonne ou mauvaise, ce n'était pas l'important. Il voulait la revoir et, pour une fois, ça comptait plus que l'émission. Ces derniers mois, l'image de Jade l'avait hanté. Partout où il tournait les yeux, elle était là. Provocante et belle comme un défi.

Pourtant, il ne l'avait pas appelée. Il avait du mal à se l'expliquer. Peut-être était-ce parce qu'il avait besoin de laisser passer du temps entre Clarissa et sa prochaine liaison sérieuse.

La réunion terminée, il s'enferma dans son bureau et regarda un moment le téléphone. Ce soir, il sortait Kellie Sidney, une star blonde et débrouillarde qui produisait ses propres films, brassait l'argent par millions de dollars mais parvenait encore à ressembler à une étudiante fraîche et naïve.

Hier, il était en compagnie d'une chanteuse évaporée, avec des cheveux très noirs et un corps incroyablement mince.

Demain, c'était l'actrice française aux yeux gourmands et à la voix de rocaille.

Jack Python était vraiment très pris.

Toutes ces femmes, tous ces corps qui lui donnaient du plaisir sans pour autant le combler. Il se sentait bridé, comme tenu en laisse. Ce qu'il lui fallait, c'était quelqu'un avec qui il puisse s'envoler.

Il décrocha le combiné et se lança.

— Jade Johnson ?

— Elle-même.

— C'est Jack Python.

— Ah oui... Alors ? Comment vas-tu ?

Le ton était amical mais un peu réservé.

— Ça faisait longtemps.

— Oui, un bail.

— Las Vegas, c'est ça ?

— C'est ça.

Silence.

Long silence.

Merde ! Il se sentait dans la peau du dernier des couillons en train de se demander comment il allait s'y prendre pour sortir une nana !

— Euh... Eh bien, mon assistante t'a appelée, là, au sujet de l'émission ? demanda-t-il.

— Oui. Elle a téléphoné dans la journée.

— Bon. Tout ce que je te demande, c'est de me répondre oui ou non, de manière que je puisse faire mon planning.

— Ce qu'il y a, c'est que... — Long silence. — ... J'adore ton émission. Je ne la rate pratiquement jamais.

— Ça fait toujours plaisir, merci.

— Mais... bon... euh... Je ne pense pas être le genre d'invitée que... que tu recherches.

Il ne s'attendait pas à ça.

— Pourquoi ?

Elle hésita puis se jeta à l'eau :

— Franchement, je ne sais pas ce que je pourrais dire sur moi pendant une heure. Je sais que je suis un visage connu, même sûrement très connu, mais je suis convaincue que le public ne sait pas exactement qui je suis et, surtout, qu'il n'a pas vraiment envie de le savoir.

— Quelle modestie !

— Je pense ce que je dis.

— Écoute, Jade, je veux que tu fasses cette émission. Moi, je suis sûr que tu peux être très bonne. Tu ne veux pas tenter le coup pour moi ?

— Pour toi ? Pour que tu puisses me voir en train de me ridiculiser ?

— Bien sûr, railla Jack. Ce serait chouette de s'en payer une bonne tranche à tes dépens !

— Très peu pour moi !

— Je ne peux pas accepter un « non » sans appel. Est-ce que tu veux bien au moins y réfléchir ?

— Mmmm... Peut-être...

— Qu'est-ce que je dois faire pour que tu prennes la bonne décision ?

Elle avait en tête un tas de choses qu'il aurait pu faire. Mais elle n'était pas du tout disposée à faire le premier pas.

— Rappelle-moi la semaine prochaine, dit-elle.

C'était le moment de lui proposer de sortir. *Tu es toujours avec quelqu'un ?* pouvait-il demander d'un ton dégagé. *Moi, c'est fini et j'aimerais te voir.*

— Bon. La semaine prochaine, d'accord. Ça m'a fait plaisir de te parler.

— A moi aussi.

Il raccrocha et eut envie de se botter le cul. Jack Python, homme adulte de quarante ans, avec une certaine gueule et une certaine notoriété, n'était même pas foutu d'inviter une fille à sortir. On aurait dit qu'il avait quatorze ans et non quarante !

— Merde ! lâcha-t-il à voix haute.

La porte s'ouvrit sur le visage jovial d'Aretha.

— Alors ? Ça colle ? Elle vient ?

— Dis donc, toi, tu écoutais à la porte ?

— Sûrement pas. Alors ?

— Elle réfléchit.

— Tu parles d'un coup !

— Aretha ?

— Oui, patron, fit la Noire, à peu près sûre de ce qui allait venir.

— Tu fais chier.

Elle aurait juré qu'il s'apprêtait à l'inviter. Jack Python, avec ses redoutables yeux verts et son sourire de tombeur. Jack Python qui, pratiquement chaque soir, se faisait photographier à un endroit ou à un autre avec une belle femme à son bras.

Elle avait attendu : *Qu'est-ce que tu dirais de dîner avec moi ?*

Elle aurait répondu : *Non.*

Jade Johnson ne faisait pas partie de la cour de Mister Python. Elle ne voulait pas être un nom de plus sur sa longue liste.

N'empêche. Il aurait quand même pu l'inviter !

Beverly continuait à lui coller dans les pattes des candidats possibles avec lesquels elle n'accrochait jamais.

— Arrête, par pitié ! avait-elle demandé après le dernier, une sorte de lézard décharné sans conversation mais au compte en banque garni de plusieurs milliards de dollars.

— Mais il est plein aux as ! avait insisté Beverly. Presque autant que Zachary.

Jade aimait beaucoup Beverly mais, depuis quelque temps, la seule chose à laquelle son amie semblait s'intéresser, c'était l'argent. Zachary K. Klinger n'était peut-être pas de la meilleure influence à cet égard. C'était plus fort qu'elle, Jade ne pouvait pas s'habituer à ce type qui était aussi chaleureux qu'un glaçon. Elle sentait bien qu'il était mal à l'aise avec les femmes. Surtout les femmes qui avaient du caractère et de l'indépendance.

Mais Beverly ne pouvait pas entendre la moindre critique à son sujet sans se mettre en boule.

— Tu ne le comprends pas, avait-elle dit à Jade.

— Oh que si !

Shane Dickson, le réalisateur des pubs Cloud était le seul homme avec lequel elle pouvait envisager quelque chose. Il se faisait d'ailleurs très insistant depuis qu'il avait divorcé. Il n'était pas parfait mais, au moins, il était libre.

Ce soir, ils dînaient ensemble chez *Spago*. Elle s'habilla donc en conséquence : pantalon blanc enfilé dans des bottines et large tricot de cachemire blousant à la taille.

Elle était fin prête quand il vint la prendre à huit heures moins le quart.

Il était huit heures moins cinq lorsque Jack arriva chez Kellie Sidney sur Sunset Plaza Drive. Elle n'était pas encore prête. Kellie était perpétuellement en retard.

La maison grouillait de gosses et de chiens. Le fils de Kellie, âgé de trois ans, recevait deux amis et la gent animale était représentée par un labrador, un berger allemand et un épagneul fauve. Une bonne à l'air épanoui s'activait sur ses casseroles dans la cuisine à l'américaine et des télés braillaient dans tous les coins. La vie domestique imposait sa loi.

Jack avait du mal à s'imaginer un jour dans ce genre d'ambiance. L'expérience de la cohabitation avec Heaven cet été avait déjà été suffisamment difficile. Il lui en coûtait de le reconnaître mais il avait éprouvé un profond soulagement quand elle avait regagné la maison de George dans la Vallée.

Mais ce qui l'avait le plus écœuré c'était que, pendant tout le séjour de Heaven à la villa, sa chère et tendre mère n'avait même pas passé un coup de fil. Cette Silver était vraiment incroyable.

Kellie le salua d'un petit signe distrait. Elle était à moitié habillée et avait des rouleaux sur la tête.

— Je suis prête dans deux minutes, promit-elle.

Kellie avait toujours été d'un naturel optimiste.

La bonne souriante lui servit un scotch. Il but une petite gorgée en repensant à la froideur dont Silver faisait preuve vis-à-vis de sa propre fille. Comme beaucoup de gens, il s'était souvent demandé qui était le père de l'adolescente. C'était tout de même très dur de la part de Silver de ne pas vouloir le révéler à Heaven.

Une demi-heure plus tard, Kellie fit son apparition, nature, respirant la santé et jolie à croquer avec sa robe bleu ciel et ses grandes boucles d'oreilles pendantes. On racontait que, quand elle travaillait pour la production de ses films, elle était incroyablement dure en affaires. Difficile à imaginer en la voyant comme ça, l'air aussi insouciant.

— Où va-t-on ? demanda-t-elle tout en flattant les chiens en même temps qu'elle embrassait les enfants et donnait des instructions à la bonne.

Elle avait manifestement oublié qu'elle avait insisté pour aller dîner chez *Spago*.

— J'adore leur pizza au saumon fumé, avait-elle précisé.

Il lui rafraîchit la mémoire :

— J'ai retenu chez *Spago*.

— Riche idée! s'exclama-t-elle avec un sourire ravi. J'adore leur pizza au saumon fumé!

Shane venait de signer un contrat pour la réalisation de son premier long métrage de fiction. Animé par un légitime désir de fêter l'événement, il avait commandé du champagne — le champagne donnait à Jade des gueules de bois mémorables — et, maintenant, il la soûlait de tirades enflammées sur ses grands projets cinématographiques. New-yorkais d'origine, il avait ce côté sexy, un peu insolent, des gamins de la rue. Il avait de petits airs d'Al Pacino et, tout comme Pacino, il était assez petit. Jade, qui était très grande, aimait que les hommes aient au moins la même taille qu'elle. Ce petit inconvénient l'avait, jusqu'à présent, empêchée de céder aux avances insistantes de Shane.

Ce soir, elle se demandait si elle n'allait pas passer outre la différence de taille. Le travail, toujours le travail, et jamais de fantaisies... De plus, Shane était un homme vraiment très séduisant, même s'il avait tendance à parler un peu trop de lui-même. Il avait fait deux ans de psychanalyse et, maintenant, était persuadé de pouvoir guérir les maladies mentales de l'univers entier.

Tandis qu'il lui racontait l'entrevue qu'il avait eue dernièrement avec son ex-femme, une Bostonienne de bonne famille qu'il avait commis la grossière erreur d'épouser, Jade promena un regard désœuvré dans le restaurant, très animé à cette heure.

— Et figure-toi, disait Shane, très excité, que pour la première fois je n'ai pas eu envie de la baffer.

— Comme c'est délicat de ta part, observa sèchement Jade.

— Mais non, tu ne comprends pas. Pour moi, c'est une évolution fondamentale. Je dis bien *fondamentale*.

— Ah oui?

— Bien sûr. Je suis maintenant capable de regarder cette pouffiasse dans les yeux sans avoir envie de lui sauter à la gorge. Je ne sais pas si tu vois le progrès!

— Fantastique.

— Je ne te le fais pas dire.

Il continua à parler et elle continua à promener son regard dans le restaurant plein de célébrités. Là-bas, c'était Johnny Carson, un peu plus loin Travolta. Elizabeth Taylor et George Hamilton étaient en train de faire une entrée en grande pompe.

Elle se demandait si, tout à l'heure au lit, Shane allait encore parler de son ex-femme. Était-ce un adepte de l'amour muet ou de l'amour palabre ?

Puis elle se demanda si, comme on le racontait souvent, les hommes de petite taille compensaient par de belles proportions dans d'autres régions du corps...

— Qu'est-ce qui te fait sourire comme ça ? s'enquit-il. Je suis en train de te déballer mes tripes sur la table et ça te fait marrer ?

— Excuse, un truc idiot qui me passait par la tête. Une blague d'Antonio au studio. Quel phénomène, celui-là !

— Ouais, c'est vrai. Bon, où est-ce que j'en étais ? Ah oui !

Cette fois, Jade décrocha complètement. Parfois, Shane était vraiment rasoir. Sexy, mais chiant. Sexy, mais petit.

Jack Python entra dans le restaurant.

Jack Python accompagné de Kellie Sidney.

Jade se redressa sur sa chaise et le surveilla tandis qu'il s'arrêtait au comptoir des réservations, plaisantait avec l'employée puis était aussitôt piloté vers sa table, près de la fenêtre. Une table qui le plaçait très exactement en face de Jade.

Il ne la remarqua pas tout de suite car il s'était penché et glissait quelque chose à l'oreille de Kellie qui pouffa de rire. Et puis, juste au moment où il allait commander des drinks, il la vit et tomba comme en arrêt.

— Hé ! lança-t-il avec un grand sourire et un petit salut de la main.

Elle lui retourna son sourire.

— Bonsoir !

Kellie Sidney et Shane Dickson se retournèrent juste en même temps pour regarder qui saluait leur commensal. Il se trouva qu'ils se connaissaient et ils se saluèrent donc comme il se devait puis Kellie commença les présentations :

— Shane Dickson, Jack Python.

— Kellie Sidney, Jade Johnson, enchaîna Jack.

Chacun se fendit du petit compliment de rigueur en pareil cas puis on retourna à ses conversations respectives.

— Il y a longtemps que j'avais envie de le connaître, dit Shane. Un type très intéressant. Comment tu l'as connu ?

— Par Antonio, répondit Jade sans entrer dans les détails.

— Cette fille est époustouflante, dit Kellie. Où l'as-tu connue ?

— A Las Vegas, je crois, une fête chez Carlos Brent. Qui est le gusse?

— Shane? Il est réalisateur.

— Un cinéaste? demanda Jack, étonné de ne pas le connaître.

— Non. Il n'a tourné que des pubs. Mais je crois qu'il a eu dernièrement des propositions pour faire du long métrage. C'est lui qui a fait toutes les pubs pour Cloud. Des spots fabuleux. Très originaux. Est-ce que tu les as vus?

— Non, mentit Jack.

— Le travail de l'opérateur est au poil. Ça me plairait d'avoir la même allure que cette fille dans mon prochain film.

Ça, je le comprends, songea Jack. *Seulement, tu peux toujours t'accrocher. Même mignonne comme tu es, même avec le meilleur opérateur du monde, tu n'auras jamais l'allure d'une Jade Johnson.*

Le dîner fut passionnant. Assis dos à dos, Shane et Kellie n'avaient pas conscience des décharges électriques qui circulaient entre les deux tables. Jade essayait de s'intéresser à Shane. Impossible avec Jack Python si près d'elle. De son côté, Jack s'efforçait de consacrer toute son attention à Kellie mais ne cessait de surveiller subrepticement chaque geste de Miz Johnson.

Elle ne mangeait pas.

— Tiens, remarqua Shane, tu m'avais dit que tu étais morte de faim.

Elle vida une autre coupe de champagne. Tant pis pour la gueule de bois. Elle en avait besoin.

— Je devais surtout avoir soif, répondit-elle d'un ton morne.

Jack commanda une pizza au saumon fumé et fut ravi de voir Kellie l'engloutir jusqu'à la dernière miette. Elle était en train de lui raconter des potins de studio, de monstrueuses histoires sur le comportement d'employés haut placés avec les stars féminines qui choisissaient de prendre en main leur propre destinée.

— J'aurais préféré que tu me racontes ça pendant l'émission plutôt qu'ici, observa Jack.

Elle avait été l'invitée de *Face to Face with Python* trois semaines auparavant.

— Tu me réinviteras quand j'aurai un autre film à lancer, dit-elle d'une voix douce.

Il leva les yeux et son regard frappa de plein fouet celui de Jade. Depuis le début de la soirée, ils avaient tous les deux déployé des efforts héroïques pour ne pas se manger des yeux. Mais cette fois, ils ne tenaient plus.

Jade sentit une vague de chaleur l'envahir de la plante des pieds à la racine des cheveux. Pas de chance pour ce pauvre Shane Dickson.

71

Ce putain de vieux coyote avait acheté une maison en plein Beverly Hills. Howard Soloman faillit en tomber d'un arrêt cardiaque. Zachary K. Klinger le faisait déjà tourner en bourrique quand il tirait les ficelles depuis New York mais, maintenant qu'ils étaient pratiquement voisins, c'était le bouquet! Il leva les yeux au ciel. Ça ne tournait pas rond là-haut.

Poppy essaya de le réconforter.

— Ce n'est pas si grave.

— Je voudrais t'y voir. Je suis censé diriger Orpheus, pas courir après Zachary pour lui torcher le cul à chaque fois qu'il va chier!

— Il met vraiment son grain de sel partout?

— Tu ne peux pas imaginer! répondit amèrement Howard.

A la vérité, ce n'était pas si terrible. Le principal sujet de préoccupation de Zachary était les deux films qu'il considérait comme les siens : *Romance* et *The Murder*. Les autres projets ne l'intéressaient pas et il laissait plus ou moins carte blanche à Howard.

Howard était devenu un fana de l'expansion. Comme pour se venger des affronts portés à son amour-propre, il dépensait l'argent d'Orpheus à une cadence alarmante, achetant des biens, finançant des projets de scénarios, acquérant les droits de best-sellers de l'édition, donnant le feu vert à une foultitude de producteurs, auteurs et metteurs en scène dont les projets méritaient tout au plus la mention « passable ».

Merde. Rien à secouer. Il y avait d'autres firmes cinématographiques à diriger. Howard Soloman n'était pas marié avec Orpheus.

Howard Soloman avait vraiment très envie de chercher du travail ailleurs.

Et sur le tournage de *Romance,* les deux premiers rôles ne pouvaient plus se voir, ce qui créait un climat polaire au sein de toute l'équipe.

Silver Anderson disait que c'était la faute de Carlos Brent.
Carlos Brent disait que c'était celle de Silver Anderson.

— Ce type est un nombriliste total, disait Silver.

— Cette vieille greluche est chiante comme la pluie, disait Carlos.

— Il n'a plus de voix, disait Silver.

— Elle chante comme une casserole, disait Carlos.

— Son nom à l'affiche et c'est le bide garanti, disait Silver.

— Elle ne peut pas faire autre chose que de la télévision, disait Carlos.

Orville Gooseberger tenta de les rabibocher. Ils lui dirent tous les deux d'aller se faire voir.

Zachary venait régulièrement suivre les progrès du tournage.

Silver s'en plaignit à Orville :

— Il me met mal à l'aise.

Orville répondit d'un haussement d'épaules. Le problème Zachary Klinger était de ceux contre lesquels il ne pouvait rien. Orpheus appartenait à Klinger.

Silver déclara qu'elle était enrouée et ne pouvait pas travailler.

De semaine en semaine, le tournage prenait du retard et le budget du film gonflait en conséquence.

Pendant ce temps, dans l'Arizona, où se tournaient les extérieurs de *The Murder,* une nouvelle idylle voyait le jour. Elle stupéfia tout le monde, y compris Whitney Valentine qui, comme les autres, ne put que rester sur la touche à compter les points.

Mannon Cable et Clarissa Browning s'aimaient comme s'ils n'avaient attendu que cette rencontre pendant toute leur vie.

Une scène d'amour sous le regard de la caméra et ils disparurent pendant un week-end entier.

Whitney était très secouée. Depuis quelque temps, elle sentait que Mannon était mûr pour lui demander de revenir vivre près de lui. Malgré la grossesse de l'actuelle femme de Mannon, malgré sa propre relation avec Chuck, Whitney avait envisagé la possibilité de répondre « oui ». Elle était même allée jusqu'à soumettre l'idée à Norman Gooseberger qui, non content de s'occuper de son image et de son service de presse, était devenu pour elle un ami dont l'opinion comptait beaucoup.

— Si Mannon te demande de le reprendre auprès de toi, tu le reprends, avait répondu Norman. Chuck a une influence destructrice sur toi. C'est une branche pourrie. Si tu continues à t'y accrocher, tu risques de faire le plongeon avec lui.

Whitney était d'accord. Elle attendit donc que Mannon prenne contact. Non seulement il n'opéra aucune manœuvre de rapprochement avec elle mais il se lança dans cette aventure grotesque.

Tout le monde se demandait ce qu'il pouvait bien y avoir de si attirant chez cette Clarissa Browning.

D'abord Jack Python.

Maintenant Mannon Cable.

Deux des hommes les plus séduisants de Hollywood.

Si Clarissa possédait un indiscutable talent de comédienne, elle aurait fait un bide dans les concours de beauté. Et elle ne compensait même pas par le charme ou les qualités de cœur. La plupart du temps, ceux avec qui elle travaillait la prenaient en grippe. Elle critiquait tout, était scandaleusement exigeante et tellement pingre qu'elle n'avait jamais payé une tournée à l'équipe quand ils se trouvaient ensemble au bar de l'hôtel.

Mais sur l'écran, elle faisait des étincelles. La magie s'opérait. Elle avait un jeu parfait et, grâce à sa présence, Mannon allait beaucoup plus loin que ses habituels roulements de mécaniques et coups d'œil confidentiels à la caméra. Il faisait une remarquable prestation.

Whitney se sentait flouée. Clarissa Browning lui avait non seulement pris son rôle, elle lui avait aussi pris son mec.

Cette salope allait le payer. Whitney s'y entendait pour faire payer les gens...

72

C'est Jack qui eut l'idée de réunir tout le monde à sa table pour le dessert et le café. Kellie était d'accord.

— Demande à ton ami si ça le tente, suggéra-t-il.

Elle se retourna et frappa sur l'épaule de Shane.

— Ça te va ? demanda celui-ci à Jade, à la fois étonné et ravi de l'invitation.

— Ça me va, répondit-elle en s'efforçant de garder un ton dégagé.

Ils se levèrent et passèrent à la table de Jack. Immédiatement, Kellie tapota la chaise à côté d'elle, invitant Shane à s'asseoir, et l'entreprenant avec sa fougue habituelle :

— Parle-moi un petit peu de cet opérateur de prises de

vues que tu as employé pour les pubs Cloud. J'adore sa façon de travailler !

— L'opérateur en question est une opératrice, répondit-il. Une dame de grand talent.

— Sans blague ? Génial ! J'adore bosser avec des femmes. Bon Dieu, si les femmes ne se montrent pas solidaires les unes des autres, je me demande qui les aidera à s'en sortir. Toi, peut-être ?

Tandis que Kellie continuait à abreuver Shane d'un flot de paroles ininterrompu, Jack se tourna vers Jade.

— Bonsoir, dit-il d'une voix très douce.

— Bonsoir, répondit-elle en se noyant dans ses yeux verts.

Nul besoin d'en dire plus. L'un et l'autre savaient très bien où ils allaient.

Sous la table, Jade sentit la pression de la jambe de Jack contre la sienne.

— Tu as réfléchi pour l'émission ? demanda-t-il. Est-ce que je peux espérer t'avoir ?

Elle eut un petit rire.

— Ne me presse pas comme ça. J'ai d'autres choses en tête.

Kellie se pencha par-dessus la table et la regarda fixement.

— Vous devez absolument m'avouer une chose. Qui vous maquille ?

— En règle générale, c'est moi.

— Eh bien, quel talent ! s'exclama Kellie. Je suis nulle pour l'application des fards. Heureusement, j'ai un merveilleux maquilleur algérien qui me prend complètement en charge avant les séances de photo. Et puis...

Ses paroles se perdirent dans le brouhaha. Jade ne l'écoutait plus. Elle était en proie à un désir qui confinait à la transe et se foutait complètement de savoir avec combien de femmes Jack Python avait pu sortir. Elle savait simplement qu'elle avait envie de lui. Qu'elle avait envie de lui maintenant.

Brusquement, elle se leva de table.

— Excusez-moi, dit-elle, j'en ai pour un instant.

Elle s'éclipsa vers les toilettes des dames.

Elle avait les jambes en coton, la gorge sèche.

Elle se sermonna : *Reprends-toi, Jade Johnson, c'est un homme, rien de plus. Un homme comme les autres.*

Les toilettes étaient occupées. Jade s'adossa au mur, près de la cabine téléphonique, et tenta de reprendre ses esprits. Il y avait si longtemps qu'elle ne s'était sentie aussi retournée.

Soudain il surgit, là, à côté d'elle.

Elle le regarda et, faiblement, réussit à murmurer :

— Il faut qu'on perde cette habitude de se rencontrer comme ça, par hasard.

Elle était belle à couper le souffle et il fut saisi par un désir fou de toucher son visage, son corps, de respirer sa chevelure, d'embrasser ses yeux, sa bouche, ses seins et tout ce qu'elle possédait. Il était entièrement sous son emprise. Il y avait tellement longtemps qu'il ne s'était senti aussi remué.

Obéissant à une impulsion, il demanda sans prendre de gants :

— Il y a quelque chose entre ce metteur en scène et toi ?

Elle secoua la tête.

— Rien.

Elle marqua une courte pause puis osa :

— Et entre Kellie et toi ?

— Elle ne compte pas pour moi, répondit-il avec sincérité.

Et, soudain, il ne trouva plus la force de se retenir. La plaquant contre le mur en la tenant par les épaules, il l'embrassa. Un baiser vigoureux, long, pénétrant, qu'elle ne chercha pas à éviter. Au contraire. Elle lui répondit avec passion. Mais Jack ne fut pas surpris. Il savait déjà qu'elle réagirait ainsi.

Au bout d'un long moment, il s'écarta d'elle.

— Viens, dit-il. On fout le camp d'ici.

— On ne peut pas faire ça !

— On peut faire ce qu'on veut.

Ida White sortit des toilettes, l'œil vitreux, le sourire figé.

— Bonsoir, Jack.

Elle était défoncée, comme de coutume, et posait un regard éteint sur toute chose.

Il attendit qu'elle soit partie puis murmura à l'oreille de Jade :

— Viens avec moi. Ne dis rien.

Il lui prit la main et l'entraîna à travers le restaurant bondé jusqu'à la porte de derrière.

— Mais on ne peut pas les planter là à nous attendre ! protesta-t-elle faiblement.

— Ce n'est plus notre problème. J'ai réglé les deux additions et j'ai laissé une commission au serveur. Il va leur dire que tu as eu un petit malaise et que je t'ai raccompagnée chez toi.

— Ils ne le croiront jamais.

— Et alors?

La Ferrari attendait déjà, moteur tournant au ralenti, préposé obséquieux prêt à leur ouvrir les portières.

Elle prit place à bord du bolide et se laissa aller contre le siège de cuir.

— C'est un comportement de cinglés, dit-elle, déjà toute frémissante.

— Tout à fait, approuva Jack. D'authentiques cinglés.

— Et c'est très excitant, compléta Jade.

— Tout à fait excitant.

La Ferrari partit dans un bond, écartant admirateurs et photographes. Jack descendit au bas de la petite colline, attendit impatiemment à un feu rouge, repartit en trombe et fonça comme une fusée jusqu'à son hôtel.

— Pourquoi ici? demanda Jade comme il l'aidait à sortir de la voiture.

— Parce que c'est ici que j'habite.

— Tu n'as pas d'appartement? Pas de maison?

Il secoua la tête.

— Mon chez-moi, c'est ici.

— Bonsoir, monsieur Python, dit l'employé quand ils passèrent devant la réception.

— Pas de famille? Pas de racines? insista-t-elle.

— On ne t'a jamais dit que tu posais trop de questions?

— Si, souvent.

— Bonsoir, monsieur Python, dit le liftier.

Ils s'engouffrèrent dans la suite de Jack comme de jeunes mariés impatients. Sitôt les portes fermées, ils se jetèrent l'un sur l'autre avec une hâte indécente, s'arrachèrent leurs vêtements, frénétiquement, avec une rage déchaînée.

— Tu es belle..., souffla Jack.

Elle fit glisser un doigt le long de sa poitrine.

— Tu es beau, toi aussi...

Ce fut toute leur conversation. Ensuite, Jack la prit avec une fougue incontrôlable. Il savait qu'il ne serait pas capable d'avoir une pensée cohérente tant que tout ne serait pas consommé.

Jade était dans le même état que lui. Ils avaient tous les deux fait un effort surhumain pour se retenir, leur délivrance fut très rapide et très douce, mais en même temps violente comme une secousse sismique et éminemment salutaire.

Maintenant, ils pouvaient respirer, et goûter les plaisirs coupables et délicieux de la découverte du corps de l'autre. Ils ne s'en privèrent pas et s'explorèrent mutuellement, sans hâte, comme si l'éternité leur appartenait.

Jack entraîna Jade dans la chambre, la coucha sur le lit et, avec une lenteur délibérée, caressa centimètre par centimètre chaque merveille de son corps à la fois tendre et ferme.

Elle répondit en le touchant du bout des doigts, effleurant sa poitrine, jusqu'à ce que le renouveau de son désir soit par trop évident.

— Je suis contente de constater que tu es un homme d'action, murmura-t-elle avec espièglerie.

— Je suis prêt à tout pour toi.

— Tout ça parce que tu me veux pour ton émission..., railla Jade.

Il la rendit folle en lui embrassant le cou et en descendant, doucement, très doucement, pour savourer le goût capiteux de sa féminité.

Elle referma les mains sur sa raideur virile, faisant monter la ferveur de son désir. Puis, à nouveau, ils se fondirent l'un dans l'autre en une grandiose célébration d'amour.

Après la seconde fois, ils s'effondrèrent, épuisés, et, enlacés, sombrèrent dans le sommeil profond et serein des amants comblés.

73

— Pfff..., souffla Heaven. C'est complètement claquant !

Rocky approuva d'un hochement de tête. Ils étaient dans le studio d'enregistrement et écoutaient le mixage final du disque de Heaven. Il se sentait confiant et sûr de lui. Une nuée de gens affairés vrombissait autour d'elle : producteur, ingénieur du son, responsables de la maison de disques, etc. Mais il était content parce que c'était lui qui avait tout mis en branle et parce que c'était lui qui avait dans la poche un contrat en bonne et due forme lui accordant cinquante et un pour cent de tout ce qu'elle gagnait. Le contrat était signé de la main même de grand-père Python qui, bien que vivant sur un nuage, s'était avéré être son tuteur légal. Heaven lui avait dit que c'était quelque chose d'important concernant son établissement scolaire, elle avait fait entrer dans la pièce la gouvernante et un réparateur de télé qui passait par là — en guise de témoins —, et George avait signé, sans même lire.

Rocky avait été clair et net. Tant qu'elle ne lui apporterait pas ce contrat signé, il ne ferait rien pour elle.

Pour tout dire, il avait décidé de prendre de sérieuses

garanties quand il avait su qui elle était. Non seulement la poulette était mineure, mais elle était la fille non désirée de qui ça? Mais oui, de Silver Anderson. Heureuse coïncidence.

Le soir où Jack Python avait débarqué sans avertir dans la villa du bord de mer, Rocky s'était imaginé que le roi de la télé était le petit copain de Heaven. Mais il était vite apparu qu'il était son tonton. Un tonton très fâché, qui avait flanqué Rocky à la porte. Bof, ce n'était pas la première fois que ça lui arrivait.

Rocky avait sauté dans sa jeep et disparu dans la nuit, pensant ne jamais revoir la minette.

Deux jours plus tard, elle l'appelait. Par pure curiosité, il lui fixa rendez-vous au *Charmers Market,* à Venice.

Quand elle arriva, il lui offrit un café et la fit parler.

Sa douce maman était Silver Anderson. Rocky ne résista pas.

D'abord, le contrat légal lui donnant droit à cinquante et un pour cent de toutes les affaires traitées. Ensuite, quand le papier fut signé, il contacta une de ses relations chez College Records.

L'homme était une sorte de grossiste dont l'activité principale consistait à se procurer d'importantes quantités de came de première qualité pour la refourguer ensuite aux stars de sa maison de disques.

— J'ai une petite sous ma coupe, là, lui expliqua Rocky. Je voudrais que tu l'écoutes. Celle-là, si on la lance, Madonna peut aller pointer au chômedu. Elle chante comme une déesse!

L'homme poussa un grand soupir las.

— Ma nièce aussi chante comme une déesse, et aussi la maîtresse de mon bookmaker, et la fille de ma concierge, et la caissière du supermarché... Ce que je te demande, c'est de t'occuper de ça et c'est tout.

Il passa à Rocky une énorme commande de cocaïne et de Quaaludes.

Rocky vint le livrer et, en même temps, lui colla la cassette enregistrée par Heaven.

— C'est la fille de Silver Anderson, précisa-t-il. Tâche de glisser ça à quelqu'un qui l'écoutera. Si ça donne quelque chose, tu auras ta part.

Une semaine plus tard, le dealer revint le voir.

— Elle a quel genre de look?

— Une petite allumeuse de seize printemps. Je veux dire mignonne et tout.

— Apporte-moi une photo. Pas un Polaroïd ou un instantané. Je veux du boulot de pro.

Tonton Jack avait instauré quelques règles et Rocky, notamment, était tricard à la villa. Il fut donc obligé d'attendre que Heaven l'appelle pour lui demander des photos.

— Antonio, tu sais, le photographe..., dit-elle. Un type archi connu. Il m'a fait des photos super canon. Seulement, je peux pas en avoir.

— Je m'occupe de ça, affirma Rocky. Donne-moi simplement ses coordonnées.

Le lendemain, il fit irruption au studio d'Antonio, exhibant un sourire de séducteur et une musculature bien huilée.

La réceptionniste était le prototype de la nana de Los Angeles, avec une coiffure à la punk, un maquillage orange et des vêtements rétro.

— Salut, beauté !

Elle le regarda. La dernière fois qu'elle avait vu un type comme celui-là, c'était dans un reportage sur Sylvester Stallone à la télévision.

— Je peux faire quelque chose pour vous ?

— Fais-moi tout ce que tu veux, baby. Je suis à toi.

Après quelques négociations, il parvint à troquer trente grammes de cocaïne de très grande qualité contre un grand format brillant de Heaven en 30 × 35. La photo était réellement fabuleuse.

— Tu ne révèles à personne comment tu as eu ça ! dit la fille. Cette photo doit paraître prochainement dans *Bazaar*. Si Antonio apprend que je te l'ai donnée, il me tue.

Rocky posa l'index sur ses lèvres.

— T'en fais pas. C'est grâce à la loi du silence que je suis encore en vie. Ça restera entre toi et moi.

Sans montrer la photo à Heaven, il la porta directement au dealer, lequel dut la faire passer tout aussi rapidement à la personne influente qui la réclamait, car, dès le lendemain, il recevait le coup de fil attendu :

— Amène ta minette.

Il l'amena. Et c'est ainsi que tout démarra.

Trois mois avaient passé et ils y étaient. Avec un disque prêt à envahir les ondes hertziennes.

Hé ! Rocky avait senti qu'il allait bientôt avoir sa chance.

Cette chance s'appelait Heaven. Elle lui appartenait à cinquante et un pour cent.

Elle reçut les compliments avec une gentillesse radieuse. Elle avait encore du mal à réaliser que ça y était. Elle était lancée. Enfin presque. Il fallait encore que le disque fasse un tabac. Elle savait qu'il en ferait un. Même si ce n'était pas exactement le disque qu'elle aurait fait elle-même si elle avait pu tout contrôler, ce serait un tube. D'abord, ce n'était pas une chanson qu'elle avait écrite et l'arrangement était trop rapide. Elle aurait préféré un tempo plus lent. Et le titre de la chanson « *Gonna Eatcha Tonight*[1] ! » était un peu lourdingue. Les paroles allaient certainement faire couler beaucoup d'encre, ce qui, au fond, n'était pas une mauvaise chose.

Le clou de la chanson était le passage suivant :

> *I'm a Maneater... Yes I am...*
> *Maneater... Sure I am...*
> *Maneater... And baby...*
> *I'm gonna eatcha tonight*[2] *!*

On ne faisait pas plus raffiné. Mais elle y avait mis toutes ses tripes. L'interprétation était super et ça déménageait.

Jetant un coup d'œil vers Rocky, elle eut l'impression qu'il avait l'air content. Il pouvait l'être. Il allait toucher la moitié de ses rentrées. Pour sa part, Heaven trouvait ça justifié car, sans Rocky, rien de tout ça ne serait arrivé.

Elle se remémorait l'arrivée d'Oncle Jack à la villa après la fameuse fête. Naturellement, il avait tourné toute sa rogne contre ce pauvre Rocky, qui était sans doute le seul à ne mériter aucun reproche. Après l'avoir viré de la maison à coups de pied au derrière, c'est à elle qu'il s'en était pris :

— Je t'interdis de revoir cette espèce de frappe ! Tu m'as bien compris ?

— Ah oui ? Pourquoi ? avait-elle demandé avec insolence.

— Pourquoi ? Non mais tu me demandes *pourquoi* ?

Elle ne l'avait jamais vu aussi furieux.

— Je vais t'en donner des pourquoi, moi, avait-il poursuivi d'une voix dangereusement calme. Un, c'est un minable. Deux, tu es une gamine et il pourrait presque être ton père. Trois... — Excédé, il s'était interrompu dans son énumération. — Mais je me demande bien pourquoi je t'explique tout ça. Je t'ai fait confiance et tu m'as roulé. Maintenant, c'est fini. Tu feras ce que je te dirai. Un point, c'est tout !

1. « Cette nuit, je te mangerai. »
2. « Je suis une mangeuse d'hommes... Eh oui...
   Une mangeuse d'hommes... C'est ce que je suis..
   Une mangeuse d'hommes... Et, baby...
   Je vais te manger cette nuit ! »

Charmantes vacances en perspective... Elle aurait mieux fait de rester avec George qui planait à quinze milles au-dessus de tout ça!

Mais, finalement, ça s'arrangea. Au bout de quelques jours, la colère de Jack retomba et les choses reprirent leur cours normal.

Elle contacta Rocky en secret. Après, il fallut faire une escapade, gagner la Grande Vallée, faire signer le contrat à George. Et voilà, pas facile, mais c'était parti.

Et maintenant elle avait enregistré un disque. Un disque qui allait sortir pour de vrai. C'était le plus beau jour de sa vie!

Le problème, c'est qu'elle ne pouvait partager ça avec personne. Sauf Rocky. Il était le seul au courant.

Mais, bientôt, tout le monde serait au courant. College Records projetait d'organiser une méga soirée pour la lancer et en foutre plein la vue à tout le monde.

— Je crois que si ta mère venait, ça serait plutôt apprécié, lui avait dit Rocky deux jours plus tôt.

Elle avait explosé.

— Alors, ça, pas question! Et pareil, je te préviens que je ne veux pas qu'on se serve de son nom ou de celui de Jack. Sans quoi, ça va très mal aller! Et j'aime mieux te dire que je ne rigole pas!

Rocky avait compris qu'elle ne rigolait pas.

— Ne pense plus à ça, avait-il dit.

Et il avait foncé au service de presse faire raturer partout les propos faisant état des liens de parenté de Heaven avec Silver Anderson et Jack Python.

Pas la peine de se la mettre à dos. Et puis, bon, ce n'était qu'une gamine. Elle avait encore le temps d'apprendre qu'on devait utiliser tous ses atouts.

Rocky jubilait à l'idée qu'il allait peut-être devenir bientôt un imprésario à succès. De Dieu! Comme Wes Money, il allait pouvoir jouer dans la cour des grands sans aucun regret pour le passé!

Wes se faisait la vieille, lui se faisait la minette. Mais on n'en était pas là. Il n'avait rien tenté encore avec elle. Doucement, doucement... Rocky avait tout son temps pour l'apprivoiser. Tout son temps.

74

Silver était à cran.

— Tu as vu comment il me regarde ?

Elle était dans sa loge, en train de prendre un déjeuner léger en compagnie de Nora.

Nora enleva une olive de sa salade et la posa à côté de son assiette.

— Ces choses devraient être réservées pour les cocktails et interdites dans les salades, grommela-t-elle.

— Écoute-moi quand je te parle ! aboya Silver. Zachary n'arrête pas de me regarder, tu entends ?

— A ta place, je trouverais ça flatteur.

— Tu n'es pas à ma place, et d'une. Et de deux, arrête de ricaner.

Nora prit une feuille de laitue qu'elle mastiqua avec soin.

— Il n'a jamais pu se remettre de votre rupture. Ce n'est pas un crime, que je sache.

— Mais tu ne connais pas Zachary, dit sombrement Silver. Quand il veut quelque chose, il l'a toujours. Il était déjà comme ça à l'époque où on se fréquentait. Et il était loin d'être aussi puissant qu'aujourd'hui.

— Alors ?

— Alors, il me coupe mes moyens. Il me rend nerveuse.

Nora ravala le rire qui lui montait à la gorge. Silver nerveuse... C'était trop drôle ! Silver Anderson avalait tout crus à son petit déjeuner les gens qui lui tapaient sur les nerfs et les recrachait à demi digérés pour prendre son repas de midi. Depuis le début du tournage, elle s'était déjà arrangée pour faire virer trois membres de l'équipe sous prétexte qu'elle n'appréciait pas leur « attitude ».

Nora l'avait sermonnée :

— Si tu continues comme ça, tu vas te faire la réputation d'une emmerdeuse.

— Non, d'une grande professionnelle, avait corrigé Silver.

Silver pensait que tout le monde l'aimait. C'était vrai pour certains. Ça ne l'était pas pour d'autres. L'équipe était, actuellement, divisée en trois camps : celui de Silver, celui de Carlos Brent et celui d'Orville Gooseberger. Quant au malheureux metteur en scène, il était complètement dépassé. Il se contentait de tourner le scénario qu'on lui avait confié en croisant les doigts pour que tous les morceaux réussissent à tenir ensemble et à faire un film.

Cet après-midi, il y avait au programme une grande scène d'amour entre Silver et Carlos.

Nora la vit couper une gousse d'ail en deux, se la mettre dans la bouche et la sucer comme un bonbon.

— Qu'est-ce que tu fais ? demanda-t-elle alors qu'elle le savait très bien.

— C'est excellent pour la circulation sanguine, répondit Silver avec la plus grande innocence.

— Souffle ça dans le nez de Zachary et tu en seras débarrassée à tout jamais, lui conseilla Nora.

— Tu plaisantes ? Imagine qu'il aille s'en prendre à Wes...

Cette fois, Nora rit haut et fort.

— J'aimerais bien voir ça ! Ne t'inquiète pas pour ton petit mari. S'il y a une chose dont je sois positivement sûre en ce qui le concerne, c'est qu'il est tout à fait capable de se défendre contre ceux qui voudraient lui faire des misères. — Elle repoussa son assiette de salade et prit une cigarette. — Puisqu'on en est aux affaires de famille, ça fait combien de temps que tu n'as pas vu Heaven ? Tu sais que c'est son anniversaire la semaine prochaine ?

— Ce n'est plus une gosse, répondit Silver d'un ton coupant. Et puis, le téléphone, ça marche dans les deux sens. Tu ne crois pas qu'elle aurait pu me féliciter pour mon mariage ?

— Tu l'avais invitée ? Ah, je ne savais pas.

Silver se leva brusquement.

— Qu'est-ce que tu cherches, là ? A me foutre en boule ? Tu es vraiment chiante quand tu t'y mets, Nora !

Nora aspira goulûment la fumée de sa cigarette. Le mystère des relations entre Silver et Heaven restait toujours aussi sombre et impénétrable. Quelles qu'aient été les circonstances de la naissance de l'enfant, les liens du sang restaient les liens du sang. De plus, Silver avait tout de même gardé Heaven auprès d'elle pendant plus de dix ans !

— Je lui envoie un cadeau de ta part ? demanda Nora.

— Fais comme tu voudras.

Nora décida d'en parler à Wes. Lui peut-être pourrait convaincre Silver de changer de comportement. Maintenant qu'il était marié avec Silver depuis plusieurs mois, Nora se rendait compte qu'elle révisait son opinion sur le compte de Wes Money. Indiscutablement, il avait fait des prodiges pour la carrière de sa femme. Et, jusqu'à présent, il n'avait pas pillé le magot.

Wes Money, l'homme mystère, était peut-être l'homme miracle, après tout.

L'explosion se produisit au moment où ils s'enlacèrent dans un élan de passion romantique.

— Nom de Dieu! rugit Carlos Brent. Cette garce a trois kilos d'ail dans la bouche!

— Tu te trompes de réplique, cher Carlos, ricana Silver.

Ce qui eut pour effet de décupler la rage de son partenaire.

Orville, qui hantait toujours les lieux de tournage, voulut s'interposer.

— Carlos, je suis sûr que vous faites erreur.

— Erreur, c'est ça! Vous ne sentez pas? Quand elle respire, les mouches tombent en vrille d'ici jusqu'à Palm Springs!

Zachary K. Klinger sortit de l'ombre.

— Ce n'est pas une façon de parler à Miss Anderson, dit-il, menaçant. Vous pourriez être plus correct!

— Toi, ta gueule! jappa Carlos.

Zachary n'avait que quelques années de plus que Carlos. Il avait surtout un avantage d'une vingtaine de kilos et d'une dizaine de centimètres. Il sortit de ses gonds et le frappa au visage.

Carlos vacilla et tomba.

Un silence interdit s'abattit sur le plateau.

Silver le brisa d'un éclat de rire triomphal.

— Bien, commenta-t-elle sobrement, je pense que cela met fin à notre journée de travail. Pouvons-nous nous retirer, mon cher Orville?

— Tu es de quelle région? demanda Wes.

— Ça t'intéresse vraiment? répondit Unity.

Il était assis sur un coin de son bureau, vêtu d'un maillot de bain humide.

— C'est un secret?

— De Virginie, répondit-elle laconiquement.

— Je n'y suis jamais allé, dit-il en l'observant et en concluant que, pour une obscure raison, elle était en train de lui mentir. Tu as toujours de la famille là-bas?

— Non. Ils sont tous morts dans un accident de train. J'ai fait la connaissance d'un garçon, je suis venue en Californie avec lui, il m'a plaquée. Voilà la passionnante histoire de ma passionnante vie.

— Un peu, que c'est passionnant.

— Ouais. Tu crois qu'on l'achèterait pour en faire un scénario? s'enquit-elle avec une ironie amère. Ça ferait un film fabuleux pour Sissy Spacek. Elle est spécialisée dans les rôles de losers, non?

Il la regarda. Il était inquiet. Quel avenir pouvait-elle avoir? Ce coup-ci, elle s'en était sortie parce qu'il avait été là pour lui tendre une main secourable. Ça ne se passerait peut-être pas toujours de la même façon.

Dehors, dans le parc, Vladimir essayait de voir ce qui se passait dans le pavillon de bain. Vladimir concevait de gros soupçons depuis que le mari de Madame avait fait venir cette fille ici en disant que c'était sa cousine. Le majordome était persuadé qu'ils étaient amants. Il pensait même que, peut-être, ils complotaient d'assassiner Madame et de partir avec tout son argent.

On était aux États-Unis.

Tout pouvait arriver.

75

Jack s'éveilla en sursaut, attrapa instinctivement sa montre, constata qu'il était seulement quatre heures du matin et qu'il n'était pas seul dans son lit. Jade dormait à côté de lui, les bras étendus au-dessus de sa tête dans une position d'abandon total, le drap emmêlé autour de sa taille.

Les stores étaient restés ouverts et une aube brumeuse coulait une lumière douce à travers les vitres.

Jack s'assit et s'adossa à la tête de lit pour la regarder. Elle était si paisible, si immobile et... si incroyablement désirable. Elle avait quelque chose qui faisait mouche, qui le touchait vraiment aux tripes. C'était inexplicable et ce n'était pas seulement sexuel. Quoique l'amour avec elle ait été absolument fabuleux. Mais, d'instinct, il savait que Jade Johnson allait être beaucoup plus pour lui que de grands moments au lit. Il l'avait su dès leur première rencontre à Las Vegas.

Dérangée dans son sommeil, elle bougea légèrement.

— Hé..., dit-il très doucement. Tu es réveillée?

— Mmmm..., murmura-t-elle sans vraiment émerger de son sommeil.

Il tendit la main, lui toucha les seins, caressa délicatement les petites pointes sombres.

— Mmm…, soupira-t-elle à nouveau.

Saisi par un élan de désir fou, il se sentait comme un homme qui a été privé de femme pendant des mois. Pourtant, quelques heures plus tôt, ils avaient fait l'amour deux fois coup sur coup, pratiquement sans reprendre leur respiration.

Incroyable, lui qui faisait l'admiration de ses maîtresses par sa puissance de contrôle, voilà qu'il se sentait soudain quasiment prêt à exploser.

Il roula vers elle, laissa ses mains parcourir la peau douce de son corps féminin, appliqua sa raideur tenace contre la tendre chair de Jade.

Elle dormait… mais elle le sentait.

Elle dormait… mais elle le désirait.

Jack Python… Elle le connaissait à peine… Et, déjà, elle était complètement accro… Elle avait besoin de lui… Comme d'une drogue… Elle papillota des paupières. Elle s'éveillait un peu… Un peu… Seulement un tout petit peu…

Il lui titillait les seins du bout de la langue. Avec douceur et application. De tout petits coups pour la stimuler, pour l'exciter.

Mais qu'avait-il de si spécial ? L'effet fut immédiat.

Elle s'étira voluptueusement et demanda d'une voix langoureuse :

— C'est déjà le matin ?

— Officiellement, oui, puisqu'il est quatre heures. Mais je crois qu'il est encore un peu tôt pour prendre le petit déjeuner.

— Nnnon… Pourquoi tu me réveilles ?

Il laissa échapper un petit rire satisfait.

— C'est une très bonne question, jolie mademoiselle.

Elle se sentit submergée par une vague de plaisir et s'ouvrit pour laisser cet inconnu familier l'emmener au pays de la volupté.

Il était chargé de pure énergie.

Presque aussitôt, elle fut emportée. Sa respiration se fit saccadée. Les ondes de bien-être irradiaient son corps au bord de l'explosion.

Jack était capable de se retenir. C'était un truc, une sorte de jeu. Faire l'amour était un art.

Et pourtant, avec Jade, il ne lui vint pas un instant à l'idée de se retenir. Ils étaient tellement en harmonie, tellement réceptifs l'un à l'autre, tellement conscients de ce que l'autre attendait.

Il la chevauchait avec une assurance absolue, irrésistible, exquise. Ils ne faisaient plus qu'un et allaient au même rythme vers le même aboutissement, vibrant comme une même corde...

— Oh, Jack..., gémit Jade, totalement abandonnée au plaisir qu'elle éprouvait. Ooooh... oui...

La corde se tendit brutalement.

Et se détendit dans une fabuleuse secousse de plaisir partagé.

Puis, lentement, progressivement, ils glissèrent de nouveau vers le sommeil, serrés dans les bras l'un de l'autre. Deux âmes sœurs s'étaient enfin trouvées.

— Bonjour, lança Jade en arrivant dans le studio, déjà maquillée et coiffée, prête à tourner la seconde série de publicités pour Cloud.

Elle avait dormi environ deux heures mais nul n'aurait pu le remarquer. Elle était radieuse, épanouie, superbe.

Shane Dickson lui lança un regard glacial.

— Ça va mieux?

— Désolé, dit-elle d'un ton navré. Il fallait absolument que je vous plaque. Je... je n'ai pas pu faire autrement.

Shane était un masque de frustration et de fureur.

— Il est à la hauteur de sa réputation? demanda-t-il fielleusement.

Elle fit comme si elle n'avait pas entendu.

— De ta part, franchement, ça m'étonne, reprit-il. Toi qui te veux toujours si délicate et si attentive aux autres. Kellie était hu-mi-liée. D'après elle, Jack Python culbute tout ce qui lui tombe sous la patte et n'oppose pas trop de résistance.

Jade refusait de se laisser entraîner dans une discussion sur la réputation de Jack. Elle rêvait peut-être mais, désormais, elle considérait que Jack était à elle tout comme elle-même était à Jack.

A la vérité, ils n'en avaient pas parlé. Mais c'étaient des choses qu'il n'était pas besoin de se dire. Ils n'avaient presque pas parlé. Ils étaient trop occupés à savourer les plaisirs de la chair.

Elle était partie de bonne heure, le laissant endormi. Elle était rentrée se changer chez elle en taxi puis une voiture était venue la chercher pour la conduire en salle de maquillage où elle s'était installée et s'était laissée prendre en main en rêvant à lui.

Elle sourit. Un grand sourire de bien-être qui poussa à son comble l'irritation de Shane.

— Efface-moi ce sourire idiot de ta figure ! grogna-t-il soudain. Aujourd'hui, on tourne les séquences rêve.

Séquences rêve ou autre, elle était incapable de penser travail. Tout ce qu'elle était capable de faire, c'était sourire aux anges, chantonner et glousser.

Est-ce que ça avait été comme ça, au début, avec cet enfoiré d'Anglais ?

Impossible de se rappeler.

En fait, elle était incapable de se rappeler quoi que ce soit au sujet de Lord Mark Rand. Sauf deux choses : il était marié et menteur.

Elle était partie.

Il tendit la main pour toucher son corps doux et frais et il se rendit compte qu'elle était partie.

Jack se leva et alla enquêter. Elle n'était pas dans la salle de bains. Ses vêtements, hier soir éparpillés sur le sol du living, avaient disparu. Pas de doute, elle était partie.

Déception. Grosse déception. Et puis, il trouva le petit mot qu'elle avait laissé dans la cuisine, contre le grille-pain. Il le lut et le soleil se remit à briller.

Bonjour. Et merci d'avoir mis sur mon visage un sourire qui y restera probablement gravé jusqu'à la fin de mes jours ! Si j'étais avec toi en ce moment, je te ferais certainement des tartines ou... peut-être que je te ferais autre chose... Je suis partie au boulot : une série de pubs à tourner. Je serai chez moi un peu après sept heures. Si tu en as envie, je te ferai à dîner.

Jade

C'était le jour de son émission. Et son invité était un sénateur. Une personnalité critique et passionnante. Il avait prévu de lire une longue biographie de son personnage hier soir, après le dîner avec Kellie. Raté, et pour cause ! Et maintenant, il était tellement évaporé qu'il se sentait incapable de se concentrer. Même pas foutu de réfléchir à ce qu'il allait se mettre sur le dos. Alors, pour lire une biographie..

Attrapant des vêtements au petit bonheur la chance, il les enfila à la hâte et fonça au studio où son premier geste fut d'indiquer à Aretha de faire porter six douzaines de roses jaunes à Jade Johnson.

— Manœuvres d'approche ou remerciements ? demanda-t-elle d'un ton mi-figue mi-raisin.

— De quoi je me mêle ?

— Bon... bon... Un message avec les fleurs ?

— Euh... mets juste : « Et, en plus, tu fais la cuisine ?! »
Avec un point d'interrogation *et* un point d'exclamation.

Aretha riboula des yeux avec une mimique satisfaite.

— Ah, là, patron, tu as répondu à ma question !

— Ah oui, demande aussi à quelqu'un d'appeler cette
actrice française qui avait rendez-vous ce soir. Tu vois qui je
veux dire ?

— Celle qui a des montgolfières au balcon et un petit
minou dans la gorge ?

— C'est ça. Écoute, le mieux serait que tu lui téléphones
toi-même pour lui raconter un gros mensonge. Dis-lui
n'importe quoi mais explique-lui que je ne peux pas dîner
avec elle ce soir.

Aldrich arriva dans le bureau comme une tornade, les traits
tirés, l'œil traqué : son expression ordinaire des jours d'émission.

— Tu as lu tout ce qu'on t'a fourni ? demanda-t-il d'une
voix tendue.

— Aldrich, mon chou..., soupira Aretha. La seule chose
que M. Python ait lu hier soir, c'étaient les lignes dans la main
de sa belle.

— Mauvais ! jappa sèchement Shane Dickson. Tu ne peux
pas faire un effort, au moins ?

— Je ne fais que ça, répondit aimablement Jade.

Depuis le début de la journée, il n'avait cessé de lui tanner
le cuir.

— Merde ! Tu es censée prendre un air rêveur et éthéré et,
au lieu de ça tu ricanes comme une gargouille !

Ils ne savaient que trop bien, l'un et l'autre, pourquoi elle
avait ce perpétuel sourire aux lèvres. Et le fait qu'ils le sachent
n'arrangeait rien à l'ambiance dans le studio.

— Essaie de penser à quelque chose de triste, de grave,
suggéra méchamment Shane. Attraper une sale maladie
comme le sida, par exemple. C'est des choses qui peuvent
arriver quand on passe une nuit avec un type qui saute sur tout
ce qui porte jupon.

Le sourire s'effaça instantanément du visage de Jade.

— On ne te demande pas de faire des remarques ! Surtout
des remarques aussi connes !

— Penses-y, insista-t-il, opiniâtre. Je ne fais que te répéter
ce que tout le monde dit à Los Angeles.

— Et toi, tu vas penser à autre chose, répliqua Jade, les

dents serrées. Tu vas penser que la vedette de cette série de pubs, c'est moi! Toi, tu n'es que le réalisateur. Tu peux être remplacé. Moi pas!

Elle se rendit aussitôt compte que ses paroles avaient peut-être un peu dépassé sa pensée. Oh, et puis tant pis pour lui! Il l'avait bien cherché!

Après l'engueulade, ils réussirent enfin à faire un peu de travail satisfaisant. Jade put se libérer à six heures passées. Elle demanda à son chauffeur de faire le crochet par le Irvine Ranch Market du Beverly Center où elle acheta des escalopes de veau, des pommes de terre, des crudités, une glace pralinée, un superbe gâteau au chocolat et deux bouteilles de vin.

Un bouquet de fleurs à la main, elle se hâta de rentrer chez elle où l'attendaient deux bonnes surprises. Un appartement rempli de somptueuses roses jaunes disposées dans des vases par sa femme de ménage. Et la voix de Jack sur le répondeur. Elle écouta trois fois son message en exultant de ravissement.

Comment était-il possible d'être aussi mordue en si peu de temps?

Elle l'ignorait et s'en moquait.

J'ai mon émission ce soir, disait la voix enregistrée. *Ensuite, puisque tu proposes de me faire à dîner... Ma foi, je trouve l'idée fort séduisante.* Un silence, puis : *Quoique... oui, honnête-ment, si tu me faisais autre chose, je crois que je pourrais oublier le dîner. A tout à l'heure.*

Il avait une voix superbe. En fait, tout était superbe en lui.

Elle mit un disque de Bruce Springsteen et entreprit de déballer ses courses. C'était drôle, elle n'accusait absolument pas la fatigue de sa courte nuit et de sa dure journée...

76

— Il faut que j'aille faire une virée dans l'Arizona, se lamenta Howard.

— Pourquoi? demanda Poppy.

— Parce que cette connasse de Whitney Valentine est en train de foutre sa merde!

Poppy fit la moue.

— Howard, tu sais très bien que je déteste t'entendre parler comme ça!

— Il n'y a pas d'autres mots pour dire ces choses-là, répondit Howard d'un ton écœuré.

— Tu pourrais essayer d'en trouver !

— Ça va, Poppy, tu t'arrêtes là. Je ne suis pas d'humeur à supporter une leçon de politesse.

Il fallait reconnaître une qualité à Poppy : elle savait jusqu'où elle pouvait aller trop loin. Dans le cas présent, elle jugea plus sain de la mettre en veilleuse.

— Si tu savais la journée que j'ai eue.., grommela Howard.

Il lui raconta l'incident sur le tournage de *Romance*.

Elle l'écouta, les yeux écarquillés.

— Non ? souffla-t-elle, médusée. Zachary Klinger a vraiment frappé Carlos Brent ?

— Il l'a étalé, ouais.

— Mais qu'est-ce qui va se passer, maintenant ?

— Devine qui s'est démené pendant tout l'après-midi pour rattraper le coup ?

— Toi, bien entendu.

— Bien entendu. Et tout ça est arrivé à cause de Silver. Quelle connasse, celle-là, aussi !

— Howard !

Il la fit taire en levant la main.

— Ça va, ça va...

— Ils s'adressent de nouveau la parole ?

— C'est tout juste. Carlos menace de tout plaquer. Et il serait foutu de le faire, avec la tête qu'il a. Notre seul atout c'est qu'il a davantage besoin de nous que nous de lui. Quelle autre firme irait donner la vedette d'un film à vingt millions de dollars à un vieux cheval comme Carlos Brent ?

— C'est vrai, ça, fit Poppy de sa voix de petite fille. C'est qu'il est futé tout plein, mon Howie.

Poppy avait aussi l'art d'employer la flatterie quand le besoin s'en faisait sentir.

— Enfin, poursuivit-il, il a fallu arrêter le tournage pour l'après-midi. Mais, avec un peu de chance, demain, le calme sera revenu.

— Tu ne crois pas qu'il vaudrait mieux que tu restes ici pour surveiller tout ça ?

— Bien sûr que ça vaudrait mieux. Seulement, on a encore plus de problèmes avec *The Murder*. Si je n'y vais pas pour redonner un coup de démarreur à Whitney, il va falloir arrêter complètement ce tournage-là. Elle fait juste une petite apparition dans le film mais tout son rôle doit être tourné en extérieur dans l'Arizona.

— Et qu'est-ce qu'elle fait comme sottises ?

— Elle fait semblant d'être malade. Tout ça parce que Mannon et Clarissa crèvent l'écran depuis qu'ils couchent ensemble.

— Et Chuck n'est pas auprès d'elle ?

— Il y était. Mais ils se sont encore engueulés hier et il est parti. C'est là que... enfin, c'est là qu'elle est soi-disant tombée malade et qu'elle a pris le lit.

— Ce n'est vraiment pas juste, gémit Poppy. Tous ces problèmes dans tous les coins et il n'y a que toi qui puisses y faire quelque chose !

— J'assume ! dit bravement Howard, pensant que c'était sans doute l'occasion rêvée pour s'envoyer vite fait bien fait cette chère Whitney.

Dieu sait que cette occasion, il l'attendait depuis longtemps ! Brave épouse empressée, Poppy demanda :

— Je te fais préparer un bagage pour une nuit ?

— Ça devrait aller.

Quelques heures plus tard, il décollait à bord du jet de la compagnie.

Abandonnée à elle-même, Poppy appela immédiatement Carmel pour avoir une relation des faits version Orville. Ensuite, elle narra toute l'histoire à Ida White, qui était déjà au courant et s'en souciait comme de sa première chemise.

— N'oublie pas mon déjeuner de demain avec Jade Johnson, lui rappela-t-elle avant de raccrocher. Au *Bistro Garden* à midi et demi.

Elle se demanda si elle devait ou non appeler Melanie-Shanna. Non, décida-t-elle. Melanie-Shanna risquait d'être très bientôt l'ex-Mme Mannon Cable. Et il n'existait rien de plus rasoir que de faire semblant d'être l'amie d'une ex. Quand le célèbre époux n'était plus là, ça ne présentait plus aucun intérêt.

Mais, d'un autre côté, il serait peut-être souhaitable que quelqu'un mette Melanie-Shanna au courant de ce qui se passait entre Mannon et Clarissa. Tout de même, il était normal qu'elle sache. Si un jour Howard lui faisait des cornes, Poppy apprécierait qu'on le lui fasse savoir. De plus, la petite allait accoucher incessamment. Quand il serait père, Mannon n'allait peut-être pas la plaquer et elle resterait Mme Cable.

Poppy poussa un gros soupir. Ah, les décisions... les décisions... Pas faciles à prendre, parfois. Elle tendit sa main manucurée vers le téléphone.

Dirk Price, l'auteur-réalisateur de *The Murder* vint accueillir Howard à l'aéroport. C'était un garçon de vingt-huit ans, à cheveux longs, lauréat de l'École de Cinéma de l'Université de Californie à Los Angeles, et il avait déjà fait deux films, tous les deux destinés à une clientèle jeune (vierges nues, garçons bandant comme des cerfs, vandalisme dans les lieux publics) et qui avaient tous les deux rapporté gros. C'était sa première aventure dans le monde des grandes personnes et les épreuves de tournage, que Howard recevait chaque jour à Hollywood par courrier aérien, étaient époustouflantes. Mannon, notamment, stupéfiait tout le monde par la qualité de son jeu. Clarissa était écrasante de talent, comme toujours. Quant à Whitney, elle avait son fabuleux physique et jouait comme une jeunette fraîchement émoulue de l'école d'art dramatique.

La première chose que Dirk dit à Howard après les salutations de rigueur fut :

— Je veux la remplacer. Elle assassine mon film.

— *Notre* film, rectifia Howard. Et nous avons un contrat à respecter.

— Et elle, elle le respecte, son contrat ? demanda Dirk, à bout de nerfs. J'ai dû modifier mon programme de toute la journée pour tourner des scènes dont elle est absente. Et, à cause de ça, on est en train de dépasser le budget.

— C'est pour ça que je suis là, dit Howard d'une voix apaisante. Je viens lui parler.

— On ne peut pas lui régler son cachet, qu'elle s'en aille et qu'on prenne quelqu'un d'autre ? demanda Dirk.

Il avait les cheveux noués en queue de cheval et une oreille percée à laquelle il portait un petit diamant.

— Non, dit Howard.

— Pourquoi ?

— Parce que, répondit Howard, harrassé, on ne peut pas. C'est comme ça.

— Bordel de merde, grogna Dirk.

Howard tâta sa perruque pour vérifier que tout était bien en place. Le front de Dirk commençait déjà à se dégarnir. A quoi cela lui servait d'avoir tous ces cheveux qui pendaient dans le dos s'il ne lui restait plus rien sur le devant ?

Ils avaient réservé à Howard une chambre dans le même hôtel que Whitney. Il prit une douche et se changea avant d'aller lui rendre visite.

La porte de la suite fut ouverte par sa doublure qui lui servait également de secrétaire.

— Monsieur Soloman, dit la jeune femme, visiblement soulagée. Vous voilà, Dieu merci. Entrez. Whitney vous attend.

Elle l'attendait, effectivement, assise en tailleur au milieu de son lit. Elle portait un survêtement rose pâle, des tennis pastel et arborait une expression fort épanouie. Sa crinière était nouée en deux petites nattes d'écolière et son visage bronzé était sans maquillage, ce dont il n'avait nul besoin.

Il sentit un élan de tendresse indomptable monter en lui et il pria le ciel pour que ça ne se voie pas trop sous le pantalon léger qu'il avait enfilé en même temps qu'un sweater décontracté.

— Howard ! gémit-elle pitoyablement. Ils veulent ma mort !

— Qui ça ? demanda Howard, paternaliste, en s'asseyant sur le bord du lit.

— Tous autant qu'ils sont !

Ses yeux bleu marine s'emplirent de vraies larmes.

Si seulement elle avait pu jouer la comédie aussi bien devant une caméra qu'elle le faisait dans la vie...

— Raconte-moi tout, baby, demanda Howard, bon Samaritain.

Les lèvres tremblantes, elle se lança dans une litanie de doléances. Le metteur en scène ne voulait pas d'elle, Clarissa était une garce, les membres de l'équipe avaient une attitude hostile à son égard, Mannon était un salaud. Bref, ils étaient tous ligués contre la pauvre Whitney.

— Tout de même, Howard, acheva-t-elle, la voix chevrotante d'indignation, j'ai accepté de faire une participation dans ce film alors qu'au départ on parlait de moi pour le premier rôle féminin !

— Je sais, convint-il avec une mimique compatissante. Mais tu ne le regretteras pas. Ce rôle va t'ouvrir toutes les portes que tu veux. Dans les épreuves de tournage que j'ai vues, Clarissa est inexistante à côté de toi. Ce film est le tien !

Ses yeux s'allumèrent.

— C'est vrai ?

— Tu me crois capable de te mentir ?

— Mais non, répondit Whitney. Tu sais bien que j'ai confiance en toi. Une confiance très solide.

— Écoute, baby, reprit-il, ne te fais pas de mal à toi-même. Retourne travailler demain. En restant dans ton trou, tu fais jubiler Clarissa. Elle pense que comme ça, elle va réussir à t'écraser. — Il marqua une pause, se préparant à assener le coup de grâce. — Et si tu n'y retournes pas, tu sais, ma pauvre Whit, ça va se passer entre les avocats et je ne pourrai plus rien y faire. Franchement, ça m'ennuierait tellement de te voir flanquer ta carrière en l'air pour un coup de tête...

Elle le regarda pensivement, les coins des lèvres tournés vers le bas dans une expression très concentrée.

Et puis, comme le soleil se levant derrière un nuage, elle sourit. Whitney Valentine avait le plus beau sourire du monde.

— Howard, tu as absolument raison. Merci pour ton honnêteté. Je t'adore.

Rampant en travers du lit, elle se pencha pour l'embrasser.

Le baiser visait sa joue mais il tourna la tête assez vite pour qu'il atterrisse sur ses lèvres. Il empoigna Whitney par les épaules. Elle opposa un peu de résistance mais ne tarda guère à capituler. Il la tenait! Elle répondait! Et ce fut un long, long baiser passionné, grisant.

Elle le repoussa finalement, juste avant l'asphyxie, et soupira :

— Howard, il ne faut pas. Tu es marié...

— Officiellement, oui, répliqua-t-il. Seulement, depuis la naissance de Roselight, Poppy ne me permet plus de l'approcher. Les docteurs disent que c'est psychologique. On essaie de la soigner. Mais, qu'est-ce que tu veux, Whit, je suis toujours un homme, moi. Un homme bien solitaire.

— Si solitaire que ça? Tu as tout de même pas mal de possibilités...

Elle laissa sa phrase en suspens.

— Il y a des années que je rêve de cet instant, avoua Howard, vibrant d'excitation. Toi et moi... rien que nous. Personne d'autre...

Elle ne crut pas une seconde à son histoire concernant Poppy. Cependant, une aventure avec Howard ne pouvait pas manquer de consolider sa position sur ce tournage et de rendre Mannon fou furieux. Peut-être n'éprouvait-il plus rien pour elle mais il risquait de le prendre très très mal. Son ex-femme avec un autre de ses ex-meilleurs amis, il allait la trouver mauvaise!

— Plus tard..., dit-elle dans un murmure prometteur. Après le dîner. Toi et moi... rien que nous...

77

— Éloigne-moi cet horrible chien! cria Silver. Je t'en prie, Wes, il est tout crasseux!

— Mais non, dit Wes en ébouriffant affectueusement les poils de Mutt.

— Bien sûr, il n'est pas crasseux... Et je suppose que tu vas aussi me soutenir mordicus qu'il n'a pas de puces !

— Non, il n'en a pas. Ah, sauf celle-là.

Il attrapa une puce imaginaire dans les poils mités du bâtard et, faisant semblant de la tenir entre deux doigts, l'agita en direction de Silver.

Elle se mit à pousser des hurlements hystériques. Il explosa de rire.

— Mais je blaguais, finit-il par dire.

Elle lui lança un regard noir et siffla avec fureur :

— Je me demande ce qui m'a pris d'aller épouser un idiot pareil, qui a dix ans d'âge mental !

— Fastoche ! Tu m'as épousé pour mon argent !

— Ah oui ? Simplement pour ça ?

— Non, pour mon charme, aussi.

— Tiens, je ne m'en étais pas rendu compte.

— Mais surtout pour ma grosse quéquette.

— J'en ai vu de plus grosses, souffla-t-elle, hautaine.

— Sans blague ?

— Assurément, monsieur.

— Regardez bien celle-là, madame, et jurez-moi que vous en avez déjà vu de plus grosses.

Très vite, les plaisanteries se changèrent en petits jeux moins innocents sur le grand lit de Silver, tandis que Mutt, excité par l'atmosphère électrique, courait de long en large sur la moquette en aboyant comme un fou.

— Wes..., insista Silver. S'il te plaît... débarrasse-nous de cette bestiole.

— Maintenant ?

— Maintenant, confirma-t-elle.

— Tu veux donc que j'arrête ? Tu es sûre ?

— Oui. Vire-le tout de suite, Wes. Je ne ris pas.

Avec un grommellement de résignation, il roula au bas du lit, attrapa le chien par la peau du cou et le fit doucement sortir de la chambre.

— Je ne veux plus revoir cette bestiole ici, dit-elle en le regardant attentivement tandis qu'il revenait vers le lit.

Elle ne se lassait pas d'examiner le corps de Wes dans tous ses détails. Il était tellement mâle. Elle était subjuguée par sa puissance et par son manque total de complexes pour ce qui touchait à son allure. Dans cette situation, un acteur se serait battu à mort pour avoir un miroir. Wes n'y songeait même pas. Il avait une sexualité naturelle, animale, que Silver adorait, il le savait, et cela les rendait tous les deux extrêmement heureux.

D'accord, il était plus jeune qu'elle. Elle s'en moquait éperdument. C'étaient tous ces journaux et ces feuilles à scandale qui en faisaient tout un plat. A en croire certains, on aurait juré qu'elle l'avait pris au berceau ! On en était quand même assez loin ! Carlos Brent, par exemple, avait soixante et quelques et son amie actuelle, Dee Dee Dione, en avait à peine plus de trente. Ils avaient au moins trente ans d'écart et, pour eux, tout le monde trouvait ça normal !

Wes grimpa sur le lit et alluma la télévision avec la télécommande. Silver lui confisqua le petit boîtier et éteignit le poste.

— Dis donc, on était en train de faire autre chose que de regarder la télé !

— Tu es sûre ?

— Tout à fait !

— Oh, mais ma pauvre chérie, j'ai un mal de tête ! Tu ne peux pas savoir ! C'est affreux...

Elle attrapa une revue et la lui lança à la figure.

— Fais attention, tu vas finir par m'exciter pour de bon !

— Mais, ma chérie, je ne demande pas mieux que de t'exciter..

Dans la cuisine, Vladimir était en train de préparer le dîner et dans le bureau du pavillon de bain, Unity se débattait au milieu d'une avalanche de coups de fil. On aurait dit qu'ils s'étaient tous donné le mot pour téléphoner en même temps. Orville Gooseberger qui demandait Wes. Zachary Klinger qui réclamait Silver. Trois appels de Zeppo White pour Wes. Poppy Soloman qui voulait parler à Silver. Nora qui demandait indifféremment Wes ou Silver.

Quelle que soit l'urgence prétendue des messages, Unity avait des consignes très strictes : ne jamais déranger les jeunes mariés quand ils étaient ensemble dans la chambre. Elle prenait donc sagement note des appels et promettait à tout le monde qu'on les recontacterait au plus tôt.

A dix-huit heures, elle jugea que sa journée était finie et elle brancha le répondeur. Le boulot ne la passionnait pas des masses. Bon, d'accord, elle était reconnaissante à Wes de l'avoir dépannée car elle avait bien besoin de sortir de ce job pourri au *Tito's* et, surtout, de se désintoxiquer. Mais la vie, seule dans cette grande maison, sans personne à qui parler, devenait pesante. La reine Silver et le chevalier servant Wes, elle commençait à en avoir sa claque.

Elle s'aventura dans la cuisine, où Vladimir l'ignora, comme à l'accoutumée. Depuis qu'elle était arrivée, il ne lui avait pas adressé trois fois la parole.

— Qu'est-ce que vous préparez ? demanda-t-elle.

— De la salade chinoise au poulet, répondit Vladimir, grincheux.

Il détestait avoir Unity à ses basques. Il était sûr qu'elle l'espionnait. En tout cas, sa présence à demeure ne facilitait pas la circulation discrète des amants de Vladimir. Il n'était plus tranquille nulle part, maintenant, même dans son appartement personnel au-dessus du garage. L'autre jour, elle était venue frapper à sa porte sous un prétexte idiot.

— Je ne suis pas de service ! avait-il crié sans ouvrir. Je vous prie, à l'avenir, de ne plus jamais venir me déranger quand je suis chez moi !

Le serveur italien avec lequel il était en train de s'ébattre avait fait une parano, croyant que Unity était sa femme lancée à sa recherche. Ça lui avait coupé tous ses effets. Vladimir en était fou.

— Ça a l'air rudement bon, dit Unity. Je peux goûter ?

— Il n'y en a pas assez, répondit Vladimir, hautain. Vous avez des spaghetti froids dans le frigo.

Mutt fit son entrée, sautillant et agitant son petit bout de queue.

Elle se baissa pour le caresser.

— Pas de bêtes dans la cuisine pendant que je prépare les repas ! lança sèchement Vladimir.

— Vous pourriez quand même être un peu moins désagréable ! répliqua Unity, surprenant Vladimir et se surprenant elle-même.

Jusqu'à présent, elle avait agi comme une petite jeune fille effacée, sans jamais se plaindre de rien.

Vladimir réagit aussitôt :

— Que comptez-vous faire ? s'enquit-il avec morgue. Signaler mon comportement à votre... « cousin » ?

Elle s'empourpra.

— Je ne suis pas une moucharde ! riposta-t-elle, piquée au vif.

Ça, c'était une chose que Vladimir était heureux d'entendre. Mais il ne fit pas de commentaire et continua à découper, trancher, hacher.

— Vous savez, reprit-elle vivement, pour être franche, je ne suis pas du tout intime avec mon cousin. Il m'a juste aidée à me sortir d'un mauvais pas, c'est tout.

Cette fois, elle avait éveillé l'intérêt de Vladimir.

— Un mauvais pas ? répéta-t-il avec curiosité. Vous attendiez un enfant ?

Elle secoua la tête.

— Vous êtes complètement à côté. J'étais... j'avais des problèmes de... de drogue.

Cette fois, Vladimir était totalement passionné. Reposant son couteau à découper, il plaça une main compatissante sur l'épaule de Unity.

— Vous avez besoin de vous confier à quelqu'un, dit-il gentiment. Je vous écoute.

Wes laissa Silver prendre un bain et s'habiller. En descendant l'escalier, il ne sentit aucune odeur de cuisine lui chatouiller les narines. Déception. En dépit de nombreux défauts, Vladimir était un vrai cordon bleu. C'était pour ça que Wes ne l'avait pas viré quand il s'était installé dans la villa de Bel Air.

Poussant la porte de la cuisine, il fut surpris de trouver Unity et le majordome assis devant la table en train de se raconter leur vie. Il était surpris parce que, jusqu'à présent, ils avaient tous les deux fait en sorte de s'éviter. Ce qui arrangeait bien Wes. Il ne tenait pas vraiment à ce que Unity fasse des confidences à Vladimir, surtout à propos de son passé.

— Qu'est-ce qui se passe ? demanda-t-il. Où est le dîner ?

En une fraction de seconde, Vladimir se leva.

— Madame est-elle prête pour dîner ? s'enquit-il respectueusement.

— Oui, elle est prête, répondit Wes. Qu'est-ce qu'il y a ?

— De la salade chinoise au poulet, dit Vladimir en regagnant vivement son poste devant la planche à découper.

— De la *quoi* ? fit Wes.

— De la salade chinoise au poulet.

— Vous voulez dire que c'est froid ?

— C'est cela, oui.

— Merde.

— C'est Madame qui me l'a commandée tout spécialement pour ce soir. Elle a même ajouté que cela ne vous ferait pas de mal de perdre un petit kilo.

Vladimir savait qu'il venait de marquer un point. Il se régala du malaise de Wes.

— Vraiment ? Elle a dit ça ?

D'un pas rapide, Wes quitta la cuisine, suivi par Unity qui lui communiqua les messages.

— Pose ça sur mon bureau dans le cabinet de travail, dit-il. Je rappellerai après dîner.

— M. White a dit que c'était urgent. M. Gooseberger aussi.

— O.K., O.K...

Wes alla s'enfermer dans son bureau et appela Orville. Jamais encore le producteur ne l'avait contacté personnellement et il était curieux de savoir ce qu'il lui voulait.

— Est-ce que Silver vous a raconté ce qu'elle avait fait aujourd'hui ? beugla Orville de sa voix de stentor.

— Non, répondit Wes, étonné.

— Vous voulez dire qu'elle ne vous a pas mis au courant ?

— Mais qu'est-ce que c'est que ce jeu de devinette, Orville ? Si je vous dis non, c'est que c'est non. Alors, qu'est-ce qu'il y a ?

— On a été obligés d'arrêter le tournage cet après-midi. Silver avait une gousse d'ail dans la bouche quand elle a embrassé Carlos. Il est devenu fou furieux, l'a injuriée mais Zachary a pris la défense de Silver. Alors Carlos s'est retourné contre lui. Bref, Zachary a mis Carlos K.O.

Wes avait du mal à en croire ses oreilles. Il s'était passé tout ça et elle ne lui en avait pas dit un mot !

— Ah bon ? fit-il sobrement.

— Eh bien, reprit Orville, il a fallu qu'on s'y mette à trois : Zeppo, Howard Soloman et moi. Je crois qu'on a réussi à ramener le calme. Mais... comment dire, demain tout risque de recommencer. Pour une raison que je ne connais pas avec certitude, votre femme semble vouloir dégoûter Carlos Brent au point de lui faire abandonner le film. Certains membres de l'équipe racontent qu'elle le trouve trop vieux, qu'elle voudrait un partenaire plus jeune.

— Ah oui ?

— Ce n'est pas à vous que je vais expliquer les conséquences pour la production d'une éventuelle démission de Carlos Brent. Vous êtes un homme d'affaires, ce sont des choses que vous comprenez.

— Tout à fait.

— Alors voilà... avec Howard et Zeppo, nous avons pensé que ce serait une bonne idée que vous l'accompagniez au tournage demain et, dans toute la mesure de vos possibilités, les autres jours aussi. Nous vous demanderions de... de l'avoir à l'œil. Une longue expérience m'a appris que, quand une femme difficile se met à faire des siennes sur un tournage, le seul à pouvoir vraiment la reprendre en main et la tenir est... enfin... excusez-moi de vous dire ça aussi crûment, mais, bon... le seul qui réussisse vraiment à la tenir, c'est celui qui la saute.

Wes eut un petit rire sans joie.

— Ouais, je crois que je pige ce que vous voulez dire. Je vais faire mon possible pour venir.

Orville se répandit en remerciements et raccrocha. Sur quoi, Wes appela Zeppo White, avec lequel il eut une conversation pratiquement identique, et qui lui fit exactement la même suggestion que le producteur mais en des termes encore moins choisis.

Wes raccrocha. Il était furieux. Pourquoi ne lui avait-elle rien dit ? Qui était-il à ses yeux ? Le grouillot de Madame ? Le minable tout juste bon à la sauter l'après-midi quand elle n'avait rien à faire ? N'avait-elle aucune considération pour lui ?

Bouillonnant de rage, il passa dans l'entrée, prit les clefs de la Rolls et hurla :

— Vladimir !

Le Russe pointa le nez à la porte de la cuisine.

— Vous direz à *Madame* que je ne serai pas là pour déguster avec elle votre succulente salade chinoise au poulet. Vous lui direz aussi que je rentrerai tard, très tard. *Si* je rentre.

Sur ces mots, il quitta la maison d'un pas décidé.

78

— Hello, Jacques !

C'était Danièle Charrier, l'actrice française à la voix rocailleuse et aux yeux incendiaires. Elle était là, avec les invités, quand il jeta un coup d'œil dans le studio quelques minutes avant le début de l'émission. Toutes grâces dehors, elle traversa la pièce en roulant les hanches et vint l'embrasser sur les deux joues, l'enveloppant dans de puissants effluves musqués. Elle était tout en rouge éclatant.

Le sénateur Richmond, qui était l'invité de l'émission, se leva vivement, les rejoignit et serra vigoureusement la main de Jack.

— Content de vous revoir, dit-il. Et... content aussi d'avoir à croiser le fer avec vous ce soir. Seulement... ne soyez pas trop cruel. C'est la première fois... avec vous, bien sûr, ajouta-t-il, avec une lueur malicieuse dans le regard.

445

Cherchant désespérément Aretha, Jack essaya de comprendre ce qui avait pu se passer. Des messages avaient dû être bloqués quelque part dans le circuit. Aretha devait annuler son rendez-vous avec Danièle Charrier. Il était peu probable que cette dernière soit ici avec le très respectable et très marié sénateur Richmond. Jack était donc dans la panade.

Il les gratifia tous les deux d'un sourire amical.

— C'est moi qui suis heureux de vous recevoir ce soir, monsieur le sénateur.

— J'ai pris spécialement l'avion de Los Angeles pour l'occasion. — Le sénateur lui adressa un clin d'œil. — Et Mlle Charrier m'a invité à me joindre à vous pour le dîner. J'ai bien essayé de lui faire comprendre que j'étais la dernière personne dont vous auriez besoin à votre table mais elle insiste absolument. Enfin, cela me permettra de penser à quelque chose d'agréable pendant que je subirai cette heure de torture.

— Avec quelques minutes de respiration pendant les spots publicitaires, dit Jack, déployant automatiquement son grand charme.

S'il trouvait Aretha maintenant, il l'étranglerait. Non, pire. La mort était un châtiment trop doux.

Mais comment allait-il s'arranger avec Jade? Difficile de l'inviter elle aussi. Pourtant, c'était elle qu'il avait envie de voir.

— Cinq minutes, monsieur Python! hurla Genie, l'assistante de régie.

Le conseiller du sénateur Richmond se précipita à côté de son patron pour les dernières indications. Danièle se pencha vers Jack.

— A tout à l'heure, chéri, susurra-t-elle d'une voix ensorcelante. On va faire l'amour comme jamais quand on se sera débarrassés de M. le sénateur.

Il n'avait aucune envie de faire quoi que ce soit, sauf avec Jade. Et merde, comment s'était-il débrouillé pour se retrouver pris dans ce piège?

— Où est Aretha? demanda-t-il à Genie en la suivant sur le plateau, prêt à affronter le public.

— En régie, je pense, répondit la fille.

— Merde!

— Quelque chose qui ne va pas?

— Fais passer ce message à Aretha : qu'elle appelle Jade Johnson et lui dise que je serai coincé au studio, que je la contacterai plus tard. Et que ce soit fait séance tenante.

— Bien, *patron*!

Jade se mit en jean et en chandail. Puis elle changea trois fois de chandail. Puis elle enleva son jean pour mettre un pantalon de survêtement, trouva qu'il godaillait et que c'était affreux, l'enleva et se remit en jean.

Auparavant, elle s'était débarrassée de son maquillage de studio pour en appliquer un beaucoup plus subtil. Ses cheveux, lavés, avaient séché naturellement et ses boucles sauvages auréolaient son visage d'une cascade de cuivre et de feu.

Pétulante comme jamais, elle passa à la cuisine où elle mit le veau à mariner dans du citron, coupa les pommes de terre en rondelles, hacha du persil, éplucha des haricots verts.

Elle fit ensuite tremper des fraises dans du Grand Marnier et fouetta de la crème fraîche avec du sucre brun.

Au lieu de mettre le couvert, elle disposa des sets sur la table basse devant la télévision, juste pour le cas où il aurait envie de regarder *Hill Street Blues*. Et, pour le cas où il n'en aurait pas envie, elle mit un disque de Sade dans la platine.

Elle déboucha une bouteille de vin blanc bien fraîche et alluma la télévision à la seconde même où débutait *Face to Face with Python*.

Tout heureuse, elle s'assit et regarda.

Le sénateur était affable et aussi facile à coincer qu'une savonnette dans une baignoire. Il répondait à toutes les questions avec un air bonhomme sans tomber dans aucun piège et en glissant incidemment tout ce qu'il avait envie de dire.

C'était un intéressant sujet d'étude. Comment pouvait-on raconter autant de mensonges et, en même temps, conserver une allure de brave type débonnaire? Le sénateur Richmond, lui, réussissait cette prouesse. Et Jack, qui avait l'esprit complètement ailleurs, pour une fois, le laissait s'en tirer à bon compte.

— Jamais rien vu de plus mauvais! se lamenta Aldrich lorsque l'heure fut passée. Tu l'as laissé faire son émission dans un fauteuil! Bon Dieu de merde, Jack, c'était un show Peter Richmond que j'ai vu ce soir, pas *Face to Face with Python*!

— Où est Aretha?

— Hé, je te dis...

— J'ai parfaitement entendu ce que tu m'as dit. Je ne suis pas d'humeur à parler de ça maintenant.

Il trouva Aretha dans le bureau. Quand elle le vit entrer, elle eut un geste d'impuissance.

— Je sais... Je sais..., fit-elle, l'air navré. Qu'est-ce que tu veux que je te dise...

— Ce que je veux que tu me dises, nom de Dieu? Mais qu'est-ce qui s'est passé, cette blague!

— J'ai téléphoné à Danièle Charrier tout à l'heure. Elle n'était pas là. Je suis tombée sur quelqu'un qui avait l'air de comprendre. J'ai laissé le message.

— C'est-à-dire?

— Oh, écoute, ça va... J'ai dit que tu annulais le dîner et que tu étais désolé. J'ai épelé ton nom, si tu veux tout savoir.

Il se mit à tourner en rond dans la pièce en secouant la tête.

— Maintenant, je suis non seulement obligé de la sortir pour le dîner mais je me retrouve, en plus, avec ce putain de sénateur sur les bras! Tu veux que je te dise, tu es nulle. Nulle! — Il lui faucha une cigarette. — Et Jade? Qu'est-ce qu'elle a dit?

— Euh... Jade..., fit Aretha, ahurie.

— Ne me dis pas que tu as encore merdé ce coup-là!

Aretha prit un air vague.

— Qu'est-ce que je devais faire, déjà?

Cette fois, il explosa véritablement :

— Bordel de merde! Tu ne l'as pas encore appelée?

Elle plissa le front.

— Arrête de hurler comme ça, s'il te plaît.

Jack respira profondément, tenta de se calmer et dit :

— J'avais demandé à Genie de te faire passer un message en régie pour que tu appelles Jade et que tu lui dises que je ne pourrais pas être là ce soir. Est-ce que tu as fait ça, oui ou merde?

— Mais oui, bien sûr. Je n'y pensais plus. J'ai eu une soirée chargée, moi aussi, figure-toi.

— Elle l'a pris comment?

— Avec calme.

Il poussa un long soupir résigné.

— Réserve-moi une table pour trois chez *Chasen's*.

— C'est comme si c'était fait.

A peine Jack fut-il sorti de la pièce qu'Aretha attrapa son répertoire de téléphone. Genie avait oublié de lui transmettre le message et Aretha savait que, si Jack l'apprenait, il allait la virer sur-le-champ. Genie était nouvelle. C'était une brave fille, pleine d'enthousiasme. Aretha ne voulait pas qu'il lui arrive ça. Elle décida de la couvrir et composa le numéro de Jade Johnson. Il était près de neuf heures et demie du soir.

En raccrochant le téléphone, Jade ne put dominer la vague de déception qui la submergeait. Pourquoi Jack ne l'appelait-il pas lui-même ? Pourquoi avait-il attendu si tard pour faire annuler, et par son assistante, en plus ?

— Jack ne peut échapper au dîner avec le sénateur, avait expliqué cette dernière.

Possible. Mais alors pourquoi ne lui avait-il pas proposé de les accompagner ?

Peut-être en demandait-elle trop, après tout ? Au fond, elle ne connaissait que ses sentiments propres. Ceux de Jack Python pouvaient être différents. Peut-être n'était-elle qu'un nom de plus sur sa liste. Bonsoir, mademoiselle, et merci.

La colère lui chauffa soudainement les joues. C'était vrai que Jack Python avait une réputation particulière. Shane l'avait prévenue. Les roses faisaient peut-être partie du programme standard. Et elle s'était fait des tas d'illusions comme la dernière des andouilles.

Bon. Ce n'était pas son genre de se croiser les bras et de pleurer. Corey avait appelé hier pour l'inviter à une soirée privée en l'honneur de Petrii, le styliste new-yorkais. Antonio aussi avait appelé et laissé un message sur le répondeur pour la prier d'y être. Puisque tout le monde voulait qu'elle y soit, eh bien elle y serait !

Pas besoin d'être médium pour comprendre que le très marié sénateur était très sensible au charme de la très provocante actrice française. En jouant un peu les catalyseurs, Jack calcula qu'il pouvait être sorti de chez *Chasen's* dans une heure. Donc, si Jade avait toujours envie de le voir...

Ses pensées s'évadèrent vers elle tandis que Danièle parlait et parlait de sa voix rocailleuse et que les yeux du sénateur se repaissaient de ce qu'ils arrivaient à glaner dans l'échancrure de sa robe. Jade était tellement différente. C'était un émerveillement. Elle était prodigieusement belle et excitante mais ses attributs physiques n'étaient pas son principal attrait. Jade, c'était la liberté d'esprit. Cette chose irremplaçable qu'il avait sentie dès leur première rencontre. Maintenant qu'ils étaient embarqués dans une relation, il voulait apprendre à la connaître bien. Pour tout dire, il crevait d'impatience.

Jetant un coup d'œil à sa montre, il se dit qu'il pourrait s'éclipser le temps d'aller passer un coup de fil sans leur manquer outre mesure.

— Si vous voulez bien m'excuser un petit instant..., dit-il poliment.

C'est tout juste s'ils l'entendirent.

Le concierge appela un taxi et elle fila après avoir rapidement enfilé une robe courte de cuir noir sur laquelle elle portait une abondance de bijoux d'argent.

— *Chasen's,* indiqua-t-elle au chauffeur, un Iranien, qui démarra comme s'il avait toute la police de la région à ses trousses.

Dans la voiture, elle alluma une cigarette, tira une bouffée puis l'écrasa. Elle sortit son poudrier de son sac et vérifia soigneusement son maquillage dans la petite glace. Un peu agacée, elle nota qu'elle avait cette allure rayonnante que l'on attribue traditionnellement aux femmes comblées.

Ce foutu Jack Python. Qu'était-il venu faire dans sa vie ?

Le chauffeur se mit à parler tout en fonçant à tombeau ouvert le long de Wilshire Corridor.

— Vous êtes d'ici, mademoiselle ?

— Non, de New York, marmonna Jade, qui n'avait aucun désir de faire la conversation.

— Ah, New York ! Je m'en doutais. Vous avez l'air de New York. J'ai deux frères, là-bas, à New York. Un marié, très belle femme là-bas. L'autre, il...

Elle déconnecta, regrettant de ne pas avoir pris sa voiture et d'être obligée de servir d'oreille à cet homme qui brûlait d'envie de lui révéler tous les secrets de sa famille.

Ça ne décrochait pas chez Jade. Le répondeur n'était pas branché. Impossible, donc, de laisser un message.

Elle était sûrement sortie. Normal, après tout. Il ne pouvait tout de même pas lui demander de rester là à se morfondre en attendant qu'il l'appelle. Mais, s'il pouvait se débarrasser du sénateur et de Danièle à une heure raisonnable, rien ne l'empêchait d'aller attendre Jade à son appartement.

L'idée le séduisait. Très fort. Il allait faire activer le mouvement.

A peine avait-il regagné leur table que le sénateur Richmond se leva.

— J'ai un rendez-vous de très bonne heure demain matin, expliqua-t-il en guise d'excuse.

— Vraiment ? dit Jack.

— Sept heures et demie.

Danièle tendit la main.

— Au revoir, monsieur le sénateur.

— Bonsoir, mademoiselle, euh... Charrier. J'ai été ravi de faire votre connaissance.

— Mais tout le plaisir a été pour moi, monsieur le sénateur.

Le regard de Jack passa de l'un à l'autre. Que leur arrivait-il soudain ? Quelques minutes plus tôt, il aurait juré que c'était une affaire conclue entre ces deux-là.

Le sénateur détala comme s'il avait le diable aux fesses, le plantant là avec Danièle.

Elle se rapprocha et lui glissa une main derrière la nuque.

— Il veut que j'aille le rejoindre à son hôtel, murmura-t-elle de sa voix grave et rauque. Et j'ai promis d'y aller.

Avec un sourire mystérieux, elle demanda :

— Qu'est-ce que je dois faire, Jacques ?

Elle s'attendait sans aucun doute à ce qu'il lui demande de rester et c'est ce qu'il aurait fait s'il n'avait pas connu Jade. Mais, aujourd'hui, il n'avait qu'un désir : se débarrasser de Danièle Charrier.

— Ma chère Danièle, remarqua-t-il avec le plus grand bon sens, tu as promis. Et... chose promise, chose due, comme on dit chez vous.

Elle changea littéralement de tête. La belle Danièle Charrier était habituée à voir les hommes se traîner à ses pieds.

— Espèce de salaud ! lâcha-t-elle d'une voix encore incrédule.

— Salaud peut-être, mais fidèle, dit-il, adoucissant sa phrase d'un sourire.

Elle le considéra d'un œil circonspect.

— Que t'arrive-t-il, Jacques ? Tu en pinces vraiment pour quelqu'un ?

Il hocha la tête, presque gêné de confesser pareille faiblesse.

Elle eut un petit haussement d'épaules bien français.

— Mais alors, pourquoi sors-tu avec moi, chéri ?

— C'est un malentendu.

— Ça, c'est bien américain, commenta Danièle en lui tapotant la main. Bon, eh bien, allons-y. Moi chez le sénateur et toi chez Dieu sait qui...

Nouveau haussement d'épaules.

Mlle Charrier était vraiment très compréhensive.

Comme de bien entendu, Jade n'avait que des billets de cinquante dollars sur elle et, comme de bien entendu, le chauffeur n'avait pas de monnaie. Décidément, c'était sa soirée !

— Je vais casser un billet, dit-elle en sortant de voiture.

Très irritée, elle entra dans le restaurant et s'arrêta au comptoir. Visiblement persuadé qu'elle allait filer par-derrière sans lui régler sa course, le chauffeur lui emboîta le pas en déblatérant une homélie sur les voleurs, les cambrioleurs, les méchants de toutes espèces et sur les dangers qu'il y avait à sortir avec plus de vingt dollars en liquide sur soi.

Jade cassa son billet, le paya et il partit en grommelant.

Elle allait faire demi-tour et entrer quand elle fut arrêtée par une main sur son bras.

— Jade ? fit une voix qui ne lui était pas familière.

Elle acheva son demi-tour et se trouva face à un jeune inconnu.

— Salut ! dit-il. Je suis Penn Sullivan. On s'est rencontrés chez *Mortons* il y a deux ou trois mois. Tu étais avec ma copine Beverly D'Amo et moi avec Frances Cavendish, l'agent de casting. C'était un dîner d'affaires, crut-il bon d'ajouter.

— Vraiment ? fit-elle, l'air vaguement amusé.

Elle se rappelait, maintenant, Beverly lui avait dit que Penn Sullivan était un acteur qui avait bien du mal à percer.

— J'espère que ça a donné de bons résultats, dit-elle, en se rappelant aussi l'échange acide qu'elle avait surpris entre lui et Frances Cavendish sur le parking.

Passant la main dans une épaisse chevelure au négligé étudié, il répondit :

— Je travaille. C'est mieux que de faire le serveur dans les restaurants. Je suis ici depuis trois ans et c'est ce que je faisais depuis tout ce temps pour gagner ma croûte.

Il ne paraissait même pas vingt-cinq ans et, indiscutablement, il était mignon.

— Je vais à la soirée Petrii, ajouta-t-il. Tu dînes ici ?

— Non, je suis aussi de la soirée Petrii.

Il respira un grand coup et se lança :

— Et on y va seule ?

Galamment, Jack prit le bras de Danièle, l'aida à se lever de table et écarta sa chaise. Il se promit de la présenter à Howard pour qu'il essaie de la placer dans un film Orpheus. En France, elle était déjà une très grande vedette, mais elle n'avait pas encore percé aux États-Unis. Elle méritait bien un petit coup de pouce. Elle se comportait vraiment comme une lady et Jack appréciait la classe avec laquelle elle s'effaçait.

Lui entourant les épaules d'un bras amical, il la conduisit vers la sortie.

Au moment où Jade s'apprêtait à taper sur les doigts de Penn Sullivan qui était maintenant passé au rentre-dedans massif, Jack et Danièle Charrier firent leur apparition dans le vestibule du restaurant. Ils lui parurent très épris l'un de l'autre. Jack avait le bras sur les épaules nues de l'actrice française. Elle levait vers lui des yeux pleins d'amour.

— Merci, Jacques chéri, murmura-t-elle en se dressant sur la pointe des pieds pour l'embrasser sur la joue.

Jade en resta médusée. Elle avait du mal à en croire ses yeux. Ah, le salaud !

Elle se contrôla aussitôt et, sans un battement de cils, se tourna vers Penn.

— D'accord, allons faire la fête, dit-elle hardiment en se cramponnant à son bras.

— En route ! lança-t-il, tout heureux de l'aubaine.

C'est alors que Jack la remarqua.

— Hé, Jade ! appela-t-il. Mais qu'est-ce que tu fais ici ? J'allais justement...

Elle ne le laissa pas achever :

— Jack, dit-elle d'un ton détaché. Ça me fait plaisir de te voir. Est-ce que tu connais mon ami Penn Sullivan ?

Elle souriait mais son regard était dur comme l'acier.

Jack n'avait aucune envie d'être présenté à ce jeune acteur. Mais, bon Dieu, qu'est-ce qu'elle foutait avec ce type ?

D'accord, il avait compris. Miss Jade Johnson avait tôt fait de trouver un remplaçant quand on annulait un rendez-vous avec elle.

79

C'était une très belle nuit, chaude et parfumée. Avant même d'avoir quitté l'hôtel, Howard sentit la transpiration se former sous sa moumoute. Il avait essayé une nouvelle colle qui tenait très bien mais était sensible à la sueur. Il ne fallait pourtant pas qu'il lui arrive le moindre incident en cette nuit suprême.

Après sa visite à Whitney, il s'était rendu sur les lieux du tournage. Clarissa était bouclée dans son motor-home en compagnie de Mannon. Après avoir frappé et s'être présenté, Howard dut attendre dix minutes, montre en main, pour se faire ouvrir la porte.

Bravo! songea-t-il. Ils s'envoyaient en l'air alors qu'on pouvait les demander pour le tournage à n'importe quel moment.

— Quand on sait qu'on va avoir besoin d'eux, on les appelle vingt minutes plus tôt, lui avait confié Dirk. Comme ça, on est à peu près sûrs de les avoir sous la main quand il faut.

Mannon finit par émerger, bouffi mais visiblement heureux de vivre.

— Howard, ça c'est une surprise! s'exclama-t-il. Qu'est-ce que tu fous par ici, vieille branche?

— J'essaie de veiller à ce qu'on fasse un film, répondit Howard, grinçant. C'est notre but à tous, je te rappelle.

Mannon sourit d'une oreille à l'autre.

— Bien sûr! On ne t'a pas dit que je crevais l'écran?

— J'ai vu les épreuves de tournage, convint Howard, un peu coincé. Elles sont super.

— Super? C'est tout ce que tu trouves? Clarissa dit que si on tient cette pêche-là jusqu'au bout du tournage et que Orpheus fait son boulot correctement au moment des nominations, on est tous les deux bons pour la timbale.

— J'en serais le premier heureux, dit Howard. Je serais aussi heureux de voir Whitney un peu moins mal.

Le nom de Whitney gomma le sourire de Mannon.

— Désolé de te dire ça, mais elle n'est pas à la hauteur. Il nous faudrait une vraie comédienne dans ce rôle, pas une espèce de débutante empruntée.

Pas franchement sympathique, comme commentaire, de la part d'un homme qui, quelques semaines plus tôt encore, confiait à ses copains que Whitney était l'amour de sa vie. Cette Clarissa Browning semblait avoir un sacré ascendant.

— Le hic, c'est qu'elle fait partie du casting, que ça te plaise ou non. On a signé un contrat. Et ce serait quand même bien qu'elle puisse se sentir un peu soutenue.

— Vire-la, dit froidement Mannon. Je m'en fous.

Howard qui, pourtant, n'était pas homme à s'appesantir sur les états d'âme des gens — pas plus sur les siens propres, d'ailleurs — était scandalisé.

— Hé, mais c'est de Whitney qu'on parle !

— J'avais compris, merci.

— Merde, nom de Dieu ! Il y a deux mois, tu te serais mis à plat ventre pour que je la ramène à de meilleurs sentiments et maintenant, tu te fous complètement qu'elle soit virée ?

Mannon prit le ton de la confidence :

— Écoute, Howard. Clarissa sait de quoi elle parle et elle dit que Whitney fait baisser le niveau du film. Dirk est d'accord avec elle. L'équipe est d'accord. Tout le monde est d'accord !

— Donc vous voulez tous que je la vire ? demanda Howard, les lèvres pincées.

— Exactement.

— Tu fais chier ! Je sais que vos contrats vous donnent beaucoup de droits mais ce n'est pas Clarissa et toi qui dirigez Orpheus. Pour le moment, c'est encore moi qui décide de virer ou de garder quelqu'un. Et il me reste un brin de loyauté à l'égard des amis.

Clarissa apparut à la porte au côté de Mannon. Elle salua un peu sèchement :

— Howard.

Il n'ajouta pas de fioritures :

— Clarissa.

— Nous ne voulons que le bien du film, Howard.

Il ne comprendrait jamais son succès. Quel miracle se produisait-il quand elle était devant une caméra ?

— Je le sais, dit-il. Et vous, je veux que vous sachiez une chose : j'envoie un répétiteur par le premier avion pour l'aider à améliorer son jeu. Elle va progresser. Le film sera impeccable.

— Puisque vous le dites..., commenta Clarissa, très raide.

Howard nota que ni l'un ni l'autre ne l'invitait à entrer. Ah, les acteurs, les actrices, les stars et toute cette clique ! Tous des connards pleins de vent qui un jour avaient trouvé la chance de leur vie. Et de quel droit ça leur permettait de se croire au-dessus de tout le monde ?

— Vous faites tous les deux un travail sensationnel, dit-il avec une cordialité forcée. Essayez de tenir comme ça jusqu'au bout et de ne pas être trop durs avec la petite...

— La petite! murmura fielleusement Clarissa. Plutôt bien développée, comme petite...

— Oui... Bon...

Howard regarda droit dans les yeux de son vieil ami Mannon et porta le coup vicieux :

— Poppy voit Melanie de temps en temps. Elle dit qu'elle la trouve en bonne forme pour quelqu'un qui va accoucher d'un jour à l'autre. Tu veux que je fasse passer un message?

Mannon montra un bref accès de culpabilité.

— Non, dit-il. Je lui téléphone sans arrêt.

Howard n'approuvait pas le comportement de Mannon à l'égard de sa jeune femme enceinte.

Il haussa les épaules.

— Bon, il faut que j'y aille. J'ai encore un certain nombre de culs à botter. Salut!

Ce qu'il avait à faire, c'était de trouver le répétiteur, de le faire expédier sur place et, ensuite, de révéler la chose à Whitney.

Elle le prit mieux qu'il ne s'y attendait. Elle appréciait d'être soutenue.

Le seul répétiteur que la firme parvint à trouver au pied levé fut Joy Byron, une vieille anglaise excentrique qui dirigeait la Joy Byron Method Acting School de Hollywood et dont le principal mérite avait été de découvrir Buddy Hudson, la nouvelle star montante. Joy fut enthousiasmée par la proposition et arriva, effectivement, par le premier avion.

Maintenant, Howard se retrouvait à la tête d'un dîner auquel il devait inviter Whitney et Joy, plus la secrétaire de Whitney qui, apparemment, l'accompagnait partout pendant le tournage, plus Norman Gooseberger, son attaché de presse et conseiller en communication, qui était arrivé par le même avion que Joy Byron.

Howard n'était pas anxieux à cause du dîner. Il se tirait toujours haut la main de ce genre d'épreuve. Il ne cessait de penser à après. Whitney et lui, enfin seuls tous les deux. Elle si belle, si frémissante. Lui si... Si quoi?

Il était petit.

Il était presque chauve.

Il avait une brioche.

Il sniffa une quantité excessive de cocaïne avant de quitter l'hôtel et goba deux Valium. Quel mélange! La cocaïne pour le secouer et le Valium pour le calmer.

Se grignotant nerveusement les ongles, il grimpa dans la limousine qui allait l'emporter vers son destin.

Les remarques perfides de Howard concernant la loyauté à l'égard des amis plongèrent Mannon dans une fureur noire. Whitney avait un contrat d'actrice, avec un rôle à jouer et, si elle n'était pas capable de fournir, il fallait la lourder, point final. Clarissa le lui avait bien expliqué. A vrai dire, Clarissa lui avait expliqué beaucoup d'autres choses, notamment en ce qui concernait le jeu d'acteur. Voilà pourquoi il faisait une prestation aussi fabuleuse.

Pendant plus de quinze ans, il avait joué les stars de cinéma. Maintenant, avec l'aide de Clarissa, il allait réussir à se faire reconnaître comme comédien de talent. Et pourquoi devrait-il se sentir coupable d'essayer de faire virer Whitney? Elle était incapable et le méritait. Quant à Howard, ses petites réflexions de merde, il n'avait qu'à se les garder et se les foutre quelque part!

Le problème, avec Howard, c'est qu'ils se connaissaient depuis trop longtemps. Et, au lieu de traiter Mannon avec les égards dus à une star de son envergure, il lui parlait d'égal à égal.

— Tu n'as aucune raison de le ménager, lui fit observer Clarissa. Ce type n'est qu'un bouffon perpétuellement défoncé. En fait, c'est le grouillot de Zachary Klinger, rien de plus.

— Tu crois vraiment qu'il se défonce?

— Ne joue pas les naïfs! Tu serais bien le seul à l'ignorer.

Mannon digéra l'information en silence. Dans les années soixante, à l'époque où il partageait l'appartement avec Howard et Jack, ils avaient tous tâté de diverses drogues. Jack et lui avaient fumé de l'herbe pendant quelque temps. Howard était le plus net. Il essayait tous les produits une seule fois et n'y revenait jamais plus.

— Ça pourrit la cervelle, disait-il.

Et maintenant, cette révélation...

— La coke? demanda Mannon.

— Exactement.

— Nom de Dieu!

Il se demanda si Jack était au courant. Peut-être que oui, peut-être que non, peut-être qu'il s'en foutait comme de sa première chemise. Depuis quelque temps, les anciens de la bande des Trois Cracks se voyaient de moins en moins. Apparemment, ils n'avaient plus grand-chose à partager.

Le fait de savoir que Clarissa avait été avec Jack collait des aigreurs à Mannon. Il devait déployer toute sa puissance de self-control pour se retenir de demander comment était son vieux copain quand ils faisaient l'amour. Qui était le meilleur de Jack ou de Mannon ?

Clarissa, de toute façon, ne le lui aurait jamais révélé. Elle était très discrète sur ses anciennes amours. Mannon avait une furieuse envie d'aller trouver tous les hommes qu'elle avait connus et de les étrangler. Il ne savait pas pourquoi. Clarissa était une femme très particulière. Jamais il n'en avait connu qui lui ressemble de près ou de loin.

Si quelqu'un lui avait dit, avant le début du tournage, qu'il allait tomber amoureux de Clarissa Browning, Mannon lui aurait conseillé d'aller se faire soigner.

Et pourtant. C'était arrivé si vite. Il était allé frapper à la porte de Clarissa le soir de leur arrivée, simplement pour saluer et prendre poliment contact. Quatre heures plus tard, ils étaient toujours ensemble, en train de discuter de modifications du scénario, de définition des personnages, et du film en général.

— Nous tombons amoureux l'un de l'autre dans ce film, lui avait-elle dit. Nous faisons l'amour.

— On en cause, avait répondu Mannon de son habituel ton railleur.

— Quand nous jouons devant la caméra, il faut que ce soit crédible, avait repris Clarissa avec le plus grand sérieux. Nous devons faire passer la fougue, le désir, la passion.

— Fais-moi confiance. Je vais me défoncer.

— Mannon…, avait-elle commencé d'un ton grave.

— Oui ?

— Je pense que nous devrions nous mettre dans la peau de nos personnages avant d'arriver face à la caméra.

— Ah oui ?

Elle l'avait fixé de son regard intense.

— Faisons l'amour.

Mannon ignorait complètement qu'il s'agissait là d'une technique utilisée par Clarissa avec tous ses partenaires masculins. Le premier instant de stupeur passé, il s'était senti extrêmement flatté qu'une comédienne comme Clarissa Browning désire faire l'amour avec lui.

Allongé sur le dos, il l'avait laissée faire et avait savouré en connaisseur sa sensualité sauvage. A la suite de quoi, ils avaient formé une équipe d'inséparables complices.

Les journaux finirent par en avoir vent. Les potins commencèrent à circuler. Il savait qu'il devait en parler à Melanie-

Shanna mais, comme d'habitude, il repoussait toujours. Elle allait mettre leur enfant au monde d'un jour à l'autre, maintenant. Et il savait bien qu'il allait passer pour le pire des fumiers s'il la plaquait dans ces conditions. Ce n'était pas du tout le bon moment.

— Attendez au moins six mois, lui avaient dit ses avocats.

Clarissa ne parlait jamais de sa femme. Elle se comportait comme si Melanie-Shanna n'avait pas existé. Mannon s'arrangeait pour lui téléphoner régulièrement. Elle avait l'air bien. Et, malgré sa liaison passionnée avec Clarissa, il attendait avec impatience la naissance de son premier enfant.

Mannon Cable voulait tout, femme, enfant et maîtresse. Et, en toute honnêteté, il ne voyait aucune raison de ne pas tout avoir.

Le dîner était un vrai pensum. Howard n'avait jamais été très doué pour jouer les courtisans. Car c'était bien de ça qu'il s'agissait. Norman Gooseberger, un fan transi d'adoration. La secrétaire, une esclave consentante. Joy Byron, une vieille bique cinglée. Tout ce petit monde passa la soirée à cirer les pompes de Whitney pendant que Howard piaffait.

— Plaquons-les, murmura-t-il pendant le café. Dis bonsoir à tous ces passeurs de pommade et foutons le camp !

Whitney bâilla.

— Mon Dieu que j'ai sommeil...

Joy Byron démarra au quart de tour :

— Il faut énormément dormir pendant les périodes de travail. Calme, tranquillité, travail et repos.

Norman embraya aussitôt :

— C'est vrai, Whitney. On ne pense qu'à nous en te tenant éveillée comme ça. Je vais te raccompagner à ton hôtel.

— Je m'en charge, objecta la secrétaire d'un ton possessif.

— Peut-être vous sentez-vous d'attaque à travailler une scène ou deux avant de dormir ? proposa Joy Byron.

Howard donna un petit coup de pied à Whitney. Le coup de pied disait « débarrasse-toi de ceux-là », aussi clairement que s'il l'avait formulé en paroles.

— Humm... J'ai un certain nombre de choses à discuter avec M. Soloman. Vous pourriez tous rentrer à l'hôtel dans ma voiture. Je me ferai raccompagner tout à l'heure.

Moins de cinq minutes plus tard, ils étaient seuls à table.

— Merci, dit Howard.

Elle le regarda sereinement.

— C'est tout naturel...

Les yeux de Howard se vissèrent sur ses seins dont le fascinant modelé était parfaitement visible sous le chandail d'angora rose qu'elle portait.

— Ça fait des années que j'attends ce moment !

La voix de Howard était étouffée par le désir qui lui montait à la gorge. Whitney fit semblant d'avoir un dernier remords :

— Et Poppy ? Tu crois que c'est bien de lui faire ça ?

Lui saisissant la main, il parvint tout juste à articuler :

— Vois ça comme un acte de bienfaisance. Allons-y, ajouta-t-il en agitant frénétiquement la main pour avoir l'addition.

Main dans la main, ils sortirent. La voiture de Howard attendait. Il n'avait jamais été aussi excité de sa vie. Et, pendant le début du trajet, il imagina comment ça allait être.

Bon. Ça allait être bon.

Sensationnel.

Bandant.

Archisublime.

Sous le coup d'une inspiration, il pressa le bouton et fit monter la vitre sombre qui les séparait du chauffeur. Puis il se jeta sur elle, cherchant ses fabuleux seins sous la douceur de l'angora.

— Howard ! Pas ici !

Il la fit taire d'un baiser, enfila les mains sous son soutien-gorge, réussit à libérer un mamelon.

La vache ! C'était intenable ! Il crut qu'il allait jouir dans son pantalon. Ça lui rappelait l'époque des culbutes à l'arrière des voitures quand il était en fac. En bien meilleur !

Penchant la tête, il se mit à sucer le téton rose qui pointait au-dessus de la dentelle blanche.

— Non, protesta Whitney, pas dans la voiture !

Elle se débattit mais en vain. Il la renversa sur la banquette, s'allongea sur elle.

— Howard ! On est arrivés !

La limousine fit halte devant l'hôtel. Promptement, il se détacha de Whitney qui rangea vite ses possessions sous son chandail.

Une explosion thermonucléaire était sur le point de se déclencher dans le pantalon de Howard. Il espérait pouvoir monter jusqu'à sa suite sans accident majeur.

Le chauffeur leur ouvrit la portière. Ils descendirent de voiture.

— Chez moi ou chez toi ? demanda Howard, bouillonnant de désir.

Avant que Whitney n'ait pu répondre, Chuck Nielson

460

bondit de derrière un palmier en pot comme un diable surgissant de sa boîte. Dans une main, il avait un bouquet de fleurs et, dans l'autre, un gros panda en peluche.

— Baby ! cria-t-il en s'avançant vers Whitney. Je te demande pardon. Je t'aime.

La bandaison de Howard Soloman se dégonfla comme une baudruche crevée.

80

En se garant dans le parking derrière le *Bistro Garden*, Jade se demanda ce qu'elle venait faire là. Elle aurait quand même pu trouver un prétexte pour échapper au déjeuner de Poppy Soloman. Elle avait bien essayé de se débiner en appelant Poppy ce matin à dix heures.

— Je pense que..., avait-elle commencé avant de se faire couper aussitôt.

— J'espère que vous ne m'appelez pas pour vous décommander. Vous êtes mon invitée d'honneur, Jade, et je me suis donné beaucoup de mal. — Un silence, puis : — Bien sûr, si vous êtes à l'article de la mort...

Pas moyen d'y couper.

— Non, ça va bien. Je serai là.

— Pââârfait ! Votre amie Beverly vient également. Il y aura aussi Melanie-Shanna Cable, Ida White et Carmel Gooseberger. Nous allons passer un excellent moment !

— Je m'en réjouis à l'avance.

Il ne suffisait pas qu'elle se soit fait rouler dans la farine par Jack Python, il fallait maintenant qu'elle se tape un de ces déjeuners de dames qu'elle abhorrait. Enfin, il y aurait au moins Beverly pour mettre de l'ambiance.

La journée était californienne en diable, avec un soleil cru de novembre, et il faisait dans les vingt-sept degrés.

Elle avait trop bu et s'était couchée trop tard hier, prolongeant la soirée avec un groupe qui comprenait Corey, Antonio et Penn Sullivan. Une curieuse association mais qui, finalement, ne s'entendait pas si mal. Norman Gooseberger était parti dans l'Arizona voir Whitney et Corey avait déclaré :

— Je ne vois pas pourquoi j'attendrais comme Pénélope le retour de monsieur.

— Tu as raison, avait approuvé Jade. Quand l'un s'en va, l'autre n'a aucune raison de se morfondre.

A la suite de quoi, elle s'était méthodiquement employée à se soûler.

A trois heures du matin, Corey l'avait raccompagnée, l'avait pratiquement mise au lit et s'était installé dans le canapé. Ce matin, au réveil, ils avaient partagé un café et une intimité qu'ils n'avaient pas connue depuis longtemps.

— Est-ce que tu es heureux? avait demandé Jade.

— Ça vient, tout doucement. Et toi?

La sonnerie du téléphone lui avait épargné le malaise d'une réponse. On lui confirmait le voyage qu'elle allait devoir faire à New York à l'occasion d'une présentation de la ligne Cloud. Pas fâchée que le hasard lui ait fourni cette échappatoire. A quoi bon tanner Corey avec ses problèmes.

Jack déposa Danièle à l'hôtel du sénateur Richmond, la salua et repartit. Tout s'était passé dans la plus grande simplicité.

Sachant que Jade était en train de faire la foire avec sa dernière conquête, il aurait très bien pu emmener l'actrice française chez lui et se libérer en sa compagnie d'une partie de ses frustrations et de sa déception.

A vrai dire, il était plus que déçu. Il éprouvait soudain comme un grand vide. Il avait cru que Jade Johnson et lui étaient partis pour une folle, longue et merveilleuse aventure.

Planté.

Encore une illusion perdue.

Elle n'avait même pas pu attendre un jour! Drôle de donzelle!

Mais, en même temps, il ne pouvait oublier le petit papier qu'elle lui avait laissé près du grille-pain, celui où elle parlait du sourire qu'il lui avait mis sur le visage et où elle l'invitait à venir goûter sa cuisine.

Du vent.

Du flan.

Du bidon.

Il se coucha et dormit mal. Le matin, il fut réveillé par un coup de fil de Heaven. Son ton dénotait une prévenance et une culpabilité des plus suspectes.

— Qu'est-ce qu'il y a? demanda Jack. Tu as besoin d'argent?

— Non non.

Ça, c'était une surprise.

— Qu'est-ce que c'est, alors? Tu ne vas quand même pas me dire que tu as reçu un coup de fil de ta mère?

— Sois sérieux, Oncle Jack, voyons...

— Dis donc, tu pourrais peut-être m'appeler Jack tout court, non ? Si je ne me trompe, tu vas avoir dix-sept ans la semaine prochaine.

Il attrapa sa montre et constata qu'il était seulement huit heures moins le quart. A cette heure-là, Heaven ne pouvait pas appeler comme ça histoire de discuter le bout de gras.

— C'est après-demain que j'ai dix-sept ans, corrigea Heaven.

Maudite Aretha. Il lui avait demandé de le lui remettre en mémoire. Il avait l'air fin, maintenant.

— Je sais bien, va. C'était juste pour vérifier si tu n'avais pas oublié la date de ton anniversaire.

— Très marrant, ça. — Court silence. — Je laisse tomber les études.

Jack fit un bon dans son lit et s'assit brusquement.

— Hein ? Qu'est-ce que tu fais ?

— Pas de panique... On ne flippe pas... Tout va bien. Je laisse tomber les études parce que j'ai trouvé beaucoup mieux. Ne t'en fais pas, c'est quelque chose de super, pas un petit job merdique.

— Est-ce qu'on pourrait déjeuner ensemble pour en discuter ?

— Pourquoi ça ?

Pourquoi ça... La gamine lui demandait « pourquoi ça » ! Il avait d'autres envies, en ce moment, que de jouer les papas, mais, apparemment, il ne pouvait pas y couper.

— On se retrouve à midi au *Hamburger Hamlet,* sur le Sunset, dit-il d'un ton ferme. Pas de lapin, hein ?

— Dis donc, Jack tout court, qu'est-ce qui...

— A midi pile, coupa Jack.

Et il raccrocha.

Poppy Soloman adorait ses déjeuners de dames. Ils lui donnaient la possibilité de jouer le rôle vedette dans ses propres productions.

Elle s'habillait en conséquence et choisissait une parure assortie dans sa collection sans cesse grossissante de luxueux bijoux. Parfois, elle se faisait coiffer et maquiller par un professionnel. C'était tellement agréable d'être à son avantage, surtout dans ce milieu de femmes à l'œil critique et à la langue venimeuse.

Howard avait téléphoné ce matin de bonne heure :

— J'ai mal à l'estomac. Ça ne va pas. Je ne me sens pas bien.

Pauvre Howard. Il était tout perdu sans elle.

— Saute dans ton avion et reviens, lui avait-elle conseillé avec bon sens.

— C'est bien ce que je compte faire mais seulement quand Whitney aura repris le travail. Impossible de rentrer avant.

— Essaie de faire vite. La petite Poppy s'ennuie sans son gros lapin...

Elle savait qu'il aimait se faire dorloter par sa bonne Poppy. Elle était persuadée qu'à elle seule, elle valait ses trois ex-femmes réunies.

Elle poussa un long soupir de satisfaction et regarda sa montre. Presque midi et demi. Ses invitées n'allaient pas tarder à arriver. Elle aimait arriver la première pour pouvoir distribuer les places et, bien sûr, se choisir celle qui constituait le meilleur poste d'observation.

Le restaurant sous les ombrages était déjà très animé. Elle adressa des signes à plusieurs connaissances, envoya des baisers aux plus favorisés. Poppy Soloman était l'un des pivots de la soi-disant haute société de Hollywood. En tant qu'épouse du directeur d'Orpheus, elle exigeait, et obtenait, d'être traitée avec déférence partout où elle allait.

Quelle différence avec son arrivée à Los Angeles, quand elle devait se contenter de son petit boulot de secrétaire. Quelle différence, oh oui !

— Waouh, non ! Ne me dites pas que je suis la première ! Vous avez l'air toute perdue, là, toute seule, à cette grande table...

Poppy leva les yeux vers la longue et époustouflante femme noire. Beverly D'Amo était vraiment percutante.

— Asseyez-vous, dit Poppy en indiquant une chaise près d'elle. Je suis ravie que vous ayez pu venir aujourd'hui.

Beverly lui fit un clin d'œil complice.

— Il y a deux sortes d'occasions que j'essaie de ne jamais rater dans la vie : celle de bien casser la croûte et celle de bien reluire.

Poppy n'eut pas à trouver de réplique grâce à l'arrivée de Jade Johnson, tout en blanc, encore plus époustouflante que Beverly D'Amo.

— Je ne suis pas en retard ? s'enquit-elle, légèrement essoufflée.

— Pas du tout, répondit Poppy en l'invitant à s'asseoir à sa droite.

— Salut, J.J. ! lança joyeusement Beverly. Oh toi, tu as la

tête de quelqu'un qui a fait des bêtises toute la nuit! Alors, qui est l'heureux bénéficiaire de tous ces charmes?

— Hein?

— Ne fais pas l'innocente.

— Je ne vois vraiment pas ce que tu veux dire, riposta Jade.

— Hé, vieille, tu ne vas quand même pas me faire des cachotteries à moi!

— Champagne pour tout le monde? coupa Poppy.

— Ma foi, dit Beverly en gratifiant le serveur d'un grand sourire, j'attaquerais bien sur un Mimosa. Orange pressée, ce que vous avez de mieux comme champagne et une pincée de glace pilée.

Poppy était en train de se dire que, si elle ne faisait pas attention, Beverly allait lui ravir la vedette de ce déjeuner. Rapidement, elle remit les pendules à l'heure. Il fallait quand même leur montrer qui détenait le pouvoir ici.

— Ma chère Beverly, attaqua-t-elle d'un ton très amical, Howard dit le plus grand bien de vous. Il est très satisfait de votre prestation dans *Romance*. Bien que vous n'ayez qu'un petit rôle, il dit que vous semblez avoir d'excellentes dispositions. Il envisage même de vous employer de nouveau à l'avenir.

Ah mais! De temps en temps, ces actrices méritaient qu'on les remette à leur place!

Beverly sourit d'une oreille à l'autre, nullement dupe de ce que Poppy essayait de faire.

— Sans blague? demanda-t-elle. L'employé du vieux Zach dit ça de moi? Ah, franchement, je suis flattée… Mais alors, c'est certainement sur son conseil que Zachary m'a promis la vedette dans le prochain film que je tournerai!

Avant que Poppy n'ait pu trouver une réponse, les vieilles biques arrivèrent. Elle se leva pour présenter les deux jeunes femmes à Carmel Gooseberger et Ida White, puis plaça Carmel près de Jade et Ida près de Beverly. Il restait encore une chaise pour Melanie-Shanna qui était en retard.

— Ce n'est pas vous que j'ai rencontrée chez *Spago* avec Jack Python? demanda Ida en se penchant au-dessus de la table pour examiner Jade de ses yeux de myope.

Son incroyable toison argentée scintillait sous le soleil.

— Euh… oui, c'est bien possible.

— Ah! Ah! triompha Beverly. C'est donc Jack Python…

— Un chien en rut, celui-là, décréta Carmel de sa voix tonitruante. Je pense qu'il a eu encore plus de femmes que Silver n'a eu d'hommes.

— Silver ? demanda Beverly. Vous parlez de Silver Anderson ?

— Ils sont frère et sœur, vous savez, dit Poppy. C'est vrai que peu de gens sont au courant.

— Je ne m'en serais jamais douté, dit Beverly. Ils se ressemblent tellement peu.

— Silver est beaucoup plus vieille que Jack, révéla Carmel d'un air averti. Ça fait un bail que je la connais, elle.

— D'ailleurs, je crois qu'elle a eu une aventure avec Orville, intervint perfidement Ida White.

— Jamais, affirma Carmel avec colère. Et j'aimerais que tu cesses de faire croire qu'Orville a eu des liaisons avec toutes les femmes de la région !

— Silver est certainement une des rares qui ne lui soit pas passée dessous, répliqua Ida avec une vivacité peu coutumière.

Carmel lui lança un regard noir.

— On dirait bien que le frère et la sœur se sont farci un joli pourcentage de la population de Los Angeles, commenta Beverly. Et, franchement, j'avoue que si le petit frère s'intéressait à moi, je ne l'enverrais pas dormir dans la baignoire ! Alors, Jade, ma choute, raconte un peu comment c'était.

Jade eut un petit haussement d'épaules.

— Demande-le à quelqu'un d'autre. Nous avons simplement parlé affaires.

— Affaires ? demanda Beverly en haussant un sourcil sceptique.

Parfois, cette fille lui tapait sur les nerfs à un point !

— Affaires, oui, reprit-elle sèchement. Il veut m'inviter à son émission.

Sentant le malaise, Poppy changea de sujet :

— Que pensez-vous du nouveau M. Silver Anderson ?

— Un rusé, déclara Ida White sans une ombre d'hésitation.

— Qui est-il ? D'où vient-il ? questionna Poppy d'un air mystérieux. Voilà ce que je me demande, moi.

— Orville dit qu'il est très futé, dit Carmel.

— Sans aucun doute, convint Ida, puisqu'il a réussi à se faire épouser.

— Et elle ? enchaîna Poppy, pleine de curiosité. Elle ne s'est jamais fait lifter quelque chose ? Elle est tellement incroyable ! Pour son âge...

— Los Angeles compte plus de chirurgiens esthétiques que tout le reste du monde, déclara Beverly d'un ton avisé. C'est mon gynéco qui me l'a dit. C'est incroyable, d'ailleurs, ce qu'ils peuvent raconter en vous auscultant. A croire que ça les inspire.

— Je me demande ce que fait Melanie, grogna Poppy. Je déteste les gens qui arrivent comme ça avec une demi-heure de retard.

Elle lui avait téléphoné la veille pour l'inviter et en avait profité pour faire une grosse allusion concernant l'idylle de Mannon et Clarissa.

— Elle est au courant à propos de son cher et tendre ? demanda Carmel en allumant un long cigarillo fin comme un crayon.

— Aucune idée, répondit innocemment Poppy. On dit toujours que la femme est la dernière à savoir, non ?

Jade avait l'impression de barboter dans une mare glauque de ragots et de potins dénués d'intérêt. Elle détestait cette façon d'écorcher les gens les uns après les autres. Il était sans doute vrai que Jack Python n'était qu'un chien en rut mais elle ne voulait pas l'entendre dire par cette clique de femelles fielleuses.

— Il faut que tu me laisses faire ça, dit Heaven avec conviction. Si je me plante, je te jure de reprendre les études et tout le bastringue, Oncle Jack, parole ! Essaie de comprendre que si je lâche maintenant, je regretterai peut-être toujours d'avoir laissé passer la chance de ma vie.

— Tu aurais quand même pu m'en parler dès le départ, lui reprocha Jack. Avant de signer les contrats, de faire le disque, de t'engager.

— C'est ça ! Tu m'aurais tout fait plaquer.

Elle avait probablement raison. Jack évita soigneusement de relever.

— Si j'ai bien compris, résuma-t-il, tu veux laisser tomber tes études pendant un an pour te lancer dans la chanson. Exact ?

— Exact.

— Et si ton disque fait un flop ?

Elle le regarda avec une petite moue.

— Sympa, le mec...

— Te froisse pas, déesse, ce sont des choses qui peuvent arriver.

Elle mangea un morceau de hamburger.

— Pas à moi. La merde, je connais, j'ai donné. J'ai le *droit* de réussir.

— Qu'est-ce que tu veux dire par là ?

— Tu le sais très bien.

— Et Silver ?

— Quoi, *et Silver ?*

— Si tu laisses tomber les études, je suppose qu'il faut bien que quelqu'un l'avertisse.

— Pourquoi ? Tu crois vraiment que ça l'intéresse ?

Une fois de plus, elle avait probablement raison.

Repoussant son assiette, elle ajouta :

— Alors ? O.K. ? Tu marches ?

— Est-ce que ça changerait quelque chose si je ne marchais pas ?

Elle eut un petit rire coupable.

— Je crois bien que non.

— Le show business est un milieu difficile, dit Jack.

— Les choses faciles sont chiantes. J'aime me battre.

— Quand pourrai-je entendre ton disque ?

— La maison de disques organise un cocktail. Un genre de truc pour me présenter aux disc-jockeys et aux programmateurs, et aussi aux journaux. Je voudrais que tu viennes mais bon... Oncle Jack, promets-moi de ne pas te foutre en rogne.

— Quoi encore ?

— Je n'ai pas voulu dire qu'on était parents. O.K. ?

Il se mit à rire.

— Tu as honte de moi ?

Elle gloussa.

— Tu as tout pigé, Oncle Jack !

— Je t'ai déjà proposé de m'appeler Jack tout court. Tu as intérêt à t'y faire, sans quoi tu vas te trahir.

— Merci, Onc... euh, Jack tout court.

— Allez, va. Ça me fait plaisir. C'est quand, ce cocktail ?

— Le jour de mon anniversaire.

— Si tu veux que j'y sois, il vaudrait mieux me donner une date et le lieu de rendez-vous.

Le serveur était à peine arrivé pour proposer des cafés que Jade prit congé. Elle avait eu sa dose d'histoires d'adultères, de liftings, de grands couturiers, de domestiques épouvantables et, en général, de commérages malveillants.

Beverly s'éclipsa avec elle. Au moment où elles arrivèrent sur le parking et tendirent leur ticket à deux préposés, elles se regardèrent et explosèrent dans une incontrôlable crise de fou rire.

— Ah la vache ! Les boules ! s'exclama Beverly.

— Ça, approuva Jade, il faut se les faire ! C'est la dernière fois que je me fais piéger pour un de ces déjeuners.

— C'est quelque chose, la mère Soloman, dit Beverly.

Un préposé amena à cet instant une Rolls marron, impeccablement lustrée, sur les plaques de laquelle figurait, très simplement, *Klinger 1.*

— Je vois que ça marche toujours très fort, observa sèchement Jade.

— Ça te dirait de m'accompagner à notre petit pied-à-terre ? On pourrait s'éclater pour de vrai. Tu n'as qu'à laisser ta caisse ici. J'enverrai un esclave la récupérer plus tard.

Jade hésita. Elle avait besoin de bavarder avec quelqu'un de confiance. Mais la dernière chose qu'elle souhaitait, c'était de se retrouver nez à nez avec Zachary Klinger.

Comme si elle avait lu dans ses pensées, Beverly la rassura :

— Pas de lézard du côté de Bel Air, ma choute. Papa Gâteau est au studio. Je crois qu'il a envie de coller un autre marron à Carlos Brent.

— C'est vrai, cette histoire ? Il l'a réellement frappé ?

— Il lui a complètement esquinté le pif. Et il en est fier !

— Mais pourquoi ? Ça ne rime à rien.

Beverly donna un pourboire au garçon de parking.

— Je crois qu'il en pince en secret pour Silver Anderson. Amour, amour, tu nous fais faire des folies...

Dans le studio, la silhouette massive de Zachary Klinger était plantée à l'arrière-plan. Il regardait.

Dire qu'il en pinçait secrètement pour Silver était très au-dessous de la réalité. Il était dévoré par la passion qu'elle lui inspirait. Et, très bientôt, il allait la récupérer.

D'une façon ou d'une autre, elle serait à lui. Et attention à ceux qui tenteraient de s'y opposer !

81

— Tu n'es qu'une vieille emmerdeuse, grogna Carlos Brent.

— Et toi, un vieux partouzeur délabré, répliqua Silver sans ciller.

— Qu'est-ce que tu voulais, hier, avec ta saloperie de gousse d'ail ?

— Que Zachary t'arrange un peu le portrait. Tu vois, ça a marché !

— Ah ça, ça ne m'étonne pas de toi, dit Carlos.

Il serra Silver entre ses bras dans un geste d'affection bourrue et ajouta :

— J'ai quand même connu pire que toi, comme rombière. Il faut bien que je te rende cette justice.

— Tout le monde est paré pour le tournage ? demanda nerveusement le metteur en scène.

Après les violents affrontements de la veille, il craignait une libanisation du conflit.

— Quand vous voudrez, répondit aimablement Silver en se dégageant de l'étreinte de Carlos pour s'avancer jusqu'à la caméra.

Carlos lui emboîta le pas, se pavanant comme la star qu'il était.

Malgré quelques kilos de plus et un crâne regarni à coups d'implants, Silver devait bien reconnaître que Carlos avait encore belle allure. Et il faisait partie des légendes américaines. Elle ne pouvait pas en dire autant de Wes Money qui n'avait rien d'une légende et n'était même pas américain.

Elle était furieuse contre Wes. Comment avait-il osé filer la nuit dernière ? Pour qui se prenait-il pour lui faire ça à elle ?

Mais le pire, c'est qu'il n'était pas rentré. Ce petit saligaud n'avait pas encore donné signe de vie quand elle était partie ce matin pour le studio.

Elle n'avait pas épousé Wes Money pour qu'il se moque d'elle comme ça. Et elle était décidée à lui faire payer ça très cher.

Elle se revoyait descendant l'escalier hier soir. Vladimir l'attendant avec un air triomphant.

— M. Money ne dînera pas avec Madame ce soir.

— En quel honneur ?

— M. Money est sorti, Madame. Il m'a chargé de vous dire qu'il rentrerait très tard.

— Où est-il allé ?

Vladimir jura qu'il n'en savait rien.

Elle essaya de se renseigner auprès de Unity. Unity n'en savait pas plus que Vladimir. Pire, elle avait l'air de s'en moquer comme de sa première chemise.

— Mais Wes n'a parlé à personne ? insista Silver.

Unity haussa les épaules.

— Je crois qu'il a téléphoné pour répondre à des messages.

— A qui?

Elle imagina tout de suite le pire. Peut-être y avait-il une autre femme dans sa vie. Après tout, il ne lui avait pas raconté qu'il menait une vie de moine avant qu'elle ne le trouve. Il était peut-être englué dans de sordides liaisons avec des femmes de bas étage.

— Orville Gooseberger et Zeppo White avaient demandé qu'il les rappelle en urgence, annonça Unity d'un ton détaché.

Ah, voilà! Silver commençait à comprendre le scénario. Orville et Zeppo avaient tout raconté à Wes qui avait piqué sa crise parce qu'elle ne lui en avait pas parlé.

Poussant un soupir contrarié, elle prit son dîner seule puis attendit le retour du mari fugueur.

Personnellement, elle ne jugeait pas du tout qu'elle avait fait des cachotteries. En quel honneur aurait-elle dû se sentir obligée de l'informer de tout?

Mais, au fond d'elle-même, elle savait très bien pourquoi elle lui avait caché l'incident de l'après-midi. Parce que Wes lui aurait dit qu'elle se comportait comme une enfant. Et alors? Silver Anderson n'avait de comptes à rendre à personne. Elle détestait les critiques et elle n'allait certainement pas admettre d'en entendre de la bouche de son propre mari.

Voyant qu'il ne revenait pas, elle sentit la colère monter. Non mais à qui M. Wes Money croyait-il avoir affaire?

Ce matin, sur la route du studio, elle décida de lui donner une bonne leçon. Une leçon qu'il ne serait pas près d'oublier.

Son premier geste fut d'envoyer un message d'excuse à Carlos. Ensuite, elle s'installa paisiblement et attendit sa réaction.

Ça ne manqua pas. Silver connaissait Carlos de longue date.

Après quelques échanges d'insultes sur le plateau, il l'invita à déjeuner dans sa loge.

Cela faisait vingt ans qu'elle n'avait pas eu de relations avec Carlos. Pourquoi s'en priver plus longtemps?

Après sa sortie furieuse, Wes se dirigea vers le bar le plus proche, où il avala deux scotches coup sur coup et fit le bilan de la situation.

Il commença à se calmer et se dit que le silence de Silver ne méritait pas qu'on en fasse toute une histoire. Elle avait simplement besoin qu'on lui rappelle que c'était lui le chef de famille et qu'il méritait un peu de considération. En ne lui parlant pas du sac de nœuds sur le tournage, elle aurait pu le faire passer pour le dernier des couillons aux yeux d'Orville et Zeppo. Heureusement, il était futé et leur avait fait croire qu'il était au courant après avoir laissé Orville lui raconter tout.

Il était peut-être temps que Silver se rende compte qu'elle ne pouvait pas le traiter comme le dernier gigolo de service. S'il rentrait bien tard, la leçon avait des chances de porter. Au fond, il ne risquait pas grand-chose maintenant qu'ils étaient mariés. Que pouvait-elle faire ?

Il n'aimait pas ce bar dans lequel il était entré. L'endroit était étouffant et mal éclairé. La clientèle était essentiellement composée de secrétaires essayant de faire une touche intéressante et d'hommes en costume trois-pièces. Un décor plus familier lui conviendrait mieux. Il reprit la voiture et descendit jusqu'à Venice dans un bar-restaurant où il avait naguère ses habitudes. L'établissement n'avait rien de commun avec les lieux qu'il fréquentait aujourd'hui, comme *Chasen's* et *Spago.* C'était rudimentaire, bruyant. Un mauvais juke-box beuglait dans la salle. Des grappes de dealers et de raccoleuses étaient accrochées au bar.

C'était ton univers, Wes Money, se dit-il en lui-même. Et il comprit aussitôt à quel point il serait difficile de revenir en arrière.

Il fallait rendre une justice à Carlos, l'âge n'avait pas amoindri ses capacités. De jeune bandeur, il était devenu vieux bandeur, voilà tout. Silver apprécia singulièrement les réconciliations avec sa vieille connaissance. Bien sûr, elle s'arrangerait pour que Wes l'apprenne.

— Ma vieille, je me demande bien pourquoi on a rompu, toi et moi, ricana Carlos en remontant son pantalon.

— Un problème de narcissisme, répondit-elle en réajustant ses vêtements. Le tien, bien sûr. Il menaçait de nous engloutir tous les deux.

Elle se leva et alla droit vers le miroir pour vérifier que son maquillage n'avait pas souffert.

— S'il te plaît, ajouta-t-elle, j'aimerais que tu évites de me traiter de vieille. Tu as au moins une vingtaine d'années d'avance sur moi. Alors, si je suis vieille, qu'est-ce que tu es ?

— Les hommes, c'est différent, se rengorgea Carlos. Ça se bonifie en prenant de la bouteille.

— Hé, Carlos, tu ne te chatouilles pas un peu, là ?

— Non, chérie, jamais. Je laisse ce soin à mes nombreuses admiratrices.

Tout à coup, le sentiment de satisfaction disparut curieusement. Silver éprouva un petit quelque chose qui ressemblait bien à de la culpabilité. Finalement, peut-être qu'elle ne le raconterait pas à Wes.

Puis elle se rappela qu'il avait découché.

Qu'il aille se faire foutre !

Il rencontra quelques amis, seulement ils ne se montrèrent pas très amicaux. Échanges brefs. Conversation contrainte.

— Qu'est-ce qu'ils ont tous ? demanda-t-il à sa copine, la putain du coin.

Elle avait l'air à bout de souffle et cabossée comme une vieille guimbarde.

— Ils ont que tu ne fais plus partie de notre monde, Wes. Tu es riche, maintenant, et célèbre.

— C'est ma femme qui est célèbre, pas moi.

Elle passa une main dans sa tignasse jaune aux racines noires et demanda en le regardant avec curiosité :

— Comment elle est ?

— Extra, répondit Wes.

Et il se rendit compte qu'il le pensait vraiment. Silver pouvait être vraiment extra quand elle arrêtait son numéro de grande star.

La putain triste agita l'index dans sa direction.

— T'as eu du pot, Wes. Un énorme coup de pot.

— Je sais, dit-il avec sincérité.

Il proposa de lui offrir un verre mais elle secoua la tête.

— Faut que je retourne au turbin.

Il la regarda partir et sentit un coup de cafard monstre. Ça suffisait comme ça. Silver avait été assez punie. Il allait rentrer à Bel Air. Maintenant, c'est là-bas qu'il était chez lui.

Dehors, dans le parking, deux hommes marchaient lentement à sa rencontre.

Il sentit les pépins arriver et prit une position de défense. Puis un coup violent s'abattit par-derrière sur son crâne.

— *Merde,* songea-t-il en s'écroulant. *Ça recommence!*

82

Bazaar avec la photo de Heaven arriva dans les kiosques le matin et, le lendemain, c'est Heaven elle-même qui créa la surprise avec sa chanson qui allait devenir le tube de l'année.

Le cocktail fêtant simultanément son anniversaire et la sortie de *Gonna Eatcha Tonight* fut un véritable petit événement, couvert par l'émission *Entertainment Tonight* et de nombreux autres médias. Il eut lieu au club privé *Tramp.* Des agrandissements géants de ses photos par Antonio couvraient les murs et le plafond était décoré de ballons blanc et or sur lesquels étaient marqués « Heaven » et « Gonna Eatcha Tonight ».

Irrésistible mélange de séduction et d'innocence, Heaven rayonnait et scintillait comme un astre dans un body de dentelle blanche qu'elle portait avec une mini de cuir noir, des broderies diamantées et un long trench-coat de couleur or.

Lindi, l'attachée de presse de College Records l'avait emmenée faire du shopping sur Melrose Avenue. Le résultat était là, légèrement déconcertant, indéniablement personnel, d'un style très percutant.

— C'est ce que nous appelons déjà le look Heaven, déclara Lindi aux journalistes avides, toujours heureux de découvrir une mode nouvelle. Et attendez de l'avoir entendue. Ça ne s'arrête pas au look!

Répondre aux questions des journalistes était une expérience tout à fait nouvelle. Heaven savait que sa mère répétait sans cesse que c'était un calvaire. Personnellement, elle ne voyait pas ce qu'il y avait d'effroyable à parler de sa personne sans discontinuer. Passant les doigts dans ses cheveux multicolores, elle répondit avec plaisir aux questions concernant l'habillement, la mode, les études, sa vie en général.

— J'ai passé mon enfance en Europe avec mes parents,

déclara-t-elle, ne mentant qu'à demi. Maintenant, j'habite avec mon grand-père dans la Vallée.

— On raconte que vous êtes la fille de Silver Anderson, lança une grosse femme avec un corsage campagnard et une multitude de petites tresses où étaient nouées des perles de couleur.

Heaven la fusilla du regard.

— Ah ouais ? On dit ça ? La prochaine fois, on dira peut-être que je suis la sœur de Cyndi Lauper !

Tout le monde rit. Lindi vint chercher Heaven. C'était l'heure. Le lancement du disque. La grande première.

— Tu sais, dit-elle en l'entraînant à l'écart, on ne va pas pouvoir garder le secret très longtemps.

— Quel secret ?

— Que tu es la fille de Silver Anderson, bien sûr. Comment veux-tu qu'on continue à le dissimuler alors que ton manager ne cesse de le crier sur les toits ?

Elle en resta interdite.

— Rocky ?

— Qui veux-tu que ce soit d'autre ?

— Je vais le tuer !

Lindi eut un haussement d'épaules désabusé.

— Ça finira par se savoir. D'une manière ou d'une autre. Alors, on pourrait aussi bien le dire maintenant. Ce serait une chose de faite.

— Pourquoi ? demanda Heaven, entêtée.

— Parce que si les médias pensent que tu le caches, ils vont mettre le paquet pour fouiller. Ça risque d'être plus mauvais qu'autre chose. Il n'y a pas besoin de faire une annonce officielle si ça ne te plaît pas. Il suffit de ne pas nier quand on te questionnera.

Heaven hocha la tête avec résignation. Quelque part, elle savait dès le début que ce secret serait impossible à garder.

La première de la chanson était prévue pour huit heures, en play-back, bien sûr. Tremblante de nervosité, elle alla se changer et enfila une combinaison léopard moulante par-dessus laquelle elle mit un manteau de cuir noir ouvert. Le look Heaven.

Plusieurs gros bonnets de College Records se pressèrent autour d'elle pour lui souhaiter bonne chance. Rocky apparut aussi et lui murmura des encouragements à sa manière.

Ça y était. Le grand moment. Celui qu'elle attendait.

Elle entendit l'intro de sa chanson et se tendit.

Lindi la poussa doucement, la propulsant devant le pupitre du disc-jockey où un spot la frappa en pleine figure.

Non! Elle avait envie de vomir! Tout le monde la regardait, tout le monde attendait. Tout le monde espérait quelque chose de fabuleux.

Puis la musique l'enveloppa. Elle commença à remuer les lèvres, un peu crispée au début, intimidée par la foule et les lumières. Ça n'avait rien à voir avec les tournées de chant à la fac avec Eddie pour tout accompagnement. Ça y était. Le grand moment.

Et, comme par miracle, quelque chose se déclencha. Elle entra dans la musique, merveilleuse, sublime.

> *I met a guy who's big and strong.*
> *His muscles make me quiver.*
> *I look at him... He looks at me.*
> *Oh, wow, he makes me shiver.*
> *There's one thing I will to do him,*
> *Because I know he wants it.*
> *I get real near... with message clear,*
> *I whisper low, all systems go.*
> *I'm a Maneater... Yes I am...*
> *Maneater... Sure I am...*
> *Maneater... And baby...*
> *I'm gonna eatcha tonight[1]!*

1. Mon mec à moi, il est grand et costaud.
Ses muscles me collent le frisson.
Il me regarde... Je le regarde... Il est beau.
Et, waouh! Ouais, c'est encore le frisson!
Et vous savez ce que je vais lui faire?
Je vais lui faire ce qu'il préfère.
Je me serre là, tout contre lui,
Et je lui murmure sans chichis :
« Je suis une mangeuse d'hommes... Eh oui..
Une mangeuse d'hommes... C'est ce que je suis...
Une mangeuse d'hommes... Et, baby...
Je vais te manger cette nuit! »

Sur la fin de la chanson, l'adrénaline se déversait à flot dans ses veines et elle se sentait prodigieusement bonne. Encore sous le charme de la prestation, l'audience lui fit un triomphe. Oncle Jack vint la trouver pour lui dire combien il était fier d'elle.

— Tu as été fan-tas-tique, murmura Lindi en lui prenant le bras dès que Jack fut parti. Viens avec moi. Les photographes veulent te prendre avec Penn Sullivan.

Heaven essaya de cacher son émotion. Penn Sullivan! La nouvelle coqueluche de Hollywood! Il était génial!

Aucun doute, ça démarrait fort. Très fort.

Quelque part à New York dans les années soixante-dix...

Elle arriva à New York un samedi après-midi. Elle ne portait qu'une mince robe de coton et un blouson de nylon. Elle resta plantée là, sa petite valise à la main, se demandant ce qu'elle allait faire.

Monter à New York paraissait une idée très séduisante. La conquête de la grande ville. Mais maintenant qu'elle était arrivée à la gare routière, près de la capitainerie du port, elle commençait à avoir des doutes.

Elle sortit et s'aventura dans la 42e Rue Ouest. C'était sale. Les trottoirs étaient jonchés d'ordures et de détritus. Une vieille à l'air halluciné poussait devant elle un caddie dans lequel elle récupérait les sacs de papier brun et les vieux journaux. Un grand Noir efflanqué, avec une veste rose et des cheveux de même couleur lui lança un angoissant « Alors poupée ? » Deux punks reluquaient sa valise avec dans les yeux des projets de vol à l'arraché. Ils auraient été très déçus s'ils l'avaient volée car son bagage contenait en tout et pour tout deux vieux pulls, des sous-vêtements usés, un jean, une paire d'espadrilles délabrées et deux paquets de cookies.

C'étaient ses biens. Et, dans la poche de son blouson de nylon, elle avait quatre-vingt-quatre dollars en coupures variées.

C'était tout.

Une voiture de police passa en hurlant. Un homme blanc au nez pointu, emmitouflé dans une veste en peau de mouton, s'approcha d'elle.

— Salut, poulette !

En guise de réponse, elle allongea le pas.

Il se colla dans son sillage, l'air fermement décidé à faire connaissance.

— T'as l'air d'avoir besoin d'un ami.

— Je n'ai besoin de rien du tout, répondit-elle.

Une rafale de vent glacé transperça ses vêtements légers et elle tressaillit.

— Tu viens d'où ? demanda l'homme.

Elle mentit :

— De Californie.

— Ah ouais ? J'y ai été, une fois. J'en ai rapporté un bronzage super et une blonde...

Elle fit halte et se retourna vers lui.

— Qu'est-ce que vous voulez, à la fin ? demanda-t-elle sèchement.

— Je voulais juste être sympa, répondit le gars, surpris de sa réaction.

— Qu'est-ce que vous voulez ? répéta-t-elle.

Il tenta sa chance :

— Si tu fais l'amour, je te donne dix dollars et je te branche sur des relations.

— Des relations ? Comment ça ?

— Des gens qui te tuyauteront sur la marche à suivre, tu vois... T'as besoin d'un job, non ? T'as aussi besoin d'un endroit où crécher, sûrement.

Elle poussa un soupir las.

— Foutez le camp.

Il remonta le col de sa peau de mouton usée.

— Tu m'envoies balader ?

— Très juste.

— Connasse, va ! cracha l'homme. Ah, je serais curieux de voir comment tu vas t'en sortir sans coup de main...

— Foutez le camp.

Il s'éloigna en grommelant dans sa barbe.

Elle attendit que l'homme ait disparu puis s'adossa au mur et ouvrit sa pauvre valise. Après avoir enlevé son blouson de nylon, elle enfila ses deux pulls l'un par-dessus l'autre et se sentit instantanément enveloppée de bonne chaleur. Elle remit son blouson, ferma sa valise et demanda à un passant la direction de Herald Square. Elle avait lu des articles parlant du célèbre grand magasin Macy's, l'un des plus gigantesques du monde, qui, disait-on, occupait tout un pâté de maisons.

Quand elle y arriva, elle fut presque prise de vertige. Toute cette activité ! Tous ces gens, New-Yorkais ou touristes, qui allaient et venaient, avec tous le même besoin frénétique de dépenser leur argent.

Elle approcha d'un rayon de parfumerie, derrière lequel se tenait une rousse au regard de poisson mort.

— Un petit renseignement, demanda-t-elle, est-ce qu'on offre des emplois ici ?

La rousse la regarda.

— Aucune chance.

— Qu'est-ce que ça veut dire ?

— Tu n'as aucune chance de dégotter un boulot en te pointant comme ça avec ta valise à la main. Tu as l'air de débarquer du car.

— C'est exactement ça. J'arrive de la gare routière.

La rousse eut un petit rire moqueur.

— Ma pauvre ! Je suppose que tu es fauchée, sans domicile et peut-être même en cloque.

— *Deux sur trois, vous êtes voyante ? Qu'est-ce que vous me conseillez ?*

— *J'espère pour toi que c'est les deux premiers. Je te conseille de te faire héberger à la Y[1] pour la nuit et de rentrer dans ta province demain matin par le premier car.*

Elle n'en ferait rien. Elle avait décidé qu'à New York, tout changerait pour elle. Ici, elle allait réussir à en finir avec la mouise et à se faire une vie qui vaille la peine d'être vécue. Le fait de ne pas avoir de travail ni de domicile n'était pas un drame. Elle allait trouver ça rapidement. Elle était de ceux qui survivent ; elle l'avait prouvé plus d'une fois, non ?

Elle n'avait pas eu de chance chez Macy's, qu'à cela ne tienne ! Elle se trouva une chambre à la YWCA, y déposa sa valise et repartit à pied vers Times Square. Elle regarda toutes les vitrines autour d'elle et finit par trouver une pancarte demandant un plongeur, apposée à la vitrine de Red's Deli, un restaurant très grand et très bruyant.

Une chose était bien claire dans son esprit : pas question de céder à la facilité en vendant son corps. Tout valait mieux que ça, même laver des assiettes.

Et pourtant, faire la plonge sept heures d'affilée chaque jour était un travail éreintant. Mais elle tint le coup en dépit de l'hostilité de ses trois collègues masculins. Même à ce niveau, les hommes voyaient d'un mauvais œil la concurrence des femmes dans le travail. Ils s'arrangeaient, bien sûr, pour lui réserver les tâches les plus rebutantes comme le nettoyage des immenses poêles à frire pleines de graisse figée et celui des poubelles. On lui confia même ce qu'ils avaient baptisé le parcours des cancrelats, c'est-à-dire le ramassage quotidien des crottes de souris et de rats dans les placards bas avant le passage de l'inspecteur sanitaire. Elle travaillait dur, ne se liait pas, décourageant les manœuvres d'approche de plusieurs serveurs et cuisiniers. Elle savait que les relations risquaient de lui causer des ennuis.

Elle n'éprouvait jamais de culpabilité pour ce qu'elle avait fait par le passé : toutes ses victimes méritaient le sort qu'elle leur avait réservé. Mais elle ne voulait pas continuer perpétuellement à devoir punir des gens et à fuir, fuir, fuir…

L'un des serveurs s'appelait Eli. Il était noir, gay et d'une bonne humeur indéracinable. Il lui parlait tout le temps sans s'embarrasser de savoir si elle le désirait ou non.

---

1. YWCA : Young Women Christian Association, centres d'héberge-ment, à mi-chemin entre l'Armée du Salut et les Auberges de Jeunesse.

— Il y a Woody Allen à la table quatre, lui dit-il un jour. Hier, on a vu Liza Minelli ; elle raffole de notre Apfelstrudel. Ça ne te ferait pas plaisir de voir des célébrités ? Stella a donné sa démission. Ça va libérer une place de serveuse. Si j'étais toi, je sauterais dessus.

— Ça paie mieux ?

— Bien sûr !

Elle suivit le conseil d'Eli, demanda la place, et l'obtint.

— C'est très bien, commenta Eli. Maintenant, tu peux venir habiter avec moi, si tu veux. J'ai absolument besoin de quelqu'un pour partager le prix du loyer.

Cette gentillesse la rendait méfiante. Personne n'avait jamais fait preuve de gentillesse désintéressée à son égard. Un peu inquiète, elle accepta cependant de transporter ses pénates dans le petit appartement de Greenwich Village et de payer la moitié du loyer. Elle se demandait ce qu'il avait derrière la tête.

— Je suis acteur, danseur et chanteur, lui confia un jour Eli. J'ai bien l'intention de réussir un jour. Et toi, quelles sont tes ambitions dans la vie ?

« Simplement survivre », faillit-elle répondre. Mais Eli n'aurait pas compris. Personne n'aurait compris. La misère de sa vie était un secret qu'elle garderait toujours pour elle-même.

LIVRE V

HOLLYWOOD, CALIFORNIE
Décembre 1985

83

Un cri agacé en provenance de la salle de bains de Silver indiqua que la star n'était pas encore prête. Wes jeta un coup d'œil à la pendule. Ils allaient être en retard pour la soirée de fin de tournage de *Romance*. Pour changer. Silver était toujours en retard partout. Elle disputait le record des arrivées tardives à Elizabeth Taylor.

Il bâilla, s'assit au bord du lit et alluma la télévision. Il était prêt depuis trois quarts d'heure.

Nouveaux cris puis Silver sortit de la salle de bains.

— Bon sang de bon sang! pesta-t-elle. J'ai l'air d'une vraie sorcière!

Elle portait une tenue en daim beige qui ne lui allait pas du tout. Les épaules étaient trop larges, la jupe trop longue et la taille trop cintrée. Le modèle qu'elle avait sur le dos avait été conçu pour un mannequin de vingt-deux ans mesurant un mètre quatre-vingt-trois.

— Qu'est-ce que tu en penses? demanda-t-elle d'un ton agressif, sachant parfaitement qu'elle avait l'air d'un vieux machin mal emballé.

— J'ai rarement vu une tenue plus seyante, répondit très calmement Wes.

— Tu m'énerves! glapit Silver en s'éloignant d'un pas furieux vers sa garde-robe.

La porte claqua rageusement. Wes laissa tomber ses chaussures et étendit ses jambes sur le lit. Étant donné l'ampleur de la catastrophe, il pouvait encore compter une bonne demi-heure d'attente. Ça ne le dérangeait pas. Il était parfaitement à l'aise, à attendre Silver sur ce lit. A l'aise et en sécurité. L'incursion dans son monde de jadis, six semaines plus tôt, lui avait coupé toute envie de faire une nouvelle fugue. Se faire démolir le portrait dans un parking sordide puis traîner dans une voiture vers un rendez-vous avec un gros malfrat spécialiste du proxénétisme et du trafic de drogue ne représentait pas vraiment l'idée qu'il se faisait d'un moment de bonheur.

Il se rappela cette soirée avec un mauvais goût au fond de la bouche. Cette soirée de merde. Et la nuit qui avait suivi. Car ils ne l'avaient relâché que le lendemain matin.

Il était certain que quelqu'un l'avait vendu quand il était allé visiter ses anciens repaires. Il était à peu près sûr que c'était sa copine, la putain du coin de la rue. Il ne lui jetait pas la pierre. Tout était bon pour gagner quelques billets verts. Il avait connu ça.

Il avait de la chance de posséder une boîte crânienne en béton armé. Ces fumiers l'avaient frappé avec quelque chose de sacrément lourd et sacrément dur. Ensuite, ils l'avaient jeté à l'arrière d'une voiture et l'avaient emmené voir le gros Noir au sourire de mange-merde et aux lunettes de soleil à larges montures blanches.

Cette fois, la rencontre avait eu lieu dans un entrepôt désaffecté. En revenant à lui, il s'était rendu compte qu'il était affalé sur un sol de ciment, pieds et poings liés avec du fil de fer.

Pendant un moment, il avait été dominé par un sentiment de vraie peur. M. Silver Anderson allait finir ses jours seul et sans amour, comme il les avait commencés.

Son cœur cognait dans sa cage thoracique comme une bielle coulée et il crut qu'il allait pisser de trouille dans son froc.

On se calme, cria une voix intérieure. *Ils ne peuvent rien te faire. Tu es quelqu'un d'important, maintenant.*

— Alors ? Qu'est-ce tu t'imaginais, *man ?* Tu nous as vraiment pris pour des connards, hein ! Tu croyais qu'on allait attendre notre blé jusqu'à la fin du monde ?

Le Noir l'éperonna de la pointe du pied. Wes poussa un grognement et s'efforça de reprendre rapidement ses esprits.

— Tu me dois du blé, visage pâle, reprit le Noir. Et j'ai bien l'intention d'encaisser.

— Je ne dois rien à personne, nom de Dieu ! réussit à lâcher Wes. Vous m'avez balancé dans un piège.

— On veut notre blé, s'obstina le Noir. Tu me rends les vingt-deux mille billets et je suis bon prince : j'oublie la marchandise que tu nous as fauchée.

Se débattant pour tenter de se libérer, il répliqua :

— Vous avez essayé de m'avoir. Je m'en suis sorti. Je ne dois rien à personne !

— Tu as la comprenette rapide, *man* Mais tu vas payer le blé que tu dois !

Un coup de pied vicieux le cueillit au bas du ventre, dangereusement près de ses parties nobles. Il lâcha un hoquet de douleur.

— Réfléchis sagement. Je reviendrai demain.

Ils le laissèrent là, toute la nuit, ficelé comme un poulet prêt à rôtir. Au matin, un homme de main vint le délivrer en annonçant d'une voix qui ressemblait à un bruit d'évier :

— Tu te pointes mardi soir sur le parking avec l'oseille. Huit heures pile. Vu ?

Il lui fallut encore un moment pour rétablir la circulation dans ses membres, se relever, regagner la voiture et rentrer à Bel Air. Silver était partie pour le studio quand il y arriva. Le soir, quand elle rentra et le trouva allongé sur le canapé avec un sac de glace sur la tête, elle piqua une colère.

— Monsieur a la gueule de bois ? Tu ne l'as pas volé ! lança-t-elle méchamment.

— Tu parles ! Je me suis fait agresser.

— Mon pauvre chou... Et qui est le méchant qui t'a fait ça ?

— Ça fait plaisir de trouver un peu de sympathie auprès de sa femme...

— Là, mon petit vieux, tu peux toujours attendre !

Sur quoi, elle monta l'escalier et l'évita soigneusement pendant plusieurs jours.

A l'évidence, tout était rentré dans l'ordre sur le tournage car Orville aussi bien que Zeppo téléphonèrent pour le remercier.

— Je ne sais pas ce que vous lui avez dit, ou fait, glissa Orville avec un petit rire contenu, mais le résultat est là ! Carlos et Silver sont redevenus les meilleurs amis du monde.

Masquant sa surprise, il accepta les félicitations comme si elles lui étaient dues.

— Je vous avais dit que j'allais récupérer ça, dit-il, très grand seigneur. La prochaine fois qu'il faudra la mater un brin, vous n'aurez qu'à me faire signe.

Orville et Zeppo le vénéraient. On ne pouvait pas en dire autant de Silver. Elle était incroyablement indépendante et n'en faisait qu'à sa tête, comme toujours. Il avait osé la défier et elle n'appréciait pas du tout.

Progressivement, avec doigté, il rentra dans ses bonnes grâces. La voie du pardon fut le sexe. Silver en avait besoin, envie, ne supportait pas de s'en passer. Mais tous deux avaient tiré les leçons de leur brève dispute.

Wes n'avait pas pour autant envie de payer les vingt-deux mille dollars. Que ces fumiers s'asseyent sur leur pognon. Ils lui avaient collé les billets et la camelote dans les poches pour le désigner à la police. De son point de vue, le petit profit qu'il avait fait compensait à peine le préjudice qu'il aurait pu subir s'il avait été pris dans le piège de Laurel Canyon. Cet argent, il était décidé à le garder pour une autre raison : c'était son pécule, son magot secret mis de côté en cas de pépin dans un coffre de la First Interstate Bank. L'argent était à l'abri. Lui aussi. Que pouvaient-ils contre lui ? Il était revenu à Bel Air, maintenant, à l'abri d'un nouveau système de sécurité qu'il avait persuadé Silver de faire installer. Comme complément de garantie, il avait sorti le revolver — autre souvenir de Laurel Canyon — de sa cachette et le portait sur lui. Wes Money ne se ferait plus jamais prendre.

Enfin, Silver fit son apparition, vêtue d'une courte robe noire et d'une veste couleur or.

— En route ! lança-t-elle impatiemment. Tu n'es pas encore prêt ?

C'était la meilleure ! Il attendait depuis plus d'une heure. Ces derniers temps, elle était d'une humeur plutôt grincheuse. Wes en connaissait la raison. Cette raison s'appelait Heaven. La fille que Silver prenait si grand soin de cacher était en train de démarrer dans la chanson et sa chère maman en devenait folle.

Aux studios Orpheus, le plateau 6 était décoré pour la fête. Il y avait des ballons de baudruche, des tables rondes couvertes de nappes roses, un buffet, un bar et une petite formation qui jouait des extraits de la bande musicale du film. Il y avait foule, mais peu de stars. Ces fêtes de fin de tournage étaient organisées par les producteurs pour remercier les acteurs et l'équipe.

Les stars faisaient généralement une apparition tardive et de courte durée.

Silver et Carlos ne s'étaient pas encore montrés. Howard Soloman, lui, était là, flanqué d'une Poppy couverte de bijoux. Elle distribuait les sourires et les phrases gentilles à profusion. Poppy jugeait excellent pour son image de se montrer bonne avec le bas peuple.

— Tout de même, disait-elle à Howard, ce sont mes origines.

Ça, il ne se rappelait que trop bien l'époque où Poppy était encore sa secrétaire. Elle n'avait pas mis longtemps à changer de rôle et de personnage.

Depuis le fiasco avec Whitney et le retour d'Arizona, Howard était sur une pente savonneuse. Il absorbait des quantités sans cesse croissantes de cocaïne, jetait l'argent d'Orpheus par les fenêtres et réalisait des opérations douteuses dont les bénéfices passaient directement dans sa poche.

La paranoïa dictait sa loi. Il était persuadé que tout le monde parlait de lui dans son dos et, pour la première fois de sa vie, il était en panne sur le plan sexuel. Chose que Poppy n'avait pas manqué de constater.

— Qu'est-ce qui se passe, Howie ? avait-elle demandé. Quelque chose qui ne va pas ?

— Le travail... Le stress..., avait répondu Howard.

— Pauvre gros lapin ! Nous avons besoin de vacances. Si je retenais une suite au *Kahala* à Hawaii ?

— Pas possible pour l'instant. Je te ferai signe.

Fuir à Hawaii n'était pas une solution. Il ne voulait pas se retrouver dans une situation de trop grande promiscuité avec Poppy : elle risquerait de découvrir sa sale habitude. Car, finalement, Howard s'était avoué que la coke devenait une habitude. Mais il n'en était pas du tout au stade de la dépendance, ça non. Il était capable de s'arrêter quand il le voulait.

Le problème était qu'il ne le voulait pas.

Carlos Brent arriva le premier, paradant comme un jeune homme. Il se déplaçait avec deux gardes du corps, une secrétaire, une attachée de presse personnelle et Dee Dee Dione, sa maîtresse souffre-douleur.

Son escorte papillonnait autour de lui, attentive à son plus petit battement de paupière.

Silver arriva peu après, accompagnée de Wes et de Nora.

— Je déteste ces petites festivités, murmura-t-elle à Nora. A force de sourire, j'en ai mal dans les muscles des joues.

Elle adressa un petit salut à l'éclairagiste. Les actrices devaient toujours être bien avec les éclairagistes. Gracieusement, elle s'arrêta à sa table pour faire la connaissance de sa femme.

Maintenant que le tournage était fini, elle avait de petits accès d'appréhension. Avait-elle bien fait de laisser tomber *Palm Springs ?* Le feuilleton télé avait l'avantage de la rappeler chaque jour à un public connu pour sa versatilité.

Est-ce que ce même public irait la voir jouer dans *Romance*? Regarderait-il l'émission spéciale Silver Anderson à la télévision? Allait-il continuer à l'aimer, à l'adorer?

Silver Anderson serait incapable de supporter l'oubli. Elle avait besoin d'être adulée tout comme Howard avait besoin de sa cocaïne.

Et Zeppo White n'était pas Quinne Lattimore. Quinne était là pour prendre ses coups de fil de jour comme de nuit. Elle pouvait le convoquer à tout instant, lui demander de régler des problèmes mineurs. Zeppo, c'était une autre paire de manches. Lui aussi était une star dans son domaine et il refusait d'accourir sur un claquement de doigts. Ce qui avait le don d'horripiler Silver.

Elle s'en était plainte à Wes :

— Je me demande si Zeppo est l'agent qu'il me faut.

Il l'avait regardée, stupéfait de cette remise en question.

— Zeppo est le meilleur. Et, désormais, tu n'auras que ce qui se fait de mieux.

Elle se sentait coupable d'avoir trompé Wes avec Carlos. Qu'allait-il se passer s'il s'en apercevait?

Allons, il ne s'en apercevrait jamais. Comment aurait-il pu? Et même s'il découvrait quelque chose, elle nierait. Simple comme bonjour. Les seuls à savoir vraiment étaient Carlos, elle-même et Nora. Nora savait toujours tout sur elle. Pourquoi lui aurait-elle caché ça spécialement?

— Je peux vous demander quelque chose? s'enquit la femme de l'éclairagiste.

Un sourire généreux éclaira le visage de Silver. Cette femme allait lui demander une photo dédicacée, comme tout le monde.

— Bien sûr.

— Ce n'est pas pour moi...

Bien sûr, c'est toujours pour quelqu'un d'autre.

— ... c'est pour notre petite-fille.

Leur petite-fille! Eh bien, elle avait des fans de plus en plus jeunes!

Toujours souriante, Silver remarqua que Wes était en train de bavarder avec Carlos. Que pouvaient-ils bien se raconter, ces deux-là?

— *Hé, vous savez que j'ai sauté votre femme l'autre jour?*

— *Sans blague? C'était bien, j'espère.*

— *Sensationnel. Comme je lui ai dit, c'est bien dans les vieux pots qu'on fait la meilleure soupe.*

— Notre petite Marybethe serait aux anges si je pouvais lui promettre une photo dédicacée de votre fille Heaven. Si elle

avait la gentillesse de faire ça. Marybethe en un seul mot :
M.A.R.Y.B.E.T.H.E.

Le sourire resta gravé sur le visage de Silver comme une
eau-forte. L'agacement, mêlé de jalousie et d'incrédulité lui
picotait l'échine comme de petits dards.

Ce n'était pas possible ! Qu'avait-elle fait au bon Dieu pour
mériter cette humiliation ?

84

Partir. Après tout, c'était sans doute la meilleure façon de
se retrouver. Mais Jade avait l'impression qu'à chaque fois
qu'elle faisait un voyage, c'était pour fuir une liaison ratée.
D'abord, Los Angeles pour fuir Mark Rand. Maintenant,
retour à New York pour fuir Jack Python. Quoique, avec Jack
Python, on pouvait difficilement parler de liaison. C'était
plutôt une aventure d'un soir avec un séducteur professionnel.
Car conquérir les femmes était visiblement un passe-temps
pour ce monsieur.

Comment avait-elle pu se laisser prendre aussi facilement ?
Elle s'était comportée comme une débutante.

A New York, elle essaya de tirer un trait sur tout ça. Elle
consacra son temps à reprendre contact avec les vieux amis.
C'étaient des déjeuners au *Russian Tea Room*, chez *Morti-
mer's* ou *Le Cirque*, des soirées au *Hard Rock Café*, au
Twenty One, chez *Elaine's*. Cela dépendait de son envie, de sa
fantaisie. C'étaient aussi de folles virées de shopping dans les
trois grands B, *Bendel's, Bergdorf* et *Bloomingdale's*.

Elle arpentait les rues en respirant l'air glacial de la ville et
en éprouvait un grand plaisir. Puis elle alla voir ses parents,
dans le Connecticut, et passa auprès d'eux un long week-end
de détente et de bonheur pur.

En signant le contrat Cloud, elle n'avait pas pris toute la
mesure de ce qu'on attendait d'elle pour la promotion des
produits. Elle alla se plaindre à son agent qui lui présenta un
exemplaire du contrat. C'était écrit, noir sur blanc : *Jade
Johnson s'engage pour huit semaines de présence personnelle
pendant une période de douze mois de présentation des
produits.*

Jade Johnson avait signé.
Jade Johnson devait fournir.
La rémunération était correcte. Indiscutablement. Le

contrat Cloud la mettait à l'abri du besoin jusqu'à la fin de ses jours. Maintenant, elle pouvait se lancer dans le cinéma si elle en avait envie et imposer ses conditions, ou bien refuser tout simplement ce qu'on lui proposait.

Zeppo White lui téléphona pour dire que Howard Soloman avait acheté les droits de *Married Alive* et qu'un scénariste de renom était déjà en train de l'adapter en fonction de ce qu'elle demandait.

— Je t'ai dégotté les conditions les plus avantageuses qui puissent se faire, dit-il. Tout ce que tu voulais, et même quelques suppléments, belle enfant. Je t'envoie le contrat par courrier spécial. Tu l'auras dès demain. Tu me le retournes aussitôt.

— Comment ça va à Los Angeles ? demanda-t-elle.

Elle grelottait dans l'appartement qu'une amie lui avait prêté.

— On a chaud. Noël arrive. On fera rôtir une dinde dehors, près de la piscine. Et toi ?

— Je passe Noël en famille et je rentre après les vacances.

— Reviens vite. Ida tient à organiser une fête en ton honneur.

Les fêtes, les réceptions, les soirées…, elle ne faisait que ça ! La présentation de la ligne Cloud avait été un somptueux gala auquel avaient été conviés le tout-New York, plus la presse et tous ceux qui faisaient autorité dans la mode.

Jade ne comptait pas le nombre d'hommes qui avaient tenté leur chance avec elle. Un homme politique grassouillet avec un accent indéchiffrable. Une star de Broadway qui adorait faire des touches. Un ancien amant de Silver Anderson. Un styliste de mode grand et maigre qui marchait à voile et à vapeur.

Elle avait repoussé toutes les propositions. Elle avait pris une ferme décision. Les hommes, au rancart. Maintenant, c'était pleins feux sur la carrière.

On n'était qu'à quelques jours de Noël. Après les fêtes, Jade avait l'intention de redescendre à Los Angeles pour le tournage de la dernière série de pubs Cloud et pour les dernières séances de pose photo. Pour tout dire, il lui tardait d'y être. Après neuf mois passés sur la Côte Ouest, elle s'était habituée au rythme de la vie à Los Angeles, au temps radieux, aux gens avenants. Même son appartement lui manquait. Elle se dit qu'à son retour, elle allait acheter un couple de chats. Si le contrat avec Orpheus donnait quelque chose, elle caressait même le projet de louer une maison, pourquoi pas en bord de mer.

Les achats de Noël à New York étaient une course folle. Les magasins étaient pleins à craquer. Choisir les cadeaux était un plaisir, attirer l'attention d'un vendeur surmené pour les payer un sport des plus éprouvants. Jade se rendit compte qu'on la reconnaissait pratiquement partout où elle allait. Cela lui fit un coup de ne plus pouvoir se sentir libre comme avant.

Finalement, ses courses terminées, elle était prête pour un Noël en famille. Corey venait pour les vacances. Ensuite, ils avaient prévu de prendre l'avion ensemble pour le retour sur L.A.

La veille de son départ pour le Connecticut, Mark Rand fit un come-back fulgurant dans sa vie.

Il avait divorcé et était prêt à la prendre pour femme.

— Il nous faut une décision, Jack, dit Aretha de sa voix la plus persuasive. Sinon, on va être obligés de faire une émission avec Jack Python comme animateur et Jack Python comme invité.

— Je t'ai déjà dit que je voulais avoir Jade Johnson, répondit Jack, buté.

— Et moi, reprit Aretha d'un ton patient, je t'ai dit qu'elle était à New York et qu'elle ne rentrait qu'après Noël.

— J'aimerais avoir un engagement de la part de ses représentants pour qu'elle passe dans l'émission la semaine de son retour.

Aretha soupira et donna un peu de volume à sa chevelure.

— Je vais faire tout mon possible. Depuis que Norman Gooseberger a laissé tomber Briskinn & Bower, c'est la croix et la bannière pour obtenir ce qu'on veut. Je ne te parle pas des « on vous rappellera » qui n'ont jamais de suite. Quelle bande de nuls dans cette boîte !

— Débrouille-toi pour lui mettre la main dessus, dit Jack d'un ton coupant.

— Je n'arrête pas d'essayer. Pour le reste, Carlos Brent dit « oui » et ça semble bien parti pour Zachary Klinger.

— Bon.

Aretha fit une grimace dans son dos quand il sortit du bureau. Depuis quelques semaines, il était franchement pénible. Lui qui d'habitude était un patron tellement chouette... Mais quand il avait quelque chose dans le crâne, il ne l'avait pas ailleurs. Pour une raison difficile à déterminer, il faisait une fixation sur Jade Johnson. La seule chose que savait Aretha, c'est qu'il brûlait d'impatience de se retrouver face à la belle poupée de chez Cloud. Quand Jack voulait démolir quelqu'un, il le faisait devant la caméra et elle avait idée que sa prochaine victime pourrait bien être Miss Johnson.

Elle appela de nouveau Briskinn & Bower et, cette fois, demanda directement Bernie Briskinn. Mieux vaut s'adresser au bon Dieu qu'à ses saints.

Jack engagea sa Ferrari sur l'autoroute. Il était déjà en retard pour un rendez-vous avec son homme d'affaires, auquel il comptait présenter Heaven. Tout à coup, sa petite écolière de nièce se mettait à gagner des fortunes et il voulait faire en sorte que son argent soit en bonnes mains et placé convenablement.

Quel choc il avait reçu l'autre soir pour le lancement de son disque ! Lui qui s'attendait à assister à une petite boum branchée vouée à faire un peu de bruit puis plus rien, il avait été témoin d'un grand événement !

Heaven était parfaitement armée pour voler de ses propres ailes et quand il avait entendu le disque, il en était resté baba. Elle avait une voix sensationnelle mais, surtout, elle avait ce quelque chose d'indéfinissable qui allait la pousser vers le succès. Elle était de la trempe des stars. Comme sa mère.

Il se revoyait après la prestation en play-back, obligé de fendre la foule des admirateurs pour aller parler à sa nièce.

Sachant qu'elle ne voulait pas dévoiler leurs liens familiaux, il s'était approché et lui avait murmuré à l'oreille :

— Le vieux tonton est vraiment très fier.

— C'est vrai ?

Elle rayonnait de joie.

— Appelle-moi demain. Il faut que je me sauve.

Heaven était radieuse, ses yeux d'ambre étincelaient. Elle avait hoché la tête.

C'est alors que Lindi était arrivée.

— Tout le monde me demande ce que Jack Python fait ici, avait-elle dit en lui souriant. Bonjour, je suis Lindi Foxworthe, attachée de presse.

— Je me sauve, je me sauve…, avait répété Jack.

Il avait embrassé Heaven et lui avait glissé un tout petit paquet-cadeau en ajoutant à voix basse :

— Bon anniversaire, princesse !

Il ne l'avait pas vue depuis, mais ils avaient souvent bavardé au téléphone. Dès que le disque avait commencé à faire du chiffre, il avait proposé cette visite à son homme d'affaires.

— J'ai un imprésario pour s'occuper de moi, avait répondu Heaven.

Première nouvelle.

— Qui est-ce ?

— Tu te souviens de Rocky ?

Ça oui. Il n'était pas près d'oublier ce tas de viande. Mais comment avait-elle pu renouer avec cette raclure alors qu'il le lui avait expressément interdit ?

Enfin ! Il n'était pas son père ! Il n'était que son oncle. Et elle allait avoir dix-huit ans l'année prochaine. Comment pouvait-il l'empêcher de faire ce qu'elle voulait ? Peut-être Jack réussirait-il à se sentir un peu moins responsable d'elle quand elle aurait atteint sa majorité.

— Apporte tous ces contrats que George a signés à ta place. On se retrouve jeudi à deux heures et demie chez mon homme d'affaires dans Century City, avait exigé Jack.

Elle était là. Rocky aussi était là ! Une vision de cauchemar en costume blanc, chemise noire, cravate blanche et chaussures bicolores.

— Salut, mon vieux, ça boume ? lança Rocky, expansif et affectueux comme un jeune chien.

Jack le snoba, éplucha les contrats avec son homme d'affaires et découvrit, scandalisé, que le musclé avait droit à cinquante et un pour cent de tous les gains de Heaven.

Il explosa

— Pourquoi ne m'as-tu pas fait voir ça avant de le coller à signer à George ?

Elle haussa les épaules.

— Tu es toujours tellement occupé. Tu n'as jamais le temps. De toute façon, tu aurais tout fait pour m'empêcher de me lancer.

Jack désigna Rocky d'un geste du menton.

— Cette copie de Stallone te pompe cinquante et un pour cent et tu trouves ça normal ?

— Dites donc, mon vieux, coupa Rocky en tirant sur ses manchettes, c'est moi qui l'ai placée chez College ! Sans moi, elle serait toujours en train de galérer.

— Suffit ! lança Jack, menaçant. Ces contrats vont directement chez mon avocat.

— Ils sont parfaitement légaux, dit Rocky avec aplomb.

Il n'appréciait pas d'être traité comme un rien-du-tout et tirait une tête de six pieds de long.

— Nous verrons cela, dit Jack.

— Arrête, Jack, intervint Heaven. Je suis parfaitement

heureuse que Rocky touche sa part. Tu laisses tomber les coups de gueule contre lui ou je m'en vais.

Était-ce son imagination, ou y avait-il du Silver là-dedans ? Est-ce que cette petite rock star ne se mettait pas à ressembler à sa maman ?

Le moins qu'il puisse faire était de veiller à ce que son argent soit bien géré. Pour le reste, qu'elle s'en arrange seule, si c'était ça qu'elle voulait.

Rocky, qui avait quitté le bureau avant la fin de la réunion, lui emboîta le pas en maugréant :

— Ton oncle me traite comme une vraie merde ! J'ai été correct avec toi, non ?

— Ouais.

— Alors, c'est quoi, son problème ?

— T'en fais pas. Il veut juste être sûr que tout baigne pour moi. C'est la seule famille que j'ai, t' sais.

— Hé, t'arrêtes ton char ! T'as aussi ta mère et ton grand-père. Moi, j'ai même pas ça.

— T'as bien une mère, quand même. Forcément.

— Ben non. Figure-toi que j'ai été abandonné juste après ma naissance devant la porte d'une église. Sympa, hein ?

Elle le regarda, complètement bouleversée.

— C'est atroce, Rocky ! Tu m'avais jamais raconté ça !

— Qu'est-ce tu veux que j' te dise ? Enfin, je m'en suis pas mal remis, tu vois.

Ils arrivèrent à la voiture de Heaven, un coupé Chrysler rouge vif. Cadeau de Jack pour son anniversaire. Le petit paquet qu'il lui avait offert l'autre jour chez College Records contenait les clefs. La caisse était super. Une méga surprise comme Jack savait en faire.

— Moi aussi, faudrait p't'êtr' que j' me dégotte un homme d'affaires, opina Rocky. Va falloir s'occuper de tout le blé que je vais rentrer.

— Ouais, tu devrais, approuva Heaven en s'installant au volant.

— Heaven ! Heaven !

C'étaient deux adolescentes qui couraient vers la voiture.

— Oh, Heaven, t'es super ! Mieux que sur les photos ! Tu veux bien nous écrire ton nom à l'intérieur de la main ?

— Du balai ! grogna Rocky en sautant sur le siège du passager.

Ne sachant pas s'il parlait aux filles ou à elle, Heaven mit le contact et démarra sur les chapeaux de roues. Quel pied c'était, quand même, d'être reconnue comme ça dans les lieux publics ! Plus ça lui arrivait, plus elle aimait ça.

Rocky l'observait à la dérobée. La chair fraîche de la petite lui mettait l'eau à la bouche. Mais, malgré les appétits qu'elle faisait naître en lui, il ne l'avait jamais touchée.

Rocky se savait dans une passe délicate. Une seule fausse manœuvre et l'oncle Jack ne le louperait pas. Les contrats étaient parfaitement légaux mais, avec les grands avocats qu'il avait les moyens de se payer, Jack Python pouvait le sortir de la course quand il le voulait.

Or Rocky ne tenait pas plus que ça à se remettre au deal de drogue pour gagner sa croûte. C'était dangereux et pas drôle. La petite était partie pour aller loin et il avait l'intention d'y aller avec elle. Le meilleur moyen était de l'extraire de chez le pépé, de l'installer dans ses meubles et de devenir vraiment intimes. Pourquoi pas l'épouser, pendant qu'il y était ? Alors là, l'oncle Jack pourrait aller se rhabiller !

C'était tentant. Très tentant.

— Dis donc, baby, attaqua-t-il d'un ton léger, ça te dirait de faire la fête ce soir ?

Jusqu'à présent, Rocky ne lui avait jamais parlé d'autre chose que de business. C'était la première fois qu'il l'invitait à sortir.

— Je ne sais pas, répondit-elle, sur la défensive. Où ça ?

— Chez un copain à moi. Il a une maison au bord de la mer. Ça fait une semaine que tu es bouclée à écrire cette chanson pour *The Murder,* ça te ferait peut-être du bien de voir autre chose que quatre murs.

— Oui, peut-être…, dit Heaven, hésitante.

Ah, si elle avait eu Penn Sullivan à côté d'elle pour lui demander de sortir ! Là, elle n'aurait pas hésité une seconde. Leur rencontre au cocktail de lancement de *Gonna Eatcha Tonight* avait laissé à Heaven un souvenir impérissable.

Malheureusement, depuis son triomphe, c'était travail, travail et encore travail. Plus de place pour les plaisirs. Eddie avait téléphoné plusieurs fois et laissé des messages. Elle n'avait pas encore trouvé le temps de rappeler. Le contrat en or qu'on lui avait fait pour l'écriture d'une chanson destinée au film *The Murder* était une chose autrement plus passionnante que *Gonna Eatcha Tonight.* Pourtant la chanson était actuellement classée numéro quatre au palmarès de *Billboard* et continuait à grimper.

— Tu vas te retrouver numéro un, assuraient tous les professionnels de College Records.

Et on lui avait demandé si elle avait envie d'écrire cette chanson qui devait être le thème de *The Murder.*

Est-ce qu'elle avait envie ? Un peu, ouais !

Orpheus avait d'abord pressenti Cyndi Lauper ou Madonna

mais un responsable de College Records avait convaincu Howard Soloman que Heaven était la vedette montante qui allait faire le plus de bruit dans les années à venir.

The Murder avait dépassé tous les délais. Le tournage était encore en cours à Puerto Vallarta, au Mexique. On projeta à Heaven une sélection d'épreuves de tournage et, aussitôt, elle comprit que le résultat final serait un film fabuleux. Clarissa Browning était renversante. Mannon Cable faisait une formidable prestation. Whitney Valentine était superbe. Ce n'était pas un film pour les jeunes mais elle l'adora.

— Vous aimez? demanda Howard Soloman qui s'était glissé dans la salle de projection pendant qu'elle regardait.

— Fantastique!

— Écrivez-nous quelque chose de bien enveloppé, demanda-t-il avec un petit clin d'œil.

— Je vais tâcher, monsieur Soloman.

Et le résultat était là. Pour elle, c'était la meilleure chanson qu'elle eût jamais écrite.

Grand-père George était dans son atelier quand elle arriva à la maison. Ce qui voulait dire qu'il allait rester bouclé toute la nuit. Elle avait déposé Rocky à son appartement de Hollywood.

— Passe me prendre vers dix heures, avait-il dit.

— Dix heures! s'était exclamée Heaven. A quelle heure commence cette soirée?

— Baby, aucune soirée digne de ce nom ne débute avant onze heures. Je compte sur toi.

— Si je peux sortir.

Il avait eu un petit rire moqueur.

— Si tu peux sortir? Ah là là, il va falloir qu'on se mette à te rechercher un appart'.

La graine était semée. Ne restait plus qu'à la laisser germer. Il fallait qu'il mette Heaven hors d'atteinte de sa famille. Cette gamine allait être une rock star. Est-ce qu'une rock star vivait chez son grand-père dans la Vallée?

Ouais, décida Rocky. Cette nuit, le petit tendron allait devenir une grande fille.

85

Ça chauffait à Puerto Vallarta. Sur plus d'un plan. Le jour, les acteurs et l'équipe se défonçaient sous un soleil de plomb pour accélérer la fin du tournage. Mais les nuits étaient encore plus chaudes.

Tout le monde était sur les nerfs. On avait compris que le film allait être un monument et, en même temps, on voulait finir le tournage avant Noël pour pouvoir aller passer les fêtes en famille.

Entre l'Arizona et Puerto Vallarta, ils avaient eu une coupure de trois jours.

— Qu'est-ce qu'on fait ? avait demandé Clarissa à Mannon.

— Il faut que j'aille voir Melanie-Shanna et mon fils, chérie, avait répondu Mannon d'un air navré. Je ne peux pas y couper.

Melanie-Shanna avait été absente au déjeuner de Poppy Soloman avec Jade Johnson et Beverly D'Amo pour cause d'accouchement. Dès qu'il l'avait su, Mannon avait voulu sauter dans un avion pour Los Angeles. Clarissa s'y était opposée.

— Pour la première fois depuis le début de ta carrière, tu joues remarquablement, avait-elle dit. Si tu casses cette concentration maintenant, ça va tout gâcher. Crois-moi !

Il la croyait. Clarissa ne ressemblait à aucune des femmes qu'il avait connues dans sa vie. Le charisme de cette fabuleuse actrice l'avait emprisonné dans des liens dont il ne voulait pas se défaire. Avec Clarissa Browning, il n'était plus une superstar macho aux yeux bleus séducteurs. Il était un vrai homme avec des vrais sentiments. Et un comédien de première.

Le bon Mannon Cable, frimeur, dragueur, rigolard, était mort. Clarissa lui enseignait à approfondir ses sentiments et son jeu, à faire attention à lui-même, aussi.

— Tu es beaucoup trop gentil avec les gens, lui dit-elle un jour. Ils te marchent dessus et te traitent comme un pantin.

Il ne s'en était pas rendu compte mais elle avait raison. Il prit ses distances, devint moins affable.

— Et tu te nourris n'importe comment, ajouta Clarissa. Plus de viande rouge, plus de sucre, plus de sel, plus d'alcool.

— Hé là...

— Crois-moi, dit-elle.

C'était son expression favorite.

Il la crut. Encore une fois, elle avait raison. Il ne s'était jamais senti en si bonne forme physique.

Elle avait beaucoup d'influence sur lui mais elle ne l'empêcherait pas d'aller voir son fils. C'était son premier enfant. Il avait quand même le droit d'être content, non ? Même s'il projetait de divorcer avec Melanie-Shanna dès que ses avocats lui donneraient le feu vert. Ainsi, en dépit des objections de Clarissa, il prit l'avion pour Los Angeles. Elle n'apprécia guère son départ.

— Qu'est-ce que tu vas faire ici ? lui demanda-t-il avant de partir.

— Ne t'en fais pas pour moi, répondit-elle d'un ton glacial. Je m'occuperai.

— Je ne veux pas te mettre en boule.

Il savait qu'elle l'était mais il se faisait confiance pour rattraper le coup à son retour à Puerto Vallarta.

Clarissa avait conclu une entente avec Norman Gooseberger. Ce dernier était venu dans l'Arizona pour s'occuper de Whitney Valentine mais Clarissa découvrit très vite qu'il était très efficace et décida qu'elle le voulait pour elle-même. Elle téléphona donc à Howard Soloman et exigea l'exclusivité des services de Norman Gooseberger jusqu'à la fin du tournage.

Howard était sidéré.

— Mais tu refusais de t'occuper de la promotion de tes films et de ton image ! Pourquoi veux-tu Norman maintenant ?

Elle aurait pu répondre : *pour que Whitney ne l'ait pas.* Mais elle préféra s'en tenir à la simplicité d'un :

— Parce que.

« Parce que » était un mot que Howard comprenait parfaitement quand il était prononcé par une star.

— Norman est à toi, dit-il, résigné, tout en se demandant comment Whitney allait prendre la chose.

Norman lui-même était ravi. Clarissa Browning était son idole. Il la considérait comme l'une des meilleures actrices de sa génération. Pour Norman, elle avait la stature de comédiennes comme Meryl Streep et Vanessa Redgrave.

Howard Soloman lui avait téléphoné personnellement pour lui annoncer la nouvelle :

— J'ai tout arrangé avec Bernie. Tu restes auprès d'elle et tu fais ce qu'elle demande.

Corey fut beaucoup moins ravi. Norman était parti pour un week-end et voilà qu'il pouvait très bien rester absent pendant plusieurs semaines.

— Si je comprends bien, tu ne rentres pas, se plaignit-il au téléphone.

— T'en fais pas, répondit Norman. Je vais m'arranger pour te faire venir quelques jours à Puerto Vallarta. Entre-temps, fais-moi donc une valise de vêtements et envoie-la par le premier avion.

Clarissa et Norman passèrent les trois jours de break entre les deux décors à redéfinir les tendances sexuelles du jeune homme.

— Tu n'es pas gay en profondeur, dit-elle le soir même du départ de Mannon et de l'équipe.

Elle l'avait invité dans sa suite et ils étaient allongés sur le lit en train de descendre de redoutables mélanges à base de jus de raisin, de vodka et gin.

Norman était étonné. Peu de gens mettaient en cause ses préférences sexuelles.

— Bien sûr que si, répondit-il.

— Allez, va..., fit Clarissa d'un ton langoureux. Comment peux-tu en être absolument sûr ?

— J'ai toujours été comme ça.

Il se sentait la gorge étrangement sèche, tout à coup.

— Toujours ? Vraiment ?

Il hocha la tête.

— Tu veux dire que tu n'as jamais eu d'expérience avec une femme ? demanda-t-elle en lui effleurant la poitrine du bout des doigts.

Il secoua la tête en repensant aux cris de sa mère le jour où elle avait découvert un *Penthouse* sous son oreiller. Il avait treize ans à l'époque.

— Quelle cochonnerie ! avait beuglé Carmel. Qu'est-ce que tu veux ? Devenir comme ton père et culbuter toutes les starlettes à la cuisse hospitalière qui te tomberont sous la main ?

Non. Il ne voulait absolument pas devenir comme Orville. Il entendait les échos des scènes de ménage dans l'immense maison qu'ils occupaient en compagnie de quatre domestiques philippins. Il voyait la souffrance et les crises de colère que ses parents s'infligeaient l'un à l'autre. Aussi, quand un jour, un garçon plus âgé lui fit une proposition à la sortie du lycée, il lui sembla avoir trouvé une voie plus satisfaisante que le modèle parental. Pour ne pas être comme Orville, il fallait viser dans une autre direction. Et cette autre direction se trouva être une source de plaisirs rares.

Abandonnant le lycée à dix-sept ans, il monta à New York où il s'éclata pendant plusieurs années dans le nouveau bouillonnement de la mouvance gay. Horrifiés par la découverte que leur fils était un « pédéraste », comme disait Carmel, ou une « tantouze », comme disait Orville, ses parents ne furent que trop heureux de le voir aller mener une vie de dévoyé ailleurs que sous leurs yeux.

Ils acceptèrent de subvenir à ses besoins en lui donnant le

sentiment que plus il resterait loin d'eux, mieux ils s'en porteraient.

Le jour où il décida qu'il était temps de faire sa vie et de se trouver un travail, Orville accepta de le pistonner et lui obtint une place à l'agence de la Briskinn & Bower, à San Francisco. Il se trouva que Norman était très doué pour le job qu'on lui proposait. On aurait dit qu'il était né pour être conseiller en communication.

Après avoir rencontré Corey, il jugea que le moment était venu de rentrer en Californie. Utilisant un fonds fiduciaire issu d'un héritage, il avait acheté une maison dans les Hollywood Hills. Se mettre en ménage avec Corey était vraiment un défi. Norman était un vagabond. Il aimait l'attrait de la nouveauté et le risque du changement de partenaires. Jusqu'à présent il avait réussi — de justesse — à rester fidèle à Corey.

— Tu ne sais pas ce que tu perds, dit doucement Clarissa en laissant ses doigts remonter vers les boutons de la chemise de Norman.

Il eut un petit rire gêné. Que cherchait-elle ?

Clarissa Browning était une star, une actrice couronnée par un Oscar. Elle ne pouvait pas décemment avoir des vues sur lui.

— Tu es beau, Norman, murmura-t-elle en ouvrant sa chemise et en lui caressant délicatement le bout des seins. Tout ce charme, toute cette beauté perdus pour la bonne cause... Je trouve que c'est un tel gâchis !

— Hein ?

Il entendit sa propre voix se briser. Il savait très bien ce qu'elle voulait dire. Malgré lui, il sentit une érection s'épanouir dans son pantalon. *Merde !* se dit-il intérieurement, *mais elle m'excite pour de vrai !*

— Tu n'as jamais eu envie de savoir ce qu'était un corps de femme ? demanda-t-elle, la voix rauque. Je sais, on peut regarder des photos... Mais les photos ne remplacent pas le toucher, le goût, le parfum.

Tout en parlant, elle continuait à lui caresser les tétons. Et, quand elle commença à déboutonner son corsage, il était prêt à faire tout ce qu'elle voudrait. Ce désir de l'inconnu faisait palpiter tout son corps. Norman Gooseberger avait vingt-six ans et n'avait jamais eu de rapports sexuels avec une femme.

— Déshabille-toi, ordonna Clarissa.

D'une main tremblante, il obéit.

Elle ouvrit son corsage tout en le regardant faire. Elle ne portait pas de soutien-gorge et ses seins étaient petits, avec des bouts pointus et tendus à l'extrême. Elle ne le quitta pas des yeux pendant tout le temps qu'il lui fallut pour se mettre nu. Elle se toucha négligemment.

— Bien, très bien, murmura-t-elle. Maintenant, je veux que tu écartes les jambes, que tu t'installes au-dessus de moi et que tu te frottes contre mes seins.

De nouveau, Norman exécuta les ordres de Clarissa. Il pouvait à peine respirer.

— Tout doux, souffla-t-elle en prenant entre ses deux mains le sexe raide. Du calme et de la douceur.

Du calme et de la douceur! Elle en avait de bonnes! Comment pouvait-il être calme alors qu'elle massait son érection de haut en bas en la titillant sur ses pointes de seins dressées?

— Clarissa! Je vais...

Trop tard. Il ne put pas terminer sa phrase car la jouissance le dominait. Les pulsations se changèrent en spasmes et il explosa.

Elle sourit en le regardant déverser sa semence sur elle. Un sourire mystérieux.

— On va quand même réussir à faire un homme de toi, mon petit Norman...

La première chose que fit Mannon en arrivant à Los Angeles fut de demander à son chauffeur de faire halte devant un fast-food et d'aller lui acheter deux doubles burgers avec oignons, œuf, salade, mayonnaise et tout le tralala. C'était bien joli ce régime santé que lui imposait Clarissa mais, à la longue, ça devenait pesant tout plein.

Après avoir dévoré les hamburgers dans la limousine qui le conduisait chez lui, il se sentit incroyablement mieux.

Arrivé à la maison, il entra, d'un pas sûr, héros conquérant revenant de guerre pour voir son enfant.

Personne.

— Holà! Tout le monde! rugit-il.

La domestique mexicaine apparut.

— La *señora* Cable elle est sortie.

— Et le bébé? demanda Mannon.

— Lui sorti aussi.

Magnifique! Il avait foncé exprès pour rentrer à la maison et tout le monde était sorti. Quel accueil!

Non seulement ils étaient dehors mais il leur fallut plus de deux heures pour montrer le bout de leur nez. Il était fou furieux quand ils arrivèrent.

— D'où viens-tu ? demanda-t-il à Melanie-Shanna.

Derrière elle se trouvait une nourrice en blouse blanche qui portait Jason, son fils, maintenant âgé de trois semaines. Sans attendre de réponse, il se rua pour examiner le petit paquet emmaillotté.

— Bon Dieu ! s'exclama-t-il. C'est mon portrait craché !

Plus tard, ce soir-là, après avoir longuement admiré son fils et héritier, dévoré un solide dîner avec rosbif saignant et descendu deux scotches bien tassés, il se décida à regarder Melanie-Shanna. Honnêtement, il fallait bien reconnaître qu'elle était superbe. Certes, Clarissa lui avait dit que la beauté plastique n'était pas tout. Clarissa qui déjà lui manquait... Mais quand même... Et puis Melanie-Shanna était encore sa femme, tant qu'il n'aurait pas révélé son intention de divorcer. Il serait peut-être bon de lui accorder un brin d'attention.

Ils venaient de se mettre au lit quand il traduisit ses résolutions en actes.

— Comment ça va, ma belle ? demanda-t-il en tendant les mains vers elle.

— Très bien, merci, répondit-elle en s'écartant de lui.

— Tu vas bien, je vais bien, le petit va bien. C'est bon de revenir chez soi...

— Pour combien de temps ?

Il sentit l'hostilité dans sa voix. Était-il possible qu'elle ait eu vent de sa liaison avec Clarissa ? *Nier. Nier. Et nier.*

— Seulement trois jours, hélas. Mais le reste du tournage en extérieurs sera vite passé. Tu n'auras pas le temps de t'en apercevoir, mon chou.

— Je veux divorcer, Mannon.

Quoi ? Hein ? Qu'est-ce qu'elle disait ? Est-ce qu'il avait bien entendu ? *Je veux une rivière de diamants,* ça, c'était une chose qu'il pouvait entendre. *Je veux une bague avec une émeraude,* ça aussi. Mais *je veux divorcer,* non ! Ça, c'était sa réplique à lui, pas celle de Melanie-Shanna ! Et puis il n'était pas encore prêt. Pas tout à fait.

— Hein ?

— J'ai dit que je voulais divorcer, Mannon.

Sa voix était claire, calme, parfaitement posée.

— Tu es folle, ou quoi ?

— Oh non. Je ne me suis jamais sentie aussi bien.

— Mais pourquoi ?

— Tu le sais parfaitement.

— On t'a parlé de moi et de Clarissa ?

Pas de réponse.

— C'est ça, *hein?*

Toujours pas de réponse.

— Tu as écouté les ragots de cette pouffiasse de Poppy ! Eh bien, tu veux que je te dise, moi ? C'est du bobard, tout ça ! Rien que du sale bobard !

— J'ai été voir un avocat.

— Un quoi ?

— Il m'a dit de ne pas te laisser rentrer dans la maison. Mais j'ai pensé que tu pouvais quand même passer au moins une nuit sous le même toit que ton fils.

La rage s'empara de Mannon.

— Ne pas me laisser rentrer chez moi ! Quel est l'enculé qui a osé te dire de faire ça ?

— Mannon, ça ne sert à rien de t'énerver. Je veux divorcer et rien de ce que tu pourras dire ne me fera changer d'avis.

Mannon tempêta et pesta. Hurla, beugla, rugit. Puis, finalement, il décida de repartir pour Puerto Vallarta. Mais, auparavant, il passa chez son propre avocat. Lequel lui dit qu'il ne pouvait rien lui arriver de mieux.

— C'est elle qui vous met dehors. Vous vous rendez compte de l'aubaine pour votre image ?

Non. Il ne se rendait pas compte. Pas compte du tout. Il était très très en colère.

Clarissa l'accueillit avec son sourire polaire. Elle avait maintenant un nouveau compagnon de chaque instant, Norman Gooseberger, qui la suivait partout comme un petit chien obéissant et énamouré.

— Si je n'étais pas au courant de ses préférences, remarqua un jour Mannon, je jurerais qu'il bande pour toi.

— Va savoir, répondit mystérieusement Clarissa.

— Hé ! Hé ! Tu parles d'une bonne blague !

Le tournage se poursuivit donc. Et Mannon essaya d'oublier Melanie-Shanna, la traîtresse.

Clarissa l'épaula et il se remit dans la peau de son personnage. Bientôt, il se retrouva comme avant, totalement dominé par elle.

86

Les courses de Noël étaient une vraie plaie. Silver était heureuse de ne pas avoir à subir ça plus d'une fois l'an. A contrecœur, Wes accepta de l'accompagner. Elle jurait qu'elle avait absolument besoin de lui, ne serait-ce que pour garer la Rolls.

— Au moins, Rodeo Drive ressemble à quelque chose, remarqua-t-elle en rendant de joyeux saluts à tous ceux qui la reconnaissaient. Les gens sont civilisés en période de fêtes.

Elle était d'une humeur excellente car elle avait traité le cas Zachary Klinger d'une façon magistrale.

Tout avait commencé par un coup de fil de Zeppo.

— Il faut qu'on déjeune ensemble, baby. Seulement nous deux.

— Tant que tu promets de ne pas me sauter dessus, mon cher Zeppo.

Il en gloussa d'amusement.

— Ne t'imagine pas que je n'en serais pas capable !

— Oh, mais loin de moi l'idée d'imaginer pareille chose ! Je sais parfaitement de quoi tu es capable, vieille fripouille !

Que pouvait signifier cette invitation ? Quelque chose disait à Silver qu'elle devait se soigner tout particulièrement. Elle convoqua donc Fernando pour sa coiffure et Raoul pour son maquillage. Elle décida de porter un tailleur Yves Saint Laurent terriblement glamour.

Elle était star jusqu'au bout des ongles quand elle arriva au *Beverly Hills Hotel* pour aller déjeuner au *Polo Lounge*.

— Mes hommages, Miss Anderson, dit un maître d'hôtel des plus flatteurs. Quel plaisir de vous revoir.

— Bonjour, Pasquale, répondit-elle, impériale, en marchant d'un pas gracieux vers le box un où l'attendait Zeppo.

Il se leva pour l'accueillir.

— Baby, tu es superbe. Ravissante.

— Merci du compliment. C'est gentil de ta part.

— Gentil ? Mais je suis on ne peut plus sincère. Tu es la dernière des grandes stars et tu le sais parfaitement bien.

— Je vais essayer de m'en souvenir.

Durant le repas — sole grillée pour elle, steak bleu pour lui —, ils bavardèrent de son avenir. Zeppo avait beaucoup de choses à dire mais aucun projet ferme à proposer. Bien sûr, il y avait toujours sa participation dans *Palm Springs,* son émission pour la N.B.C., un disque de chansons en vue, mais où étaient les grands rôles de cinéma dont il lui avait tant parlé ?

— Les gens attendent de voir ce que va donner *Romance,* expliqua-t-il. Quand ça aura fait un boum de tous les diables, notre prix sera le leur.

— Tu es sûr de ça ?

— Aussi sûr que Central Park est plein de merdes de chien.

— Quelle délicate image !

— Bof... Ce qui compte c'est d'avoir les atouts en main.

Zeppo s'agita sur sa chaise, l'air mal à l'aise.

Elle avait l'impression qu'il voulait dire quelque chose mais ne savait pas trop comment aborder le sujet. Chose rare chez Zeppo.

C'est alors que Zachary entra. Et elle comprit. C'est cet espèce de petit salaud de pourri de Zeppo qui avait arrangé la rencontre.

Zachary salua avec une correction très formelle :

— Silver.

— Zachary, répondit-elle avec un aplomb serein.

— Cela ne vous dérange pas si je m'installe à votre table ?

Sans lui laisser le temps de répondre « Si, ça me dérange énormément », Zeppo se leva d'un bond, regarda sa Rolex en prenant un air extrêmement surpris et s'exclama :

— Bon sang de bon sang, il est deux heures ! Excuse-moi, baby, j'ai un rendez-vous. Il faut que je me sauve tout de suite. Mais je te laisse en excellente compagnie. En fait, tu ne peux pas trouver meilleure compagnie que celle du roi Zachary Klinger.

— Au revoir, Zeppo.

Elle n'avait pas envie d'entendre la suite de son baratin. Ça suffisait comme ça.

Zeppo détala comme un lapin. Zachary s'installa. Il y eut un long silence. Qu'il se décida finalement à briser :

— Dis-moi, Silver. Combien cela va-t-il me coûter pour te récupérer auprès de moi ?

Agacée, elle lança un regard circulaire dans le restaurant.

— C'est au-dessus de tes moyens.

— Orpheus m'appartient, tu sais.

— Je crois en avoir entendu parler, en effet.

— Je pourrais faire de toi la femme la plus célèbre du monde.

— Merci beaucoup, riposta Silver avec un brin de sarcasme. Pour ça, je ne me suis pas mal débrouillée par moi-même.

— Si je ne veux pas laisser *Romance* sortir dans les salles, rien ne m'y oblige. Tu crois que ce serait bon pour ta carrière ? Tout le monde penserait que le film est tellement mauvais que nous n'osons pas le projeter.

Elle plissa les yeux.

— Essaie, dit-elle.

Tirant de sa poche un porte-cigares Dunhill, il en sortit

un havane ventru qu'il alluma, puis il souffla une épaisse bouffée de fumée dans la direction de Silver.

— Tu vas peut-être m'y contraindre.

Elle refusait de se laisser intimider par cet homme. Il s'était servi d'elle. Comment osait-il revenir après tant d'années en s'imaginant qu'elle allait lui tomber dans les bras ?

— Peut-être, convint-elle, toujours aussi sereine.

Il eut un petit rire.

— J'ai toujours admiré ton cran. Ça m'a toujours excité.

— Je vais te dire quelque chose qui va t'exciter encore plus. Je suis mariée. Et j'aime mon mari. Alors, je te prie, laisse-moi tranquille avec tes menaces et tes tentatives de chantage écœurantes.

— Tu es mariée avec un minable, déclara-t-il.

— Penses-en ce que tu veux. Je l'ai choisi et il me plaît.

Elle se leva prestement. Il l'arrêta et lui posa une main sur le bras.

— Je peux mettre des millions de dollars dans la promotion de *Romance*. Je peux aussi laisser le film prendre la poussière sur une étagère. Une nuit en ta compagnie pourrait me faire pencher en faveur de la promotion. Réfléchis à ça.

— Au revoir, Zachary.

— J'attends ton coup de fil.

Il attendit longtemps. Au lieu de lui téléphoner, c'est Carlos Brent qu'elle appela. Dans un autre genre, Carlos avait autant de pouvoir que Zachary. On racontait qu'il avait des relations dans les milieux politiques et... dans d'autres milieux moins recommandables.

— Carlos, mon chéri, dit-elle, je suis vraiment très heureuse de notre réconciliation. Je voulais te demander une chose. Dis-moi ce que tu ferais si, par hasard, tu apprenais qu'Orpheus renonçait à distribuer *Romance* dans les salles à cause d'un caprice de Zachary Klinger ?

Il éclata de rire.

— Ne tourmente pas ta jolie tête pour ce genre de chose, baby. *Romance* sera l'événement cinématographique de l'année. J'y veillerai personnellement. Sois tranquille.

Elle était tranquille. Elle était aussi heureuse de la manière dont elle avait réglé l'affaire Klinger.

Silver et Wes entrèrent chez Giorgio. Il alla s'installer au bar privé, au milieu du magasin. Elle se mit à essayer tout ce qu'elle voyait autour d'elle.

— Dis donc, fit-il d'un ton mordant, je croyais qu'on faisait des achats de Noël pour offrir...

— Ah! Oui...

Elle choisit un sac de strass pour Nora, plus un assortiment de parfums Giorgio. Puis elle décida qu'elle ne pouvait pas passer à côté d'une robe Fabrice ornée de perles d'or. Une pure merveille à seulement six mille dollars.

— Je la porterai pour le Jour de l'An, déclara-t-elle.

Il approcha.

— C'est ton argent, dit-il. Tu en fais ce que tu veux.

Il retourna au bar et était juste en train d'entamer une bonne bière bien fraîche quand une voix, hélas connue, lança :

— Wesley !

Avant qu'il ait eu le temps de dire ouf, Reba Winogratsky fondit sur lui comme un rapace, le serra entre ses bras et le couvrit de baisers gluants.

Pendant une seconde il eut l'impression d'être prisonnier d'une araignée géante. Il parvint à s'extraire et la salua, sans grande chaleur.

— Wesley, Wesley, Wesley ! soupira-t-elle avec un hochement de tête affectueux et un clin d'œil complice. Mais regardez un peu ce qu'il est devenu, mon Wesley !

Son Wesley ! C'était la meilleure !

— Comment va, Reba ? demanda-t-il en essayant d'être un peu aimable.

— Très bien, surtout que je t'ai rencontré.

Elle repéra Silver qui sortait d'un salon d'essayage et poussa un gargouillement orgasmique.

— Présente-moi, Wesley, présente-moi ! Oh, mon-Dieu-mon-Dieu-mon-Dieu ! Est-ce que je suis bien ?

Non. Avec son tailleur de lin beige froissé à la jupe trop courte, ses jambes nues et égratignées, ses pieds boudinés dans ses souliers à talons aiguilles, Reba n'était pas bien. Elle avait une dégaine de clocharde vieillissante malgré l'énorme solitaire qui scintillait à son doigt.

Remarquant que Wes le regardait, elle le lui fit passer devant le nez.

— Cadeau de réconciliation. Je suis de nouveau avec mon bonhomme.

— C'est très bien, ça, commenta platement Wes.

— Présente-moi, répéta-t-elle, presque frénétique.

Silver approcha, passa devant Reba comme si elle était transparente et prit le bras de Wes dans un geste possessif.

— J'en ai terminé ici, chéri. Nous pouvons continuer.

— Euh... Je... te... présente... Reba..., dit Wes, mal à l'aise. Elle aimerait faire ta connaissance.

Silver lui concéda le sourire charmant mais distant qu'elle réservait aux fans.

— Bonjour...

Puis l'oublia aussitôt.

Reba se lança à l'attaque.

— Je vous addôôôre pôsitivement dans *Palm Springs,* borborygma-t-elle. Et je suis tellement heureuse de vous voir mariée avec Wêêêsley!

— C'est très aimable, répondit Silver, très détachée.

— Je suis une vieille connaissance de Wesley, enchaîna Reba en butant sur les mots tant elle était concentrée sur le visage de Silver pour voir si elle n'y trouvait pas une trace de lifting. Figurez-vous que nous avons partagé une maison.

— Vraiment? fit Silver. Comme c'est émouvant!

Sa voix était un bain d'acide.

— Reba était ma propriétaire, expliqua vivement Wes.

— Un peu plus que ça, si je me souviens bien, objecta cette dernière avec un clin d'œil espiègle. J'étais séparée de mon cher et tendre à cette époque, bien sûr, Wesley n'était pas encore avec vous, et...

Silver coupa Reba en pleine action. Une lueur dangereuse brillait dans ses yeux.

— Excusez-nous, nous sommes en retard.

Le visage figé, elle se dirigea vers la sortie.

Wes se prépara à lui emboîter le pas. Il regarda Reba et eut un haussement d'épaules fataliste.

— Bye-bye, Reba.

Elle se planta devant lui pour l'empêcher de passer.

— Qu'est-ce qu'il y a? Je ne suis pas assez bien pour parler à une star? C'est ça?

— Mais non, mais non..., dit calmement Wes en essayant de la contourner. Seulement, on a des tas de choses à faire.

Un petit sourire vicieux étira les lèvres en trait de rasoir de Reba Winogratsky, fissurant le maquillage qu'elle s'était tartiné sur les joues.

— Rends l'argent, Wesley, dit-elle. Les gros bonnets commencent à perdre patience. Si j'étais toi, je ne jouerais pas au plus fin avec eux. Ça devient dangereux.

87

Postées le 22 décembre, les invitations arrivèrent, pour la plupart, chez leurs destinataires à la veille de Noël.

Gaufrées sur carton blanc en belles lettres rouges, elles disaient :

ZACHARY K. KLINGER
VOUS PRIE D'HONORER DE VOTRE PRÉSENCE
LA CROISIÈRE QU'IL ORGANISE À BORD DE SON YACHT
LE 31 DÉCEMBRE 1985

La nouvelle se répandit comme une traînée de poudre. Aussitôt, l'on sut que ce serait l'événement mondain de l'année à venir. Ceux qui n'avaient pas reçu d'invitation n'existaient plus. Ils pouvaient tout aussi bien émigrer, aller vivre dans une grotte, se tirer une balle dans la tête.

Les victimes allaient être nombreuses. Zachary Klinger n'avait sélectionné que cent personnes. Seuls cinquante couples de privilégiés allaient avoir l'honneur de fêter le Nouvel An en sa compagnie.

Certains s'en seraient peut-être passé mais Zachary était, outre le propriétaire d'une firme cinématographique, l'un des hommes les plus riches du monde et nul ne pouvait se permettre de décliner son invitation, sauf cas de force majeure. A l'occasion de cette soirée, il avait l'intention d'annoncer le projet de tournage chez Orpheus d'un remake du grand classique *Eve*. Silver devait être prête à tout pour obtenir le rôle de Bette Davis. Il avait compris que le chantage ne marcherait pas. Mais elle était actrice. Et, en choisissant bien son appât, il pourrait peut-être l'avoir quand même. De toute façon, ça méritait bien une tentative. Cette croisière sur son yacht n'était qu'un modeste prix à payer pour, peut-être, avoir la chance d'attirer sur lui l'attention de Silver.

Beverly D'Amo passa un moment merveilleux à éplucher la liste des invités en compagnie de la très efficace escouade de secrétaires de Zachary. Son premier geste fut de vérifier que les noms de Jade et Corey y étaient bien inclus puis, avec un grand sourire de louve aux aguets, d'y faire inscrire celui de Jack Python. Franchement, quel mal y avait-il à rassembler de nouveau ces deux-là ? Après les confidences que Jade lui avait faites l'autre jour, elle jugeait qu'ils pourraient faire un couple parfait. Jade, certes, ne lui avait fait aucune révélation scandaleuse. Ce n'était pas son genre de trahir des secrets d'alcôve. Toutefois, en traduisant les silences de son amie, Beverly avait compris d'instinct qu'elle se devait de leur donner une deuxième chance. Quelle joie ce serait pour elle de voir Jade casée grâce à elle avec l'homme qu'il lui fallait !

— Pourquoi organises-tu cette soirée sur ton yacht ? demanda-t-elle à Zachary.

— Le début de cette nouvelle année doit être fêté comme il se doit, répondit-il. Je veux que ce Nouvel An laisse des traces dans les mémoires.

— Je crois qu'il en laissera, murmura Beverly.

Elle connaissait déjà certains de ses projets pour en faire un événement mémorable : des danseurs noirs, des danseuses du ventre, un trio brésilien, un feu d'artifice. Et tout cela au cours d'une somptueuse croisière de Long Beach — où un cortège de limousines devaient amener les invités — à Laguna, et retour.

Beverly découvrait que, malgré l'âge de Zachary, partager sa vie était une aventure. La seule chose qu'elle n'arrivait pas à avaler dans cette aventure, c'était de devoir faire l'amour sous le regard de deux putains. Il adorait ça. Elle détestait. Au début, elle avait pris la chose comme une expérience de plus dans sa vie d'excentrique. Serrant les dents, fermant les yeux, elle avait encaissé. Mais, aujourd'hui, ces séances sordides la révulsaient.

Beverly s'était mise en ménage avec Zachary Klinger par pur carriérisme et elle n'essayait pas de se cacher. Hélas, elle était tombée amoureuse.

Pas amoureuse de son argent.

Pas amoureuse de sa puissance.

Beverly D'Amo était amoureuse de Zachary Klinger, l'homme.

La malheureuse.

88

Encore un jour et une nuit à passer à Puerto Vallarta puis l'équipe et les acteurs de *The Murder* pourraient regagner Los Angeles. Juste à temps pour fêter Noël.

Ces extérieurs n'avaient pas été une sinécure. La chaleur

oppressante rendait tout travail deux fois plus pénible. Et, quand le temps n'était pas chaud et moite, il pleuvait, ce qui retardait encore le tournage. En outre, presque toute l'équipe avait souffert, à un moment ou à un autre, de ce que l'on appelle pudiquement la turista.

Clarissa était l'une des chanceuses à y avoir échappé. Elle avait évité cette effroyable diarrhée en n'acceptant pour son alimentation que des légumes, des fruits et du poisson frais expédiés chaque jour par avion de Los Angeles.

Mannon avait tenu le coup car elle lui imposait son régime. Mais, deux jours plus tôt, il avait craqué pour une enchilada et quelques verres de tequila. Qu'il ne tarda pas à regretter amèrement.

— Je t'avais prévenu, dit Clarissa sans ménagement. Tu n'as qu'à t'en prendre à toi.

Parfois, il se demandait si elle n'était pas née de l'accouplement d'une banquise et d'un iceberg.

Il parvint à rester opérationnel pendant la journée de tournage puis il regagna sa chambre d'hôtel, se jeta sur son lit et resta là, à râler et gémir comme un agonisant.

Pas de visite de Clarissa.

Clarissa brillait par son absence.

— Tu n'as vraiment pas de cœur, lui dit-il le lendemain.

— Je ne suis pas infirmière, répliqua-t-elle sèchement. Si tu ne t'étais pas gavé de saletés, tu ne serais pas dans cet état.

C'était vrai. Mais, quand même, elle aurait pu montrer un brin de compassion...

Ils avaient prévu, au retour à Los Angeles, de prendre une maison ensemble. Mannon commençait à se demander si c'était la bonne décision. Melanie-Shanna, elle, quand il avait un malheureux rhume, était immédiatement à ses petits soins. Avant elle, Whitney aussi avait été très dévouée quand il était malade. Mais comment pouvait-on demander à Clarissa de se comporter comme les autres femmes? Non, tout bien réfléchi, il ne voulait pas qu'elle soit semblable aux autres. Elle, elle était différente. Clarissa était une artiste, et c'est son talent qui faisait son charme.

Le lendemain fut un peu moins pénible mais, avec le soir, il sentit de nouveau l'enfer se déchaîner dans ses intestins. Il rentra se coucher, refusant de prendre le risque de trop s'éloigner de ses toilettes.

Clarissa vint le voir un peu plus tard. Elle avait noué ses cheveux noisette et y avait piqué des gardénias. Elle avait troqué son habituelle tenue — pantalon flagada et chemise — contre une robe blanche à bustier.

— Tu es de sortie ? demanda Mannon.

— Mais oui ! C'est notre dernière soirée. Je vais danser.

— Avec qui ?

— Norman.

Il aurait dû s'en douter. Norman Gooseberger. Son fidèle esclave.

— Amuse-toi bien.

— Je vais essayer.

— A demain matin.

Il se rallongea et resta un long moment à s'agiter dans son lit. Demain, c'était le début de sa nouvelle vie. Demain, sa nouvelle carrière aussi débutait avec le bouclage de *The Murder*.

Pourtant, il ne pouvait s'empêcher de se faire du souci pour le fils qu'il allait laisser derrière lui.

Jason.

Le bébé qui lui ressemblait tellement.

Avait-il vraiment pris la bonne décision ?

Mais oui. Clarissa était sa nouvelle femme, maintenant. La classe et le talent réunis. Avec elle, non seulement sa vie mais sa carrière étaient en train de prendre un tournant décisif.

Il s'éveilla quelques heures plus tard, baignant dans sa sueur et dérangé par une érection incongrue. Tiens... Ça avait l'air d'aller mieux. Plus de maux de ventre. Il se dressa. Il était rétabli. Il se sentait en forme. Ces pilules que lui avait données la maquilleuse avaient fait merveille.

— Tenez, lui avait dit la fille, prenez ça. C'est radical. Demain matin, vous vous réveillerez en chantant.

Il se leva, se doucha, attendit que son érection flétrisse. Mais elle ne voulait pas. Il décida d'aller rendre visite à Clarissa. Elle allait certainement beaucoup apprécier et l'aider à régler son problème.

Par chance, ils étaient au même étage de l'hôtel. Juste quelques mètres de couloir à parcourir et c'était sa porte. Nu sous un peignoir de tissu éponge, il s'y aventura en fredonnant en sourdine un petit air joyeux. C'était bon d'avoir retrouvé la vie. Il glissa son double de clef dans la serrure, ouvrit la porte et entra chez Clarissa.

Elle dormait. Il faisait très noir. Mannon n'entendait que le bruit de sa respiration.

Il laissa tomber son peignoir sur le sol et se glissa près d'elle dans le lit.

Elle lui tournait le dos. Il se colla contre elle. Il voulait qu'elle s'éveille en sentant sa raideur. Si elle ne s'éveillait pas, tant pis. Il lui rendrait hommage dans son sommeil. Attrapant à pleines mains ses fesses nues, il allait s'introduire par l'entrée de derrière quand plusieurs choses se passèrent en même temps.

Mannon trouva une paire de valseuses.

Norman Gooseberger poussa un cri strident.

De l'autre côté du lit Clarissa grogna :

— Qu'est-ce qui se passe ?

— Nom de Dieu de merde ! rugit Mannon, comprenant d'un coup la situation et bondissant hors du lit.

Norman s'assit, tout aussi surpris que lui.

Clarissa alluma la lampe de chevet juste à temps pour voir le poing de Mannon percuter la mâchoire de Norman.

Fou de rage, Mannon le tira hors du lit et le frappa de nouveau, violemment, avec une fureur aveugle.

Essayant de mettre ses mains devant lui pour se protéger, Norman hurlait de douleur. Sa mâchoire inférieure pendait, déboîtée, il savait qu'il avait l'os brisé.

— Espèce de salopard d'enculé de petit pédé ! beuglait Mannon. Ordure ! Fumier !

Il continuait à cogner et cogner sur Norman qui s'effondra, inconscient.

Clarissa devint folle. Elle essaya d'abord d'arrêter Mannon en lui empoignant le bras. Impossible. Elle tenta de lui donner des coups de pied. Mais elle ne pouvait rien faire. Il était d'une force herculéenne et ne se contrôlait plus.

Pivotant sur lui-même, il la frappa au visage.

— Espèce de pute ! Oser me tromper avec ça !

— Crève ! Salaud ! hurla-t-elle. Pour qui tu te prends, la star ? Laisse-le ! Mais laisse-le, espèce de dingue ! Tu es en train de le tuer !

89

Matinée de Noël.

Jack Python monta jusqu'à la Vallée pour aller déjeuner avec sa nièce et son père. George lui parut encore plus brumeux et disjoncté que d'habitude. M. Python senior leur fit l'honneur de rester avec eux pendant le déjeuner, préparé par la gouvernante, puis les plaqua et fila vers son atelier en grommelant des choses incompréhensibles sur un nouveau système de freinage qu'il était en train de mettre au point.

Heaven attendit qu'il soit bien loin et ne puisse rien entendre puis elle annonça :

— Je déménage. Rocky m'a trouvé un appart' super. T'inquiète, il y a un système de sécurité et tout.

Si elle attendait la guerre, elle dut être déçue. Jack ne fit pas de commentaire. Il la comprenait.

Ils échangèrent des cadeaux puis Heaven partit retrouver Rocky, et Jack prit la route de la maison de Kellie Sidney, où il y avait des chiens, des enfants et de la bouffe.

Noël n'était pas la fête favorite de Jack. L'année dernière, il était à New York, avec Clarissa. Détestable. Dernièrement, il avait eu des échos de sa liaison avec Mannon. Drôle de ménage ! Il avait du mal à imaginer ces deux-là ensemble.

Il eut une brève pensée pour Jade Johnson. Ah, si ça avait pu marcher !

Ça n'avait pas marché.

Pas bon de penser à elle.

Rocky accueillit Heaven dans son appartement de Hollywood qui était meublé de toc et dépourvu de tout luxe. Très vite, il voulut l'accueillir également dans son lit.

Elle était seule. Mais pas prête à n'importe quoi tout de même.

C'est encore Howard Soloman qui fut appelé à Puerto Vallarta pour réparer la casse. Pourquoi toujours lui ?

Quand il regagna Los Angeles, Howard était au bord de la crise nerveuse.

Dirk Price, le metteur en scène de *The Murder,* lui avait téléphoné, complètement paniqué, en plein milieu de la nuit.

— Mannon a frappé Clarissa, avait-il hurlé d'une voix hystérique. Il a aussi frappé un homme qui se trouvait avec elle et l'a pratiquement tué.

— Calmez-vous, dit Howard en sautant déjà hors de son confortable lit. Pas de flics, pas d'hôpital. Les soins doivent être donnés par le médecin du tournage. Pas un mot de l'incident à qui que ce soit. Vous attendez mon arrivée. Je fonce à l'aéroport. C'est comme si j'étais déjà dans l'avion.

— Comment voulez-vous que je fasse pour garder le silence ? gémit pitoyablement Dirk.

Howard durcit le ton :

— Si vous avez envie de retrouver un jour du travail dans la

profession, vous avez intérêt à vous débrouiller pour que ça
ne s'ébruite pas. Vu ?

Puis, après une courte seconde de réflexion, il demanda
tout de même :

— Au fait, qui est ce type que Mannon a presque tué ?

— Norman Gooseberger.

— Putain de merde !

Il fallut mobiliser pas mal de relations influentes, mais il
parvint à étouffer l'affaire. Norman Gooseberger fut admis
dans une clinique privée de Mexico, où il fut gardé vingt-
quatre heures sur vingt-quatre par des vigiles chargés d'écarter les curieux. Il avait la mâchoire fracturée, le nez cassé, des
lésions au niveau des reins, plus une kyrielle d'hématomes et
de plaies variées. Son état était stationnaire.

Clarissa regagna sa maison de Benedict Canyon. Elle était
secouée, avait quelques contusions et un œil au beurre noir.

Mannon revint chez lui, auprès de Melanie-Shanna.

Le plus difficile fut d'éloigner les journalistes. Finalement,
Howard convoqua l'attachée de presse du tournage et ils
publièrent un bref communiqué :

LORS DU TOURNAGE DE *THE MURDER* À PUERTO VALLARTA,
MANNON CABLE ET CLARISSA BROWNING, VEDETTES DU FILM, ONT
ÉTÉ VICTIMES D'UN ACCIDENT DE VOITURE. NORMAN GOOSEBER-
GER, ATTACHÉ DE PRESSE DE MRS. BROWNING, ÉGALEMENT PRÉ-
SENT DANS LE VÉHICULE, A ÉTÉ BLESSÉ. HEUREUSEMENT, LES
STARS N'ONT SUBI QUE DE LÉGÈRES CONTUSIONS.

Fin du communiqué.

Il fallut une heure à la nouvelle pour se répandre dans
Hollywood comme un raz de marée.

Le plus dur fut de l'annoncer aux parents de Norman.
Howard les appela de Puerto Vallarta et leur servit très
exactement l'histoire concoctée pour le communiqué.

— Ça, c'est la version officielle, déclara Orville sans prendre
de gants. Maintenant, qu'est-ce qui s'est passé réellement ?

— Ce n'est pas joli joli, répondit Howard. On en parlera à
mon retour. Norman va bien, ne vous faites pas de souci. Il est
très bien soigné.

— Est-ce qu'il faut que je vienne le voir ?

— C'est inutile.

Orville ne se déplaça donc pas.

Quand Howard rentra du Mexique, Poppy le cuisina avec
l'acharnement d'un agent du F.B.I.

Il tint sa langue malgré toutes les ruses de sa femme. Ne

jamais confier à Poppy une chose qui devait rester secrète. Règle d'or. Poppy avait la langue trop bien pendue.

Mark Rand accompagna Jade dans le Connecticut pour les fêtes de Noël. C'était un autre Mark Rand, attentionné, prévenant, aimable. Il était maintenant divorcé.

— C'est pour toi que je l'ai fait, ma chérie, affirma-t-il avec son bel accent anglais. La vie était trop triste sans toi. Tu sais bien que notre histoire ne pouvait pas se terminer ainsi. Nous sommes faits l'un pour l'autre. Et maintenant, nous pouvons nous marier.

Elle était troublée. Mark était l'homme qu'elle avait aimé et avec lequel elle avait vécu pendant six longues années. Leur relation n'avait pas été parfaite mais, indiscutablement, elle avait eu de nombreux bons moments en sa compagnie. Et, quand il le voulait, Mark pouvait être l'homme le plus charmant du monde. D'ailleurs, il enchanta sa mère, et même son père.

— Vous ne croyez pas qu'il serait temps de vous marier, vous deux? demanda ce dernier. Ça fait tout de même assez longtemps que vous attendez.

— Tu te rends compte? murmura sa mère tout excitée. Tu auras un vrai titre si tu épouses Mark. Tu deviendras *Lady* Jade!

Heureusement, les parents avaient des principes vieillots et ils les firent coucher dans des chambres séparées. Mark était chagrin. Jade était ravie. Car elle n'était pas du tout prête à se jeter dans ses bras, après dix mois de rupture, comme s'il ne s'était rien passé.

— Je veux qu'on se marie immédiatement, lui déclara-t-il.

Mais elle? Que voulait-elle vraiment?

Il lui proposait ce qu'elle avait désiré pendant six ans! Pourquoi hésitait-elle maintenant?

Jack Python. C'était le nom qui parasitait en permanence son esprit et son corps.

Ce salaud de Jack Python. Une nuit d'amour sublime.

C'était tout ce qu'il lui avait donné.

Point final.

Dans le journal d'hier, elle l'avait vu photographié au bras de Kellie Sidney lors d'une première.

Merveilleux couple.

Elle leur souhaitait beaucoup de malheur.

— On va se marier en Californie, promit-elle à Mark. Et le Jour de l'An.

— Tu ne le regretteras jamais, ma chérie, répondit-il, émouvant de sincérité. Je ferai tout pour que nous rattrapions le temps perdu.

Depuis son arrivée, Corey paraissait agité, nerveux.

— Qu'est-ce qu'il y a, frérot? lui demanda-t-elle.

— C'est Norman. Ça marchait très bien, nous deux. Jusqu'au jour où il est parti travailler sur *The Murder*.

— Il n'y a pas de mal à ça. C'est son travail et tu sais aussi bien que moi qu'il le fait avec beaucoup de talent.

— Mais oui, je sais, dit Corey, l'air très malheureux. Seulement, au début, il me téléphonait tous les jours. Mais depuis qu'il est au service exclusif de Clarissa Browning, il reste des semaines sans m'appeler. D'ailleurs, normalement, il devrait déjà être rentré à Los Angeles. Je n'arrête pas d'appeler chez nous, mais ça ne répond pas.

— Essaie chez ses parents, suggéra Jade. C'est Noël. Je te parie qu'il est chez eux.

— Tu ne voudrais pas le faire pour moi? demanda timidement Corey.

Elle poussa un soupir.

— Donne-moi leur numéro.

C'est Orville qui décrocha. Il voulut savoir très exactement qui appelait et dans quel but.

— Je m'appelle Jade Johnson, répondit-elle. Je suis amie et cliente de Norman. Pourrais-je lui parler?

— Norman n'est pas ici, dit Orville en baissant le ton. Il a eu un accident de voiture au Mexique. Il doit rester là-bas pendant un petit moment.

— Mon Dieu! J'espère que ce n'est pas grave. Comment va-t-il?

— Ça va, ça va au mieux. Il... euh... il est en train de se remettre. Je ne sais pas exactement à quel endroit.

— J'aimerais lui envoyer des fleurs.

— Dans ce cas, il vous faudra attendre son retour. Je n'ai pas d'adresse où le joindre.

Quand elle raccrocha, Corey ne tenait plus en place. Elle lui rapporta les propos d'Orville.

Il hocha mollement la tête, acceptant le fait que Norman l'ait remplacé. Pour lui, ça ne faisait visiblement aucun doute.

Jade était aussi navrée qu'on peut l'être. Elle aurait tellement voulu pouvoir faire quelque chose pour son frère. Les mots ne lui paraissaient vraiment pas suffisants.

Il essaya de lui faire un sourire de dur, qui se termina en rictus, puis il écarta les bras dans un geste d'impuissance

— J'avais changé toute ma vie pour lui...

Elle secoua la tête.

— Non. Ce n'est pas pour lui seulement que tu as changé ta vie, frérot. Tu l'as changée parce que c'était ça que tu voulais.

Il entendit la vérité dans ce qu'elle disait. Et, de nouveau, il hocha la tête.

— Tu as raison. J'en crevais de vivre dans le mensonge.

— Maintenant, tu es libre.

— Peut-être... Je ne sais pas...

Elle lui prit la main et la serra.

— Tu sais ce que dit Beverly : un de perdu, dix de retrouvés.

— Je ne cherche pas.

— Pas encore...

Il ne put s'empêcher de lui sourire.

— Je t'aime tout plein, sœurette.

— Moi aussi, je t'aime, frérot.

Melanie-Shanna prépara la dinde elle-même. Elle prépara aussi des patates douces, des brocolis, du pain de froment, des petits pois frais et une épaisse sauce rustique pour mouiller le tout.

Mannon se régala.

— *Sen-sa-tion-nel!* s'exclama-t-il en réclamant du rab.

Elle le servit, heureuse de le voir apprécier sa cuisine, tout en se demandant ce qui, soudain, avait bien pu changer à ce point son vagabond de mari. C'était un autre homme qui lui était revenu de Puerto Vallarta. Les premiers mots qu'il avait prononcés étaient :

— Je ne veux pas de ce divorce. Je t'aime. J'aime notre Jason. Ce film m'avait rendu fou! *On ne divorce pas!* Je veux vendre cette foutue maison et acheter quelque chose dans Mandeville Canyon, près de la mer. On aura de la place pour élever des chevaux et des chiens. Et je veux qu'on ait six autres enfants. Qu'est-ce que tu en dis?

Au début, elle avait été réticente. Mais Mannon savait se montrer diablement persuasif. Sans parler du charme qu'il était capable de déployer. Elle succomba. Totalement. Elle l'aimait.

— Ce tournage a été un vrai cauchemar, lui dit-il. La prochaine fois que je pars filmer en extérieurs, je vous emmène avec moi, toi et Jason. Y en a marre des nuits tout seul.

Il l'avait serrée si fort contre lui qu'elle avait craint de se faire casser en deux.

— Qu'est-ce qui s'est passé, Mannon ? avait-elle demandé.

— Rien.

Il avait laissé couler un long silence avant d'enchaîner :

— Rien dont je veuille parler. Tout au moins, pour le moment.

Nora était au déjeuner de Noël offert par Silver, en compagnie de Fernando, de son ami Boyce, de Raoul, le maquilleur, et de son ex-agent, Quinne Lattimore qui venait de se séparer de sa femme de vingt-huit ans.

— Je trouve insupportable l'idée que quelqu'un puisse être tout seul le jour de Noël, confia-t-elle à Wes.

— Bien sûr, approuva-t-il en pensant à tous les Noël qu'il avait passés seul, sans un sou, et qui s'étaient généralement terminés au lit avec une femme aussi seule que lui.

C'était le bonheur ici, depuis que Silver lui adressait de nouveau la parole. Après la rencontre avec Reba chez Giorgio, elle avait fait une vraie crise de jalousie.

Qui est cette femme ?

Tu as couché avec ?

Mon Dieu, Wes, quel mauvais goût !

A moins qu'il ne faille t'appeler « Wesley » ?...

Wesley ! Pas possible !

Est-ce qu'elle est active au lit, au moins ?

On dirait une putain.

Une vieille putain.

Une racoleuse à deux sous.

Mais comment as-tu pu...

Quand ?

Récemment ?

Depuis qu'on se fréquente ?

Je te déteste !

Silver jalouse était une autre femme. Fuyant ses propos venimeux, il était malgré tout heureux de découvrir l'intérêt qu'elle lui témoignait à sa façon. Tellement heureux, à vrai dire, que dans un geste de défi envers les menaces de Reba, il était allé à la First Interstate Bank récupérer son magot. Que les fumiers de Laurel Canyon aillent se faire foutre ! Il ne leur rendrait pas un seul *cent*. Ce fric était à lui.

Et que Reba Winogratsky aussi aille se faire foutre ! D'ailleurs, que savait-elle au juste de tout ça ?

Ayant fourré l'argent dans ses poches, il était paisiblement allé faire un tour chez Tiffany où il avait exposé ses desiderata :

— Je voudrais un collier dans les dix-neuf mille dollars.

Il ne le lui avait pas encore offert. Il attendait son heure.

— Délicieuse, cette dinde, dit Fernando en se tamponnant la bouche avec sa serviette.

— Un régal, enchaîna Boyce en hochant la tête, ce qui fit danser son toupet de cheveux argent.

— C'est toi qui l'as préparée, bien sûr ? demanda Raoul en regardant Silver d'un air polisson.

— Naturellement, mon chéri ! On ne t'a jamais raconté que j'étais la reine des dindes ?

Tout le monde rit.

Dans la cuisine, assis l'un en face de l'autre, Vladimir et Unity levèrent solennellement leur verre de vodka.

— A la liberté ! lança Vladimir en s'expédiant la rasade d'alcool droit au fond de la gorge.

— Au fric ! dit Unity.

Ils échangèrent des sourires de conspirateurs. Car conspirateurs ils étaient. *True Life Scandal* leur payait cent vingt-cinq mille dollars la véritable histoire de la vie de Silver Anderson, de Wes Money et de Heaven. Cette histoire devait donner matière à une série d'articles étalés sur trois semaines de parution. Et la première parution devait arriver dans les kiosques le lundi suivant le Jour de l'An.

A ce moment-là, Vladimir et Unity auraient depuis belle lurette pris leurs cliques et leurs claques.

Quelque part à New York dans les années soixante-dix...

Elle se rendit compte qu'elle commençait à vivre en habitant avec Eli. Eli était le garçon le plus joyeux, le plus sympathique, le plus amical qu'elle eût jamais connu. Et, au bout de quelque temps, elle ne put faire autrement que de répondre à sa gentillesse.

— D'où tu viens ?

— Pas envie d'en parler.

— Qu'est-ce que tu veux faire, dans la vie ?

— Serveuse. Ça me va comme ça.

— Non, ça ne te va pas.

— Qu'est-ce que tu veux dire ?

— Je veux dire que, tous autant qu'on est, on vient au monde pour faire quelque chose de formidable de notre vie. Il faut se fixer un but et le poursuivre toujours.

Elle, elle n'avait pas de but. Vivre lui paraissait suffisant.

Eli ne voulait pas la laisser aller à la dérive. Il insista pour qu'elle l'accompagne à ses cours de chant et d'art dramatique. Un jour, il l'emmena à une répétition et, fascinée, elle le regarda jouer un rôle dans Macbeth.

— C'est du Shakespeare, lui dit-il.

— Shakespeare ? Qu'est-ce que c'est que ça ?

— Tu te moques de moi, ou quoi ? demanda Eli, stupéfait.

Pour son anniversaire, il la couvrit de livres contenant des biographies des plus grands dramaturges ainsi que des extraits de leurs œuvres.

— Tu es mignonne, mais ça ne suffit pas, lui dit-il. Il faut mettre quelque chose dans cette jolie tête !

Elle fut envoûtée par le réalisme poignant des grandes tragédies.

De temps à autre, Eli amenait un ami chez eux. Elle détestait quand il faisait ça. Si il arrivait suffisamment tôt, elle préférait aller traîner dans les rues plutôt que de rester à l'appartement à entendre les exécrables échos de leurs activités lubriques.

Un jour, il revint avec un ami en annonçant que ce dernier allait rester avec eux.

— C'est Luke, dit Eli.

Elle ne put s'empêcher de tressaillir. Elle savait que les sales moments allaient recommencer.

Luke était un Britannique solidement bâti, avec de gros muscles et une bouche perpétuellement tordue par un sourire goguenard. Il ne portait jamais autre chose que des tee-

shirts déchirés et des Levi's qui lui moulaient l'entrejambe.

— Luke se prend pour Marlon Brando, plaisanta un jour Eli.

— Recommence jamais à te foutre de ma gueule, espèce de giton de mes couilles ! jappa Luke.

Eli encaissa en serrant les dents.

Luke ne travaillait pas. Il passait ses journées sur le toit en terrasse à se faire bronzer et à descendre des bières.

Elle avait beau chercher, elle ne voyait pas ce qu'Eli pouvait lui trouver. Persuadée que c'était exclusivement sexuel, elle espérait que la toquade serait bien vite passée.

La nuit, elle les entendait et enfouissait sa tête sous les couvertures pour étouffer ces bruits détestables.

Luke devint rapidement violent. Au bout de plusieurs semaines, il se mit à faire main basse sur l'argent d'Eli et à partir se soûler.

Un jour, il essaya de lui voler de l'argent, à elle aussi, mais elle lui tomba dessus avec une telle férocité qu'il ne s'y frotta plus jamais.

C'en était déjà fini des jours paisibles. Elle prit l'habitude de dormir avec un couteau caché sous son oreiller.

— Débarrasse-nous de c'te pouffiasse, entendit-elle un jour Luke dire à Eli.

Pour une fois, Eli lui résista :

— Elle reste ici.

— Si elle reste, c'est moi qui pars.

— Comme tu voudras, répliqua courageusement Eli.

A son grand soulagement, Luke s'en alla.

— Je ne sais pas ce qui m'a pris, lui avoua Eli. Les types comme Luke me rendent fou. Je ne peux plus me contrôler et j'en arrive à faire n'importe quoi.

Ils bavardèrent tard dans la nuit. Et, pour la première fois, elle osa se confier à Eli tout comme il se confiait à elle. Ils partagèrent un rare moment d'intimité.

Tôt dans la matinée, Luke revint. Elle fut réveillée par des bruits étouffés. Luke n'était pas seul. Il avait amené deux amis. A trois, ils se relayèrent pour immobiliser Eli et abuser de lui.

Elle sentit la peur la prendre à la gorge. Elle se rappela cette nuit, encore relativement proche, où l'on avait abusé d'elle dans des circonstances très semblables. Bondissant de son lit, elle fonça vers eux en brandissant son couteau et en hurlant :

— Arrêtez ! Partez ! Sortez d'ici !

Ils finirent par s'en aller mais, auparavant, ils achevèrent ce qu'ils avaient commencé. En prenant tout leur temps.

L'ambulance arriva trop tard.

*Dans la voiture qui le conduisait vers les urgences, Eli,
victime de graves lésions internes, mourut d'hémorragie.*

*Il lui fallut quelques semaines pour retrouver la trace de
Luke qui s'était mis en ménage avec un giton dans un squat
voué à la démolition. Elle attendit que le prostitué mâle soit
parti faire le trottoir et mit le feu au vieux bâtiment.*

Ce ne fut pas difficile de gratter la première allumette...

LIVRE VI

HOLLYWOOD, CALIFORNIE
31 décembre 1985

90

— Notre limousine attend, annonça Mark non sans une pointe de raillerie. J'adore ce bon goût et ce panache avec lequel les Américains font les choses. Le chauffeur me dit qu'il y a quarante-neuf limousines identiques pour conduire les illustres invités de M. Zachary Klinger jusqu'au mouillage de son yacht avec, pour le trajet, caviar à profusion et bar dans les voitures. Quand même, quel radin ! Il aurait pu envoyer un véhicule par personne.

— Ne sois pas méchant, dit Jade.

Il lui prit la main.

— En tant que photographe de créatures belles et sauvages, je dois reconnaître qu'une Américaine de ma connaissance dépasse de loin en beauté tout ce que j'ai pu photographier à ce jour.

— Merci.

— Plus belle encore qu'une panthère enceinte que j'ai eu récemment le privilège d'observer.

— Tu ne crois pas que tu en fais un peu trop ?

— C'est ce qui fait mon charme si typiquement britannique, chère.

— J'adore ta modestie.

— Je fais de mon mieux.

Jade devait reconnaître qu'elle était bien depuis qu'elle avait renoué avec Mark. Il la faisait rire avec ses piques humoristiques. Elle était presque certaine d'avoir fait le bon choix en décidant de l'épouser.

Il valait mieux, car ils avaient signé leur contrat, passé leur visite prénuptiale et devaient sceller leur union demain.

Beverly avait eu un choc quand elle lui en avait parlé.

— *Quoi!* Toi mariée avec cet imbécile d'Anglais? Ah non, ma biche, je ne peux pas le croire!

— Dis-moi, Bev, maintenant que j'ai vraiment décidé de l'épouser, ça me ferait plaisir que tu cesses de le traiter d'imbécile.

— Si tu y tiens, ma choute...

Lorsque la réalité fut par trop flagrante — Jade était bel et bien décidée à épouser Mark Rand —, Beverly proposa la propriété de Zachary pour la cérémonie.

— Je suis certaine qu'il n'y verra aucun inconvénient.

— Pas d'invitations, dit Jade. Je veux faire ça en toute intimité. Ensuite, on ira passer deux ou trois jours tranquilles à Carmel avant que je revienne pour tourner la dernière série de pubs.

— Qu'est-ce que tu dirais de ça, comme intimité? Vous deux. Corey. Ma pomme. Le parc rayonnant de soleil, si le temps veut bien nous faire la grâce de rester beau, bien sûr. Et un brave pasteur bien gentil. Le scénario te branche?

— Formidable.

— C'est une affaire qui marche. Zachary ne sera même pas là. Il prend l'avion pour New York aussitôt après la croisière.

Mark approuva l'idée lorsqu'elle la lui soumit.

— J'ai hâte d'y être, ma chérie. Tu ne peux pas savoir!

Oh si, elle le savait. Elle n'avait toujours pas fait l'amour avec lui. Et cette attente le rendait fou.

— Tu ne crois pas que ça vaut la peine de patienter un peu? lui avait-elle demandé avec moquerie.

— Jade! C'est stupide! On a vécu ensemble pendant six ans. Pourquoi fais-tu ça?

— Sans doute pour le côté romantique de la chose. Et puis, c'est une attente tellement courte. Je te promets de t'offrir une nuit de noces dont tu te souviendras toute ta vie!

Pour la croisière de Nouvel An de Zachary, elle avait choisi de porter un chandail Ralph Lauren sans manches qui lui laissait une épaule complètement découverte. Pantalon de soie blanche. Ceinture à boucle de bronze, jeu de bracelets de bronze extrêmement fins autour du biceps et grands anneaux aux oreilles complétaient sa tenue. A l'annulaire, elle portait une bague ancienne ornée de saphirs et de diamants que Mark lui avait offerte pour Noël.

— Allons-y, dit-elle avec un sourire éblouissant. J'ai promis à Corey qu'on le ramasserait au passage.

Mark était prêt.

Poppy était en or. Depuis le diadème qui ornait ses cheveux jusqu'aux souliers qui la chaussaient, tout était d'or, y compris ses ongles.

Howard la regarda et songea qu'on aurait dû la pétrifier, ıa réduire à l'aide d'une technique jivaro et la poser sur la cheminée d'une star à côté de l'Oscar de l'an passé.

Howard allait mal. Après avoir sniffé une quantité industrielle de cocaïne, avalé quelques Quaaludes, gobé un Valium ou deux, il se sentait frais comme un étron.

Il y a encore peu de temps, la cocaïne comblait ses manques. Une ou deux petites lignes et il se frappait la poitrine comme King Kong. Une dose supplémentaire et il était prêt à partir conquérir le monde.

Aujourd'hui, la secousse ne durait plus. Il montait et redescendait presque aussitôt. Et son nez n'était plus qu'une immense souffrance. A chaque fois qu'il prisait une dose, il avait l'impression que mille petits dards se plantaient dans ses muqueuses.

Bien sûr, il savait qu'il existait d'autres méthodes. S'il n'avait pas eu cette trouille maladive des aiguilles, il aurait pu s'injecter sa dose de potion magique. Il avait bien essayé une fois : il avait failli tomber dans les pommes. Et puis se piquer, ça avait quand même un côté toxico fini. Or Howard Soloman n'était pas un junkie.

— Tu as pensé à programmer le magnétoscope, mon minou ? demanda Poppy. Je ne voudrais surtout pas rater le passage de Zachary dans l'émission de Jack Python.

— Si je connais bien le vieux Zach, il doit avoir une salle de projection sur son rafiot, dit Howard avec un tic nerveux. Je suis prêt à te parier que son passage chez Python sera le clou de la soirée. C'est peut-être même la seule et unique raison pour laquelle il a invité tout le monde sur son yacht. Personne ne pourra échapper au spectacle. C'est un vieux coyote exhibitionniste, ce type.

Poppy ajusta une boucle d'oreille en or.

— Peut-être mais, en ce qui me concerne, je trouve que c'est une merveilleuse façon de passer la soirée du Jour de l'An. Toutes ces soirées identiques les unes aux autres, ça commence à devenir vraiment très monotone. Enfin du changement !

— Pourvu que tu n'aies pas le mal de mer...

— Oh... Ça ne risque quand même pas d'être mouvementé, j'espère !

— Mais non, je plaisantais.

Ils se dirigeaient vers la limousine quand la nourrice de Roselight les rattrapa en courant.

— Monsieur Soloman, lança-t-elle Un coup de fil de Mexico. Il paraît que c'est très urgent

Dans la longue limousine blanche qui la transportait vers le yacht de Zachary K. Klinger, Heaven dévorait le caviar à grandes cuillerées.

— Je ne comprends toujours pas pourquoi il m'a invitée, moi ! s'exclama-t-elle, tout excitée.

— Parce que t'es une star, poupée, répondit Rocky d'un ton très suffisant. Et oublie jamais à qui tu le dois.

— C'est peut-être Oncle Jack qui leur a glissé mon nom... avança-t-elle.

— Tu parles ! Pourquoi qu'il aurait fait ça ?

— Parce qu'on a l'habitude de se voir la nuit de la Saint-Sylvestre, peut-être.

— Ah ouais ?

— Ouais.

— Tu pourrais pas oublier cinq minutes ton oncle Jack ? grogna Rocky en allumant la télévision intégrée. T'es une grande fille, maintenant. Et puis, je suis là.

— Je devais être déjanté pour accepter comme ça l'idée que tu me quittes, murmura Mannon.

Ils s'installèrent dans la limousine. Aussitôt, il prit Melanie-Shanna dans ses bras.

— J'étais persuadée que c'était ce que tu voulais, répondit-elle d'une voix douce. Tu étais tellement froid avec moi. J'avais toujours tort. Tout ce que je faisais était mal et quand je me suis retrouvée enceinte, j'ai vraiment eu l'impression que tu t'en fichais éperdument.

— Je crois que l'idée de devenir père m'inquiétait un peu.

— Tu sais, ça n'a pas été vraiment facile pour moi. Surtout avec ton attitude... — Elle eut une hésitation. — Et Whitney...

Whitney. Il ne pensait absolument plus à elle. Ça, c'était au moins une chose à porter au crédit de Clarissa : elle l'avait guéri de Whitney. Et, aujourd'hui, il était aussi guéri de Clarissa. Ça oui, complètement guéri ! Il en était malade de honte quand il repensait à cette nuit de Puerto Vallarta. Ce garçon qu'il avait tabassé, presque tué. Ce souvenir était un cauchemar. Et il devait une fière chandelle à Howard qui, par on ne sait quel tour de passe-passe, avait réussi à garder tout ça secret.

C'étaient ces saloperies de pilules que lui avait données cette imbécile de maquilleuse. Elles l'avaient rendu fou. Quant à Clarissa, le simple fait de penser à elle lui collait le frisson. Il n'avait plus aucune envie de la revoir.

Face to Face with Python fut enregistrée de bonne heure en vue d'une diffusion en fin de soirée. L'émission était superbe. Zachary K. Klinger était le genre d'invité que Jack aurait rêvé d'avoir toutes les semaines. Imposant, mordant, avec des opinions bien établies. Si, en plus de cela, on considérait le fait qu'il ne donnait pratiquement jamais d'interviews, c'était un véritable coup pour l'émission de Jack d'avoir pu le faire venir.

— De la grande télé ! commenta Aldrich, enthousiaste. De la dynamite ! Surtout quand tu as réussi à le faire parler de sa vie privée, de son regret de ne jamais avoir eu d'enfants. Une émission dont on reparlera.

Jack était d'accord. Il savait qu'il avait réussi un coup de maître. L'émission de ce soir offrait un portrait en profondeur d'un homme qui possédait tout et qui, pourtant, avait des regrets, des manques affectifs. De la belle, de la grande télévision, oui. Ce n'était pas tous les jours qu'on pouvait dire ça.

Zachary aussi avait apprécié.

— A tout à l'heure sur mon yacht, dit-il en repartant, suivi d'une cohorte de conseillers. J'ai entendu dire que vous ameniez le sénateur Richmond avec vous. Ce sera un vrai plaisir pour moi. Voilà des années que je ne l'avais pas vu. J'ignorais totalement, d'ailleurs, qu'il était dans la région.

Jack n'allait tout de même pas répondre : « Il rend visite à Danièle. » Il se contenta de hocher la tête. Il n'avait toujours pas compris comment il avait fait pour se retrouver dans le rôle de prétexte pour le sénateur Richmond.

Ils allaient tous les quatre à la soirée sur le yacht. Jack avec Kellie Sidney, le sénateur avec Danièle Charrier.

Peter Richmond lui avait téléphoné et avait demandé :

— Vous êtes invité à la soirée de Zachary Klinger ?

La réponse étant affirmative, le sénateur avait fait jouer quelques relations et obtenu une invitation pour lui-même et pour l'actrice française.

— Danièle avait très envie d'y aller, avait-il expliqué. Si

nous venons avec vous, tout le monde pensera que c'est vous qui l'accompagnez.

— Je viens avec Kellie.

— Qu'à cela ne tienne ! avait raillé Peter Richmond. Avec votre réputation, ils penseront qu'elles sont toutes les deux avec vous ! Que voulez-vous, il faut que je fasse attention à ma réputation, moi. Je suis marié *et* dans la politique...

Eh oui, encore un mari infidèle.

Jack n'était pas opposé au fait d'être créancier d'une petite faveur à l'égard du sénateur. Il avait donné son accord pour marcher dans la combine.

Pour changer, Kellie le fit attendre. Il commençait à avoir l'habitude. Les chiens lui faisaient la fête, lui collant des poils partout. Le fiston de trois ans l'accueillit d'un baiser gluant. Kellie était de ces phénomènes qui jouaient les équilibristes entre la vie de mère, d'actrice et de productrice.

— Aouh ! s'exclama-t-elle en arrivant au pas de course dans le living, vêtue d'une robe de soirée très sexy. Je m'aperçois que j'ai pris deux boucles d'oreilles dépareillées !

— Les chaussures aussi, lui fit observer Jack.

— Non ? Tu rigoles ?

— Regarde toi-même.

Elle baissa les yeux, examina ses pieds et se plaqua une main sur la bouche.

— Oh non ! Quelle conne !

— Mais tellement adorable.

Elle lui lança un grand sourire.

— Tu es chou !

Il lui avait fallu mettre le paquet pour rentrer dans les bonnes grâces de Kellie après le coup qu'il lui avait fait chez *Spago*. Elle n'avait pas vraiment fait d'efforts pour le revoir après cette escapade avec Jade Johnson. Il avait fallu beaucoup de roses et de délicates manœuvres pour y parvenir. Mais il y tenait. Exception faite de Jade, qui était à part, Kellie était sa préférée parmi toutes les femmes qu'il avait connues depuis sa rupture avec Clarissa. Il aimait beaucoup son sens de la famille.

— Je suis impatiente de connaître ce sénateur, dit Kellie. Il paraît qu'il a le bras très long, à Washington.

— Je crois bien que oui.

— Les hommes politiques sont souvent très sexuels.

— Comment le sais-tu ?

Elle gloussa.

— Non ? Tu as vraiment cru que j'étais vierge quand on s'est rencontrés ?

Le chauffeur attendait dans la maison de Benedict Canyon tandis que Clarissa Browning finissait de se préparer. Elle était vêtue d'un pantalon bleu marine et d'un chandail blanc tout simple. Clarissa détestait les paillettes et l'éclat factice de Hollywood.

En se penchant tout près de son miroir, elle distingua la trace légèrement foncée d'un ancien cocard. Souvenir de Mannon. Mannon la brute. Mannon le salaud.

Un peu plus tôt, elle avait téléphoné à la clinique privée de Mexico pour prendre des nouvelles de Norman. On avait refusé de lui répondre bien qu'elle fût au courant du numéro secret.

Elle repensa avec amertume à ce qui s'était passé à Puerto Vallarta. Mannon Cable s'était comporté comme un vrai cinglé. Il aurait dû être puni mais non... Howard Soloman était arrivé avec ses avertissements et ses menaces : « Si tu dis un seul mot de tout ça à qui que ce soit, tu peux tirer un trait sur ta carrière. C'est aussi simple que ça. »

La faune hollywoodienne.

Ils avaient leurs lois à eux.

La faune hollywoodienne.

Parfois, elle haïssait cette meute.

Beverly D'Amo sortait en toute hâte de la maison pour aller rejoindre Zachary à Long Beach quand le coursier arriva. Il lui remit une grosse enveloppe brune sur laquelle était marqué

DOCUMENTS EXTRÊMEMENT URGENTS
À L'ATTENTION EXCLUSIVE DE ZACHARY K. KLINGER

Chaque jour, des coursiers venaient apporter des enveloppes de ce type pour Zachary. Souvent y figurait la mention « urgent ». Mais « extrêmement urgent », c'était beaucoup plus rare.

Son instinct lui dit d'emporter l'enveloppe avec elle. Il n'aurait certainement pas envie d'être dérangé avec ça au milieu de sa croisière mais, avec Zachary, on ne savait jamais. Il suffisait qu'elle ne prenne pas l'enveloppe pour qu'il lui demande si elle était arrivée et lui fasse une scène pour ne pas l'avoir apportée.

Elle la jeta sur le siège arrière de la limousine.

— Bonne année, Vladimir, et vous aussi, ma chère Unity, dit aimablement Silver.

En elle-même, elle se disait que son majordome homosexuel et la petite cousine de Wes formaient un bien curieux couple. Mais, en tout cas, ils semblaient unis par une sorte de complicité.

— Est-ce que vous sortez? demanda-t-elle.

— Oui, Madame, répondit respectueusement Vladimir.

Nous sortons et nous ne rentrons pas. Avec soixante-cinq mille dollars chacun, ils n'auraient certainement guère de problèmes pour se trouver un nouveau point de chute.

— Voulez-vous vous faire photographier avec moi? proposa Silver avec son grand sourire de star. Wes, mon chéri, va chercher ton appareil, je te prie.

Elle ne s'était jamais sentie aussi belle. La vie avec Wes Money était comme une cure de jouvence. Elle avait la peau souple, le teint clair, l'air épanoui de la femme sexuellement comblée. Son corps était plus ferme que jamais. Et la robe Fabrice à six mille dollars qu'elle s'était offerte était une pure merveille. Sans parler de la surprise de Wes : un collier orné d'un cœur de rubis et diamant. Les bras lui en étaient tombés quand Wes le lui avait remis le soir de Noël.

— Dis-moi, avait-elle murmuré un peu plus tard pour que les invités ne l'entendent pas, est-ce que c'est moi qui l'ai financé?

— Absolument pas, avait-il répliqué, l'air vexé.

— Mais d'où vient tout cet argent? avait-elle demandé, perplexe.

— Toutes mes économies y sont passées. Maintenant, tu peux considérer que je suis vraiment un fauché. Je n'ai plus rien.

Elle avait été profondément touchée par ce geste de générosité.

— Justement, avait-elle dit, je me demandais si on ne pourrait pas te verser un salaire. Au fond, c'est toi qui gères toutes mes affaires. Est-ce que dix pour cent de mes gains te conviendraient? On peut aller faire établir les contrats chez mes avocats.

Il avait éclaté de rire.

— Tant qu'on est ensemble, ce qui t'appartient m'appartient, non? J'aime autant qu'on continue comme ça.

Plus le temps passait, plus il lui prouvait qu'il n'en voulait pas à son argent. Chaque jour, elle remerciait le ciel d'avoir préféré Wes à cette espèce d'arriviste tristounet de Dennis Denby.

Wes prit son Nikon. C'était un cadeau que Silver lui avait offert pour Noël avec un caméscope Sony et un placard rempli de vêtements neufs. Elle lui avait également offert une Ferrari de couleur argent métallisé.

— A chaque fois que tu la regarderas, tu penseras à moi, mon chéri, lui avait-elle dit[1].

— Venez, Vladimir, dit-elle. Et vous aussi, Unity, vous avez envie d'être sur la photo?

Vladimir lança un regard autoritaire à Unity. Quelle chance inespérée! Cette photo allait leur rapporter quelques milliers de dollars supplémentaires.

Silver posa entre Vladimir et une Unity réticente, les tenant tous les deux par les épaules, sourire parfaitement en place. Les photos avec les employés et les domestiques faisaient partie du jeu. Ils adoraient ça! Vladimir qui l'idolâtrait allait pouvoir montrer le cliché à tous ses amis en chantant les louanges de son illustre patronne.

— Madame désire peut-être que je la photographie avec M. Wes? suggéra respectueusement le majordome.

— Quelle bonne idée! répondit Silver, ravie. Et... oui, Vladimir, vous pourrez faire la grasse matinée demain. Je ne vois pas pourquoi vous vous lèveriez à six heures comme d'habitude. Disons... neuf heures.

— Merci, Madame.

Sale vieille égoïste! Elle qui n'émergeait jamais avant midi. De plus, le Jour de l'An était censément un jour de congé.

Enfin, à quoi bon remâcher sa rancœur? Demain à neuf heures, il serait à des lieues d'ici. La première étape dans les projets de Vladimir était Hawaii. Un ancien strip-teaseur grand et bronzé qui chantait Sinatra et faisait de fabuleux massages l'attendait là-bas.

Clac.

— Encore une, dit Silver.

Clac.

— Encore une dernière.

Elle se serra plus près contre Wes.

Clac.

— Ça suffit, dit Wes. Si on arrive trop en retard, ils vont lever l'ancre sans nous.

Silver le regarda, les yeux écarquillés.

— Tu plaisantes, je pense.

1. Silver : argent.

— Monsieur Wes, demanda Vladimir avec humilité, juste une avec votre cousine, s'il vous plaît.

Wes n'avait aucune envie de se faire prendre avec Unity. Elle le remerciait mal de l'aide qu'il lui avait apportée. Il en était à se demander comment il allait pouvoir se débarrasser d'elle en s'arrangeant pour que le pot aux roses ne soit pas dévoilé.

Mais, dans l'instant, il n'était pas facile de se dérober. Il accepta donc de poser. Vladimir prit la photo puis Wes récupéra l'appareil.

— On le prend avec nous ? demanda-t-il à Silver.

Elle eut un petit rire gentil.

— Mon chéri, nous nous rendons à la soirée mondaine la plus fermée de l'année. Bien sûr, prends ton appareil, si tu as envie de ressembler à un touriste japonais !

Sur quoi, elle fit sa sortie. La star jusqu'au bout des ongles. La star prête à partir pour une soirée mondaine.

91

Tout le monde était à bord. Les musiciens jouaient, le champagne coulait à flot. Le yacht blanc, baptisé *Klinger II*, quitta à l'heure son mouillage de Long Beach. Le *Klinger I*, le yacht principal de Zachary, restait en permanence en Méditerranée. Mais, pour le luxe, le *Klinger II* n'avait rien à lui envier. C'était un long bâtiment fin et racé qui accueillait sans aucun problème les cent invités de Zachary, lesquels se dispersèrent avec un certain sentiment de triomphe. Ils faisaient partie du petit groupe des élus. Car cette soirée allait sans aucun doute rester marquée dans les annales.

Le pont était décoré de guirlandes lumineuses qui jetaient des éclats ou clignotaient dans le ciel sombre. De petites tables intimes entouraient une piste de danse où le trio de Brésiliens jouait de séduisantes musiques.

— Hello, baby ! lança Zeppo en se levant et en agitant le bras. Venez donc vous installer avec nous !

Il lui faisait signe d'approcher de la table où il était assis avec Ida, sa femme-zombie.

Jade se tourna vers Mark.

— Qu'est-ce que tu en penses ? Envie d'y aller ?

— Certainement. Ce type est très rigolo.

Elle consulta Corey.

— D'accord?

— Je crois que je vais plutôt aller faire un tour. Pas envie de m'asseoir.

— Tu es sûr?

— Oui, ça me fera du bien.

Laissant sa sœur à la compagnie de son futur, il descendit dans une somptueuse salle à manger où une armée de serviteurs en uniforme blanc mettait la dernière touche à un riche buffet : langoustes, saumons froids, huîtres, salades à profusion.

Corey était profondément déprimé. Que Norman ait quitté Los Angeles était déjà une chose assez dure pour lui mais qu'il l'ait plaqué, comme ça, sans même un coup de fil ou une lettre, en pleine période de Noël et du Jour de l'An, c'était inadmissible. Il avait abandonné sa femme et son enfant pour Norman, il avait complètement changé de vie, et maintenant, cette nouvelle vie s'écroulait comme un château de cartes.

— Appétissant, n'est-ce pas?

— Hein?

Corey leva les yeux sur celui qui avait parlé. Il découvrit un serveur mince et blond avec des yeux avides et des lèvres fines.

— Si on a de la chance, on aura les restes.

— Oui..., approuva Corey, désemparé.

— Vous êtes dans le show-biz?

Peu à peu, Corey comprit que le garçon le draguait. Non! Ça se voyait tant que ça? Un simple coup d'œil suffisait donc?

— Je suis marié, répliqua-t-il vivement.

— Il n'y a pas de loi contre ça, dit le serveur avec un clin d'œil encourageant. Personnellement, je n'ai rien contre.

Vengeance. C'était un châtiment contre Norman que lui envoyait le destin. Ils s'étaient juré l'un à l'autre de ne pas papillonner. Avec le sida, le vagabondage sexuel était devenu la véritable roulette russe des années quatre-vingt.

Les papillons d'or voletaient partout. Heaven en perdait la tête! Tout le monde se pressait autour d'elle pour la complimenter.

Que c'est original!

J'adore votre disque!

Vous êtes l'idole de ma fille!

Mon fils voudrait savoir s'il existe un poster de vous.

Toutes les vieilles croûtes de Hollywood venaient la pommader.

Et personne ne lui parlait de sa mère !

Le pied !

— Je suis célèbre, déclara-t-elle à Rocky.

— Je t'avais dit que je t'emmènerais loin, poupée.

Faisant tournoyer autour d'elle son manteau de faux léopard, elle laissa apparaître le body de dentelle lacéré qu'elle portait dessous et de belles portions de ventre nu.

— Regarde comme ils adorent ce que je leur montre.

— Euh... ouais... Ça... ça se comprend.

Elle hocha la tête avec assurance.

— Comme tu dis : ça se comprend. C'est parce que je suis presque une star. Et qu'est-ce que ça me botte !

Rocky sourit d'une oreille à l'autre. Lui aussi était aux anges. Seulement, il ne pouvait laisser passer une soirée comme celle-ci sans tenter un ou deux coups. Il y avait des comptes en banque bien garnis à bord. Des stars de ciné, des directeurs de firmes. Rocky avait presque laissé tombé le deal de drogues. Presque. Pour une occasion comme celle-ci, ç'eût été du gâchis de ne pas reprendre un peu de service.

— Je vais aux toilettes, annonça-t-il. Ne te sauve pas.

Où croyait-il qu'elle allait se sauver ? Elle était en train de prendre le pied de sa vie. Elle avait déjà vu Oncle Jack, soigneusement évité Silver et maintenant, elle profitait de sa toute nouvelle gloire.

— Tiens, comme on se retrouve...

Elle se retourna, prête à accepter gracieusement un autre compliment, et se trouva face à Penn Sullivan.

Hou là là, elle se sentit tout à coup étourdie, énervée et hésitante à la fois, Penn Sullivan ! Il était tout simplement fabuleux !

— Euh... salut..., bredouilla-t-elle en se faisant l'impression d'être la dernière des idiotes.

— Tu t'amuses ?

— Et... et toi ? parvint-elle à articuler.

— Fabuleusement, maintenant que j'ai vu Heaven[1] !

Était-ce elle qui prenait ses rêves pour des réalités, ou était-il réellement en train de la courtiser ?

— Dis donc, tu sais quoi ?

— Euh... non..., bafouilla Heaven.

— On est les deux plus jeunes sur ce bateau et j'ai une espèce d'impression bizarre, comme si on s'était trompés de soirée, toi et moi.

Qu'ils se soient trompés, possible. Mais qu'est-ce qu'elle en

1. Heaven : le paradis.

avait à faire ? Sullivan était là, bien en chair, à ses côtés, et lui, c'était tout sauf une erreur.

— Quand venez-vous visiter Washington ? demanda le sénateur Richmond à Kellie Sidney. Je serais ravi de vous servir de guide officiel.

L'homme était un portrait de Kennedy, profil, allure. Peut-être qu'un jour, si la chance lui souriait...

— Je n'avais pas de voyage en vue dans un avenir proche, répondit-elle.

— Vous ne savez pas ce que vous manquez, dit Richmond, le ton lourd de sous-entendus.

— Je n'en doute pas.

Elle se tourna vers Jack, cherchant un peu d'aide de sa part. Mais le faux-frère fut sans pitié et la laissa se débrouiller seule face aux assauts du pétulant sénateur

Elle ne fut sauvée que par le passage de Whitney Valentine, cambrée comme une figure de proue, hanches ondulantes. Richmond décocha un coup d'œil à l'émoustillante Mrs. Valentine, moulée dans du jersey de soie, et se leva d'un bond.

Jack faillit éclater de rire. La rencontre de Washington et de Hollywood. Quelle parfaite alliance. Le vrai pouvoir et le vrai glamour. Il ne put s'empêcher de repenser aux scandales qui avaient autrefois impliqué Marilyn Monroe et les Kennedy. Pendant des mois, l'affaire avait tenu tout le pays en haleine.

Car, malheureusement, Danièle Charrier était absente à l'appel. Tout à l'heure, quand Jack et Kellie étaient passés les prendre, ils avaient trouvé le sénateur seul.

— Intoxication alimentaire, avait-il expliqué. Mais Danièle tient absolument à ce que je ne vous laisse pas tomber.

Maintenant, M. le sénateur était en chasse. Et prêt à bondir sur le premier gibier bienveillant.

— Incroyable ! souffla Kellie, médusée. On dirait qu'il n'a jamais vu de femme.

Jack et elle le regardèrent entreprendre Whitney, laquelle ne sembla pas le dédaigner.

Zachary tenait salon dans sa bibliothèque. Plusieurs centres d'intérêt avaient été ménagés à bord du gigantesque yacht pour la distraction des invités. Et ceux-ci pouvaient circuler librement de l'un à l'autre.

Poppy Soloman s'était assise le plus près possible de Zachary Klinger. Elle se faisait du souci pour Howard qui, depuis quelque temps, avait de curieux comportements. Dans la limousine qui les avait amenés à Long Beach, il lui avait fait penser à un zombie. Et il n'avait même pas voulu lui révéler le contenu de ce mystérieux coup de fil de Mexico.

— Qu'est-ce que tu as ? avait-elle demandé.

— La migraine.

A la suite de quoi, malgré tous les vaillants efforts de Poppy, il avait refusé d'ouvrir la bouche.

— Je voulais vous demander quelque chose, dit-elle à Zachary de sa voix fluette de petite fille. Vous savez que Howard a Orpheus dans la peau et dans le sang...

— J'ai toujours apprécié le dévouement, répondit Zachary en tirant sur son cigare. J'estime payer suffisamment bien pour le mériter.

— Je n'en doute pas, et soyez assuré que vous ne trouverez pas plus dévoué que mon Howie.

Zachary avait horreur des gens qui tournaient autour du pot.

— Que voulez-vous ? demanda-t-il d'un ton abrupt.

— Il a besoin de vacances. Vraiment besoin, soupira Poppy.

— Je ne l'empêche pas d'en prendre, lui fit observer Zachary.

— Je sais bien, dit-elle. Mais il refuse d'en prendre. Si vous ne l'obligez pas, il continuera à travailler comme un fou, jusqu'à ce qu'il tombe d'épuisement.

Poppy savait que si Howard avait vent de cette conversation, il allait être furieux. Tant pis. Elle ne pouvait plus le voir se surmener ainsi.

Zachary hocha la tête. Il était sensible aux préoccupations de cette femme et à la manière dont elle les faisait valoir. Jusqu'à présent, Poppy ne lui avait jamais donné l'image d'une épouse attentionnée.

— Je veillerai à ce qu'il prenne des vacances, promit-il. Je le lui ordonnerai, s'il le faut. Cela vous satisfait-il ?

— Merci, dit-elle, pleine de gratitude. Merci.

Déjà les grands projets fleurissaient dans sa tête. Paris, Rome, peut-être même Londres. Il y avait de superbes magasins à Londres...

Pendant ce temps, Clarissa avait coincé Howard sur l'un des ponts supérieurs.

— J'ai appelé la clinique cet après-midi, lui dit-elle d'un

542

ton sec. Ils ont refusé de me donner des nouvelles de Norman. Tu sais parfaitement ce qu'on avait dit. Est-ce que tu aurais changé les directives et oublié de donner mon nom dans la liste des personnes ayant le droit d'être informées ?

— Euh... C'est que... la situation a changé...

— Changé ? Comment ça ? Qu'est-ce que tu veux dire ?

— Demain, Clarissa. Je passerai te voir chez toi dans la matinée. Je t'expliquerai.

Il jeta des regards furtifs autour d'eux pour vérifier que personne ne les espionnait.

— Ce n'est vraiment pas un sujet de discussion pour cette soirée, Clarissa.

— Quoi ? lança-t-elle en sifflant entre ses dents. Qu'est-ce que c'est que cette histoire ? Je ne veux pas te voir chez moi demain, Howard. Je veux savoir ce qui se passe et je veux le savoir maintenant !

Howard marmonna une suite de mots qu'elle ne comprit pas.

— Quoi ? jappa-t-elle en le fusillant du regard. Répète, s'il te plaît.

Et Howard répéta :

— Il est mort.

Saisie de stupeur, Clarissa ouvrit des yeux ronds et, hypnotisée, regarda un tic nerveux secouer la joue droite de Howard. Puis, progressivement, elle se sentit envahie par une rage froide et extrêmement violente. Une rage à laquelle se mêlèrent bientôt la peur et la haine.

— Mort ? murmura-t-elle, incrédule.

Howard essuya la sueur qui perlait à son front et aspira une grande bouffée d'air nocturne.

— C'est ce qu'on m'a dit.

92

Il savait qu'elle était à bord. Beverly le lui avait dit. Mais, maintenant, Jack Python avait pris tous ses renseignements sur elle. Il n'était pas décidé à se planter une deuxième fois.

D'un pas nonchalant, il se mit à faire le tour du yacht. Il la cherchait. Il avait dit à Kellie qu'il allait aux toilettes. Elle ne s'était pas offusquée quand il l'avait abandonnée à la compagnie d'un Chuck Nielson totalement défoncé et bourré de bonnes intentions.

Quand il la repéra, il ne put s'empêcher de penser : *Ah! C'est vrai qu'elle est très belle. Et alors?* Et alors, il était attiré comme par un aimant vers la table où elle était assise en compagnie des White et d'un homme aux cheveux blond sable.

— Zeppo, Ida, bonsoir... Comment allez-vous ?

Zeppo se leva.

— Jack ! On dit le plus grand bien de ton émission de ce soir !

Zeppo était toujours au courant de tout. Il lui arrivait même de savoir les choses avant qu'elles n'arrivent.

— Merci du compliment. Zachary va nous passer ça tout à l'heure. Est-ce que tu as l'intention de la regarder ?

Il sentait son parfum. Ce parfum qui était associé à elle depuis leur nuit d'amour.

— Je ne raterais ça pour rien au monde, mon vieux Jack, lança Zeppo avec enthousiasme. Mais... est-ce que tu connais Jade Johnson ?

— Bien sûr, coupa Ida, l'air au courant de beaucoup de choses.

— Nous nous sommes déjà rencontrés, répondit Jack en la regardant droit dans les yeux.

— Et son fiancé, Lord Mark Rand ? compléta Zeppo

Son *quoi?*

— Mes félicitations, éructa-t-il un peu trop brusquement. Je ne savais pas que tu étais fiancée. Et à quand le mariage ?

— Demain, répondit-elle avec un calme olympien. Et toi ? Comment vas-tu ?

— Bien, bien... Très bien... Très très très très bien...

Ses yeux pailletés d'or. Ses longs cheveux de cuivre dont il connaissait la caresse soyeuse. Et, en une fraction de seconde, il se rappela à quel point c'était fabuleux de faire l'amour avec elle.

Mais elle était *fiancée! Nom de Dieu!* Elle allait en épouser un autre !

— J'ai vu l'émission que vous avez faite avec Lord Snowden, dit Mark. Belle performance journalistique. Vous posiez très exactement les questions qu'il fallait. — Il se tourna vers Jade et ajouta : — Mais je me demande si nous ne l'avons pas regardée ensemble, ma chérie.

Ensemble ? L'émission avec Snowden datait de trois ans ! Ce blondinet devait être le connard d'Anglais dont elle lui avait parlé. Le connard d'Anglais dont elle disait être séparée.

— Je ne me souviens pas, murmura-t-elle, l'air vague.

Le trio brésilien était en train de jouer *The Girl from Ipanema* :

> *Tall and tan and young and lovely*
> *The girl from Ipanema goes walking*
> *And when she passes each one she passes goes*
> *Ahhh*[1]...

— Me permettrez-vous de vous dérober Jade le temps d'une danse ? demanda Jack.

— Mais, c'est à elle qu'il faut vous adresser, répliqua Mark avec un rire amusé. Elle a toujours pris ses décisions sans l'aide de qui que ce soit.

Il plongea ses redoutables yeux verts dans les yeux pailletés d'or.

— Jade ?

Misère de misère ! Pourquoi se sentait-elle comme ça à chaque fois qu'elle le voyait ? *Je suis sûre qu'il me fait régresser,* se dit-elle intérieurement. *J'ai l'impression de me retrouver à seize ans quand le capitaine de l'équipe de foot est venu m'inviter au bal de la fac.*

Mais elle n'allait pas se laisser impressionner par le séducteur professionnel.

— Bien sûr, répondit-elle en essayant d'avoir l'air décontractée et en se demandant pourquoi sa voix ressemblait tout à coup à un bêlement imbécile.

Ils passèrent sur la piste de danse, se tinrent à un mètre de distance pendant une mesure ou deux puis, comme par consentement mutuel, il l'attira contre lui et elle sentit sa chair brûler à l'endroit où il avait posé sa main sur son épaule nue.

— Bonsoir, murmura Jack, comme s'il ne s'était rien passé.

— J'adore ta robe, dit Silver à Dee Dee Dione.

— Et moi, j'adore la tienne, répondit Dee Dee. Fabrice ?

— Mais naturellement.

— Merde ! Je déteste le moment où les souris se met-

1. Belle, bronzée, jeune et grande,
   C'est la fille d'Ipanema qui passe.
   Et tous, ils la regardent qui passe,
   Et tous, ils en restent sans voix...

tent à parler chiffon! clama Carlos d'une voix tonitruante.

Il s'était réconcilié avec Zachary, d'où sa présence sur le yacht ce soir.

— On a ça dans le sang, que veux-tu..., murmura doucement Dee Dee.

— Les souris, c'est bon pour baiser, pour sucer et pour dépenser votre pognon. Confiez-leur une autre responsabilité, et elles sont complètement perdues, les pauvrettes.

Ravi de son humour subtil, il explosa d'un énorme rire, espérant que Wes l'imiterait.

Flop total. Wes Money n'était pas un courtisan. C'était l'une des raisons pour lesquelles Silver l'aimait.

Carlos avait descendu les trois quarts d'une bouteille de Jack Daniel's et tenait une cuite magistrale.

— Qu'est-ce qu'il y a? bredouilla-t-il dans une brume de postillons. C'est pas rigolo?

— Non, répondit Silver d'un ton glacial. C'est très vulgaire et pas drôle du tout.

Elle se rappela la façon dont leur liaison s'était terminée de nombreuses années auparavant. Quand Carlos se mettait à trop boire, il se comportait comme un véritable porc.

Ignorant Silver, il reporta son attention sur Wes.

— Est-ce que tu... t'es déjà fait sucer la queue par une pe... par une petite Black bien roulée, camarade?

La bouche de Dee Dee Dione se pinça de réprobation et de gêne.

— Les Blacks, c'est... les meilleures, poursuivit Carlos. Les... les... meilleures, je te dis... ma parole!

— Viens, chéri, dit vivement Silver. Allons chercher quelque chose à manger.

— Ah ça, bien sûr, elle a pas envie de l'entendre... la... lala.. la petite Silver..., ricana Carlos. Normal parce que... notre petite Si... Silver, elle s'est tout... toutout... toujours imaginé qu'elle était la meilleure... la meilleure pipeuse de la région. D'a... D'ailleurs...

Wes se retourna et lui expédia un monumental coup de poing en plein sur la bouche.

Carlos s'effondra comme un bœuf à l'abattoir.

Ça n'avait pas duré plus d'une seconde.

Hélant deux serveurs qui passaient par là, Wes ordonna :

— Conduisez M. Brent dans une cabine et allongez-le sur une couchette. Il ne se sent pas très bien.

Les deux hommes échangèrent des regards lourds de sous-entendus puis soulevèrent le célèbre chanteur et l'emmenèrent, suivis par une Dee Dee Dione inquiète.

— Tu n'aurais pas dû faire ça, dit Silver, les yeux brillants d'admiration.

— Hein? Il t'avait traitée plus bas que terre!

— Mais, chéri, il était soûl.

— Je sais. Quand ils sont dans cet état, c'est la seule chose à faire. Je n'arrêtais pas d'en envoyer dormir quand je travaillais dans les bars. Il ne se rappellera même plus ce qui s'est passé quand il se réveillera.

— Quelqu'un se chargera de le lui raconter. Et crois-moi, Carlos Brent est un homme qu'il vaut mieux ne pas avoir comme ennemi.

— Si tu savais comme je m'en fous. Je suis peut-être un bouseux, Silver, mais pour moi, un type qui insulte une dame mérite bien ça. Surtout quand il se trouve que la dame en question est ma femme.

Sans bien comprendre ce qui lui arrivait, elle eut soudain envie de pleurer. Personne ne l'avait jamais défendue comme ça, à l'exception de Zachary. Et Zachary ne comptait pas.

Zachary apprit l'incident de la bouche d'un employé.

— Installez-le dans mes quartiers privés, ordonna-t-il généreusement.

— Très bien, monsieur Klinger.

— Qu'est-ce qui s'est passé? demanda Beverly.

— Une petite bagarre. Il semble que le menton de Carlos attire irrésistiblement les crochets du droit.

— Ce type est un gros saligaud.

— Heureusement qu'il a laissé ses gardes du corps sur le plancher des vaches. Une bataille rangée sur mon yacht ce soir n'aurait pas vraiment fait mon affaire.

Beverly lui posa une main sur le poignet.

— Qu'est-ce qui se passe autour de Silver Anderson? demanda-t-elle. À chaque fois qu'il y a de la cogne, elle est dans le coup!

Zachary prit le temps de réfléchir à sa réponse.

— C'est une vraie star, dit-il enfin. On se sent prêt à la défendre.

— Quelqu'un t'a déjà dit ce que tu es?

— Je ne sais pas ce que tu as en tête mais j'aimerais autant que tu le gardes pour toi. O.K.?

— Ah oui, pourquoi?

— Parce que je déteste les professionnels du mensonge. Tu

m'as déjà roulée une fois, ça suffit comme ça, merci! On retourne s'asseoir?

Il la tenait serrée tout contre lui et ne pouvait s'empêcher de noter qu'elle ne cherchait pas à lui échapper.

— Non, répondit-il. C'est sérieux, cette histoire de mariage?

— Tout ce qu'il y a de plus sérieux.

— Pourquoi fais-tu ça?

— Tu trouves vraiment que ça te regarde?

— J'estime au moins que tu me dois une explication.

Cette fois, elle chercha à s'écarter de lui, mais sans grande conviction.

— Moi? demanda-t-elle, incrédule. Je te dois une explication, à toi?

— Ça marchait quand même bien, nous deux, non?

— Ah ça, je ne dirai pas le contraire. Une nuit formidable. Vraiment. Mais je ne savais pas qu'il en fallait plus pour satisfaire l'insatiable appétit de M. Jack Python. Et, surtout, ce que je ne savais pas, c'est qu'il était déjà passé à l'attaque de sa prochaine victime. Le temps d'avaler un café et il était déjà en train de draguer ailleurs!

— On peut savoir de quoi tu parles?

— Allez, ça me fatigue… Laisse tomber avec ça.

— Je n'ai aucune envie de laisser tomber.

— Eh bien moi si, figure-toi.

— Ce n'est pas la constance qui t'étouffe.

— Quoi?

— Tu as très bien entendu.

— Tu arrêtes de me serrer comme ça, s'il te plaît. Je veux aller m'asseoir à ma table.

— Non.

— Si.

— Je te dis que non.

— Tu es vraiment un salaud!

— Tu veux que je te dise? Je crois que je vais te pardonner.

— Me pardonner? Me pardonner quoi?

Sa voix était glaciale mais son corps délicieusement chaud.

— De m'avoir posé un lapin.

— Hein? Ah, elle est raide, celle-là! C'est toi qui m'as plaquée pour sortir cette espèce de Française vulgaire et trop maquillée!

— Tu veux parler de Danièle? Je te signale qu'elle était avec le sénateur.

— Bien entendu…, ricana Jade, la voix lourde de sarcasme.

— Et toi ? Ce minet avec qui je t'ai vue chez *Chasen's*, c'était quoi ? Un petit acteur débutant, je crois. J'aurais pensé que tu avais un peu plus de style.

— Tu aurais sans doute préféré que je t'attende chez moi à penser au bon moment qu'on avait passé ensemble et à espérer qu'un jour, dans ta magnanimité, tu me ferais l'honneur de m'appeler. Un jour où tu n'aurais rien de mieux à faire, naturellement... — Sa voix vibrait d'indignation. Elle marqua un silence, le temps de souffler, puis reprit : — Figure-toi, mon cher, que moi, comme je l'avais promis, *je t'avais préparé à dîner moi-même.* Ton esclave m'a téléphoné à neuf heures et demie. Si tu ne voulais pas me voir, tu ne crois pas que tu aurais quand même pu m'appeler toi-même, et plus tôt ? A moins que monsieur se prenne pour une trop grande star et qu'il craigne de se salir les mains en décrochant un téléphone ?

— Mais enfin, Aretha t'a téléphoné vers huit heures, avant le début de l'émission. Elle t'a dit que j'étais retenu au studio et que je devais te rappeler plus tard. Tu n'as même pas été capable d'attendre mon coup de fil ! Deux minutes plus tard, hop, en virée chez *Chasen's* avec un minet au bras !

— Je suis mieux placée que toi pour savoir à quelle heure cette femme m'a appelée. Il était neuf heures et demie largement passées et elle ne m'a absolument pas dit que tu devais me contacter plus tard.

— Hé, Miss ! Je crois que je vous aime encore plus quand vous êtes en colère !

— Puis-je me permettre de m'immiscer ? demanda Mark.

Il les sépara d'une main autoritaire, un charmant sourire sur les lèvres, mais ses yeux lançaient des poignards.

Jack faillit dire : *Non ! Foutez-nous la paix !* Il faillit récupérer Jade pour terminer cette conversation. Mais il était trop tard. Elle était déjà dans les bras de Mark. Il la faisait tournoyer autour de la piste de danse dans la féerie des lumières qui scintillaient sur le pont du yacht.

Vautré sur le lit de Zachary dans la grande cabine, Carlos Brent ronflait comme un sonneur. Près de lui, sur une chaise, belle comme une statue d'ébène, Dee Dee Dione le veillait, très maîtresse d'elle-même.

En entrant dans la cabine pour voir comment les choses se passaient, Zachary se demanda comment une femme pareille arrivait à supporter la star vieillissante. Elle avait elle-même du talent et une certaine notoriété. Qu'avait-elle besoin de vivre avec Carlos Brent ?

— Comment va-t-il ? demanda Zachary.

— Il cuve, répondit paisiblement Dee Dee. Il ne se souviendra de rien. Il était vraiment complètement ivre.

— Il n'a jamais eu l'idée de s'adresser aux Alcooliques Anonymes ?

Une expression de surprise amusée éclaira le visage de Dee Dee Dione.

— Carlos ? Jamais ! Il aime boire ! Ce sont toujours les autres que ça dérange, lui, jamais.

— Comment faites-vous pour tenir ?

Elle eut un petit sourire éteint.

— On se débrouille. Quand on aime un homme, on se débrouille toujours.

Zachary avait l'impression de jouer les intrus dans sa propre cabine. Il toussa bruyamment et se dirigea vers la salle de bains. C'est là qu'il trouva, calée contre la glace, une enveloppe qui lui était adressée avec la mention : EXTRÊME-MENT URGENT.

Bravo pour celui qui l'avait apportée. Elle aurait pu rester là pendant des heures et des heures encore s'il ne l'avait pas trouvée par hasard. Ah, les employés, les employés ! On n'en trouvait jamais de véritablement bons.

Sans hésiter, il ouvrit le message. Il avait besoin d'une petite pause avant d'aller rejoindre ses invités. La soirée, là-haut, se déroulait pour le mieux, malgré Silver qui déployait tout son talent pour l'éviter. Et qui y réussissait.

Au début, Zachary ne vit rien d'autre qu'un magazine. Un de ces chiffons à quelques sous qu'on trouve dans les supermarchés, que tout le monde prétend ne jamais acheter mais dont nul n'ignore le contenu. Fixée au journal par un trombone, il trouva la carte d'un de ses collaborateurs de New York avec une note rédigée à la main :

L'un de mes assistants s'est procuré une épreuve de cet exemplaire. Plutôt que de perdre du temps à débattre de l'affaire par téléphone, je vous fais parvenir les documents en urgence. Le journal doit paraître lundi. Si vous voulez intenter une action, merci de me le faire savoir au plus vite.

Le journal s'appelait *True Life Scandal*. Et la manchette, en caractères gras, annonçait la couleur :

RÉVÉLATIONS SUR L'IDENTITÉ DU PÈRE
DE L'ENFANT NATURELLE DE SILVER ANDERSON !

LE PAPA DE HEAVEN EST LE MILLIARDAIRE
ZACHARY K. KLINGER !

Dessous, l'accroche, en caractères plus petits, disait :

Vladimir Kirkoff et Unity Smith révèlent le véritable drame de la vie de Silver Anderson ! Tout sur l'ancien barman et vendeur de drogues qu'elle a épousé ! Tout sur la haine qu'elle voue à sa fille, la jeune chanteuse Heaven ! Tout sur le dégoût que lui inspire son ancien amant, le milliardaire Zachary K. Klinger !
Découvrez leurs secrets !
Découvrez-les dans ces pages !
Leur intimité intégralement dévoilée en page 10 par les deux témoins qui connaissent Silver Anderson mieux que personne !

Zachary cligna des paupières très vite et pendant un long moment. Puis il enleva ses lunettes cerclées d'acier et regarda droit dans les yeux l'image que le miroir lui renvoyait, au-dessus de son lavabo d'onyx noir.

Si cette feuille de choux disait vrai, il avait une fille. Une fille de dix-sept ans. Et, pendant dix-sept ans, Silver les avait contraints à vivre séparés l'un de l'autre.

Quelle garce !

Quelle *saloperie* de garce !

Toute sa vie, elle avait fait ce qu'elle voulait et s'en était tirée sans payer les conséquences. Du balai, pour l'annonce qu'il s'apprêtait à faire au moment le plus palpitant de la soirée. Silver pouvait courir pour son rôle vedette dans le remake d'*Eve*. Si cette histoire était vraie, elle allait payer. Lui, Zachary Klinger, veillerait à ce que ce soit au prix fort !

93

— Franchement, je n'aurais pas cru ça de toi ! dit Mark en se rasseyant, la bouche déformée par une lippe de contrariété.
— Hein ?
En esprit, Jade était toujours en train de tourbillonner entre les bras de Jack, de se laisser bercer par le son de sa voix.

— Toi avec le tombeur, je n'aurais jamais cru ça !

— Qu'est-ce que tu racontes ?

— Toi avec ce don Juan de pacotille, ce type qui ne pense qu'à trousser les jupons. Ça me coupe la chique !

— Tu fais chier, Rand. Qu'est-ce que tu insinues ? Exprime-toi clairement si tu as quelque chose à dire !

Lord Mark Rand devint rouge pivoine.

— Je vois... Le franc-parler de la femme libérée. Bravo, chérie, ça te va vraiment très bien. Alors, comme ça, il te comblait parfaitement ? Je comprends un peu mieux pourquoi je n'ai pas eu l'honneur de profiter de ta tendresse...

Était-ce vraiment ce minable qu'elle allait épouser demain matin ? Était-elle vraiment certaine d'avoir pris pareille décision ?

Après un rapide passage sur la piste de danse, les White regagnèrent la table.

— Ça fouette le sang ! s'exclama Zeppo.

— C'est rasoir et fatigant, maugréa Ida.

Jade se leva.

— Excusez-moi, dit-elle poliment. Je vais chercher Corey.

Abandonnant un Mark Rand furieux à la compagnie des White, elle s'éloigna sur le pont.

— Howie, mais tu ne manges rien ! se lamenta Poppy. La langouste est délicieuse.

— Je te l'ai dit une fois, je ne vais pas le répéter cinquante ! Je n'ai pas faim ! Alors, laisse-moi tranquille et arrête d'essayer de me faire ingurgiter la bouffe de force, Poppy !

— Oh, mon Dieu, qu'est-ce que tu peux être grincheux ! J'espère que les danseuses du ventre vont te mettre d'un peu meilleure humeur. Il paraît qu'elles sont trois, qu'elles ont été choisies par Zachary en personne et que ce sont des créatures superbes !

Ses maux d'estomac refusaient de s'apaiser. Il aurait sans doute mieux fait de s'excuser pour la croisière, de sauter dans un avion à destination de Mexico et de voir par lui-même ce qui était arrivé.

Norman se remettait bien. Enfin, c'est ce que lui avaient dit ces abrutis de médecins.

Rectification. Ce n'étaient pas des abrutis. C'étaient les meilleurs. C'était lui qui les payait.

Il avait d'ailleurs payé beaucoup de monde pour que la réalité ne s'ébruite pas. Il avait menti à tout le monde mais dans quelques semaines, tout devait être arrangé. Norman

Gooseberger devait revenir à Hollywood et entrer dans ses nouvelles fonctions de chef du service de presse chez Orpheus.

Seulement voilà, il avait eu la mauvaise idée de mourir.

Hémorragie interne, lui avait-on dit.

Et, si l'on s'en tenait aux faits, c'était Mannon qui l'avait tué. Quel merdier !

Il n'avait pas vu Carmel et Orville sur le yacht. Qui allait leur annoncer la nouvelle ? Et qu'allaient-ils faire quand ils seraient au courant ? Allaient-ils se conformer à la bonne vieille tradition hollywoodienne du silence pour protéger le coupable ?

Clarissa était complètement démolie. Il aurait peut-être mieux fait d'attendre avant de lui révéler la vérité. Mais il n'avait pas pu. Il fallait qu'il partage ça avec quelqu'un. Elle ne dirait rien. Elle avait promis.

— Mannon doit être puni, avait dit Clarissa.

— Non, avait répliqué Howard. Pendant toute sa vie, il portera la culpabilité de son geste. C'est un châtiment bien suffisant.

— Je ne comprends pas. Il faut que justice soit faite.

— Tu parles comme dans les films ! Il est trop tard pour que la justice suive son cours. On a dissimulé trop de choses. Le scandale flanquerait ta carrière en l'air, celle de Mannon aussi, bien sûr, et celle de *The Murder* par la même occasion. C'est ça que tu veux ?

— Oui, c'est ça que je veux.

— Sois un peu sérieuse, Clarissa. Des stars beaucoup plus célèbres que toi ont sombré dans l'anonymat pour des affaires bien moins graves. Tu t'imagines, dans un tribunal, en train de raconter ta version des faits ? L'accusation ne ferait qu'une bouchée de toi. N'oublie pas que, si Mannon ne t'avait pas surprise au lit avec Norman, rien de tout ça ne serait arrivé. Tu es solidaire de Mannon dans cette sale affaire. Tout le monde sait que vous étiez ensemble à ce moment-là. Un seul mot de la vérité, et c'en est fini de toi. Ta carrière est cuite. J'y veillerai personnellement, en demandant l'appui de Zachary Klinger et de pas mal d'autres personnes présentes ce soir sur ce bateau. Si tu as envie de te recycler en tournant des films au fin fond de la Sibérie, libre à toi !

— C'est tellement révoltant, écœurant. J'en suis malade.

— Ça ne t'a pourtant pas rendue malade de coucher avec un pédé notoire...

Elle frissonna dans la brise marine et resserra les pans de sa veste. Autour d'eux, la fête continuait, les gens mangeaient, riaient, dansaient, buvaient, inconscients de la tragédie qu'ils étaient en train de vivre.

Howard avait tendu la main pour la toucher. Un simple geste de sympathie, juste pour lui montrer qu'il avait quand même un cœur.

Elle s'était vivement écartée pour échapper à son contact.

— Tu t'en remettras, Clarissa. Nous aimions tous beaucoup Norman. Je prendrai l'avion demain. J'irai là-bas et je m'occuperai de tout. La version officielle sera une crise d'appendicite détectée trop tard. En espérant qu'il n'ait pas déjà été opéré.

— Tu seras complice d'un meurtre, avait déclaré Clarissa.

— Non, je ne fais qu'aider tout le monde de mon mieux. Toi comprise.

Il l'avait abandonnée, petite silhouette solitaire sur le pont. Il savait qu'elle s'en tirerait. Clarissa n'était pas une starlette aux nerfs fragiles. Elle tiendrait le coup.

— Hello, Howard. Hello, Poppy.

Whitney fit son apparition, vêtue d'une robe capable de coller une érection à vie à n'importe quel homme normalement constitué.

— Ravie de te voir ! fit Poppy avec conviction.

— Est-ce que vous connaissez le sénateur Richmond ? demanda Whitney en attrapant la main d'icelui pour le pousser vers la table.

— Le *sénateur* Peter Richmond ! s'exclama Poppy, de plus en plus ravie. Non, nous ne nous connaissons pas. Je suis enchantée ! Êtes-vous en visite dans notre région ? Êtes-vous avec madame votre épouse ? Si oui, je me ferais un plaisir de donner un petit souper en votre honneur. Oh, quelque chose de très simple, avec seulement cinquante ou soixante personnes.

Les danseuses exotiques firent leur apparition au moment du dessert. Toutes trois étaient de très jeunes femmes, vêtues à l'orientale, pour bien mettre en valeur leur petit ventre rond, tandis qu'elles passaient d'un groupe à l'autre en agitant souplement leurs hanches agiles.

Chuck Nielson essaya d'en attraper une qui passait près de lui, les yeux étincelants au-dessus du petit voile qui lui masquait le bas du visage.

— Viens par ici, poupée, fit-il d'une voix rauque en tirant sur le minuscule bout de tissu qui valsait dans le vent entre les jambes de la fille.

— Casse-toi de là, tête de con ! lui lança-t-elle du coin des lèvres en s'échappant avec habileté.

Seuls Zachary et Beverly connaissaient la véritable identité des jeunes danseuses exotiques. Il s'agissait en fait de prostituées spécialement entraînées pour le spectacle de la soirée. Zachary prenait grand plaisir à offrir à ses invités des divertissements dont ils ne soupçonnaient même pas les secrets.

Après les danseuses du ventre, ce fut le ballet moderne, six jeunes Noirs bourrés de talent.

— Ils sont géants ! s'exclama Heaven, pleine d'admiration.

— Ouais, approuva Rocky.

Quoique, pour sa part, il ne comprenait pas qu'on fasse tout un plat de ces contorsions. Il préférait de loin les petites minettes de tout à l'heure qui remuaient leurs miches et leurs nombrils. Ça, au moins, ça valait le coup d'œil !

Dans l'entrepont, dans le salon de maquillage qui jouxtait les toilettes, Melanie-Shanna se trouva en train de se laver les mains à côté de Whitney. Elles ne s'étaient pas revues depuis que Mannon avait démoli le portrait de Chuck Nielson dans la salle du *Bistro*.

Dans un geste de décence louable, Whitney releva un peu son bustier.

— Hello, Melanie. Comment allez-vous ?

— Oh... Euh, bonsoir Whitney... Je ne vous avais pas vue.

Il était impossible de ne pas voir Whitney Valentine dans sa tenue du soir. Elle avait un corps capable de fissurer n'importe quel mâle adulte et en bonne santé et de faire pleurer de jalousie toutes les femmes de la terre.

— Mes félicitations, pour votre bébé, dit gentiment Whitney. Je suis sûre qu'il fait le bonheur de Mannon. Il a toujours eu envie d'avoir des enfants.

— Merci.

Whitney se mit du brillant sur les lèvres et donna du bouffant à sa chevelure.

— Je suis vraiment heureuse de voir que vous êtes restée avec lui. Croyez-moi, Clarissa Browning est une garce de première. Elle n'aurait rien fait d'autre que de le rendre malheureux.

Tout en s'appliquant soigneusement du rouge sur les lèvres, Melanie-Shanna acquiesça d'un hochement de tête.

— C'est classé, cette histoire de Puerto Vallarta et de leur petite liaison, dit-elle, très calme. J'ai tiré un trait dessus. Il est très heureux d'être revenu avec moi et Jason. Il dit que son histoire avec Clarissa n'est plus qu'un vieux cauchemar.

— Parfait, approuva fermement Whitney. D'accord pour qu'on soit amies ?

Melanie-Shanna ne comprenait pas bien ce qui arrivait mais elle ne se sentait plus du tout menacée par cette ancienne femme. Whitney ne voulait plus de Mannon, Mannon ne voulait plus de Whitney, c'était peut-être aussi simple que ça.

— Comment va Chuck ? s'enquit-elle aimablement. A propos, est-ce que vous êtes toujours ensemble ?

— Ça va, ça vient, répondit Whitney avec un haussement d'épaules désabusé. Ce soir, ça ne va franchement pas très fort. Il est imbuvable quand il se drogue et là, il est complètement dynamité, raide défoncé.

Elle se pencha vers sa toute nouvelle amie et ajouta d'un ton confidentiel :

— Je viens de rencontrer un homme, un peu plus âgé que moi, certes, mais tellement intéressant et séduisant ! Il s'appelle Peter Richmond. Il est *sénateur.* Et j'ai l'impression qu'il m'a à la bonne.

— Je le connais, dit Melanie-Shanna. Mais, il n'est pas marié ?

Elle ouvrit son sac pour y ranger son tube de rouge.

— Officiellement, oui. Dans notre pays, quand on fait de la politique, il n'est absolument pas question de divorcer, on le sait bien. Mais il me dit que...

Bouclée dans les toilettes, Clarissa entendit décliner les échos de leur conversation amicale tandis qu'elles quittaient la pièce.

Elle compta encore jusqu'à dix avant d'ouvrir la porte et de sortir.

— Alors comme ça, vous vous faites la gueule ? remarqua Wes.

— Je ne t'ai jamais raconté qu'on était en bons termes, répliqua Silver d'un ton pincé.

— Elle est assise, là, juste en face de nous et vous ne vous êtes même pas dit un mot ! Qu'est-ce qui se passe ? Déjà que tu ne parles plus à ton frère ni à ton père. Et maintenant, je découvre que tu ne parles pas non plus à ta gamine !

— J'estime qu'elle devrait venir vers moi et me saluer, pas toi ?

— Non. Moi, j'estime que tu es une pinailleuse.

Silver prit son ton hautain :

— Peux-tu m'expliquer exactement ce que tu entends par là?

— J'entends exactement ce que tu as compris. Cette gosse est ta fille, bon Dieu, pas une ennemie mortelle ou je ne sais quelle rivale! Décoince-toi et va lui dire bonjour.

— S'il te plaît, ne te mêle pas de ça. Ce ne sont pas tes oignons!

— Bon, très bien. Si tu ne veux pas aller lui dire bonjour, je vais y aller, moi.

Elle le regarda d'un œil furieux.

— Ne t'avise pas de faire ça!

— Ah oui? Et pourquoi? Je suis quand même son beau-père, non? Ça me paraîtrait la moindre des choses d'aller faire connaissance.

Silver, bien sûr, ignorait que Wes avait eu une conversation sur le sujet avec Nora.

— Pourquoi ne veut-elle pas entendre parler de la gosse? avait-il demandé, étonné.

Nora avait secoué la tête.

— Une vieille culpabilité concernant le père...

— Qui c'est?

— Personne ne le sait.

— Allez, pas à moi! Personne ne le sait, sauf vous.

— Non, je ne le sais pas.

— Si, vous le savez.

— Mais puisque je vous dis que...

— Jurez-le!

— Si vous pouviez rétablir une forme de relation entre la mère et la fille, ce serait vraiment formidable. Ce serait tellement bien de votre part d'essayer, Wes. Vous êtes la seule personne que Silver écoute.

Silver prit sa coupe de champagne et la vida d'un trait.

— Si tu y vas, je ne te parle plus jusqu'à demain, lança-t-elle d'un ton très menaçant.

— Ça en fera un de plus à qui tu ne parleras plus.

— Je ne plaisante pas, Wes.

— On va voir ça.

— Je ne te parle plus!

Il se leva.

— J'en ai pour une minute.

Jade ne trouvait pas Corey. Elle fouilla toutes les zones libres d'accès, rencontrant au passage une Poppy soucieuse et un Howard renfrogné puis, finalement, se retrouva dans un coin avec Chuck Nielson qui se présenta et ne la lâcha plus.

— Vous êtes une fille fabuleuse. Quel succès vous avez! Et moi, pauvre de moi, qui ne suis qu'un raté.

Il lui proposa un joint.

Elle refusa.

Il lui proposa de la cocaïne.

Elle refusa.

Il lui proposa la botte.

Elle éclata de rire.

— Hé! Ne te moque pas de moi comme ça! grogna-t-il en l'empoignant rudement.

— On se calme! Pas de brutalité avec les dames!

C'était Jack qui venait de sortir de la nuit.

Le ton de sa voix eut un effet radical sur Chuck Nielson qui s'en alla sans demander son reste.

— Tu sais ce que j'ai compris? lui dit Jack d'un ton caressant.

Elle secoua la tête.

— J'ai compris qu'il y avait eu maldonne et que notre histoire n'était pas terminée. Et il n'est pas question que je te laisse épouser ton connard d'Anglais demain. Absolument pas question.

94

Clarissa sortit des toilettes. Son visage au teint pâle était impassible. Elle marcha dans la nuit, totalement étrangère aux activités qui se déroulaient autour d'elle. Des femmes en grande tenue qui gloussaient en se trémoussant. Deux filles en costume de danseuses orientales qui couraient rejoindre leur vestiaire. Des serveurs qui allaient et venaient dans tous les coins.

Elle descendit dans la coursive, loin des éclats de la fête, et entra dans la partie du bateau réservée aux cabines d'habitation.

Elle approchait des appartements privés de Zachary Klinger quand elle fut stoppée par un homme de la sécurité.

— Puis-je vous aider, Miz Browning? demanda le vigile en uniforme.

— Vous m'avez fait peur.

— Excusez-moi.

— Pas de mal. Je suppose que vous faites votre travail.

Il sourit. Après de longues heures d'ennuyeuse solitude, voilà enfin qu'il avait de la compagnie. Et pas n'importe quelle compagnie. Une star !

— Vous avez deviné, répondit-il, tout heureux.

— Et je suis prête à parier que vous êtes un jeune acteur sans emploi.

— Encore bien deviné. Comment avez-vous fait ?

— Nous avons tous dû faire de petits boulots à une époque ou à une autre de notre vie.

— Vous aussi ?

Elle sourit.

— Moi aussi. Qu'est-ce que vous avez fait jusqu'à présent ?

— Quelques télés. Pas assez pour payer le loyer. Ça fait trois ans que je fais le vigile en plus du métier.

— Vous allez bien finir par percer.

— Vous croyez ?

— Ce sont des choses qui arrivent. Regardez-moi.

— Si c'est vous qui le dites, je peux avoir de l'espoir.

— Accepteriez-vous de me faire une fleur ?

A ce stade de la conversation, il aurait accepté n'importe quoi.

— Je vous écoute.

— Un de mes prochains films se passe sur un yacht.

— Non ? C'est vrai ?

— Bien sûr.

Il risqua le coup :

— Est-ce qu'il y aurait un rôle pour moi ?

— Ça se pourrait bien...

Il avait entendu dire que Clarissa Browning était très indépendante de caractère et difficile dans le travail. Or la jeune femme qui se trouvait là, devant lui, était tellement gentille et naturelle. Amicale, même. Pas tout le cinéma qu'étaient souvent capable de faire les stars.

— J'ai juste besoin de me documenter un petit peu, dit-elle d'un ton léger. Vous accepterez peut-être de me faire faire un petit tour à l'intérieur. Personne ne s'apercevra de votre absence, je suis sûre.

— Théoriquement, je ne dois pas quitter mon poste.

— Ça n'a pas grande importance.

— C'est bien parce que c'est vous...

Elle sourit.

— Merci.

95

— M. Klinger aimerait vous rencontrer.

Stupéfaite, Heaven fit des yeux ronds comme des soucoupes.

— Moi ? Mais pourquoi ?

Beverly sourit.

— Je ne sais pas. Peut-être que votre musique lui plaît. Allez, venez, Miss. Il attend.

— Moi aussi ? demanda Rocky, plein d'espoir.

— Non, mon grand.

Moyennant quelques bons mots, Beverly escamota Heaven en douceur. Elles venaient de disparaître quand Wes passa par là.

— Qu'est-ce que tu fous ici, toi ? demanda-t-il à Rocky.

— Hé ! Hé ! Hé ! Tu crois peut-être que la grande vie est réservée à *monsieur* Anderson. C'est moi qui m'occupe de la gosse, figure-toi, mon pote. C'est même moi qui l'ai, comme qui dirait, découverte.

Wes ne réussit pas à dissimuler sa surprise.

— Toi ?

— Moi, mon pote. Tu crois que je suis trop nul ou quoi ? Ben ouais, pour moi aussi, ça se met à marcher très fort. — Rocky épousseta les revers de son smoking blanc de location. —Et, au fait, puisque je te rencontre, faut quand même que j' te dise : on raconte partout que t'es bon comme la romaine si tu casques pas l'oseille que tu dois.

— Je ne dois rien à personne, objecta Wes avec colère. On m'a baisé la gueule et tu es mieux placé que moi pour le savoir. Ça fait plaisir de voir comment les bons copains savent vous épauler quand vous avez besoin d'eux.

— Je t'avais dit de faire gaffe, protesta Rocky en se renfrognant.

— J'ai fait gaffe, justement. Sinon je ne serais pas ici pour discuter avec toi. Et ils ne reverront pas un quart de dollar sur le fric qu'ils m'avaient collé dans les poches pour mieux me faire tomber. Qu'ils aillent se faire foutre, tous autant qu'ils sont. Je voudrais bien voir ce qu'ils peuvent faire.

— Te flinguer, dit Rocky.

— Qu'ils essaient. Je les attends.

— Pas de problème pour venir à Los Angeles, dit le sénateur Richmond en dévorant d'un œil avide l'appétissante chair de Whitney. Je peux faire le voyage une fois par mois.

Elle fit la coquette.

— Et pourquoi feriez-vous ce voyage ?

Elle respira et ses seins se gonflèrent, manquant s'échapper de son bustier.

— Parce que je vous ai rencontrée, répondit Richmond avec, dans la voix, tous les accents de la sincérité. Vous êtes tellement... différente... unique.

Baissant les yeux, Whitney murmura :

— Quel gentil compliment.

— Si nous descendions dans l'une des cabines de l'entrepont, pour pouvoir parler plus tranquillement ? suggéra Richmond. Il y a tellement de gens par ici. On est perpétuellement interrompu. J'aimerais tellement faire plus ample connaissance.

— Euh..., je ne voudrais pas rater le feu d'artifice. J'ai entendu dire qu'il allait être magnifique. J'ai toujours adoré les feux d'artifice. Pas vous ?

— J'en suis fou, dit-il en jetant un regard à sa montre. Mais ils ne doivent pas le tirer avant minuit. Nous avons une bonne heure devant nous.

Le fait d'être sur un bateau mettait Mannon mal à l'aise. Le confinement pendant des heures et des heures. L'impossibilité de partir à sa guise. Il avait l'impression d'être piégé. D'ailleurs, il était réellement piégé. Partout où le menaient ses pas, il retrouvait les mêmes visages avec les mêmes questions sans surprise.

Quel va être votre prochain film ?

Qui est le producteur ?

Qui est le metteur en scène ?

Qui est la vedette féminine ?

Et, franchement, pour le moment, l'industrie cinématographique lui sortait par les yeux. Ce dont il rêvait, c'était de longues vacances avec Melanie-Shanna et Jason. Il avait besoin d'aller se perdre dans un endroit où on ne saurait même pas qu'il était acteur de cinéma.

De loin, il vit Howard approcher. Howard Soloman, de plus en plus bourré de tics. Sa réputation de cocaïnomane était en train de faire le tour de la ville.

— On pourrait causer dans un coin discret ? demanda Howard.

— Qu'est-ce que tu proposes ? railla Mannon. Qu'on saute

à l'eau et qu'on suive un moment à la nage pour bavarder peinards?

Howard n'esquissa même pas un sourire.

— C'est sérieux, Mannon.

— Je reviens dans un petit moment, ma biche, dit Mannon à Melanie-Shanna.

Howard s'éloigna avec lui vers un endroit tranquille sur le pont.

— Mauvaises nouvelles, annonça-t-il sobrement. Je ne vais pas y aller par quatre chemins. Norman Gooseberger est mort ce soir.

— *Quoi?*

— Il y a eu des complications. Une hémorragie interne, quelque chose comme ça...

— Nom de Dieu! Ça veut dire que je suis responsable, ça?

— En principe, oui. Dans les faits, non. Je m'en occupe. Je graisse la patte aux gens qu'il faut. Ça va se tasser.

— Mais je te devrai ça jusqu'à la fin de mes jours! C'est ça que tu veux me faire comprendre?

Howard eut un haussement d'épaules philosophique.

— C'est à ça que servent les amis.

Furieux, Mannon fixa un long moment les eaux noires qui bouillonnaient au passage du yacht.

— Je me suis laissé bourrer le mou, finit-il par dire amèrement. C'est toi qui as absolument voulu qu'on maquille le coup. Tu m'avais juré que tout irait bien.

— Écoute, mon vieux, je ne suis pas le bon Dieu, moi! Ce n'est pas moi qui ai tué ce pauvre bougre, c'est toi. Tu veux qu'on aille tout raconter, maintenant? Tout crier sur les toits? C'est ça? Tu veux jouer le jeu de la vérité et assumer les conséquences? Les médias vont te démolir, si tu fais ça, te réduire en bouillie! Maintenant, libre à toi de choisir.

Mannon s'accouda au bastingage et se mit à sangloter.

Ému et gêné, Howard se retourna.

— Heureux de vous rencontrer, Heaven.

— Moi aussi, monsieur Klinger.

Il l'observa attentivement, la détailla, cherchant un indice. Elle était jolie malgré l'excentricité de son maquillage, de sa coiffure et de ses vêtements. Mais, rien à faire, il ne trouvait aucune ressemblance avec lui.

— Je me suis laissé dire que votre disque marchait très fort.

— Il grimpe en flèche. Une vraie fusée. Il est numéro deux et ça continue. Ce qui veut dire que la semaine prochaine, il pourrait très bien se retrouver... — elle prit sa respiration — ... numéro un !

— J'en serais heureux.

— Pas tant que moi ! Ce serait vraiment génial !

— Heaven...

— Oui, monsieur Klinger.

— Je viens de recevoir certaines informations et j'aimerais vous en faire part.

— Oui, monsieur.

Elle était très impressionnée par l'imposante présence de cet homme important et puissant.

— Eh bien... Il se pourrait, je dis bien il se pourrait, que... hum... que je sois votre père.

96

La brise lui rafraîchissait le visage. Elle savait parfaitement ce qu'elle faisait et n'avait aucun regret. Ils le méritaient. Tous. Tous autant qu'ils étaient.

IL EST TROP TARD POUR QUE JUSTICE SOIT FAITE.

Vraiment, Howard ? C'est vraiment ce que tu penses ?

CROYEZ-MOI, CLARISSA BROWNING EST UNE GARCE DE PREMIÈRE.

Merci, Whitney. Rien de tel qu'une garce pour en reconnaître une autre.

SI TU AS ENVIE DE TE RECYCLER EN TOURNANT DES FILMS AU FIN FOND DE LA SIBÉRIE...

Je préférerais ça que de tourner un seul autre film pour toi, Howard.

SON HISTOIRE AVEC CLARISSA N'EST QU'UN VIEUX CAUCHEMAR.

Est-ce que Mannon a véritablement dit ça ? Pauvre Mannon... Il ne sait pas ce que c'est qu'un cauchemar. Pas encore...

UN SEUL MOT DE LA VÉRITÉ ET C'EN EST FINI DE TOI.

Et de toi, Howard. De toi et de tous tes amis de Hollywood.

ELLE N'AURAIT RIEN FAIT D'AUTRE QUE DE LE RENDRE MALHEUREUX.

Ça, tu devrais en savoir quelque chose, Whitney. Tu as essayé assez longtemps Mais maintenant, tu ne rendras plus personne malheureux.

J'Y VEILLERAI PERSONNELLEMENT EN DEMAN-
DANT L'APPUI DE ZACHARY KLINGER ET DE PAS
MAL D'AUTRES PERSONNES PRÉSENTES CE SOIR
SUR CE BATEAU.

Vraiment, Howard? Tu y veilleras? Eh bien, veilles-y.

Ce ne fut pas difficile de gratter la première allumette. .

ÉPILOGUE
Février 1986
Sept semaines plus tard

Deux grandes cérémonies se déroulèrent à Hollywood par ce frais week-end de février.

La première était un enterrement.

La seconde un mariage.

Certains se firent un devoir d'être présents à l'une comme à l'autre. Naturellement, on alla se changer entre les deux.

En comparaison de l'impact médiatique de l'incendie du *Klinger II* dans la nuit du 31 décembre 1985, les révélations de *True Life Scandal* firent relativement peu de bruit. Qui se souciait de quelques indiscrétions divulguées sur la vie de Silver Anderson alors qu'un yacht à bord duquel se trouvait le gratin de Hollywood avait explosé en pleine mer ?

La réalité dépassait la fiction et aucun film catastrophe ne pouvait rivaliser avec cette lutte frénétique contre la mort, la nuit, dans les eaux froides de l'océan, tandis que de furieuses déflagrations secouaient la carcasse du luxueux yacht ravagée par l'incendie, au milieu d'un feu d'artifice dément qui lançait dans toutes les directions ses fusées, ses étoiles, ses pétards et ses cataractes de feu.

Aucun show n'eut pareille couverture de presse ni pareille distribution. Tous les ingrédients étaient réunis. Et le monde entier était avide d'en savoir plus.

Le monstrueux accident était, de toute évidence, dû à la malveillance. Les enquêteurs retrouvèrent dans les entrailles du bâtiment éventré des restes de chiffons imbibés d'essence, disposés un peu partout et notamment près des points à partir desquels devait être tiré le feu d'artifice.

On ne pouvait pas, à la vérité, parler d'*un* incendie, mais d'une série d'incendies, allumés par une ou plusieurs personnes en vue de provoquer le maximum de dégâts. Le départ des feux d'artifice avait provoqué une panique effroyable et il fut impossible de découvrir le ou les responsables de cet acte criminel. Heureusement, les canots de sauvetage avaient pu être mis à l'eau sinon la catastrophe aurait été beaucoup plus meurtrière.

Aujourd'hui, sept semaines plus tard, les esprits s'apaisaient enfin. Après le mariage et l'enterrement, peut-être l'actualité allait-elle se braquer ailleurs que sur Hollywood et les gens pourraient-ils reprendre leur vie normale.

L'enterrement devait avoir lieu à onze heures, le mariage à trois heures de l'après-midi. On avait largement le temps d'assister aux deux cérémonies.

Drapée dans une robe de deuil Saint Laurent, Poppy jetait des coups d'œil anxieux vers Howard qui se tenait près d'elle dans le cimetière de Forest Lawn. Il avait l'air d'aller bien. Un peu pâle, peut-être. Il allait falloir du temps pour s'habituer à le voir sans sa moumoute sur la tête, mais au moins il était tiré d'affaire.

Howard avait eu une crise cardiaque la nuit du naufrage. Recroquevillé au fond d'une chaloupe, il avait soudain porté la main à sa poitrine en poussant des gémissements. Lorsqu'ils furent embarqués par les équipes de sauvetage, il était inconscient. Elle avait cru qu'il était mort.

Les semaines qui venaient de passer n'avaient pas été faciles. Il avait été conduit en urgence à l'hôpital. Poppy, effrayée et démunie, s'était retrouvée seule.

Les médecins avaient été d'une franchise embarrassante avec elle. Ils lui avaient parlé des problèmes de drogue de Howard comme si elle était au courant de tout.

Elle ne savait absolument pas qu'il prenait de la cocaïne. Oh, la honte !

Quand Howard fut rétabli, il lui annonça qu'il renonçait à son poste à la tête d'Orpheus.

Poppy eut l'impression que tout son univers s'effondrait.

— Pourquoi ? gémit-elle.

Il la regarda un long moment puis, finalement, lui dit :

— Si ma décision ne te convient pas, Poppy, je comprendrais que tu demandes une séparation. Mais moi, il faut que j'arrête. Je n'en peux plus de toute cette pression.

Elle réfléchit à ce qu'il avait dit. Puis elle essaya d'imaginer la vie sans lui. Elle aimait être la femme du directeur d'Orpheus. Indiscutablement. Mais, surtout, elle aimait son mari. C'était aussi simple que ça.

Non loin de là, Melanie-Shanna et Mannon se tenaient par la main. Pour eux aussi, les dernières semaines avaient été dures. Mannon avait décidé d'assumer et d'avouer sa responsabilité dans la mort de Norman Gooseberger. Personne ne voulut engager de poursuites contre lui.

— Un malheureux accident, déclarèrent les policiers mexicains. Rien ne nous permet d'incriminer qui que ce soit.

Et l'affaire fut classée.

Le soir de la catastrophe, Mannon s'était comporté en héros. En compagnie de Jack Python et du sénateur Richmond, il avait aidé à mettre les chaloupes à l'eau. Après s'être assuré que Melanie-Shanna était saine et sauve, il s'était lancé à la poursuite des femmes qui tentaient de fuir, affolées, en hurlant, et les avait maîtrisées pour les jeter dans les canots. Ensuite, il avait plongé à l'eau pour repêcher plusieurs survivants gravement brûlés qui s'étaient précipités à la mer pour soulager leurs souffrances. Parmi ceux qu'il sauva de la noyade figurait Carmel Gooseberger. Il fut heureux de faire ça pour elle.

Il y eut des victimes. Quatre cadavres furent retrouvés dans les jours qui suivirent le drame.

L'enterrement de Chuck Nielson, d'un agent de sécurité et de deux serveurs avait eu lieu presque aussitôt. Les obsèques de Chuck Nielson furent célébrées en grande pompe, avec force discours touchants de producteurs et de metteurs en scène qui avaient refusé de l'employer pendant les derniers mois de son existence. Le seul geste authentique fut celui de Whitney Valentine qui jeta une rose sur le cercueil et s'éloigna en pleurant discrètement.

Et, aujourd'hui, l'on enterrait la cinquième victime, avec le faste hollywoodien. Le corps avait été rejeté quelques jours plus tôt par la mer et retrouvé par un agent de nettoyage des plages.

Le sénateur Richmond assista respectueusement à cette dernière cérémonie. Il ne fallait jamais sous-estimer le lien entre la politique et le monde du spectacle. Le public adorait.

Par ailleurs, l'enterrement lui donna un bon prétexte pour retrouver Whitney Valentine Elle se tenait près de lui, sa luxuriante chevelure enveloppée dans une mantille noire, ses beaux yeux cachés derrière des lunettes teintées. A ses côtés se trouvaient également Kellie Sidney puis Zeppo White. Ida avait eu la malchance de recevoir une fusée d'artifice en plein visage. Elle avait failli y laisser un œil. Elle était actuellement à l'hôpital, où elle subissait de nombreuses interventions de chirurgie plastique.

Orville et Carmel étaient là, eux aussi. Tête baissée, regard fixé sur le sol. La tragique disparition de leur fils unique en avait fait deux êtres totalement différents : calmes et posés.

Jack Python se tenait à l'arrière-plan. Son beau visage était totalement impassible. Il sentait partout autour de lui le regard des meutes de photographes, de la foule carnassière, des caméras de télévision.

Hollywood ensevelissait une de ses enfants. Et le monde entier regardait.

Clarissa Browning avait indiscutablement un enterrement de star.

Pendant ce temps, sur la propriété de Zachary Klinger, à Bel Air, on était en train de préparer un mariage. Les camionnettes des traiteurs encombraient l'allée, les dernières gerbes de fleurs arrivaient, les hommes de la sécurité sillonnaient le parc et, dans la villa, une future mariée très nerveuse se contemplait dans la psyché.

— Je me demande ce qui m'a pris de te laisser m'entraîner dans un pareil tralala ! gémit-elle avec la voix brisée d'une jeune vierge au bord de la crise de nerfs.

— Parce que tu vas adorer ça ! répondit Beverly, pleine d'assurance. Et, comme le dit Zachary, cette ville a bien besoin d'un beau mariage en blanc. D'un nouveau départ. Et, tu veux que je te dise, tu es belle comme personne !

— Je voulais une petite cérémonie intime, moi, dit Jade en ajustant la jupe de sa délicieuse robe de soie blanche. C'est Mark et toi qui vous êtes ligués pour me pousser à accepter ça !

— Mais tu étais à l'hôpital, ma choute ! Il fallait bien que quelqu'un s'occupe de tout organiser, non ? Mark a adoré mes petites suggestions. En voilà un, chérie, qui ne va pas tarder à vivre à la hollywoodienne. Il a déjà pris le pli. J'ai entendu dire que la java offerte par Zeppo pour enterrer sa vie de garçon a été une foire de tous les diables !

— C'est très bien.

— Tu me déçois, Jade, tu sais.

— Pourquoi ?

— Nous aussi, on aurait dû faire quelque chose hier soir. Aller voir un strip masculin chez *Chippendale's*. Ou bien faire notre propre java.

— Excuse. La prochaine fois que je me marierai, je tâcherai de ne pas te décevoir.

Elles se mirent à rire comme des gosses.

— Au fait, reprit Beverly d'un ton curieux, il ne s'est rien passé de neuf avec Jack Python ? Je ne sais pas pourquoi, mais j'ai longtemps eu l'impression que vous alliez vous raccommoder, tous les deux.

— Ah oui ? Intéressant. Et qu'est-ce qui t'a donné cette impression ?

Beverly sourit.

— Les vibrations.

— C'est touchant de ta part de me parler de Jack Python le jour où je m'apprête à épouser Mark.

— Vous aviez dansé sur le yacht le soir où ça a pété ?

— Je ne me souviens pas.

— Ouais…, fit Beverly. Il faudra que je mène mon enquête là-dessus. Bon, maintenant, est-ce que tu désires quelque chose ? Un petit remontant ?.. Ou autre chose ? N'importe quoi. Il faut toujours satisfaire les dernières volontés d'une fille à marier !

— Springsteen, dit Jade.

— Bruce ?

— Tu en connais un autre ?

— Oui… bien sûr… C'est moi qui t'ai parlé de dernières volontés avant la corde au cou… Seulement, là, tu vois, ça risque quand même d'être un peu duraille pour arriver à lui mettre la main dessus et à le faire venir au débotté .. Si tu m'en avais parlé un peu plus tôt…

— Je veux juste l'entendre, andouille ! Tu n'as pas un disque ou une cassette ?

— Ah ! L'entendre ! *No problem !*

Beverly s'attaqua à un tas de disques empilés près de la chaîne et en extirpa une version remixée de *Cover Me.* Elle sortit le disque et tendit la pochette à Jade.

— Pas mal, non ?

Il y avait une photo de Springsteen assis sur la portière d'un coupé blanc, jambes écartées. Il portait un jean, des bottes qui avaient vu du pays, un large ceinturon de cuir et un bandana dans les cheveux.

— Moi, c'est sa musique qui me plaît, dit Jade.

— Bien sûr, tu irais dormir dans la baignoire, hein ? Vise-moi un peu cette dégaine et ces biscotos !

Elle lâcha un grand rire égrillard et abandonna la promise à ses préparatifs.

La voix de Springsteen s'éleva, emplit peu à peu la grande pièce.

Jade ferma les yeux. Elle était heureuse. Elle avait eu de la chance de ne pas y rester. Ça, elle le savait. Suffisamment de gens le lui avaient dit. Quand le yacht avait explosé, elle avait apparemment été touchée par la retombée d'un débris et avait perdu connaissance. Quelqu'un l'avait transportée jusqu'à une chaloupe et elle avait été admise à l'hôpital aussitôt après leur débarquement. Elle était restée une semaine dans le coma. Puis, un matin, elle s'était éveillée, ne se rappelant absolument plus ce qui lui était arrivé. Son dernier souvenir était le moment de leur départ pour la soirée.

— Je me rappelle que tu as dit quelque chose à propos de quarante-neuf limousines identiques, avait-elle dit à Mark. Ensuite, c'est le trou noir jusqu'à cette chambre d'hôpital.

— Ce n'est pas plus mal, ma chérie. Ça n'a pas été une expérience réjouissante.

Pour sa part, Mark n'avait qu'une cheville foulée à déplorer.

Ils avaient, tous les deux, eu de la chance. Corey aussi. Lui avait eu quelques brûlures superficielles en aidant à embarquer les gens dans les canots de sauvetage, notamment un jeune serveur qui avait eu une jambe arrachée au niveau du genou.

Naturellement, il avait fallu repousser le mariage. Et, à peine revenue à la réalité, elle s'était laissé entraîner dans ce cirque. Un peu bête pour une fille qui aimait l'intimité. Mais il était trop tard pour revenir en arrière.

— Ça va ?

— Bien sûr.

— Pour une rombière, tu es épatante !

— Écoute, chéri, je sais que c'est ton héros mais quand même ! Évite de parler comme Carlos Brent quand il a bu !

Wes éclata de rire.

— Ce que j'aime, chez toi, c'est que tu démarres au quart de tour.

— Je raffole de tes plaisanteries, grommela Silver.

C'étaient leurs rapports. Cris et réconciliations. Et ça marchait très bien comme ça. Depuis les révélations de *True Life Scandal*, Silver et Wes étaient encore plus proches l'un de l'autre. Il avait piqué une crise de rage en apprenant la récente aventure de Silver avec Carlos Brent. Elle n'avait pas été ravie de lire les révélations de Unity sur les soi-disant activités de dealer de Wes. Lequel avait intégralement nié. Mais, l'un dans l'autre, ils avaient mis leurs griefs dans leur poche avec leur mouchoir par-dessus. Après la nuit d'horreur qu'ils avaient vécue lors du naufrage du yacht, ces détails paraissaient tellement dérisoires. Et eux-mêmes étaient tellement heureux de s'en être sortis vivants, grâce à la rapidité de Wes, une fois de plus. Il avait collé Silver dans une chaloupe, puis était parti à la recherche de Heaven qu'il avait mise en sécurité avec sa mère.

Soudain, alors que le yacht volait en éclats dans la nuit noire, la mère et la fille s'étaient trouvées étrangement réunies. Pour un temps seulement.

Après la parution de *True Life Scandal*, Silver s'était sentie obligée de confirmer les faits : Zachary K. Klinger était bien le père de Heaven. Sans que Wes ou Nora ne la pousse à le faire, elle avait rencontré Heaven et, maladroi-tement, s'était efforcée de lui expliquer pourquoi elle n'avait rien révélé jusque-là. Bien sûr, elle ne lui avait pas dit toute la vérité sur les circonstances de sa conception. Elle avait simplement dit que, Zachary étant marié à l'épo-que, elle avait agi selon sa conscience en taisant qu'il était son père.

Au grand dam de Silver, une relation spontanée et très chaleureuse s'était aussitôt formée entre Zachary et Hea-ven. Heaven était allée s'installer dans la villa de son père et, comme pour porter le coup de grâce à Silver, son disque était maintenant numéro un.

Wes ne comprenait pas la réaction exacerbée de Silver.

— C'est ta fille, quand même ! Tu devrais être ravie pour elle ! Je croyais que tout allait bien entre vous, maintenant.

Silver n'était pas vraiment fière d'être jalouse. C'était tout simplement plus fort qu'elle.

Maintenant, ils avaient promis à Zeppo White de l'ac-compagner au mariage de Jade Johnson et elle ne pourrait pas échapper à la vision de Zachary et Heaven réunis. Une vision qu'elle redoutait comme une maladie infectieuse.

Corey vint rendre visite à Jade juste au moment où le disque de Bruce Springsteen s'achevait.

— Papa arrive, annonça-t-il. Tu te sens comment ?

— J'ai l'impression d'entrer en prison sans aucun espoir de remise de peine !

— J'ai dit a maman de rester en bas. Tout ce qu'elle serait capable de faire c'est de te faire pleurer.

— Et toi, frérot ? Tu te sens comment ?

Depuis la mort de Norman, il était encore plus silencieux et effacé.

— Je laisse tomber le conseil en communication, dit Corey. Ce n'est pas mon créneau. Il vaut mieux que je prenne mes distances avec le milieu.

Elle lui prit la main.

— Je crois sincèrement que tu as raison, Corey. Et rappelle-toi que, quoi que tu fasses, tu pourras toujours compter sur moi en cas de besoin.

Quelques coups frappés à la porte annoncèrent l'arrivée de papa Johnson. Le père de la mariée ! Incroyable ! Elle ne rêvait pas. Elle allait vraiment sauter le pas.

Elle avait des bouffées de chaleur puis des frissons de froid, des hauts-le-cœur, des étourdissements.

Elle allait se *marier !*

AU SECOURS !

Au volant de la Rolls, Silver assise à côté de lui, Wes sortait de la propriété lorsque, brusquement, une berline noire entra dans le panorama et lui coupa la route, le forçant à freiner brutalement.

— Connard ! hurla-t-il en bloquant le klaxon.

Silver essaya de l'apaiser.

— Ne t'énerve pas, dit-elle en prenant un petit poudrier et en se regardant dans le miroir.

La voiture noire s'arrêta, bloquant la petite route qui serpentait entre les collines de Bel Air.

Sans réfléchir, Wes sortit de la Rolls et se dirigea vers l'autre véhicule en pestant et en jurant.

Les coups de feu le prirent complètement au dépourvu.

— Et vous, Jade Johnson, désirez-vous prendre pour époux Lord Mark Rand ici présent ?

Oui.

Non, je ne veux pas.

Elle regarda le pasteur qui célébrait la cérémonie dans le magnifique parc de la propriété de Zachary Klinger. C'était un pasteur californien : cheveux blonds soigneusement méchés, yeux bleus, belle gueule bronzée.

Un hélicoptère, suspendu en vol stationnaire dans le

ciel, causait un bruit et des courants d'air désagréables.

... quarante-neuf limousines identiques pour conduire les illustres invités de M. Zachary Klinger jusqu'au mouillage de son yacht avec, pour le trajet, caviar à profusion et bar dans les voitures...

ELLE AVAIT RETROUVÉ LA MÉMOIRE !

Le pasteur s'éclaircit la voix pour lui rappeler qu'il attendait sa réponse.

Elle se tourna vers Mark. Il hocha la tête pour l'encourager.

> *Tall and tan and young and lovely*
> *The girl from Ipanema goes walking...*

Jack Python.

Jack Python, avec ses redoutables yeux verts et son sourire dévastateur. Allait-il vraiment la laisser subir ça ?

Nerveusement, le pasteur se racla de nouveau la gorge. Jade ne répondant toujours pas, il décida de répéter sa question :

— Jade Johnson, désirez-vous prendre pour époux Lord Mark Rand ici présent ?

C'est sérieux, cette histoire de mariage ?

Si tu ne fais rien, ça risque.

Hé, Miss ! Je crois que je vous aime encore plus quand vous êtes en colère !

Très bien. Mais qu'est-ce que tu fais maintenant que j'ai besoin de toi ?

Le bruit de l'hélicoptère devenait de plus en plus fort.

— Réponds, siffla Mark, rouge de confusion et décoiffé par le courant d'air.

Elle se souvenait. Elle l'entendait dire : *Alors, comme ça, il te comblait parfaitement ? Je comprends un peu mieux pourquoi je n'ai pas eu l'honneur de profiter de ta tendresse...*

Ma tendresse, Mark. Je ne veux pas te la donner.

Instinctivement, elle leva les yeux. Juste à la seconde où l'hélicoptère descendait brusquement et larguait une échelle de corde.

Le ciel lui envoyait du secours !

Sans une seconde d'hésitation, elle rassembla ses dentelles envoya ses souliers valser dans l'herbe et fonça vers l'échelle, la liberté et... Jack Python.

— Ah, nom de Dieu de nom de Dieu ! rugit Beverly.

Elle explosa d'un rire dément en regardant Jade gravir les échelons instables et grimper vers l'appareil.

— Nom de Dieu de merde ! Cette Jade Johnson ne sera jamais une fille rangée !

L'hélicoptère s'éleva comme un gros oiseau ventru et l'emporta vers son destin.

Neuf mois plus tard

Zeppo White abandonna sa charge d'agent pour prendre la direction d'Orpheus.

Ida, sa femme, se remit de ses brûlures et, grâce à la chirurgie, gagna un visage rajeuni de vingt ans.

Zeppo continua à trousser les minettes qui cherchaient à faire carrière dans le cinéma.

Ida décrocha de la drogue et, à la place, se mit aux très jeunes hommes.

Grâce à Zeppo, elle devint productrice de films. A vrai dire, elle n'en produisit aucun mais elle fit passer d'interminables « auditions » aux acteurs qui se présentaient à elle.

Ils restèrent unis par les liens du mariage.

Whitney Valentine posa nue pour un grand magazine masculin et fut payée une fortune : un million de dollars pour montrer le paradis. Sa carrière dans le cinéma démarra comme une fusée et elle devint la mauvaise actrice la mieux payée du monde.

Une fois par mois, le sénateur Richmond arrivait par l'avion de Washington pour lui rendre une galante visite. Il ne tarda pas à lui jurer qu'il allait quitter sa femme et l'épouser.

Il ne quitta pas sa femme et n'épousa pas Whitney Valentine.

Vladimir Kirkoff s'installa à Hawaii. Il y vécut des rentes de l'argent versé par *True Life Scandal*. Il aimait le climat des îles. Il aimait les gens de là-bas. Et surtout, il aimait les surfeurs baraqués et bronzés avec leurs grands sourires et leurs besoins de sensations fortes.

Vladimir n'oublia jamais Silver. Il conserva sa photo dans un cadre d'argent auprès duquel il entretenait toujours une orchidée fraîche. Si par hasard Madame avait besoin de lui, elle n'avait qu'à téléphoner. Vladimir serait là.

Unity Smith se fit ramasser par la police d'Amarillo, au Texas, où elle travaillait dans un peep-show. Elle avait tout claqué pour s'acheter des drogues et les faveurs d'un marlou à la taille fine et au savoir-faire très apprécié des dames. Bien sûr, lorsque la manne des révélations à *True Life Scandal* fut dépensée, il la plaqua pour une autre.

Elle fut identifiée grâce aux photos parues dans le torchon à scandale.

Le vrai nom de Unity Smith était Unity Serrano et elle était recherchée dans l'État de New York pour vol à main armée avec homicide.

C'est son mari et complice, condamné pour le meurtre de sang-froid d'un jeune couple, qui la reconnut dans le magazine et la dénonça :

— J' vois pas pourquoi qu'elle s'éclaterait en faisant des artic' aux journaux pendant que moi ch' suis là à croupir en taule. Merde alors, c'est pas moi qui leur a collé un pruneau dans la caf'tière, c'est elle !

Unity Serrano fut transférée dans une institution pénitentiaire de l'État de New York, jugée et condamnée à la réclusion à perpétuité.

Mannon Cable acheta une maison à Carmel, un énorme ranch confortable plein de coins et de recoins, perché sur une falaise dominant l'océan.

Il fut applaudi pour sa prestation dans *The Murder,* et la qualité des scénarios qu'on lui envoyait s'améliora comme par enchantement.

— Je prends une année sabbatique pour savourer tout ça avec ma petite famille, dit-il à son agent, Sadie La Salle.

— Le travail d'abord, la famille après, protesta Sadie. Je viens de recevoir un script que Redford serait capable de réclamer en se mettant à genoux.

— Ciao, Sadie. On en rediscutera l'année prochaine.

Melanie-Shanna se retrouva de nouveau enceinte. Elle rayonnait de bonheur et de santé. Chaque jour, en s'éveillant, Mannon remerciait le ciel de lui avoir donné un fils et, surtout, cette merveilleuse petite femme qu'il avait appris à apprécier.

Pour la première fois de sa vie, Mannon Cable décompressait. Et, pour la première fois, il se sentait vraiment heureux et serein.

Carlos Brent épousa Dee Dee Dione. La cérémonie, somptueuse, eut lieu à Las Vegas. C'était son cinquième mariage et, comme cadeau de fiançailles, il offrit à la promise une somptueuse rivière de diamants.

Ce qui ne fit pas le bonheur de sa fille Susanna.

— Vous avez vu cette greluche ! disait-elle, folle furieuse, à qui voulait l'entendre. Elle se promène avec mon héritage autour du cou !

Orville Gooseberger abandonna le milieu du cinéma et alla s'installer à Palm Springs avec sa femme.

Palm Springs était trop pépère pour Carmel. Ils divorcèrent après trente ans de mariage. Orville épousa une fille de vingt ans qui gagnait sa vie en catchant dans les foires dans un bassin de boue.

Carmel partit pour Houston où elle épousa un pétrolier texan. Malheureusement, son nouveau mari rendit l'âme six mois plus tard, lui laissant en héritage une bonne moitié de la ville.

Orville divorça avec sa catcheuse, se remit avec Carmel et tous deux retournèrent s'installer à Hollywood. Chez eux.

Howard Soloman se mit à la production indépendante et se libéra de la drogue grâce à une merveilleuse association baptisée les Cocaïnomanes Anonymes.

Il était sincèrement amoureux du cinéma et n'avait pas l'intention de le quitter mais il ne voulait plus subir le stress imposé par la direction d'une firme. Maintenant qu'il était son propre patron, il pouvait mener une vie moins trépidante. Plus besoin de sortir tous les soirs. S'il le voulait, il pouvait, de temps en temps, s'offrir un voyage et, quand il en avait envie, il pouvait aussi, tout simplement, passer une journée chez lui à lézarder au bord de la piscine.

Poppy s'adapta. Elle était capable d'une grande souplesse, quand il le fallait.

Mais bien sûr, elle continua à donner de fabuleuses soirées mondaines.

Corey Johnson quitta Briskinn & Bower et retourna s'installer à San Francisco. Il lui fallut du temps pour se remettre de la mort de Norman. Mais il finit par rencontrer un écrivain à succès du nom de Ted qui l'invita à vivre avec lui. Six mois plus tard, Ted mourut du sida en lui laissant une grande maison et une confortable rente mensuelle. Pendant quelque temps, Corey resta assommé, sans réaction. Sur la fin, il s'était dévoué sans compter au chevet de Ted.

Les médecins qu'il alla consulter lui dirent qu'il n'avait, selon toutes les apparences, pas contracté la terrible maladie.

Après mûre réflexion, il décida de convertir la maison de Ted en hospice pour les victimes du sida.

Wes Money frôla la mort. Il reçut deux balles, dont l'une se logea très près du cœur.

Silver Anderson qui, sans penser à sa propre vie, s'était précipitée pour le secourir lors de la fusillade, fut également touchée.

La voiture noire était repartie en les abandonnant, blessés, sur la chaussée. Elle avait noté le numéro d'immatriculation et s'était traînée jusqu'à la Rolls, à partir de laquelle elle avait téléphoné pour demander des secours.

Encore du rififi à Hollywood. La presse était aux anges. A elle seule, Silver Anderson semblait capable d'alimenter tous les articles.

Ils furent transportés d'urgence à l'hôpital. Wes fut immédiatement opéré. Silver fut soignée. Une balle lui avait simplement labouré l'épaule.

— Vous pouvez rentrer chez vous dès demain, Miss Anderson, lui dit-on.

Mais Silver monta la garde à l'hôpital pendant tout le temps que Wes passa en réanimation. Quand il revint au monde des vivants, il la trouva là, près de lui, sans maquillage, le cheveu en bataille, dans un survêtement fripé. Les premiers mots qu'il lui entendit prononcer furent :

— Non mais dis donc, mon ami ! Ah, tu croyais que tu allais pouvoir me laisser toute seule, monsieur Money ! Mais tu plaisantes, ou quoi ? J'ai absolument besoin d'un barman. Ne l'oublie jamais !

Elle fit reculer la date de son émission pour la N.B.C. simplement pour s'occuper de lui et l'aider à se remettre sur ses deux jambes, lui préparant elle-même, avec tout son amour, des bouillons de poule graisseux et des œufs brouillés carbonisés.

— Silver, se plaignait-il d'une voix encore faible, si tu veux vraiment me revoir en bonne santé, embauche une cuisinière !

Grâce à la présence d'esprit de Silver, on retrouva la berline noire. Le numéro était celui d'une voiture appartenant à un certain Sol Winogratsky, un gros bonnet de la drogue sinistrement célèbre. Il fut arrêté et inculpé de tentative de meurtre avec préméditation.

Nora Carvell décida qu'elle devenait trop vieille pour toute cette agitation. Elle arrêta de fumer et alla prendre sa retraite auprès d'une sœur qui vivait en Floride.

Avant de faire ses adieux à Hollywood, elle eut la grande joie d'être présente au déjeuner de réconciliation de Silver et de sa fille Heaven.

Reba Winogratsky reprit les affaires de son cher et tendre pendant que ce dernier faisait de la prison pour une tentative de meurtre qui n'avait aucune raison d'être. Tout ça à cause de cette feuille de chou de *True Life Scandal !* Ces imbéciles de journalistes avaient parlé de sa liaison avec Wes Money. Non mais franchement !

Comme une idiote, elle avait oublié le journal par terre dans les cabinets.

Peu de temps après, Sol était ressorti fou furieux de l'isoloir.

— Ce n'est pas ce type qui s'est fait la malle avec mon argent, en plus ? avait-il hurlé.

Combien pensait-il qu'il y avait de Wes Money sur cette Terre ? Et surtout, combien étaient mariés à l'actrice Silver Anderson ?

— C'est lui, Sol.

— Et ce fumier t'a sautée ?

— Oui, Sol. Mais c'était à l'époque de notre séparation. Toi, tu sautais la culturiste avec les gros biscotos, tu te rappelles ?

Sol avait le sang chaud. Malheureusement pour sa santé

Heaven s'épanouissait auprès de son père. C'était tellement incroyable de découvrir qu'elle était la fille de Zachary Klinger. D'abord, cet homme si riche et si puissant l'avait complètement impressionnée. Mais, avec l'aide de Beverly, le père et la fille avaient appris à se connaître.

En plus, ça avait l'air de s'améliorer du côté maternel. Depuis la fusillade de Bel Air, elles se voyaient régulièrement. Heaven était contente. Enfin elle avait l'impression d'avoir une famille à elle.

Et son deuxième disque fut numéro un !

Mais là n'était pas le plus important. Le plus important c'était sa relation naissante avec Penn Sullivan. A vingt-trois ans, Penn était assez mûr pour la protéger et assez jeune pour la comprendre pleinement.

Ils étaient vraiment heureux de vivre ensemble.

Un peu plus tard, Zachary eut un petit accident cardiaque. Sa fille et sa Beverly se relayèrent à son chevet. La famille était très unie et, quand il se rétablit, Zachary fut heureux d'y reprendre sa place

Juste après la catastrophe du *Klinger II,* Rocky fut démissionné de son emploi d'imprésario de Heaven par Zachary Klinger qui lui versa un dédommagement royal en échange de l'annulation des contrats. Trop heureux de s'en tirer à si bon compte, le Stallone de pacotille disparut de la circulation.

On apprit plus tard qu'il avait acheté une Porsche, une garde-robe toute neuve et un appartement de grand standing à Marina del Rey.

Il ne tarda pas à rencontrer une amazone avec des cuisses d'haltérophile et une voix qui rappelait le crissement d'une semelle sur du gravier par temps de pluie.

— Tu vas voir, poupée, promit-il, je vais faire de toi une rock star.

La poupée attendait toujours.

Lord Mark Rand resta à Hollywood et mit en scène un film pour Orpheus. Zeppo White pensait, à tort, qu'un homme portant un titre de noblesse ne pouvait pas se tromper.

Le film de Mark fut un four retentissant.

Jack Python assista à la naissance de son premier enfant avec l'aplomb d'un vieil habitué des salles de travail. A peine la sage-femme eut-elle délivré la jeune maman qu'il prit le bébé dans ses bras puis le plaça délicatement sur le ventre de Jade.

— C'est un garçon, dit-il tout ému. C'est un garçon !

Il le répéta une demi-douzaine de fois.

— Un garçon…, murmura Jade, heureuse. J'espère qu'il ressemble à papa !

— Regarde.

Elle releva la tête.

— Qu'il est beau ! Et tous ces cheveux qu'il a !

— Je pense qu'on devrait se marier, dit Jack d'un ton sérieux.

— Pourquoi?

— Parce que je t'aime, cette blague! grogna-t-il, tendrement.

— Non, dit Jade, restons plutôt célibataires.

— Pourquoi? demanda Jack.

Elle sourit.

— Parce que je t'aime, cette blague!